KU-168-614

ΑΡΕΙΟΣ ΠΟΤΗΡ

καὶ ἡ τοῦ φιλοσόφου λίθος

Titles available in the Harry Potter series
(in reading order):
Harry Potter and the Philosopher's Stone
Harry Potter and the Chamber of Secrets
Harry Potter and the Prisoner of Azkaban
Harry Potter and the Goblet of Fire
Harry Potter and the Order of the Phoenix

Also available from Bloomsbury in the Harry Potter series:
Harry Potter and the Philosopher's Stone
(Ancient Greek, Latin, Irish and Welsh editions)

αἵδε αἱ περὶ τοῦ Ἀρείου Ποτῆρος βίβλοι πωλοῦνται
(δεῖ σε ἐφεξῆς ἀναγνῶναι αὐτάς)
Ἅρειος Ποτὴρ καὶ ἡ τοῦ φιλοσόφου λίθος
Ἅρειος Ποτὴρ καὶ ὁ τῶν ἀπορρήτων θάλαμος
Ἅρειος Ποτὴρ καὶ ὁ Ἀσκαβᾶνι δεδεμένος
Ἅρειος Ποτὴρ καὶ ἡ πυρφόρος κύλιξ
Ἅρειος Ποτὴρ καὶ τὸ φοινίκινον τάγμα

καὶ ἥδε ἡ βίβλος ὑπὸ τῶν Ἀνθοπολιτῶν πωλεῖται
ὧδε μετενηνεγμένη· ἑλληνιστί, ῥωμαïκῶς,
ἰρλανδικῶς, οὐαλικῶς·
Ἅρειος Ποτὴρ καὶ ἡ τοῦ φιλοσόφου λίθος

ΑΡΕΙΟΣ ΠΟΤΗΡ

καὶ ἡ τοῦ φιλοσόφου λίθος

J. K. ROWLING

Translated by Andrew Wilson

First published in Great Britain in 1997
Bloomsbury Publishing Plc, 38 Soho Square, London W1D 3HB

This edition first published in 2004 by Bloomsbury Publishing Plc, New York and London
Bloomsbury Publishing Plc, 38 Soho Square, London W1D 3HB
Bloomsbury USA, 175 Fifth Avenue, New York, NY 100100

Translation by Andrew Wilson

A CIP catalogue record of this book is available from the British Library
Cataloging-in-Publication Data is available from the Library of Congress
Distributed to the trade in the U.S. by Holtzbrinck Publishers

UK ISBN 0 7475 6897 9
US ISBN 1 58234 826 X

Typeset by RefineCatch Limited, Bungay, Suffolk
Printed and bound in Great Britain by Clays Ltd, St Ives plc

10 9 8 7 6 5 4 3 2 1

www.bloomsbury.com/harrypotter

for Jessica, who loves stories,
for Anne, who loved them too,
and for Di, who heard this one first

τῇ Ἰεσσικῇ, ᾗ φιλεῖ τοὺς μύθους,
καὶ τῇ Ἄννῃ, ᾗ ἐφίλει αὐτούς,
καὶ δὴ καὶ τῇ Διάνῃ, ᾗ τοῦτόν γε μῦθον πρώτη
ἠκροάσατο·

— ΒΙΒΛΟΣ Α —

ΠΕΡΙ ΤΟΥ ΠΑΙΔΟΣ ΤΟΥ ΕΠΙΒΙΟΝΤΟΣ

Δούρσλειος καὶ ἡ γυνὴ ἐνῴκουν τῇ τετάρτῃ οἰκίᾳ τῇ τῆς τῶν μυρσίνων ὁδοῦ· ἐσεμνύνοντο δὲ περὶ ἑαυτοὺς ὡς οὐδὲν διαφέρουσι τῶν ἄλλων ἀνθρώπων, τούτου δ᾽ ἕνεκα χάριν πολλὴν ᾔδεσαν. διόπερ νομίζοις ἂν αὐτοὺς ἐν πρώτοις εἶναι τῶν μὴ μετεχόντων τοῦ θαυμασίου, ὡς περὶ οὐδενὸς τὰ τοιαῦτα ποιουμένους καὶ ἀλαζονείαν καλοῦντας.

ὁ δὲ Δούρσλειος κύριος ἦν ἐργαστηρίου τινὸς Γρούνιγγος καλουμένου οὗπερ τρύπανα καὶ τέρετρα παντοδαπὰ ποιεῖται. καὶ μέγας τ᾽ ἦν τὸ εἶδος καὶ μάλιστα ὀγκώδης· τὸν μὲν γὰρ αὐχένα οὐκ ἦν ῥᾴδιον ἰδεῖν πάχιστον ὄντα, μύστακα δ᾽ ἂν ἴδοις αὐτῷ δασὺν ὡς σφόδρα. ἡ δὲ γυνὴ οὐδαμῶς παχεῖα οὖσα λευκόθριξ τ᾽ ἦν καὶ δολιχαύχην· διπλοῦν γὰρ εἶχεν αὐχένα ἢ κατὰ φύσιν καὶ μάλα χρήσιμον ἐπὶ τὸ ῥᾷον ἐπιτηρεῖν γεράνου δίκην τοὺς γείτονας σκοποῦσα ὑπὲρ τὸ τειχίον. καὶ υἱὸν εἶχον οἱ Δούρσλειοι ἔτι παιδίον ὄντα ὀνόματι Δούδλιον· τὸν δ᾽ ἡγοῦντο τὸ κάλλιστον εἶναι τῶν ἐν ἀνθρώποις.

καὶ πάνθ᾽ ὅσων ποτ᾽ ἐπεθύμουν, τοσαῦτ᾽ ἤδη κατεῖχον· ἐφύλαττον δὲ καὶ ἀπόρρητόν τι. καὶ μάλιστ᾽ ἐφοβοῦντο μή τις καταλάβῃ αὐτό, τὸν βίον ἀβίωτον νομίζοντες ἔσεσθαι ἐάν τις περὶ τῶν Ποτήρων πύθηται. ἡ γὰρ ἀδελφὴ ἡ τῆς Δουρσλείας ἦν γυνὴ τοῦ Ποτῆρος· οὐ μὴν οὐδὲ συνεγένοντο ἀλλήλοις πολλὰ ἔτη. ἐκείνη δ᾽ οὖν εἰρωνευομένη οὐκ ἔφη ἔχειν ἀδελφὴν οὐδεμίαν. παντάπασι γὰρ ἐκ διαμέτρου εἶναι τὰ τῆς ἑαυτῶν διαίτης καὶ τὰ τῶν συγγενῶν, τῆς τε ἀδελφῆς καὶ τοῦ ἀνδρὸς ἐκείνου κακοήθους ὄντος. καὶ γὰρ μάλ᾽ ὠρρώδουν λοιδορίαν τε καὶ κακολογίαν ὀφλεῖν ἐκ τῶν πλησίον, ἀφικομένων ποτ᾽ ἐκείνων δεῦρο. καὶ ᾔδεσαν μὲν παιδίσκον γεγενημένον καὶ τοῖς Ποτῆρσιν, ἑωράκεσαν δ᾽ οὐδέποτε. διὰ δὲ τοῦτο πρόθυμοι ἦσαν ἀπεῖρξαι τοὺς Ποτῆρας ἀπὸ τοῦ δήμου, ἄλλως τε καὶ ἐλπίζοντες Δουδλίον τὸν υἱὸν μὴ ὁμιλήσειν τῷ τοιούτῳ παιδί.

ἐγειρομένων δέ ποτε τῶν Δουρσλείων ἀφ᾽ ὕπνου ἐκείνῃ τῇ ἡμέρᾳ ὡς ἔτυχεν ἐξ ἧς ἡμεῖς τάδε μυθολογοῦντες ἤρξαμεν, νέφος καὶ ὁμίχλη κατὰ τὸ εἰωθὸς ἐκάλυπτον πάντα τὰ ἔξωθεν· τίς δὲ συνίει τὰ μέλλοντα ὡς πανταχοῦ δεινά τε καὶ παράλογα γενήσεται; ὁ μὲν γὰρ Δούρσλειος μινυρίζων τι ᾑρεῖτο τῶν λαιμοδέτων τὸν ἀτερπέστατον ἅτε ἰὼν πρὸς τὸ ἐργαστήριον· ἡ δὲ γυνὴ λαλοῦσα πολλῆς μετ᾽ εὐθυμίας τὸ παιδίον ἀνεβίβαζεν εἰς τὸ βάθρον κραυγὴν ἔτι προϊέμενον.

ἀτὰρ δὴ τὴν γλαῦκα τὴν μεγάλην καὶ ξανθὴν τὴν παρὰ τὰς θυρίδας πετομένην οὐδέτερος εἶδεν.

ὁ δὲ Δούρσλειος ὄρθριος τὸ σακίον λαβὼν τὴν μὲν τῆς γυναικὸς παρειὰν ἐφίλησε, τῆς δὲ τοῦ παιδὸς ἥμαρτε, τότε δὴ δι᾽ ὀργῆς ἀποβάλλοντος τὰ ἄλφιτα ἐπὶ τὸ τειχίον. ὑπογελάσας δὲ Ἀκόλαστον, ἔφη, εἶ χρῆμα παιδαρίου, ἔπειτα δ᾽ οἴκοθεν ἐξελθὼν ἤλαυνε τὸ αὐτοκίνητον ὄχημα ἐπὶ τὴν ἀγοράν.

πρὸς δ᾽ ἁμαξιτὸν ὁδοιπορῶν, τὸ πρῶτον θαῦμα εἶδεν, αἴλουρον πινάκιόν τι γεωγραφικὸν ἀναγιγνώσκοντα. καὶ πρῶτον μὲν ἔλαθεν ἑαυτὸν τοιοῦτ᾽ ἰδών· ἔπειτα δὲ τὸν τράχηλον εἰς τοὐπίσω περιστρέψας, αὖθις προσέβλεψεν. αἴλουρον μὲν δὴ παρδαλωτὸν παρὰ τὴν ἁμαξιτὸν ἑστηκότα, πίνακα δ᾽ οὐκ εἶδεν. καὶ πρὸς ἑαυτὸν ἐννοῶν Ἆρ᾽ οὐκ ἐφαντάσθην πάντα, ἔφη, ἐψευσμένος τι τῷ δοκοῦντι; σκαρδαμύττων οὖν πρὸς αὐτὸν ἔβλεψε μάλ᾽ αὖθις· ὁ δ᾽ ἐναντίον προσέβλεπε. ἀπελαύνων δ᾽ οὖν πρὸς τὸν αἴλουρον οὐκ ἐπαύσατο βλέπων ἐν τῷ κατόπτρῳ. τὸν δ᾽ ἀναγιγνώσκοντα κατεῖδε τὸ τῆς ὁδοῦ ὄνομα τὸ ἐν σημείῳ ἐπιγεγραμμένον· οὐ μὰ Δί᾽ ἀλλὰ βλέποντα δὴ πρὸς τὸ σημεῖον, ὡς τῶν αἰλούρων ἀναγιγνώσκειν μὴ ἐπισταμένων μήτε πίνακα γεωγραφικὸν μήτε σημεῖον. ὀχούμενος οὖν ἐπὶ τὴν ἀγορὰν τοῦ μὲν αἰλούρου ἐπελάθετο, περὶ δὲ τὰ τρύπανα ἐφρόντιζεν ὧν πολλῶν καὶ καλῶν αὐθήμερον λήξεσθαι ἔμελλεν.

ἐκεῖσε δὲ πλησιάζων καὶ τῶν τρυπάνων ἐπιλήσμων ἐγένετο, δέον προσέχειν τὸν νοῦν εἰς ἄλλο τι νέον. οὐ γὰρ ἐξὸν αὐτῷ προχωρεῖν εἰ μὴ βραδέως, ὃ καὶ καθ᾽ ἡμέραν ἐγένετο τοῖς πρὸς ἀγορὰν ἐν αὐτοκινήτῳ ὀχουμένοις, οὐκ ἔλαθον αὐτὸν ἐν ὁδῷ ὁμιλοῦντες πολλοὶ ἄνθρωποι ἐσθῆτα ἐνδεδυμένοι ἄτοπον.

τρίβωνα γὰρ πᾶς τις μέγαν περιεβέβλητο· ἐμίσει δ᾽ ἐκεῖνος τούς ἄλλους τ᾽ τὰ τοιαῦτα περιβαλλομένους ὡς γελοίους ἑαυτοὺς παρέχοντας καὶ τοὺς νέους τοὺς ἐσθῆτα ἄμουσον ἀεὶ προαιρουμένους. ἐκείνους δ᾽ οὖν ἐνόμισε καινίζειν που περὶ τῶν ἱματίων. οὕτω δ᾽ ἀμηχανοῦντι ἅτε ὀχουμένῳ ἔτι ἐν τῷ αὐτοκινήτῳ ἐξῆν ἰδεῖν θίασόν τινα αὐτῶν πλησίον ἑστηκότων καὶ πρὸς τὸ οὖς ψιθυριζόντων ἀλλήλοις πολλῇ σπουδῇ. αἰσθόμενος δ' ἄρα δυοῖν οὐκέτι νέων ὄντων μᾶλλον ἠγανάκτει, καὶ ἰδὼν τὸν ἕτερον γεραίτερον μὲν ὄντα ἑαυτοῦ, πράσινον δὲ τρίβωνα ἠμφιεσμένον ὑπὲρ τούτου μάλιστ' ὠργίσθη. Φεῦ τῆς ἀναιδείας, ἔφη· ἀλλὰ δῆλον ὅτι εἰς ἐπίδειξίν τινα γελοίαν δὴ ὡς ᾤετο ἐληλύθεσαν φιλάνθρωποι ἵνα ἐλεημοσύνης ἕνεκα ἀργύριον ἀγείρωσι Καὶ τοιαῦτα μὲν δὴ ταῦτα, ἔφη. τῶν δ' οὖν ὀχημάτων προσαγόντων, δι' ὀλίγου ἀφίκετο εἰς τὴν Γρουνίγγα, ὅλος περὶ τὰ τρύπανα πάλιν ἔχων.

καὶ γὰρ ἐνθάδε δίαιτα ἦν αὐτῷ ἐπὶ τῷ ἐνάτῳ ὀρόφῳ· ἐκεῖ δ' ἐκάθητο ὁσημέραι καὶ τό γε νῶτον ἀεὶ ἔστρεφε πρὸς τὴν φωταγωγόν. εἰ γὰρ μὴ ταῦτ' ἐποίει, τοῖς τρυπάνοις ἴσως ἂν χαλεπώτερον ἦν προσέχειν τὸν νοῦν. τὰς οὖν γλαῦκας τὰς πρὸς αὐγὴν ἡλίου ἀεὶ περιπετομένας αὐτὸς μὲν οὐκ εἶδεν, εἶδον δὲ οἱ ἐν ὁδῷ, κεχηνότες καὶ δακτυλοδεικτοῦντες. τὸ γὰρ πλῆθος πρότερον οὐκ ἔτυχεν οὐδὲ νύκτωρ ἑωρακὸς γλαῦκ' οὐδεμίαν. ἐκεῖνος δ' ὡς ἔθος ἀγλαυκόπληκτος διέτριψε καθ' ὅλην τὴν ἡμέραν. ἄλλοτε μὲν γὰρ τὸν δεῖνα ἤλεγξεν ὑβρίζων καὶ προπηλακίζων - τοῦτο γὰρ πεντάκις ἐγένετο – ἄλλοτε δὲ τῶν δυνατῶν τισὶ τηλεφωνῶν πόλλ' αὖθις ὕβριζεν. καὶ διὰ μὲν τούτου εὐκόλως εἶχεν ὡς σφόδρα· ὥρας δὲ γενομένης τῆς τοῦ ἀρίστου, ἔδοξεν αὐτῷ ἐλθεῖν παρὰ τὴν ἀρτόπωλιν ὠνησομένῳ σησαμοῦντα.

τῶν γὰρ τρίβωνας φορούντων τελέως ἐπελάθετο πρίν γε θίασον κατιδεῖν φοιτῶντα πρὸ τοῦ ἀρτοπωλίου. ἀτενίζων οὖν παρ' αὐτοὺς ἦλθε χόλου μεστός. οἱ δ' ἐτάραττόν πως τὴν ἡσυχίαν αὐτοῦ, αἰτίαν δ' οὐκ ἠπίστατο. καὶ οὗτοι πρὸς οὖς ἀλλήλοις κοινολογούμενοι ἔτυχον, οὐδ' εἶχον καλπίδα οὐδεμίαν οὗ τις ἀργύριον πρὸς τὴν ἐλεημοσύνην ἐνθήσει. ἐπανιὼν δὲ παρὰ τοῦ ἀρτοπωλίου ἄμυλον μέγαν ἔχων καὶ γλυκύν, λαλούντων αὐτῶν ὀλίγον τι παρήκουσεν· ἄλλος γὰρ ἄλλῳ διαλεγόμενος Φάσκουσι τοὺς μὲν Ποτῆρας ... ἔφη ἢ Ναὶ, ὁ δ' υἱὸς αὐτῶν Ἄρειος ...

ταῦτα δ' ἀκούσας ὁ Δούρσλειος πάντως ἠπόρει, φόβῳ κατακεκλυσμένος ὥσπερ κύματι. πρῶτον μὲν γὰρ ἐφαίνετο μέλλων προσειπεῖν αὐτούς, τέλος δ' ἡσυχίαν εἶχεν.

δρόμῳ δὲ δι' ὁδὸν ἀναχωρήσας, καὶ πάλιν εἰς τὴν δίαιταν ἀναβὰς καὶ τῷ γραμματεῖ πόλλ' ἤδη αἰτοῦντι λοιδορησάμενος, τῇ γυναικὶ τηλεφωνῶν ἤρξατο μέν, ἐπαύσατο δ' εὐθύς. ἔπειτα δὲ μετανοήσας τοῦ μύστακος ἁπτόμενος πρὸς ἑαυτὸν ὧδε ἐλογίζετο ὡς ἐστιν ἠλίθιος· πολλοὺς μὲν γὰρ εἶναι ἀνθρώπους τὸ αὐτὸ ὄνομα κεκλημένους, πολλοῖς δ' αὖ υἱὸν δήπου γεγενῆσθαι Ἄρειον. εἴ γ' ἄρα τοῦτο τοὔνομα αὐτῷ· οὐδαμῶς γὰρ αὐτὸ πιστὸν καὶ βέβαιον ἔχειν, ὥς γε οὔποθ' ἑωρακὼς τὸν παῖδα. Ἀρούϊον γὰρ ἴσως τοὔνομα αὐτοῦ ἢ Ἀρόλδιον. οὔκουν δεῖν ἀγγεῖλαι ταῦτα τῇ γυναικί, ἑκάστοτε συνταραχθείσῃ εἴ τι περὶ τῆς ἀδελφῆς ἤκουσέ ποτε. οὐ μὴν οὐδὲ μέμφεσθαι αὐτῇ. εἰ γὰρ τὴν τοιαύτην αὐτὸς ἀδελφὴν εἶχεν ... ἀλλὰ μὴν τί χρῆμα τὸ τῶν τρίβωνας φορούντων;

μετὰ δὲ ταῦτα χαλεπώτερον ἦν αὐτῷ τοῖς γε τρυπάνοις προσέχειν τὸν νοῦν· πρὸς δ' ἑσπέραν οἴκαδ' ἐπανιὼν οὕτως ἐταλαιπώρει ὥστε προσκροῦσαι ἀνθρωπίσκον τινὰ γερόντα ἐντυχὼν πρὸ τῶν θυρῶν.

Λυποῦμαι, ἔφη ἀπροθύμως. ὁ δ' ὑπεσκελισμένος μόνον οὐκ ἔπεσεν. τρίβωνα δ' ἐφόρει πορφυροῦν. ἀλλὰ καίπερ γνὺξ ἐσφαλμένος, οὐδὲν ἐσκυθρώπαζεν, ἀλλὰ σφόδρα γελάσας Μηδὲν λυπῇ, ὦ τᾶν, ἔφη τῇ φωνῇ οὕτως ὀξείᾳ ὥστε τοὺς παριόντας κεχηνότας προσβλέψαι· τήμερον γὰρ οὐκ ἔστι μοι δυσκόλως ἔχειν. εὐφραίνῃ δῆτα· ἐκεῖνος γὰρ οὗ τοὔνομ' ἄρρητόν ἐστιν ἀποίχεται τέλος δή. καὶ σὲ καὶ τοὺς ἄλλους καίπερ Μυγάλους ὄντας εὐφραίνεσθαι δεῖ ἀνὰ πᾶσαν τὴν ἡμέραν.

καὶ περιπλέξας αὐτὸν ταῖς χερσὶν ἀπέβη. ὁ δ' ἠπόρει ὥσπερ κηληθείς· περιπεπλέχθαι γὰρ αὐτὸς ἀνθρωπίσκῳ τινὶ ἀγεννεῖ καὶ ἀγνωστῷ, πρὸς δὲ τούτου καὶ Μύγαλος ὀνομασθῆναι οὐκ εἰδὼς τοῦτο ὅ τι εἴη. πολλῇ οὖν ταράχῃ πρὸς τὸ ὄχημα δραμὼν οἴκαδ' ἀνεχώρησε, ἐλπίζων καὶ τότε φαντάζεσθαι τὰ πάντα. τοιοῦτο δ' οὐπώποτ' ἤλπιζε διὰ τὸ καθ' ἕξιν ψέγειν τοὺς φανταζομένους.

οἴκαδε δ' ἀφικόμενος, εὐθὺς ἠγανάκτησεν ἰδὼν τὸν αἴλουρον ἐπὶ τῷ τείχει καθημένον τὸν αὐτὸν ὃν πρότερον, ὡς ἐφαίνετο, ταὐτὰ παρέχοντα τὰ ἀμφὶ τὼ ὀφθαλμώ.

Ἔρρε, ἔφη μεγάλῃ τῇ φωνῇ.

ὁ δ' οὐκ ἀπῆλθεν, ἔμεινε δὲ νᾶπυ βλέπων. ἐκεῖνος δὲ φιλοσοφῶν διελογίζετο πρὸς ἑαυτὸν εἰ οἱ αἴλουροι φύσει οὕτω διάκεινται. φόβον δὲ διαλύσας, εἰς τὴν οἰκίαν εἰσῆλθε μέλλων οὐδὲν τῶν τοιούτων εἰπεῖν τῇ γυναικί.

ἡ δὲ τὰ εἰωθότα δι' ἡμέραν ἔπραττε. δειπνοῦντι δὲ διεξῄει λέγουσα ὅ τι πέπονθεν ἡ γείτων πρὸς τῆς θυγατρὸς ἢ ὅπως ὁ παῖς Δούδλιος μεμάθηκε φάσκειν τὸ οὐκ ἔγωγε. καὶ ἐκεῖνος τὰ εἰωθότα πράξειν ἔμελλε· τοῦ γὰρ παιδίου κατακλιθέντος, εἰς τὸν ἀνδρῶνα ἦλθεν περὶ τὰ τῆς ἡμέρας πεπραγμένα ἀκουσόμενος. ἤκουσε δὲ τάδε τοῦ ἀναγνώστου·

Καὶ τὸ τελευταῖον τόδε· ὀρνιθοσκόποι πανταχόθεν ἠγγέλκασιν ὅτι αἱ γλαῦκες κατὰ τὴν πόλιν ἀπροσδόκητόν τι πεπόνθασι. τῶν μὲν γὰρ γλαυκῶν τῇ γε φύσει νύκτωρ φοιτωσῶν, ἤ τις ἢ οὐδεὶς μεθ' ἡμέραν γλαῦχ' ἑώρακε· τήμερον δ' ἐξ ἕω μυρίαι πανταχόσε πετόμεναι εἰς ὄψιν ἥκουσιν, ἀλλ' οὐκ ἔστι τοῖς τὰ τῶν ὀρνίθων εἰδόσιν ἑρμηνεῦσαι διὰ τί τὸ ἔθος μετέβαλον, οὐκέτι κοιμώμεναι τῆς ἡμέρας. καὶ ὑπογελάσας τι ὁ ἀναγνώστης Φεῦ τῆς ἀτοπίας, ἔφη τελευτῶν, τοῦ μετεωρολογικοῦ ἤδη παρόντος. Τί δὲ δή; πόσαι ψιάδες, ἔφη, ὦ θεσπέσιε, γλαυκόφοροι ὀψιαίτερον γενήσονται;

Εἶέν, ἔφη, ὤγαθε. περὶ μὲν οὖν ταῦτ' ἐγῷδ' οὐδέν. ἀλλ' οὐ μόνον αἱ γλαῦκες παράδοξόν τι πεπόνθασιν, ἀλλ' ἔνιοι ἐτηλεφώνουν τῶν ἐν Καντίᾳ ἐν Γιόρκῳ Δουνδῇσι τηλεορώντων, λέγοντες ὅτι ὄμβρον μὲν τὸν προειρημένον οὐκ ἔπαθον, πλῆθος δὲ δὴ ἀστέρων θυέλλῃ εἴκελον. ἀλλ' ἴσως τὴν ἑορτὴν πρωῒ ἄγουσί τινες τὴν τοῦ Πυριφάτου. ὑμᾶς δὲ δι' ὀλίγου, ὦ ἄνδρες, περιμένειν χρὴ τόν γε καιρόν. ὅμως δ' οὖν προλέγω τόδ', ὡς ὑσθήσεσθε πάντες τῇσδε τῆς νυκτός.

ὁ δὲ Δούρσλειος ἐν θρόνῳ ὥσπερ ἐμβεβροντημένος ἐκάθητο καὶ τοιάδε πρὸς ἑαυτὸν ἔλεγεν. Ἦ ᾄττουσιν ἀστέρες πανταχοῦ τῆς γῆς; ἢ γλαῦκες μεθ' ἡμέραν πέτονται; ἢ μάγοι τινὲς πανταχοῦ τρίβωνας φοροῦσιν; ἢ τῷ ὄντι καὶ ἤκουσα λόγον τινὰ περὶ τῶν Ποτήρων;

τῆς δὲ γυναικὸς εἰσελθούσης ποτὸν φερούσης, οὐκέτι σιωπᾶν οἷός τ' ἦν.

φόβῳ δ' ἐπτοημένος Μῶν σύ, ὦ γυνή, ἔφη, ὦ Πετουνία, μῶν σύ, ὦ φιλτάτη, ἄρτι ἀκήκοάς τι τῆς ἀδελφῆς σοῦ;

ἡ δ' εὐθὺς ἐταράχθη καὶ δι' ὀργῆς εἶχεν αὐτόν, ἀπροσδόκητον δ' οὐκ ἂν ᾠήθης τοῦθ', ὡς πολλάκις οὐ φασκούσης εἶναι αὐτῇ ἀδελφήν. καὶ τότ' οὐκ ἔφη ἀκοῦσαι, διὰ τί τοῦτ' ἤρετο ἐθέλουσα μαθεῖν.

Πολλὰ γὰρ καὶ ἄτοπα ἐγένετο, ἔφη, οἷα γλαῦκές τε καὶ ἀστέρες, καὶ ἄνθρωποι ξένοι ἐν τῇ ἀγορᾷ ...

ἡ δ' ὑπολαβοῦσα Τί δέ; ἔφη.

'Αλλ' ἐνεδοιαζόμην εἰ ταῦτ' εἶέν που πρὸς τὰ σά...

πινούσης δ' αὐτῆς διὰ σιγῆς, ἀποροῦντι δ' αὖ εἰ τολμᾷ εἰπεῖν αὐτῇ ὅτι τοὔνομα Ποτῆρα ἤκουσεν ἔδοξε τολμᾶν μὲν οὐδέν, εἰπεῖν δ' ὥσπερ ἀπερισκέπτως φρονήσας

Οὔκουν τηλικοῦτος ὁ τῶν Ποτήρων παῖς ἥλικος ὁ Δούδλιος ὁ ἡμέτερος;

Εἰκός, ἔφη σκυθρωπάζουσα.

Ποῖον ἄρ' ἐστὶν ὄνομα αὐτῷ; ἦ Αὔαρδος;

Ἄρειος μὲν οὖν. ἄμουσόν γε καὶ δουλοπρεπὲς ὡς ἔμοιγε δοκεῖ.

Οἶμαι ἔγωγε, ἔφη ἀθυμῶν.

οὐδὲν μὲν ἄλλο περὶ τούτων εἰπὼν εἰς τὸ ὑπερῷον ἀνέβη μετ' αὐτῆς πρὸς κλίνην. λουομένης δ' αὐτῆς, πρὸς τὴν θυρίδα ἑρπύσας ἔβλεψε κάτω πρὸς τὸν πρὸ τῆς οἰκίας κῆπον. καὶ ἰδοὺ ὁ αἴλουρος ἔτι παρὼν αὐτόθι διασκοπεῖ ὡς ἐπιτηρῶν τι. ἐφρόντιζε δ' αὖ πολλά· ὀνειροπολεῖ μὴν οὖν τὰ τοιαῦτα; ἢ καὶ δὴ μή, πρὸς τοὺς Ποτῆράς ἐστιν ὡς ἀληθῶς; εἰ γὰρ ἀληθῆ ὄντα τύχοι οὐδαμῶς ἂν ἀνεκτά, ὡς πάντων μαθησομένων ἑαυτοὺς συγγενεῖς ὄντας ἐκείνοιν τοῖν ... καὶ τἆλλ' ἀπεσιώπησεν.

ἀναβεβηκότων δ' οὖν εἰς εὐνήν, ἡ μὲν εὐθέως εἰς ὕπνον ἔπεσεν, ὁ δ' ἀγρυπνῶν ἅπαντ' ἐν νῷ ἔστρεφε· καὶ γὰρ εἰ ταῦθ' ὡς ἀληθῶς εἴη τῶν Ποτήρων, οὐκ ἂν εἶναι λόγον αὐτοῖς οὐδένα μετοικήσουσιν αὐτόσε, εὖ εἰδόσι κατάπτυστον τὸ γένος. εἰ δὲ νοσοίη τι τὰ τῆς γῆς οὐδὲν ἂν κινδυνεύειν αὐτοὶ βλαφθῆναι. καὶ τοιαῦτ' ἐν νῷ ἔτι στρέφων ὕπνου ἔτυχεν. οὐδὲν γὰρ πάρειναι ὡς οἷόν τε βλάπτειν αὐτούς.

ταύτης δὲ τῆς γνώμης πάνυ ἡμάρτητο.

ἀπεκοιμήθη μὲν οὖν οὗτος, νυστάζοντα δ' οὐκ ἂν εἶδες τὸν ἐπὶ τῷ τειχίῳ αἴλουρον, ἀκίνητον δ' ὥσπερ εἰκόνα τινὰ ἀσκαρδαμυκτὶ βλέποντα κατὰ τὴν ὁδόν. οὐ γὰρ ἐμέλησεν αὐτῷ οὔτε κρότου ἐγγύθεν ἀπ' ὀχήματος γενομένου οὔτε γλαυκῶν δυοῖν ὑπέρθε καταπετομένων, οὐδ' ἐκινήθη οὐδὲν πρίν γε μέσῃ τῇ νυκτὶ κατεῖδεν ἄνδρα ἐν ὁδῷ. ὁ δ' ἄφνω ἐφάνη κατὰ σιωπὴν οὕτως ὥστε δόξαι ἀνακύψας ἀπὸ τῆς γαίας. ὁ δ' αἴλουρος τὰς ὀφρῦς ἀνεσπακὼς ἔσηνέ τι τῇ οὐρᾷ.

τὸν γὰρ τοιοῦτον ἄνθρωπον οὐδεὶς τῶν περιοικούντων οὐπώποτ' εἶδεν. μακρὸς γὰρ ἦν τὸ ὕψος ἀλλὰ λεπτὸς καὶ οὐ παχύς. γεραίτατος δ' αὖ ἐφαίνετο· πολιαὶ γὰρ αἱ τρίχες, καὶ πολιὸς ὁ πώγων οὕτω βαθὺς γεγενημένος ὥστε δεῖν αὐτὸν ἐγκλεῖσαι εἴσω τοῦ ζωστῆρος καθειμένον. τὴν δὲ χλαῖναν – ταναὴ δ' ἦν καὶ πορφυρᾶ – μέχρι τῶν σφυρῶν ἔσυρε, καὶ μεγάλους εἶχε κοθόρνους περοναῖς συνδεδεμένους. φαιδρὸς δ' ἦν τοῖς ὀφθαλμοῖς γλαυκοῖς καὶ λάμπουσι καίπερ δίοπτρα φορῶν μηνοειδῆ. ῥῖνας δ' εἶχε μεγάλας τε καὶ καμπύλας, ὥσπερ δὶς ἢ τρὶς ῥαγείσας. ὄνομα δ' ἦν αὐτῷ Ἄλβος Διμπλόδωρος.

ἀφικόμενος δὲ δῆλος ἦν ἀγνοῶν ὅτι οὐδὲν περὶ αὐτοῦ ἀρέσκει τοῖς ἐκεῖ οἰκοῦσιν, οὔτε τοὔνομα οὔθ' οἱ κόθορνοι. καὶ ζητῶν τι ὑπὸ τῇ χλαίνῃ κεκρυμμένον, οὐ συνῄδει ἑαυτῷ ἐπιτηρούμενος ὑπὸ τοῦ αἰλούρου· κατιδὼν δ' αὐτὸν αὐτόθεν ἔτι τηροῦντα, ἠρέμα γελάσας πρὸς ἑαυτὸν Μῶν ἐβούλου σύ, ἔφη, λαθεῖν μ' ἤκουσα;

εὐθὺς δὲ τὸ ζητούμενον ἐν θυλακίῳ ηὕρηκὼς ταῖς χερσὶν ἔχει· ἐφαίνετο γὰρ ἀναπτήριόν τι εἶναι. ἀνοίξας δ' αὐτὸ καὶ χειρὶ ἐκτείνας, ἄφνω ἔσβεσε τὸν λύχνον τὸν ἐγγύτατον, ὃς καὶ μικρόν τινα ψόφον παρέσχε σβεννύμενος. καὶ δωδεκάκις τῷ αὐτῷ τεχνήματι χρώμενος τούτῳ σβεντηρίῳ καλουμένῳ, τὴν νύκτα οὕτω σκοτεινὴν δὴ ἐποίησεν ὥστε μὴ λάμψαι φῶς μηδαμοῦ εἰ μὴ ἀπὸ τοῖν τοῦ αἰλούρου *ὀφθαλμοῖν τοῦ τήλοθεν ἀεὶ τηροῦντος. καὶ γὰρ ἡ Δουρσλεία αὐτὴ ἐκ θυρίδος εἰ τύχοι βλεψάσα εἰκάσαι οὐκ ἂν δύναιτο τί ἐν ὁδῷ γίγνεται. ἀποθεὶς δὲ τὸ σβεντήριον, καὶ προσελθὼν ἐπὶ τὴν οἰκίαν τὴν τετάρτην, παρὰ τῷ αἰλούρῳ κάθηται ἐπὶ τῷ τειχίῳ. ἀλλ᾽ οὐκ ἔβλεψε πρὸς αὐτόν, διὰ δ᾽ ὀλίγου*

Χαῖρε, ὦ σοφίστρια, ἔφη, Μαγονωγαλέαν λέγω.

γελάσας δὲ καὶ μεταστρεψάμενος αἴλουρον μὲν οὐκέτι θεωρεῖ, γυναῖκα δέ. ἡ δὲ δριμὺ βλέπει, ὡς δίοπτρα φοροῦσα τετράγωνα ὁμοιότατα ὄντα τοῖς ὑπὲρ τῶν τοῦ αἰλούρου ὀφρέων γεγραμμένοις. χλαῖναν δ᾽ ἐφόρει πρασίνην. τῶν δὲ τριχῶν μελαίνων καὶ βεβαίως ἐκτενισμένων κρωβύλον ἀνεδήσατο.

καὶ χαλεπῶς φέρουσα Πῶς ἔγνως με, ἔφη, ἥτις εἰμί;

Αἴλουρον γὰρ οὐχ ἑώρακα, ἔφη, ὦ δαιμονία, οὕτως ὁμοιούμενον εἰκόνι τινὶ ἀκινήτῳ.

Εἰκόνι γὰρ καὶ σὺ ὁμοῖος ἂν εἴης, ἔφη, πᾶσαν τὴν ἡμέραν ἐν τείχει ὀκλάζων.

Ἡ πᾶσαν λέγεις, ἐξὸν ἑορτάζειν; ἑορτὰς γὰρ ἄγοντας πολλοὺς δὴ εἶδον ὁδοιπορῶν.

ἡ δ᾽ ἀγανακτοῦσα Πάντες μὲν γὰρ ἑορτάζουσιν, οὐδενὶ δὲ μέλει τοῦ δέοντος. καὶ οἱ Μύγαλοι ἐπύθοντό τι τῶν γεγενημένων· λόγον γάρ τινα ἤκουσα ἐν τῇδε τῇ οἰκίᾳ γλαυκῶν καὶ ἀστέρων πέρι. οὐ γάρ οὕτως ἀσύνετοί εἰσιν ὥστε μὴ αἰσθέσθαι μηδενός. ἀλλ᾽ ὁ τοὺς ἐν Καντίᾳ ἀστέρας μηχανησάμενος Δαίδαλος ἦν δήπου; μάλα γὰρ εὐήθης ἄνθρωπος.

ὁ δ᾽ ἠπίως ὑπολαβὼν Λοιδορεῖν μέντοι αὐτοὺς οὐ προσήκει ἡμῖν· οἳ γὰρ ἔπαθον ἤ τι ἢ οὐδὲν ἄξιον ἑορτῆς ἔτος τουτὶ ἑνδέκατον.

ἡ δὲ δυσκολαίνουσα Ἐγῷδα τοῦτ᾽, ἔφη· ἀλλὰ γεγηθότας ἡμᾶς οὐ δεῖ παντάπασι μαίνεσθαι. ἔνιοι γὰρ ἀμελοῦντες ὁμιλοῦσιν ἐν πόλει ὥσπερ σπερμόλογοι οὐ μόνον τῆς ἡμέρας δή, ἀλλὰ καὶ φοροῦντες ἱμάτια πάνυ ἀμύγαλα.

καὶ παρακύπτουσα πρὸς τὸν Διμπλόδωρον ἔβλεψεν ὥς τινα τάχα ἐν νῷ ἔχοντα εἰπεῖν τι· ὁ δ᾽ οὐδὲν ἄρ᾽ εἶπεν. ἀναλαβοῦσα οὖν ἐκείνη Χαρίεν γὰρ ἂν εἴη, εἰ ταύτῃ τῇ ἡμέρᾳ ᾗ οἴχεται ὡς ἔοικεν ἐκεῖνος οὗ τοὔνομ᾽ ἄρρητόν ἐστι, τότε δὴ μάθοιεν τὰ παρ᾽ ἡμῖν οἱ Μύγαλοι. ἆρ᾽ ὡς ἀληθῶς οἴχεται, ὦ θαυμάσιε;

Ἔμοιγε δοκεῖ, ἔφη. χάριν οὖν ἔχωμεν πολλῶν ἕνεκα. καὶ γλύκυσμα παρατείνας ὃ καὶ λεμώνιον καλεῖ ἤρετο εἰ γεύσασθαι ἐθέλει· Ἥδιστόν τ᾽ ἐστιν, ἔφη, καὶ ὀξύτατον.

Ποῖον εἶπας;

Ὁποῖον; ἀλλὰ λεμώνιόν ἐστιν ἡδύ τι Μυγάλοις κατεσκευασμένον ᾧ μάλιστα τέρπομαι. γεύσει δῆτα;

ἡ δ' οὐκ ἔφη, ὡς ἀπὸ καιροῦ ὄντος τοῦ διαλέγεσθαι περὶ τῶν τοιούτων. καὶ ἀναλαβοῦσα μαλ' αὖθις Καὶ εἰ ἐκεῖνος, ἔφη, οὗ τοὔνομ' ἄρρητόν ἐστιν ἀληθῶς οἴχεται...

ὁ δ' ὑπολαβὼν Ὦ δαιμονία σοφίστρια, οὔκουν ἔξεστι σοὶ ὀνομάσαι αὐτόν; σοφωτέρα γὰρ εἶ ἢ ὥστε ταὐτὰ ποιεῖν τοῖς ἀνοήτοις· τούτους γὰρ ἕνδεκα ἔτη ἐνεχείρουν ἐγὼ πεῖσαι ὀρθῶς ὀνομάζειν αὐτὸν Φολιδομορτόν.

ἀποκνοῦσα δὲ ἡ Μαγονωγαλέα ἔλαθεν αὐτὸν δύο λεμώνια διέλκοντα γλισχρά. ὁ δὲ θαρρῶν Τί ἐμποδών, ἔφη, μὴ οὐκ ὀρθῶς ὀνομάζειν; ἐγὼ γὰρ οὐ φοβοῦμαι τὸ ὄνομα αὐτοῦ φθέγξασθαι Φολιδομορτόν.

ἀλλ' αὕτη ὀργιζομένη μὲν θαυμάζουσα δέ Σοὶ γάρ, ἔφη, πάρεστι μὴ φοβεῖσθαι ἅτε διαφέροντι τῶν πολλῶν. ὁμολογοῦμεν γὰρ πάντες ὅτι ἐκεῖνος οὗ τοὔνομ' ἄρρητόν ἐστιν, ἐκεῖνος ὁ Φολιδομορτός εἰ τοῦτ' ἄρα δεῖ με φθέγγεσθαι, ὅτι οὐκ ἐφοβεῖτο οὐδένα πλὴν σοῦ, ὦ γένναιε.

ὁ δὲ Διμπλόδωρος ἡσύχως ἔχων Κολακεύεις με, ἔφη. ὁ γὰρ Φολιδομορτὸς πολλῷ ἰσχυρότερος ὢν ἐμοῦ πολλὰς οἶδεν ἀσκεῖν τέχνας ἃς ἐγὼ οὐκ οἶδα.

Σὺ γὰρ μεγαλοφρονέστερος εἶ, ἔφη, ἢ ὥστ' ἀσκῆσαι αὐτάς.

Ἀλλ' εὐτυχεῖς σφόδρα νυκτὸς γενομένης οὐχ ὁρῶσά με ἐρυθριῶντα. τὰ γὰρ ὁμοῖα οὐδέποτ' ἔπαθον ἐξ οὗ ἡ Πομφρεία ἐθαύμασε τὰ ἐμὰ ταινίδια, ἃ ἐφόρουν ποτὲ θερμανῶν τὰ ὦτα.

ἡ δὲ Μαγονωγαλέα ὀξὺ βλέπουσα πρὸς αὐτόν Γλαῦκας μέν, ἔφη, πετομένας περὶ οὐδενὸς ποιοῦμαι· βαρύνομαι δὲ περὶ τῶν λόγων τῶν κατὰ τὴν πόλιν διεσπαρμένων. ἆρ' ἔμαθες ὅ τι πάντες ἐρωτῶσι περὶ αὐτοῦ; διὰ τί ἐξέφυγεν ἢ τί ἐπαύσατο τῆς φυγῆς;

καὶ γὰρ ὡς τοῦτό γε μαθησομένη, ὡς ἐδόκει, ἐπὶ τειχίῳ ἐκάθητο πᾶσαν τὴν ἡμέραν ναρκωμένη τήν πυγὴν καὶ πάνυ ῥιγοῦσα. ὥστε οὔθ' ὡς αἴλουρος οὔθ' ὡς γυνὴ οὐπώποτ' ὀξύτερον βλέψασα πρὸς αὐτὸν ἐφαίνετο ἢ τότε δή. δῆλον γὰρ ὅτι οὐδὲν πιστεύσει, ἐὰν μὴ ἀκούσῃ αὐτοῦ τοῦ Διμπλοδώρου ἐπαληθεύσαντος τὸν λόγον. ὁ δ' οὐδὲν ἀπεκρίνατο, λεμώνιον γὰρ ἄλλο ἐξέλεγεν.

Διετεθρύλητο γὰρ, ἔφη, ὅτι τῆς πάροιθε νυκτὸς ὁ Φολιδομορτὸς ἀφίκετο εἰς τόπον Γοδρίκου Νάπην καλούμενον, ἐρευνήσων τοὺς Ποτῆρας. λέγεται δ' ὅτι παθόντες τι – παθόντες δ' αὖ κακόν τι – καὶ τεθνήκασι.

κατανεύσαντος δὲ τοῦ Διμπλοδώρου, ἀνοιμώξασα Τεθνᾶσι δῆτ',

ὦ Ἄλβε, ἀμφότεροι οἱ Ποτῆρες, ἥ τε Λίλη καὶ ὁ Ἰάκωβος. ἀλλ' ἄπιστον τοῦτ' ἐμοὶ πιστεῦσαι οὐ βουλομένῃ.

ὁ δὲ Διμπλόδωρος ἁπτόμενος τοῦ ὤμου αὐτῆς βαρὺ στενάζων Ἐγῷδα, ἔφη, συντρέχω γὰρ τῷ σῷ πάθει.

ἡ δὲ οὐ βεβαίᾳ τῇ φωνῇ Καὶ μὴν καὶ λέγουσιν ὅτι Ἅρειον τὸν Ποτῆρος ὁ Φολιδομορτὸς ἀποκτεῖναι ἐπιχειρήσας οὐκ ἐδυνήθη. ἱκανὸν γὰρ οὐκ εἶναι. ἀλλ' ὅ τι ἀπεκώλυσε τοῦ ἀποκτεῖναι τοῦτον παιδίον ὄντα ἐννοεῖ μὲν οὐδείς, λέγουσι δὲ ὅτι τῶν ἐλπίδων σφαλεὶς τῆς δυνάμεως ἁπάσης ἡμάρτηκε. τοῦτο γὰρ αἴτιον τῆς φυγῆς.

κατανεύσαντος δὲ μάλ' αὖθις τοῦ Διμπλοδώρου, πάνυ ἀποροῦσα Ἆληθες δῆτα; ἔφη. εἰπέ μοι, ἦ καὶ τοσούτους ἀποκτείνας ἀνθρώπους παιδίον γ' ἀποκτεῖναι οὐκ ἐδυνήθη; πῶς γὰρ οὐχ ὑπερφυὲς τοῦτο; οὔκουν ἀνέλπιστόν τε καὶ ἐκ τοῦ παραδόξου μάλιστα; ἀλλ' ὦ Ζεῦ καὶ θεοὶ πῶς ἔτυχεν ἐπιβιοὺς ὁ Ἅρειος;

Ἀλλ' ἴσως, ἔφη, ὑπονοεῖν μὲν πάρεστιν ἡμῖν, εἰδέναι δ' οὔκ.

ἔπειτα δ' ἡ μὲν ῥινόμακτρον λεπτὸν ἐξελκύσασα καὶ τὰ δίοπτρα ἄρασά τι δάκρυα ἐξωμόργνυτο ἀπὸ τῶν ὀφθαλμῶν, ὁ δὲ ῥῖνα ἀπομύξας ὡρολόγιον ἀπὸ θυλακίου λαβὼν ἐξέταζε. τέχνημα δὲ τοῦτο καινόν τι ἦν· χρυσοῦν γὰρ ὂν καλάμους τινὰς εἶχε δώδεκα λεπτούς, καὶ ἀντὶ ἀριθμῶν εἴδες ἂν πλανήτων ἀστέρων περιστροφάς. ἀποθέμενος δ' οὖν αὐτὸ πάλιν εἰς τὸ θυλάκιον, καὶ δῆλος ὢν συνεὶς ὅ τι μηνύει Ἁγριώδης, ἔφη βραδύνεται. οὗτος γὰρ ἦν δήπου ἐξ οὗ μεμάθηκας ὅτι δεῦρο ἀφιξοίμην;

Οὗτός γε, ἔφη. καὶ σὺ δῆτ' οὐ μέλλεις διδάξαι διὰ τί δεῦρ' ἥκεις εἰς αὐτὸ τοῦτο τὸ χωρίον;

Ἥκω γὰρ ἄγων τὸν Ἅρειον πρὸς τὴν τηθίδα καὶ τὸν ἄνδρα αὐτῆς, μόνους τῶν οἰκείων ζῶντας ἔτι.

ἡ δὲ Μαγονωγαλέα ἀναπηδήσασα Μή μοι τούσδε, ἔφη δεικνῦσα τὴν οἰκίαν τὴν τετάρτην, μὰ Δία μὴ τούσδε φῂς τοὺς ἐν τῇδε τῇ οἰκίᾳ οἰκοῦντας; ὦ δαιμόνι' ἀνδρῶν, μὴ γένοιτο· ἐθεασάμην γὰρ αὐτοὺς πᾶσαν τὴν ἡμέραν· τοιοῦτο δὲ παρεῖχον ἑαυτοὺς γένος οἷον ἀλλοιότερον ἡμῶν οὐδαμοῦ εὕροις ἄν. καὶ τόν γ' υἱὸν εἶδον, ὃς λιπαρῶν τραγήματα προσῄτει παρὰ τῆς μητρὸς λακτίζων αὐτὴν κατὰ πᾶσαν τὴν ὁδόν. μὴ δεῦρ' ἐλθέτω Ἅρειος Ποτήρ, ἀντιβολῶ σε.

Ἄριστον μὲν οὖν τοῦτο τὸ χωρίον· δεήσει γὰρ ἐκείνους ἅτε οἰκείους ὄντας πάντ' ἐξηγεῖσθαι αὐτῷ ἡβῶντι. διόπερ ἐπιστολὴν αὐτοῖς ἔγραψα.

ἡ δὲ πάλιν ἐπὶ τῷ τειχίῳ καθημένη φωνὴν δ' ἀσθενῆ προιεμένη Ἦ καὶ ἐπιστολήν, ἔφη, ὤνθρωπε; πῶς γὰρ σὺ ἐλπίζοις ἂν πάντα τὰ περὶ αὐτοῦ ἐξηγήσεσθαι ἐπιστολὴν δίδους; ἐκεῖνοι γὰρ οὐδέποτε γνώσονται αὐτὸν οἷός ἐστιν· εὐδοκιμήσει γὰρ ἐν πᾶσι περιβόητος γενησόμενος. ἀλλ' ἑορτήν τ' ἀπ' αὐτοῦ ὀνομάσουσιν, ὡς ἔοικε, καὶ βίβλους περὶ αὐτοῦ συνθήσουσι καὶ πάντες οἱ παρ' ἡμῖν τρεφόμενοι τὸ ὄνομ' αὐτοῦ μαθήσονται.

ὁ δὲ σεμνὸν βλέπει· Πολλὴ δ' ἀνάγκη, ἔφη ὑπὲρ τὰ δίοπτρα σκοπῶν. διαθρύπτουσι γάρ τοι τοὺς παῖδας οἱ ἄγαν τιμῶντες ἔτι νηπίους. βέλτιον γὰρ αὐτῷ, ὡς ἔοικε, μὴ τιμᾶσθαι διὰ συμφοράν τινα ἧς οὐδεμίαν ἀνάμνησιν λήψεται καὶ χωρὶς διαιτᾶσθαι μέχρι ἂν ἡβῶν ἔχῃ ἀπολαῦσαί τι τῆς τιμῆς.

ἡ δ' ἔχασκε μὲν ὡς ἀντεροῦσα, μετανοοῦσα δὲ Ὀρθῶς γὰρ λέγεις, ἔφη, ὦ δαιμόνιε. ἀλλὰ πῶς δεῦρο κομισθήσεται; ἄφνω δὲ ἐξέταζε τὴν χλαῖναν αὐτοῦ, ὡς εἰκάζουσα εἰ τὸν Ἄρειον ἐντὸς ἀποκρύπτων τυγχάνει.

Κομισθήσεται δ' ὑπὸ τοῦ Ἁγριώδου, ἦ δ' ὅς.

Ἦ ὀρθῶς φρονῶν σὺ τῷ Ἁγριώδει τοσοῦτο τὸ πρᾶγμα ἐπέτρεψας;

Τὸν γὰρ βίον, ἔφη, αὐτῷ ἐπιτρέψαι θέλοιμ' ἄν.

Πρόθυμος μὲν γάρ ἐστι, τοῦτό γε ὁμολογῶ, ῥᾳθυμίᾳ δὲ πολλάκις χρῆται, ὡς λίαν διακείμενος πρός –

τῆς δ' ἡσυχίας ἄφνω διαλυθείσης, πρῶτον μὲν βορβορυγμὸν ἤκουσαν βαρύν· ἔπειτα δ' ἔτι καὶ βαρύτερον ἐν ᾧ κατὰ τὴν ὁδὸν ἀτενίζοντες καθεώρων φῶς τι ἀπ' αὐτοκινήτου, τέλος δὲ πρὸς οὐρανὸν βλέποντες βαρύτατον δὴ ὑπερφυῶς ὡς. Αἰτναῖος γὰρ μέγιστος αὐτοκίνητος δίκυκλος ἐξ οὐρανοῦ πεσὼν καθειστήκει ἐν τῇ ὁδῷ ἐναντίον αὐτῶν.

δίκυκλον μὲν οὖν τοῦτον καίπερ μέγιστον ὄντα παρ' οὐδὲν ἄγοι τις ἂν παρὰ τῷ γ' ἀνδρὶ τῷ ἐπ' αὐτῷ καθημένῳ παραθέμενος. οὗτος γὰρ ἦν τὸ μὲν ὕψος ὅσον οὐ διπλάσιος τῶν ἄλλων ἀνθρώπων, τὸ δὲ πλάτος πενταπλάσιος. μείζων γὰρ ἐφαίνετο ἢ καθ' ὅσον φύσις ἐνδέχεται, καὶ μάλ' ἄγριος δή. οὐ γὰρ ἦν ἰδεῖν τὸ πρόσωπον ὥσπερ ἐν θάμνοις συγκεκαλυμμένον, μελανότριχός τ' ὄντος αὐτοῦ καὶ λασίου τήν τε χαῖταν καὶ τὸν πώγωνα. καὶ τῶν μὲν χειρῶν ἑκατέραν ἦν προσεικάζειν πώματι στρογγύλῳ, οἷον ἐπ' ἄγγει τιθείη τις ἂν τὰ καθάρματ' ἀπορρίψας, οἱ δ' ἐπὶ ποσὶ κόθορνοι σκύτινοι οὐ πολὺ διέφερον δελφιναρίοιν. πήχεις δὲ μεγάλους καὶ ἰσχυροὺς παρεῖχε, καὶ ἐν ἀγκάλαις κομίζει χρῆμά τι σμικρὸν σπαργάνοις ἐσκεπασμένον.

ὁ δὲ Διμπλόδωρος θαρρήσας Ἥκεις ἄρα, ἔφη, ὦ Ἁγρίωδες. ἀλλὰ πόθεν ἔτυχες τοῦ δικύκλου τοῦδε;

ὁ δὲ εὐλαβῶς ἀναστὰς ἀπ' αὐτοῦ Ἐχρησάμην, ἔφη, ὦ γένναιε· παρέσχε δὲ Σείριος ὁ μέλας. ἀλλ' ἐκεῖνον ἔχω.

Ἀκονιτὶ γὰρ προὐχώρησεν;

Παντελῶς γε, ἦ δ' ὅς ὁ Ἁγριώδης. τῆς γὰρ οἰκίας ὅσον οὐ διεφθαρμένης, ἔσωσα αὐτὸν πρὶν τοὺς Μυγάλους συναθροίζεσθαι. ἐντεῦθεν δ' οὔπω ἐπτόμεθα ὑπὲρ τοῦ Βρίστολ καὶ εἰς ὕπνον ἔπεσεν.

καὶ ὁ Διμπλόδωρος καὶ ἡ Μαγονωγαλέα προσκύπτοντες πρὸς τὰ σπάργανα παιδίον μόλις εἰκάζουσι καθεῦδον. ὑπὸ δὲ πλόκῳ τῆς κόμης μελαίνης ἦν ἰδεῖν τραῦμά τι δεινὸν ἐν τῷ μετώπῳ ὥσπερ ἀστραπήν.

καὶ αὕτη σιγῇ Ἦ καὶ αὐτὸ τοῦτο; ἔφη.

Ἔστιν, ἦ δ' ὅς. τὴν γὰρ τούτου τοῦ τραύματος οὐλὴν εἰς ἀεὶ ἕξει.

Οὔκουν σὺ δύνασαι ἰατρεῦσαί τι;

ὁ δ' Εἴ γε δυναίμην, ἔφη, οὐκ ἂν ἐθέλοιμι. χρήσιμον γάρ τι χρῆμα ἄλλοις τ' οὐλὴ ἐγένετο, καὶ ἔμοιγε αὐτίκα ἡ ὑπὲρ τοῦ γόνατος τοῦ ἀριστεροῦ, ὡς γεωγραφοῦσα τὰ τοῦ Μετρὸ τοῦ Λονδίνου. παραδὸς τοίνυν τὸν παῖδ', ὦ Ἁγρίωδες, ἵν' ἀπεργασώμεθα τοὔργον.

ἐν δ' ἀγκάλαις λαβὼν αὐτὸν ἐστρέψατο πρὸς τὴν τῶν Δουρσλείων οἰκίαν.

ἐκεῖνος δ' Ἦ χαίρειν, ἔφη, ἔξεστί μοι λέγειν αὐτῷ; κατακύψας οὖν καὶ φιλήματα δοὺς αὐτῷ πολλὰ κεκνησμένῳ ὡς ἔοικε διὰ τὸ λάσιον, μέγα δὴ ἐκνυζεῖτο ὥσπερ σκύλαξ τις τετραυματισμένος.

Σίγα, ἔφη ὁ Διμπλόδωρος, εὐφήμει· ὅπως μὴ σὺ τοὺς Μυγάλους ἐξεγερεῖς.

οὗτος δὲ ῥινόμακτρον λαβών - κατάστικτον δ' ἦν καὶ οὕτω μέγα ὥστε κρύψαι τὸ πρόσωπον - πόλλ' αὖ δακρυρροῶν Σύγγνωθί μοι, ἔφη, οὐ γὰρ ἔστι μοι φέρειν ἅμα μὲν τὸ Λίλην τε καὶ Ἰάκωβον τεθνηκέναι ἅμα δὲ τὸ παρὰ Μυγάλοις Ἅρειον μετοικήσειν.

ἡ δὲ Μαγονωγαλέα ψιθυρίζουσα Δυστυχοῦμεν μὲν γάρ, ἔφη, κινδυνεύσομεν δὲ εὑρεθῆναι μὴ σοῦ γε ἡσύχως ἔχοντος. καὶ ἠρέμα ἅπτεται τῆς χειρός, οὐ μὲν δὴ ἑκουσίως, εὐμενῶς δ' ὅμως.

ὁ δὲ Διμπλόδωρος ἅμα τὴν αἱμασιὰν ὑπερβάς – οὐ γὰρ ὑψηλὴ ἦν – καὶ ἐπὶ τὰς θύρας βαδίσας, τὸν παῖδα παρὰ τοῖν σταθμοῖν πράως κατέθηκεν. ἐπιστολὴν δ' ἐκ χλαίνης λαβὼν καὶ ἐν μέσοις τοῖς σπαργάνοις κρύψας, ἐπανῆλθε πρὸς ἐκείνους. καὶ διὰ χρόνου ὀλίγου ἔμειναν οἱ τριτταῖοι βλέποντες πρὸς τὸ ἐν σπαργάνοις συγκεκλῃμένον καὶ μόνον οὐ δακρύοντες. τοῦ δὲ Διμπλοδώρου τὸ ἀπ' ὀφθαλμῶν στιλπνὸν οὐκέτ' ἂν εἶδες.

τέλος δὲ οὗτος Τοιαῦτα μὲν δὴ ταῦτα, ἔφη. περιμεῖναι μὲν οὖν οὐ δεῖ ἡμᾶς, ἑορτάζειν δὲ μετὰ τῶν ἄλλων.

Ἁγριώδης δέ, Πάνυ γε, ἔφη ἔτι καὶ ὀλίγου δέων δακρῦσαι. πᾶσ' ἀνάγκη γάρ μοι τὸν δίκυκλον ἀποδοῦναι, διὸ χαίρειν ὑμῖν λέγω, ὦ

Διμπλόδωρε καὶ Μαγονωγαλέα. καὶ δάκρυα ἀπομόρξας τῇ χειρίδι, ἀναβὰς δ' ἐπὶ τὴν μηχάνην, εἰς κίνησιν ἔβαλε κατὰ δύναμιν τοσαύτην ὥστ' εὐθὺς διὰ σκότον μετεωρίσαι ἀεροδόνητον.

Διμπλόδωρος δ' Ἀλλ' ὄψομαι σέ, ὦ σοφίστρια, ἔφη νεύσας, οὐ διὰ μακροῦ. ἡ δὲ ἐναντίον οὐδὲν ἄλλο ἢ ἀπεμύξατό τι.

οὗτος δὲ στρεψάμενος ἀνὰ τὴν ὁδὸν ἐπανῆλθεν. ἑστηκὼς δὲ τὸ ἀργυροῦν τὸ σβεντήριον εἰρημένον αὖθις λαβὼν ἀνέῳξε. καὶ εὐθὺς ἂν εἶδες φῶς πρὸς τοὺς λυχνεῶνας τοὺς δώδεκα κατὰ μέρος ᾄττειν καὶ ἅμα ψοφεῖν τι, ὥσπερ δώδεκα ἀνασκοπῶν σφαίρας μικρὰς καὶ λαμπροτάτας. τοῦ δὲ χωρίου διαφωτισθέντος καὶ φλεγομένῳ ἐοικότος, εἰκάσαι μὲν ἦν μόλις αἴλουρον πόρρω τῆς ὁδοῦ λάθρᾳ προβαίνοντα. οὐδ' ἔλαθεν αὐτὸν τὰ σπάργανα τὰ ἐκεῖ παρὰ τοῖν τῆς τετάρτης οἰκίας σταθμοῖν.

Εὐδαιμονοίης, ὦ Ἄρειε, ἔφη καὶ τὴν χλαῖναν περιβαλόμενος ἠφανίσθη.

καὶ μάλιστα σκοτεινῆς τε καὶ ἡσυχαίας τῆς νυκτὸς γενομένης, πνεῦμά τι λεπτὸν ἐκίνει τοὺς θάμνους· οἱ γὰρ τοιοῦτοι ἕρκος τι κόσμιον παρέχουσι τοῖς ἔνθαδε οἰκοῦσιν. τῶν δὴ ἐπιχωρίων λίαν πρὸς τὴν εὐκοσμίαν διακειμένων, ἀνελπιστότατον νομίζοις ἂν ἐν τοιούτῳ γε χωρίῳ τοῦ παραδόξου ὁτιοῦν γενέσθαι.

ὁ δ' Ἄρειος Ποτὴρ ἐν τοῖς σπαργάνοις κεκαλυμμένος στρέφεται μέν, ἐγείρεται δ' οὔ. τῆς δ' ἐπιστολῆς ἐχόμενος τῇ δεξιᾷ καθεύδει, οὐδὲν συνειδὼς ἑαυτῷ ἐξαίρετός τ' ὤν, καὶ μέλλων δι' ὀλίγου ἐγερθήσεσθαι ὑπὸ τῆς Δουρσλείας, τὰς θύρας ἀνοιξάσης ἵνα ἐκθῇ τὰ πρὸς γάλα ληκύθια καὶ πόλλ' ἀναβοησάσης. ἀλλ' οὐκ οἶδε τὸν ἀνεψιὸν Δούδλιον τρεῖς κατὰ μῆνας μέλλοντα αὐτὸν λυπήσειν τε καὶ αἰκίσεσθαι, οὐδ' ἦν αὐτῷ εἰδέναι ὅτι πολλοὶ τότ' ἤδη λάθρᾳ συγγενόμενοι προὔπινον τῷ Ἀρείῳ Ποτῆρι τῷ παιδὶ τῷ ἐπιβιόντι.

— *ΒΙΒΛΟΣ Β* —

ΠΕΡΙ ΤΗΣ ΥΑΛΟΥ ΤΗΣ ΗΦΑΝΙΣΜΕΝΗΣ

δέκατον μὲν ἔτος τόδ᾽ ἐπεὶ οἱ Δούρσλειοι τὸ παιδίον ἐκεῖνο τὸ ἀδελφιδοῦν ἐν προθύροις ηὑρήκεσαν· εὕροις δ᾽ ἂν σὺ τὴν τῶν μυρσίνων ὁδὸν ἤ τι ἢ οὐδὲν μετηλλαγμένην. παρὼν γὰρ ἅμ᾽ ἡλίῳ ἀνέχοντι ἴδοις ἂν ἐπὶ ταὐτὸ καὶ πρὸ τοῦ τό εὐκόσμιον τὸ τῶν κήπων καὶ ἐπὶ ταὐτὸ τὸ στίλβον τὸ τοῦ τέτταρες – χαλκοῦς γὰρ ἦν ὁ ἀριθμὸς ὁ ἐν θύρᾳ ἐγκεχαραγμένος – καὶ ἐπὶ ταὐτὸ τὸ δωμάτιον αὐτὸ ἔνθα ἐκείνῃ τῇ νυκτὶ ὁ Δούρσλειος δύσφημον τὸν λόγον τὸν περὶ γλαυκῶν ἤκουσεν. πλὴν ἀλλ᾽ ἐξετάσας τὰς παρ᾽ ἑστίᾳ φωτογραφίας μάθοις ἂν χρόνον ὡς μακρὸν ἐπιγενόμενον· τότε μὲν γὰρ σφαῖράν τινα εἰκάζοις ἂν γέγραφθαι ἐν ταῖς γραφαῖς μεγάλην καὶ ὑπέρυθρον οἵαν οἱ ἐν παραλίᾳ παίζοντες φιλοῦσι βάλλειν ἀλλήλοις, καὶ ταύτην τὴν σφαῖραν πῖλον ἄλλον ἄλλοτε μαλλωτὸν φορεῖν. νῦν δὲ τοῦ Δουδλίου οὐκέτι νηπίου ὄντος παῖδα γνωρίζοις ἂν γεγραμμένον μέγαν καὶ λευκότριχα ποτὲ μὲν ἐπὶ δικύκλου πρῶτον ἱππεύοντα, ποτὲ δὲ πανηγυρίζοντα ἐφ᾽ ἵππου ξυλίνου αἰωρούμενον, ποτὲ δὲ ἀνταγωνιζομένου τοῦ πατρὸς παιδιὰν ἐν ὑπολογιστῇ ἠλεκτρονικῷ παίζοντα, ποτὲ δ᾽ αὖ ὑπὸ μητρὸς περιβαλλόμενον καὶ προσφιλούμενον. ἀλλ᾽ οὐδὲν ἐν τῷδε τῷ δωματίῳ ἴδοις ἂν σημεῖον ἄλλου τινὸς παιδὸς ἔνθα ἐνοικοῦντος.

καίτοι ὁ Ἅρειος Ποτῆρ ἔτι παρὼν ὕπνου νῦν δὴ ἀπολαύει οὐ χρονίου ἐσομένου· τῆς γὰρ Πετουνίας ἤδη ἐγρηγορυίας ὀξεῖα ἡ φώνη θόρυβον ἑωθινὸν παρεῖχεν.

ἡ δὲ κελεύουσα Ἄνα, ἔφη, ἐξεγείρου. ἐκείνου δ᾽ εὐθὺς ἐγερθέντος, κόψασα πάλιν τὴν θύραν Ἄνα, ἔφη κεκραγυῖα.

ὁ δ᾽ ἤκουε πρῶτον μὲν αὐτῆς βαδιζούσης πρὸς τὸ ὀπτάνιον, ἔπειτα δὲ τοῦ τηγάνου ἐφ᾽ ἑστίαν προσθεμένου. ὕπτιος δ᾽ ἀνατετραμμένος, εἰς μνήμην ἀνελάμβανε τὸ νῦν ἐνύπνιον καλὸν γενομένου, ὡς δικύκλου αὐτοκινήτου πέρι αἰωρουμένου· παράδοξα δ' ἐδόκει τὰ τοιαῦτα καὶ πρότερον ὀνειροπολῆσαι.

τὸ δὲ γύναιον πρὸ τῆς θύρας πάλιν ἑστηκυῖα

Ἆρα ἐκ κοίτης; ἔφη.

Σχεδόν, ἔφη ὁ Ἄρειος Ποτῆρ.

Ἐπείγου δῆτα. ἐθέλω γὰρ σὲ ἐφίστασθαι τοῖς κρέασι τηγανιζομένοις. ὅπως μὴ σὺ διακαύσεις αὐτά. ἄμεμπτὰ γὰρ θέλω ἅπαντα τήμερον, ἀγόντων ἡμῶν τὰ γενέθλια τὰ τοῦ ἡμετέρου Δουδλιδίου τηλυγέτου.

ἀνοιμώξαντος δ' ἐκείνου Τί εἶπας; ἔφη διὰ τῆς θύρας ἔτι κεκλειμένης σχετλιάζουσα.

ὁ δέ Οὐδέν φὰς ἐνθυμεῖται ὅπως δή ποτε λέληθεν ἡ τοῦ Δουδλίου γενέθλιος ἡμέρα ἤδη ἐπιγενομένη. βραδέως δ' οὖν ἐξ εὐνῆς ἀναστὰς ηὕρισκε τὰ ποδεῖα, ὧν καὶ ἔτυχε δυοῖν κάτωθεν κειμένων· καὶ ἀράχνην ἔνδοθεν ἐκβαλὼν ἐνδύει. ταῖς γὰρ ἀράχναις συνήθης ἐγένετο ἅτε πολλῶν δὴ ἐνοικουσῶν τῷ σκευοφυλακίῳ τῷ ὑπὸ τῇ κλίμακι ὅπου ἔδει καθεύδειν.

καὶ τὴν ἐσθῆτα ἐνδεδυκὼς κατὰ τὴν διοδὸν ἦλθεν εἰς τὸ ὀπτάνιον. αὐτὴ δὲ ἡ τράπεζα μόνον οὐκ ἠφάνιστο γέμουσα τὰ τῷ Δουδλίῳ δεδομένων γενέθλιον ἄγοντι ἡμέραν. ὁ δ' εἰλήφει, ὡς δοκεῖν, οὐ μόνον τὸν ἠλεκτρονικὸν ὑπολογιστὴν τὸν καινότερον οὗ μάλιστ' ἐγλίχετο, ἀλλὰ καὶ τὸ τηλεοπτικὸν τέχνημα τὸ ἕτερον, καὶ δὴ καὶ τὸν ἀγωνιστικὸν δίκυκλον. ἀλλὰ διὰ τί τοῦτόν γε ποθοίη πάνυ ἠγνόει ὁ Ἄρειος – ἦν γὰρ ἐκεῖνος τὸ σῶμα παχύτατος καὶ τὸ γυμνάζεσθαι περὶ ὀλίγου ἐποιεῖτο, μή γε μετέχον τοῦ πὺξ πατάξαι τινά. πρός γὰρ ἄλλους τε τὴν πυγμὴν ἐκεῖνον ἀσκῆσαι φίλειν καὶ πρὸς αὐτόν, οὐ μὴν οὐδὲ πολλάκις ξυλλαβεῖν Ἄρειον μικρὸν μὲν ὄντα δρομικὸν δ' ὅμως.

ἀλλ' ἴσως διὰ τὸ πόλλ' ἔτη σκοταῖος διατρίψαι ἐν σκευοφυλακίῳ, μικρός τ' ἦν ὁ Ἄρειος καὶ λεπτὸς τοῖς ἡλικιώταις παρακείμενος· καὶ πολλῷ μικρότερος ἐφαίνετο ὅτι ἔδει φορεῖν τὰ σαθρὰ ἱμάτια ἃ ὁ Δούδλιος ἀπέρριψε τὸ μέγεθος ὢν τετραπλάσιος. ἰσχνὸς δ' ἐφαίνετο τὴν ὄψιν, καὶ τἆλλα λεπτοσκελὴς καὶ μελανόθριξ καὶ γλαυκόμματος. γογγύλα δ' ἐφόρει τὰ δίοπτρα, καὶ ταῦτα ταινίᾳ ἀνορθωθέντα κολλητικῇ ὡς πολλάκις διαρραγέντα ὑπὸ τοῦ Δουδλίου πατάξαντος τὴν ῥῖνα αὐτοῦ. ὥστε τέλεον ἄμορφος ἐδόκει ἑαυτῷ πλὴν ἀλλ' οὐλὴν οὐκ ἀτερπῆ εἶχεν ὀλίγον ἀστραπῆς διαφέρουσαν. ταύτην γὰρ ἐξ ἀρχῆς ἔχων συνῄδει· ἐρομένῳ δέ ποτε τί παθὼν εἴληφεν αὐτήν – τοῦτο γὰρ τὸ ἐρώτημα πρῶτον ἤρετο, ὡς οἴεται – ἡ Πετουνία Τότ' ἐτραυματίσθης ὅθ' οἱ τοκεῖς ἀπέθανον ἐν συγκρούσει αὐτοκινήτων. ἀλλ' οὐ θέμις ἀνιστορεῖν περὶ ταῦτα.

τὸ γὰρ μὴ ἱστορεῖν ἐκεῖνο ἔγνω εἶναι τὸ ἓν μέγα τῷ παρὰ τοῖς Δουρσλείοις ἡσυχίαν ἄγειν βουλομένῳ.

ἐνταῦθα δὴ ὁ Δούρσλειος εἰσελθὼν χαίρειν μὲν οὐ προσεῖπεν αὐτόν – ὁ δὲ τόμους κρέως χοιρείου μαγειρικῶς ἔτρεπεν ὅπως μὴ καύσηται – κτενίσασθαι μέντοι.

καὶ εἰς κουρεῖον ἐλθεῖν ἀνὰ πᾶσαν ἑβδομάδα ἀφ' ἐφημερίδος ἀνακύψας μεγάλῃ τῇ φωνῇ ἐκέλευεν αὐτόν. τὰ μὲν γὰρ τοῦ κουρέως πολλαπλασίως ἁπάντων ἔπασχε τῶν συμμαθητῶν, ἐλυσιτέλει δ' οὐδέν· τὰς γὰρ τρίχας χύδην ἀεὶ ἔφυον.

τηγανίζοντος δ' αὐτοῦ τὰ ᾠά, εἰσῄει εἰς τὸ ὀπτάνιον ὁ θεσπέσιος Δούδλιος μετὰ τῆς μητρός. οὗτος δὲ τῷ πατρὶ παντελῶς ὅμοιος ἦν τὸ εἶδος. τὴν μὲν γὰρ ὄψιν εἶχε μεγάλην τε και ἐρυθράν· τὸν δ' αὐχένα ἄδηλον μόλις κεχωρισμένον τῆς κεφαλῆς ἂν εἴποις. οἱ δ' ὀφθαλμοὶ μικροὶ καὶ ἄχροι· τὴν δε κόμην πυκνήν τ' οὖσαν καὶ ξανθὴν λιπαρὰν ἀεὶ παρεῖχε καὶ ὁμαλῶς ἐκτενισμένην ἐπὶ τῇ κεφαλῇ παχείᾳ καὶ σαρκίνῃ. καὶ πολλάκις δὴ ἡ μὲν Πετουνία ᾔκαζεν αὐτὸν πρὸς Ἐρώτιόν τι νήπιον, ὁ δ' Ἄρειος πρὸς δελφάκιον ἐν φενάκῃ.

τὰ δ' οὖν τοῦ ἀρίστου ὠπτημένα ἐπὶ λοπάδας πρὸς τὴν τράπεζαν μόλις κατέθηκεν, ὅπερ οὐ ῥᾴδιον ἦν, αὐτῆς δὴ γεμούσης πολλῶν χρημάτων. ἐν δὲ τῷ μεταξὺ ὁ Δούδλιος τὰ δῶρα καταριθμησάμενος πολλῇ ἀθυμίᾳ τοὺς τεκόντας ὑποβλέπων Τρίακοντα καὶ ἕξ, ἔφη. δυοῖν οὖν ἐνδεῖ πρὸς τὰ πέρυσιν.

ἡ δ' Ἀλλ' ὦ φίλτατ', ἔφη, οὐκ ἠρίθμηκας τὸ τῇ Μάργῃ δεδομένον· ἰδού, ἔστι γὰρ τόδε τὸ ὑπὸ τῷ μεγάλῳ τούτῳ κείμενον ὅπερ ἡ μάμμη καὶ ὁ πάππας ἔδομέν σοι.

Τρίακοντα καὶ ἑπτὰ δῆτ', ἀπεκρίνατο ἐρυθριῶν. ἐν δὲ τούτῳ ὁ Ἄρειος ἰδὼν αὐτὸν κατ' ὀλίγον ὀργιζόμενον καὶ κινδυνεύοντα νεανικὴν εἰς παραφορὰν καὶ μάλιστα Δουδλικὴν ἐμπεσεῖν, τὰ ὄψα ἐπείγεται ἐν τάχει καταβροχθίσαι, φοβούμενος μὴ οὗτος τὴν τράπεζαν ἄνω κάτω στρέψῃ.

καὶ ἡ Πετουνία τοῦ κινδύνου ὀσφραίνεται δηλαδή, καὶ εὐθύς Ἀλλὰ δύο πρὸς τούτοις ὠνησόμεθά σοι δῶρα τήμερον ἀγοράζοντες· ἢ εὖ ἔχει, ὦ ψυχή μου; καὶ δύο γοῦν προσέξεις δῶρα τὸ συμπᾶν. ἆρ' οὐ καλῶς ἔχει, ὦ ἀγαπητέ;

ὁ δὲ διὰ χρόνου ἀπορήσας – οὐ γὰρ ῥᾴδιον ἦν αὐτῷ ἐκλογίζεσθαι τοιοῦτό τι – βράδεως φθεγγόμενος Ἔξω οὖν, ἔφη, τριάκοντα καὶ ... τριάκοντα καί ...

Ἐννέα, ὦ μέλημα τοὐμόν, ἔφη ἡ Πετουνία.

Εἶέν, ἦ δ' ὅς, καλῶς ἔχει δῆτα. καὶ πάλιν καθήμενος τὸ πλησίον ἑαυτῷ δῶρον ἔλαβεν.

ὁ δὲ Δούρσλειος γελάσας Εὖγε, ὦ παῖ, εἶπε καὶ θωπεύων τ' αὐτὸν καὶ τὴν τρίχα κινήσας Βομβάξ, ἔφη, τὸ γὰρ παιδάριον σπουδάζει περὶ τὰ τίμια οὐχ ἧττον τοῦ πατρός.

ἐνταῦθα δὴ ἐτηλεφώνησέ τις· τῆς δὲ Πετουνίας ἐξελθούσης, ὁ Ἅρειος καὶ ὁ Δούρσλειος ἐπισκοποῦσι τὸν Δούδλιον τὰ δῶρα ἐκκαλύπτοντα. καὶ τάδε μὲν ἤδη ἐγεγύμνωτο – λέγω τόν τε δίκυκλον, καὶ τέχνημα κινηματογραφικόν, καὶ ἀερόσκαφος τηλεχειριστέον, καὶ ἑκκαίδεκα παίγνια ἠλεκτρονικά, καὶ μηχάνημα τηλεοπτικογραφικὸν ὃ καὶ βίντεο καλοῦσιν οἱ νῦν, ἔτι δ' ἐγύμνου ὡρολόγιον χρυσοῦν καὶ ἡ Πετουνία σκυθρωπάζουσα ἐπανῆλθεν ἀπὸ τῆς τηλεφώνης.

Οἴμοι τῆς κακῆς ἀγγελίας, ἔφη, ὦ Φέρνιον. ἡ γὰρ Συκέα τὸ σκέλος κατεαγυῖα οὐ δύναται δέξασθαι αὐτόν· τὸν δ' Ἅρειον ἐδείκνυ νεύσασα τῇ κεφαλῇ.

πρὸς δὲ τοῦθ' ὁ μὲν Δούδλιος φόβῳ ἐκπλαγεὶς ἔχασκεν, ὁ δ' Ἅρειος μάλ' ἐθάρρει. καὶ γὰρ κατ' ἔτος ἕκαστον τῶν γενεθλίων ἕνεκα διημέρευον ἔξοδὸν ποιούμενοι αὐτοί θ' οἱ γονεῖς καὶ ὁ υἱὸς καὶ φίλος τις αὐτοῦ ἢ πρὸς κῆπον δημόσιον οὗ τοῖς νέοις ἀρέσκει κινδυνεύειν μετ' ἀσφαλείας ἢ πρὸς ἀλλαντοπώλην ἢ πρὸς κινηματοθέατρον. τὸν δ' Ἅρειον ἀεὶ κατ' οἶκον κατέλειπον, ἐπιτηρουμένης τῆς Συκέας, γυναικὸς γρᾶος καὶ ἔκφρονος, ᾗ οἶκος ἦν οὐ πολλοῦ ἀπέχων. καὶ τόν γε μὲν οἶκον ὁ Ἅρειος πικρῶς ἔφερεν ὄζοντα κακὸν τῶν ῥαφάνων, τὴν δ' ἄνθρωπον αὐτὴν διότι ἀεὶ ἠνάγκαζεν αὐτὸν συνδιασκοπεῖν τὰς φωτογραφίας τὰς ἁπάντων τῶν αἰλούρων ὧν ἔθρεψε πώποτε.

ἡ δὲ Πετουνία Τί δὲ δή; ἔφη ὀξὺ βλέπουσα πρὸς αὐτὸν ὥσπερ πάντ' ἐπιβουλεύσαντα δήπου. λόγῳ μὲν γὰρ δηλονότι πρέπει οἰκτῖραι ἐκείνην τὸ σκέλος κατεαγυῖαν, ἔργῳ δ' οὐ ῥᾴδιον αὐτῷ κοσμίως ἔχειν ἐννοουμένῳ ὅτι τῆτές γε λήσουσιν αὐτὸν καὶ Δρομὰς καὶ Κανάχη Στικτή τε καὶ Τιγρὶς καὶ Ἀλκή.

ἀλλ' ὁ Δούρσλειος εἶπεν Ἆρ' οὐκ ἔστι τηλεφωνῆσαι τὴν Μάργην;

ἡ δὲ γυνή Ἠ σὺ εὐηθίζῃ; μισεῖ γὰρ τὸν παῖδα.

πολλὰ γὰρ τοιαῦτα ἠγόρευον περὶ τοῦ Ἀρείου ὡς περί τινος οὐ παρόντος ἢ καὶ περὶ ζῴου βδελυροῦ δὴ καὶ ἀναισθήτου κοχλίᾳ γυμνῇ ἐοικότος.

Ἀλλ' ἡ δεῖνα, ἡ φίλη σου, Ἰώαννα ... ;

...Ἐκδημεῖ ἐν Πιτυούσσαις.

ὁ δ' Ἅρειος Ἀλλ' ἔμοιγε οὐ φροντίς, ἔφη, ἐνθάδε καταλελειμένῳ, τοῦτ' εἰ δοκεῖ ὑμῖν. ἤλπιζε γὰρ λειφθεὶς μελλήσειν τηλεορᾶν ὅ τι βούλοιτο ἢ καὶ τῷ τοῦ Δουδλίου ὑπολογιστῇ χρῆσθαι.

ἡ δὲ Πετουνία νᾶπυ βλέπουσα Ἀλλ' ἐπανελθόντες, ἔφη ἠγριωμένη, τῆς οἰκίας κατ' ἄκρας διεφθαρμένης τυχησόμεθα.

ἐκεῖνος δ' οὐκ ἔφη ἐν νῷ ἔχειν διαπορθήσειν αὐτήν, οἱ δ' ἀμελοῦσιν αὐτοῦ. ἡ δὲ Πετουνία χαλεπῶς Οὐδὲν ἄρ' ἐμποδών, ἔφη, μὴ πρὸς μὲν τὸν ζωολογικὸν κῆπον ἀγαγεῖν, ἔξω δὲ παραλιπεῖν ἐν τῷ αὐτοκινήτῳ.

ὁ δε Δούρσλειος Νεώνητον δὲ τοῦτο. οὐδαμῶς ἐάσω ἐκεῖνον ἔνδον μεῖναι ἀφύλακτον.

καὶ ἐνταῦθα ὁ Δούδλιος δακρύων μὲν πηγὴν ἱέναι ἐδόκει, τῷ δ' ὄντι οὐκ ἐδάκρυεν, ἅτε δάκρυα ἀληθινὰ πόλλ' ἔτη οὐκ ἀφεὶς εἰ μὴ πρὸς σόφισμα τοίονδέ τι· εὖ γὰρ ᾔδει ἰλλῷ που γεγενημένῳ καὶ πόλλ' ὀλολύζοντι τὴν μήτερα πάντα δώσουσάν οἱ τὰ ἐπιθυμούμενα.

ἡ δὲ περιβάλλουσα τὰς χεῖρας, ὡς βρεφυλλίῳ λέγουσα Ὦ Δουδλίδιον ἐμόν, ἔφη, ὦ γλύκων, μὴ δάκρυε, ἀντιβολῶ σε. ἡ γὰρ μαμμία σου οὐκ ἐάσει τουτονὶ ταράξαι τὰ σὰ γενέθλια.

ὁ δὲ λύζειν καὶ δακρύειν προσποιούμενος πολλῶν μετὰ ποιφυγμάτων Οὐκ ἐθέλω, ἔφη, αὐτὸν ἥκειν ἀεὶ πάντα διαφθείροντα, λέγων δὲ σαρδάνιον ὑπεγέλα τέως προκύπτων διὰ τῶν τῆς μητρὸς ἀγκαλῶν.

ἐνταῦθα δὴ ἠχοῦντος τοῦ τῆς θύρας κώδωνος, ἡ Πετουνία μανικῶς ἔχουσα Νὴ τὼ θεώ, ἔφη, ἀλλ' ἥκουσιν ἤδη. εὐθὺς δὲ εἰσέρχεται ὁ Πιαρὸς Πολύχους φίλος καὶ συνήθης ὢν τοῦ Δουδλίου καὶ ἡ μήτηρ αὐτοῦ. ὁ δὲ παῖς ἦν ἄσαρκος καὶ ἄχαρις πρόσωπον παρέχων γαλῇ ὁμοιότατον· ὅς γ' εἴωθε τὰς τῶν ἄλλων χεῖρας ἀποστρέφειν, τοῦ Δουδλίου ἅμα παίοντος. Δούδλιος δ' ἐπαύσατο εὐθὺς τοῦ δακρυρροεῖν προσποιεῖσθαι.

τοιγαροῦν οὐ διὰ μακροῦ ὁ Ἄρειος ἐν τῷ αὐτοκινήτῳ τρίτος ἐκάθητο τῷ τῶν Δουρσλείων μετὰ τοῦ Πιαροῦ καὶ τοῦ Δουδλίου τὰ τῆς τύχης ἔτι θαυμάζων ὡς οὔποτ' εἰς κῆπον ζωολογικὸν ἐπελθών. καὶ γὰρ τοῦτό γ' ἐποίησαν οἱ Δούρσλειοι ὡς οὐδὲν ἄλλο ἐπινοῆσαι περὶ αὐτοῦ δυνηθέντες.

ἀλλ' ὅμως πρὶν οἴκοθεν ἆραι μόνῳ ἐκείνῳ εἰρηκὼς ὁ Φερνίων τὸ μέτωπον καταντικρὺ παραθεὶς ἐρυθρώτατον γεγενημένον Παραινῶ σοί, ἔφη, ὦ παῖ, παραινῶ σοὶ τόδ' ἔγωγε ὡς εἰ γενήσεται πλημμελὲς καὶ μικρόν τι, δεήσει ἐκεῖ καταμεῖναί σε ἐν τῇ σκευοθηκῇ μέχρι τῶν Χριστουγέννων.

Ἀλλ' οὐ μέλλω ποιήσειν οὐδέν, ἦ δ' ὅς, πιθοῦ μοι.

ὁ δ' οὐκ ἐπίθετο – οὐδεὶς γὰρ ἐπίστευεν οὐδέποτε τῷ Ἀρείῳ.

πρᾶγμα γὰρ ἦν τῷ Ἀρείῳ τοιόνδε· πολλὰ μὲν δὴ καὶ παράδοξα αὐτοῦ παρόντος θαμὰ ἐγίγνετο, ἀεὶ δὲ μάταιον μὴ φάσκειν ἐκπρᾶξαι αὐτά.

καὶ γὰρ ἄλλοτε ἡ Πετουνία ἐπειδὴ μάλ' ἠγανάκτει πρὸς αὐτὸν ὡς ἀεὶ ἀπὸ μὲν κουρείου κατελθόντα, δοκοῦντα δὲ μὴ κεκάρθαι, τὴν ψαλίδα λαβοῦσα οὕτως ἔκειρε τὴν κόμην αὐτοῦ ὥστε μόνον οὐ φαλακρὸς ἐφαίνετο· ἀπέσχετο γὰρ μὴ κεῖραι τὸ τοῦ μετώπου λάσιον ὡς τὴν οὐλὴν κρύπτον ἐκείνην ἣν ἀτερπεστάτην ἐνόμιζε. τούτου γὰρ ἕνεκα ὁ Δούδλιος μέγα ἐκάχασε κατὰ τὸν Ἄρειον. ὁ δ' οὖν ἀγρυπνῶν ὕπαρ ἐννοεῖται οἷα δὴ αὔριον πείσεται τοῖς μαθηταῖς καταγεγελασμένος ἤδη διὰ τό τ' ἄμορφον τὸ τῆς ἐσθῆτος καὶ τὰ δίοπτρα τὰ ταινίᾳ ἀνωρθωμένα κολλητικῇ. τῇ δ' ὑστεραίᾳ ἐξεγειρόμενος τῆς κόμης ἔτυχεν οὐδὲν μεταλλαγμένης ἢ πρὶν κεκάρθαι. μετὰ δὲ ταῦτα δίκην διδοὺς ἐν τῇ σκευοθήκῃ ἠναγκάσθη ἑπτὰ ἡμέρας μεῖναι, καίπερ φράσας ὅτι οὐκ ἔστιν αὐτῷ ἐκφράσαι ὅπως δι' ἐλαχίστου δὴ ἡ κόμη ἀνέφυ.

ἄλλοτε δὲ ἡ Πετουνία ἐβιάζετο αὐτὸν φορῆσαι ἐνδυτόν τι δύσμορφόν τε καὶ σαθρὸν καὶ τῷ Δουδλίῳ κατατετριμμένον ποτέ, οἷον οἱ νῦν πούλοβερ καλοῦσιν. ἐρεοῦν γὰρ ἦν καὶ ὄρφνινον τὸ εἶδος καὶ πεποικιλμένον που θυσάνοις πολλοῖς καὶ ξανθοῖς. ἀλλ' ὅσῳ μᾶλλον αὕτη ἐπεχείρησε κατασπάσαι ἀμφὶ τὴν κεφαλὴν αὐτοῦ τὸ ἐρεοῦν, τοσούτῳ μικρότερον γενέσθαι ἐδόκει, ὥστε τὸ τέλος φαίνεσθαι οἷόν τε ἁρμόζειν ἀγάλματι μὲν νευροσπαστικῷ τινί, Ἀρείῳ δ' οὐδαμῶς. δόξαν μέντοι τῇ Πετουνίᾳ πλυνόμενον τὸ πούλοβερ εἰς μικρὸν συνῆχθαι, τούτου γ' ἄρα τοῦ γεγενημένου ὁ Ἄρειος δίκας οὐ δίδους χάριν ᾔδει μεγίστην δή.

ἄλλοτε δ' αὖ ἐν διδασκαλείῳ εἰς μέγαν κακὸν ἑαυτὸν ἐνέβαλεν ἁλοὺς ἐπὶ τῷ κεράμῳ τῷ τοῦ μαγειρείου. οἱ γὰρ ἀμφὶ τὸν Δούδλιον κατ' ἦθος κυνηγετοῦντες αὐτὸν ἐδίωκόν ποτε. ὁ δὲ ἐξ ἀπροσδοκήτου ἐπὶ τῇ κάπνῃ καθημένος ἔλαθεν οὐ μόνον τοὺς ἄλλους ἀλλὰ καὶ ἑαυτόν. διὸ ἡ σχολάρχης πάνυ ἀγανακτήσασα δι' ἐπιστολὴν ἐξήγγειλε τοῖς Δουρσλείοις ὅτι ὁ Ἄρειος ἐπὶ τὰ ἄκρα τοῦ διδασκαλείου ἀνερριχήσατο. ἀλλ' οὗτος οὐκ ἔφη ἐπιχειρῆσαι οὐδέν· ἀναπηδήσας γὰρ μέλλων κρύψεσθαι ὄπισθε τῶν μεγάλων δοχείων τῶν πρὸς τὰ τοῖς μαγείροις ἐκκεκαθαρμένα, ἐξ ἀπροσδοκήτου ὡς ᾤετο, ἐν μέσῳ τῷ πηδήματι μετεωρισθῆναί πως ὑπὸ τοῦ ἀνέμου. τοῦτο γοῦν ἔλεγε τῷ θείῳ βοῶν διὰ τῆς τοῦ σκευοφυλακίου θύρας τῆς ἤδη συγκεκλῃμένης.

ἀλλὰ ταύτῃ γε τῇ ἡμέρᾳ οὐδὲν κακόν, ὡς οἴεται, χρὴ γενέσθαι, οὐδ' αὖ χαλεπῶς φέρει τὸ μετὰ Δουδλίου τε καὶ Πιαροῦ διημερεῦσαι, ὡς οὐ μέλλων διατρίψειν οὔτ' ἐν διδασκαλείῳ οὔτ' ἐν σκευοφυλακίῳ οὔτ' ἐν τῷ τῆς Συκέας δωματίῳ τῷ ῥαφάνων ἀπόζοντι.

ἐποχούμενος τοίνυν ὁ Δούρσλειος πόλλ' ἐσχετλίαζε τῇ γυναικὶ διαλεγόμενος· ἤρεσκε γὰρ αὐτῷ σχετλιάζειν ὡς δεινὰ πάσχοντι πρός τε τῶν ἐν τῷ ἐργαστηρίῳ καὶ πρὸς τοῦ Ἀρείου καὶ πρὸς τῶν βουλευτῶν καὶ πρὸς τοῦ Ἀρείου αὖθις καὶ πρὸς τῶν τραπεζιτευόντων καὶ πρὸς τοῦ Ἀρείου πάλιν. περὶ γὰρ τῶν τοιούτων μάλισθ᾽ ἥδετο λόγῳ φιλονικῶν. τήμερον δ᾽ οὖν περὶ τῶν αὐτοκινήτων δικύκλων ὁ λόγος. Ἄγαν γὰρ βρέμονται, ἔφη, οἱ κάκιστ᾽ ἀπολούμενοι οὗτοι ταχύνοντες ὥσπερ παράκοποι φρενῶν.

καὶ ὁ Ἄρειος – ἐξαίφνης γὰρ ἐμέμνητο τόδε – Ὠνειροπόλησα δίκυκλον, ἔφη, πετόμενον.

ὁ δὲ Δούρσλειος μονονουχὶ προσέκρουσε τῷ ὀχήματι τῷ ἔμπροσθεν, περιστρεφόμενος δὲ πρὸς Ἄρειον καὶ τὸ πρόσωπον οἷον γογγυλίδα παρέχων μεγάλην καὶ φοινικῆν καὶ μύστακα ἀναφύσασαν βοὴν ὑπέρτονον ἐφίεις Μὴ πέτονται, ἔφη, οἱ δίκυκλοι.

καὶ ἐπισκωπτόντων Δουδλίου καὶ Πιαροῦ, ὁ Ἄρειος Ὀρθῶς λέγεις, ἔφη, ὠνειροπόλουν γάρ.

εἰρημένῳ δὲ τοῦτο παραυτίκα μετέμελεν αὐτῷ. οἱ γὰρ Δούρσλειοι τά τ᾽ ἄλλα αὐτῷ ἐνεκάλουν καὶ τὸ περιττὰ ἐπερωτᾶν καὶ δὴ καὶ τὸ ἄγαν διαλέγεσθαι περὶ τὰ μὴ κατὰ λόγον γενόμενα εἴτ᾽ ὄναρ φαινόμενα εἴτ᾽ ἐν εἰκόνι γεγραμμένα, δεδιότες δηλαδὴ μή πως σφαλερόν τι μάθῃ.

πρὸς δὲ τοὺς κήπους ἄλλοι ξυγκατέβαινον πολλοὶ μετὰ γυναικῶν καὶ παίδων – σχολὴ γὰρ ἦν ἅπασι καὶ πολὺς ἥλιος. οἱ δὲ Δούρσλειοι ἥκοντες τῷ μὲν Δουδλίῳ καὶ τῷ Πιαρῷ παγωτὰ μεγάλα καὶ σοκολατὰ ἐπρίαντο – παγωτὸν γὰρ καλοῦσιν οἱ ἐνθάδε ἀφρόγαλά τι πεπηγμένον καὶ ἡδυσμένον – Ἀρείῳ δὲ ἀδάπανόν τι, γλύκυσμα λέγω κρυστάλλινον λεμωνίου χυμῷ πεποιημένον. καὶ οὐκ ἂν ἔλαβεν οὐδὲ τοῦτ᾽ εἰ μὴ ἡ παγωτόπωλις ἐκ τῆς ἁμάξης μειδιῶσα ἤρετο τί θέλει, φθάσασα ἐκείνους ἀφέλξοντας αὐτόν.

ὁ δὲ οὐ φαῦλον ἔκρινε τοῦτο περιλιχμώμενος δι᾽ οὗ ἐθαύμαζον πάντες πίθηκον τὸ κράνιον ἀφθόνως κνώμενον καὶ μάλ᾽ ὡμοιωμένον τῷ Δουδλίῳ, ὡς ᾤετο, πλὴν ἀλλ᾽ οὐκ ἦν λευκόθριξ.

τήμερον δὴ πλέον εὐφραίνεται ἢ ἐκ πολλοῦ. ἐβάδιζε μέντοι ὀλίγον ἀφιστάμενος τῶν Δουρσλείων, εὐλαβούμενος μὴ οἱ παῖδες – μεσημβρίας γὰρ γενομένης προσκορὲς ἤδη αὐτοῖς ἐγίγνετο τὸ τῶν ζῴων – μὴ ἐπιτρέπωνται πρὸς τὸ μάλιστ᾽ αὐτοῖς ἀρεσκόντως ἔχον τοῦτ᾽ ἐστὶ τὸ τύπτειν αὐτόν.

δόξαν δὲ ἐδώδιμόν τι λαβεῖν ἐν τῷ τῶν κήπων ἑστιατορίῳ, ὁ Δούδλιος οὕτως ἐδυσχέραινε περὶ τῆς θυλακοδόξης – αὐτὴ ἐστὶ παγωτόν τι παμμέγεθες δή – ὡς πάνυ ὑπὸ μέτρου οὔσης, ὥστε ὁ θεῖος τούτῳ μὲν ἄλλην καὶ μείζω Ἀρείῳ δὲ τὸ λείψανον τῆς ἄρτι ἀφειμένης ἔδωκεν ἐσθίειν.

ὕστερον δὲ λογισάμενος ταῦτα συνῄδει ἑαυτῷ τοσαύτης τῆς εὐποτμίας οὐ διὰ μακροῦ μέλλοντι ἀπολαύσειν.

ἡνίκα δὲ δείλη ἐγένετο εἰσῆλθον εἰς οἰκίδιόν τι οὗ ἕρπετα ἐτρέφετο παντοδαπά. ψυχρὸν δὲ ἦν ἔνδον καὶ σκοτῶδες. καὶ διὰ τῶν θυρίδων τῶν παρὰ τοίχους πεφωτισμένων ἴδοις ἂν γαλεώτας παντοίας καὶ δράκοντας περὶ κλάδους ἢ λίθους ἕρποντας καὶ ἰλυσπωμένους. ὁ δὲ Δούδλιος καὶ ὁ Πιαρὸς ἐχίδνας μεγάλας καὶ ἰοβόλους ἤλπιζον ὄψεσθαι καὶ πύθωνας παχεῖς καὶ ἀνθρωποκτόνους· ἐκεῖνος δὲ ταχέως δράκοντα ηὗρε τὸν τῶν ἐκεῖ μέγιστον. τηλικοῦτον δὴ φαίης ἂν πεφυκέναι ὥστε δὶς περιελισσόμενον αὐτὸ τὸ τοῦ Δουρσλείου ὄχημα συνθραῦσαι ὡς φορυτοδοχεῖον ποιησόμενον. οὐ μὴν οὐδὲ τότε ἤθελε ποιῆσαι τοῦτο, ἐκάθευδε γάρ. ὁ δ' οὖν Δούδλιος τὰς ῥῖνας παρέχων ὥσπερ πρὸς τὴν ὕαλον κεκολλημένας, ἀτενὲς πρὸς τὰς ἕλικας αὐτοῦ ἔβλεπε μελαίνας καὶ μαρμαιρούσας.

Πρᾶξον ὅπως κινηθήσεται, εἶπε τῷ πατρί, κρούσαντος δ' αὐτοῦ πρὸς τὴν ὕαλον, οὐδὲν ἐκινήθη ὁ δράκων.

καὶ κελευσθέντος μὲν τοῦ πατρὸς αὖθις τὸ αὐτὸ ποιῆσαι, κρούσαντος δὲ αὖθις τοῖς κονδύλοις, ὁ δράκων ἔτι καθεύδει.

Δούδλιος μὲν οὖν Κεκόρημαι τούτου, ἔφη στένων καὶ ἀπέβη.

ὁ δ' Ἄρειος πρὸ τῆς ὑάλου ἑστὼς βλέπει πρὸς τὸν δράκοντα· οὐ γὰρ ἐθαύμασεν ἂν εἰ οὗτος ἀμέλει κεκορημένος καὶ τέθνηκεν, ὡς οὐδὲν δεχόμενος οὐδέποτε πλὴν ἀνθρώπων βλακικῶν τοῖς δακτύλοις πρὸς τὴν ὕαλον ἀεὶ κρουόντων καὶ λυπῆσαι πειρωμένων. κακίων γὰρ ἔδοξεν ἡ τοιαύτη δίαιτα ἢ τὸ ἐν σκευοφυλακίῳ κοιμᾶσθαι δεχόμενον μόνην τὴν Πετουνίαν κρούουσάν τε πρὸς τὴν θύραν καὶ ἐξεγεῖραι πειρωμένην. ἐξεῖναι γὰρ αὐτῷ γοῦν τὴν ἄλλην οἰκίαν περιελθεῖν.

ὁ δὲ δράκων ἔλυσεν ἄφνω τοὺς ὀφθαλμούς. ἰδού· καὶ γὰρ τήν τε κεφαλὴν βραδύτατα ἀνακύψας καὶ τοὺς ὀφθαλμοὺς παρασχὼν ἐξ ἴσου τῷ Ἀρείῳ, ἐσκαρδάμυξεν.

ὁ δὲ τέως μὲν ἀτενέσι τοῖς ὀφθαλμοῖς κέχηνε, ἔπειτα δὲ εὐλαβηθεὶς μὴ παρών τις αἴσθηται αὐτοῦ, πάλιν δὲ πρὸς ἐκεῖνον ἀποβλέψας, ἐσκαρδάμυξε καὶ αὐτός.

καὶ νεύσας ὁ δράκων τῇ κεφαλῇ πρὸς τοὺς Δουρσλείους, καὶ ἐπάνω τὰς ὀφρῦς ἀνασπάσας, πρὸς τὸν Ἄρειον ἀφελῶς ἔβλεψεν ὡς βουλόμενος εἰπεῖν ὅτι Ἔμοιγε καθ' ἡμέραν συμβαίνει ταῦτα.

Ἐγᾦδα, ἦ δ' ὃς τονθορύζων δι' ὑάλου αὐτῷ, οὐ πεπεισμένος εἰ ἀκούει. Λυπηρὰ γὰρ ταῦτα δηλονότι, ἔφη.

ὁ δὲ κατένευσε βιαίως.

Πόθεν τῆς γῆς ἦλθες; ἔφη ὁ Ἄρειος.

ὁ δὲ τῇ οὐρᾷ διασείσας γράμματα ἔδειξε πρὸς τῇ ὑάλῳ. παραβλέψας οὖν ἐκεῖνος ἀνέγνω τόδε·

ΒΟΑΣ ΣΥΣΦΙΓΚΤΗΡ ΒΡΑΣΙΛΙΟΣ.

Ἦ καλῶς εἶχε τὰ ἐκεῖ; ἔφη.

τούτου δὲ μάλ' αὖθις διασείσαντος πρὸς τὰ γράμματα, ὁ Ἄρειος πλέον ἔτι ἀναγνοὺς ὅτι *ΤΟΥΤΟ ΤΟ ΖΩΙΟΝ ΕΝ ΚΗΠΟΙΣ ΕΓΕΝΝΗΘΗ*, *Οὔκουν*, ἔφη, *Βρασιλίαν ἐπελήλυθας δῆτα;*

κατανεύσαντος δ' αὐτοῦ τοσοῦτ' ἐθορύβησέ τις ὄπισθεν αὐτῶν ὥστε πάντως φοβεῖν ἀμφοτέρους μεγάλῃ τῇ φώνῃ λέγων ὅτι *Ὦ Δούδλιε, Ὦ Δούρσλειε, δεῦρ' ἔλθετε· βλέψατε πρὸς τόνδε τὸν δράκοντα. ἄπιστον γὰρ καὶ τερατῶδές τι πάσχει.*

ὁ δὲ Δούδλιος σαῦλόν περ βαδίζων ὡς δυνατὸν ἦν τάχιστα προσῆλθεν.

Οὗτος σὺ ἄπιθι ἐκποδών, ἔφη, τὸν δ' Ἄρειον ἀφύλακτον ἐπιπεσὼν τοσοῦτο ὕβρισε τὰ στέρνα πατάξας ὥστε πρὸς τοὔδαφος ῥάξαι.

τὰ δ' ἐντεῦθεν οὕτω ταχέως ἐπεγένετο ὥστε μηδένα ἀκριβῶς ἰδεῖν ὅ τι καὶ ξυνέβη. καὶ γὰρ ἐν ἀκαρεῖ ἅμα μὲν ὁ Πιαρὸς καὶ ὁ Δούδλιος πρὸς τῇ ὑάλῳ ἐπικλινόμενοι παρίσταντο, ἅμα δὲ ὑλακτοῦντες ἀνεπεπηδήκεσαν. ὁ δ' Ἄρειος κεχηνὼς ἀνέκυψε· τὸ γὰρ ὑάλινον τὸ πρὸ τῆς τοῦ δράκοντος ἕδρας ἔμπροσθεν προβεβλημένον, τοῦτο νῦν δὴ εἰς τὸ πᾶν ἠφάνιστο. τοῦ δὲ δράκοντος ἐκείνου σπουδῇ ἐξελιξάμενος τε καὶ χαμᾶζε ὀλισθάνοντος, οἱ ἐν τῷ οἰκοδομήματι κεκραγότες ὁμοῦ πρὸς τὰς ἐξόδους πανταχόθεν ἔτρεχον. παρολισθάνων δὲ ἔδοξε τῷ γε Ἀρείῳ συρίσσων τι μιξοβαρβάρῳ τῇ φωνῇ φθέγξασθαι ὅτι *Φροῦδός εἰμι πρὸς Βρασιλίαν βησόμενος. εὐχαριστῶ σοι, ὦ ἑταῖρε. εἰς τὸ καλόν.*

ὁ δὲ ἑρπετόφυλαξ καταπεπληγμένος συνεχῶς ἐρωτῶν *Ἀλλὰ τὸ ὑάλινον*, ἔφη, *ποῖ γῆς ἀπηλλάγη; ποῦ τὸ ὑάλινοι;*

καὶ τῇ μὲν Πετουνίᾳ παραμυθησόμενος ὁ ἐπὶ τῶν κήπων αὐτὸς ποτόν τι ἀκεσφόρον θερμὸν καὶ γλυκὺ δίδους – τέϊον δὲ τοῦτο καλοῦσι – συγγνώμην παραιτεῖτο. ὁ δὲ Πιαρὸς καὶ ὁ Δούδλιος ὅλοι εἶχον πρὸς τῷ μεγάλ' ἰάχειν. οὐ μὴν ἀλλ' ἐδόκει τῷ γ' Ἀρείῳ ὁ δράκων οὐδὲν πρᾶξαι ἐκτὸς εἰ παίζων τι τῶν πτερνῶν αὐτοῖς προσεποίησατο ὀδὰξ λαβέσθαι. καίτοι πάλιν καθημένων πάντων ἐν τῷ ὀχήματι, ἐμυθολόγει μὲν ὁ Δούδλιος ὡς ὁ δράκων τὸ σκέλος μονονουχὶ ἀπέδηξεν, ἐτραγῴδει δὲ ὁ ἕτερος ὡς ἐπενόει ἐν ἕλιξι λαβόμενος σφιγχθέντα ἀποπνῖξαι. ἀλλ' ὃ μάλιστα ἐλύπησεν αὐτὸν τόδ' ἦν· ἡγήσατο γὰρ Πιαρὸν ἐν ἑαυτῷ γενόμενον εἰρηκέναι ὅτι *Ὁ Ἄρειος διελέγετο μετ' αὐτοῦ· ἢ οὐκ ὀρθῶς λέγω, ὦ Ἄρειε;*

οἰχομένου οὖν οἴκαδε τοῦ Πιαροῦ, μέχρι τούτου γὰρ ἐχρόνιζεν, ὁ Δούρσλειος ἐνεργῶς καθήπτετο τοῦ Ἀρείου εἰς τοσοῦτον ὀργῆς ἐληλυθὼς ὥστε μηδὲν ὡς εἰπεῖν αὐδῆσαι· μόλις δ᾽ ἀφίετο τὰ ῥήματα τάδε δύσπνους περ ὤν· Ἄπιθι· πρὸς σκευοφυλάκιον· κατάμενε αὐτοῦ· ἐδέσματ᾽ οὐδένα, πρὶν συμπεσεῖν εἰς δίφρον, τῆς χολῆς τοσοῦτο ἐπιζεούσης ὥστε τὴν γυναῖκα ἐδέησεν εὐθὺς δοῦναι αὐτῷ τῆς μετάξης πάνυ πολύ πιεῖν – τοῦτον γὰρ ποιοῦνται τὸν ποτὸν οἱ νῦν τὸ πνεῦμα ἀποστάζοντες ἀπὸ τοῦ ἀκράτου.

ὕστερον δὲ ἐν τῷ σκευοφυλακίῳ κατακείμενος καὶ ὑπὸ μακρῷ ζόφῳ γενόμενος ὁ Ἄρειος σφόδρ᾽ ἐπόθει ὡρολογίου. τὴν γὰρ ὥραν οὐκ εἰδώς, οὐδ᾽ εἰ οἱ Δούρσλειοι ἤδη εἰς ὕπνον κατηνέχθησαν, ἐφοβεῖτο μὴ οὐ πρὸς τὸ ἀκίνδυνον εἴη τὸ εἰς τοὐπτάνιον ἕρπειν σιτησόμενον, μὴ καθευδόντων αὐτῶν.

παρὰ γὰρ τοῖς Δουρσλείοις βίον διῆγεν ἔτος τοῦτο δέκατον, καὶ συνῄδει ἀεὶ τεταλαιπωρηκὼς ὅσον χρόνον ἐκ βρεφυλλίου ἐν μνήμῃ πεφύλαχεν, ἐξ οὗ ἀπέθανον οἱ γονεῖς ἐν τῇ ὀχημάτων συγκρούσει ἐκείνῃ. οὐ μὴν οὐδ᾽ ἐμέμνητο αὐτὸς παρὼν τότε ἐν τῷ ὀχήματι ὅτε ἐτελεύτησαν· ἀναμιμνησκομένῳ δὲ αὐτῷ ἐνίοτε τοῦ πάλαι εἰργμένῳ διὰ μακροῦ ἐν τῷ σκευοφυλακίῳ μόλις εἰσῄει τοιόνδε τι· οὐ μόνον ἑωρακέναι, ὡς ἐφαίνετο, φῶς τι χλοαυγὲς ὥσπερ ἀστραπὴν ἐκλάμπον, ἀλλὰ καὶ τὸ μέτωπον πεπονθέναι ἀφόρητόν τι. ταῦτα γὰρ εἶναι, ὡς εἰκάσαι, τὰ τῆς συγκρούσεως, πλὴν ἀλλ᾽ οὐ ξυνιέναι τὸ χλοαυγὲς ὅθεν γένοιτο. τῶν δ᾽ οὖν γονέων οὐδὲν ἐμέμνητο, ἐπεὶ οἱ μὲν Δούρσλειοι οὐκ ἔλεγον οὐδὲν περὶ αὐτῶν οὐδέποτε, οὐδ᾽ ἐξῆν ἐπερωτᾶν δήπου, φωτογραφία δ᾽ οὐδεμία ὑπῆρξεν αὐτῶν ἐν τῇ οἰκίᾳ.

ἐν δὲ τῷ πρὸ τοῦ χρόνῳ πόλλ᾽ ὀνειροπολῶν ἤλπιζε μὲν τῶν ἀναγκαίων ἄγνωτόν τινα ἀφίξεσθαι διασώσοντα αὐτόν, μάτην δέ. συγγενεῖς γὰρ χωρὶς τῶν Δουρσλείων οὐχ ἔχειν. ἐνίοτε δὲ τῶν τυχόντων τις, ὥς γε ἐδόξαζεν ἢ μᾶλλον ὡς ἤλπιζε, καὶ ἐγνώρισεν αὐτόν. τούτων δὲ πολλοὶ βάρβαροι ὄντες σχῆμα βαρβαρικὸν δὴ παρεῖχον. ποτὲ μὲν γὰρ ἄνθρωπος νᾶνος πιλίδιον φορῶν ὑψηλὸν καὶ ἰοειδὲς προσεκύνησεν αὐτὸν ἀγοράζοντα μετὰ τῆς Πετουνίας καὶ τοῦ Δουδλίου. ἡ δὲ ὀργίλως ἐλέγξασα αὐτὸν εἴ γε τὸν ἄνθρωπον γνωρίζοι, εὐθὺς ἀπέσπασεν αὐτοὺς ἐκ τῆς ἀγορᾶς οὐδὲν πριαμένη. ποτὲ δὲ γραῦς τραχὺ βλέπουσα καὶ πράσινα ἐνδεδυμένη τὰ πάντα ἐν λεωφορείῳ ἐχειρονόμησεν ὥσπερ φιλοφρονησομένη αὐτόν. πρώην δ᾽ αὖ ἄνθρωπός τις φαλακρὸς μέχρι τῶν σφυρῶν πορφυρίδα σύρων περιέπλεξε μὲν αὐτὸν ἐν τῇ ὁδῷ, ἀπέβη δὲ οὐδὲν φθεγξάμενος. πρᾶγμα δὲ παραδοξότατον ἦν τὸ εὐθὺς ἀφανισθῆναι ἑκάστοτε τοὺς τοιούτους ὅταν ὁ Ἄρειος ἐπιχειροίη ὁμιλῆσαι μετ᾽ αὐτῶν.

ἐν δὲ τῷ διδασκαλείῳ οὐδεὶς παρίστατο τῷ Ἀρείῳ. πάντες γὰρ οἱ φοιτῶντες ᾔδεσαν τοὺς ἀμφὶ τὸν Δούδλιον μισοῦντας ἐκεῖνον τὸν ἱμάτιά τε μείζω ὑπερ τὰ νόμιμα ἔχοντα καὶ διερρηγμένα τὰ δίοπτρα· καὶ μὴν οὐδεὶς ἤθελεν ἀπᾴδειν ἀπ᾽ ἐκείνων.

— ΒΙΒΛΟΣ Γ —

ΑΙ ΑΠ' ΟΥΔΕΝΟΣ ΕΠΙΣΤΟΛΑΙ

κόλασιν τοίνυν ἐκ τῆς τοῦ δράκοντος τοῦ Βρασιλικοῦ διαφυγῆς ἀπέλαυσε μακροτέραν ὁ Ἅρειος ἢ πρὸ τοῦ· λυθεὶς δὲ τέλος ἀπὸ τοῦ σκευοφυλακίου, θέρους ἤδη μεσοῦντος τοὺς ἑτέρους μαθητὰς κατέλαβεν σχολάζοντας. ἀτὰρ καὶ τὰ τοῦ Δουδλίου τὰ νεωστὶ κεκτημένα ἐπεπόνθειν ἤδη ὧδε· τοῦτο μὲν τὴν κάμεραν κινηματογραφικὴν καὶ τὸ ἀεροσκάφος τηλεχειριστέον ἔπραξεν ὥστε κατεαγέναι, τοῦτο δ' ἐπὶ τοῦ δικύκλου ἀγωνιστικοῦ τὸ πρῶτον ἡνιοχήσας κατέβαλε τὴν Συκέαν αὐτοῖς τοῖς σκήπτροις χωλὴν ἔτ' οὖσαν διὰ τὴν τῶν μυρσίνων ὁδὸν προβαίνουσαν.

ἡδὺ δ' οὖν τὸ μήκετι εἰς διδασκαλεῖον, ὅμως δ' ἀηδίαν ἀνείχετο ὁ Ἅρειος καθ' ἡμέραν πρὸς τῶν περὶ τὸν Δούδλιον ἀεὶ ἐν τῇ οἰκίᾳ διατριβόντων, Πιαρὸν λέγω καὶ Δέννον καὶ Μαλακὸν καὶ Γοργωπόν, ἐπίσημον ὄντα ἕκαστον διὰ πάχος τε τῆς σαρκὸς καὶ βλακείαν τῶν φρενῶν. ὥστε ὁ Δούδλιος μὲν ἅτε πάντων παχύτατος καὶ βλακότατος πεφυκὼς εἰκότως ἐστρατηλάτει, οἱ δ' ἕτεροι συνακολουθοῦντες ἥδοντο μετ' αὐτοῦ διατρίβην ἀσκοῦντες ἣν περὶ πλείστου ἐποιεῖτο, τὴν ἁρειοκυνηγίαν λέγω.

ἀνθ' ὧν ὁ Ἅρειος ἀπεδήμει ἐφ' ὅσον ἐδύνατο ἀπὸ τῆς οἰκίας πόρρω περιπλανώμενος καὶ φροντίζων τὰ μετὰ τὸ θέρος. ἐλπίδος γὰρ καὶ σμικρᾶς δὴ τόθ' ὑποφαινούσης ᾔσθετο. τοῦ γὰρ ἔτους πρὸς μετόπωρον γενομένου ἀπὸ τοῦ Δουδλίου τὸ πρῶτον τοῦ βίου ἀπέσεσθαι φοιτῶν πρὸς φροντιστήριον. τοῦτον γὰρ ἕνα γεγράφθαι τῶν μαθητῶν τοῦ πατρῴου φροντιστηρίου ἐκείνου, Σμέλτιγξ καλουμένου – τοῦτ' ἐστὶν ἑλληνιστὶ Χωνεύσεις. καὶ τὸν Πιαρὸν Πολυχοῦν αὐτόσε φοιτήσειν. μαθητεύσειν δ' αὐτὸς τοῖς τῆς Στωνουάλλης – αὕτη δ' ἑλληνιστὶ Κώλυσις καλεῖται, οὖσα οἷον σχολεῖον μονοτάξιον καλοῦσιν οἱ νῦν, ὡς τῶν μαθητῶν οὐδαμῶς ἐξαιρέτων ὄντων φοιτᾶν δ' ἐξὸν τῷ βουλομένῳ. τοῦτο δ' ἔδοξε τῷ γε Δουδλίῳ γελοῖόν τι.

Τοὺς γὰρ νέον εἰς τὸ σχολεῖον ἐκεῖνο ἐπελθόντας, ἔφη, βρέχουσιν αὐτίκα ὤσαντες πρανεῖς εἰς τὴν ἄφοδον – τὸν γὰρ κοπρῶνα ᾐσχύνετο φθεγγόμενος. ἆρα δοκεῖ σοι ἐπάνω ἐλθόντι γυμνάζεσθαι περὶ ταῦτα;

Ἥκιστά γ', ἦ δ' ὅς. ἀθλία γοῦν ἡ ἄφοδος δεινότερον οὐπώποτε παθοῦσα ἢ τὸ τὴν κεφαλήν σου δέξασθαι, εἰκότως ναυτιᾶν κινδυνεύσει. ταῦτ' εἰπὼν ἀπέδραμε πρὶν ἐκεῖνον λογίσασθαι τί εἴρηκεν.

μῆνος δ' οὖν τοῦ Ἰουλίου ἡ Πετουνία, δέον ἀγαγεῖν τὸν Δούδλιον Λονδίνονδε ὠνησόμενον τὴν πρὸς Χωνεύσεις στολήν, ἔλιπε τὸν Ἄρειον παρὰ τῇ Συκέᾳ. ἡ δ' ἐδόκει φιλικώτερον διακεῖσθαι πρὸς αὐτὸν ἢ τὸ πρίν. ὑπεσκελισμένη γὰρ, ὡς τὸ πρᾶγμα ἀπέβη, ὑφ' ἑνὸς τῶν αἰλούρων, οὐκέτι ὡσαύτως φιλαίλουρος ἦν. καὶ γὰρ οὐ μόνον εἴασεν αὐτὸν κατὰ γνώμην τηλεορᾶν, ἀλλὰ καὶ ἔδωκεν αὐτῷ πλακοῦντος σοκολάτου· γευσαμένος δὲ ὁ Ἄρειος εἴκασε τεθησαυρισμένον αὐτὸν πόλλ' ἔτη.

ἐπειδὴ δ' ἑσπέρα ἐγένετο, ὁ Δούδλιος ἐπίδειξιν ἐποιήσατο τοῖς Δουρσλείοις τῆς καινῆς στολῆς. οἱ γὰρ μαθηταὶ οἱ τῶν Χωνεύσεων ἀμπέχονται ὧδε· φορεῖ ἕκαστος φοινικῆν τ' ἐφεστρίδα θωρακοειδῆ ἐκτεταμένην πρὸς τὸ ὀπίσω εἰς οὐράν τινα – ὃ καὶ οἱ ἐπιχώριοι τάϊλκωτ καλοῦσι – καὶ θυλάκους κροκωτούς – τοῦτο δὲ νικήβροχον – καὶ πέτασον ἐκ καλάμης ἐσκευασμένον – καὶ τοῦτο ναυτικόν – καὶ δὴ καὶ βάκτρον τι ὀζῶδες. πρόχειρα γὰρ τὰ βάκτρα παρέχουσι ταῦτα ἵνα ῥαπίζωσιν ἀλλήλους λαθόντες τοὺς διδασκάλους. ἀλλὰ γὰρ ὁμολογεῖται τοῦτο παίδευσιν εἶναι χρηστὴν πρὸς τοὐπίον αὐτοῖς εἰς ἄνδρας τελοῦσιν.

βλεπόντων τοίνυν ἁπάντων πρὸς ἐκεῖνον τοὺς καινοὺς θυλάκους ἀμπεχόμενον, ὁ Δούρσλειος μεγαλαυχούμενος μὲν ὀλίγον δὲ φθέγγεσθαι δυνάμενος οὐκ ἔφη λαμπροτέραν ἑωρακέναι ἡμέραν ἐν φάει ὤν· ἡ δὲ γυνὴ δακρυρροοῦσα οὐκ ἔφη τοῖς ὄμμασι πίστιν ἔχειν ὁρῶσα τὸ βρεφύλλιον αὐτῆς Δουδλιδιδίον νεανίαν ἐκτελῆ γεγενημένον καὶ ὡραῖον ὡς σφόδρα· ὁ δ' αὖ Ἄρειος οὐκ ἐτόλμα φάναι ὁτιοῦν ὡς ἤδη κατεαγώς που δύο τῶν πλευρῶν διὰ τὸ μὴ ἀνέδην ἀνακαγχάσαι.

τῇ δ' ὑστεραίᾳ εἰς τοὐπτάνιον ἐλθὼν ἀριστοποιησόμενος, πάνυ ἐμυσάχθη δυσοσμίας αἰσθόμενος, ὡς ᾤετο, ἐκ μεγάλου χαλκίου ἐν τῷ πλυνῷ κειμένου, καὶ ἐμπεπλημένου – τοῦτο γὰρ φανερὸν ἐγένετο αὐτῷ ἀκριβέστερον σκοποῦντι – ῥάκεσι ῥυπάροις ἐν ὕδατι θολερῷ νηχομένοις.

Τί δαὶ τοῦτο; ἔφη.

ἡ δὲ Πετουνία ὥσπερ τὸ ἔθος χείλη μύσασα ὡς ἀγανακτοῦσα

αὐτῷ τολμήσαντι προτεῖναι ἐρώτημά τι Αὕτη γε, ἔφη, ἡ σὴ στολὴ ἡ πρὸς παιδείαν καινή.

ὁ δὲ Ἄρειος Ἀλλ' οὐκ ἠξίουν, ἀπεκρίνατο, δεῖν αὐτὴν οὕτως ὑγρὰν γενέσθαι.

χαλεπαίνουσα δέ Μὴ φλυαρήσῃς, ἔφη. ἐγὼ γὰρ βάπτω σοι ἔνια τῶν περιττῶν τοῦ Δουδλίου ἱματίων φαιὰ ποιησομένη ἵνα μὴ φανερὸς ᾖς τὸ σχῆμα σὺ διαφέρων τῶν πολλῶν.

ἀλλὰ περὶ τοῦτο σφόδρ' ἠπίστει μὲν οὗτος, ἔδοξε δ' ὅμως μηδὲν ἀντειπεῖν. καθήμενος οὖν παρὰ τὴν τράπεζαν ἐπειρᾶτο μὴ βαρύνεσθαι ἐνθυμούμενος τὰ τῆς πρώτης ἐν Κωλύσει ἡμέρας εἴ γ' ἄρα γέλωτ' ὀφλήσει ἀμπεχόμενος δοκοῦντα περιτμήματα ἢ καττύματα ἐξ ἐλέφαντος σύφαρος πεποιημένα.

εἰσελθόντων δὲ τοῦ Δουρσλείου καὶ τοῦ Δουδλίου τὰς ῥῖνας ἀνασπώντων διὰ τὸ μὴ μύρου πνεῖν τὰ πλυνόμενα, ὁ μὲν ὅλος περὶ τὴν ἐφημερίδα ἦν, ὁ δὲ συνεχῶς τῷ χωνευτικῷ βάκτρῳ τὴν τράπεζαν ἔκοπτε – τοῦτο γὰρ πανταχοῦ ἐφόρει. καὶ ἤκουσαν τότε μὲν κτύπον τοῦ γραμματοκιβωτίου τότε δὲ δοῦπον τῶν ἐπιστολῶν πρὸς τοὔδαφος πιπτουσῶν.

ἐκεῖνος δὲ τὴν ἐφημερίδα ἔτι προβαλλόμενος Ἔνεγκέ μοι, ἔφη, τὰς ἐπιστολάς, ὦ Δούδλιε.

ὁ δ' ὑπολαβὼν Πρᾶξαι σύ, ἔφη, ὅπως Ἄρειος οἴσεται.

ἐκεῖνος δ' αὖ Ἔνεγκέ μοι, ἔφη, τὰς ἐπιστολάς, ὦ Ἄρειε.

ὁ δ' Ἄρειος Πρᾶξαι σύ, ἔφη, ὅπως Δούδλιος οἴσεται.

κἀκεῖνος Σκάλευ' αὐτὸν τῷ χωνευτικῷ, ὦ Δούδλιε.

καὶ τοῦτο μὲν ἀπαμυνάμενος ὁ Ἄρειος μετελθὼν δὲ τὰς ἐπιστολάς, τρία ἐπὶ τῷ φορμῷ κείμενα εἶδε· τὸ μὲν παρὰ τῆς Μάργης τῆς ἀδελφῆς τοῦ Δουρσλείου τότε ἐν τῇ Οὐέκτει ἀποδημούσης δελτάριον ὂν ἐπιστολικόν, τὸ δὲ ξανθόν τι περιβολάδιον ἐν ὅτῳ εἰκότως γράμματα εὕροις ἂν ἀργυρίου ἀπόδοσιν ἀπαιτοῦντα, τρίτον δέ, τὸ καινότατον, ἐπιστολὴν πρὸς ἑαυτὸν διαπεμφθεῖσαν. ἀναλαβὼν γοῦν ἀτενίζει πρὸς αὐτήν, ψαλλομένης δὴ τῆς καρδίας καθάπερ εἰ ταινίαν τις κόμμι ἐλαστικοῦ μεγάλην ἔκρουσεν. οὐδεὶς γὰρ δι' ὅλου τοῦ βίου ἐπιστολὴν ἔγραψεν αὐτῷ, οὐδὲ συνῄδει οὐδενὶ γράψαι ἂν βουλομένῳ, οὐχ ὑπαρχόντων οὔτε ἑταίρων οὔτε συγγενῶν. οὐδ' αὖ ἐπιστόλιόν τι ἐδέξατο τοιοῦτο οἷον οἱ σκαιοὶ τῶν βιβλιοφυλάκων πέμπουσιν ἀπαιτήσοντες βιβλίον, ὡς βιβλία δὴ οὐ χρησάμενός ποτε ἀπὸ τῆς δημοσίας βιβλιοθήκης. ἰδοὺ πρόκειται ἐπιστολὴ εὔστοχον δὴ ἐπιγραφὴν παρέχουσα εἰς τοσοῦτο ἀκριβείας γεγραμμένην ὥστε μηδαμῶς ἁμαρτεῖν·

πρὸς τὸν Ἄρειον Ποτῆρα,
τὸ ὑπὸ κλίμακι σκευοφυλάκιον,
ὁδὸς τῶν μυρσίνων δ',
Λίτελ Οὐίντζιγκ,
Σοῦρι

τὸ δὲ περιβολάδιον παχύ τ' ἦν καὶ βαρύ, ὡς ἐκ διφθέρας παρασκευασμένον, καὶ ὑπόξανθον. οἱ δὲ τῶν γραμμάτων χαρακτῆρες καλάϊνοι. γραμματόσημον μὲν οὐδέν, πορφυροῦν δὲ σφράγισμα κήρινον – τοῦτο γὰρ εἶδεν ἀναστρέψας αὐτὴν τῶν χερῶν τρεμουσῶν – ἐν ᾧ τετυπουμένοι λέων καὶ ἀετὸς καὶ ὄφις καὶ γαλῆ καὶ ἐν μέσῳ γράμμα τι μέγα οἷον τὸ ὖ ψιλόν.

ὁ δὲ Δούρσλειος ἀπὸ τοῦ ὀπτανίου βοῶν Σπεῦδε, ἔφη, ὦ παῖ, καὶ γελῶτα παρασχὼν ἑαυτῷ Τί πράττεις; ἢ περὶ ἐπιστολῆς πυροφόρου πολυπραγμονεῖς;

ἐκεῖνος δ' ἐπὶ τὸ ὀπτάνιον ἐπανῆλθεν, ἀτενίζων ἔτι πρὸς τὴν ἑαυτοῦ ἐπιστολήν. καὶ τὰ μὲν – λέγω γὰρ τὸ δελτάριον ἐπιστολικὸν καὶ τὸ ξανθὸν περιβολάδιον – τῷ Δουρσλείῳ παρέδωκε, τὸ δ' ἑαυτοῦ καθήμενος πάλιν ὡρμήθη βραδέως ἀνοῖξαι.

ὁ δὲ ἕτερον μέν – τὸ γὰρ ξανθὸν τοῦτ' ἔτυχεν ὄν – σχίσας τε καὶ ἀνοίξας ἐβδελύχθη, ἕτερον δὲ ἀνατρεψάμενος

Ἡ Μάργη, ἔφη, μαλακῶς ἔχει κόγχην καταπιοῦσα κακήν.

ὁ δὲ Δούδλιος ἐξαίφνης Ὦ πάτερ, ἔφη παππίζων, ὦ πατρίδιον, Ἄρειος ἔχει τι.

τὸν δ' ἔτι μέλλοντα διαπτύξαι τὴν αὑτοῦ ἐπιστολήν – πεποιημένη γὰρ ἔτυχε τῆς αὐτῆς διφθέρας τῷ περιβολαδίῳ – ἔφθασεν ἐκ χερῶν τραχέως ἀφαρπάσας ὁ Δούρσλειος. ὁ δὲ πάλιν ἁρπάσαι ἐπιχειρήσας Ἐμόν, ἔφη, τοῦτο.

ἀλλ' ἐκεῖνος μυκτηρίζων Τίς γὰρ σοί, ἔφη, γράψαι βούλοιτ' ἄν; τὴν γοῦν ἐπιστολὴν σείσας καὶ μιᾷ χειρὶ ἁπλώσας παρέβλεψεν. μεταβολὴν δὲ τοῦ προσώπου εἶδες ἂν θάττω ἐξ ἐρυθροῦ εἰς χλωρὸν τῆς τῶν ἐν λεωφόρῳ φαναρίων. ἀλλ' οὐκ ἀπέχρησε τοῦτό γε· διὰ μικροῦ γὰρ τοσοῦτο ὠχριακῶς ὥστε καὶ ὀλίγον διενεγκεῖν πτισάνης πάνυ ἠμελημένης, τὴν γυναῖκα μόλις ἐπωνόμασεν ὀτοτύζων.

Δούδλιον δὲ ἐξαρπάσαι ἐπιχειροῦντα ἐκώλυσε κρατῆσαι μετέωρον αὐτὴν φυλαττόμενος. ἡ δὲ Πετουνία τί ποτ' εἴη θαυμάσασα ἐλάβετο μὲν αὐτῆς, στίχον δὲ πρῶτον ἀναγνοῦσα, ὀλίγου ἐδέησε παραχρῆμα ὑπ' ἰλίγγου καταπεσεῖν. ἐπιθεὶς δὲ τὴν χεῖρα τῷ τραχήλῳ, καὶ φωνὴν ἀφιεῖσα ὀξεῖαν ὡς ἀποπνιγησομένη Οἴμοι, ἔφη, ὦ Φέρνιον, οἴμοι τάλαινα.

ἔβλεπον δὲ συνεχῶς πρὸς ἀλλήλους ὡσπερεὶ ἐπιλελησμένοι τῶν παίδων ἔτι παρόντων. ὁ δὲ Δούδλιος τῷ οὕτως ὀλιγωρεῖσθαι οὐ συνήθης ὤν, ἐρράπισε τὴν τοῦ πατρὸς κεφαλὴν τῷ χωνευτικῷ λέγων ὅτι Ἐγὼ μάλα βουλοίμην ἂν ἀναγνῶναι ἐκείνην τὴν ἐπιστολήν.

ὁ δ' Ἄρειος Ἔγωγε μάλιστα βούλομαι· ἐμὴ γάρ ἐστιν.

ἀλλ' οὖν ὁ Δούρσλειος Ἄπιτ' ἄμφω, ἔφη ὠθῶν τὴν ἐπιστολὴν πάλιν εἰς τὸ περιβολάδιον. Ἄρειος ἐκινήθη μὲν οὔ, βοῶν δ' εἱστήκει·

Ἐγὼ τὴν ἐμὴν, ἔφη, αἰτῶ ἐπιστολήν.

ὁ δὲ Δούδλιος ἅμα Πάρες ἔμοιγε ἰδεῖν.

ὁ δ' αὖ Δούρσλειος Οὐκ ἐρρήσετε; ἔφη ἀναβοῶν, καὶ ἄμφω τοῦ αὐχένος λαβὼν καὶ εἰς τὴν αὐλὴν ἐκβαλὼν τὴν θύραν ἐπήραξεν.

οἱ δ' εὐθὺς σιωπῇ μὲν σπουδαίως δ' ὅμως προσεπάλαιον ἀλλήλοις. ἑκάτερος γὰρ ἠθέλησεν αὐτὸς διὰ τοῦ κλειθριδίου ἀκοῦσαι. νικήσαντος δὲ τοῦ Δουδλίου, ὁ Ἄρειος, τῶν διόπτρων ἐξ ἑνὸς ὠτὸς ἐξαρτωμένων, πρανὴς ἔκειτο χαμαὶ ἐκτεταμένος ὡς δέον ἀκοῦσαι διὰ τὸ διεστηκὸς τὸ μεταξὺ τῆς θύρας καὶ τοῦ ἐδάφους. ἤκουσαν δὲ τάδε τῆς Πετουνίας τρομερᾷ τῇ φωνῇ φθεγγομένης·

Ἦν βλέψον μοι, ἔφη, εἰς τὰ τῆς ἐπιγραφῆς· πῶς γὰρ εἶχον ἂν ἀκριβῶς εἰδέναι ὅπου καθεύδει; ὦ Φέρνιον, εἰπέ μοι· ἆρα μὴ τηροῦσι τὴν οἰκίαν;

Ἐξόν γε τηρεῖν ἐφορᾶν ἰχνεύειν ἡμᾶς, ἦ δ' ὅς εἰκῇ μύζων.

ἡ δὲ Οἴμοι τί δραστέον; ἔφη. ἦ ἀποκρινώμεθα πρὸς αὐτούς; ἀντιγράψον δὴ τάδε ὅτι οὐ βουλόμεθα ...

ἐν δὲ τούτῳ ὁ Ἄρειος ἑώρα τὰς ἀρβύλας μελαναυγεῖς τὰς τοῦ Δουρσλείου ἄνω κάτω ἐν τῷ ὀπτανίῳ περιπατοῦντος. τέλος δὴ ἤκουσε τοῦ Δουρσλείου τάδε·

Ἥκιστα, ἔφη, ἥκιστά γε. χαιρέτω ταῦτα. ἐὰν δὲ μὴ ἀντεπιθῶμεν ἐπιστολήν ... ναί. τοῦτο γὰρ βέλτιστον, τὸ ἀμελῆσαι πάντα.

τῆς δὲ γυναικὸς μελλούσης ἀντιφθέγξεσθαί τι ὑπολαβὼν Οὐκ ἐθέλω, ἔφη, ὦ γύναι, ξενίσαι οὐδένα τῶν τοιούτων ἐν τῇ οἰκίᾳ. οὔκουν τότε δὴ ἐφθάνομεν ἐπομοσάμενοι ἐπεὶ τὸν παῖδα ἀνειλόμεθα ἦ μὴν καθαιρήσειν τὸ ἀλιτήριον τοῦτο καὶ τὴν βωμολοχίαν;

περὶ ἑσπέραν δὲ ἀπὸ τοῦ ἐργαστηρίου ἐπανελθὼν καινότατόν τι ἔπαθεν οἷον πρότερον οὐδέποτε· πρὸς γὰρ τὸν Ἄρειον ἐν αὐτῷ τῷ σκευοφυλακίῳ ἔβη. καὶ τεθλιμμένος περ ταῖς φλιαῖς μόλις εἰσῆλθεν.

καὶ ὁ Ἄρειος παραχρῆμα Ποῦ ἐστὶν ἡ ἐμὴ ἐπιστολή; ἔφη. τίς ἔστιν ὃς ἐπιστέλλει μοι ἐπιστολήν;

ἐκεῖνος δὲ βραχεῖ λόγῳ Οὐδείς, ἀπεκρίνατο. αὕτη γὰρ ἐπεστάλη σοι δι' ἁμαρτήματος. διὸ κατακέκαυκα αὐτήν.

ἀλλ' ὁ Ἄρειος μάλα λυπούμενος Ἁμάρτημα δ' οὐκ ἦν, ἔφη, ἐγέγραπτο γὰρ ἐν αὐτῇ τὸ σκευοφυλάκιόν μου.

ὁ δὲ Δούρσλειος τόν γε παῖδα εὐφημεῖν κελεύων τοσοῦτον αὐτὸς ἀνέκραγεν ὥστε ἀράχνας οὐκ ὀλίγας ἀπ' ὀροφῆς καταπεσεῖν. καὶ διὰ μικροῦ ἀσθμαίνειν τι ἔδει, ἔπειτα δὲ ὑπεγέλα, τὸ πρόσωπον μόλις εἰς τὸ φαιδρὸν ἀναγκάσας, τοῦτό γε, ὡς ἔοικε, χαλεπώτατον ὄν.

Εἶέν, ἔφη. περὶ δὲ τοῦτο ἡμεῖς τὸ σκευοφυλάκιον ἐνενοησάμεθα – μικρὸν μὲν γὰρ αὐτό, μακρότερος δὲ σὺ γεγένησαι – ἐννοησάμενοι δὴ ὅπως σου μάλιστα κηδώμεθα, ἐγνώκαμεν ὅτι ἡδὺ ἔσται σοὶ ἐνθένδε μεταστῆναι εἰς τὸ τοῦ Δουδλίου δώματιον τὸ ἕτερον.

Διὰ τί; ἔφη.

ἐκεῖνος δὲ Μήδεν ἱστορεῖν. ἄγε δή· ἔνεγκε πάντα ἐπάνω τὰ σκεύη ταῦτα εἰς τὸ ὑπερῷον.

εἶχε δὲ τοῖς Δουρσλείοις οὕτω τοῦ ὑπερῴου ἡ θέσις. δωματίων γὰρ τεττάρων ὑπαρχόντων, τὸ μὲν πρῶτον ἐκείνοις ἦν εὐνατήριον, τὸ δὲ δεύτερον λόγῳ μὲν ξένιον ἔργῳ δὲ ὡς ἐπὶ πολὺ τῇ Μάργῃ ἐξαίρετον τῇ τοῦ Δουρσλείου ἀδελφῇ, τὸ δὲ τρίτον καὶ τὸ τέταρτον τῷ γε Δουδλίῳ· ἐν μὲν γὰρ ἑτέρῳ ἐκάθευδεν, ἑτέρῳ δὲ τά τε παίγνια κατέθηκε καὶ τὰ ἄλλα σκεύη περιττὰ ὅσα ὁ θάλαμος μὴ χωροίη. ὁ δ' Ἄρειος ἅπαξ ἀναβὰς τὰ ἑαυτοῦ πάντα μετήνεγκεν ἀπὸ τοῦ σκευοφυλακίου εἰς τὸ δωμάτιον. καὶ ἐπὶ τῇ κοίτῃ καθήμενος πανταχόσε περιέβλεπεν. εἶδε γὰρ πάντα ὡς εἰπεῖν διεφθαρμένα· οἷον τὸ τέχνημα κινηματογραφικὸν τὸ μηνιαῖον ἔκειτο ὑπὲρ ἅρματος μάχης μικροῦ – τούτῳ γὰρ χρησάμενός ποτε ὁ Δούδλιος κατέβαλε τὸν τοῦ παροικοῦντος κύνα. καὶ ἐν γωνίᾳ εἶδε τὸ σκεῦος τηλεοπτικὸν τὸ πρῶτον δεδωρημένον ὅπερ διέφθειρεν ἐκεῖνος λακτίσας, τοῦ προγράμματος τοῦ μάλιστ' ἐρωμένου ἀναιρεθέντος. οἰκίσκος δ' ἦν ὀρνίθειος μέγας ἔνθα ψιττακὸς διέτριβέ ποτε. τὸ δ' ὀρνίθιον ἀντέδωκέ ποτε ἀνθ' ὅπλου τινὸς ἀεροβόλου, ὃ ἐπὶ σανιδίῳ διεστραμμένον καὶ ἀνωφελὲς ἔκειτο ἐξ οὗ ἐκεῖνος κατ' αὐτὸ ἐκάθισεν ἑαυτόν. εἶδε δ' αὖ βιβλία πολλὰ ἐπ' ἄλλοις σανιδίοις κείμενα· ταῦτα μέντοι μόνα τῶν ἐν τῷ δωματίῳ ἀκέραια ἐδόκει.

κάτωθεν δ' ἤκουσε τοῦ Δουδλίου πρὸς τὴν μητέρα βοῶντος, μᾶλλον δὲ ὑλακτοῦντος. ὁ δὲ Ἔγωγ' οὐκ ἐθέλω ἐκεῖνον ἐνεῖναι αὐτόθι, ἔφη. ἐγὼ γὰρ δέομαι τοῦ δωματίου αὐτός. πρᾶξαί μοι ὅπως ἄπεισιν.

στενάξας δὲ ὁ Ἄρειος ἐξέτεινεν ἑαυτὸν ἐπὶ τῇ κοίτῃ, πολλὰ φιλοσοφῶν. χθὲς μὲν γὰρ ἐβούλετ' ἂν οὐδὲν μᾶλλον ἢ τὸ ἐνταῦθα καθεστηκέναι· τήμερον δὲ προείλετ' ἂν καὶ ἐν τῷ σκευοφυλακίῳ μένειν ἐφ' ᾧτε ἔχειν τήν γ' ἐπιστολὴν πρὸ τοῦ δεῦρο μεθεστηκέναι μὴ ἔχοντα.

τῇ δ' ὑστεραίᾳ, ἐπειδὴ καιρὸς ἦν τοῦ ἀρίστου, πάντες σώφρονας καὶ μετρίους παρεῖχον ἑαυτούς. ὁ μὲν γὰρ Δούδλιος παντοῖος ἐγεγένητο· ἐβόησεν, ὕβρισε τὸν πατέρα τῷ χωνευτικῷ, ἤμεσεν ἐκ παρασκευῆς, ἐλάκτισε τὴν μήτερα, κατέρρηξε τὸ τοῦ θερμοκηπίου στέγος τὴν χελώνην ῥίψας εἰς αὐτό· ἀλλ' οὐχ οὕτω τοῦ δωματίου πάλιν εἰλήχει. τῷ δ' Ἀρείῳ μεμνημένῳ τὰ χθὲς ὅπως ἀπέβη, σφόδρα δὴ μετέμελε τοῦ μὴ ἐν θυρῶνι ἀνοῖξαι τὴν ἐπιστολήν. οἱ δ' αὖ Δούρσλειοι δριμὺ ἔβλεπον πρὸς ἀλλήλους.

ἐπειδὴ δὲ ἧκεν ὁ ἐπ' ἐπιστολῶν, ὁ Δούρσλειος, ὡς τὸν Ἄρειον φιλοφρονούμενος, Δούδλιον ἐκέλευσεν ἐνεγκεῖν αὐτάς. ἤκουσας δ' ἂν αὐτοῦ ἀνὰ τὸν θυρῶνα βαδίζοντος τῷ χωνευτικῷ κρούοντος τὰ ἐκεῖ. ἀλλ' ἄφνω ἐβόησε λέγων ὅτι Καινή τίς ἐστιν ἐπιστολή· πρὸς τὸν Ἄρειον Ποτῆρα, τὸ στενότατον δωμάτιον, ὁδὸς τῶν μυρσίνων δ'...

ἐκεῖνος δὲ φωνῇ ὥσπερ ἀποπνιγομένου του μόλις φθεγξάμενος, καὶ ἀπὸ τοῦ δίφρου ἀναπηδήσας, ἔδραμεν ἀνὰ τὸν θυρῶνα ὀλίγον φθάσας τὸν Ἄρειον. ἀλλ' ἐδέησεν αὐτὸν ὑποσκελίσαι τὸν Δούδλιον ἵνα κρατήσῃ τῆς ἐπιστολῆς· τοῦτο δὲ χαλεπώτερον ἐγένετο τοῦ Ἀρείου ἐκ τοὔπισθεν λαβόντος αὐτὸν τοῦ αὐχένος. δι' ὀλίγου μὲν οὖν ἅπαντα συνεχύθη, διαπολεμούντων αὐτῶν ἀλλήλοις καὶ πολὺ τῷ χωνευτικῷ ῥαπιζομένων, τέλος δὲ ὁ Δούρσλειος ἀσθμαίνων περ ἀνέστη ἴσχων τῇ δεξιᾷ τὴν τοῦ Ἀρείου ἐπιστολήν. καὶ τῷ μὲν Ἀρείῳ Ἄπιθι, ἔφη, ἄπιθι πρὸς τὸ σκευοφυλάκιον, πρὸς τὸ δωμάτιον λέγω, τῷ δὲ Δουδλίῳ Ἄπιθι ἀτεχνῶς.

ἐν δὲ τῷ καινῷ δωματίῳ ἄνω καὶ κάτω περιπατῶν ὁ Ἄρειος ἐλογίζετο τάδε· εἶναι γὰρ οἵτινες ᾔδεσαν οὐ μόνον μεταστάντα αὐτὸν ἐκ τοῦ σκευοφυλακίου ἀλλὰ καὶ τὴν προτέραν ἐπιστολὴν οὐ λαβόντα. πῶς γὰρ τοὺς τοιούτους οὐ τὸ αὐτὸ αὖθις ἐπιχειρήσειν; μηχανήσεσθαι οὖν αὐτὸς βουλευσάμενος βούλευμα τι καίριον ὅπως μὴ σφαλήσονται.

*

τῇ δὲ ὑστεραίᾳ ἐπειδὴ κατ' ὄρθρον τὸ ἐγερτήριον ὡρολόγιον ἐσάλπιγξεν ἡμέραν, ὁ Ἄρειος εὐθὺς κατασιωπήσας αὐτὸ ὅπως μὴ ἐγείρῃ τοὺς Δουρσλείους καὶ ἀψοφητὶ τὰ ἐσθήματα περιβαλόμενος, καὶ λύχνον οὐκ ἀνάψας λάθρᾳ ἔβη κάτω.

ἤλπιζε γὰρ περὶ τὸ ἔσχατον τῆς μυρσίνων ὁδοῦ καθιστάμενος καὶ τηρῶν τὸν ἐπ' ἐπιστολῶν φθάσας λήψεσθαι τὰ γράμματα. καὶ πάνυ ἤδη ἀναπτοήμενος εἷρπε σκοταῖος ἐπὶ τὴν αὔλειον. ἐξαίφνης δὲ Παπαπαπαῖ εἶπε βοῶν, ἅμα δὲ μετέωρος ἀνεπήδησεν. ξυνῄδει γὰρ ἑαυτῷ πατοῦντι μέγα τι ἐπὶ τῷ φορμῷ κείμενον καὶ μαλακὸν δὴ καὶ ἔμψυχον. λύχνον δέ τινος τῶν ἐπάνω ἀνάψαντος, ἐπὶ τῷδε εἶδε τὸ μαλακὸν ἐκεῖνον χρῆμα πρόσωπον ἄρ' ὂν τὸ τοῦ θείου. ὁ δ' ἐν ὑπνοσάκῳ ἀπόκοιτος ἔκειτο πρὸ τῆς αὐλείου, ὡς φυλαξόμενος τὸν Ἅρειον μὴ ποιήσει ὃ καὶ τότ' ἐποίει. προπηλακίσας δ' αὐτὸν ἐπὶ μήκιστον ἐκέλευσεν ἐνεγκεῖν οἱ τέϊου πιεῖν. ταλαιπωρῶν οὖν οὗτος εἰς τοὐπτάνιον ἀκούσιος ἀπέβη. ἐπανελθὼν δ' εἶδε τὰς ἐπιστολὰς κεκομισμένας καὶ ἐπὶ γόνασι τοῦ Δουρσλείου ἤδη κειμένας, τρεῖς δ' αὐτῶν καλαΐνοις τοῖς γράμμασιν ἐγκεχαραγμένας.

Βούλομαι ... ἔλεγεν, ἀλλ' ἰδοὺ ἐκεῖνος μανικῶς σπαράσσει τὰς ἐπιστολὰς ἐπ' ὀφθαλμῶν αὐτοῦ ἔτι λέγοντος τὸ βούλομαι.

ἔδοξε δὲ τῷ θείῳ ταύτῃ τῇ ἡμέρᾳ μὴ φοιτῆσαι εἰς τὴν ἀγοράν. μείνας οὖν οἴκοι τὸ γραμματοκιβώτιον συνέκλῃσε γόμφους καθηλώσας ἰσχυρούς.

Ἰδού, ἔφη, τοὔργον μηνύσας τῇ γυναικὶ πολλοὺς ἔτι γόμφους ἐν τῷ στόματι ἔχων. ἀδύνατον γὰρ αὐτοῖς προσκομίσαι τὰς ἐπιστολάς, παυστέον ἄρα δηλονότι τῆς ὁρμῆς.

ἡ δὲ γυνή Ἀλλ' ἔγωγε οὐ πάνυ πέπεισμαι, ἔφη, ὦ ἄνερ.

Δούρσλειος δὲ Θάρρει, ἔφη, γύναι, οἱ γὰρ τοιοῦτοι οὐ φρονοῦσι τὰ καθ' ἡμᾶς, μάλ' ἀνόμοιοι πεφυκότες, ἐπιχειρῶν ἅμα γόμφον ἐμπῆξαι τόμῳ πλακοῦντος ὃν ἄρτι ἐδέξατο παρ' αὐτῆς.

*

τῇ δ' ὑστεραίᾳ - τῇ Παρασκευῇ καλουμένῃ πρὸς τῶν νῦν - δώδεκα δὴ ἐπιστολαὶ Ἀρείου ὄνομα ἐγγεγραμμέναι ἐκομίσθησαν· γραμματοκιβωτίῳ δὲ οὐκ ἐξὸν χρῆσθαι, ὁ κομίζων ἔωσέ τε ὑπό τῆς θύρας καὶ ἐβιάσατο παρὰ τὰς θύρας καὶ δὴ καὶ ἐνέβαλεν ἐνίας διὰ τὴν φωταγωγὸν τὴν τοῦ βαλανείου στενήν περ οὖσαν.

Δούρσλειος οὖν οἴκοι αὖθις ἔμεινεν. καὶ ἐπειδὴ κατέκαυσε τὰς ἐπιστολάς, τυπάδα καὶ γόμφους ἐνεγκὼν πάντα τὰ περὶ τὰς θύρας ξύλῳ συνέκλῃσεν ὥστε μηδένα ἐξιέναι. καὶ σπουδάζων πολὺ ᾖδει μὲν τέως μινυρόμενος τὸ Ἄκροισι διαβὰς λείρινον γύην ποσίν, ἀναπηδᾷ δ' ἀκούσας ψόφου καὶ λεπτοῦ τινός.

*

τῇ δ' ὑστεραίᾳ - τῇ Σαββάτῳ καλουμένῃ - τὰ πράγματα ἐπὶ τὸ πλέον ἀκολασίας ἀφίκετο· καὶ γὰρ εἴκοσι καὶ τέτταρες ἐπιστολαὶ πρὸς Ἅρειον πεπεμμέναι εἰς τὴν οἰκίαν ἀπεδόθησαν. κεκρυμμέναι γὰρ ἦσαν καὶ συνεπτυγμέναι, τὸ καινότατον, μία ἐντὸς ἑκάστου τῶν ᾠῶν τῶν εἴκοσι τεττάρων ἃ ὁ ἐπὶ γάλακτος διὰ τῆς φωταγωγοῦ παρέδωκε τῇ Πετουνίᾳ μάλα τεταραγμένος. μετὰ δὲ ταῦτα ὁ μὲν

Δούρσλειος ἐν νῷ ἔχων κακῶς λέγειν τινὰ ἐτηλεφώνησε τό τε ταχυδρομεῖον καὶ τὸ γαλακτοπωλεῖον, ἡ δὲ τέως ἐτεμάχισε τὰς ἐπιστολὰς ἐν τῷ μίξερ – τοῦτο γὰρ ὄργανόν τί ἐστι τοῖς νῦν μαγείροις χρήσιμον πρὸς τὸ ὡς τάχιστα τεμαχίζειν τἆλλά τε καὶ τὰ λάχανα.

καὶ ὁ Δούδλιος ταῦτα σφόδρα θαυμάζων Ποῖός τις ἄν, ἔφη, μετὰ σοῦ γε, ὦ Ἄρειε, διαλέγεσθαι οὕτω σπουδάζοι;

*

τῇ δ' αὖ ὑστεραίᾳ, ἣν Κυριακὴν καλοῦσιν, ὁ Δούρσλειος πρὸς τὸ ἄριστον κατεκλίνατο τετρυχωμένος μὲν δοκῶν, εὔθυμος δ' ὅμως.

Τῇ γοῦν Κυριακῇ, ἔφη πολλῆς μετ' εὐθυμίας, οὐ νόμιμον ἀποδιδόναι τὰς ἐπιστολάς, ἀλείφων ἅμα τάς γ' ἐφημερίδας ἀντὶ τῶν ἄρτων τῷ γλυκυπίκρῳ οἷον οἱ νῦν μαρμελάδαν καλοῦσι. Μὰ Δί' ἀλλ' οὐ μὴ κομίσῃ τήμερον οὐδεὶς ἐπιστολὴν οὐδεμίαν.

ἔτι δὲ λέγοντα τάδε, ᾆσσόν τι διὰ τῆς καπνοδόχης τὸν αὐχένα ἐκ τοῦ κάτοπιν ἐπάταξε. καὶ γὰρ ὡς τετταράκοντα ἐπιστολαὶ ἐκ τῆς ἐσχάρας ἐπέτοντο ὥσπερ ἀπὸ σφενδόνης ἐκριπιζόμεναι. κεκυφότων μὲν οὖν κάτω τῶν Δουρσλείων, τοῦ δ' Ἀρείου ἀναπηδῶντος εἴ πως ξυλλάβοιτο καὶ μιᾶς γε, ἐκεῖνος πόλλ' ἤδη σκορακίζων ἐξιέναι ἐκέλευσεν αὐτῷ.

μέσον δ' ἔχων τὸν Ἄρειον ἐξέβαλεν εἰς τὸν θυρῶνα. καὶ ἐπειδὴ τάχιστα ἡ Πετουνία καὶ ὁ Δούδλιος τὸ πρόσωπον ταῖν χεροῖν καλύψαντες ἐξέδραμον, ἐπεσπάσατο τὴν θύραν. ἀκροᾶσθαι δ' ἦν ὅμως τὰς ἐπιστολὰς ἀεὶ εἰς τὸ δωμάτιον ἐπιρρεούσας καὶ ἁλλομένας ἀπὸ τῶν τε τοίχων καὶ τοῦ ἐδάφους.

Οὐ γὰρ ἀλλ' ὑπερβάλλει τάδε, ἔφη ἐλπίζων κοσμίως λέγειν, ἀποτίλλων δὲ τέως τρίχας ἀπὸ τοῦ μύστακος πυκνάς. κελεύσας δὲ αὐτοὺς ταχέως ηὐτρεπισμένους εἶναι ὡς εὐθὺς ὁρμὴν ποιησομένους, Δεῖ ὑμᾶς, ἔφη, τὰ ἱμάτια μόνον συσκευάσασθαι, ἀποδημήσομεν γάρ. οὐ μὴ ἀμφισβητήσετε.

καὶ οὕτω χαλεπὸς βλέπεται ἐφ' ἡμιτελεῖ τῷ μύστακι ὥστ' οὐδεὶς ἀντεῖπεν. ἀλλ' οὐ πολλῷ ὕστερον τὰς θύρας τὰς ἄρτι συγκεκλῃμένας μόλις ἀνοίξαντες, εἰσβάντες δὲ εἰς τὸ ὄχημα ἠπείγοντο ἀνὰ τὴν λεωφόρον· ὁ δὲ Δούδλιος πόλλ' ἐκνυζεῖτο ὅς γε κατὰ κόρρης ἐπλάγη ὑπὸ τοῦ πατρὸς κωλύσαντος αὐτὸν τῷ γεμίζειν εἰς σάκον τὰ κτημάτα οἷα τὸ τηλεοπτικὸν τὸ βίντεο τὸν ὑπολογιστήν.

καὶ ὁ Δούρσλειος πόλλ' ἄναντα κάταντα πάραντα ἤλαυνεν· ὅποι δ' ἄγοι αὐτοὺς οὐδ' ἡ Πετουνία ἐτόλμα ἐρέσθαι. ἐνίοτε γὰρ ἀναστρέψας τὸ ὄχημα εἰς τὸ ἔμπαλιν ἄψορρον ἔβη, καὶ μύζων ἑκάστοτ' ἔλεγεν ὅτι Σφαλῆναι δέον αὐτούς, ἔγωγε σφῆλαι ὀφείλω.

ἀλλ' οὐδὲν ἐπαύσαντο τῆς ὁδοῦ ὅλην τὴν ἡμέραν οὔτε πιόμενοι οὔτ' ἐδόμενοι, ὥστε περὶ δείλην ὀψίαν Δούδλιον πάνυ κεκλαυμένον γενέσθαι. οὐπώποτε γὰρ τηλικαῦτα ἀνὰ πάντα τὸν βίον κακὰ ὑπέμεινεν ὅσα τήμερόν γε· τοῦτο μὲν τηλεορᾶν οὐκ ἐξὸν πέντε ὧν ἰδεῖν ἐγλίχετο προγραμμάτων ἤδη ἥμαρτεν· τοῦτο δὲ τοσοῦτον χρόνον οὐπώποτ' ἀπέσχε τοῦ μὴ ἐξαλεῖψαι ἐξωγήϊνον. οὗτος γάρ ἐστιν ἀνθρωποειδές τι οἷον παίζοντες φονεύειν δοκοῦσιν οἱ ἐφ' ὑπολογιστῶν ἠλεκτρονικῶν.

τέλος δ' ἐπεστάθησαν πρὸ οἰκήματός του. πανδοκεῖον γὰρ τοῦτ' ἔτυχεν ὄν, ἀτερπὲς δὲ ἰδεῖν ἐν προαστείῳ κείμενον καὶ πόλεως οὐ πόρρω μεγάλης. καὶ οἱ παῖδες δωμάτιον μὲν εἶχον κοινόν, κοίτας δε ἰδίας, μυδαλέων ὄντων τῶν στρώματων ἑκατέροις καὶ ἀκαθάρτων. μετὰ δ' οὐ πολὺ ὁ μὲν Δούδλιος εἰς ὕπνον πεσὼν ἤδη ἔρρεγκεν, ὁ δὲ ἕτερος ἀγρυπνῶν ἐκαθίζετο παρὰ τῇ θυρίδι, καὶ ἀτενέσι τοῖς ὀφθαλμοῖς ἔβλεπε κάτω πρὸς τὰ λαμπρὰ τὰ τῶν αὐτοκινήτων ἀεὶ παρελθόντων, πολλὰ πρὸς ἑαυτὸν ἐνθυμούμενος.

*

τῇ δ' ὑστεραίᾳ ἠρίστησαν τὰ δημητριακὰ σαπρὰ καὶ τὰς ἐν κύτει τεταριχευμένας τομάτας ψυχρὰς μετ' ἄρτου πεφρυγμένου. ἠριστοποιήκεσαν δὲ σχέδον καὶ ἡ πανδοκεύτρια πρὸς τὴν τράπεζαν ἐλθοῦσα

Συγγνώμην ἔχετέ μοι, ἔφη. ἆρ' εἶς τις ὑμῶν ἐστὶν Ἅρειος Ποτήρ; τῶν γὰρ τοιῶνδε ἔχω ὡς ἕκατον παρὰ τῷ γραμματεῖ κειμένας. καὶ ἐπιστολὴν ἄνω προσείουσα ἐδείκνυ ὥστε πάντες ἀνέγνωσαν τάδε χαρακτῆρσι καλαΐνοις ἐπιγεγραμμένα·

Πρὸς τὸν Ἅρειον Ποτῆρα
Δωμάτιον ιζ´
Πανδοκεῖον τοῦ Σιδηροδρομοθεατοῦ
Κωκυτόπολις

ὁ δὲ συνελάβετ' ἂν αὐτῆς εἰ μὴ ὁ θεῖος ἔφθασε τὴν δεξιὰν ἐκκρούσας αὐτοῦ. ἡ δὲ γυνὴ τέθηπεν ἰδοῦσα. ὁ δὲ Δούρσλειος φάσκων αὐτὸς λήψεσθαι, ἀναστὰς ἕσπετο ἐξιούσῃ ἀπὸ τοῦ ἑστιατορίου.

*

πολλῷ δ' ὕστερον ἡ Πετουνία φόβου μεστή Οὔκουν ἄμεινον ἂν εἴη, ἔφη, ἀτεχνῶς οἴκαδε κατελθεῖν; ἐκεῖνος δ' οὐκ ἀκοῦσαι ἐδόκει. ἔργον γὰρ ἦν πᾶσιν ἐπίστασθαι ποῖόν τι ἀνερευνᾷ. ἀλλ' ἑκάστοτε εἶδες ἂν αὐτὸ ἑξῆς καταβαίνοντα, περισκοποῦντα, ἀνανεύοντα, ἐμβαίνοντα, ἀποχωροῦντα εἴτ' εἰς ὕλην ἤγαγεν αὐτοὺς εἴτ' εἰς ἄρουραν εἴτε κατὰ μέσην γέφυραν εἴτ' ἐπ' ἄκρον πολυόροφον. τοῦτο γὰρ καλοῦσιν οἱ νῦν πύργον τινὰ πολύστεγον οὗπερ τοὺς ἀγοράζοντας δεῖ καταλιπεῖν τὰ αὐτοκίνητα ἥν ποτε βούλωνται ποσὶ βαδίζειν εἰς τὴν ἀγοράν.

Δούδλιος δὲ πολλῆς μετ' ἀθυμίας Μαίνεται δήπου, ἔφη, ὁ ἐμὸς πατήρ;

καὶ ἐντεῦθεν περὶ δείλην ἑσπέραν ἐκεῖνος ἐν τῇ παραλίᾳ σταθμοῦ τυχὼν ἐντὸς δὲ τοῦ αὐτοκινήτου πάντας καταλιπὼν συγκεκλῃμένους ἀπῆλθεν. ὑετοῦ δὲ γενομένου, καὶ ὄμβρου κροτοῦντος πολλοῦ κατὰ τὸ τοῦ ὀχήματος τέγος, ὁ Δούδλιος ἦρχε κνυζούμενος.

Δευτέρα, ἔφη, ἡ τήμερον ἡμέρα. πᾶσ' οὖν ἀνάγκη καταλῦσαι παρά τινος τηλεοπτικὸν ἔχοντος. ἐπεί, φέρε, πῶς ἴδω τὸν θαυμαστὸν Ὑπέρτονον;

ἀκούσας δὲ τὸ Δευτέρα, ὁ Ἄρειος ἐμέμνητό τι· τῆσδε γὰρ τῆς ἡμέρας Δευτέρας οὔσης, αὔριον αὐτὸς ἄξειν τὰ γενέθλια τὰ ἑνδέκατα. ἀκριβῶς γὰρ τὸν Δούδλιον δύνασθαι ἂν διορίζειν τὰς ἡμέρας τηλεοράσεως ἕνεκα δήπου. οὐ μὴν οὐδὲ τὰ γενέθλια κατ' ἐνιαυτὸν ψιλὴν ὅλως παρέχειν ψυχαγωγίαν· πέρυσι γὰρ δέξασθαι δῶρα παρὰ τῶν Δουρσλείων κρεμάστραν καὶ ποδεῖα παλαιὰ τῷ θείῳ ἀποβεβλημένα. ἀλλ' οὐ καθ' ἡμέραν συμβαίνει τινὶ τὸ ἕνδεκα ἔτη γεγονέναι.

ἐπανῆλθε τοίνυν ὁ Δούρσλειος μετὰ γέλωτος συγκεκαλυμμένον τι φέρων δολιχὸν καὶ λεπτόν, ἀλλ' οὐδὲ τῇ γυναικὶ ἐρομένῃ τί πέπρακεν ἀπεκρίνατο οὐδέν.

Ηὕρηκα, ἔφη, τὸ χωρίον τὸ βέλτιστον. ἄγε δή, ἐκβῆναι δεῖ πάντας.

ἐκβάντες δὲ μάλιστ' ἐψύχοντο. ἐκεῖνος δὲ ἐδείκνυ νησίδιον τραχὺ καὶ θαλαττόπλαγκτον καὶ ἐπ' αὐτῷ καλύβην ἧς φαυλοτέραν οὐδαμοῦ κατὰ φαντασίαν ἂν εἶδες. ἀλλ' οὐδὲν βέβαιον ἂν ἔχοις πλὴν ἕν· πρὸς τὸ ἀκίνδυνον παντελῶς τὸ τηλεοπτικοῦ ἐκεῖ τυχεῖν.

ἐκεῖνος δὲ μὴ ὅτι ἀθυμῶν θαρρῶν μὲν οὖν Ἤγγελται, ἔφη, ὁ χειμὼν ἔτι πλείων νυκτὸς γενήσεσθαι, καὶ οὑτοσὶ ἄσμενος ὑπέσχετο τὴν ἑαυτοῦ ναῦν δώσειν ἡμῖν.

ἄνθρωπος γάρ τις γέρων καὶ νωδὸς ἐβάδιζε πρὸς αὐτοὺς καὶ πάνυ μειδιάσας ἐδείκνυ λέμβον τινὰ ἀρχαιότατον ἐπ' ἀγκυρῶν σαλεύοντα πολιᾶς παρὰ θῖνα θαλάττης.

ἀλλ' ἐκεῖνος ἀναλαβὼν Ἔγωγε, ἔφη, τὰ ἐπιτήδεια ἤδη προκεχείρισμαι. ἔμβητε πάντες δῆτα τῇ νηΐ.

ἐμβάντες δ' εἰς τὸν λέμβον ἔτι μᾶλλον ἐψύχοντο. χαλεπῶς γὰρ τὸ ψυχρὸν ἔφερον, τοῦτο μὲν διὰ τὸ ἀφρὸν καὶ ὄμβρον ἀεὶ λείβεσθαι περὶ τὸν αὐχένα, τοῦτο δὲ πρὸς τὸ τραχέως ἐπιπνεῖν αὐτοῖς τὸν ἄνεμον κατὰ πρόσωπον. ἐπειδὴ δὲ διὰ πολλῶν ὡρῶν ὡς δοκεῖν τέλος ἀφίκοντο πρὸς τὸ νησίδιον, ἡγήσατο αὐτοῖς ὁ Δούρσλειος μετ' οὐκ ὀλίγων πταισμάτων καὶ σφαλμάτων πρὸς τὰ ἐρείπια τῆς καλύβης.

τὰ δ' ἔνδον αὐχμηρὰ καὶ μάλα δυσώδη φυκίων ὄζοντα· ἄνεμος δὲ σφοδρὸς καὶ μάλιστα χειμερινὸς διέπνει τὰ διεστῶτα τῶν κατὰ τοὺς τοίχους σανιδωμάτων. ἡ δ' ἐσχάρα κενὴ καὶ νοτερά. δωμάτια δ' ἐνῆν δύο μόνον.

τὰ δὲ τοῦ Δουρσλείου ἐπιτήδεια ἦν ἄρα, ὡς ἀπέβη, τέτταρα σακία πατατακίων καὶ βανάνας τέτταρας. ὁ δ' οὖν Δούρσλειος ὡς πῦρ ἀνάψων τοῖς σακίοις ἐχρῆτο φρυγάνοις· τὰ δὲ σμικρὸν μὲν ἐτύφετο, ταχὺ δὲ κατέσβη.

θαρρῶν δ' ἔτι "Αλλο τι ἢ νῦν δὴ ἐπιστολῶν δεόμεθα, ἔφη, ἐκείνων; μάλιστα μὲν γὰρ εὐφραίνετο νομίζων οὐδένα δύνασθαι ἂν δεῦρο ἐπιστολὴν κομίσαι οὐδεμίαν. ὁ δὲ Ἄρειος καθ' ἑαυτὸν ταὐτὰ λογισάμενος οὐδὲν ηὐφράνθη.

νυκτὸς δ' ἐπιούσης ὁ τυφὼς ὡς ἠγγέλθη δεινὰ ἐφύσα περὶ τὸ οἴκημα· ἀφρὸς δὲ πολὺς ἐξ ἀθρόου κλυδωνίου ἐμπεσὼν διέβρεχε τοὺς τοίχους, καὶ ἄνεμοι ἐξῶσται ἔσειον τὰ οὐκέτι διαφανῆ τῶν θυρίδων. ἀλλ' ἡ Πετουνία ὀλίγων τυχοῦσα στρωμάτων ἐν τῷ ἑτέρῳ δωματίῳ, τούτοις σαθροῖς περ οὖσι χρωμένη κλίνην που ἐσκευάσατο τῷ Δουδλίῳ ἐν χαμεύνῃ σητοβρώτῳ. καὶ αὕτη καὶ ὁ ἀνὴρ ἑτέρωθι ἐνυκτέρευον δυσχερῶς ἀλλ' ἐν κοίτῃ. τὸν Ἄρειον μέντοι ἔδει τὸ ἁπαλώτατον τοῦ ἐδάφους ἑλόμενον κλίνεσθαι ἐν λακίσιν ὑφάσματος δυσπινεστάτοις.

προβαινούσης δὲ τῆς νυκτὸς ὁ τυφὼς ἐγίγνετο οὐδενὶ κοσμῷ.

Ἄρειος δὲ ἀγρυπνῶν τε καὶ ῥιγῶν καίπερ πολλὰ στρεψάμενος ἡσύχως ἔχειν οὔπω οἷός τ' ἦν, τῆς γαστρὸς τέως διὰ βουλιμίας βρεμούσης. ἀλλ' οὐ κατήκουσε γοῦν τὸ τοῦ Δουδλίου ῥέγκος, ἀντιπαταγοῦντων κατὰ τὸ μεσονύκτιον βροντημάτων πολλῶν. βλέψας δὲ πρὸς τὸ τούτου ὡρολόγιον – τὸν γὰρ καρπὸν παχὺν ὄντα ἦν ἰδεῖν εἰς τοσοῦτον ἐκτὸς τῶν στρωμάτων κρεμαστὸν ὥστε τὸ λαμπρὸν τὸ τῶν ἐν τῷ ὡρολογίῳ ἀριθμῶν πάνυ φαίνεσθαι – βλέψας δ' οὖν ἐκεῖσε λογίσασθαι ἐδύνατο ὅτι δέκα λεπτὰ μείνας ἑνδεκαέτης ἔσται. κατακλινόμενος οὖν ἔτι πρὸς τὸ ὡρολόγιον ἔβλεπε, προσερπούσης ἀεὶ κατὰ μικρὸν τῆς τῶν γενεθλίων εὐκαιρίας. καὶ ἐσκοπεῖτο πρὸς ἑαυτὸν εἴ γ' ἄρα τῶν γενεθλίων μνησθήσονται οἱ Δούρσλειοι, ἢ ὅπου ἐστὶ νῦν ὁ τὰς ἐπιστολὰς γράψας.

ἐπειδὴ δὲ πέντε ἔτι ἔδει λεπτῶν, ψόφου τινὸς ἔξωθεν ἀκούσας, ἐφοβήθη μὲν μὴ τὸ στέγος πέσοι, πεσόντος δ' αὐτοῦ, ὡς ᾤετο, τὰ εἴσω θερμότερα τάχ' ἂν γένοιτο.

καὶ ἐπειδὴ τεττάρων λεπτῶν μόνον ἔδει, ἐσκοπεῖτο τὰ οἴκαδε εἰ πάντων δεῦρ' ἐπανελθόντων καὶ ἐπιστολῶν πάνυ μεστὴν τὴν οἰκίαν εὑρόντων, τάχ' ἂν δύναιτο αὐτὸς μίαν γε κλέψαι.

τρία λεπτὰ τὰ λοιπὰ καὶ ἐσκοπεῖτο εἰ τῷ ὄντι ἡ θάλαττα οὕτως ἐκρότει τὰς πέτρας τύπτουσα.

δύο δὲ τὰ λοιπά. ποῖον κτυπὸν ἤκουσεν; ἦ καὶ τοῦ νησιδίου εἰς θάλατταν διαπιπτόντος; ἓν δ' αὖ λεπτὸν μείνας, ἑνδεκαέτης γενήσεσθαι. κἄπειτα δευτερολεπτὰ λείπεται τριάκοντα – ταῦτα γὰρ ἔστιν ἥμισυ λεπτοῦ – καὶ δευτερολεπτὰ εἴκοσι, δέκα, ἐννέα – ἐν δὲ τούτῳ ἐνοήσατο τὸν Δούδλιον ἐγείρειν ὡς πράγματα παρασχήσων αὐτῷ – καὶ τρία, δύο, ἕν –

μέγα δὴ ἐβόμβησέ τι.

σειομένου δὲ τοῦ οἰκήματος Ἅρειος ὀρθὸς ἀνέστη διατελῶς ἀτενίζων πρὸς τὴν θύραν. ἔξω γὰρ ἦν ὅστις ἔκοπτεν αὐτὴν ἵνα εἰσέλθῃ.

ΒΙΒΛΟΣ Δ

ΠΕΡΙ ΤΟΥ ΚΛΕΙΔΟΦΥΛΑΚΟΣ

βόμβον δὲ δεύτερον ἦν ἀκοῦσαι, κόψαντος πάλιν τοῦ ἀοράτου τὴν θύραν. ὁ δὲ Δούδλιος ἐξαίφνης ἐξεγερθεὶς ἄφρων ἔτι Ποῦ τὸ τηλεβόλον; ἔφη.

καὶ ἐνταῦθα ψόφον ὄπισθεν ἤκουσας ἂν τοῦ Δουρσλείου εἰσπηδῶντος εἰς τὸ δωμάτιον. ὁ δὲ ὅπλον ταῖς χερσὶν εἶχε πυροβόλον· τοῦτὸ γὰρ ἦν ἄρα τὸ συγκεκαλυμμένον ἐκεῖνο δολιχὸν καὶ λεπτὸν ὅπερ ἐκόμιζεν ἐν τοῖς ἐπιτηδείοις.

Οὗτος τίς εἶ; ἔφη. εὐλαβοῦ δῆτα. εὔοπλος γάρ εἰμι.

καὶ μετ᾽ οὐ πολὺν πάταγος ἐγένετο μέγας, ἀραχθέντων τοσαύτῃ βίᾳ τῶν θυρωμάτων ὥστ᾽ ἐκ στροφίγγων ἀποσπασθέντα χαμᾶζε συμπεσεῖν ὥσπερ ὑπὸ σεισμοῦ.

ἄνθρωπος δέ τις παμμεγέθης ἐν τῇ εἰσόδῳ ἐμβεβήκει. καὶ τὸ μὲν πρόσωπον ἰδεῖν οὐ ῥᾴδιον, ὡς μόνον οὐ κεκρυμμένον καὶ μάλα δασὺ ὂν διὰ χαίτην τε πυκνὴν καὶ γένειον ἄκουρον καὶ ἀκτένιστον, οἱ δ᾽ ὀφθαλμοὶ μόλις ὑπεφαίνοντο ἐν τῷ δασκίῳ καθάπερ τὸ φαιδρὸν κανθάρων που ἐν θάμνῳ λαθόντων.

καὶ οὗτος ὁ γίγας εἰς τὸ καλύβιον ταῖς φλιαῖσι θλιβόμενος μόλις εἰσῆλθε, πάνυ ἐγκύψας μὲν ἐφαπτόμενος δ᾽ ὅμως τοῦ ὀρόφου τῇ κεφαλῇ. ἀλλὰ κάτω νεύσας, ἀναλαβὼν δὲ τὴν θύραν τὴν ἀπεσπασμένην εἰς τὰς φλιὰς ῥᾳδίως κατέστησεν, ὥστε τὸν ἔξωθεν χειμῶνα πραότερον γενέσθαι, ὡς δοκεῖν. καὶ στρεψάμενος ἐναντίον προσέβλεπεν ἅπαντας.

Ἆρ᾽ οὖν ἔχοι τις ἂν ὑμῶν, ἔφη, σκευάσασθαί μοι τεΐου τι; χαλεπὴ γὰρ ἡ ὁδός ...

καὶ διέβη ταχέως πρὸς τὸν Δούδλιον ἐπὶ τῆς χαμεύνης καθήμενον καὶ φόβῳ ἅμα ἐκπεπληγμένον.

Οὗτος, ἔφη, ὦ βούπαι, οὐ κινήσῃ μοι;

ὁ δὲ γόον ἀφεὶς ἀπέδραμεν ὀξυβόης ἀποκρυψόμενος ὄπισθε τῆς μητρός. ἡ δὲ ἀποκρυψαμένη ἔτυχεν φόβῳ ὀκλάζουσα ὄπισθε τοῦ ἀνδρός.

ἐκεῖνος δέ Φέρε δή, ἔφη. ὅδε γὰρ Ἄρειός ἐστι δήπου.

καὶ οὗτος ἀναβλέψας πρὸς τὸ πρόσωπον αὐτοῦ οὕτως ἄγριόν τ' ὂν καὶ θηριῶδες καὶ ἀμαυρὸν ᾔσθετο αὐτοῦ μειδιῶντος, καὶ ἀνασπάσαντός τι τὸ κανθάρινον ἐκεῖνο τὸ τῶν ὀφρύων.

Ἀλλ' οὐκ ἑώρακα σέ, ἔφη, ἐξ οὗ βρέφος ἦσθα. ἀλλὰ τῷ γε πατρὶ ὡς ἐπὶ τὸ πολὺ ὁμοῖος εἶ πλὴν ἀλλὰ τοὺς μητρῴους παρέλαβες ὀφθαλμούς.

ὁ δὲ Δούρσλειος πνευστιῶν Ἐπιτάττω σοί, ἔφη, ὤνθρωπε, ἀπαναστῆναι αὐτίκα μάλα. τοιχωρυχεῖς γάρ.

ἀλλ' ἐκεῖνος Σίγα, εἰπών, ὦ σεμνότατε, σόβει σὺ ἄλλοσε, τὴν δὲ δεξιὰν πρὸς τὸ ὄπισθε τῆς χαμεύνης τείνας καὶ τὸ ὅπλον ἐκ τῶν χειρῶν αὐτῷ ἁρπάσας, οὕτως ἐλύγισεν ὥστε ἅμμα ῥᾳδίως συνάψαι ὡσεὶ ἐλαστικόν τι πλέκοι, καὶ τὸ παραχρῆμα εἰς γωνίαν ἀπέρριψεν.

ὁ δ' ἕτερον ἀφίετο ψόφον, ὥσπερ μυὸς καταπατουμένου.

ἐκεῖνος δ' οὖν Εὐδαιμονοίης τοίνυν, ἔφη, ὦ Ἄρειε, τῶν γενεθλίων ἕνεκα. δοτέον οὖν μοί τι· ἐκάθισά πως ἐμαυτὸν ὑπ' αὐτό, οὐ μὴν ἀλλ' ἡδέως ἔχει.

καὶ ἐκ τῶν τοῦ τρίβωνος θυλακίων κιβώτιόν τι παρέσχε θλιβόμενον. ὁ δ' Ἄρειος τρόμῳ ἀνοίξας ἐξέθηκε κύκλον πλακοῦντος σοκολάτου μέγαν τε καὶ γλισχρόν, καὶ σακχαρίδι καλαΐνῃ ἐγκεχαραγμένον τοιάδε· ΧΡΟΝΙΑ ΠΟΛΛΑ, ΑΡΕΙΕ. οὕτω γὰρ λαλοῦσιν οἱ νῦν τοῖς τὰ γενέθλια ἄγουσιν.

ἀναβλέπων οὖν πρὸς ἐκεῖνον, λαθὼν δὲ ἑαυτὸν χάριν εἰδέναι βουλόμενον, ἔτυχεν ἐρωτήσας αὐτὸν οἷον ὄνομα ὀνομάζεται.

ὁ δὲ γελάσας Εὖ λέγεις, ἔφη. τὸ γὰρ ὄνομά μου οὐκ ἤκουσας. Ῥούβεος Ἁγριώδης εἰμί, κλειδοφύλαξ ὢν καὶ τεμενουρὸς τοῦ Ὑογοήτου.

δεξιὰν δ' ἐκτείνας τὴν ἑαυτοῦ μεγάλην χεῖρα, συνάψας δὲ τὴν Ἀρείου ἀσπαζόμενος ἔσεισεν αὐτήν τε καὶ τὸν βραχίονα.

Τί μήν; ἔφη. ἦ τεῖον ἄρα μοι δώσεις ὡς διψῶντι πολύ; ἢ μεθυστικώτερόν τι, εἰ πρόχειρον ἔχων τύχοις ἄν;

βλέψας δ' πρὸς τὸ τῆς ἐσχάρας κενὸν ἔτι τὰ σακία ἡμίκαυστα ἔχον, ἐμύχθισέ τι. κᾆτα περὶ τὴν ἐσχάραν ὀκλάσας οὐκ οἶδ' ὅπως ἔλαθεν αὐτοὺς θαυμαστόν τι πράξας ὥστ ἐν ἀκαρεῖ πῦρ φλέγειν μέγα. πάντ' οὖν τὰ τοῦ δωματίου ἐφώτιζε τοῦτο τὸ πῦρ καὶ τὸ ὑγρὸν ἐξήραινεν ὥστε Ἄρειον ἀλεαίνειν καθάπερ θερμοῖς ἐν λούτροις γενόμενον.

ἐκεῖνος δὲ πάλιν εἰς τὴν χαμεύνην καθήμενος μάλα πιεζομένην διὰ τὸ περιττὸν τὸ τοῦ βάρους αὐτοῦ, ἦρξε παντοῖα ἐκ θυλακίων ἕλκων οἷα λέβητα χαλκοῦν, καὶ ὄβελον, καὶ σακίον ἀλλάντων εἰ καὶ πεπιεσμένον, καὶ τεϊδόχην, ἐνίους δὲ καὶ ποτῆρας σαθρούς, καὶ δὴ καὶ λήκυθον ὑγρόν τι καὶ ἠλέκτρινον τὸ χρῶμα ἔχουσαν. ἐκ δὲ ταύτης πιών, δειπνοποιεῖν ἦρξεν. καὶ ἐντὸς ὀλίγου ψόφον ἦν ἀκοῦσαι τοῦ ἀλλᾶντος ὀπτωμένου κνῖσαν δ' ἀνιέντος θαυμασίαν. ἕως μὲν οὖν πονεῖ, οὐδεὶς τέως λαλεῖ· ἐπειδὴ δὲ τάχιστα τὸν ἕκτον ἀλλᾶντα σκευασαμένος ἔλυσεν ἀπὸ τοῦ ὀβέλου πιαρόν τε καὶ λιπαρὸν καὶ εὖ ἠνθρακισμένον, ὁ Δούδλιος πράγματα παρέχων ἦρχεν.

ὁ δὲ πατήρ Οὐ μὴ φάγῃς μοι, ἔφη, τῶν τούτῳ δεδομένων οὐδέν.

ἐκεῖνος δὲ ἠρέμα γελάσας Οὐδὲν πρᾶγμα, ὦ Δούρσλειε· ὁ γὰρ παῖς ἀλλαντοειδὴς ἤδη ἀλλάντων οὐ δεῖται.

τούτους δὲ καὶ παρέθηκε τῷ Ἀρείῳ. ὁ δὲ τοσοῦτο οὐπώποθ' ἥσθη ὄψου γευσάμενος, ὡς λίαν τότε πεινῶν. διετέλει μέντοι ἰταμὸν δεδορκὼς πρὸς τὸν πελώριον τοῦτον ἄνθρωπον. μέλλοντος δ' οὐδενὸς ὡς δοκεῖν ἐξηγήσεσθαι οὐδέν, Λυποῦμαι σφόδρα, ἔφη. οὐ γὰρ οἶδά σε ὅστις εἶ ὡς ἀληθῶς.

ὁ δὲ τεΐου πιών τι, τὸ δὲ στόμα τῇ δεξιᾷ σπογγίσας Ἔστι σοι, ἔφη, ὄνομα καλεῖν με Ἀγριώδη· τοῦτο γὰρ πάντες. κλειδοφύλαξ εἰμι, ὡς ἔλεγον, ἐν Ὑογοήτου. σὺ γὰρ οἶσθα τὰ πρὸς τὸν Ὑογοήτου δήπου;

τοῦ δ' Ἀρείου οὔ φάντος, τῷ παραδόξῳ τοῦ πράγματος τεθορυβούμενος ἐφαίνετο.

ὁ δ' Ἄρειος Λυποῦμαι, ἔφη.

πρὸς τοῦτο ἐκεῖνος Μὰ Δί' οὐ σέ γε δεῖ λυπεῖσθαι, ἔφη, ἀλλὰ τούσδε, ἀποβλέπων ἅμα πρὸς τοὺς Δουρσλείους ἤδη πτήξαντας σκοταίους. Ἱκανῶς μὲν γὰρ συνενόουν σοι τὰς ἐπιστολὰς οὐ δεξαμένῳ, ἀλλὰ μὰ τὸν Ἀπόλλωνα οὐχ ὑπώπτευον σὲ περὶ τά ἐν Ὑογοήτου πάνυ ἀγνοεῖν. οὔκουν ἐσκοποῦ πρὸς σεαυτὸν περὶ τῶν γονέων, οὐκ εἰδὼς ὅποθεν ἐκείνης τῆς ἐπιστήμης ἔτυχον;

Ποίαν ἐπιστήμην λέγεις; ἦ δ' ὅς ὁ Ἄρειος.

ἐκεῖνος δὲ τραχὺ ὀγκώμενος Ὁποίαν; ἔφη. ἀλλὰ περιμένετέ τι.

τοῦτο γὰρ δεινὸν ποιησάμενος ἀνήλατο ὥστε ἐφαίνετο ὅλον ἀναπληρῶσαι τὸ καλύβιον τοῖς γε Δουρσλείοις πρὸς τὸν τοῖχον καταπτήξασιν.

Καὶ δῆτα τολμᾶτε λέξαι μοι ὅτι οὗτος – τόνδε λέγω τὸν παῖδα τοιοῦτον ὄντα - οὗτός γε ὁ παῖς οὐ μεμάθηκεν οὐδὲν τοῦ δέοντος;

ταῦτα δὲ φάσκοντα ἐνόμιζεν ὁ Ἄρειος αὐτὸν οὐ μετρίως εἰπεῖν. φοιτᾶν γὰρ αὐτὸς πρὸς διδασκαλεῖον, καὶ πολλάκις ἄξιος ὢν ἐπαίνου τυγχάνειν παρὰ τοῦ διδασκάλου.

Οὐ γὰρ παντάπασιν ἀμαθής εἰμι, ἔφη. ἔνια δ' ἔμαθον περὶ τά τ' ἄλλα καὶ τὴν ἀριθμητικήν.

ἐκεῖνος δ' ἀνανεύσας ὡς τὰ τοιαῦτα πάνυ ὀλιγωρῶν, Ἀλλὰ μηδὲν ἄρ' ἔμαθες, ἔφη, περὶ τὸ ἡμέτερον, τὸ σὸν λέγω ἢ τὸ ἐμὸν ἢ τὸ πατρῷον.

Καὶ τουτὶ τὸ ἡμέτερον, τί δὴ ἔστιν; εἶπεν ὁ Ἄρειος.

ἐκεῖνος δὲ μονονουχὶ διαρραγεὶς Ὦ οὗτος, ἔφη, βοῶν μὲν μεγάλῃ τῇ φωνῇ τὸν Δούρσλειον μάλ' ὠχριῶντα ἤδη καὶ μυγμόν τιν' ἄνανδρον μόλις ἀφιέμενον, δεδορκὼς δ' ἅμα παράφορον πρὸς τὸν Ἄρειον.

Ἀλλ' οὐκ ἔστιν ὅπως σὺ μὴ οἶσθα τὴν μήτερα καὶ τὸν πατέρα ὁποῖοί εἰσι. λαμπροὶ γάρ εἰσι, καὶ σύ γ' οὐδὲν ἧττον λαμπρὸς εἶ.

ὁ δὲ Ἄρειος Ἆρα μὴ λαμπροί, ἔφη, οἱ γονεῖς μου;

ἐκεῖνος δὲ ὥσπερ ὑπὸ τυφῶνος βεβλημένος Οὔκουν ἄρ' οἶσθα, ἔφη, μὰ Δί' οὐκ οἶσθα σεαυτὸν ὅστις εἶ;

ἐνταῦθα δὲ ὁ Δούρσλειος τέλος ἀναφθεγξάμενος Πέπαυσο, ἔφη, ὤνθρωπε, μὴ πέραινε τὸν λόγον. ἀπαγορεύω γὰρ σὲ μὴ δηλοῦν τῷ παιδὶ μηδέν.

ἀλλ' εἰ καὶ ἀνδρειότερός τις ἔτυχεν ὢν τοῦ Δουρσλείου, καὶ οὗτος ὑπέπτηξεν ἂν τῷ Ἁγριώδῃ μανικὸν βλέποντι. ὁ δ' ἐκβεβακχευμένῳ ἐοικὼς τραχύφωνος καὶ δι' ὀργῆς τρέμων Τί δὲ δή; ἔφη. ἐῶ μὲν γὰρ τὸ μὴ φράσαι αὐτῷ τὰ τοῦ βίου, ἀλλ', ὦ αἴσχιστε σύ, οὐ συγγνωστὸν τὸ μὴ διδάξαι αὐτὸν τὰ τῆς γ' ἐπιστολῆς τῆς Διμπλοδώρῳ καταλελειμμένης ἥντιν' ἐγὼ παρὼν αὐτόπτης εἶδον τότε καταλειπομένην, ἐξ οὗ σύ γε ἀεὶ κέκρυφας αὐτόν.

ὁ δ' Ἄρειος σπουδαίως Τί δὴ κέκρυπται; ἔφη.

ἐπεπληγμένος δ' ἤδη ὁ Δούρσλειος Πέπαυσο δῆτα, ἔφη μεγάλῃ τῇ φωνῇ βοῶν, ἐγὼ γὰρ διαρρήδην ἀπαγορεύω σε τοῦ μὴ περαίνειν τοῦτο.

ἡ δὲ Πετουνία πάνυ φοβουμένη μάλα πυκνὸν ἅμα ἤσθμαινε.

Κακῶς ἀπόλοισθε δῆτα, ἔφη ὁ Ἁγριώδης. Ὦ Ἄρειε, μάγος εἶ.

καὶ ἐνταῦθα σιωπῆς γενομένης, οὐδὲν ἂν ἐντὸς τοῦ καλυβίου ἤκουσας πλὴν ψόφον τῆς τε θαλάττης καὶ τοῦ ἀνέμου.

Ἄρειος δὲ Ποῖός τίς εἰμι;

Μάγος δήπου τῶν γε μὴν βελτίστων, εἰ μετρίως πεπαιδευμένος.

τοσαῦτ' εἰπὼν πάλιν ἐκάθισεν εἰς τὸν δίφρον ἤδη πολλῷ κρότῳ χαμαίζηλον γενόμενον. Τοὺς γὰρ τοιούτους ἔχων τεκόντας, οὐ κινδυνεύεις ἀλλοῖος γενέσθαι. καιρὸς δ' οὖν ἐστὶ σοὶ ἀναγνῶναι τὴν ἐπιστολήν.

λαβὼν δ' αὐτὴν τῇ δεξιᾷ ὁ Ἄρειος τέλος εἶχε τὸ ξανθόν, ἐπιγεγραμμένον χαρακτῆρσι καλαΐνοις τοιοῖσδε·

Ἄρειος Ποτῆρ,
τὸ ἔδαφος,
τὸ ἐν τῷ νησιδίῳ καλύβιον,
Θάλαττα.

τὴν δ' ἐπιστολὴν ἐκλαβὼν ἀνέγνω τάδε·

ΤΟ ΤΟΥ ΥΟΓΟΗΤΟΥ ΠΑΙΔΕΥΤΗΡΙΟΝ ΤΟ ΤΗΣ ΓΟΗΤΕΙΑΣ ΚΑΙ ΜΑΓΕΙΑΣ

Ἀρχηγός· Ἄλβος Διμπλόδωρος
ἀρχιφαρμακεὺς τοῦ θιάσου τοῦ Μερλῖνος ἐν πρωτίστοις καὶ ἀρχίμαγος, πρωτογόης καὶ κεφαλαιώτης τοῦ συνεδρίου παγκοσμίου τοῦ τῶν γοήτων.

Ἀθηνᾶ Μαγονωγαλέα Ὑπαρχηγὸς Ἀρείῳ Ποτῆρι χαίρειν.
ἔδοξεν ἡμῖν κηρῦξαι σοι τόδε· γέγραψαι εἷς τῶν μαθητῶν τοῦ Ὑογοήτου παιδευτηρίου τοῦ τῆς γοητείας καὶ μαγείας.
εὑρήσεις ἔνδον κατάλογον τῶν ἐπιτηδείων, τῶν τε βιβλίων καὶ τῶν σκευῶν.
ἡ παιδευτικὴ περίοδος ἄρχεται Σεπτεμβρίου τῇ νουμηνίᾳ.-τὴν γλαῦκα σου προσδοκῶμεν Ἰουλίου τῇ ἕνῃ καὶ νέᾳ.

Ἄρειος δὲ τῇδε καὶ ἐκεῖσε τὸ δηλούμενον ἀναστρέφων παντοῖος ἐγένετο, βουλόμενος μὲν πόλλ' ἅμα ἐρωτᾶν, οὐδ' ἔχων διαγνῶναι τί πρῶτον προτείνῃ. μετ' ὀλίγον δὲ ψελλιζόμενος Τί δὴ δύναταί μοι τοῦτο, ἔφη, τὸ γλαῦκα προσδοκῶμεν;

πρὸς ταῦθ' ὁ Ἀγριώδης Νὴ τὰς ἱππικὰς Γοργόνας, ἔφη, ὅσον οὐκ ἐπελαθόμην τινός. καὶ τὴν κεφαλὴν τῇ δεξιᾷ πατάξας τοιαύτῃ βίᾳ οἵᾳ ἂν ἐδυνήθη καταβαλεῖν τέθριππον ἅρμα, ἀπὸ τῶν τῆς ὀθόνης θυλακίων ἐξεκάλυψεν ὡς ἀληθῶς γλαῦκά τε, ἠρεθισμένην μέν τι ἔμψυχον δ' ὅμως, καὶ γραφίδα πτερίνην καὶ βύβλον. καὶ γραμμάτιον ταχέως ἔγραψε, τὴν γλῶτταν διὰ μέσους τοὺς ὀδόντας ὠθῶν ὡς τὸν νοῦν μάλιστα προσέχων.

ὃ καὶ Ἀρείῳ ῥᾴδιον ἦν ἀναγνῶναι καίπερ κατεναντὶ καθημένῳ.

Ἀγριώδης τῷ Διμπλοδώρῳ χαίρειν.
τὴν ἐπιστολὴν Ἀρείῳ ἔδωκα. αὔριον ἄξω αὐτὸν ὠνησόμενον τὰ ἐπιτήδεια. ὕεται ἡ χώρα πολλῷ. ἔρρωσο.

τοῦτο δὲ συμπτύξας καὶ τῇ γλαυκὶ παραδούς – τῷ γὰρ ῥάμφει αὕτη ἀπρὶξ ἐλάβετο – καὶ τὴν θύραν ἀνοίξας ἐξέβαλεν αὐτὴν εἰς τὸν χειμῶνα. κᾆτα ἐπανελθὼν ἐκάθισε πάλιν ὥσπερ οὐδὲν ποιήσας δῆθεν ἀτοπώτερον ἢ εἰ ἐτηλεφώνησεν.

Ἄρειος δὲ χάσκειν ταχέως ἀπέσχετο, λαθόμενος δὴ κεχηνώς.

τούτου δ' οὖν ὅ τι δὴ εἴπῃ ἔτι σκοπουμένου, ὁ Δούρσλειος πάνυ ὠχριῶν τῆς χολῆς ἅμα ἐπιζεούσης πρὸς τὴν ἐσχάραν παραυτίκα ἔβη.

Ἀλλ'οὐκ ἔστιν ὅπως ἄπεισιν, ἔφη.

ἐκεῖνος δὲ Ἦ σὺ ἀπαγορεύσεις αὐτόν, ἔφη, Μύγαλος ὢν τοιοῦτος;

Ἄρειος δὲ ὡς πλέον μαθησόμενος σπουδαίως Τί φῄς; εἶπεν.

πρὸς δὲ τοῦθ' ὁ Ἁγριώδης ἀποκρινόμενος Μυγάλους γὰρ καλοῦμεν, ἔφη, τοὺς μὴ συμμετέχοντας ἡμῖν τῆς μαγείας καθάπερ τούτους. δυστυχεῖς γοῦν σὺ τρεφόμενος ἐν οἴκῳ ὑπὸ τῶν μυγαλιωτάτων δὴ δοκούντων· μυγαλιωτέροις γὰρ τούτων οὐπώποτ' ἀνά τὸν βίον ἐντετύχηκα.

ὁ δὲ Δούρσλειος τῇ γυναικὶ εἶπεν· Οὔκουν τότε δὴ κατωμόσαμεν ἐπεὶ αὐτὸν εἰσεποιησάμεθα καθαιρήσειν τὸ ἀλιτήριον τὸ τῆς τοιαύτης βωμολοχίας; οὐκ ὠμόσαμεν καταπνίξειν τὸν τοιοῦτον λῆρον; καὶ πῶς ἂν μάγος εἴη οὑτοσί;

Ἄρειος δ' αὖ Ὑμεῖς ἄρα ᾔστε, ἔφη. ᾔστε γὰρ πάλαι μάγον με ὄντα.

ἀλλ' ἄφνω ἡ Πετουνία ὀξυβόης Ἆρ' ᾔσμεν; ἔφη. ᾔσμεν δή. πῶς γὰρ οὐκ ᾔσμεν; οὐ γὰρ ἔστιν ὅπως σὺ οὐ τοιοῦτος εἶ, ἀδελφόπαις μὲν ὤν, τῆς δὲ ἀδελφῆς μου τοιαύτης δὴ πεφυκυίας – σαφῶς γὰρ ᾔδη αὐτὴν θρεψομένην τερατῶδές τι καὶ δεινὸν καὶ οὐδὲν ἀπᾷδον τῆς μητρός. καὶ γὰρ αὕτη λαβοῦσα ὡσαύτως ἐπιστολήν, καὶ εἶτα ἀπελθοῦσα πρὸς τὸ παιδευτήριον δὴ ἐκεῖνο ἐπὶ μήκιστον, καὶ πάλιν ἐπανελθοῦσα κατ' ἐνιαυτὸν πρὸς τὴν ἀργίαν ἄλλοτε μὲν εἶχεν ἐν τῷ προκολπίῳ γόνον βατράχων, ἄλλοτε δὲ μετέβαλλε τὰ ποτήρια εἰς μῦς ἀρουραίους. καὶ ἐγὼ μὲν μόνη τῶν ἄλλων ἀληθῶς ᾔδη αὐτὴν ὥς ἐστι τέρας τεθραμμένη· οἱ μὲν οὖν τεκόντες καὶ μέγα ἐφρόνουν ἐπὶ τῷ φαρμακίδα θρέψαι, τὸ Λίλη ἀνὰ στόμα ἀεὶ καὶ διὰ γλώττης ἔχοντες.

ἀλλ' ἀναπνεύσασά τι ἐτραγῴδει μάλ' αὖθις ὡς δὴ πόλλ' ἔτη εἰργμένη μὴ τὰ τοιαῦτα ἀποφαίνειν.

Καὶ εἶτα περὶ τοῦ Ποτῆρος ἣν ὅλη ἀπαντήσασ' αὐτῷ συμμαθητῇ καὶ ἀποδραμοῦσα μετ' αὐτοῦ καὶ γημαμένη αὐτῷ καὶ τεκοῦσα σὲ καὶ διατεθραυμένη πυροβόλῳ καὶ ἀποθανοῦσα καὶ δὴ καὶ τὸ καινότατον ἀναγκάσασα ἡμᾶς εἰσποιήσασθαι σέ.

ὁ δὲ Ἄρειος πάνυ ὠχριήσας μετὰ δὲ χρόνον ἀναφθεγξάμενος Τεθραυμένην λέγεις; ἔφη. εἴπατε γάρ μοί ποτε ὡς ἐν συγκρούσει αὐτοκινήτων ἀπέθανον.

Ἀγριώδης δὲ μεγάλῃ τῇ φωνῇ βοῶν· Τί δ' ἔσθ' ὃ λέγεις; ἐν συγκρούσει δὴ αὐτοκινήτων; καὶ τοσούτῳ ἀνήλατο μένει καὶ θυμῷ ὥστε τοὺς Δουρσλείους πάλιν εἰς τὴν γωνίαν ἀποδραμεῖν. Πῶς γὰρ ἐν συγκρούσει ἀπέθανον ἂν οἱ πάνυ Ποτῆρες; ὢ τῆς βλασφημίας. ὢ τῆς αἰσχύνης. αἰσχρὸν γὰρ δήπου τοῦτο' εἰ ὁ Ἄρειος αὐτὸς μὲν περὶ τὰ ἑαυτοῦ πράγματα μηδὲν οἶδε, πολυθρύλητος δ' ἐστὶν ἅπασι τοῖς παρ' ἡμῖν παισίν.

Ἄρειος δέ Διὰ τί; ἔφη, τί ἐγένετο;

κἀκεῖνος τὴν μὲν ὀργὴν ἀφείς, φροντίδος δ' ἀναπλέως τὸ μέτωπον Ἀνέλπιστον δὲ τοῦτο, ἔφη. δεδιότος γὰρ τοῦ Διμπλοδώρου μή πως ἐξερευνῶν σε πράγματ' ἔχοιμι, οὐδέποτε προσεδόκησα εὑρήσειν σε οὕτως ἀπαίδευτον. ἀλλ' εἴτ' ἄξιός εἰμι διδάξαι σε εἴτε μή, οὐκ ἔστι σοι πρὸς Ὑογοήτου ἀπελθεῖν μὴ εἰδότι.

πρὸς δὲ τοὺς Δούρσλειους ἀπειλητικὸν βλέπων Βέλτιστον τοίνυν, ἔφη, μαθεῖν παρ' ἐμοῦ ἐφ' ὅσον ἔνεστί μοι διδάσκειν σέ. οὐ μὴν οὐδ' ἅπαντα λέγοιμ' ἄν· ἔνια γὰρ πάνυ ἄδηλα ...

καὶ καθίσας ἑαυτόν, βλέψας δὲ τέως πρὸς τὴν ἐσχάραν ἔλεγε τοιάδε· Ἐν ἀρχῇ, ὡς οἶμαι, ἦν τίς ποτε ὄνοματι ... καὶ πῶς τύχοις ἂν οὐκ εἰδὼς τούτου τὸ ὄνομα, πάντων τῶν παρ' ἡμῖν καλῶς εἰδότων;

Τίνος;

Ὅτου; οὗ δὴ τοὔνομα ἑκὼν οὐ φθεγγοίμην ἂν οὔτ' αὐτὸς οὔτ' ἄλλος τις.

Τί μή;

Νὴ τὴν Ἔμπουσαν, καθότι μορμολυττόμεθ' ἔτι. Ἡράκλεις, ὅσον ἀμηχάνως ἔχω τοῦτον συντιθέμενος τὸν λόγον. ἰδού. μάγος τις ἦν ποτέ. καὶ οὗτος κακὸς ἐγένετο ... ἢ μᾶλλον εἰς τοσοῦτο κακίας ἀφίκετο ... ἢ μᾶλλον παγκάκιστος ἦν ... ἢ μᾶλλον τῶν κακίστων κακίων ἦν. καὶ τοὔνομα αὐτῷ ...

κεχηνότος δέ τι καὶ δι' ὀλίγου ἀφώνῳ ἐοικότος, ὁ Ἄρειος Ἦ που γράψαι αὐτό, ἔφη, δύναιο ἄν;

Οὐδαμῶς, ἦ δ' ὃς ὁ Ἀγριώδης. οὐ γὰρ οἶδα πῶς γράφεται. εἶἑν. καὶ τοὔνομα αὐτῷ ... Φολιδομορτός. οὐ μὴ αἰτήσεις με τοῦτο πάλιν εἰπεῖν, ἀντιβολῶ σε. οὗτος δ' οὖν ὁ μάγος μαθητὰς καταλέγεσθαι ἐκ μακροῦ χρόνου ἐπειρᾶτο, καὶ δὴ πολλοὶ κατειλεγμένοι ἦσαν αὐτῷ, οἱ μὲν ἅτε φοβούμενοι, οἱ δὲ τοῦ κράτους μετέχειν τι βουλόμενοι, ἐπιπολάζοντος αὐτοῦ ἤδη καὶ πάνυ κρατοῦντος. ἀλλ' εἰς τοσοῦτο ἀπορίας ἀφικόμεθα, ὦ Ἄρειε, περὶ τῶν μαγευόντων ὥστε βασάνου δή τινος δεόμεθα, οὔτ' εἰδότες οἷς πιστεύειν χρὴ οὔτε τολμῶντες τοὺς ἀγνώστους διὰ φιλίας ἔχειν, δεδιότες μὴ τοῦ κιβδήλου μετέχωσι. δεινότατα γὰρ τότ' ἐπάσχομεν πρὸς αὐτοῦ ἤδη ὑπερβαλλομένου· οὐ μὴν ἀλλ' ἔνιοι ἀντεῖχον. τοὺς δὲ ἀπέκτεινεν, ἐφόνευσε μὲν οὖν καὶ τοῦτο ἀνηλεῶς. ἀλλ' ἐν Ὑογοήτου ἀσφαλέστεροι ἐγενόμεθα ἢ ἄλλοθί που τῆς γῆς. τὸν γὰρ Διμπλόδωρον μόνον, οἶμαι, δεδιὼς ὁ δεῖνα οὐκ ἐτόλμα τότε δὴ ἐπιθέσθαι τῷ παιδευτηρίῳ.

ἡ δ' οὖν μήτηρ σου φαρμακὶς οὖσα καὶ ὁ πατὴρ φαρμακεὺς ὢν ἐξ ἁπάντων ὧν πάλαι ἔγνωκα μαγώτατοι ἦσαν, σχολαρχαὶ τότ' εἰκότως γενόμενοι τῶν ἐφ' Ὑογοήτου ὅτε ἔπρεπεν αὐτοῖς. ἀλλ' οὐκ οἶδα διὰ τί οὐκ ἐπειράθη προσάγεσθαι αὐτοὺς πρίν γε ... εἰ μὴ ἐπείθετ' αὐτοὺς εὐμενεστέρους εἶναι τῷ Διμπλοδώρῳ ἢ ὥστ' ἐμπλέκεσθαι ἑκόντας πράγματι καταχθονίῳ. καὶ ἴσως μὲν ἐνόμιζεν ἱκανὸς εἶναι πεῖσαι αὐτούς, ἴσως δὲ καὶ ἐν νῷ εἶχεν ἀνελεῖν. οὐδ' ἐγῷδα πλὴν ἕν. οὗτος δὴ πρὸς τὸν δῆμον οὗ τόθ' ὑμεῖς διῃτᾶσθε ἀφίκετο δέκα ἔτεσι πρότερον ἐπὶ τῶν Ἑκαταίων. σὺ γὰρ παιδίον ἦν ἐνάενον. ἧκεν οὖν εἰς τὴν ὑμετέραν οἰκίαν καί ...

ἀποσιωπήσας δὲ καὶ ῥινόμακτρον λαβὼν κατάστικτον καὶ μάλα ῥυπαρὸν ἀπέμυξε τοσούτῳ ψόφῳ ὅσον ὑδραύλεως ἤκουσας ἄν.

Ξύγγνωθί μοι, ἔφη, ταῦτα δυσθυμουμένῳ. ἡδέως γὰρ εἶχον τῷ τε πατριδίῳ καὶ τῷ μαμμιδίῳ, ἀστείοις μοι γενομένοις θαυμαστῶς ὡς σφόδρα. ἀπέκτεινε δ' οὖν αὐτοὺς ὁ δεῖνα. ἔπειτα δέ, ἄδηλον ὂν πότερον μέλλει ἀπεργάσεσθαι τὸ πρᾶγμα ἢ συνήθης που γεγένηται τῷ φονεύειν, ἐπεχείρησε μὲν ἀποκτεῖναι καὶ σέ, ἐσφάλη δὲ τοῦ βουλεύματος. ἆρ' οὐκ ᾐτεῖς σεαυτὸν τί παθὼν ἔλαχες τὸ τοῦ τραύματος ἴχνος τὸ ἐπὶ τῷ μετώπῳ; τοιοῦτο γὰρ ὡς μηδαμῶς τῶν μετρίων ὂν τραυμάτων λαμβάνει τις εἴ γε κατήραται πρὸς ἀλάστορος μεγάλου καὶ παμπονήρου. καὶ γὰρ οὗτος ἀπέκτεινε μὲν τοὺς σοὺς γονέας, ἥμαρτε δὲ σοῦ. καὶ διὰ τοῦτο σὺ περιβόητος ἐγένου· ὅποτε γὰρ βούλοιτο ἀποκτεῖναί τινα, τοῦτόν γ' ἑκάστοτ' ἀπέκτεινεν· ἀλλ' οὐδεὶς ἐπεβίω οὐδέποτε πλὴν σύ. πολλοὺς μὲν γὰρ τῶν βελτίστων τῶν τότε μαγευόντων καὶ ἀπέκτονεν οἷον τοὺς Μαχίμους ἢ τοὺς Ὀστίνους ἢ τοὺς Πρωϊτέρους· σὺ δὲ μόνος ἐπιβιοὺς ἔτυχες καίπερ βρεφύλλιον ὤν.

ἥκοντος δὲ τούτου πρὸς τὴν τοῦ λόγου τελεύτην, ὁ Ἄρειος λυπηρόν τι ἐνεθυμεῖτο, ὡς περὶ τὸ λαμπρότατον τῆς ἀστραπῆς σέλας δαιόμενόν τι καὶ χλοαυγὲς αὖ μεμνημένος. καὶ ἐδόκει οὐ μόνον τοῦτό γε σαφέστερον ἐν φαντασίᾳ ὁρᾶν ἢ πρὸ τοῦ, ἀλλὰ καὶ ἀκοῦσαί τι καινόν· γέλωτος γὰρ ἀνάμνησιν ἔλαβεν ὀξέως ὡς ἀπό τινος ὠμοῦ καὶ μισανθρώπου.

ὁ δ᾽ Ἀγριώδης πάνυ οἰκτίρων αὐτόν Ἔσωσα σέ, ἔφη, ἐκ τῆς οἰκίας διεφθαρμένης προστάξαντος τοῦ Διμπλοδώρου καὶ δεῦρο πρὸς τοῦσδε ἐκόμισα αὐτός.

ἀλλ᾽ ἐξαίφνης ὁ Δούρσλειος Ληρεῖς, ἔφη. Ἄρειος δ᾽ ἔφριξε, ἐπελάθετο γὰρ τῶν Δουρσλείων ἔτι παρόντων. ὁ μέντοι θεῖος μάλιστα θαρρῶν ἐφαίνετο· δριμὺ γὰρ ἔβλεπε πρὸς τὸν Ἀγριώδη ὡς πυκτεύειν πρόχειρος ὢν μετ᾽ αὐτοῦ.

Ἄγε δή, ὦ οὗτος, ἔφη γρύζων, ἄκουσόν μου, ὦ νεανίσκε. μετέχεις μὲν γὰρ σὺ οὐκ οἶδ᾽ ὅπως τοῦ ἀτόπου, τοῦτό γ᾽ οὐκ ἀρνήσομαι, τὴν δὲ τοιαύτην νόσον ἐξῆν ἂν πληγαῖς ἰατρεύειν, ὡς ἔμοιγε δοκεῖ. ἀλλὰ τὰ τῶν γονέων περὶ οὐδένος ποιοῦμαι· τίς δ᾽ οὐκ ἐρεῖ αὐτοὺς ἀλλοκότους πεφυκέναι καὶ βασκάνους; τοιγάρτοι τεθνηκότες εὖ πεποιήκασι, τὰ κατ᾽ ἀνθρώπους οὐκ ἀνάξια παθόντες οἵ γ᾽ ἀεὶ συνεπλέκοντο ἀνθρώποις μαγικοῖς. μηδενὸς οὖν ἔλαχον κακοῦ ὧν μὴ προσεδόκησα, προνοῶν σαφῶς τὰ κεκλωσμένα ἐπ᾽ αὐτούς.

ἐνταῦθα δὲ ὁ Ἀγριώδης ἀναπηδήσας ἀπὸ τῆς χαμεύνης καὶ ἀλεξιβρόχιον λαβὼν ἐκ τοῦ τρίβωνος, φοινικοῦν ὂν καὶ πάνυ τετριμμένον, ὀρθὸν ἔτεινεν ἐπὶ τὸν Δούρσλειον ὥσπερ ξίφος. Εὐλαβοῦ, ὦ Δούρσλειε, ἔφη, εἰς ὑπερβολὴν γὰρ εἴρηκας ἤδη. εὐλαβοῦ δῆτα ὅπως μή ...

καὶ οὗτος φοβούμενος κεντηθῆναι ἀκωκῇ ἀλεξιβροχίου πρὸς γίγαντος δασυπώγωνος, τῆς δ᾽ ἀνδρείας ἐσφαλμένος πρὸς τὸν τοῖχον ἔμπαλιν ἐβιάσθη ἄναυδος.

ἐκεῖνος δ᾽ αὖ Ἄμεινον δὲ τοῦτο, ἔφη, πνευστιῶν ἔτι καὶ πρὸς τὴν χαμεύνην ὅσον οὐκ ἤδη διεφθαρμένην καθίσας.

ἐν δὲ τούτῳ βουλόμενος ἔτι μυρία ἐρωτᾶν ὁ Ἄρειος Ἀλλὰ τί ἔπαθεν ἄρα; ἔφη, τὸν Φολιδο-, τὸν δεῖνα μὲν οὖν λέγοιμ᾽ ἄν.

Ἔγωγ᾽ οὐδὲν οἶδα, ὦ Ἄρειε, πλὴν ἀλλ᾽ οἴχεται δή. ἀφανὴς γὰρ ἐγένετο αὐτῇ τῇ νυκτὶ ᾗ ἐπειράθη ἀποκτεῖναί σε. οὗτος μὲν οὖν ἠφάνισται, σὺ δὲ καὶ μᾶλλον ἐκ τούτῳ εὐδοκιμεῖς. ἀλλὰ παραδοξότατόν μοι τόδε· τί τότε δὴ ἀπῆλθεν ὅτε κρείττων ἀεὶ καθ᾽ ἡμέραν ἐγίγνετο;

οἱ μὲν γάρ φασι τεθνηκέναι αὐτόν, ληροῦντες, ὡς οἶμαι, οὐκ εἰδὼς εἴ γ᾽ ἄρα τοσοῦτο ἔτι μετεῖχε τοῦ ἀνθρωπίνου ὥστε θανάσιμον εἶναι. οἱ δὲ φάσκουσιν ἔτι φῶς ὁρᾶν, καιρὸν εὐλαβούμενόν που. ἀλλ᾽ οὐ πιστεύω οὐδὲ τούτοις γνοὺς ὡς τῶν ἀμφὶ αὐτὸν οἱ μὲν κατεληλύθασι πρὸς τὸ ἡμέτερον, οἱ δὲ ἔμφρονες γεγένηνται πάλιν ὥσπερ ἐξ ὕπνου ἐγρηγορότες. οἷα δ' οὐκ ἂν ἐγένετο οἶμαι εἴ γ' ἐμέλλησε κατιέναι αὐτός.

οἱ δ' αὖ πλείους ἡγούμεθα ζῆν μὲν ἔτι ἐστερῆσθαι δὲ τῆς δυνάμεως, ἀσθενέστερόν πως ὄντα ἢ ὥστε ἐκπρᾶξαι τὰ βουλεύματα. διεφθάρη γὰρ οὐκ οἶδ' ὅπως διὰ σέ, ὦ παῖ. καὶ γὰρ ταύτῃ τῇ νυκτὶ ἐγένετο τοιοῦτό τι οἵου οὐ προνοίαν εἶχε οὐδεμίαν. καὶ τοῦτο τί δὴ ἔτυχεν ὂν οὔτ' οἶδα αὐτὸς οὔτ' ἄλλος τις, πλὴν ἀλλὰ σὺ ὑπεσκέλισάς πως αὐτὸν καὶ ἔσφηλας.

καὶ πρὸς τὸν Ἄρειον ἀεὶ ἔβλεπε πάνυ φιλοφρόνως καὶ ὡς μάλιστα ἐν τιμῇ ἔχων. ὁ δὲ μὴ ὅτι μέγα ἐφρόνει καὶ ἠγάπα ταῦτ' ἀκούσας, ἀλλὰ καὶ ἐνόμιζεν ἁμάρτημά τι γενέσθαι. ἀδύνατον γὰρ δήπου τὸ λανθάνεσθαι ἑαυτῷ μάγῳ ὄντι· τί δῆτ' ἀνὰ τὸν βίον ἤνεγκεν εἰς τὸ δέον τήν τε Δουδλίου ὕβριν καὶ τὴν Πετουνίας αἰκίαν; μάγος γὰρ ὢν τί οὐ μετέβαλεν ἂν αὐτοὺς εἰς τέρας τι φρυνοειδές, ὅποταν ἐντὸς τοῦ σκευοφυλακίου ἐγκλῆσαι ἐθέλοιεν; ἀλλ' εἰ τὸν γόητα τὸν τῶν ἔνθαδε κράτιστον ἐνίκησέ ποτε, πῶς ἂν ἐδυνήθη ἐκεῖνος δῆτα λακτίζειν αὐτὸν καθάπερ σφαίρᾳ παίζων;

σιωπῇ δὲ Ὦ Ἀγρίωδες, ἔφη. μάλισθ' ἥμαρτες, οἶμαι, ταῦτα λέγων. οὐ γὰρ κινδυνεύω μάγος εἶναι.

οὗτος δὲ γελάσας, ὃ καὶ ἄτοπον ἐδόκει τῷ γ' Ἀρείῳ, Εἶτ' οὐ μάγος εἶ σύ; ἔφη. οὐ γὰρ δήπου περίφοβος ὢν ἢ τεθυμωμένος περί τινος μεμηχάνησαι παράδοξόν τι;

κἀνταῦθ' Ἄρειος πρὸς ἐσχάραν βλέπων ἐλογίζετο τοιάδε· ὅσα γὰρ πράγματα τοῖς Δουρσλείοις παρέσχηκε δι' ἅττα οὗτοι μάλ' ἠγριώθησαν, τοσαῦτα γεγενῆσθαι μεταξὺ θυμωθέντος αὐτοῦ ἢ δι' ὀργῆς ἔχοντος· ποτὲ μὲν γὰρ διωκόμενος ὑπὸ τῶν ἀμφὶ Δούδλιον οὐκ οἶδ' ὅπως τυχεῖν ἐκπεφευγώς· ποτὲ δὲ φοβούμενος πρὸς διδασκαλεῖον ἰέναι γελοιότατος δοκῶν εἶναι ἐν χρῷ κεκαρμένος, μηχανήσασθαι ὅπως ἡ κόμη ἀναφύοι· ποτὲ δ' αὖ Δουδλίου προσφάτως πατάξαντος αὐτόν, λαθέσθαι τιμωρήσας διὰ τὸ δράκοντα ἐπιπέμψαι αὐτῷ.

μειδιῶν δὲ πρὸς τὸν Ἁγριώδη βλέψας πάνυ προσγελῶντα εἶδεν.

καὶ οὗτος Ἰδού, ἔφη· εἶτα ὁ Ἄρειος Ποτὴρ οὐκ ἔστι μάγος; ἀλλὰ προσδόκα ὀλίγον. εὐδοκιμήσεις δὴ παρὼν ἐν Ὑογοήτου.

Δούρσλειος δ' οὐδαμῶς ἔμελλε ἀμαχεὶ ἡττᾶσθαι, εἶπε γὰρ ῥοιζῶν πως Ἄλλο τι ἢ οὐκ ἔφην αὐτὸν ἰέναι; γέγραπται γὰρ εἷς τῶν μαθητῶν τῶν τῆς Κωλύσεως, ἀνθ' ὧν χάριν εἴσεται δή. ἀλλὰ γὰρ ἀναγνοὺς ἐκείνας τὰς ἐπιστολὰς ξύνοιδα αὐτῳ δεομένῳ βιβλίων τε ἐπῳδικῶν καὶ ῥάβδων μαγικῶν καὶ λήρων καὶ φλυαριῶν πολλῶν…

ὁ δ' Ἁγριώδης ὑπολαβὼν καὶ πάνυ γογγύζων Ἀλλ' εἴ γε

βούλεται ἰέναι, ἔφη, οἷος σὺ Μύγαλος ἄνθρωπος οὐ δύναται κωλῦσαι αὐτόν. οὐδένα γὰρ εὕροις ἂν κωλύσοντα τὸν τῶν Ποτήρων υἱόν, τὸν Λίλης καὶ Ἰακώβου, ἰέναι πρὸς Ὑογοήτου, εἰ μὴ πάνυ μανιώδη. γέγραπται γὰρ εἷς τῶν ἐκεῖ μαθητῶν ἐξ οὗ ἐγεννήθη. καὶ φοιτήσει πρὸς τὸ μαγείας καὶ γοητείας παιδευτήριον τὸ τῶν καθ' ἡμᾶς κάλλιστον. διατρίψας δὲ ἑπτὰ ἔτη, οὐ γνώσεται αὐτὸς ἑαυτὸν οὕτω πεπαιδευμένον. ὁμιλήσει γὰρ μεθ' ἑταίρων νέων τ' ὄντων καὶ ὁμογνωμόνων αὐτῷ. καὶ ἀρχηγὸν ἕξει τὸν παιδευτήριον διοικοῦντα τὸν πολλῷ μείζω τῶν πρὸ τοῦ ἐφ' Ὑογοήτου πάντων, τὸν πάνυ Ἄλβον Διμπλό...

ἀλλ' ὁ Δούρσλειος ὑπολαβὼν καὶ μέγα ὀγκώμενος οὐκ ἔφη δαπανήσειν εἰς ἄνθρωπόν τινα γέροντα καὶ ἐμβρόντητον ὡς διδάξοντα τὸν Ἄρειον σοφίσματα μαγευτικά.

τοῦτο δ' εἰπὼν ὑπερβαλεῖν δὴ ἔδοξε τῷ γε Ἁγριώδει τὸ ἀλεξιβρόχιον ἤδη λαβόντι καὶ ὑπὲρ τῆς κεφαλῆς τινάττοντι.

Οὐ μὴ λοιδορήσεις, ἔφη μυκώμενος, τὸν Ἄλβον Διμπλόδωρον ἐμοῦ γε παρόντος.

τὸ δ' ἀλεξιβρόχιον κατὰ τάχος καθεὶς ἔτεινε πρὸς τὸν Δούδλιον. βέλος δὲ κεραύνου τότ' ἦν ἰδεῖν πορφυροῦν καὶ βόμβον ἀκοῦσαι βροντώδη, καὶ ἐν ἀκαρεῖ τοῦτον κορδακίζοντα εἶδες ἄν, τῶν χερῶν πρὸς πυγὴν συμπεπλεγμένων καὶ περιώδυνον ἀνολολύζοντα. νῶτον δὲ δόντος αὐτοῦ, ὁ Ἄρειος εἶδε κέρκον τινά – στρεπτὸς δ' ἦν καὶ ὥσπερ χοίρου – παρακύπτοντα διὰ τρῆμά τι τῶν βρακῶν.

ἀναβρυχώμενος δ' ὁ Δούρσλειος ἀφείλκυσε τὴν Πετουνίαν καὶ τὸν Δούδλιον εἰς θάτερον δωμάτιον. βλέψας δὲ τὸ τελευταῖον πρὸς τὸν Ἁγριώδη καὶ πόλλ' ἔτι φοβούμενος τὴν θύραν ἐπέσπασεν.

ὁ δὲ βλέπων πρὸς τὸ ἀλεξιβρόχιον καὶ τοῦ πώγωνος ἁπτόμενος, ὡς μεταγιγνώσκων τὸ πεποιημένον εἶπε τόδε· Οὐκ ἔπρεπέ μοι εἰς τοσοῦτο ἰέναι τῆς δυσκολίας. οὐ μὴν οὐδ' εὖ πέπραγα. ἐβουλόμην μὲν γὰρ εἰς χοῖρον μεταβαλεῖν αὐτόν, ὁ δὲ τὸ σχῆμα οὕτως ὁμοῖον χοίρῳ ἤδη παρέχων, οὐ πολλοῦ ἔδειτο χοῖρος παντελῶς γενέσθαι.

ἐκ δὲ πλαγίου βλέπων ἀεὶ πρὸς Ἄρειον κατὰ τοῦ δασέως τῶν ὀφρύων Χάριν εἴσομαί σοι πολλὴν ἐὰν μηδὲν περὶ ταῦτα λέγῃς. οὐ γὰρ θεμιτόν ἐστί μοι ἅπτεσθαι τῆς μαγικῆς ὡς ἐπὶ τὸ πολύ. ἐπιτέτραμμαι δ' ὀλίγον αὐτῆς, ὡς ἄρτι δέον ἐρευνᾶν σε καὶ κομίζειν τὰς σὰς ἐπιστολὰς καὶ τἆλλα τοιαῦτα. ὅθεν μάλ' ἐσπούδαζον ὑποστῆναι τοῦτο τὸ πρᾶγμα.

ἀλλ' ὁ Ἄρειος Τί δέ, ἔφη, οὐ θεμιτὸν σοὶ μαγεύειν;

ἐκεῖνος δέ Εἶἑν ἔφη. μαθητὴς γὰρ ἦν αὐτὸς ἐν Ὑογοήτου, ἀλλ' ἐξέπεσον, ὡς τἀληθὲς εἰπεῖν. καὶ ἄλλας τε δίκας ἔλαβον οἱ ἐν τέλει καὶ διέθραυσαν τὴν ἐμὴν ῥάβδον. ὁ δὲ Διμπλόδωρος ἀνὴρ ὢν καλοκἀγαθὸς εἴασέ με μεῖναι θηρότροφον γενόμενον.

Ἀλλὰ διὰ τί ἐξέπεσες;

ἐκεῖνος δέ Σχεδὸν ἀμφὶ βουλυτόν ἐστι καὶ αὔριον πράγματα ἡμῖν ἔσται πολλά. εἰς γὰρ ἄστυ δεῖ ἡμᾶς ἐλθόντας τὰ βιβλία πρίασθαί σοι καὶ τὰ λοιπά.

τὸν δὲ τρίβωνα ἐκδυσάμενος καὶ πρὸς Ἄρειον ῥίψας Τούτῳ κεκαλυμμένος, ἔφη, κατακοιμήθητι. ἀλλὰ μὴ φρόντιζε εἰ κινεῖταί τι. τάχα μυγαλαῖ ἔτ᾽ εἰσί μοί τινες ἐν θυλακίῳ.

— ΒΙΒΛΟΣ Ε —

ΠΕΡΙ ΤΟΥ ΣΤΕΝΩΠΟΥ ΔΙΑΓΟΝΤΟΣ

τῆς δ᾽ ἐπιούσης ὁ Ἄρειος ἠγέρθη ἅμ᾽ ἡλίῳ ἀνίσχοντι. καὶ ᾐσθάνετο μὲν ἡμέρας ἤδη γενομένης, ὅμως δ᾽ οὐκ ἤθελε διοῖξαι τοὺς ὀφθαλμούς, ὡς παραινέσας ἑαυτῷ τοιάδε·

Ὠνειροπόλησα δήπου. ὄναρ γὰρ ἦλθέ μοι ἀνήρ τις πελώριος Ἁγριώδης ὀνόματι ἐρῶν ὡς φοιτήσω πρὸς παιδευτήριον μαγικόν. τοὺς δ᾽ ὀφθαλμοὺς ἀνοίξας εὖ οἶδ᾽ ὅτι πάλιν διαιτήσομαι ἐν τῷ σκευοφυλακίῳ τῷ οἴκοι.

κρότον δ᾽ ἄφνω ἤκουσε μέγαν, τῆς γε Πετουνίας, ὡς ᾤετο, τὴν θύραν κοπτούσης. καὶ πολλὴν ἔχων ἀθυμίαν τοὺς ὀφθαλμοὺς οὔπω ἀνέῳξεν, ἀγαπῶν ἔτι τὸ ἐνύπνιον.

τρὶς δ᾽ αὖ κροτοῦντος ἤκουσέ του.

Καλῶς ἔχει, ἔφη, ἀνίσταμαι γάρ.

ἀναστὰς δὲ καὶ τὸν Ἁγριώδους τρίβωνα μεθεὶς ᾔσθετο τοῦ θ᾽ ἡλίου τὸ καλύβιον ἀκτῖσι φλέγοντος, καὶ λωφήσαντος τέλος τοῦ χειμῶνος, καὶ αὐτοῦ τοῦ Ἁγριώδους ἔτι κοιμωμένου ἐπὶ τῇ χαμεύνῃ ἤδη διεφθαρμένῃ, καὶ γλαυκὸς τῷ μὲν ὄνυχι τὴν θυρίδα κροτούσης τῷ δὲ ῥάμφει ἐφημερίδα ἐχούσης.

ἀνεπήδησεν οὖν οὕτως εὐδαιμονοῦντι συνειδὼς ἑαυτῷ ὡσεὶ ἀσκόν τις ἐπνευμάτου ὑπὸ τοῖς σπλάγχνοις. ἐλθὼν δ᾽ εὐθὺ τῆς θυρίδος καὶ ταχέως σπάσας ἀνέῳξεν αὐτήν. ἡ δὲ γλαῦξ εἴσω κατασκήπτουσα τὴν ἐφημερίδα μεθῆκεν ἐπὶ τὴν Ἁγριώδους κεφαλήν. ἀλλ᾽ ὁ μὲν οὐκ ἠγέρθη, ἐκείνη δὲ πρὸς τοὔδαφος καταπτομένη ἐπετίθετο τῷ τρίβωνι αὐτοῦ.

Ἄρειος δ᾽ ἀποσοβήσων αὐτήν Πέπαυσο, ἔφη, μὴ τοῦτο ποιήσῃς. ἡ δὲ κροτήσασα ἀγρίως τὸ ῥάμφος πρὸς αὐτὸν οὐδὲν ἐπαύσατο τοῦ κακὰ ποιῆσαι τὸν τρίβωνα.

καὶ μεγάλῃ τῇ φωνῇ Ὦ Ἁγρίωδες, ἔφη, γλαῦξ ἐστίν ...

ἐκεῖνος δὲ Μισθοδότει αὐτήν, ἔφη τονθορύζων, οὐδὲν αὖ κινηθείς.

Ἄρειος δέ Τί λέγεις;

καὶ ὑπολαβὼν ἐκεῖνος· Μισθοδοτῆσαι γὰρ δεῖ αὐτὴν ἥ γ᾽ ἐκόμισε τὴν ἐφημερίδα. βλέπε οὖν εἴσω τῶν θυλακίων μου.

ἀλλ᾽ ὁ τοῦ Ἁγριώδους τρίβων ἐφαίνετο ὅλος ἐκ θυλακίων συγκείμενος, ἔχων καὶ κοπτὰς λειμακοφθόρους καὶ σφαιρίδια σπαρτίου καὶ νώγαλα ἀπὸ μίνθης ἐσκευασμένα καὶ βύβλινα σακκίδια πρὸς τέϊον ἠθμοειδῆ. τέλος δὲ ἐδράξατο νομίσματος καινοῦ.

Δὸς αὐτῇ, ἔφη, πέντε κονίδας.

Ἦ καὶ κονίδας λέγεις;

Μικραί γ᾽ εἰσι καὶ χαλκαῖ.

ἀριθμήσαντος δὲ πέντε χαλκία τοῦ Ἀρείου, ἡ γλαῦξ προὔτεινε πόδα δεξομένη αὐτὰ εἰς βαλλαντίδιον προσδεδεμένον ἐπ᾽ αὐτῷ. κἀντεῦθεν οἴχεται ἐκπταμένη διὰ τὴν θυρίδα τὴν ἄρτι ἀνεῳγμένην.

Ἁγριώδης δ᾽ ἔχασκε, ἐσκορδινᾶτο, ἀνίστατο.

Ἀπιτέον εὐθὺ Λονδίνονδε· ἔχομεν γὰρ πολλὰ πράγματα περὶ τὰ ἐπιτήδειά σου· δεῖ πάντ᾽ ἀγοράζειν τὰ πρὸς παιδείαν.

ἀναστρέφοντι δὲ Ἀρείῳ τὰ χαλκία καὶ βλέποντι πρὸς αὐτὰ ἐπῆλθέ φρόνημα τι μάλ᾽ ἀηδές, ὡσεί τις νύξας συνέτρησεν αὐτῷ τὸν ἐντὸς ἀσκόν.

Εἰπέ μοι, ἔφη, ὦ Ἁγρίωδες ...

κἀκεῖνος Τί δαί, ἔφη μεταξὺ ἐνδυόμενος τοὺς κοθόρνους.

Ἄρειος δέ Οὐκ ἔστι μοι, ἔφη, ἀργυρίου οὐδέν. καὶ σὺ χθιζὸς ἤκουσας τοῦ θείου οὐκ εἰπόντος δαπανήσειν οὐδὲν εἰς ἐμὲ ἵνα μάθοιμι τὴν μαγικήν.

Οὐ φροντὶς σοὶ πρὸς τοῦτο, ἔφη. ἀνειστήκει γὰρ κνώμενος τὸ κράνιον. οὔκουν ᾔδησθα κληρονομῶν σὺ τοὺς τεκόντας τῆς οὐσίας;

Ἀλλ᾽ εἰ διεφθάρη ἡ οἰκία αὐτῶν ...

ἐκεῖνος δ᾽ ὑπολαβών Τὸ χρυσίον οὐκ οἴκοι κατέθηκαν, ὦ μειράκιον. πρῶτον μὲν γὰρ ἰτέον εἰς Γριγγώτου, τράπεζαν τοῖς μάγοις. λαβὲ ἀλλᾶντός τι, ψυχρὸν μὲν ὄν, ἀγαθὸν δ᾽ ὅμως. καὶ μάλιστ᾽ ὀρεγοίμην ἂν τοῦ σοῦ πλακοῦντος τοῦ τῶν γενεθλίων.

Ἦ τραπέζας ἔχουσιν οἱ μάγοι;

Μίαν γε. τραπεζῖται δὲ κόβαλοι.

Ἄρειος δὲ μεθεὶς μέρος τι τοῦ ἀλλᾶντος Ἦ κόβαλοι; ἔφη.

Πάνυ γε. ὥστ᾽ οὐδεὶς λῃστεύοι ἂν τὰ παρ᾽ αὐτοῖς, πιθοῦ μοι, εἰ μή γ᾽ ἄρα μαίνοιτο. μή τοι πνίγειν τοὺς κοβάλους, ὦ Ἄρειε. ἡ δ᾽ οὖν τράπεζα αὕτη χωρίον πάντων ἀσφαλέστατόν ἐστι τοῖς χρῆμά τι φυλάττεσθαι βουλομένοις πλὴν ἀμέλει τοῦ Ὑογοήτου. ἀλλ᾽ ἐγὼ ὀφείλω ἐπελθεῖν παρὰ τὸν Γριγγώτου ὑπὲρ τοῦ Διμπλοδώρου περὶ τὰ Ὑογοήτου ὤν. καὶ ἑαυτὸν ἐξυπτιάζων Οὗτος γάρ, ἔφη, πολλάκις κατ' ἔθος ἀξιοῖ με τὰ πλεῖστον διαφέροντα πρᾶξαι, οἷον τὸ συγκομίσαι σὲ σωθέντα ἢ τὸ ἀπὸ Γριγγώτου ἐνεγκεῖν τι· οἶδε γάρ με ἀξιόπιστον ὄντα. εἶα δή. ἔχεις τὰ πάντα;

ὁ δ' Ἄρειος ἠκολούθησεν αὐτῷ ἐξιὼν ἐπὶ τὸν σκόπελον. αἰθρίας δ' ἤδη γενομένης, καὶ πρὸς ἥλιον μαρμαιρούσης ἅμα τῆς ἁλός, εἶδε τὸν λέμβον τὸν Δουρσλείῳ μεμισθωμένον ἔτι παρόντα, καίπερ πολὺ ἐν τῷ χείμωνι ἄντλον δεξάμενον.

ἕτερον δὲ λέμβον οὐκ ἰδών Τίνι τρόπῳ, ἔφη, σύ γε θάλατταν διεπέρησας;

Διεπτόμην, ἔφη.

Διέπτου;

Ἔγωγε. ἀλλ' ἐπαναπλεῦσαι χρὴ ἐν τῷδε· οὐκέτι γὰρ θεμιτόν μοι μαγεύειν νῦν δὴ σώσαντι σέ.

καθημένων δ' ἐν τῷ λέμβῳ, ὁ Ἄρειος ἀτενέσι τοῖς ὄμμασιν ἔβλεπε πρὸς τὸν Ἁγριώδη εἴ πως τοῦτον ἐν νῷ πλάττοι αἰωρούμενον.

Ἀλλ' οὐ πρέπει ἡμῖν ἐρεταὶ γενέσθαι, ἔφη ἐκ πλαγίου μάλ' αὖθις βλέψας πρὸς αὐτόν. ἐὰν δὲ σπεύδω τι ἡμῖν τὸν πλοῦν, οὐδενὶ τῶν ἐν Ὑογοήτου δεῖ σὲ δηλῶσαι τοῦτο, εἴπερ σοὶ φίλον.

Οὐδαμῶς, ἔφη, σπεύδων αὐτὸς πλέον ἰδεῖν τῆς μαγικῆς. λαβόντος οὖν ἐκείνου πάλιν τὸ ἀλεξιβρόχιον τὸ φοινικοῦν, καὶ δὶς κρούσαντος ἐπὶ τὸν σκαλμὸν τὸ πλοῖον ἐτάχυνεν αὐτόματον πρὸς τὴν ἤπειρον.

Διὰ τί οὕτω μαίνοιτό τις ἂν ληστεύειν πειρώμενος τὸν Γριγγώτου;

Δι' ἐπῳδὰς καὶ κηλήματα, ἦ δ' ὃς ὁ Ἁγριώδης. δράκοντας γάρ φασι φυλάττειν τὰς χρυσοῦ κατώρυχας ἀβάτους τ' οὔσας καὶ δυσπροσόδους. ἡ γὰρ τράπεζα κάτω γῆς κεῖται ὡς ὀκτακόσια στάδια ὑπὸ τῷ Λονδίνῳ, κατωτέρω δὴ τοῦ Μετρό. ἐκφυγὼν γάρ τις λιμῷ ταχέως ἂν ἀπόλοιτο, κεἰ δύναιτο κλέψαι τι.

καὶ Ἄρειος μὲν περὶ ταῦτα λογιζόμενος ἐκάθητο ἔτι, ὁ δ' Ἁγριώδης τέως ἀνεγίγνωσκε τὴν ἐφημερίδα· αὕτη δε Καθημερινὸς Μάντις ἔτυχε καλούμενη. ἐκεῖνος δὲ ὡς πολλάκις θεασάμενος τὸν θεῖον ἔμαθε βέλτιστον εἶναι μὴ ἐνοχλεῖν τοὺς ἐφημερίδα ἀναγιγνώσκοντας. ὅμως δ' οὐ ῥᾴδιον τοῦτ' ἐδόκει αὐτῷ τότε ποιεῖν, μυρία ἐρωτᾶν ἔτι σπουδάζοντι.

Ἁγριώδης δὲ σιωπῇ πτυχὴν ἀναστρέψας τῆς ἐφημερίδος Οἱ περὶ μαγείας προβουλεύοντες, ἔφη, τῆς εἰωθυίας ἄρα ταραχῆς αἴτιοι.

Ἦ καὶ πρόβουλοι εἰσι τῆς μαγείας; ὁ γὰρ Ἄρειος τοῦτ' εἶπε καίπερ δόξαν αὐτῷ οὐδὲν ἐνοχλῆσαι.

Πῶς γὰρ οὔ; τὸν μὲν γὰρ Διμπλόδωρον ἔχρῃζον ἀρχιπρόβουλον· τούτου δ' οὐκ ἐθέλοντος ἀπαλλαγῆναι ἐξ Ὑογοήτου, πρόκειται Κορνήλιος Φουῖξ, γέρων ὢν καὶ γελωτοποιὸς εἴ τις ἄλλος. ὥστε βάλλει τὸν Διμπλόδωρον καθ' ἡμέραν ταῖς γλαῦξι συμβουλευσόμενος δήπου.

Ἀλλα τί ποιοῦσιν οἱ τῆς μαγείας πρόβουλοι;

Τὸ ἔργον ἐστὶν αὐτοῖς ἐφ' ὅσον ἐνδέχεται κωλύειν τοὺς Μυγάλους τοῦ μαθεῖν ὅτι φαρμακεῖς τε καὶ φαρμακίδες ὑπάρχουσιν ἔτι πολλαχοῦ τῆς γῆς.

Τί δαί;

Ὅ τι; Ἡράκλεις· πάντες γὰρ οἱ Μύγαλοι, ὦ Ἄρειε, ἐφίειεν ἂν τοῖς μάγοις τὸ σφέτερον αὐτῶν. μὴ γένοιτο. βέλτιον γὰρ εἴ γ' ἄρα ἐῶσιν ἡμᾶς.

ἐνταῦθα δ' ὑποκρούσαντος τοῦ πλοίου τὰς τοῦ λιμένος χηλάς, συμπτύξαντος δ' ἅμα τὴν ἐφημερίδα τοῦ Ἁγριώδους, ἐκβάντες ἐπὶ τὸν ἀναβαθμὸν λίθινον πρὸς τὴν ὁδὸν ἀνέβησαν.

βαδιζόντων δὲ διὰ τὴν πολίχνην πρὸς τὸν σταθμὸν σιδηροδρομικόν, οἱ πολῖται τόν γ' Ἁγριώδη παριόντες κάρτ' ἐθαύμαζον, οὐδ' ἀπροσδόκητον τοῦτ' ἀπέβη ὡς Ἀρείῳ γοῦν ἐδόκει. καὶ γὰρ οὐ μόνον διπλάσιος ἦν τὸ ὕψος τοῦ ἐπιτυχόντος, ἀλλὰ καὶ δακτυλοδεικτῶν ἀεὶ τὰ ἐν ὁδῷ ἐγκύκλια οἷον παρκόμετρο ἐβόα λέγων ὅτι Ἰδού, ὦ Ἄρειε· τῆς τῶν Μυγάλων εὐμηχανίας. παρκόμετρο γὰρ καλοῦσιν οἱ νῦν Ἕρμην ποιόν τινα ἐν ἄστει· ἔστι τοῖς ἀργύριον πολὺ διδοῦσι τὰ αὐτοκίνητα ὀχήματα παρ' αὐτῷ ἐγκαταλείπειν ῥητὸν χρόνον.

ὁ δ' οὖν Ἄρειος πνευστιῶν τι ὡς ὄπισθεν ἐπειγόμενος φθάσαι αὐτόν Ἆρ' εἶπας, ἔφη, δράκοντας εἶναι ἐν Γριγγώτου;

Λέγεταί γε. καὶ μὴν δράκοντα κεκτημένος ἐγὼ νὴ τὸν Ἀπόλλωνα ἀγαπῴην ἄν.

Τί παθὼν σὺ ἀγαπῴης ἄν;

Χρῄζων γε ἐκ παιδός. ἀλλ' εἶα.

καὶ πρὸς σταθμὸν ἀφικόμενοι ἔγνωσαν ἁμαξοστοιχίαν Λονδίνονδε ἐντὸς ὀλίγου μέλλειν ἀφορμήσειν. ἁμαξοστοιχία γὰρ ἢ τρένο καλεῖται τέρας τι σιδηροῦν καὶ πύρπνουν οἷον ἐξ αὐτομάτου ἐπὶ τροχίαις σιδηραῖς τρέχειν ἀτμῷ χρώμενον πρὸς τὸ κινεῖσθαι καθάπερ αἱ αἰολίπυλαι αἱ τοῦ Ἥρωος τοῦ Ἀλεξανδρέως. καὶ τὸ τρένο τοῦτο σύρει ἁμάξας πολλὰς ἐφ' ὧν οἱ νῦν πανταχόσε τῆς χώρας ὀχοῦνται, ἀναβαίνοντες καὶ καταβαίνοντες ἐν τοῖς σταθμοῖς σιδηροδρομικοῖς. ὁ *δ᾽ οὖν Ἀγριώδης ὡς μὴ ἐπιστάμενος δῆθεν τὸ μυγαλικὸν νόμισμα, τὰ κέρματα τῷ Ἀρείῳ ἔδωκεν ὠνησομένῳ τὰ πινάκια.*

οἱ δ᾽ ἐπὶ τῆς ἁμαξοστοιχίας καὶ μᾶλλον ἐθαύμαζον τὸν Ἀγριώδη δυοῖν χρώμενον δίφροις καὶ νηματοπλοκοῦντα χρῆμά τι μάλα κνηκὸν σκηνῇ ἐοικὸς Παναθηναϊκῇ.

Εἶτα τήν γ᾽ ἐπιστολὴν ἔχεις; εἶπε μεταξὺ ἀριθμῶν τὰ τοῦ ῥάμματος.

λαβόντος δ᾽ αὐτὴν τοῦ Ἀρείου ἀπὸ θυλακίου Βαβαί, ἔφη. κατάλογος ἔνεστι τῶν ἐπιτηδείων ἁπάντων.

Ἄρειος δὲ ἀναπτύξας δεύτερόν τι βύβλινον ὃ πρώην ἔτυχε λαθὸν αὐτὸν ἀνεγίγνωσκε τάδε·

ΥΟΓΟΗΤΟΥ ΠΑΙΔΕΥΤΗΡΙΟΝ ΜΑΓΕΙΑΣ ΚΑΙ ΓΟΗΤΕΙΑΣ

στολή

ὑπὸ τῶν πρωτοπείρων φερέσθω τάδε·

α´ τρίβωνες γ´ μέλανες
β´ πῖλος α´ κωνοειδὴς μέλας τῆς ἡμέρας φορητός
γ´ χειρίδες β´ σωτήριαι ἐκ δέρματος δρακοντείου ἐσκευασμέναι ἢ ἄλλου τοιούτου
δ´ φᾶρος α´ χειμερινὸν πόρπας ἔχον ἀργυρᾶς

παρεχέτω μαθητὴς ἕκαστος τὰ ἱμάτια τῷ ἑαυτοῦ ὀνόματι πεποικιλμένα.

βιβλία ῥητά

ὑφ᾽ ἑκάστου μαθητοῦ φερέσθω τάδε·

Μιράνδης Φαττοφόντου ἐπῳδῶν βίβλος ἡ τοῖς ἀπείροις νενομισμένη
Βαθίλδης Σακκοβόλου συγγραφὴ μαγική
Ἀδαλβέρτου Ὑοφάλαγγος ἐπιστήμη μαγική
Ἡμερικοῦ Μεταβολέως ὑφήγησις τῶν μεταβολῶν τοῖς ἀπείροις προκειμένη
Φυλλίδης Εὐρῶτος περὶ χιλίων φαρμάκων βοτανικῶν καὶ μυκητίνων
Ἀρρηνίου Κοτυλίσκου περὶ τῶν φίλτρων καὶ τῶν ποτῶν μαγικῶν
Σαλαμάνδρου Σκαμανδρίου περὶ τῶν θηρίων τῶν μὴ ὄντων καὶ ποῦ γῆς ἐξευρετέα ἐστίν
Κουεντίνου Τρίμοντος περὶ τοῦ ἀμύνεσθαι ἢ τὰ σκοτεινά.

σκευὴ ἄλλη

ῥάβδος α´
λέβης α´ μολυβδοχάλκου, νενομισμένος μέγεθος β´
φιάλαι ὑάλιναι ἢ κρυστάλλιναι
τηλεσκόπιον α´
τρυτάνη α´ χαλκῆ

πρὸς τούτοις ἐξέστω τοῖς μαθηταῖς φέρειν ἢ γλαῦκα ἢ αἴλουρον ἢ φρύνην.

ὑπομνησθέντων οἱ γονεῖς τοῦ μὴ ἐξεῖναι τοῖς πρωτοπείροις ἴδια ἔχειν τὰ σάρα.

ἐννοῶν δ᾽ ὁ Ἄρειος πρὸς ἑαυτὸν Ἆρα πάρεστιν, ἔφη, πάντα πρίασθαι ταῦτα ἐν Λονδίνῳ;

Εἴ γ᾽ οἶδέ τις ὅποι δεῖ ἐλθεῖν, εἶπεν ὁ Ἁγριώδης ἀποκρινόμενος.

*

ὁ μὲν γὰρ Ἄρειος πρότερον Λονδίνονδε οὐκ ἐληλύθει, Ἁγριώδης δὲ ἐδόκει τήν γ᾽ ὁδὸν εὖ εἰδέναι ἀλλ᾽ οὐ τί δεῖ ποιεῖν τοὺς εἰθισμένους ὁδοιποροῦντας. οὐ γὰρ ῥᾴδιον ἦν αὐτῷ ἀνέχεσθαι τὰ τοῦ Μετρὸ ὡς θλιβόμενός τε τῷ θυρίῳ περιστρεφομένῳ καὶ πιεζόμενος διὰ τὴν τῶν δίφρων στενότητα καὶ ἀνιώμενος τῇ τοῦ τρένο βραδύτητι. ἀνθ᾽ ὧν ἤκουσας ἂν αὐτοῦ τραχυφώνου τὴν πραγματείαν ἀεὶ ἐπιτιμῶντος.

Οὐκ οἶδ᾽ ἐγώ, ἔφη, ὅπως δὴ οἱ Μύγαλοι βίον ἄγουσιν ἄνευ τῆς μαγικῆς. ἀναβάντες δ᾽ ἅμα ἐπὶ κλίμακος μόλις κυλιομένης εἰς ὁδὸν ἐξίκοντο πωλητηρίοις ἑκατέρωθεν κεκρασπεδωμένην.

πάμμεγας δ᾽ ὢν ὁ Ἁγριώδης ῥᾳδίως διώθει τοὺς ἐν ὁδῷ ἁθροιζομένους ὥστε μὴ ἔργον εἶναι τῷ Ἀρείῳ συνακολουθοῦντι. παρελθόντες δὲ βιβλιοπώλας μὲν ἐθεάσαντο καὶ μουσικοπώλας καὶ ἀλλαντοπώλας καὶ κινηματογράφους, ῥαβδοπώλην δὲ οὐδένα ἦν ἰδεῖν οὐδαμοῦ. πληθυούσης γὰρ τῆς ὁδοῦ ἀνθρώπων τῶν ἐπιτυχόντων, οὐδὲν ἂν εἶδες ἐκεῖ εἰ μὴ τὰ κοινὰ καὶ τὰ δημώδη. καὶ εἰς ἑαυτόν Κᾆτα σωρός ἐστιν, ἔφη, χρυσοῦ τοῖς μάγοις κάτω τεθαμμένος καὶ ὑπὸ ποσὶ πολλὰ στάδια ὑποκείμενος; ἦ ἀληθῶς ὑπάρχουσιν οἱ τάς τ᾽ ἐπῳδῶν βίβλους καὶ τὰ σάρα πωλοῦντες; τί ἐμποδὼν ἄρ᾽ ἐστι τὸ μὴ ἀποβαίνειν τὰ πάντα εἰς παιδιάν τινα τοῖς Δουρσλείοις μεμηχανημένην; εἰ γὰρ μὴ συνῄδει αὐτοῖς μηδαμῶς διακειμένοις πρὸς τὸ γελωτοποιεῖν, τοιοῦτό τι τάχ᾽ ἂν ἐνενόησεν εἰς ἑαυτόν. καίτοι οὐκ ἔστιν ὅπως οὐ πιστεύσει τῷ Ἁγριώδει καίπερ πολλὰ καὶ ἄπιστα ἤδη τερατευσαμένῳ.

ὁ δέ Τοῦτ᾽ ἐκεῖνο, ἔφη, τὸν Λέβητα Διάβροχον λέγω. ἐπίσημον γάρ ἐστι.

τοῦτο δὲ πανδοκεῖον ἦν οὕτω στενὸν καὶ αὐχμοῦ πλέων ὥστε καὶ λαθεῖν ἂν τὸν Ἄρειον εἴπερ Ἁγριώδης μὴ ἔδειξε τῷ δακτύλῳ. οἱ γὰρ ἀεὶ ταχὺ παριόντες δι᾽ οὐδενὸς ἐποιοῦντο, τὴν ὄψιν τρεπόμενοι ἀπὸ βιβλιοπωλείου πρὸς μουσικοπωλεῖον ὡς ἐκ θατέρου εἰς τὸ ἕτερον ἠρέμα ὑπαγόμενοι ὥσπερ ἂν εἰ τὸ πανδοκεῖον μὴ εἶδον. ὥστε ξύννοιαν εἶχεν εἴ γ᾽ ἄρα, τὸ παραδοξότατον, αὐτὸς καὶ ὁ Ἁγριώδης μόνοι οἷοί τ᾽ εἰσιν ἰδεῖν αὐτό, οἱ δ᾽ ἄλλοι οὔκ. ὁ δ᾽ οὖν Ἁγριώδης εἴσω ἤγαγεν αὐτὸν ἔτι μέλλοντα ἐρεῖν τι περὶ τοῦτο.

τὸ δὲ πανδοκεῖον περιθρύλητον μὲν ἦν, κατά γε τὸ εἰρημένον, αὐχμηρὸν δὲ καὶ μάλα σκοτεινόν. ἄλλοτε μὲν γὰρ γρᾴδια ἂν εἶδες οὐ πολλὰς ἐν μυχῷ καθημένας καὶ πινούσας τοῦ Μονεμβασίας οἴνου ἐκ ποτηριδίων, κἂν ταύταις μίαν τινὰ καπνιζομένην καπνοσύριγγα, ἄλλοτε δὲ ἀνθρωπίσκον πιλίδιον φοροῦντα ὑψηλὸν καὶ διαλεγόμενον τῷ καπήλῳ, ἀνθρώπῳ γέροντι καὶ πάνυ φαλακρῷ καὶ μάλιστα καρύῳ που ἐοικότι ῥητινώδει. εἰσελθόντων δ᾽ οὖν τοῦ Ἁγριώδους καὶ τοῦ Ἀρείου, οἱ εἴσω εὐθὺς ἐσιώπησαν παυσάμενοι τοῦ μετ᾽ ἀλλήλων λαλεῖν. πάντες γὰρ, ὡς ἐφαίνετο, γνωρίσαντες ἐκεῖνον ἠσπάζοντο, δεξιούμενοι χερσὶ καὶ μειδιῶντες.

ὁ δὲ κάπηλος τέως ποτηρίου ἐπιλαβόμενος Τὸ ξύνηθες, ἔφη, ὦ Ἁγρίωδες;

Οὐ θεμιτόν, ἔφη. ὅλος γάρ εἰμι περὶ τὰ τοῦ Ὑογοήτου, τρίβων ἅμα τὸν τοῦ Ἀρείου ὦμον οὕτω βιαίως ὥστε γνὺξ πεσεῖν κεκροτημένον.

ἐκεῖνος δὲ Ἡράκλεις, ἔφη, ὀξὺ δεδορκὼς πρὸς τὸν Ἄρειον. οὐκοῦν οὗτος ... ἀλλ᾽ οὗτος ...

ἀποσιωπήσαντος δ᾽ αὐτοῦ, σιωπῇ πάντες οἱ παρόντες ἐγένοντο εὐφημίαν ἄφνω παρέχοντες.

ὁ δὲ γέρων Κοινὸς Ἑρμῆς, ἔφη ψιθυρίζων. ἰδοὺ ὁ πάνυ Ἄρειος Ποτῆρ. βαβαὶ τῆς εὐεργεσίας.

καὶ ὡρμήθη ἀπὸ τῆς τραπέζης ἀσπασόμενος αὐτόν· τῆς δὲ χειρὸς λαβόμενος πόλλ᾽ ἐδακρυρρόει.

Χαῖρε, ἔφη, ὦ μέγιστε, χαῖρ᾽ ὦ τᾶν, κατελήλυθας γάρ.

ὁ δ᾽ οὐκ ᾔδει τί προσήκει λέγειν, τῶν τ᾽ ἄλλων πρὸς αὐτὸν ἰταμὸν βλεπόντων, καὶ τῆς γραὸς καπνιζούσης μὲν ἔτι, λαθομένης δὲ τῆς καπνοσύριγγος ἤδη ἐσβεσμένης. ὁ μὲν οὖν Ἁγριώδης πάνυ ἐμειδία τῷ προσώπῳ.

καὶ ἐντεῦθεν κρότος ἦν πολὺς τῶν δίφρων ἀπωθουμένων, καὶ ἐν ἀκαρεῖ Ἄρειος ἐφαίνετο ἀντιδεξιούμενος ἅπαντας τοὺς ἐν τῷ πανδοκείῳ.

ἡ μὲν γὰρ Ἰδού, ἔφη. Δωρίς εἰμι Κροκόφορος. ὡς γέγηθα ἐξ ἀπροδοκήτου συνοῦσα σοί.

ἄλλος δέ Ὡς ἀγάλλομαι, ἔφη, ἀγάλλομαι δή.

ἄλλος δέ τις Ἐπὶ μήκιστον ἔγωγ' ἐδεόμην δεξιοῦσθαι σέ. παντοῖος γάρ εἰμι.

ἄλλος δ' αὖ τις Ὡς ἥδομαι, ἔφη, ὦ τᾶν, καὶ χαίρομαι κεὐφραίνομαι. τοὔνομά ἐστί μοι Δίγλωττος, Δαίδαλος Δίγλωττος.

καὶ ὁ Ἄρειος Τὸ πρίν γε, ἔφη, ἑώρακά σε· προσεκύνησας γάρ μέ ποτε ἀγοράζοντα. καὶ ἐν τούτῳ ἐκεῖνος οὕτως ἐταράχθη ὥστε τὸ πιλίδιον ἀποπεσεῖν.

Μέμνηται δῆτα, ἔφη βοῶν καὶ περιβλέπων ἅμα πρὸς τοὺς ἄλλους. ἆρ' ἠκούσατε; μέμνηταί μου δή.

συχνάκις οὖν ἔδει τὸν Ἄρειον ἀντιδεξιοῦσθαι τοῦς τ' ἄλλους καὶ τὴν Δωρίδα ἀεὶ ἄπληστον ἐπανιοῦσαν.

κᾆτα νεανίας τις προσεχώρησεν. τὸ δὲ πρόσωπον ὠχρὸς ὢν ἐδόκει εἰς τοσοῦτο φόβου ἀφικέσθαι ὥστε τῶν ὀμμάτων τὸ ἕτερον λίαν γενέσθαι σκαρδαμυκτικόν.

καὶ ὁ Ἀγριώδης Ἰδού, ἔφη, ὁ σοφιστὴς Κίουρος. οὗτος γὰρ εἷς ἔσται σοι τῶν ἐν Ὑογοήτου ῥητόρων.

ὁ δὲ Κίουρος Ὦ Ποποποτέρ, ἔφη. τούτου γὰρ ἂν ἤκουσας πάνυ βαττολογοῦντος ταὐτὰ στοιχεῖα δὶς ἢ τρὶς φθεγγομένου ὅποτε λόγου τινὸς ἄρχοιτο. λαμβάνων δ' οὖν τῆς Ἀρείου χειρός Ὦ Ποποτέρ, ἔφη, οὐ οὐ δεδίδαχά σε ὅσον γε γέγηθα δεδορκώς, ὡς ἤδη ἔδει δηλαδὴ δεδυνῆσθαι.

ὁ δ' Ἄρειος Ποίαν τινά, ἔφη, μαγικὴν σὺ διδάσκεις, ὦ σοφιστὰ Κίουρε;

Τήν γε φυλακικὴν τὴν πρὸς τὰ σκοτεινὰ δόγματα, εἶπε μασταρύζων που ὡς ἄρα νομίζων τὰ τοιαῦτα οὐ πάνυ φροντίδος ἄξια. Οὐ μὴν οὐδέ, ἔφη, σύ γε, ὦ Ποτέρ, κινδυνεύεις ἀπορεῖν ἐκείνης τῆς τέχνης. καὶ ἐγέλασεν ἄλλως ὡς ἔτι φοβούμενός τι· ἀναλαβὼν δ' εἶπεν ὅτι Εἶτα ἦλθες ἀγορασόμενος τὰ σκεύη; κἀμὲ δεῖ ξυλλαβεῖν βίβλον νέον ἐκδεδομένην περὶ τῶν Λαμιῶν. ὑπερεκπεπλῆχθαι δ' ἐφαίνετο καὶ ἐννοῶν τὰς τοιαύτας.

τοῦτον δ' οἱ ἄλλοι οὐκ ἐβούλοντο ἐᾶν σφετερίζεσθαι τὸν Ἄρειον. ἀπαλλάξασθαι οὖν αὐτῶν πρῶτον μὲν οὐ ῥᾴδιον ἦν· τέλος δὲ ὁ Ἀγριώδης ἐδυνήθη ὀξύτερον φθέγξασθαι ὥστε δεῖν ἅπαντας δὴ ἀκροᾶσθαι αὐτοῦ καίπερ οὐ μετρίως ἔτι λαλοῦντας.

Ἀπιτέον δή, ἔφη, πολλὰ γὰρ χρὴ ἀγοράζεσθαι. εἶα, ὦ Ἄρειε.

καὶ τῆς Δωρίδος πανύστατον δεξιωσαμένης τὸν Ἄρειον, ἐξήγαγεν αὐτὸν διὰ τὸ πανδοκεῖον εἰς αὐλήν. στενὴ δ' ἦν καὶ εὖ τετειχισμένη, ἀλλ᾽ οὐκ εἶδες ἂν ἐκεῖ οὐδὲν εἰ μὴ δοχεῖον φορυτοῦ καὶ φυτὰ ὀλίγα καὶ φαῦλα.

ἐνταῦθα δὲ Ἁγριώδης πρὸς τὸν Ἅρειον βλέψας ἐγέλασεν. Οὔκουν, ἔφη, τἀληθὲς ἔλεγον; οὔκουν περιβόητος εἶ σύ; καὶ γὰρ αὐτὸς ὁ πάνυ Κίουρος ἔτρεμε σπουδὴν ποιησάμενος πολλὴν τοῦ μετὰ σοῦ συνεῖναι. οὐ μὴν ἀλλ᾽ ὡς ἐπὶ τὸ πολὺ τρέμειν φιλεῖ.

Εἶτα φίλον ἐστὶν αὐτῷ, ἦ δ᾽ ὃς ὁ Ἅρειος, ὑπερφοβεῖσθαι;

Πάνυ γε. σοφώτατος μὲν γάρ ἐστι, κακοδαίμων δέ· τὰ μὲν τῶν βίβλων μανθάνων ἀτεχνῶς, εἰς τοσοῦτο καλῶς δὴ ἔπραττε· αὐτόπτης δὲ τῶν ὄντων πειραθεὶς γενέσθαι ἐνιαύσιος περιενόστησε καὶ οὕτω Λαμιῶν λέγεται ἐν τῇ Μελαίνῃ Ὕλῃ ἐντετυχηκέναι καὶ πράγματα ἄλλως ἐσχηκέναι Γραίᾳ προσομιλήσας, ὅθεν ὑπὸ φόβου οὐ μετρίως τεταραγμένος τὴν γνώμην παντοῖος γεγενῆσθαι. ὥστε φοβεῖσθαι καὶ τοὺς μαθητὰς καὶ τὴν ἰδίαν τέχνην. λοιπόν. ποῦ τὸ ἀλεξιβρόχιόν μοι;

ἀλλ᾽ ὁ μὲν Ἅρειος πάνυ ἠπόρει ἐννοῶν τὰς Λαμίας καὶ τὰς Γραίας, ἐκεῖνος δ᾽ ἀμέλει τὰς πλίνθους ἀριθμῶν ἐτύγχανε τὰς τοῦ ὑπὲρ τὸ δοχεῖον τείχους καὶ πρὸς ἑαυτὸν λέγων Ἄνω τρεῖς, ἔφη, εἰς πλάγιον δύο. καλῶς ἔχει δῆτα. ἀπόστηθι, ὦ Ἅρειε.

κρούσαντος δὲ τρὶς ἄκρῳ τῷ ἀλεξιβροχίῳ, ἡ πλίνθος ἡ κεκρουμένη ἐκινεῖτό τι, ἐλυγίζετο μὲν οὖν τὴν μέσην ἔστε ὀπὴ ἐφάνη. καὶ ταύτης ἐν ἀκαρεῖ πολλῷ εὐρυτέρας γενομένης, βλέπουσι πρὸς ἁψίδα ἄρτι φαινομένην δι᾽ ἧς ῥᾴδιον ἦν καὶ τῷ Ἁγριώδει εἰσιέναι. καὶ πέραν αὐτῆς στενωπὸν ἦν ἰδεῖν λιθόστρωτον, λυγισμοὺς καὶ στροφὰς παρέχοντα ἐφ᾽ ὅσον ἐνεδέχετο διορᾶν.

Χαῖρε, ἦ δ᾽ ὃς ὁ Ἁγριώδης. ἰδοὺ ὁ Στενωπὸς Δίαγων.

ταραττομένου δὲ τοῦ Ἁρείου κατεγέλασέ που. καὶ διὰ τῆς ἁψίδος προὐχώρησαν. ἀναστρεψάμενος δὲ πρὸς τοὔπισω ὁ Ἅρειος ἐθαύμασε τὸ παράδοξον τοῦ πράγματος ἰδὼν τὴν ἁψίδα πάλιν εἰς τεῖχος ἀφανίζεσθαι ἤδη στερεώμενον.

λέβητας δὲ πολλοὺς ἐν ἡλίῳ εἶδον ἀποστίλβοντας ἔξω τοῦ ἐν ποσὶ πωλητηρίου. καὶ ἐπὶ σημείῳ ὑπὲρ αὐτῶν κρεμασθέντι ἦν ἀναγιγνώσκειν τάδε· λέβητες παντοδαποί· χαλκοῖ, χαλκοειδεῖς, ἀργυροῖ, ἀργυροειδεῖς, αὐτοτορυνητοί, πτυκτοί.

Ἁγριώδης δέ Καὶ μήν, ἔφη, ὠνητέος γ᾽ ἐστὶν ἡμῖν λέβης, ἀλλὰ πρῶτον δεῖ τἀργύριον σοὶ λαβεῖν.

τῷ δ᾽ Ἁρείῳ ἐδόκουν οὐκέτι διαρκεῖν οἱ ὀφθαλμοὶ αὐτοῦ δύο ὄντες ὡς μάλιστα δεομένῳ ἄλλων εἰς ὀκτώ. καὶ γὰρ ἐκεῖσε κἀκεῖσε ἐπιστρεφόμενος ἀνὰ τὴν ὁδὸν ὡς τὰ πάνθ᾽ ἅμα θεασόμενος, τοῦτο μὲν τούς τε πωλοῦντας αὐτοὺς εἶδε καὶ τὰ πράσιμα, τοῦτο δὲ τοὺς ἀγοράζοντας. ἐκ γὰρ τούτων εἶδον παριόντες γυναῖκά τινα ἀνανεύουσαν καὶ λέγουσαν ὅτι Ἧπαρ δρακόντειον κατὰ κύαθον ἑπτακαίδεκα ζαγκλῶν ... κορυβαντιῶσι δή.

ἐνταῦθα δὲ ψόφον ἤκουσαν λεῖον ὥς τινος κικκαβαῦ κικκαβαῦ ἠρέμα ἠχοῦντος ἀπὸ πωλητηρίου ζοφεροῦ. ὃ καὶ σημεῖον παρεῖχε τοιόνδε· γλαυκοπωλεῖόν εἰμι τοῦ Εὔλοπος. πρίω ἐνθάδε αἰγωλίους στρίγας βουβῶνας σκῶπας ὤτους βούφους ἀσκαλάφους ἐλεοὺς κικκάβας. καὶ ἔπειτα ὁ Ἄρειος εἶδε μειράκιά τινα ἡλικιώτας αὐτοῦ οἵπερ τὰς ῥῖνας παρεῖχον πρὸς ὕαλον πιεζομένας βλέποντες πρὸς σάρα ἀτενέσι τοῖς ὀφθαλμοῖς. ἤκουσε δέ τινος φθεγγομένου Ἰδού, ὁ νέος Ὑπερνεφελὸς Δισχιλιοστὸς θάττων ὢν ἁπάντων τῶν πρὸ τοῦ. καὶ πανταχοῦ ἦν ἰδεῖν τὰ πωλητὰ οἷον τηλεσκοπικὰ ἢ τεχνήματα ἀργυρᾶ καὶ πάνυ ξενικὰ αὐτῷ ὡς οὐπώποθ᾽ ἑωρακότι ἢ σπλῆνας νυκτερίδων ἢ ὀφθαλμοὺς ἐγχελύων κατ᾽ ἀγγεῖα ἀποκειμένους ἢ βιβλία ἐπῳδικὰ ἐπὶ βιβλίοις ἐπισφαλῶς σεσωρευμένα ἢ γραφίδας τε καὶ διφθέρας ἢ φιάλας φαρμάκου ἢ σφαίρας σεληνιακὰς ἢ ...

ἐνταῦθα δὴ ὁ Ἀγριώδης ὑπολαβὼν τὸν Γριγγώτου ἔδειξεν. πρὸς γὰρ οἰκοδόμημά τι ἀφίκοντο λευκὸν καὶ τὰ ἕτερα οἰκίδια πολλῷ ὑπερτέλλον. καὶ πρὸ θυρῶν – χαλκαῖ δ᾽ ἦσαν καὶ ξεσταί – τῷ Ἀρείῳ ἰδόντι τινὰ στολῇ φοίνικι καὶ χρυσῷ ποικίλῃ ἠμφιεσμένον καὶ μέλλοντι αἰτήσειν ὁποιός ἐστιν ὁ Ἀγριώδης Κόβαλος δῆτα, ἔφη σιωπῇ. ἐβάδιζον δ᾽ ἤδη ὡς αὐτὸν ἐπὶ τὴν τοῦ οἰκήματος προσανάβασιν. ὁ δὲ τῇ κεφαλῇ μικρότερος ὢν τοῦ Ἀρείου τὸν πώγωνα εἶχεν ὀξὺν καὶ τὸ πρόσωπον μέλαν τε καὶ ὡς ἀνδρὸς σοφωτέρου. τοὺς δὲ δακτύλους καὶ τοὺς πόδας Ἄρειος ἔγνω ὑπερμήκεις ὄντας. ὁ δ᾽ εἰσιόντας αὐτοὺς προσεκύνησε. καὶ ἔνδον γενόμενοι ἔβλεπον πρὸς θύρας ἑτέρας ἀργυρᾶς οὔσας. ἐνεγέγραπτο δ᾽ ἐπ᾽ αὐταῖς τάδε·

Γριγγώτου δόμος εἰμ᾽, ὦ ξεῖνε· σὺ δ᾽ εἴσιθι χαίρων
  μὴ φιλόχρυσος ἄγαν μήτε φιλάργυρος ὤν.
εἰ δ᾽ ἀφέλοις ἀδίκως τἄνδον καὶ ἀνάξια πλάσσοις,
  τούτων χρὴ διδόναι διπλασίαν σὲ δίκην.
εἰ δ᾽ ἄρα λῃστεύσων ἐθέλεις δῦναι κατὰ γαίης
  ἀλλότριόν τε λαβεῖν ἀργύριον μελετᾷς,
κεἰ κλέψαι τι νοεῖς ἐμέ, δεῖ φοβέεσθαι
  μὴ προσιὼν σὺ τυχῇς οὐ μόνον ἀργυρίου.

Ὡς εἴρηκα, ἔφη ὁ Ἀγριώδης, οὐδεὶς λῃστεύοι ἂν τὰ παρ᾽ αὐτοῖς, εἴ γε μὴ μαίνοιτο δήπου.

κοβάλων δὲ δυοῖν προσκυνησάντων, εἰσελθόντες διὰ τὰς ἀργυρᾶς θύρας εἰς αὐλὴν μεγάλην καὶ μαρμαρίνην, κατέλαβον αὐτόθι κοβάλους ὡς ἕκατον ἐπὶ σκολυθρίοις καθημένους ὑψηλοῖς, τοὺς μὲν ἐπὶ βίβλους μεγάλας λόγους συγγράφοντας, τοὺς δ' ἀργύρια ἀριθμοῦντας καὶ ἱστάντας τρυτάναις χαλκαῖς, ἄλλους δὲ λιθίδια ὑπὸ διόπτρων ἐξετάζοντας, ἄλλους δ' αὖ πρὸ τῶν θυρῶν μυρίων οὐσῶν παρεστῶτας ὅπως εἰς τὰ οἰκήματα μυρία εἰσδέχοιντο τοὺς εἰσιέναι ἢ ἐξιέναι ἀεὶ βουλομένους. προσέβησαν δ' οὖν ἐκεῖνοι ἐπὶ τὴν τράπεζαν.

προσειπὼν δὲ κόβαλόν τινα ὅστις εἰς τὴν διακονίαν ἔτυχε πρόχειρος ὤν, Χαῖρε, ἔφη ὁ Ἀγριώδης. ἥκομεν παρ' ὑμᾶς ἀπαιτῆσαί τι βουλόμενοι τῶν χρημάτων τῶν ἐν τῷ ζυγάστρῳ τῷ τοῦ Ἀρείου Ποτῆρος παρακατατεθεμένων.

Κλῆδα γὰρ, ἔφη, ὤνθρωπε, ἔχεις δήπου;

Ἔχω γε, ἦ δ' ὃς ὁ Ἀγριώδης, εἴπερ δυνατὸν εὑρεῖν αὐτήν. καὶ ἐκ τοῦ κόλπου ἀφελκύσας διπυρίτας οὐκ ὀλίγου σκυλακοτροφικοὺς εὐρῶτι πολλῷ κατασαπέντας, κατὰ τὸ ἐκείνου γραμματεῖον διασπείρων ἔτυχεν. ἐν δὲ τούτῳ ὁ μὲν κόβαλος τὰ μέτωπ' ἀνέσπα ἀνιώμενος, ὁ δ' Ἄρειος ἐθεᾶτο τὸν ἐν δεξιᾷ αὐτοῦ· ἵστατο γὰρ σωρὸν λυχνιτῶν ἀνθρακιαῖς ὁμοιοτάτων τό τε μέγεθος καὶ τὴν λαμπρότητα.

τέλος δέ Ἔχω δῆτα, ἔφη ὁ Ἀγριώδης, κλεῖν δεικνὺς μικρὰν καὶ χρυσῆν.

ἐκεῖνος δὲ συντόνως ἐξετάσας Καλῶς ἔχει, ἔφη, ὥς γε φαίνεται.

Καὶ μὴν ἐπιστολὴν ἔχω, ἔφη, παρὰ τοῦ σοφιστοῦ Διμπλοδώρου, τοῦ σεμνοῦ μεστὸς ὢν καὶ ἐξυπτιάζων ἑαυτόν. Ἐν γὰρ αὐτῇ λέγει τι περὶ τοῦ ἀπορρήτου ἐκείνου τοῦ ἐν τῇ ἑπτακοσιοστῇ καὶ τρισκαιδεκάτῃ κατώρυχι.

ἀναγνοὺς δ' αὐτὴν ἀκριβῶς ὁ κόβαλος πρὸς Ἀγριώδη πάλιν παρέδωκεν.

Εἶέν, ἔφη. κελεύσω οὖν τινὰ καταγαγεῖν ὑμᾶς εἰς τὰς κατώρυχας. ὦ οὗτος, Γριφοῦχε.

ὁ δὲ Γριφοῦχος ἄλλος τις ἦν κόβαλος. Ἀγριώδης δὲ τὰς διπυρίτας ἀποθέμενος ὑπὸ κόλπον μεθ' Ἀρείου εἵπετ' αὐτῷ ὑφηγουμένῳ σφισὶ πρὸς μίαν τῶν αὐλείων θυρῶν.

Ἄρειος δέ Ποῖόν ἐστιν ἄρα, ἔφη, ἐκεῖνο τὸ ἀπόρρητον τὸ τῆς ἑπτακοσιοστῆς καὶ τρισκαιδεκάτης κατώρυχος;

Οὐ θεμιτὸν εἰπεῖν, ἦ δ' ὃς ὁ Ἀγριώδης αἰνιττόμενος. μάλιστα γὰρ ἄρρητόν ἐστιν ἅτε περὶ τῶν Ὑογοήτου πραγμάτων ὄν. τοσοῦτο γὰρ ἐπίστευσέ μοι ὁ Διμπλόδωρος, πλὴν ἀλλ' οἴχεταί μοι ἡ δόξα τῆς τέχνης, εἴ τι λέγοιμι.

ἀνοίξαντος δὲ τοῦ Γριφούχου τὴν θύραν αὐτοῖς, εἰσῇσαν εἰς διαδρομὴν στενὴν οὖσαν καὶ λιθόστρωτον – μαρμαρίνην γὰρ ἤλπιζεν ἔσεσθαι ὁ Ἄρειος – καὶ ὑπὸ δᾳδῶν καταλαμπομένην. αὕτη δ' ἡ ἄτραπος καταντὴς οὖσα καὶ πάνυ ἐπικλινὴς κάτω ἔφερε, τροχιὰς μικρὰς καὶ σιδηροδρομικὰς χαμαὶ παρέχουσα. σημάναντος δ' ἐκείνου συρίγματι, ἅμαξα βαιὰ κατὰ τροχιὰς ᾖξε πρὸς αὐτούς. οἱ δὲ εἰσέβησαν – τοῦτο δ' οὐ ῥᾴδιον ἦν τῷ γ' Ἁγριώδει μεγάλῳ πεφυκότι - καὶ ἰδοὺ ἀφωρμήθησαν.

καὶ τὸ πρῶτον διὰ λαβύρινθον ἐφέροντο· ὥστε οὐχ οἷοί τ' ἦσαν τὰ τῆς ὁδοῦ κομιδῇ ἀπομαθεῖν ἅτε πανταχόσε στρεφόμενοι· ἡ γὰρ ἅμαξα ᾄττει τότε μὲν πρὸς ἀριστερὰν τότε δὲ πρὸς δεξιὰν ἐκεῖσε κἀκεῖσε εἶτ' ἐκεῖσε καὶ τὸ δεῦρο καὶ δεῦρι καὖθις ἐκεῖσε δρομαίως ἐλαύνουσα ἐξ αὐτομάτου, ὡς ἐφαίνετο, τοῦ γοῦν Γριφούχου οὐ κυβερνῶντος.

ἀλλ' ὁ Ἄρειος τοὺς μὲν ὀφθαλμοὺς πάνυ ἤλγει ὑπ' ἀνέμου παραπνεύοντος αὐτούς, ὅμως δ' οὐκ ἔμυσεν. πλὴν ἀλλ' ἀθρῶν ποτε πῦρός τι, περιέστρεψε πρὸς τοὐπίσω τὸν τράχηλον εἴ πως δράκοντα τύχοι ἰδὼν πυριγενῆ. καὶ οὕτω ἔφθασεν αὐτὸν ἡ ἅμαξα καὶ κατωτέρω καταβαίνουσα. ἐντεῦθεν δὴ παριόντες λίμνην ὑπόγειον κατεῖδον σταλαγμίτας τε καὶ σταλακτίτας ἀπὸ τοῦ τ' ἐδάφους καὶ τῆς ὀροφῆς μεγάλους γεγενημένους.

ὁ δὲ Ἄρειος μεγάλῃ τῇ φωνῇ ὡς ἔδει βοῆσαι διὰ τὸ ἄγαν ψοφεῖν τὴν ἅμαξαν Οὐδέποτε, ἔφη, συνῆκα καθ' ὅ τι διαφέρουσιν ἀλλήλοις οἱ σταλαγμῖται καὶ οἱ σταλακτῖται.

Ἁγριώδης δὲ Τὸ σταλαγμίτης, ἔφη, μῦ ἔχει δήπου. ἀλλὰ νῦν δὴ ἀντὶ τῶν πάντων ἀλλαξαίμην ἂν τὸ μὴ φιλοσοφεῖν ἐπεὶ σφόδρα ναυτιῶ.

καὶ ὕπωχρος δὴ ἐφαίνετο γενόμενος. καὶ ἐπειδὴ ἡ ἅμαξα τέλος οὐκέτι κινουμένη εἱστήκει πρὸ θυριδίου τινός, καὶ τότ' αὐτὸν ἔδει ἐκβάντα τείχει ἐπερείδεσθαι ὅπως μὴ τὰ γόνατα τοσοῦτο τρέμοι.

ὁ δὲ Γριφοῦχος ἀνέῳξε τὸ θυρίδιον τῇ κλῃδι. καὶ εὐθὺς καπνὸς πολὺς καὶ χλωρὸς ἄνω ἐχώρει· ἐπειδὴ δ' ἀπηθρίασεν ὁ Ἄρειος κέχηνεν ἔνδον ἰδὼν χρυσία τε καὶ ἀργύρια σωρηδὸν κατακείμενα καὶ πόλλ' ἔτι χαλκία τῶν κονίδων καλουμένων.

ὁ δ' Ἁγριώδης γελάσας Σὰ γάρ, ἔφη, ἐκεῖνα πάντα.

ἀλλ' ὁ Ἄρειος ἐνόμιζε θαῦμ' ἀνέλπιστον εἶναι ὅτι τοσαῦτά ἐστίν οἱ χρήματα. δῆλον γὰρ ὅτι οἱ Δούρσλειοι γνόντες τι περὶ τούτων ἀφείλοντ' ἂν αὐτὰ θᾶττον ἢ δύναιτο ἄν τις σκαρδαμύξαι. πολλάκις γὰρ ἐκείνους ἤκουσε ποτνιάσασθαι φάσκοντας ὅσον χρὴ ἀναλίσκειν εἰς τὸ τρέφεσθαι αὐτόν. οὐσίαν δ' ἄρα τοσαύτην ἐκ πολλοῦ χρόνου ὑπάρξαι αὐτῷ ὑπὸ Λονδίνῳ κάτω κεκρυμμένην.

ὁ δ' Ἁγριώδης ἐβοήθει αὐτῷ ἐντιθεὶς ἅμα ὀλίγα κέρματα μαρσίππῳ.

Γαλεῶται, ἔφη διηγούμενος, τὰ χρυσία ἐστί· γαλεώτην μὲν γὰρ ποιοῦσιν ἑπτακαίδεκα ἀργυραῖ ζαγκλαί, ζαγκλὴν δὲ εἴκοσιν ἐννέα κονίδες. ἄλλο τι ἢ ῥᾴδιον; καλῶς ἔχει. τάδε μὲν γὰρ διαρκέσει σοὶ εἰς δύο περιόδους. τἆλλα ἐν ἀσφαλεῖ ἔσται. ἐπιστρεφόμενος δὲ πρὸς τὸν Γριφοῦχον Ἄγε δή, ἔφη. κατίωμεν πρὸς τὴν κατώρυχα τὴν ἑπτακοσιοστὴν καὶ τρισκαιδεκάτην. καὶ πρὸς θεῶν ὅπως βραδύτερον ἐλᾷς.

ὁ δ' Ἀδύνατον, ἔφη, οὐ γὰρ χωρεῖ ἡ ἅμαξα εἰ μὴ κατὰ τάχος.

καὶ κατωτέρω ἤδη κατέβαινον καὶ ἔτι θᾶττον ἤλαυνον. ᾀττούσης δὲ τῆς ἁμάξης καὶ καμπτούσης τοὺς τῆς διαδρομῆς ἀγκῶνας, ὁ ἀὴρ ἀεὶ ψυχρότερος ἐγίγνετο περὶ αὐτῶν. διαβαινούσης δὲ φάραγγα ὑπόγειον, ὁ μὲν Ἅρειος ὑπὲρ τοῦ τοίχου παρέκυψεν ὡς θέλων κατιδεῖν τί ἐστιν ὑπὸ ζόφον ἐν τῷ πυθμένι, ὁ δ' Ἁγριώδης στενάγματι τὴν χεῖρα ἐπιθεὶς τῷ τραχήλῳ ἀφείλκυσεν αὐτόν.

ἡ τοίνυν κατῶρυξ ἡ ἑπτακοσιοστὴ καὶ τρισκαιδεκάτη ὀπὴν οὐκ εἶχε πρὸς κλεῖν.

Ἀπόστητε, ἔφη ὁ Γριφοῦχος σεμνυνόμενος ἑαυτόν. καὶ ἠρέμα ἐψηλάφησεν τὸ θυρίδιον ἑνὶ τῶν δακτύλων ὑπερμήκων. τὸ δ' ἀτεχνῶς ἀπέτηξεν.

Εἰ δέ τις, ἔφη, μὴ Γριγγώτου κόβαλος ὢν ἐπιχειρήσειε τοῦτο ποιῆσαι, διὰ θύρας ῥοφηθεὶς ἔνδον ἂν εἴργοιτο.

τῷ δ' Ἁρείῳ αἰτήσαντι ὅσακις σκοποίη εἴ τις ἔνδον εἴη Σχεδόν, ἔφη μάλ' ἀηδῶς γελάσας, δι' ἐνιαυτοῦ δεκάτου.

ὁ δὲ ἅτε πεπεισμένος δεῖν θαυμαστόν τι ὡς σφόδρα ἐντὸς τῆσδε τῆς κατώρυχος κεῖσθαι οὕτως ὀχυρᾶς οὔσης καὶ δυσπροβάτου, πολλῇ σπουδῇ προὔκυψεν ἐλπίζων λιθίδια καθάπερ τὰ μεμυθευμένα ὄψεσθαι εἴ γ' ἄλλο μηδέν· ἀλλὰ πρῶτον μὲν κενὸν δὴ ἐνόμιζεν εἶναι τὸ οἴκημα, ἔπειτα δὲ κατεῖδε μικρόν τι χαμαὶ κείμενον· αὐχμηρὸν δ' ἦν καὶ χάρτῃ κιρρῷ κεκαλυμμένον. ἀναλαβὼν δὲ τοῦτο Ἁγριώδης εἰς κόλπον ἀπέθετο. ὁ δ' Ἅρειος μάλιστα μὲν ἐβούλετο μαθεῖν τί ἐστι, κατεσιώπησε δ' ὅμως.

ἐκεῖνος δὲ Ἄγε δή, ἔφη. ἐπανίωμεν οὖν εἰς τὴν κατάρατον ἅμαξαν. ἀλλὰ μηδὲν πρὸς ἐμὲ διαλέγεσθαι ἐν ὁδῷ· βοῦς γὰρ ἐπὶ γλώττῃ βέβηκε μέγας.

*

καὶ οὐ διὰ μακροῦ τῇ ἁμάξῃ ταχέως ἀνενεχθέντες πάλιν ἀφίκοντο ἔξωθε τοῦ Γριγγώτου, τὰ βλέφαρα δι' ἡλίου λαμπρότητα συμβάλλοντες. ὁ μέντοι Ἄρειος οὐκ ᾔδει ὅποι τὸ πρῶτον ἔλθῃ σακίον ἔχων ἀργυρίου. καὶ γὰρ μὴ λογισάμενος ὁπόσοι γαλεῶται λίραν ποιοῦσιν ἀγγλικήν, εἰδέναι γοῦν ἐξῆν τοσαῦτα κεκτημένος χρήματα ὅσα μὴ ὅτι αὐτὸς ἔσχηκέ ποτε τοῦ βίου ἀλλ' οὐδ' ὁ βέλτιστος Δούδλιος.

ὁ δ' οὖν Ἁγριώδης ἐπινεύσας πρὸς πωλητήριόν τι - τοῦτο γὰρ ἦν τὸ τῆς Μαλκιούσης ἔνθα ἱμάτια παντοδαπὰ ἐπωλεῖτο - Ἦ δοκεῖ σοι, ἔφη, τὴν στολὴν νῦν πρίασθαι; ἀλλ' εἰπέ μοι, ὦ Ἄρειε, ἦ που σὺ ἀγανακτήσαις ἄν μοι ἀπιόντι ἀναληψομένῳ ἐμαυτόν; μισῶ γὰρ τὰς ἁμάξας Γριγγωτίας. καὶ τῷ ὄντι ἐφαίνετο νοσῶν τι. ὥστε ὁ Ἄρειος μόνος εἰσῆλθεν εἰς τὸ Μαλκιούσης, περίφοβος γενόμενος.

αὕτη δὲ φαρμακὶς ἔτυχεν οὖσα παχεῖά τε καὶ βραχεῖα πορφυρίδ' ἠμφιεσμένη. μειδιάσασα δὲ καὶ φθάσασα αὐτὸν πόλλ' ἔτι μέλλοντα λέγειν Τὰ Ὑογοητικά, ἔφη, ὦ νεανία; ἅπαντα γὰρ ἔχομεν ἐνθάδε. νεανίσκον γὰρ ἄλλον τινὰ νῦν δὴ σκευαζόμεθα. καὶ μὴν τὸ μειράκιον κατεῖδεν - ἦν δὲ αὐτῷ πρόσωπον ὕπωχρον καὶ ὀξύ - ἐφεστὸς σκιμπόδι ἐν ᾧ ἡ ἑτέρα φαρμακὶς τὸν μέλαν τρίβωνα ὑπερμήκη ξυνέστελλε περονίοις μικροῖς. ἐκείνη δὲ στήσασα τὸν Ἄρειον πλησίον τούτου καὶ περιβαλοῦσα τρίβωνα καὶ αὐτῷ, ὡσαύτως ἀνεκόλπαζε περονίοις ἵνα ἀκριβέστερον ἁρμόζῃ.

Χαῖρε, ἔφη ὁ νεανίσκος. καὶ σὺ πρὸς Ὑογοήτου;

Ναί, ἔφη ὁ Ἄρειος.

ἐκεῖνος δὲ φωνὴν ἀφεὶς σεμνόστομον ὡς ὑπερηφανῶν αὐτοῦ Ὁ μὲν πατὴρ ὠνεῖταί μοι τὰ βιβλία παρὰ τοῦ πλησίον, ἡ δὲ μήτηρ τέως οὐ πολὺ ἀπέχουσα ζητεῖ μοὶ ῥάβδον. μετὰ δὲ ταῦτα ὑφηγήσομαι αὐτοῖς τὰ σάρα δρομικὰ σκεψομένοις. οὐ γὰρ ἐμποδὼν οἶμαι τοῖς πρωτοπείροις μὴ οὐ τῶν ἰδίων λαχεῖν σάρων. εὐμαρὲς γὰρ ὡς ἔμοιγε δοκεῖ τὸ πεῖσαι τὸν πατέρα σάρον πρίασθαι – τελέως γὰρ δεσπόζω αὐτοῦ – πραθὲν δὲ παντὶ τρόπῳ μηχανήσομαι ὅπως λαθὼν παρεισκομιῶ.

καὶ τὰ τοιαῦτα φάσκων ἐδόκει τῷ γ' Ἀρείῳ μάλιστ' ἐοικέναι τῷ Δουδλίῳ.

Ἆρ' ἴδιόν ἐστι σοὶ σάρον;

Οὐδαμῶς.

Ἆρ' ἰκαροσφαιρίζεις;

Οὐδαμῶς γε. τοῦτο γοῦν εἶπεν Ἄρειος σκοπούμενος πρὸς ἑαυτὸν περὶ τῆς ἰκαροσφαιρικῆς ποῖόν τι τυγχάνει ὄν.

Ἀλλ' ἐπεὶ ἐγὼ ἰκαροσφαιρίζειν ἤδη δεινός εἰμι, ὁ πατὴρ οὔ φησιν ἀνεκτὸν ἂν εἶναι εἰ μὴ ἐξείη μοι σφαιρίζειν ὑπὲρ τῆς οἰκίας ᾑρημένῳ, καὶ ξύμφημι αὐτός αὐτῷ. ἆρα σὺ τὴν οἰκίαν οἶσθας τίνι ξυνέσεσθαι μέλλεις;

Οὐδαμῶς, ἦ δ' ὅς ὁ Ἄρειος δοκῶν ἑαυτῷ μαλ' αὐτίκα τοῦ ἀβελτέρου μετέχειν.

ἐκεῖνος δ' ἀναλαβὼν Ἀλλ' οὐδείς, ἔφη, ὡς εἰκάσαι, μάλ' ἀκριβῶς οἶδε πρὶν ἂν ἀφίκηται δήπου. οὐ μὴν ἀλλ' ἐγῷδα αὐτὸς Σλυθήρινος γενησόμενος καθάπερ οἱ ἡμέτεροι οἱ πάλαι. καὶ δὴ τοῖς Ὑφελπύφοις συνῆν. ἀλλὰ φθάσαιμ' ἂν εὖ οἶδ' ὅτι δραπέτης γενόμενος.

ὁ δ' Ἄρειος μῦ μὺ λαλῶν ἤθελε μὲν ἀξιόλογόν τι λέγειν, οὐδ' ἐδυνήθη.

ἐκεῖνος δέ Ἀλλ' ὦ δαιμόνιε, ἔφη, βλέπε μοι πρὸς τουτονὶ τὸν ἄνθρωπον. ἐπένευε γὰρ πρὸς τὴν ἔμπροσθε φωταγωγόν, κατιδὼν αὐτόθι τὸν Ἁγριώδη γελῶντα καὶ ἐπιδεῖξαι θέλοντα τῷ Ἀρείῳ ὡς οὐχ οἷός τ' ἐστιν εἰσιέναι δύο ἔχων παγωτὰ μεγάλα.

Ἰδοὺ Ἁγριώδης ἐστίν, ἔφη ὁ Ἄρειος. ἥδετο γὰρ εἰδὼς ἕν γε μήν οἷον ἠγνόει ὁ ἕτερος.

Ἀλλ' οἶδ' ἀκούων. οὐκοῦν διάκονός τίς ἐστι;

Κυνηγιοφύλαξ μὲν οὖν. χαλεπώτερον γὰρ ἤδη τὸ μείρακιον ἔφερε.

ὁ δὲ Πάνυ γε, ἔφη. εἴρηται γὰρ ὥς ἐστι βάρβαρός τις ὅς γε διατρίβει μὲν ἐν καλύβῃ καὶ ἐνιότε μεθύει, ἐθέλει δ' ὅμως μαγγανεύειν τι καὶ ἀνῆψέ ποτε τὴν κλίνην.

Ἀλλ' ἔγωγε διαπρεπέστατον αὐτὸν ἡγοῦμαι.

Ἦ ὀρθῶς λέγεις; ἀλλ' εἰπέ μοι διὰ τί οὑτοσὶ ξύνεστι σοί; ποῦ οἱ γονεῖς σοῦ;

Τεθνᾶσιν, ἔφη ἐν βραχεῖ εἰπὼν ὡς οὐ θέλων διεξιέναι τὸ πρᾶγμα μετ' ἐκείνου τοιούτου ὄντος.

Λυποῦμαι, ἦ δ' ὅς, οὐ δοκῶν λυπεῖσθαι. ἀλλ' οὖν προσῆκόν γε τοῖς καθ' ἡμᾶς δήπου;

Φαρμακεύς γοῦν ὢν καὶ φαρμακίς.

Καὶ γὰρ ἔγωγ' οὐκ ἐπαινῶ τοὺς ἐν τέλει εἰ προσδέχονται τοὺς ἀλλοτρίους. οὐδὲν γὰρ οἱ τοιοῦτοι ἐξισοῦνται ἡμῖν, οὔτε τὰ ἡμέτερα εἰδότες οὔτε ὀρθῶς τεθραμμένοι καὶ πεπαιδευμένοι. καὶ ἔνιοι μὰ Δι' οὐδὲν μεμαθήκασι περὶ Ὑογοήτου πρίν γε τὴν ἐπιστολὴν ἔλαβον. τοιγαροῦν ἡγοῦμαι τὴν τοιαύτην παίδευσιν δεῖν ὡρίσθαι τοῖς ἀρχαίοις γένεσι τοῖς τῶν μάγων. ἀλλὰ τὸ γένος σοῦ, τί ἐστιν ἄρα;

ἀλλὰ πρὶν τὸν Ἄρειον ἀποκρίνασθαι, ἡ Μαλκίουσα ἔφη ἀπεργάσασθαι ἃ δεῖ. ὁ δ' οὐδὲν ἀνιώμενος πρόφασιν ἔχειν μηκέτι διαλέγεσθαι ἐκείνῳ κατέβη ἀπὸ τοῦ σκιμπόδος.

ὁ δὲ νεανίσκος ἐντρυφῶν ἔτι Τάχα, ἔφη, ὄψομαί σε ἐν Ὑογοήτου;

Ἄρειος μέντοι πάνυ σιωπῶν κατήσθιε τὸ παγωτόν, Ἁγριώδους ἄρτι παραδόντος αὐτό. τρία γὰρ εἶχε γεύματα, σοκολάτης τε καὶ ἀμυγδάλων καὶ βάτου Ἰδαίας.

Τί παθὼν σιωπᾷς; ἦ δ᾽ ὃς ὁ Ἁγριώδης.

Οὐδέν, ἔφη ψευδόμενος. προῆλθον δ᾽ οὖν βουλόμενοι πρίασθαι τῆς τε διφθέρας καὶ τῶν καλάμων. καὶ ληκύθιον εὑρὼν μελανίου μαγικοῦ Ἄρειος ἐθάρρει που. τοῦτο γὰρ μεταβολὰς χρώματος παρεῖχε πολλὰς τῷ γράφοντι. ἐκβάντων δ᾽ ἐκ τούτου τοῦ οἰκήματος Ὦ Ἁγρίωδες, ἔφη, τί ἐστιν ἡ ἰκαροσφαιρική;

Τὸ δεῖνα, ὦ Ἄρειε. λέληθας γὰρ ἐμὲ οὐκ εἰδὼς περὶ τῶν τ᾽ ἄλλων καὶ τῆς ἰκαροσφαιρικῆς.

Μὴ ὀλιγωρήσῃς μου. καὶ οὕτως εἰπὼν ἐδίδασκε τὸν Ἁγριώδη περὶ τοῦ μειρακίου τοῦ παρὰ τῇ Μαλκιούσῃ. Καὶ δὴ καὶ εἶπεν ὅτι οὐ πρέπει προσδέχεσθαι τοὺς ἀπὸ γενῶν Μυγαλίων.

Ἀλλὰ σύ γε οὐδαμῶς Μύγαλος πέφυκας· εἰ γὰρ ἐκεῖνος εἰδείη σε ὡς ἀληθῶς ὅστις εἶ ... οἱ δ᾽ οὖν τοῦτον τεκόντες εἴ γ᾽ ἄρα μάγοι εἰσίν, ἔθρεψαν αὐτὸν εὖ εἰδότα τὸ σὸν ὄνομα. ἀλλ᾽ εἶδες δήπου τοὺς ἐν τῷ Λέβητι Διαβρόχῳ; νὴ Δί᾽ ἀλλὰ τί δὴ οἶδεν οὑτοσὶ περὶ τῶν τοιούτων; ἔνιοι τοίνυν τῶν μάγων τῶν ἐπ᾽ ἐμοῦ βελτίστων ἐκ Μυγάλων γεγένηνται, αὐτίκα γέ τοι ἡ μήτηρ αὐτὴ καίπερ τὴν τοιαύτην ἔχουσα ἀδελφήν.

Ἀλλὰ τί ἐστιν ἡ ἰκαροσφαιρικὴ δῆτα;

Παιγνία τίς ἐστι παρ᾽ ἡμῖν μαγική. πάντες γὰρ φιλοθεάμονές ἐσμεν τῆς ἰκαροσφαιρικῆς. ὀλίγον δὲ διαφέρει τῆς ποδοσφαιρικῆς, πλὴν ἀλλὰ μετέωροι παίζοντες σάρα θ᾽ ἡνιοχοῦσι καὶ τέτταρας ἔχουσι σφαίρας. ἀλλὰ τὰ τοῦ ἐναγωνίου νόμου οὐ ῥᾴδιον διεξιέναι.

Καὶ Σλυθήρινοι καὶ Ὑφέλπυφοι, τίνες ἄρ᾽ εἰσίν;

Οἱ μαθηταὶ τελοῦνται εἰς οἰκίας τέτταρας ὥστ᾽ εἴ τις ἐν τῇ τῶν Σλυθηρίνων οἰκίᾳ διατρίβει Σλυθήρινος ἐγγράφεται καὶ ὡσαύτως Ὑφέλπυφος. οἱ μὲν γάρ τοι Ὑφέλπυφοι λέγονται πρὸς τὴν νωθείαν διακεῖσθαί πως, οἱ δέ...

Ἄρειος δ᾽ ὑπολαβών Ἀλλ᾽ ἔγωγε, ἔφη κατηφὲς βλέπων, εἰς τοὺς Ὑφελπύφους οὐκ οἶδ᾽ ὅπως τελούμενος ἀποβήσομαι.

Ἁγριώδης μέντοι αἰνιττόμενος Ἄμεινον, ἔφη συνεῖναι τοῖς Ὑφελπύφοις ἢ τοῖς Σλυθηρίνοις. οὐδεὶς γὰρ ἦν τῶν κακοφρόνων οὔτε φαρμακέων οὔτε φαρμακίδων ὅστις οὐκ ἐν τοῖς Σλυθηρίνοις διέτριψεν, οἷον δὴ αὐτὸς ὁ δεῖνα...

Εἶτα ὁ Φολ- – τὸν δεῖνα λέγω – μαθητὴς ἀνεγράφθη εἷς τῶν ἐν Ὑογοήτου;

Πάλαι γε.

ἐπρίαντο τοίνυν τὰ βιβλία παιδευτικὰ ἐν βιβλιοπωλείῳ τινι Ποικιλογραφία καὶ Κηλὶς καλουμένῳ. ἐνθάδε πόλλ' ἐπὶ σανιδώμασιν ἀπ' ἐδάφους μέχρι ὀρόφης ἔκειτο βιβλία, τὰ μὲν πλάκεσιν ὁμοῖα τὸ μέγεθος διφθέραις περιβεβλημένα, τὰ δὲ μικρότατα μετάξῃ κεκαλυμμένα καὶ οὐδὲν μείζω τῶν γραμματοσήμων οἵων οἱ νῦν ἐπ' ἐπιστολὰς κολλῶσι, τὰ δ' αὖ σημείοις σεσαγμένα ποικίλοις καὶ ἀδήλοις· ἔνια δὲ καὶ πάνυ κενὰ ἦν. καὶ ὁ βέλτιστος Δούδλιος δήπου καίπερ οὐδὲν πρὸς τὸ ἀναγνῶναι σπουδάζων ἐμαίνετ' ἂν μανίαν οὐ σμικρὰν ἐπιθυμούμενος ψαύειν τῶν τοιούτων βιβλίων. τὸν γοῦν Ἄρειον μόλις ἀπέσπασεν Ἁγριώδης ἀπὸ τοῦδε τοῦ βιβλίου· τοῦ σοφιστοῦ Οὐινδίκτου Οὐιριδιάνου ἀναθέματα καὶ τἀναντία, περὶ τοῦ φίλους γοητεύειν καὶ ἐχθροὺς μαγεύειν ταῖς καινοτάταις τιμωρίαις ἢ τριχορρυεῖς γενομένους ἢ σκελοτύρβης τυχόντας ἢ πάμπολυ κεκωφημένους ἢ πολλὰ καὶ ἄλλα παθόντας.

Ἤθελον, ἔφη, μαθεῖν τί ποιήσας Δουδλίῳ καταρᾶσθαι δυναίμην ἄν.

Ὀρθῶς μὲν γὰρ φρονεῖς, χρῆσθαι δὲ τῇ μαγικῇ οὐκ ἔξεστι σοὶ παρὰ τοῖς Μυγάλοις εἴ γε μὴ πᾶσ' ἀνάγκη. οὐδ' ἂν δύναιο μετέχειν τῶν τοιούτων ἀμαθής τ' ὢν πάντως τῶν ἀναθεμάτων καὶ πολλῆς ἔτι παιδεύσεως κεχρημένος.

καὶ ἀπέσχεν αὐτὸν μὴ χρυσοῦν γε λέβητα πρίασθαι λέγων ὅτι ἀργυροειδὴς ἐν καταλόγῳ εἴρηται. τρυτάνην δὲ καλὴν ἐπρίαντο πρὸς τὰ τῶν φαρμάκων, καὶ τηλεσκοπικὸν δίοπτρον πτυκτόν. ἐντεῦθεν ἦλθον πρὸς φαρμακοπωλεῖον, ὄζον μὲν κάκιστα ᾠῶν τ' ἐξεστηκότων καὶ ῥαφάνων σαπρῶν μεμιγμένων, ἀξιοθέατον δ' ὅμως. κατὰ μὲν γὰρ τοὔδαφος περιέκειντο πίθοι ὑγροῦ τινὸς πεπληρωμένοι καὶ θολεροῦ δή, ἐπὶ δὲ τοῖς σανιδώμασι τοῖς παρὰ τοὺς τοίχους εἶδεν ἄν τις ἀμφορέας τε βοτανὰ ἔχοντας καὶ ῥίζας ξηρὰς καὶ κονίας ποικίλας, ἀπὸ δ' αὖ τῆς ὀρόφης πτερά τ' ἐκκεκραμένα παντοδαπὰ καὶ ὀδόντας καρχάρους καὶ ὄνυχας καμπύλους. καὶ ὅσον χρόνον ὁ Ἁγριώδης τὸν κύριον ᾔτει τἀπιτήδεια τὰ πρὸς φάρμακα ἁπλᾶ οἷα ῥᾴδιά ἐστι τοῖς ἀπείροις σκευάζεσθαι, ὁ Ἄρειος δὴ ἐξέταζε τὰ κέρατα ἀργυρᾶ τὰ ἀφ' ἵππων μονοκέρεων – ἕκαστον γὰρ πεντήκοντα γαλεωτῶν ἐτιμᾶτο – καὶ τὰ κανθάρων ὀμμάτια στίλβοντα, ὧν κοχλιάριον ἐτιμᾶτο πέντε κονίδων.

ἐξελθόντων δ' αὐτῶν ἀπὸ τοῦ φαρμακοπωλείου, ὁ Ἁγριώδης πάλιν ἀναγνοὺς τὸν κατάλογον Ἔτι δεῖ, ἔφη, μόνον τῆς ῥάβδου, πλὴν ἀλλ' οὔπω ἐώνημαι σοὶ δῶρόν τι γενέθλιον.

Ἄρειος δὲ συνῄδει ἑαυτῷ πάνυ ἐρυθριῶντι.

Περιττὸν γὰρ τοῦτο.

Δοκεῖ μοι ὠνεῖσθαι σοὶ ζῷον, ἀλλ' οὔτε φρύνην δώσω – ὁ γὰρ φρυνῶν τροφὸς οὐκέτι ἐπιχωριάζει, ὥστε γέλωτ ἂν ὀφλεῖν τοὺς φρύνην γε κεκτημένους, – οὔτ' αἴλουρον – τοῖς γὰρ αἰλούροις ὁμιλῶν ἀεὶ πτάρνυμαι. γλαῦκα οὖν κτήσομαι σοί. πάντες γὰρ οἱ μαθηταὶ γλαυκῶν ἐπιθυμοῦσιν ὡς πολλὰ ὠφελουσῶν πρός τά τ' ἄλλα καὶ τὸ ἐπιστολὰς κομίζειν.

μετὰ δ' ὀλίγον ὕστερον ἐξιόντας εἶδες ἂν αὐτοὺς ἀπὸ τοῦ γλαυκοπώλου Εὔλοπος· καὶ αὐτόθι ᾔσθου ἂν μόλις – τὰ γὰρ ἔνδον πάνυ ζοφερὰ ἦν – ῥοίζου τε πτερῶν καὶ λαμπρότητος ὀμμάτων σκαρδαμυττόντων καὶ σφόδρα στιλβόντων ὥσπερ ἀνθράκων.

οἰκίσκον δ' ἔφερεν ὁ Ἄρειος μέγαν ἐν ᾧ γλαῦξ ἐκάθευδε καλὴ καὶ χιονόχρως, τὴν κεφαλὴν ὑπὸ πτεροῦ ἔχουσα. χάριν δ' ἔχων τῷ Ἁγριώδει οὕτως ἐψελλίζετο τῇ φωνῇ ὥστ' εἰκάσαι ἄν τινα παρόντα τοῦ Κιούρου ἀκούειν.

ὁ δ' οὐκ ἔφη ἄξιος εἶναι τοσαῦτ' ἐπαινεῖσθαι. Δῶρα γὰρ οὐ πόλλ' εἴληφας οἶμαι παρὰ τῶν καλῶν Δουρσλείων. ὥρα δ' οὖν ἐστὶ προσιέναι εἰς Ὀλλιουάνδρου· ἐκεῖσε γὰρ φοιτῶσιν ἅπαντες ῥάβδους ὠνησόμενοι. ἰτέον οὖν καὶ σοὶ, δέον ῥάβδον ὡς βελτίστην πρίασθαι.

ῥάβδου μὲν γὰρ λαχεῖν μαγικῆς Ἄρειος μάλιστ' ἐσπούδαζεν. τὸ δὲ ῥαβδοπωλεῖον αὐτὸ ηὗρεν στενόν τε καὶ αὐχμηρόν. ὑπὲρ δὲ τῆς θύρας ἦν ἀναγιγνώσκειν τόδε τὸ σημεῖον χαρακτῆρσι γραπτὸν σαθροῖς μὲν χρυσοῖς δέ·

ΟΛΛΙΟΥΑΝΔΡΟΥ ΡΑΒΔΟΠΟΙΙΑ ΑΠΟ ΕΥΑΝΔΡΟΥ ΑΡΧΟΝΤΟΣ

ἀλλ' οὐδὲν ἂν εἶδες διὰ τὸ τῆς θυρίδος ὑάλινον πάνυ κονιῶδες βλέψας εἰ μὴ ῥάβδον μίαν πορφυρῷ ἐπὶ προσκεφαλαίῳ κειμένην – ἦν δὲ καὶ τοῦτο σαθρόν.

εἰσιόντες δὲ κώδωνος ἤκουσαν ψοφοῦντος οὐκ οἶδ' ὅπου ἐν τοῖς μυχοῖς. οἴκημα δ' ἦν μικρότατον καὶ κενὸν πλὴν ἀλλ' εἶχεν ἕνα δίφρον ἁβρὸν δὴ ὄντα ἐφ' οὗ ὁ Ἁγριώδης καθίσας περιέμενεν. ὁ δ' Ἄρειος μάλ' ἠπόρει ὥσπερ εἰς τὸ αὐστηρὸν εἰσεληλυθὼς ὡς ᾤετο βιβλιοθήκης μεγάλης. πόλλ' οὖν καὶ καινὰ ἔχων ἐρωτῆσαι εἶπε μὲν οὐδέν, ἔβλεψε δὲ μᾶλλον πρὸς τὰ κιβώτια ὧν μυρία ὑπῆρχεν μέχρι ὀρόφης ἀκριβῶς ἓν ἐξ ἑνὸς ἐπισεσωρευμένα. καὶ κεντήσεως ᾔσθετό πως τὸν αὐχένα, οἰόμενος πρὸς τὴν ἕδραν δὴ λαθραίαν ἀφίκεσθαι τὴν τῆς μαγικῆς κονιώδη περ οὖσαν καὶ πάνυ ἥσυχον.

ἀκούσας δέ τινος χαίρειν ἠρέμα προσειπόντος ἄφνω ἀνεπήδησεν. ἤκουσε δὲ καὶ ψόφον μέγαν διφροῦ θραυομένου ὡς εἰκάσαι ὑφ' Ἁγριώδους ταχέως ἀναπηδήσαντος.

καὶ μὴν ἄνθρωπος γέρων εἱστήκει κατεναντί, τῶν ὀμμάτων διὰ τὸ τοῦ μυχοῦ ζοφερὸν λαμπόντων καθάπερ σεληνίων.

ὁ δ' Ἅρειος καίπερ ἀμηχανῶν τι Χαῖρε, ἔφη.

ἐκεῖνος δὲ Πάνυ γε, ἔφη. καὶ εἶτα Πῶς γὰρ οὔκ; ἐλογιζόμην γὰρ οὐ διὰ πολλοῦ ὄψεσθαι σέ, τὸν Ἅρειον Ποτῆρα – καὶ τοῦτ' οὐκ ἐρόμενος αὐτὸν ὅστις ἐστίν. Ὀφθαλμοὺς δὴ μητρόθεν ἔχεις δεδεγμένους· χθιζὴ γὰρ ὡς δοκεῖ αὐτὴ ἡ μήτηρ παρῆν ῥάβδον ὠνησομένη τὸ πρῶτον. ἡ δὲ δακτύλων ἦν πεντεκαίδεκα τὸ μῆκος, καὶ ἰτεΐνη, καὶ μάλ' εὐκαμπής, καὶ καλὴ πρὸς τὸ μαγγανεύειν.

ταῦτα δ' εἰπὼν προσῆλθε τῷ Ἁρείῳ μάλ' ἐγγὺς παριστάμενος. ὁ δὲ χαλεπῶς φέρων τὸ βλέμμα αὐτοῦ τὸ ἀπ' ὀφθαλμῶν ἀργυροειδὲς ἑκὼν ἂν εἶδεν αὐτὸν σκαρδαμύξαι.

ἐκεῖνος δ' ἀναλαβὼν Ὁ δ' αὖ πατήρ, ἔφη, ῥάβδον εἵλετο ἀπ' ἐρυθροξύλου ἐσκευασμένην, καὶ ἑκκαίδεκα δακτύλων τὸ μῆκος οὖσαν. εὐάγωγος δ' ἦν καὶ ὀλίγῳ δυνατωτέρα πρὸς τὸ μορφὰς εἰς ἄλλας μεταβάλλειν. ἀλλ' ὡς ὤφελον εἰπεῖν λόγῳ μὲν εἵλετο αὐτήν, ἔργῳ δὲ αἱ ῥάβδοι αἱροῦνται τοι τοὺς μάγους.

παρεστηκότος δ' ἤδη καὶ ἐγγυτέρω ὁ Ἅρειος στόμα κατὰ στόμα γενόμενος αὐτοῦ οἷός τ' ἦν ὁρᾶν τὴν ἑαυτοῦ σκιὰν ἐν τοῖς ὄμμασι χαροποῖς φαινομένην.

ὁ δὲ ψαύσας τῆς τοῦ τραύματος οὐλῆς ἀστραποειδοῦς δακτύλῳ μακρῷ ὄντι καὶ λευκῷ Φεῦ φεῦ τῆς οὐλῆς, ἔφη. τοῦτ' ἄρ' ἐστὶ τὸ τραῦμα τὸ πρὸς ῥάβδου ἐπιβληθὲν ἥνπερ αὐτὸς ἄκων ἀπεδόμην ποτέ. ἐννεακαίδεκα δ' ἦν δακτύλων τὸ μῆκος ἐκ σμίλακος ἐσκευασμένη καὶ δύναμιν παρέχουσα θαυμαστὴν ὅσην. λαβὼν δὲ κακός τις αὐτήν... ἐῶ δὲ τοῦτο· οὐ μὴν ἀλλ' εἰ τότ' ἐδυνήθην ἐγὼ γνῶναι ὅ τι ἐκείνη ἡ ῥάβδος πραθεῖσα ἐξεργάσοιτο...

πολλὰ δ' ἀνανεύσας κατεῖδεν εὐθὺς τὸν Ἁγριώδη, εὖ ποιῶν, ὡς τῷ γ' Ἁρείῳ ἐδόκει.

Ὦ Ῥούβεος, ἔφη, ὦ Ἁγρίωδες. ὡς ἥδομαι πάλιν ἰδών σε. οὔκουν δρυΐνη, εἴκοσι τριῶν δακτύλων, εὐκαμπεστέρα;

Εὖ γὰρ λέγεις, ὦ δαιμόνι' ἀνδρῶν.

Ἀγαθὴ δὴ ἐκείνη. ἀλλ' ἔθραυσαν αὐτὴν δίχα δήπου ἐκπεσόντος σοῦ ἐκ τοῦ παιδευτηρίου; καὶ τοῦτο λέγων εὐθὺ βαρύτερος ἐγένετο.

ὁ δὲ Ἁγριώδης πάνυ ἀκόντως ὡμολόγησε, τοὺς πόδας δι' αἰσχύνην ἅμα κινῶν. Ἀτὰρ τά γε θραύσματα, ἔφη, ἔτι ἔχω. καὶ ἐδόκει θαρρῆσαί τι.

Μῶν, ἔφη, ἐν χρείᾳ γ' ἐστιν; ὀξύτερόν που προσειπὼν αὐτόν.

ταχέως δ' ἐκεῖνος Μὰ Δί' οὐκ ἔστιν, ἔφη, ὦ θαυμάσιε. οὐδ' ἔλαθε τόν γ' Ἅρειον τοῦ ἀλεξιβροχίου τοῦ φοινικοῦ ἀπρὶξ λαμβανόμενος.

ὁ δ' Ὀλλιούανδρος ἀτενὲς ἀεὶ πρὸς τὸν Ἅρειον ἀποβλέπων Εἶέν, ἔφη. φέρε δὴ ἴδω, ὦ Ποτέρ. καὶ ἔλαβεν ἐκ τοῦ κόλπου ταινίαν καταμετρικὴν μακρὰν οὖσαν καὶ χαρακτῆρας παρέχουσαν ἀργυροῦς. Ἀλλ' εἰπέ μοι ὁποτέρα ταῖν χεροῖν ῥαβδοφόρος ἐστίν;

Τῇ γε δεξιᾷ ὡς ἐπὶ τὸ πολὺ χρῶμαι.

Ἔκτεινε δῆτα τὴν δεξιάν. καλῶς ἔχει. ἐμέτρει οὖν τὸν Ἅρειον καὶ ἀπ' ὤμου μέχρι δακτύλων, καὶ ἀπὸ καρποῦ μέχρι ἀγκῶνος, καὶ ἀπ' ὤμου μέχρι τοῦ ἐδάφους, καὶ ἀπὸ γόνατος μέχρι μασχάλης, καὶ δὴ καὶ τὴν κεφαλὴν πέριξ. μετρῶν δὲ ἔλεγε τοιάδε· Ἑκάστη γὰρ ἡ ῥάβδος ἡ Ὀλλιουανδρική, ὦ Ποτέρ, ἔχει ἐν μεσαιτάτῳ δύνατόν τι καὶ πάνυ μαγικόν. πρὸς τοῦτο χρώμεθα τοῖς τε θριξὶ τοῖς τοῦ μονοκέρεως ἵππου, καὶ τοῖς ἄκροις πτεροῖς τοῖς τοῦ φοίνικος, καὶ τοῖς νεύροις τοῖς τῶν δρακοντείων καρδιῶν. ὡς οὖν οὐ προσεοίκασιν οὔθ' οἱ μονοκέρῳ οὔθ' οἱ δράκοντες οὔθ' οἱ φοίνικες οὐδὲν ἀλλήλοις, οὕτω καὶ αἱ ῥάβδοι αἵ γ' Ὀλλιουανδρικαὶ πᾶσαι διαφέρουσιν ἀλληλῶν. ὡς δ' αὕτως κατὰ ταὐτὰ οὐδέποτε εὖ πράξεις τῇ ῥάβδῳ χρώμενος τῇ ἄλλου τινὸς μάγου.

καὶ τότε ὁ Ἅρειος ἄφνω ᾔσθετο τῆς μὲν ταινίας ἐξ αὐτομάτου κινουμένης τὸ μεσηγὺ τῶν ῥινῶν μετρούσης, τοῦ δὲ Ὀλλιουάνδρου τέως ἄνω καὶ κάτω ᾄττοντος καὶ ἀπὸ σανιδωμάτων κιβώτια λαμβάνοντος.

Ἅλις ἐστίν, ἔφη, μεμετρημένων. καὶ ἡ ταινία εὐθὺς ἀθρόα πρὸς τοὔδαφος συνέπεσεν. Εἶέν. φέρε δή. πείρω τῆσδε, ὦ Ποτέρ, τῆς φηγίνης, νεῦρον ἐχούσης δρακοντεῖον, τρισκαιδεκαδακτύλου, εὐλυγίστου. λαβὲ δῆτα καὶ κράδαινε.

ὁ μὲν οὖν ἀνελόμενος αὐτὴν καὶ ἔσειε τι ἀπορώτερόν περ διακείμενος, ἐκεῖνος δὲ μάλ' αὐτίκα ἐκ χερῶν ἀνήρπασεν.

Αὕτη γε, ἔφη, σφενδαμνίνη, δεκαδάκτυλος, εὐκαμπεστέρα. ἀλλὰ καὶ ταύτην ἀνήρπασεν, Ἀρείου σχεδὸν ἀνελομένου.

Αὕτη μὲν οὖν ἐβενίνη, δωδεκαδάκτυλος, εὔστροφος. ἄγε δή. πείρω αὐτῆς.

ὁ δ' Ἅρειος καίπερ πολλῶν δὴ ῥάβδων πειραθεὶς οὐδέν πω ἠπίστατο ὧν ἐκεῖνος ἤλπιζε γενήσεσθαι. σωρὸν γὰρ τῶν ῥάβδων τῶν ἐν τῷ δίφρῳ ἀποκεκριμένων εἶδες ἂν μείζονα ἀεὶ γιγνόμενον. οὗτος μέντοι ὅσῳ πλείονας ἀπὸ σανιδωμάτων ἐλάμβανε, τόσῳ εὐδαιμονέστερος ἐδόκει αὐτὸς ὑπὸ πόνου γενέσθαι.

Δυσάρεστος μὲν οὖν, ἔφη, ὠνήτης εἶ. οὐχ ὅτι πάνυ φροντίδος

ἄξιος. εὑρήσομεν γὰρ εὖ οἶδ' ὅτι τὴν μάλιστα σοὶ συγκολλῶς ἔχουσαν. τί δὲ δή; τί ἐμποδὼν μὴ οὐ τήνδε λαβεῖν; καὶ γὰρ καινῶς ξύγκειται ἀπὸ κηλάστρου ἐσκευασμένη καὶ πτεροῦ φοίνικος, πεντεκαιδεκαδάκτυλος, πάνυ εὔκαμπτος.

καὶ μὴν ὁ Ἄρειος ταύτην γ' ἀνελόμενος τῶν δακτύλων ᾐσθάνετο εὐθὺς θερμαινομένων που. τινάξας δ' αὐτὴν ὑπὲρ τῆς κεφαλῆς οὕτω σειομένη ἐκίνησε τὸν ἀέρα – πλήρης γὰρ κονιορτοῦ ἔτυχεν ὤν – ὥστε πολλοὺς ἀνῆκε σπινθῆρας ἐρυθρούς τε καὶ χρυσοῦς ἀπὸ τῆς ἀκμῆς πυροτεχνήματος δίκην, καὶ μαρμαρυγαὶ φωτὸς ποικίλαι ἅμα ἐπὶ τῶν τοίχων ἀνέλαμπον. καὶ ὁ μὲν Ἁγριώδης μάλ' ἐβόησε καὶ τὼ χεῖρε ἐκρότησεν, ὁ δ' Ὀλλιούανδρος Βαβαί, ἔφη, βαβαιάξ. κάλλιστα μὲν γὰρ σύ γε πέπραγας, μέγιστον δ' ἐμοὶ καὶ πάμπολυ ἀνέλπιστον θαῦμα ἰδεῖν παρέσχες. τὴν δὲ ῥάβδον εἰς κιβώτιον πάλιν τίθεις ἔτι ἐτονθόρυζε λέγων ὅτι Θαυμαστόν ἐστιν ὡς σφόδρα τὸ γεγενημένον.

Ἄρειος δὲ Ξύγγνωθί μοι, ἔφη, ἀλλ' οὐκ ἐπίσταμαι τοῦτο δι' ὃ θαυμαστὸν ἄρ' ἐστίν.

ἐκεῖνος δὲ ἀτενὲς δεδορκὼς πρὸς αὐτὸν χαροποῖς τοῖς ὄμμασι Πάσας δή, ἔφη, μνημονεύω, ὦ Ποτέρ, τὰς ῥάβδους ἃς ἀπεδόμην ποτέ. ὁ γὰρ αὐτὸς φοῖνιξ διτταῖς μόνον ῥάβδοις πτερὰ ἔδωκεν οὐραῖα ὧν γε ἑτέραν μὲν σὺ μέλλεις κομιεῖσθαι, ἑτέρα δέ, τὸ θαυμαστότατον, ἐπέβαλε σοὶ τὴν οὐλὴν ἐκείνην, κοινὸν ἔχουσα σπέρμα.

Ἀρείου δὲ πάνυ κεχηνότος ἀναλαβὼν Ὀκτωκαίδεκα, ἔφη, καὶ ἡμίσους ἦν δακτύλων τὸ μῆκος σμίλακος ἐσκευασμένη. ἀπέβη δ' οὖν οὕτω, θαυμαστῶς δ' ὅμως. αἱ γὰρ ῥάβδοι φιλοῦσί τοι ἑλέσθαι τοὺς μάγους, ὡς ἄρτι ἔλεγον. μαντευόμενος οὖν προλέγω μεγάλα δεῖν ἡμᾶς ἐλπίζειν παρὰ σοῦ, ὡς μεγάλα μὲν πράξαντος ἐκείνου δήπου τοῦ ἀπορρήτου, δεινὰ δὲ τελέως.

ὁ δ' Ἄρειος πεφρίκει σκοπούμενος πρὸς ἑαυτὸν εἴ γ' ἄρα ἀρέσκει αὐτῷ ὁ Ὀλλιούανδρος. ἀποδοὺς δ' οὖν τοὺς ἑπτὰ γαλεώτας ἐπὶ τῇ ῥάβδῳ ἀπῆλθε μετὰ τοῦ Ἁγριώδους ἐκ τοῦ οἰκήματος, προσκυνούντος αὐτοὺς ἐκείνου.

*

ἅμα δ' ἡλίῳ καταδύντι ἀμφὶ βουλυτὸν εἶδες ἂν τὸν Ἄρειον καὶ τὸν Ἁγριώδη ἐπανελθόντας κατὰ τὸν Στενωπὸν Διάγοντα καὶ διὰ τοῦ τείχους πάλιν διαβάντας ἥκειν πρὸς τὸν Λέβητα Διάβροχον ἤδη κενὸν γενόμενον. ἐκεῖνος δ' ἔλεγεν οὐδὲν σιωπῇ βαδίζων κατὰ τὴν ὁδόν. ἀλλ' οἱ ἐν τῷ Μετρὸ πολλὰ κεχηνότες ἔλαθον αὐτόν. ἐθεῶντο γὰρ αὐτοὺς πάνυ γέμοντας τῶν σκευῶν τῶν ἄρτι πραθέντων, γελοῖα νομίζοντες τά τ᾽ ἄλλα καὶ τὴν γλαῦκα τὴν λευκὴν ἐν τῷ Ἀρείου κόλπῳ καθεύδουσαν. ἔνθεν δ᾽ ἀναβάντες ἐκεῖνοι ἐπὶ κλίμακος κυλιομένης ἐξῆλθον εἰς τὸν σταθμὸν σιδηροδρομικὸν τὸν Πάδδιγγτον ὑπὸ τῶν ἐγχωρίων καλούμενον. Ἄρειος δ᾽ ἐπὶ συννοίας βαδίζων οὐκ ἔγνω ὅπου εἶεν πρὶν ὁ Ἁγριώδης παρ᾽ ὦμον αὐτοῦ ἠπίως κρούσας Καιρός ἐστιν ἡμῖν, ἔφη, ἐμβρωματίσαι τι πρὶν εἰς τρένο ἀναβῆναι σέ. ἐπρίατο οὖν αὐτῷ μᾶζαν μυττωτῷ ὠνθυλευμένην οἵαν οἱ νῦν ἀμβουγενῆ καλοῦσιν.

καθημένων δ᾽ ἵνα φάγωσιν αὐτάς, ὁ Ἄρειος ἀεὶ περιέβλεπεν ἐννοῶν ὡς πάντως ἐστὶν ἄτοπα τὰ ἄρτι γεγενημένα.

Ἦ σύ, ἔφη ὁ Ἁγριώδης, καλῶς ἔχεις, ὦ Ἄρειε; ἄγαν γὰρ σιωπᾶν δοκεῖς.

ὁ δὲ τοῦτο μὲν συνῄδει ἑαυτῷ οὐδέποτε ἐπὶ τοῖς πρότερον γενεθλίοις τυχόντι τοσοῦτο μετασχεῖν τῆς εὐδαιμονίας, τοῦτο δὲ μάλιστ᾽ ἔτι ἠπόρει· ἤθελε μὲν γὰρ τὰ πάντα διηγεῖσθαι, ἄναυδος δ᾽ ἄρα ἐδόκει γενέσθαι.

τὴν μᾶζαν γοῦν κατεσθίων λόγον ἐπειρᾶτο συντιθέναι.

τέλος δέ Ἐξαίρετον μέν, ἔφη, πάντες ἡγοῦνταί με εἶναι, τούς τ᾽ ἐν τῷ πανδοκείῳ λέγω καὶ τὸν Κίουρον καὶ τὸν Ὀλλιούανδρον, αὐτὸς δὲ οὐκ ἐπιστήμην ἔχω οὐδεμίαν περὶ τῆς μαγικῆς. τίνος δ᾽ ἕνεκα τὰ μεγάλα φασὶν ἐλπίζειν ἀπ᾽ ἐμοῦ; εὐδόκιμος μὲν οὖν φαίνομαι ὤν, λανθάνω δ᾽ ἐμαυτὸν κομιδῇ τί παθὼν εὐδοκιμῶ. οὐδ᾽ αὖ οἶδα τί τότ᾽ ἐγένετο ἐκείνης τῆς νυκτὸς ὅτε ὁ πάνυ Φολιδο ... ἀλλὰ ξύγγνωθί μοι. ὤφελον γὰρ εἰπεῖν ὅτε οἱ γονεῖς ἀπώλοντο.

Ἁγριώδης δὲ προσκεκυφὼς αὐτῷ ἄγριος δὴ ἐδόκει διὰ τὸ δασὺ τὸ τοῦ πώγωνος καὶ τῶν ὀφρύων, ἠπίως δὲ ἐγέλα.

Ἀλλ᾽ οὐ δεῖ σε φροντίσαι περὶ τούτων μέλλοντα ὡς τάχιστα μαθήσεσθαι. πάντες γὰρ οἱ ἐν Ὑογοήτου μαθηταὶ ἀπὸ τῆς αὐτῆς ἀφορμῆς ἄρχονται, καὶ σὺ ὡσαύτως εὖ πράξεις. οἱ μὲν γὰρ ἐξαίρετοι διὰ τὴν τῶν πραγμάτων καινότητα χαλεπῶς γέ τοι ἔχουσι, σὺ δ᾽ ὅμως τάχ᾽ εὑρήσεις ἡδίστην ἄρα γενέσθαι τὴν ἐκεῖ διατριβήν. ἐγὼ γὰρ οὐ μόνον τότε μαθητὴς ὢν πάνυ ἡδόμην, ἀλλὰ καὶ τὸ νῦν ἔτι μάλ᾽ ἥδομαι.

ἡγησάμενος δ᾽ οὖν αὐτῷ ἐπὶ τὸν σταθμὸν ἐνεβίβασεν εἰς ἁμαξοστοιχίαν ἐπανιοῦσαν πρὸς τοὺς Δουρσλείους, παραδοὺς ἅμα περιβολάδιόν τι αὐτῷ.

Τοῦτ᾽ ἔστιν, ἔφη, τὸ πιττάκιον σιδηροδρομικὸν σοὶ τὸ πρὸς Ὑογοήτου. ἀφορμᾶσθαι γὰρ δεῖ τῇ νουμηνίᾳ τῇ Σεπτεμβρίᾳ ἀπὸ τοῦ Σταυροῦ Βασιλείου· πάντα δ᾽ εὑρήσεις ἐν αὐτῷ τῷ δελταρίῳ γεγραμμένα. ἐὰν δὲ πράγματα σοὶ παρέχωσιν οἱ Δούρσλειοι, ἐπι-

στολήν μοι πέμψον μετὰ τῆς γλαυκός. ἡ δ' εἴσεται ὅποι ἔλθῃ εὑρήσουσά με. ἔρρωσο, ὦ Ἄρειε.

ἀπελαυνούσης δὲ ἐκ τοῦ σταθμοῦ τῆς ἁμαξοστοιχίας, θέλων θεᾶσθαι αὐτὸν ὅσονπερ κάτοπτος ἦν, ὁ Ἄρειος ἀνεπήδησεν ἀπὸ τοῦ δίφρου ὀψόμενος τὸ ὕστατον, τὴν ὄψιν ἅμα προσέχων τῇ φωταγωγῷ. ὁ δὲ ἐν στιγμῇ χρόνου ἤδη ἠφάνιστο.

— *ΒΙΒΛΟΣ Ϛ* —

ΠΕΡΙ ΤΗΣ ΑΝΑΒΑΣΕΩΣ ΤΗΣ ΑΠΟ ΤΗΣ ΑΠΟΒΑΘΡΑΣ ΕΝΝΕΑ ΚΑΙ ΤΑ ΤΡΙΑ ΤΕΤΑΡΤΑ

ἐκείνου δὲ τοῦ μηνὸς ὃν πανύστατον παρὰ τοῖς Δουρσλείοις διέτριβεν ὁ Ἅρειος ἤ τι ἢ οὐδὲν εὐθυμίας μετεῖχεν. ἀλλὰ νὴ Δία ὁ Δούδλιος νυνὶ οὕτω φοβεῖται αὐτὸν ὥστε μὴ ἐν τῷ αὐτῷ οἰκήματι ἑκὼν παραμεῖναι. νὴ Δι' ἀλλ' ἡ Πετουνία καὶ ὁ Φερνίων οὐκέτι βούλονται οὔτ' ἐν σκευοφυλακίῳ εἴργειν αὐτὸν οὔτε πρὸς βίαν χειροῦσθαι οὔτ' αὖ καταβοᾶν αὐτοῦ. μὴ ὅπως ἐκεῖνοι προσλέγουσιν αὐτόν, ὡς ἄρτι μὲν δεδιότες ἄρτι δὲ μάλ' ὀργιζόμενοι. πολλῶν δ' οὖν ἕνεκα θαρρῶν τὰ νῦν παντελῶς προὐτίμα τῶν πάλαι πραγμάτων, οὐ μὴν ἀλλὰ συνῄδει ἑαυτῷ μετ' οὐ πολὺν χρόνον ἀθυμοῦντί που.

ὥστε μετὰ τῆς γλαυκὸς ἐν τῷ θαλάμῳ διέτριβε τῆς ἀρτίως κεκτημένης. ἔδοξε δὲ ὀνομάσαι αὐτὴν Ἡδυϊκτῖνα, τοῦτ' ἐξευρὼν τοὔνομα ἐν τῇ ξυγγράφῃ μαγικῇ. καὶ γὰρ τὰ βιβλία τὰ παιδευτικὰ πάνυ ἀξιόλογα νομίσας, πόρρω τῆς νυκτὸς ἐν εὐνῇ κεκλιμένος πολλάκις ἀνεγίγνωσκεν εἰς τὸ ἄκρον ἀφικόμενος τῆς ἡδονῆς, πετομένης ἅμα τῆς γλαυκὸς εἰκῇ κἀκεῖσε καὶ τὸ δεῦρο διὰ τῆς θυρίδος ἀνεῳγμένης. ἀλλὰ τὸ τὴν Πετουνίαν μηκέτι εἰσελθεῖν κορήσουσαν τὸν θάλαμον ἕρμαιόν τι ἐποιεῖτο, τῆς γλαυκὸς μυγαλῶν πολλάκις εἰσφερούσης νεκρούς. θέλων δὲ μαθεῖν ὁπόσας ἔτι ἡμέρας αὐτόθι μενετέον μέχρι τῆς Σεπτεμβρίου νουμηνίας, ὅσαι νύκτες πρὶν εἰς ὕπνον πεσεῖν ἔγραφέ τι ἐν χαρτιδίῳ ἐπὶ τοίχου πεπατταλευμένῳ.

Αὐγούστου δὲ ἕνῃ καὶ νέᾳ ἔδοξεν αὐτῷ λέγειν τι τοῖς Δουρσλείοις. ἠπόρει γὰρ οὐκ εἰδὼς ᾧ τρόπῳ εἰς αὔριον πρὸς τὸν σταθμὸν ἀφίκηται τὸν Σταυρὸν Βασίλειον καλούμενον. καταβὰς οὖν κατέλαβεν αὐτοὺς τηλεορῶντας παίγνιόν τι αἰνιγματῶδες.

χρεμψαμένου δέ τι ὅπως μὴ παρὼν λάθοι αὐτούς, ὁ Δούδλιος μέγα βοήσας εὐθὺς ἐνθένδε ἀπέδραμεν.

ἀλλὰ πρῶτον μὲν οὐκ ἐτόλμησε λέγειν, ἔπειτα δέ Ὦ θεῖε, ἔφη.

ὁ δ' ἤκουσε μὲν αὐτοῦ, ὑπετονθόρυζε δὲ μόνον.

Ἰτέον ἐστί μοι αὔριον πρὸς τὸν Σταυρὸν Βασίλειον ἀπιόντι πρὸς Ὑογοήτου.

τονθορύσαντος δ'αὖθις τοῦ θείου, Ἆρ' ἐθέλεις, ἔφη, ἄγειν με ἐκεῖσε ἐν αὐτοκινήτῳ;

ὑποτονθορύσας δὲ μάλ' αὖθις ὡμολόγησεν ἄρα που, ὥς γ' ἐδόκει τῷ Ἀρείῳ.

Εὐχάριστός εἰμι, ἦ δ' ὅς, κἄμελλεν ἀναβῆναι πάλιν πρὸς τὸν θάλαμον. ἐκεῖνος δ' ἐξ ἀπροδοκήτου ἐφθέγξατό τι·

Οὔκουν σφόδρ' ἄτοπόν ἐστι τὸ ἐφ' ἁμαξοστοιχίας ἰέναι πρὸς μάγων παιδευτήριον; οἱ γὰρ τάπητες μαγικοὶ πάντες ἄχρηστοί εἰσι, τετρημένοι δήπου.

Ἄρειος δ' οὐδὲν εἶπεν.

Εἰπέ μοι, ποῦ ἐστὶν ἄρα τοῦτο τὸ παιδευτήριον;

Οὐκ οἶδα, ἀπεκρίνατο. καὶ γὰρ μέχρι τοῦδε ἔλαθεν ἑαυτὸν τοῦτ' οὐκ εἰδώς. λαβὼν οὖν τὸ πιττάκιον ἐκ θυλακίου τὸ ἄρτι ὑφ' Ἁγριώδους δεδομένον ἔβλεψε πρῶτον πρὸς αὐτό.

ἀναγνοὺς δὲ εἶπε τάδε· Ἐπιτέτακταί μοι ἀτεχνῶς ἐμβαίνειν εἰς τὴν ἁμαξοστοιχίαν περὶ τὴν πέμπτην ἀπὸ τῆς ἀποβάθρας ἐννέα καὶ τὰ τρία τέταρτα.

Ὁποίας ἀπ' ἀποβάθρας;

Τῆς ἐννέα καὶ τὰ τρία τέταρτα.

Οὐ μὴ φλυαρήσεις. οὐ γὰρ ἔστιν ἀποβάθρα ἐννέα καὶ τὰ τρία τέταρτα.

Γέγραπταί γ' οὕτως ἐν τῷ πιττακίῳ.

Ἑλλεβοριῶσι δῆτα, ἔφη ὁ Δούρσλειος. κορυβαντιῶσι γὰρ ἅπαντες νὴ τὸν Ἀπόλλω. ἀλλ' ὁ χρόνος σοι μάθησιν δώσει, πιθοῦ μοι. ἀλλ' οὖν καλῶς γ' ἔχει· ἄξομέν σε πρὸς τὸν Σταυρὸν Βασίλειον. Λονδίνονδε γὰρ ἔδει ἂν πάντως αὔριον ἰέναι· εἰ δὲ μή, ἀμέλει οὐ παρεῖχον ἂν πράγματ' ἐμαυτῷ.

Ἀλλὰ πρὸς τί Λονδίνονδε ἴτε;

καὶ τοῦτο μὲν εἶπεν εὐγνώμονα θέλων ἑαυτὸν παρασχεῖν, ὁ δὲ Δούρσλειος γρύζων ἀπεκρίνατο

Τὸν γὰρ Δούδλιον πρὸς ἰατρὸν ἄγομεν· δεῖ γὰρ τὸν κατάρατον κέρκον ἐκεῖνον ἀποτεμεῖν αὐτῷ πρὶν εἰς Χωνεύσεις ἰέναι.

*

τῇ δ' ἐπιγιγνομένῃ ἡμέρᾳ περὶ αὐτό που σχέδον τὸ λυκαυγὲς ὁ

Ἄρειος ἤδη ἐξέγρετο. ἀλλ᾽ ὡς οὐ μετρίως ἀνιώμενος τοσαύτης ἀνάπλεως ἦν φροντίδος ὥστε μὴ ἔχειν πάλιν εἰς ὕπνον πεσεῖν. ἀναστὰς οὖν ἐκ τῆς εὐνῆς τὰς βράκας ὡς ἔθος περιεβάλετο· οὐ γὰρ θέλων βαδίζειν πρὸς τὸν σταθμὸν τὸν τρίβωνα ἠμφιεσμένος τὸν μαγικόν, ἐν νῷ εἶχεν ἔν γ᾽ ἁμαξοστοιχίᾳ περιβαλέσθαι. ἐξέτασε δὲ πάλιν αὖ τὸν πρὸς Ὑογοήτου κατάλογον, διασκεψόμενος εἰ τὰ πάντ᾽ ἄρα πρόχειρά ἐστιν. ἔπειτα δὲ ἐπιμεληθεὶς τῆς γλαυκὸς ὅπως ἐν οἰκίσκῳ ἀσφαλὴς εἵρκται, ἐν τῷ θαλάμῳ ἄνω καὶ κάτω περιεπάτει ἕωσπερ οἱ Δούρσλειοι τύχοιεν ἐγρηγορότες. ὀλίγῳ δ᾽ ὕστερον εἶδες ἂν τοῦτο μὲν τὴν κιβωτὸν καίπερ μεγάλην οὖσαν καὶ βαρεῖαν εἰς τὸ αὐτοκίνητον ἤδη κεκομισμένην, τοῦτο δὲ τὸν Δούδλιον ἐν τῷ αὐτοκινήτῳ καθίζοντα πλησίον τοῦ Ἀρείου – οὕτω γὰρ ποιῆσαι ἡ Πετουνία μόλις ἐπεπείκει τὸν υἱόν – τοῦτο δ᾽ αὖ πάντας ἐπ᾽ αὐτοκινήτου οἴκοθεν ἀποβαίνοντας.

ἀφίκοντο δὲ πρὸς τὸν Σταυρὸν Βασίλειον ἤδη μεσούσης τῆς πέμπτης ὥρας. καὶ ὁ Δούρσλειος τὴν κιβωτὸν θεὶς ἐφ᾽ ἁμάξιον τοῦτ᾽ ἐκύλινδεν αὐτὸς ὁ Ἄρειος εἰς τὸν σταθμόν. ὁ δὲ τὸ οὕτω πρᾶξαι τὸν θεῖον ἐνόμιζε φιλάνθρωπον μὲν γενέσθαι παράδοξον δέ.

οὗτος μέντοι μετ᾽ οὐ πολὺν ἐφίστατο κατέναντι τῶν ἀποβαθρῶν, σαρδάνιον ἅμ᾽ ὑπομειδιῶν.

Ἰδού, ἔφη, ὦ παῖ· ἔνθα μὲν τὴν ἀποβάθραν ἔστιν ἰδεῖν τὴν ἐνάτην, ἔνθα δὲ τὴν δεκάτην. τὴν δ᾽ αὖ σὴν ὤφελες ἰδεῖν ἐν μέσῳ που οὖσαν πλὴν ἀλλ᾽ οἴμοι τῆς ῥᾳθυμίας οὔπω ᾠκοδομήκασιν ἄρα, ὡς εἰκάσαι. ἦ οὐκ ὀρθως λέγω;

ὀρθῶς γ᾽ ἔλεγεν. ἔνθεν γὰρ εἶδες ἂν τὸν ἀριθμὸν ἐννέα μέγαν ὄντα καὶ λευκὸν κἄνθεν τὸν δέκα καὶ ἐν μέσῳ οὐδὲ γρῦ.

οὗτος δέ Ἀγαθὰ πράττοις, ἔφη, τὴν τρίμηνον, καὶ μάλα σαρδάνιον ἀνεκάγχασεν αὖ.

καὶ ἀπέβη εὐθὺς οὐδὲν πλέον εἰπών. ὁ δ᾽ Ἄρειος τὴν κεφαλὴν περιάγων κατεῖδε τοὺς τρεῖς Δουρσλείους πάντας ἐν αὐτοκινήτῳ γελῶντας. πάντως δ᾽ ἠμηχάνει ὅ τι ποιῇ. πολλοὶ γὰρ τῶν παριόντων ἤδη ἔβλεπον πρὸς αὐτὸν ὡς ἀλλόκοτόν τε νομίζοντες καὶ τὴν γλαῦκα θαυμάζοντες.

δέον δ᾽ οὖν ἐρωτᾶν τινά, ὡς ἐδόκει, προσεῖπε μὲν τὸν προϊστάμενον τῆς ἁμαξοστοιχίας, μνείαν δ᾽ οὐκ ἐτόλμα ποιήσασθαι τῆς ἀποβάθρας πέρι τῆς ἐννέα καὶ τὰ τρία τέταρτα. ὁ δ᾽ ἔτυχεν οὐκ ἀκούσας οὐδὲν οὐδέποτε περὶ τοῦ Ὑογοήτου, καὶ τοῦ Ἀρείου ὁμολογήσαντος οὐδ᾽ αὐτὸς γνῶναι ὅπου τῆς χώρας κεῖται, ἠγανάκτει ὑποπτεύων αὐτὸν ἐκ προνοίας τὰ σκαιὰ πράττειν. Ἄρειος δὲ τὸ παράπαν ἀμηχάνως ἔχων ἤρετο αὐτὸν περὶ τῶν ἁμαξοστοιχιῶν εἰ ἐθέλοι δεῖξαι τὴν τῇ πέμπτῃ μέλλουσαν ἀφορμήσειν. ὁ δ' οὐκ ἔφη ὑπάρχειν τοιαύτην τινά. καὶ τέλος δὴ ἀπῆλθε πόλλ' ἔτι τονθορύζων κατὰ τῶν πράγματα παρέχειν φιλούντων. ἐκεῖνος δὲ ἤδη ἐκινδύνευε παντελῶς ἐκπεπλῆχθαι. βλέψας γὰρ πρὸς τὸ ὡρολόγιον – μέγα ἐστὶ καὶ ὑπὲρ τῶν ἀξόνων τῶν δρομολογικῶν κεῖται – συνῄδει ἑαυτῷ ἐλάχιστον ἔχων ἔτι χρόνον, εἴ γε βούλεται εἰσβῆναι εἰς τὴν ἐφ' Ὑγοήτου ἁμαξοστοιχίαν. πολλῆς οὖν ἀθυμίας μεστὸς ἵστατο ἐν μέσῳ τῷ σταθμῷ ἔχων κιβωτόν θ' ἣν μόλις ἐδύνατο αἴρειν, καὶ ἀργύριον πολὺ μὲν μαγικὸν δέ, καὶ δὴ καὶ γλαῦκα μεγάλην.

ἀλλ' ἦ ὸν Ἁγριώδη παρῆλθεν εἰπεῖν τι τῶν ἀναγκαίων; τὸν μὲν γὰρ τότε βουλόμενον εἰσιέναι εἰς τὸν Στενωπὸν Διάγοντα ἔδει κροῦσαι τὴν πλίνθον τὴν ἀπ' ἀριστερᾶς τρίτην. ἠπόρησε γοῦν εἰ δεῖ καὶ νῦν δὴ τὴν ῥάβδον λαβόντα κροῦσαι που τὸ τοῦ σταθμάρχου οἰκίδιον τὸ ἀνὰ μέσον τῶν ἀποβαθρῶν τῆς ἐνάτης καὶ τῆς δεκάτης.

ἀλλὰ τότε δὴ ἐνίων ὄπισθεν αὐτοῦ παριόντων ἔτυχε παρακούσας ὀλίγον τι.

εἶπε γάρ τις Ἀμέλει συναθροίζονται οἱ Μύγαλοι ...

περιάγων δε τὸν αὐχένα κατεῖδε γυναῖκα παχεῖαν καὶ εὐτραφῆ. ἡ δὲ διελέγετο πρὸς τέτταρας νεανίσκους πυρρότριχας. ἕκαστον δ' αὐτῶν εἶδεν οὐ μόνον ἐν ἁμαξίῳ κυλίνδοντα κιβωτὸν ὁμοιοτάτην τῇ ἑαυτοῦ ἀλλὰ καὶ γλαῦκα δὴ ἔχοντα.

πεπτοημένης δὲ τῆς ψυχῆς, ὁ Ἅρειος ἐδίωκεν αὐτοὺς τὸ ἁμάξιον ἅμα προωθῶν. ἐπειδὴ δ' οὗτοι εἱστήκεσαν, καὶ αὐτὸς ἔστη, ὀλίγον τι ἀπέχων ὅμως ὥστ' ἀκοῦσαι τὰ πρὸς ἀλλήλοις κοινολογούμενα.

ἡ γὰρ μήτηρ Ἄγε δή, ἔφη. τίς ἐστί μοι ἀριθμὸς τῇ ἀποβάθρᾳ;

ἀποκριναμένη δέ μειρακίσκη ὀξείᾳ τῇ φωνῇ Ἐννέα καὶ τὰ τρία τέταρτα, ἔφη. αὕτη δὲ πυρρόθριξ ὁμοίως οὖσα τοῖς ἄλλοις τῆς μητρὸς ἔτι προσείχετο χειρός.

Ὦ μάμμη, ἆρ' οὐκ ἔξεστί μοι ...;

Νεωτέρα γ' εἶ σὺ ἢ ὥστ' ἰέναι, ὦ Γίννη. σίγα δῆτα. καλῶς ἔχει τὸ σόν, ὦ Περσεῦ. δεῖ σε πρῶτον ἰέναι.

καὶ οὗτος, πρεσβύτατος ὤν, ὡς ἔοικεν, ἐβάδιζεν ἐπὶ τὰς ἀποβάθρας. ὁ μὲν οὖν Ἅρειος ἀσκαρδαμυκτὶ ἐτήρει φυλαττόμενος μὴ ἀποτυχεῖν τοῦ μαθέσθαι τὸ γιγνόμενον, ἐκεῖνος δ' ἄρα ἔλαθεν αὐτὸν ἀφικόμενος πρὸς τὸ μεσηγὺ τῶν δυοῖν ἀποβαθρῶν· πολλοὶ γὰρ ὁδοιπόροι κατὰ πρόσωπον αὐτῷ ἐμποδὼν συναθροιζόμενοι οὕτως ὠστίζοντο ὥστ' ἐπεὶ αὐταῖς ταῖς πήραις τέλος ἀπῆλθον οὐκέτ' ἦν ἰδεῖν τὸν νεανίσκον.

ἡ δὲ μήτηρ Ὦ Φερέδικε, ἔφη, νῦν δὴ ὥρα ἐστὶ σοὶ κατὰ μέρος ἰέναι.

ἀλλ' οὗτος Πρὸς θεῶν, ὦ γύναι, οὔκουν ἔστι σοὶ μητρί γ' οὔσῃ τῇ ἡμετέρᾳ γνωρίσαι με Γεωργὸν ὄντα;

Λυποῦμαι, ὦ φίλτατε Γεωργέ.

ὁ δέ Εἰρωνεύομαι, ἔφη ἀπιών. Φερέδικος ἄρ' εἰμί.

καὶ τοῦ ἀδελφοῦ – δίδυμοι γὰρ ἦσαν – κελεύσαντος αὐτὸν σπεῦσαι, τοῦτο δὴ τάχ' ἐποίησεν, ὡς ἐδόκει· ἠφάνιστο δ' οὖν ἐν ἀκαρεῖ. ὁ δ' Ἄρειος ᾧ γε τρόπῳ τοῦτ' ἐπεποιήκει οὐδὲν ἠπίστατο.

καὶ εἶτα ὁ τρίτος τῶν ἀδελφῶν τότε μὲν πρὸς τὴν πυλίδα ἐβάδιζεν ἐκεῖσε οὗ ἔλεγχον ἐποιεῖτο τῶν δελταρίων ὁ φύλαξ, τότε δὲ ὅσον οὐκ ἀφίκετο, τότε δ' αὖ ἄφνω οὐκ ἦν οὐδαμοῦ.

ὁ οὖν Ἄρειος – οὐδὲν γὰρ ἄλλο ἐδόκει οἷός τ' εἶναι ποιῆσαι – προσειπὼν τὴν γυναῖκα Ξύγγνωθί μοι, ἔφη.

ἡ δὲ Χαῖρε, ἔφη, ὦ φίλτατε. ἦ πρωτόπειρος εἶ καὶ σύ; ὁ γὰρ Ῥοὼν οὑτοσὶ τὸ πρῶτον πρὸς Ὑογοήτου ἔρχεται.

καὶ τῷ δακτύλῳ ἔδειξεν αὐτόν, ὕστατον ὄντα καὶ νεώτατον τῶν υἱέων. ὁ δὲ μέγας μὲν πέφυκε τὸ ὕψος, ἰσχνὸς δὲ ὡς σφόδρα· τὴν δ' ὄψιν μάλα φακώδη παρεῖχε, καὶ τάς τε χεῖρας καὶ τοὺς πόδας μεγάλους. ὀξεῖα δ' ἦν αὐτῷ ἡ ῥὶς καὶ πάνυ μακρά.

Ἄρειος δὲ ὁμολογήσας Ἀλλὰ πρᾶγμά ἐστί μοι, ἔφη. οὐ γὰρ οἶδα ...

Ὅπως δεῖ εἰς τὴν ἀποβάθραν εἰσιέναι;

ταῦτ' εἶπε παραμυθησομένη αὐτῷ· κατανεύσαντος δὲ ἀναλαβοῦσα Οὐ φροντίς, ἔφη. οὐδὲν γὰρ δεῖ σε ποιῆσαι ἄλλο ἢ εὐθὺ βαδίσαι ἐπὶ τὴν πυλίδα τὴν μεταξὺ τῆς ἀποβάθρας τῆς ἐνάτης καὶ τῆς δεκάτης. μήτε ὀκνήσῃς μήτε, τὸ μέγιστον, φοβήθῃς προσκροῦσαι αὐτήν. ἀλλ' εἴπερ δέδιάς τι, ἄριστόν ἐστί σοι δρόμῳ ἐπ' αὐτὴν χωρῆσαι. ἄγε δὴ νῦν ἴθι τὸν Ῥοῶνα φθάσας.

κἀκεῖνος μόλις κατανεύσας, τὸ δ' ἁμάξιον εὐθύνων ὀξὺ δεδορκὼς πρὸς τὴν πυλίδα, καίπερ πυκνῶς ἀραρέναι δοκοῦσαν, ἐβάδιζεν ἐπ' αὐτήν. τῶν δὲ πρὸς τὴν ἀποβάθραν ἢ τὴν ἐνάτην ἢ τὴν δεκάτην ἅμα ὠστιζομένων αὐτῷ – ἐν γὰρ στενοχωρίᾳ ἐγένοντο, – καὶ θᾶττον ἐχώρει. ἐκινδύνευε δ' ὡς ᾤετο προσκρούσας πρὸς τὸ τοῦ σταθμάρχου οἰκίδιον πράγματα παρασχεῖν ἑαυτῷ πολλά.

πρώσας μέντοι τὸ ἁμάξιον καὶ θᾶττον ἐπὶ τὴν πυλίδα ἦρχε τρέχων, ἐγγυτέρω τοσαύτῃ βίᾳ προσιὼν ὥστε τὸ ἁμάξιον μηκέτι κρατούμενον πατάξαι πρὸς αὐτήν. καὶ νῦν ἐγγύτατος δὴ γενόμενος καὶ οὐ πολλοῦ δεόμενος συγκροῦσαι, τοὺς ὀφθαλμοὺς συνέμυε. ἀλλ' οὐκ ἄρα κροῦσαι συνέβη· δραμὼν μὲν οὖν συνεχῶς τοὺς ὀφθαλμοὺς ἀνέῳξεν.

καὶ μηχανὴ κοκκίνη τῶν σιδηροδρομικῶν τῶν ἀτμῷ κινουμένων παρ᾽ ἀποβάθραν ἵστατο πληθύουσαν δήμου. ἐν δὲ σημείῳ ὕπερθεν ἦν ἀναγνῶναι· Ἡ ὠκύπορος πρὸς Ὑογοήτου ἁμαξοστοιχία ἡ τῇ πέμπτῃ ἀπιοῦσα.

ὁ δ᾽ Ἄρειος ὄπισθε βλέψας τὸ μὲν οἰκίδιον οὐκέτ᾽ εἶδε, πύλην δὲ σιδηρότευκτον, γράμματ᾽ ἔχουσαν τάδε·

ΑΠΟΒΑΘΡΑ ΕΝΝΕΑ ΚΑΙ ΤΑ ΤΡΙΑ ΤΕΤΑΡΤΑ

ὥστε συνῄδει ἑαυτῷ εὖ πεπραγότι.

εἶτά μοι ἐπινόησον ἀτμὸν μὲν ἀπὸ τῆς μηχανῆς πανταχόσε κατ᾽ οὖρον ὑπὲρ τῶν ἐκεῖ θρυλούντων φερόμενον, αἰλούρους δὲ παντοδαποὺς ἄνω καὶ κάτω διὰ τῶν σκελῶν αὐτοῖς ἕρποντας. ἄκουσον δ᾽ ἅμα γλαυκῶν ἀλλήλαις κικκαβαζουσῶν ὡς ἀνιωμένων που. οὐ μὴν οὐδὲ ῥᾴδιον ἦν ἀκοῦσαι διὰ τὸ θόρυβον πανταχοῦ γίγνεσθαι ἀπὸ τῶν τ᾽ ἀεὶ λαλούντων καὶ τῶν κιβωτοὺς περιελκόντων – τραχὺ γὰρ ἐψοφοῦν αἱ κιβωτοὶ βαρεῖαι οὖσαι καὶ δυσάγωγοι.

αἱ δ᾽ ἐγγύτεραι τῶν ἁμαξῶν πλήρεις ἦσαν ἤδη μαθητῶν· οἱ μὲν γὰρ προὔκυπτον ἐκ θυρίδων διαλέγεσθαι θέλοντες μετὰ τῶν σφέτερων, οἱ δ᾽ ἐρίζοντο μετ᾽ ἀλλήλων περὶ ἕδρας. ὁ δ᾽ Ἄρειος προέωσε τὸ ἑαυτοῦ ἁμάξιον κατὰ τὴν ἀποβάθραν ζητῶν ἔτι ἕδραν οὔπω κατειλημμένην. παριὼν δὲ ἤκουσε μειρακίου μέν τινος λέγοντος ὅτι Ὦ τήθη, πάλιν αὖ φρούδη μοι ἡ φρύνη, γραὸς δὲ στενούσης καὶ ἀποκρινομένης Ὦ βέλτιστέ μοι Νεφέλωδες ...

νεανίσκος δ᾽ ἅμα πλοκάμων μαλλοῖς ἐστεμμένος μελανοτρίχων – καθάπερ οἱ τὸν ἐν Αἰθίοψι βασιλέα σέβοντες – μετ᾽ οὐ πολλῶν ὁμιλῶν ἐν μέσῳ εἱστήκει. οἱ δὲ Ἄγε δή, ἔφασαν, ὦ Λεῖε, οὔκουν θέαμα παρέχοις ἡμῖν;

τούτου δὲ ἀπὸ κιβωτίου πῶμα ἄγκαθεν λαβόντος, οἱ ἐκεῖ ξυλλεγόμενοι πάντες ἐβόων ἀνολολύζοντες· εἶδον γάρ τι ἔνδοθεν κινούμενον καὶ ἐκτείνοντα σκέλος μακρὸν καὶ λάσιον.

ὁ δ᾽ οὖν Ἄρειος διὰ τὸν ὄχλον σπεύσας τέλος δὴ ηὗρε χωρίον τι κενὸν ἔτι ὂν πρὸς τῇ ἐσχάτῃ ἁμάξῃ. καὶ πρῶτον μὲν τὴν γλαῦκα ἔνδον κατέθετο, ἔπειτα δ᾽ ἐπεχείρει ὦσαι τε καὶ βιάσασθαι τὴν κιβωτὸν ἐπὶ τὸ τῆς ἁμάξης ἀναβαθμόν. ἤθελε μὲν γὰρ ἆραι αὐτὴν ἀνὰ τὰ βάθρα, μόλις δ᾽ ἀνέσχε τὸ ἕτερον μέρος καὶ δὶς εἰς πόδα μεθεὶς πάνυ ἐταλαιπώρει.

Ἆρ᾽ ὠφέλειαν θέλοις ἀπ᾽ ἐμοῦ; ἔφη τις. ἔτυχε δ᾽ ὢν ἕτερος τῶν διδύμων τῶν πυρροτρίχων οἷς ἕσπετο διὰ τὴν πυλίδα.

Ναί, ἦ δ᾽ ὃς ὁ Ἄρειος δύσπνους ἤδη γενόμενος, εἴ γε δοκεῖ σοι.

Ὦ οὗτος, ἔφη, ὦ Φερέδικε, δεῦρο.

τούτων δὲ ὠφελησάντων, ἡ Ἀρείου κιβωτὸς τέλος ὑπεξέκειτο ἐν μυχῷ τοῦ χωρίου.

ὁ δὲ χάριν εἰδὼς αὐτοῖς πλόκαμον ἀπ᾽ ὀμμάτων ἐξέβαλλε· πολὺν γὰρ ἱδρῶτα παρεῖχεν ἑαυτῷ δια τὸ λίαν πονεῖσθαι.

ἄφνω δέ Τόδε τί ἐστίν; ἦ δ᾽ ὅς ὁ ἕτερος τῶν διδύμων· δακτύλῳ γὰρ ἐδείκνυ τὴν οὐλὴν τὴν Ἀρείου ἀστραποειδῆ.

ὁ δ᾽ ἕτερος Ἡράκλεις, ἔφη. ἆρα σὺ εἶ ...

ἐκεῖνος δ᾽ Ἔστι δή. καὶ αὐτῷ τῷ Ἀρείῳ Ἆρ᾽ οὐκ ὀρθῶς λέγω;

Τί δὲ δή; ἦ δ᾽ ὃς ὁ Ἄρειος.

Ὅτι σὺ εἶ Ἄρειος Ποτῆρ, ἀπεκρίναντο ἀμφότεροι.

ὁ δὲ μόλις ὁμολογῶν Οὗτος γάρ, ἔφη, τυγχάνω ὤν.

καὶ ἀμφοτέρων ἀτενὲς πρὸς αὐτὸν δεδορκότων, συνῄδει ἑαυτῷ δι᾽ αἰδῶ ὑπερυθριῶντι. ἐνταῦθα δὲ λωφήσας ἤκουσε φθεγγομένου τινὸς διὰ τοῦ τῆς ἁμάξης θυρίου·

Ὦ Φερέδικε, ὦ Γεωργέ, ἆρα πάρεστε;

Ἐρχόμεθα γάρ, ἔφασαν. καὶ τὸ ὕστατον πρὸς Ἄρειον βλέψαντες, ἐκ τῆς ἁμαξοστοιχίας ἀπέβησαν.

ὁ δ᾽ Ἄρειος παρὰ τῆς θυρίδος καθήμενος λαθὼν ἐθεάσατό τε τοὺς πυρρότριχας ἐν τῇ ἀποβάθρᾳ ὁμιλοῦντας καὶ παρήκουσε τὰ πρὸς ἀλλήλων λεγόμενα. ἡ γὰρ μήτηρ ἔτυχεν ἄρτι ῥινόμακτρον λαβοῦσα.

Ὦ Ῥοών, ἔφη. ἔχεις τι ἐπὶ τῇ ῥινί.

ὁ δ᾽ οὐκ εἶχε φθάσαι τὴν μητέρα καταλαβοῦσαν αὐτὸν καὶ τὴν ῥῖνα ἀπομυξαμένην.

Ἀποσχοῦ δῆτ᾽, ἔφη, ὦ μῆτερ, ἐξολισθὼν τέως ἀπ᾽ αὐτῆς.

Οἴμοι, ἔφη ὁ ἕτερος τοῖν διδύμοιν προσειπὼν αὐτὸν ὥσπερ βρεφύλλιον ἔτ᾽ ὄντα. Ἆρ᾽ ἔχει τι τὸ Ῥοωνίδιον ἐπὶ μυκτῆρσιν αὐτοῦ;

Σίγα, ἦ δ᾽ ὃς ὁ Ῥοών.

ἡ δὲ Ποῦ ἐστὶν ὁ Περσεύς;

Νῦν δὴ ἔρχεται.

καὶ ὁ πρεσβύτατος εἰς ὄψιν τότ᾽ ἐχώρει, ἠμφιεσμένος τὸν Ὑογοητικὸν τρίβωνα ποδήρη ὄντα καὶ μέλαν· ἤδη γὰρ τὴν ἐσθῆτ᾽ ἐξήλλαξεν. Ἄρειος δὲ σημεῖόν τι ἐν στήθει αὐτοῦ εἶδεν ἀργυροῦν ὂν καὶ εὐφεγγὲς καὶ τῷ πεῖ γεγραμμένον.

οὗτος δέ Οὐ πάρεστί μοι περιμεῖναι, ἔφη, ὦ μῆτερ. προεδρίαν γὰρ ἐλάχομεν ἡμεῖς οἱ πρυτάνεις, οἷς γε δύο χωρία ἀποκεχώρισται.

ὑπολαβὼν δὲ ὁ ἕτερος τοῖν διδύμοιν Ἦ σὺ πρύτανις εἶ δῆτα, ἔφη, *ὦ Περσεῦ; προσποιούμενος πάνυ θαυμάζειν. Ἀλλ᾽ ὤφελες πρότερον λέγειν τι περὶ τούτου ἡμῖν. οὐδὲν γάρ τοι ὑπωπτεύομεν σὲ πρυτανεύειν.*

Ἀλλὰ περίμενε· ξύνοιδα γὰρ ἀκούσας αὐτοῦ λέγοντός τι περὶ τούτου ἅπαξ...

Ἢ δίς...

Κατὰ λεπτὸν τῆς ὥρας...

Δι᾽ ἅπαν τὸ θέρος...

Ἀλλὰ σιγᾶτε, ἦ δ᾽ ὃς Περσεὺς ὁ πρύτανις.

Ἀλλ᾽ εἰπέ μοι, διὰ τί ὁ Περσεὺς καινὸν ἔχει τρίβωνα;

καὶ ἡ μήτηρ στοργὴν ἔχουσα πολλὴν εἰς αὐτόν Διότι πρυτανεύει δήπου, ἔφη. καλῶς οὖν ἔχει, ὦ φίλτατε. εὐδαιμονοίης ἀνὰ πᾶσαν τὴν τρίμηνον. γλαῦκά μοι πέμψον ἀφικόμενος ἐκεῖσε.

καὶ τούτον μὲν ἐφίλησε μέλλοντα ἀποχωρῆσαι, τοὺς δε διδύμους προσειποῦσα Ἄγε δή, ἔφη. τῆτες γοῦν σωφρονεῖν δεῖ ὑμᾶς. ἐὰν γὰρ πάλιν αὖ λαβῶ καὶ μίαν γλαῦκα λέγουσαν ὅτι ἢ ἀπόπατον διεφθείρατε πυροσφαίρᾳ ἤ...

Ἀλλ᾽ οὔπω ἀπόπατον διεφθείραμεν.

Οὐ μὴν ἀλλὰ καλῶς δὴ ἐδίδαξας ἡμᾶς. ὢ τοῦ γέλωτος· μακαρίζομεν οὖν σε, ὦ μαῖα.

Ἀλλ᾽ οὐ πρεπόντως τοῦτο κινεῖ ὑμᾶς γελᾶν. καὶ μὴν δεῖ φυλάττειν τὸν Ῥοῶνα.

Μηδὲν φροντίζειν αὐτοῦ. ἀσφαλέστατος γάρ, ὦ Ῥοωνίδιον, παρ᾽ ἡμῖν γενήσει.

Σιγᾶτε, ἦ δ᾽ ὃς ὁ Ῥοὼν μάλ᾽ αὖθις. Ἄρειος δ᾽ εἶδε τοῦτον ὀλίγῳ δὴ βραχίονα γενόμενον τῶν διδύμων τὸ ὕψος, καὶ τοὺς μυκτῆρας ἔτι ὑπερύθρους παρέχοντα ὑπὸ τῆς μητρὸς ἄρτι ἀπωμοργμένους.

Ἑρμαίῳ δὴ ἐντετυχήκαμεν, ὦ μαῖα. ἦ συμβάλλειν ἔχεις ὅτῳ ἐν ἁμαξοστοιχίᾳ ἄρτι συνηντήσαμεν;

ὁ δ᾽ Ἄρειος εὐθὺς ἀπεκρύψατο ὅπως λάθῃ αὐτοὺς θεωρῶν.

Οἶσθα δήπου τὸν νεανίσκον τὸν μελανότριχα ὃς ἐν ἀποβάθρᾳ παρίστατο ἡμῖν; ἆρ᾽ οἶσθα αὐτὸν τίς ἐστίν;

Ὅστις;

Ὁ πάνυ Ἄρειος Ποτῆρ.

καὶ ὁ Ἄρειος ἤκουσε τῆς μειρακίσκης λεγούσης τάδε·

Ὦ μάμμη, ἆρ᾽ ἔστι μοι εἰσβῆναι εἰς τὴν ἁμαξοστοιχίαν ὀψομένη αὐτόν; λίσσομαι σε, ὦ μαννάριον ...

Ἥκιστά γε. καὶ γὰρ σὺ μὲν ἤδη ἑώρακας αὐτόν, ὦ Γίννη· τοιοῦτος δ᾽ οὐκ ἔστιν ἐκεῖνος ὁ ἄθλιος οἷόν τι ζῷον ἐν κήπῳ ζωολογικῷ ὡς τέρας τοῖς θεωμένοις παρεχόμενον. ἆρ᾽ ἀληθὲς λέγεις, ὦ Φερέδικε; ἢ ποίῳ τρόπῳ ἐγνώρισας αὐτόν;

Ἠρόμην τ᾽ αὐτὸν καὶ τὴν οὐλὴν εἶδον. ἀληθῶς γὰρ ἔχει τὸ τοῦ τραύματος ἴχνος ἐπὶ τοῦ μετώπου ἀστραποειδές.

Οἴμοι τῆς ταλαιπωρίας. οὐ γὰρ θαυμάζω εἰ καθ᾽ ἑαυτὸν ἐγένετο. ἄτοπον δ᾽ ἔμοιγε ἐδόκει τοῦτο. καὶ κόσμιος ἦν μοι καὶ εὔκολος ὡς σφόδρα ἐρωτῶν ὅπως ἔξεστιν εἰς τὴν ἀποβάθραν εἰσιέναι.

Ἐῶ δὲ τοῦτο, θέλων εἰδέναι εἴπερ μνήμην ἔχει τοῦ δεῖνα, ὅποιον ὑπάρχει ἐκείνῳ τὸ σχῆμα.

ἡ δὲ μήτηρ πρὸς τοῦτο ἐξ ἀπροσδοκήτου δυσκολώτερον ἔχουσα ἐφαίνετο.

Ἀπαγορεύω σε μὴ ἐρωτᾶν αὐτόν, ὦ Φερέδικε. οὐ μὴ τολμήσεις ποιῆσαι τοῦτο. οὐ γὰρ πρέπει τούτου μνείαν ποιεῖσθαι αὐτῷ πρωτοπείρῳ γ᾽ ὄντι τοῦ παιδευτηρίου.

Σίγα· ἠρέμησον. οὐδὲν γὰρ μέλλω ἐρεῖν.

νίγλαρος δ᾽ ἐψόφησεν.

ἡ μὲν οὖν μήτηρ Σπεύσατε, ἔφη. οἱ δὲ παῖδες ἅπαντες – τρεῖς γὰρ ἦσαν – εἰς τὴν ἁμαξοστοιχίαν εἰσέβησαν. προὔκυψαν δ᾽ ἐκ τῆς θυρίδος ὅπως ἐκείνη φιλήσῃ αὐτοὺς χαίρειν λέγουσα· ἡ δ᾽ ἀδελφὴ τέως ἐδάκρυε.

Μὴ δακρύσῃς, ὦ Γίννη. πέμψομεν γάρ σοι γλαῦκας πολλὰς δή.

Πέμψομεν δὲ καὶ θᾶκον ἐξ ἀποπάτου Ὑογοητικοῦ.

Μὰ Δί᾽ οὐ πρέπει, ὦ Γεωργέ.

Εἰρωνεύομαι, ὦ μαῖα.

χωρούσης δὲ τῆς ἁμαξοστοιχίας ἀπὸ τοῦ σταθμοῦ, ὁ Ἄρειος κατεῖδε τὴν μὲν τῶν παίδων μητέρα χεῖρα ἀνασείουσαν, τὴν δ᾽ ἀδελφὴν ἅμα μὲν γελῶσαν ἅμα δὲ δακρύουσαν. ἡ δὲ πρῶτον μὲν ἔτρεχε τῇ ἁμαξοστοιχίᾳ βραδέως κινουμένῃ συνεπομένη, ἐπεὶ δὲ θᾶττον ἐχώρει, ἔστη καὶ αὐτὴ τὴν χεῖρα ἀνασείουσα.

ἐκεῖνος δ᾽ ἐθεώρει αὐτὰς μέχρι οὗ, τῆς ἁμαξοστοιχίας καμπτούσης, οὐκέτ᾽ ἦν ἰδεῖν. ἐντεῦθεν δὲ μόλις ἔτι διὰ τῆς θυρίδος ὁρῶν τὰς οἰκίας ἀεὶ παριούσας, ὡς ἐφαίνετο, διὰ τὸ ταχὺ τὸ τῆς ἁμαξοστοιχίας, ἀνεπτερώθη ὅς γε ὅποι ἔλθῃ οὐκ εἰδὼς ᾔδει γοῦν πρὸς βέλτιόν τι ἰὼν ἢ τὸ καταλελειμμένον.

καὶ ὁ νεανίσκος ὁ νεώτατος ὢν τῶν πυρροτρίχων, τὸ τοῦ χωρίου θύριον ἀνοίξας, εἰσελθὼν Ἆρα κάθηταί τις ἐνθάδε; ἔφη, δεικνὺς ἅμα τῷ δακτύλῳ τὴν ἐναντίον ἕδραν. Πληρεῖς γὰρ αἱ ἄλλαι πᾶσαι.

κατανεύσαντος δὲ τοῦ Ἀρείου ἐκάθισεν ἑαυτόν. ὑποβλέψας δὲ τοῦτον, εὐθὺς διὰ θυρίδος ἐθεώρει προσποιούμενος μὴ βλέψαι, ὥς *γ' ἐφαίνετο. ὁ δ' Ἄρειος ᾔσθετο αὐτοῦ ἔτι ἐν μυκτῆρσι τὸ μέλαν ἐκεῖνο ἔχοντος.*

Οὗτος σύ, ἔφη τις, ὦ Ῥοών.

οἱ γὰρ ἀδελφοὶ ἐπανῆλθον.

Ἄκουσον δῆτα· ἡμεῖς εἰς μέσον τὸ τρένο ἴμεν. ὁ γὰρ Λεῖος Ἰόρδανος ἔχει μεγάλην ἀράχνην Ταραντίνην.

Εἰκός γε, ἦ δ' ὃς ὁ Ῥοών.

Ὦ Ἄρειε, ἔφη ὁ ἕτερος τῶν διδύμων, ἆρ' εἴπομέν σοι οἵτινές ἐσμεν; εὐχόμεθα γὰρ εἶναι Εὐισήλιοι τὸ γένος, Φερέδικος ὀνόματι καὶ Γεωργός. καὶ οὗτός ὁ Ῥοών, ἀδελφὸς ὢν ἡμέτερος. εἰς τὸ καλόν.

Εἰς τὸ καλὸν καὶ ὑμεῖς, ἀπεκρίναντο ὁ Ἄρειος καὶ ὁ Ῥοών. οἱ δ' ἀδελφοὶ τὸ τοῦ χωρίου θύριον συνέκλῃσαν.

ὁ δὲ Ῥοών προπετῶς Ἆρα οὐ ὡς ἀληθῶς, ἔφη, εἶ Ἄρειος Ποτῆρ;

καὶ κατανεύσαντος αὐτοῦ Εἶέν, ἔφη. ἀλλ' ἐφοβούμην μὴ ἄρα Φερέδικος ἢ Γεωργὸς προσπαίζων ὡς ἔθος ἔλεγεν. καὶ ἔστι σοι ὡς ἀληθῶς ... ἐδακτυλοδείκτει γὰρ ἅμα τὸ τοῦ Ἀρείου μέτωπον.

ἀφελκύσας οὖν τὸν πλόκαμον ὁ Ἄρειος ἔδειξεν αὐτῷ τὴν οὐλὴν τὴν ἀστραποειδῆ. ἐκεῖνος δ' ἀτενῶς βλέπων Εἶτα ὁ δεῖνα αὐτόθι...

Ναί, ἦ δ' ὃς ὁ Ἄρειος. ἀλλ' οὐ μιμνήσκομαι οὐδενός.

ἐκεῖνος δὲ σπουδαίως Οὐδενός γ' ἀμέλει; ἔφη.

Φωτός γε μὲν πολλοῦ χλωραυγοῦς γενομένου, ἄλλου δ' οὔ.

Οὐά, ἦ δ' ὅς. καὶ ὀλίγον μὲν χρόνον ἠτένιζε πρὸς τὸν Ἄρειον, ἔπειτα δὲ ὥσπερ ὑπομνησθεὶς τότε τί δὴ ποιεῖ, εὐθὺς διὰ τὴν θυρίδα πάλιν αὖ ἐθεώρει τὰ ἔξω.

ὁ δ' Ἄρειος ὡς τὸν Ῥοῶνα οὐχ ἧττον ἀξιοχρέων ἡγούμενος ἢ οὗτος αὐτόν Ἦ μάγοι, ἔφη, πάντες οἱ παρὰ σοὶ ἐν τῷ γένει;

Πάντες γε, ὡς ἔμοιγε δοκεῖ, πλὴν ἀλλ' ἔστιν οἶμαι τῇ μητρὶ ἀνεψιαδοῦς τις λογιστὴς ὤν. λόγον δὲ περὶ τούτου οὐ ποιούμεθα οὐδέποτε.

Πόλλ' οὖν ἤδη περὶ τῆς μαγικῆς μεμάθηκας, ὡς ἔοικεν.

ἐνόμιζε γὰρ δήπου τοὺς Εὐισηλίους τῶν ἀρχαίων γενῶν ἐκείνων εἶναι τῶν μαγικῶν οἵων ὁ ἐν τῷ Στενωπῷ Διάγοντι νεανίσκος ὁ ὑπωχρὸς μνείαν ἐποιήσατο.

Ἀλλ' ἤκουσα σὲ συνοικήσαντα Μυγάλοις, ἦ δ' ὃς ὁ Ῥοών. ποῖοί εἰσιν;

Ὁποιοι; βδελυρώτατοι ὡς ἐπὶ τὸ πολύ. τοιοῦτοι γοῦν ὁ θεῖος ἐμοῦ καὶ ἡ τηθὶς καὶ ὁ ἀνέψιος. εἴθε τρεῖς εἶχον ἀδελφοὺς κἄγωγε μάγους ὄντας.

Πέντε μὲν οὖν. τοῦτ᾽ εἶπεν ὁ Ῥοὼν οὐκ οἶδ᾽ ὅπως σκυθρωπάζων τι. Ἕκτος γὰρ ἐγὼ ἐκ τῶν ἡμετέρων πρὸς Ὑογοήτου εἶμι. ἀλλὰ νὴ Δία ἀνάγκη ἁμιλλᾶσθαι πρὸς αὐτούς. ὁ γὰρ Γουλιέλμος καὶ ὁ Κάρολος ἤδη ἀποίχονται ἀπὸ τοῦ παιδευτηρίου ἐφηβεύσαντες· ἐκεῖνος μὲν γὰρ σχολάρχης ἦν, οὗτος δὲ λοχαγέτης τῆς ἰκαροσφαιρικῆς. καὶ νῦν δὴ ὁ Περσεὺς πρύτανίς ἐστιν. ὁ δ᾽αὖ Φερέδικος καὶ ὁ Γεωργὸς πολλὰ μὲν πράγματα παρέχουσι, βαθμοὺς δ᾽ ὅμως φέρονται παμπόλλους, καὶ πάντες σοφοὺς αὐτοὺς νομίζουσι καὶ πάνυ ψυχαγωγικούς. καὶ πᾶς τις ἐλπίζει με ταὐτὰ εὖ πράξειν τοῖς ἑτέροις. ἀλλ᾽ εἴ γ᾽ ἄρα εὖ πράξαιμι, οὐκ ἀξιόλογον οὐδὲ τοῦτ᾽ ἂν εἴη ἐκείνων φθάσαντων. καὶ οὐκ ἔξεστι δέχεσθαι καινὸν οὐδέν. ὥστ᾽ ἔχω τὸν μὲν τρίβωνα τὸν Γουλιέλμου παλαιὸν διαδεξάμενος, τὴν δὲ ῥάβδον τὴν Καρόλου παλαιάν, τὸν δ᾽ αὖ μῦν τὸν πάλαι τοῦ Περσέως ὄντα.

καὶ ἐκ κόλπου ἔλαβε μῦν παχὺν καὶ σποδοειδῆ. ὁ δ᾽ ἐκάθευδεν.

Ὄνομά ἐστιν αὐτῷ Σκάβρος – τοῦτο γὰρ ἴσον δύναται ῥωμαϊστὶ τῷ Ψωραλέος. ἄχρηστος δ᾽ οὖν ἐστὶν ἅτε οὔποθ᾽ ὡς εἰπεῖν ἐγρηγορώς. ὁ γὰρ πατὴρ τῷ μὲν καλῷ Περσεῖ γλαῦκ᾽ ἐπρίατο πρύτανει γεγενημένῳ, ἐμοὶ δὲ ἔδωκε τὸν Σκάβρον, χρήματα γάρ…

καὶ τότ᾽ ἂν εἶδες αὐτὸν ἐρυθριῶντά τε τὰ ὦτα – ἐλογίζετο γὰρ ὅτι πλείω εἴρηκε τοῦ δέοντος – καὶ ἅμ᾽ ἀτενίζοντα πάλιν διὰ θυρίδος.

Ἄρειος δ᾽ οὐδὲν ἐπετίμα τῷ πατρὶ αὐτοῦ ὅτι γλαῦκ᾽ οὐχ ἱκανός ἦν ὠνεῖσθαι. χρημάτων γὰρ αὐτὸς οὐδέποτε μεταλαβεῖν πρὶν τὰ προσφάτως κεκτημένα κατέσχεν. εἰπὼν οὖν ὅπως οὐ μόνον ἔδει αὐτὸν τὰ σαθρὰ ἱμάτια ἀεὶ φορεῖν ἅπερ ἂν ὁ Δούδλιος ἀπορρίπτοι, ἀλλὰ καὶ οὐδέποτε δῶρα ἐδέξατο τὰ γενέθλια ἄγων, ἐποιήσατο τὸν Ῥοῶνα θαρρεῖν τι.

ἀναλαβὼν δέ Οὐδὲν ἄρα συνῄδη ἐμαυτῷ μάγῳ ὄντι, οὐδ᾽ αὖ ἔμαθον οὐδὲν οὔτε περὶ τῶν γονέων οὔτε περὶ τοῦ Φολιδομορτοῦ…

κεχηνότος δ᾽ ἐκείνου Τί δὲ δή; ἔφη.

Ἀλλὰ τοὔνομα τὸ τοῦ δεῖνα εἶπας, ἦ δ᾽ ὃς ὁ Ῥοών· ἐδόκει γὰρ ἐκπεπλῆχθαι μέν, θαυμάζειν δ᾽ ὅμως. Καὶ γὰρ ἐνόμισα ἂν σέ γε, εἴ τιν᾽ ἄλλον…

ὁ δ᾽ Ἄρειος Ἀλλ᾽ οὐκ ἐθέλω, ἔφη, τὴν ἀνδρείαν προσποιεῖσθαι τοὔνομα λέγων. ἁπλῶς δ᾽ οὐκ ἔμαθον ὅτι οὐ πρέπει. οὔκουν συνίης ὧν λέγω; πολλὰ γὰρ ἔστιν ἃ δεῖ με μαθεῖν. οὐδὲν γὰρ ἂν θαυμάζοιμι εἰ ἀποβήσομαι τέλεον χείριστος ὢν τῶν μετ᾽ ἐμοῦ μαθητῶν. τούτου γὰρ ἕνεκα διὰ μακροῦ ἤδη πάνυ λυπούμενος νῦν δὴ τὸ πρῶτον ὡμολόγησεν.

ὁ δὲ Ῥοών Οὐδαμῶς, ἔφη. πολλοὶ γάρ τοι Μυγαλίων ἐκ γενῶν γενόμενοι ὡς τάχιστα μεμαθήκασιν ἃ δεῖ.

ἐν δ᾽ ᾧ διελέγοντο ἡ ἁμαξοστοιχία ἀπεκόμιζεν αὐτοὺς ἐκτὸς τοῦ Λονδίνου. ἐτάχυνε γὰρ ἤδη παρὰ λειμῶνας ἐν οἷς ἔβοσκον βόες τε πολλοὶ καὶ πρόβατα. καὶ οἱ παῖδες διὰ μακροῦ σιωπῇ διὰ θυρίδος ἔβλεπον πρὸς τούς τε λειμῶνας καὶ τὰς ὁδοὺς κατὰ τάχος παραφερόμενοι.

ἐκ δὲ μεσημβρίας ψόφον ἤκουσαν μέγαν· γυνὴ γάρ τις – γελάσματα δὲ παρεῖχε πολλὰ διὰ τὸ ἄγαν διακεῖσθαι πρὸς τὸ μειδιᾶν – τὸ θύριον ἀνοίξασα Ὦ φίλτατοι, ἔφη, ἆρα χρῄζετε ἐδωδίμου τινὸς ἀπὸ τοῦ ἁμαξίου;

καὶ ὁ μὲν Ἅρειος ὡς οὐκ ἀριστήσας ἀνεπήδησεν εὐθύς, ὁ δὲ Ῥοὼν μάλ᾽ αὖθις ἠρυθριακὼς ἐτονθόρυζέ τι λέγων ὅτι αὐταρκής ἐστι ψωμοὺς ἔχων. ἐκεῖνος δ᾽ εἰς διαδρομὴν ἐξῆλθεν.

διατρίβων μὲν γὰρ παρὰ τοῖς Δουρσλείοις οὐδέποτε χρήματ᾽ εἶχεν εἰς νώγαλα ἀναλώσων. νυνὶ δὲ πολὺ ἔχων ἐν κόλπῳ ἀργύριον τε καὶ χρυσίον, ἱκανὸς ἦν πρίασθαι τόσα πλακία σοκολάτης ὅσ᾽ ἐδύνατο φέρειν. μάλιστ᾽ ἐγλίχετο τῶν πλακίων τῶν ἀπὸ τοῦ Ἄρεως ἐπωνομασμένων, ὧν οἱ νῦν Μάρς καλοῦσιν.

ἀλλὰ ταῦτα μὲν ἐκείνη οὐκ εἶχεν, ὅμως δὲ προὔτεινε τάδε· τούς τε Βερτίου Βότου κυάμους παντογευστοὺς καὶ τὸ Δρούβλου κόμμι τὸ πρὸς πομφόλυγας ἄριστον καὶ τοὺς βατράχους σοκολατίνους καὶ τὰς μάζας κολοκυνθίνας καὶ τοὺς πλακοῦντας λεβητοειδεῖς καὶ τὰς ῥάβδους γλυκορριζίνους καὶ δὴ καὶ πολλὰ καὶ ἄλλα καινὰ ὄντα οἷα οὔπω ἀνὰ τὸν βίον ἑωράκει. φοβούμενος δ᾽ ἀπολείπεσθαί τινων, ἐπρίατο ἐξ ἁπάντων, ἀποδοὺς τῇ γυναικὶ ἕνδεκα ζάγκλας ἀργυρᾶς καὶ ἑπτὰ κονίδας χαλκᾶς.

ὁ δὲ Ῥοὼν ὀξὺ δεδορκὼς πρὸς αὐτὸν πάντα κομίσαντα εἰς τὸ χωρίον καὶ ἐπὶ δίφρου σωρεύσαντα Ἦ πεινᾷς; ἔφη.

ὁ δέ Κοιλογάστωρ μὲν οὖν εἰμί, ἔφη δήξας μέγα τι ἀπὸ μάζης κολοκυνθίνης. ὁ μέντοι Ῥοών σακίδιον λαβὼν ἀνέπτυξεν. ἐνῆσαν δὲ τέτταρες ψωμοί, οἷον οἱ νῦν σαντούϊτς καλοῦσιν. ἕνα δ᾽ ἐξετάσας Αὕτη ἐπιλανθάνεται ἀεί μου οὐ ῥᾳδίως φέροντος τὰ κρέα βόεια ταριχευτά.

Ἆρα θέλεις μεταλαβεῖν τοῦδε ἀντ᾽ ἐκείνου; ἦ δ᾽ ὃς ὁ Ἅρειος μᾶζαν ἀποδείξας. λαβὲ δῆτα...

Ἀλλὰ τοῦτό γε οὐχ ἡδέως ἔχει, σαπρὸν γενόμενον. ἡμεῖς γὰρ πέντε ὄντες ἀπασχολοῦμεν αὐτήν. τοῦτο δ᾽ εἶπεν ὡς πρόφασιν ἐνδιδοὺς τῇ μητρί.

ὁ δ᾽ Ἅρειος Φέρε δή, ἔφη, μᾶζαν λαβέ. πρότερον γὰρ οὐκ εἶχεν οὐδὲν οἷον μεταδιδοίη, οὐδ' αὖ οὐδένα ὅτῳ καὶ διδοίη. ἠγάπα οὖν ἐκεῖ καθήμενός τε μετὰ τοῦ Ῥοῶνος καὶ ἐσθίων μετ' αὐτοῦ τάς τε μάζας ἁπάσας καὶ τοὺς πλακοῦντας ἅπαντας. τοὺς δὲ ψωμοὺς χαίρειν εἴασαν.

Ἀλλ' εἰπέ μοι, τάδε τί ἐστίν; ἔφη, ἀποδεικνὺς τοὺς βατράχους τοὺς σοκολατίνους. οὐ γὰρ δήπου ὡς ἀληθῶς εἰσὶ βάτραχοι; ἐνεννόει γὰρ ὅτι οὐδὲν ἀδύνατον ἄρ' ἔσται.

Οὐδαμῶς, ἔφη ὁ Ῥοών. ἀλλὰ τὸ δελτίον εὑρέ μοι ποῖόν ἐστιν. ἐγὼ γὰρ τὸν Ἀγρίππαν οὐκ ἔχω.

Τί φῄς;

Τόδε γὰρ ἀγνοεῖς δήπου· τοῖς σοκολατίνοις βατράχοις ἔνεστι δελτία τινὰ ἃ οἱ παῖδες ξυλλέγειν σπουδάζουσι, φαρμακέων τε καὶ φαρμακίδων εὐδοκίμων εἰκόνας παρέχοντα. και πεντακόσια μὲν ἔχων οὐ κέκτημαι οὔτε τὸν Ἀγρίππαν οὔτε τὸν Πτολεμαῖον.

ὁ δ' Ἄρειος ἀναπτύξας τὸν σοκολάτινον βάτραχον τὸ δελτίον ἔλαβεν. ηὑρέθη δὲ τοῦτο δεικνὺν τὸ πρόσωπον ἀνδρός τινος. οὗτος δὲ δίοπτρα ἐφόρει μηνοειδῆ, τὰς δὲ ῥῖνας μεγάλας καὶ καμπύλας εἶχε, καὶ πολιὸν καὶ ταναὸν τόν τε πλόκαμον καὶ τὸν πώγωνα καὶ τὸν μύστακα. καὶ ὑπὸ τῇ γραφῇ ἦν τόδε τοὔνομα· Ἄλβος Διμπλόδωρος.

Τοιοῦτός ἐστιν ἄρ' ὁ Διμπλόδωρος, ἦδ' ὃς ὁ Ἄρειος.

Ἆρ' οὐκ οἶσθα τὸν πάνυ Διμπλόδωρον; ἦ ἔστι μοι βάτραχον λαβεῖν; τάχα τὸν Ἀγρίππαν εὑρήσω. χάριν οἶδα...

ὁ δ' Ἄρειος ἀναστρέψας τὸ ἑαυτοῦ δελτίον ἀνεγίγνωσκε τάδε·

> Ἄλβος Διμπλόδωρος, Ἀρχηγὸς ὢν τὸ νῦν ἐν Ὑογοήτου. πολλοὶ ἡγοῦνται τὸν Διμπλόδωρον μέγιστον εἶναι τῶν ἐφ' ἡμῶν φαρμακέων, εὐδοκιμοῦντα δι' ἄλλα τε καὶ ὅτι ἐνίκησέ τε τὸν μάγον Γρινδελούαλδον τὸν καταχθόνιον τῷ ἔτει χιλιοστῷ ἐνακοσιοστῷ τετταρακοστῷ πέμπτῳ, καὶ ὅτι ἐξηῦρε τὰς δώδεκα χρείας τὰς τοῦ δρακοντείου αἵματος, καὶ ὅτι δὴ καὶ περὶ τῆς χρυσοποιίας πόλλ' ἔπραξε μετὰ τοῦ συνέργου Νικολάου Φλαμήλου. ὁ σοφιστὴς Διμπλόδωρος ἥδεται τῇ τε μουσικῇ τῇ δωματίου καὶ τῇ σφαιροβολίᾳ.

σφαιροβολίαν γὰρ καλοῦσιν οἱ νῦν ἢ βοούλιγκ παιδιάν τινα ᾗ οἱ ἀγωνιζόμενοι ἐπιχειροῦσι δέκα καταρρῖψαι κορύνας φιαλοειδεῖς σφαίρᾳ χρώμενοι μεγάλῃ καὶ βαρείᾳ.

ἀναστρέψας δ' αὖθις τὸ δελτίον, ἐθαύμασε τῆς ὄψεως τῆς τοῦ Διμπλοδώρου κομιδῇ ἠφανισμένης.

Οἴχεται δή.

ἐκεῖνος δέ Οὔκουν, ἔφη, ἐδόξαζες αὐτὸν περιμενεῖν δι' ὅλην τὴν ἡμέραν; ἀλλ' ἐπάνεισιν. οἴμοι· τὴν γὰρ Μοργάναν αὖθις αὖ ἔχω, κεκτημένος ἤδη αὐτὴν ὡς ἑξάκις. ἦ σοὶ παραδῶ; ἔστι γάρ σοι τοὐνθένδε ξυλλέγειν αὐτά.

καὶ παρέβλεπε θατέρῳ ὀφθαλμῷ πρὸς τὸν σωρὸν βατράχων σοκολατίνων οὔπω ἀνεπτυγμένων.

ὁ δ' Ἄρειος Λαβέ, ἔφη, ὅ τι ἂν βούλῃ. ἀλλὰ παρὰ τοῖς γε Μυγάλοις, οἱ ἐν φωτογραφίαις ἀκινητὶ μένουσιν ἀεί.

Τί δέ; ἦ καὶ λέγεις ὅτι οὐ κινοῦνται οὐδέν; βαβαὶ τῆς καινότητος.

καὶ ἀτενίζοντος τοῦ Ἀρείου, ὁ Διμπλόδωρος εἰς τὸν εἰκόνα ὑπελθὼν ἠρέμ' ἐμείδησε. ἀλλ' ὁ μὲν Ῥοὼν μᾶλλον ἐσπούδαζε φαγεῖν τοὺς βατράχους ἢ ἐξετάσαι τὰ δελτία τὰ φαρμακέων τε καὶ φαρμακίδων εἰκόνας ἔχοντα. ὁ δ' Ἄρειος ἀτενέσι τοῖς ὀφθαλμοῖς πρὸς αὐτὰ ὀξὺ ἐδεδόρκει. καὶ δι' ὀλίγου ἐκέκτητο οὐ μόνον τόν τε Διμπλόδωρον καὶ τὴν Μοργάναν, ἀλλὰ καὶ τὸν Ἔγγιστον τὸν Ὑλέτην, καὶ τὸν Ἀλβερικὸν Γρυννιῶνα, καὶ τὴν Κίρκην καὶ τὸν Παράκελσον καὶ δὴ καὶ τὸν Μερλῖνα. τέλος δὲ μόλις παραμελήσας τῆς δρυΐδος Κλιόδνης – εἶδε γὰρ αὐτὴν τὰς ῥῖνας δακτύλῳ κνωμένην – ἀνέῳξε σακίον τῶν Βερτίου Βότου κυάμων τῶν παντογευστῶν.

Δεῖ σε πάνυ εὐλαβεῖσθαι τούτους κατατρώγοντα, ἔφη ὁ Ῥοών. οὐ μὲν γὰρ λόγῳ μόνον παντογευστοί εἰσιν, ἀλλὰ καὶ ἔργῳ εὑρήσεις κομιδῇ παντογευστοὺς ὑπάρχειν. καὶ γὰρ οὐ μόνον σὺ γεύσῃ ὡς ἔθος τῶν μετρίων καθάπερ τῆς σοκολάτης ἢ τῆς μίνθης ἢ τῆς παλάθης, ἀλλὰ καὶ τυχὸν ἢ τῆς ἀτραφάξυος ἢ τοῦ ἥπατος ἢ τῶν ἐντοσθιδίων. καὶ ὁ Γεωργὸς πείθεται δὴ ὡς ἐγεύσατό ποτε τῆς μύξης.

κύαμον δὲ χλωρὸν λαβὼν καὶ ἀκριβῶς ἀποβλέψας πρὸς αὐτὸν ἔδηξέ τι.

Αἰβοῖ, ἔφη γευσάμενος. ἦ λαχανάκια Βρυξέλλων;

καὶ τρώγοντες ἠγάπων τοὺς παντογευστοὺς κυάμους. καὶ ὁ μὲν Ἄρειος ἐγεύσατο φρυγανίων τε καὶ κοκοφοίνικος καὶ φασιόλων καμινίτων καὶ φραούλων καὶ καρύκης Ἰνδικῆς καὶ δὴ καὶ πεπέρεως. τοῦτο γὰρ ἐν κυάμῳ φαιῷ ἦν οἷον ὅ γε Ῥοὼν οὐκ ἔφη ἑκὼν ἔδεσθαι.

καὶ ἤδη ἡ χώρα τοῖς διὰ θυρίδος βλέπουσιν ἀγριωτέρα ἐφαίνετο· λειμῶνας μὲν γὰρ κοσμίους οὐκέτι ἦν ἰδεῖν, ὕλας δὲ μᾶλλον καὶ ποταμοὺς σκολιοὺς καὶ λόφους χλοερούς.

κρούσαντος δέ τινος ἐπὶ τὸ τοῦ χωρίου θύριον, εἰσῆλθεν ὁ νεανίσκος ὁ τὴν ὄψιν ἔχων σφαιροειδῆ ἐκεῖνος ὃν ὁ Ἄρειος ἐπὶ τῆς ἀποβάθρας εἶδεν τῆς ἐννέα καὶ τὰ τρία τέταρτα.

καὶ οὗτος ὅσον οὐ δακρυρροῶν, ὡς ἐδόκει, Ξύγγνωθί μοι, ἔφη. ἆρ᾽ εἴδετέ που φρύνην τινά;

ἀνανευσάντων δ᾽ αὐτῶν, δακρύων Ἀπώλεσ᾽ αὐτόν, ἔφη· ἀεὶ γὰρ ἐκδιδράσκει ἀπ᾽ ἐμοῦ.

Ἀλλ᾽ ἀνακύψει πάλιν, ἦ δ᾽ ὃς ὁ Ἄρειος.

ἐκεῖνος δ᾽ ἀπορῶν ἔτι Πάνυ γε, ἔφη. ἀλλ᾽ ἐὰν ἴδητε αὐτόν...

ἀπελθόντος δ᾽ αὐτοῦ ὁ Ῥοών Οὐκ ἐπίσταμαι, ἔφη, διὰ τί τοσαύτης δεῖ πραγματείας. εἰ γὰρ ἔγωγε φρύνην ἤνεγκον, ἀπώλεσ᾽ ἂν αὐτὴν ὡς ἐδυνάμην τάχιστα. οὐ μὴν οὐδὲ πρέπει μοι μωμᾶσθαι ὅς γε τὸν Σκαβρὸν ἐνήνοχα.

ὁ δὲ μῦς ἔτι ἐκάθευδεν ἐν τοῖς τοῦ Ῥοῶνος γόνασι κείμενος.

Εἰ δ᾽ ἔτυχε τεθνηκὼς οὐδὲν διέφερεν ἄν. τοῦτο δ᾽ ἔλεγεν ἀηδῶν τι. Ἐπεχείρησα μὲν γὰρ χθὲς μεταβαλεῖν αὐτὸν εἴ πως πυρρὸς γενόμενος χαριέστερος τάχ᾽ ἂν δοκοίη. ἡ δ᾽ ἐπῳδὴ εἰς τοσοῦτο οὐκ ἦν ἰσχυρά. διδάξω γάρ· ἰδού...

καὶ εὐθὺς ζητήσας τι ἐν τῇ κιβωτῷ, ἀπέδειξε ῥάβδον ἀρχαίαν τε καὶ σαθράν. ἐφαίνετο δ᾽ εἰκῇ περικεκομμένην καὶ λευκόν τι ἐξ ἀκμῆς ἔστιλβεν.

Ἡ δὲ θρὶξ ἡ τοῦ μονοκέρεως ἵππου μονονουχὶ προκύπτει. ἀλλ᾽ οὐδὲν διάφερει.

καὶ τὴν ῥάβδον σχεδόν τι χερσὶ λαβὼν κατώρθου, καὶ πάλιν ἀνέῳξέ τις τὸ τοῦ χωρίου θύριον.

ὁ γὰρ νεανίσκος ὁ ἄφρυνος ἐπανῆλθεν αὖθις παρθένον τότ᾽ ἄγων μετ᾽ αὐτοῦ. ἡ δὲ τὸν τρίβωνα ἐφόρει ἤδη τὸν Ὑογοητικὸν νέον ὄντα. φωνὴν δ᾽ ἀκούσας αὐτῆς, ἐνομίσας ἂν δέσποινάν τινα πρὸς ὑπηκόους λέγειν. κόμην δ᾽ εἶχε πλουσίαν ξανθήν τ᾽ οὖσαν, καὶ ὀδόντας μεγάλους καὶ προὔχοντάς τι.

Ἦ που φρύνην, ἔφη, ἑώρακέ τις; Νεφελώδης γὰρ ἀπώλεσε τὴν ἑαυτοῦ.

καὶ ὁ μὲν Ῥοών Εἴπομεν δ᾽ ἤδη, ἔφη, ὅτι οὐχ ἑωράκαμεν. ἡ δὲ παρθένος οὐκ ἤκουε, πρὸς τὴν ῥάβδον ἀτενῶς βλέπουσα ἣν χερσὶν εἶχεν ὁ Ῥοών.

Ἆρα μαγγανεύεις τι; ἐπιτρεπτέον οὖν ἡμῖν θεωρεῖν.

καὶ ἡ μὲν ἐκάθισεν, ὁ δὲ Ῥοὼν ἅμ᾽ ἀπορεῖν ἐδόκει.

Πῶς δ᾽ οὔκ; ἔφη γρύζων τι.

> ὦ χρυσέ᾽ ἄνθη καὶ σύ, φέγγος ἡλίου·
> βούτυρον ὦ πῖον σύ. μῦν κιρρὸν θέτε,
> πάχιστον ὄντα κἀφρονέστατον πολύ.

καὶ ἐτίναξε μὲν ἅμα τὴν ῥάβδον. ὁ δὲ Σκαβρὸς οὐδὲν μεταβληθεὶς ἐκάθευδε τέως, φαιὸν ἔτι σῴζων τὸ χρῶμα.

ἡ δὲ παρθένος Ἆρ' ὡς ἀληθῶς, ἔφη, ἐπῳδὴ τοῦτο; οὐδεμία γὰρ δοκεῖν ἐμοὶ τῶν χρησίμων. ἐγὼ γὰρ γυμναζομένη ὀλίγα ἐπῇδον, καὶ τὰ πάντα κατὰ γνώμην ἀπέβη. ἀλλ' οὐδεὶς παρ' ἡμῖν μαγικός ἐστιν, ὥστε πάνυ ἐξ ἀπροσδοκήτου τὴν ἐπιστολὴν ἔλαβον ἐμήν. ἀλλ' εἰκότως μάλ' ἥσθην ὄντος τοῦ παιδευτηρίου τούτου βελτίστου ἐξ ἁπάντων – οἶδα γὰρ ἐξ ἀκοῆς. καὶ πάνυ ἀκριβῶς ἐκμεμάθηκα ἤδη τὰ βιβλία τὰ ῥητὰ ὡς εἰκός· ἐξαρκείτω δὴ ταῦτα. τοὔνομα γάρ μοι Ἑρμιόνη Γέρανος· σὺ δὲ τίς εἶ;

καὶ πάντ' ἐν ἀκαρεῖ ἐλάλησε ταῦτα ταχύγλωττος οὖσα.

ὁ δ' Ἅρειος πρὸς τὸν Ῥοῶνα βλέψας μάλ' ἥδετο αἰσθόμενος αὐτοῦ ὡσαύτως καταπεπληγμένου ὅς γε οὐκ ἐκμεμάθηκεν αὐτὸς τὰ ῥητὰ βιβλία.

καὶ ὁ Ῥοών Ἐγώ εἰμι Ῥοὼν Εὐισήλιος, ἔφη, τονθορύζων τι.

ὁ δ' Ἅρειος, ἔφη, Ποτήρ.

ἐκείνη δέ Ἦ ὀρθῶς λέγεις; ἔφη. πάντα γὰρ μεμάθηκα ὡς εἰκὸς περὶ τὸ σόν. ἔνια γὰρ κέκτημαι βιβλία πρὸς τοῖς ῥητοῖς, καὶ σὺ θρυλούμενος ἀναγέγραψαι ἔν τε τῇ ξυγγραφῇ μαγικῇ τῇ καθ' ἡμᾶς κἂν τῇ ἀνατολῇ καὶ φθίσει τῶν σκοτεινῶν δογμάτων κἂν τῷ βιβλίῳ τῷ περὶ τῶν μαγικῶν γεγενημένων τῶν τοῦ ἡμετέρου αἰῶνος μεγάλων.

ὁ δ' Ἅρειος καταπεπληγμένος Ἀληθές, ἔφη.

ἐκείνη δὲ Οὔκουν ᾔδησθα; ἔφη. εἴπερ γὰρ ἦν τοῦτο πρὸς τὸ ἐπ' ἐμέ, ἐξηρεύνησ' ἂν τὰ πάντα. ἆρ' ἑκάτερος ὑμῶν οἶδεν εἰς ποίαν οἰκίαν συντελεῖ; πολλὰ δ' ἐρομένη, βούλομαι τελεῖν εἰς τοὺς Γρυφινδώρους, πολλῷ ἀριστεύοντας, ὡς φαίνεται. ὁ γὰρ πάνυ Διμπλόδωρος μετ' αὐτῶν ἐτέλει. καὶ δὴ τῶν Ῥαφηγχλώρων γέγονα· τοῦτό μοι ἀρκοίη ἂν δήπου. ζητητέον δ' οὖν τὴν τοῦ Νεφελώδους φρύνην. ἀλλὰ δεῖ ὑμᾶς ἐσθῆτ' ἐξαλλάξαι, ἐπεὶ δι' ὀλίγου ἀφιξόμεθα ἐκεῖσε, ὡς ἔοικεν.

καὶ ἀπῆλθεν ἄγουσα τὸ μειράκιον τὸ ἄφρυνον.

ὁ δὲ Ῥοών Ὁποίαν ἄν, ἔφη, εἰς οἰκίαν τύχω τελῶν, μὴ παρέστω ἐκείνη. καὶ τὴν ῥάβδον πάλιν εἰς τὴν κιβωτὸν βαλών, Ἀμαθὴς ἡ ἐπῳδή, ἔφη· ὁ γὰρ Γεωργὸς δῆλον ὅτι ἔδωκέ μοι εἰδὼς ἄχρηστον οὖσαν.

ὁ δ' Ἅρειος Εἰς ποίαν οἰκίαν οἱ ἀδελφοί;

Γρυφίνδωροί εἰσιν. ἐδόκει δ' ἀθυμεῖν μάλ' αὖθις. Ἦσαν δὲ καὶ ἡ μήτηρ καὶ ὁ πατήρ. ἀλλὰ μὰ Δί' οὐκ οἶδα τί δὴ ἐροῦσιν, ἐὰν μὴ γένωμαι Γρυφινδωρεύς. οἴομαι δ' οὖν τῶν Ῥαφηγχλώρων γενέσθαι ἀρκέσειν ἄν μοί που, οὐδαμῶς δ' ἀνεκτὸν ἂν εἴη, εἰ εἰς τοὺς Σλυθηρίνους τελέσαιμι.

Οὔκουν ἐν τούτοις ἦν ὁ Φολ-, ἢ μᾶλλον ὁ δεῖνα, ὡς ὤφελον εἰπεῖν;

ὁ δὲ Ῥοὼν τοῦθ' ὁμολογήσας πάλιν ἐκάθισεν εἰκῇ πρὸς τὴν ἕδραν, μάλιστ' ἔτι ἀθυμῶν ὡς ἐδόκει.

ὁ δ' Ἄρειος Ἀμέλει τὰ ἄκρα τριχίνια τὰ τῶν τοῦ Σκαβροῦ παρηΐδων ὀλίγῳ λευκότερα γενέσθαι ἔμοιγε δοκεῖ. παρεμυθεῖτο γὰρ τὸν Ῥοῶνα θέλων αὐτὸν ἧττον τὸν νοῦν ταῖς οἰκίαις προσέχειν. Ἀλλ' εἰπέ μοι, τί ποιοῦσιν ἁδελφοὶ ἐκεῖνοι οἵ γε ἀποίχονται ἀπὸ τοῦ παιδευτηρίου; ἐσκοπεῖτο γὰρ πρὸς ἑαυτὸν οὐκ εἰδὼς ὁποίαν τέχνην ἀσκοῦσιν οἱ μάγοι διαπεπαιδευμένοι.

Ἀλλ' ἀποδημοῦσιν ἀμφότεροι· ὁ μὲν γὰρ Κάρολος ἐν Ῥουμανίᾳ φιλοσοφεῖ, περὶ τοὺς δράκοντας ὤν· ὁ δὲ Γουλιέλμος ἐν τοῖς Αἰθίοψιν ἐπιμελεῖταί τι ὑπὲρ τοῦ Γριγγώτου. οὔκουν ἤκουσας περὶ τὰ πράγματα τὰ ἐν Γριγγώτου γενόμενα; ἔστι γὰρ πολλὰ ἀναγνῶναι περὶ ταῦτα ἐν τῷ Καθημερίνῳ Μάντει· ἀλλ' οὐκ ἂν εἶδες δήπου ταύτην τὴν ἐφημερίδα παρὰ Μυγάλοις διατρίβων. ἐπειράθη γάρ τις λῃστεῦσαι κατώρυχα ἄβατόν περ οὖσαν καὶ δυσπρόσοδον.

ὁ δ' Ἄρειος κηχηνώς Ἄληθες; τί γέγονεν;

Οὐδέν. διὰ τοῦτο γὰρ μέγα καὶ περιβόητον τὸ ἔργον. οὐ γὰρ ἑάλω ὁ ἐργασάμενος. ὁ δὲ πατὴρ λέγει ὅτι μάγος ἂν εἴη δυνατὸς καὶ ἀποχθόνιος δὴ ὁ εἰσελθὼν εἰς Γριγγώτου, καίτοι, τὸ ἀτοπώτατον, οὐδὲν ἄρ' ἐκκλέψας. καὶ εἴ ποτε γίγνεται τοιοῦτόν τι, πάντες εἰκότως φοβοῦνται μή πως ὁ δεῖνα αἴτιος ᾖ.

Ἄρειος δὲ ταῦτ' ἐνθυμούμενος τὸ πρῶτον συνῄδει ἑαυτῷ ὀρρωδοῦντί που ὅποτε τις μνείαν περὶ τὸν δεῖνα ποιοίη. τοῦτο δ' ἐνόμιζε γενέσθαι αὐτῷ ἅτε πλέον μετέχοντι ἤδη τῆς μαγικῆς, πλὴν ἀλλ' ἥδιον ἦν λέγειν ἁπλῶς τὸ Φολιδομορτός.

ἐνταῦθα ὁ Ῥοών Τίνι λόχῳ, ἔφη, συνεῖ σὺ πρὸς τὴν ἰκαροσφαιρικήν;

ἀπορῶν δέ τι ὁ Ἄρειος οὐκ ἔφη εἰδέναι λόχον οὐδένα.

Τί δὲ δή; ὁ γὰρ Ῥοὼν πάνυ πεπλῆχθαι δοκῶν Ἀλλὰ πάντων ἐστίν, ἔφη, τῶν ἐν τῇ οἰκουμένῃ ἀγώνων βέλτιστος. καὶ εὐθὺς ἤρξατο διεξιὼν τὰ τῆς ἰκαροσφαιρικῆς· περὶ τάς τε σφαίρας τέτταρας οὔσας, καὶ τοὺς παίζοντας ἑπτὰ καὶ τὰς θέσεις αὐτῶν. διεξῆλθε δὲ καὶ ἐνίους τῶν πάλαι ἀγώνων πρὸς οὓς ἐφοίτησε μετὰ τῶν ἀδελφῶν, καὶ τὸ σάρον ὃ βούλοιτ' ἂν ἀγοράσαι εἴ ποτ' ἀργυρίου ἔχοι.

καὶ ἔτι καθ' ἕκαστα ἠκριβολογεῖτο καὶ ἀνέῳξέ τις τὸ θύριον μάλ' αὖθις. τότε δὲ οὐκ ἂν εἶδες οὔτε τὸν Νεφελώδη τὸν ἄφρυνον οὔτε τὴν Ἑρμιόνην.

τριῶν γὰρ νεανίσκων εἰσελθόντων, ὁ Ἄρειος εὐθὺς ἐγνώρισε τὸν μεταξὺ τῶν ἑτέρων ὄντα ἐκεῖνον τὸν ὕπωχρον τὸν ἀπὸ τοῦ τῆς Μαλκίονος τριβωνοπωλείου. ὁ δὲ νῦν ἔβλεπε πρὸς τὸν Ἄρειον πολλῷ σπουδαιότερον ἢ τότε ἐν τῷ Στενωπῷ Διάγοντι.

Ἄληθες; ἔφη. πάντες γὰρ οἱ κατὰ τὴν ἁμαξοστοιχίαν λέγουσιν ὅτι ὁ Ἄρειος Ποτὴρ πάρεστιν ἐν τούτῳ τῷ χωρίῳ. εἶτα σὺ ἐκεῖνος;

ὡμολόγησεν οὖν, δεδορκὼς τέως πρὸς τοὺς ἑτέρους νεανίσκους, εὐπαγεῖς ὄντας καὶ δριμὺ βλέποντας. οἱ δ᾽ ὥσπερ διττοὶ δορύφοροι παρίσταντο ἑκατέρωθεν αὐτοῦ.

ὁ δ᾽ ὕπωχρος – συνῄδει γὰρ τῷ Ἀρείῳ ἀτενίζοντι εἰς αὐτούς – Ὁ μὲν ἕτερος, ἔφη, Κάρκινος ὀνομάζεται, ὁ δ᾽ ἕτερος Κέρκωψ· καὶ τοὔνομά ἐστί μοι Δράκων Μάλθακος.

ὁ δὲ Ῥοὼν θέλων τάχα ἀνακαγχάσαι ἔβηξέ τι. καὶ ὁ Δράκων ὀξὺ βλέψας πρὸς αὐτόν,

Ἆρα τοὔνομά μου, ἔφη, κινεῖ σε γελᾶν; ἀλλ᾽ οὐ δεῖ ἐρωτᾶν τίς εἶ σύ. ὁ γὰρ πατὴρ εἶπέ μοι ὅτι ἅπαντες οἱ Εὐισήλιοι πυρρότριχές τ᾽ εἰσὶ καὶ φακώδεις καὶ δὴ καὶ γεννῶσιν ἀεὶ πλείω τέκνα ἢ ἱκανοί εἰσιν ἐκτρέφειν χρημάτων οὐκ ἔχοντες ἅδην.

καὶ πρὸς τὸν Ἄρειον ἀναστρεψάμενος Μετ᾽ οὐ πολύ, ἔφη, σύ γε μαθήσῃ ὅτι ἔνια τῶν μαγικῶν γενῶν πολλῷ ἀμείνω ἐστὶ τῶν ἄλλων, ὦ Ποτέρ. οὔκουν λυσιτελεῖ σοι ἐπιμίσγεσθαι εἰς φιλίαν τοῖς κακοῖς. ἀλλ᾽ ἐγὼ οἷός τ᾽ εἰμὶ ὑπουργεῖν σοι.

καὶ ἐξέτεινε τὴν χεῖρα ὡς ἀντιδεξιωσόμενος τὸν Ἄρειον· ὁ δ᾽ οὐκ ἔλαβεν, εἶπε δέ πάνυ ἀτάρακτος δοκῶν·

Κάλλιστ᾽ ἐπαινῶ. ἐπίσταμαι γὰρ αὐτὸς διακρίνειν τοὺς κακούς.

ὁ δὲ Δράκων ἠρυθρίασε μὲν οὔκ, ὤχραν δ᾽ ἂν εἶδες τὴν παρηΐδα αὐτοῦ ὑπέρυθρόν τι γενέσθαι.

Ἂν ἐμοί, ἔφη, ὦ Ποτέρ, σὺ χρῆσθαι θέλῃς συμβούλῳ, πρὸς τὸ συμφέρον ἔσται εὐλαβεῖσθαι ἐν τοῖς μάλιστα. ἂν δὲ μὴ κοσμιώτερον σεαυτὸν παρέχῃς, κινδυνεύσεις ταὐτὰ παθεῖν τοῖς γονεῦσιν, οὐ συνειδόσι τὸ συμφέρον σφισὶ τί δή ἐστιν. εἰ δ᾽ αὖ ὁμιλήσεις τοῖς τ᾽ Εὐισηλίοις καὶ τῷ Ἀγριώδει καὶ τοῖς τοιούτοις μιαρωτάτοις, καὶ σὺ τάχιστα μιανθήσῃ.

καὶ ταῦτ᾽ ἀκούσαντες ἀνέστησαν καὶ ὁ Ἄρειος καὶ ὁ Ῥοών. οὗτος δὲ τὴν ὄψιν παρεῖχεν οὐχ ἧττον ἐρυθρὰν τῶν τριχῶν.

Τί φῄς;

ὁ δὲ Δράκων κερτομῶν Μῶν ἐν νῷ ἔχετε μάχεσθαι ἡμῖν;

Ἄρειος μέντοι Εἴ γε μή, ἔφη, νῦν δὴ ἔξιτε, ἐοικὼς μὲν ἀνδρείῳ τινί, ἔργῳ δὲ πάνυ δεδιώς, ἰδὼν τόν τε Κάρκινον καὶ τὸν Κέρκοπα ὅσῳ μείζους ἦσαν αὐτοῦ καὶ τοῦ Ῥοῶνος.

Ἀλλ᾽ οὐκ ἀρεσκόντως ἔχει ἡμῖν ἐξιέναι. ἆρ᾽ οὐκ ὀρθῶς λέγω, ὦ ἑταῖροι; ἡμεῖς μὲν γὰρ τὰ ἡμέτερα πάντ᾽ ἐφάγομεν, ὑμῖν δ᾽ ἔτ᾽ ἐστὶν οὐκ ὀλίγα.

καὶ ὁ Κέρκωψ ταῖς χερσὶν ἤδη τῶν βατράχων ὠρέγετο τῶν σοκολατίνων τῶν παρὰ τὸν Ῥοῶνα. τὸν δ᾽ ἀναπηδῶντ᾽ ἔφθασε λιγὺ βοῶν καίπερ οὔπω πλαγείς.

Σκαβρὸν γὰρ εἶδες ἂν τὸν μῦν δήξαντα τὸν κόνδυλον αὐτῷ, καὶ τοῦ δακτύλου συνεχῶς ἐκκεκραμένον τοῖς ὀδοῦσι μικροῖς μὲν οὖσιν ὀξέσι δ᾽ ὡς σφόδρα. καὶ ἐκείνου τὸν μῦν ἄνω καὶ κάτω στροβοῦντος καὶ μεγάλῃ τῇ φωνῇ βοῶντος, ἀνεχώρουν ὁ Κάρκινος καὶ ὁ Δράκων. καὶ ἐπειδὴ τέλος ὁ Σκαβρὸς ἔκρουσε τὴν θυρίδα ἀποπτάμενος, οἱ τρεῖς ἅπαντες ἐνθένδε φροῦδοι ἦσαν. οὐ γὰρ σαφὲς πότερον τάχ᾽ ἐνόμισαν πλείους ἐν τοῖς νωγάλοις μύας ἐνεδρεύειν, ἤ τινος ἤκουσαν προσβαίνοντος. εἰσῆλθε δ᾽ οὖν ἡ Ἑρμιόνη μετ᾽ οὐ πολύ.

Πρὸς τῶν Χαρίτων, ἔφη, τί χρῆμα γέγονε; κατεῖδε γὰρ καὶ τὰ νώγαλα τὰ κατ᾽ ἔδαφος διεσκαδασμένα καὶ τὸν Ῥοῶνα· ὁ δ᾽ ἀναλαβὼν τὸν Σκαβρὸν τοῦ κέρκου εἶχεν.

ἐκεῖνος δὲ τῷ Ἀρείῳ Λιποψυχεῖ, ἔφη, οἶμαι. ἀκριβέστερον δὲ διασκεψάμενος Μὰ Δί᾽ οὔχ· ὕπνῳ γὰρ πάλιν νενίκηται δήπου. καὶ τοῦθ᾽ ὡς ἀληθῶς ἔπαθεν.

Εἶτα σὺ τῷ Δράκοντι ἔμπροσθεν συνέτυχες;

διεξῆλθεν οὖν Ἄρειος τὰ τοῦ Στενωποῦ Διάγοντος.

ὁ δὲ Ῥοὼν Ἐγὼ γὰρ ξύνοιδα περὶ τοῦ γένους αὐτοῦ ἀκούσας τι. ἐπειδὴ ὁ δεῖνα ἠφάνιστο, οὗτοι ἐν πρώτοις ἦσαν τῶν ὀπίσω χωρούντων πρὸς τὸ ἡμέτερον, φάσκοντες κηληθῆναι δή. ὁ δὲ πατήρ μου ἅτε οὐ πεποιθὼς αὐτοῖς λέγει ὅτι ὁ τοῦ Δράκοντος πατὴρ προφάσεως οὐκ ἐδεῖτο μεθιστάμενος εἰς τοὺς καταχθονίους. ἔπειτα δὲ στρεψάμενος πρὸς τὴν Ἑρμιόνην Ἦ που πάρεστιν ἡμῖν, ἔφη, ὠφελεῖν σε;

ἡ δὲ Προσήκει μὲν οὖν ὑμῖν τοὺς τρίβωνας κατὰ σπουδὴν ἐνδῦναι. ἐπειδὴ γὰρ ἄρτι κατάσκοπος ἐγὼ εἰς τὸ προσθὲν τῆς ἁμαξοστοιχίας ἐλθοῦσα ἠρόμην τὸν ἐπιστάτην. χοὖτος εἶπεν ὅτι δι᾽ ὀλίγου ἀφιξόμεθα. εἶέν. ἆρα μὴ ἐμάχεσθε; πράγματα γὰρ ἔχοιτ᾽ ἂν πολλὰ πρὶν ἀφικέσθαι.

Ὁ μὲν οὖν Σκαβρὸς ἐμάχετο, ἡμεῖς δ᾽ οὔ. ταῦτ᾽ εἶπεν ὁ Ῥοὼν ὅς γ᾽ ἤχθετό τι αὐτῇ. Ἦ ἔργον ἐστὶ σοί, ἔφη, ἔρρειν; ἡμᾶς γὰρ χρὴ ἐξαλλάξαι τὴν ἐσθῆτα.

Οὐκ ἔστιν· ἀλλὰ διὰ τοῦτο μόνον εἰσῆλθον διότι οἱ ἔξω νεανιεύονται, ὧδε καὶ ἐκεῖσε τρέχοντες ἐν ταῖς διαδρομαῖς ὡσεὶ δίαυλον ἁμιλλώμενοι πρὸς ἀλλήλους. ἦ που ξύνοισθα μέλαν τι ἐπὶ ῥινῶν ἔχων;

καὶ ὁ μὲν ὀξὺ ἐδεδόρκει πρὸς αὐτὴν ἀπιοῦσαν, ὁ δ' Ἅρειος διὰ θυρίδος ἐθεώρει τὰ ἔξωθεν σκότια ἤδη γιγνόμενα· τῆς γὰρ νυκτὸς ἐπιούσης τὸ φοινικόβαπτον τῶν ὀρῶν καὶ τῶν ὑλῶν ἦν θαυμάζειν. καὶ ἐντεῦθεν ἡ ἁμαξοστοιχία ἐδόκει τῷ ὄντι βραδύτερον κινεῖσθαι. οἱ οὖν παῖδες τὰς ἐφεστρίδας ἐκδυσάμενοι περιεβάλοντο τοὺς τρίβωνας. ὁ δὲ τοῦ Ῥοῶνος οὕτω βραχὺς ἦν ὥστε τὰ ὑποδήματα γυμνοῦσθαι τὰ Νικαῖα.

καὶ μετ' ὀλίγον ἤκουσαν τοιόνδε τι βρέμον κατὰ τὸ τρένο· Ἀκούετε λεῴ. αὐτίκα εἰς Ὑογοήτου ἀφιξόμεθα. λιπεῖν τὰ σκεύη ἐν τρένο· ἄλλως γὰρ κομισθήσεται ταῦτα εἰς παιδευτήριον.

ταῦτα δ' ἔκπληξιν παρεῖχε τῷ θ' Ἁρείῳ καὶ τῷ Ῥοῶνι ὑπώχρῳ γενομένῳ καίπερ εἰς τοσοῦτο φακώδει πεφυκότι. τοὺς δ' οὖν κόλπους πληρώσαντες τοῖς τῶν νωγάλων λειψάνοις, ὡμίλουν μετὰ τῶν πολλῶν ἤδη ἐν τῇ διαδρομῇ ἀθροιζομένων.

τὴν δ' ἁμαξοστοιχίαν εἶδες ἂν τότε μὲν ἔτι κινουμένην ἀλλὰ βραδέως, τότε δὲ κομιδῇ στάσιμον γενομένην. πάντες δ' ὠστιζόμενοι ἀλλήλοις καὶ εἰς θύριον κατ' ὀλίγον ἐπελθόντες εἰς ἀποβάθραν σκοταῖοι ἀπέβησαν μικράν. ὁ δ' Ἅρειος πρῶτον μὲν πάνυ ἐρρίγει διὰ τὸ τῆς νυκτὸς ψυχρόν, ἔπειτα δὲ λαμπάδ' ἰδὼν ὑπὲρ τῶν ἐκβαινόντων ἀνεχομένην, φωνὴν ἔγνω ἀκούσας οἰκείου τινὸς λέγοντος ὅτι Ὦ πρωτόπειροι, δεῦρ' ἔλθετε, ὦ πάντες πρωτόπειροι· ἦ καλῶς ἔχεις σύ, ὦ Ἅρειε;

καὶ ὑπὲρ τῶν μυρίων κεφαλῶν κατεῖδε τὴν τοῦ Ἁγριώδους ὄψιν ἤδη γελῶντος.

ὁ δέ Ἄγε δή, ἔφη. ἕπεσθέ μοι. ἆρα πάντες πάρεισιν οἱ πρωτόπειροι; βαδίζετε δῆτα μετ' εὐλαβείας. ὦ πρωτόπειροι, ἕπεσθέ μοι.

καὶ οὗτοι πολλοῖς ξὺν πταίσμασι καὶ σφάλμασιν εἵποντ' ἐκείνῳ κατ' ἀτραπόν τινα ἄγοντι στενήν τε καὶ ἀπόκρημνον, ὡς ἐδόκει αὐτοῖς σκοταίοις προσιοῦσιν. ὁ δ' Ἅρειος διὰ τὸ κνέφας μόλις εἴκασε δένδρα πόλλ' εἶναι ἑκατέρωθεν. καὶ τῶν πολλῶν ἤ τι ἢ οὐδὲν λεγόντων, τοῦ Νεφελώδους τοῦ φρύνην ἀπολέσαντος ἤκουσας ἂν ὅμως ἐνίοτε κνυζομένου.

ἐνταῦθα δὲ ὁ Ἁγριώδης τὸν τράχηλον περιστρέψας Ἐν ἀκαρεῖ, ἔφη, τὸ πρῶτον ὄψεσθε τὸν Ὑογοήτου, ἐπὴν τάχιστα τυχῶμεν κάμψαντες τὴν ἄκραν τήνδε.

καὶ πάντες μεγάλῃ τῇ φωνῇ φθεγξάμενοι σφόδρ' ἐθαυμάζοντο.

ἡ γὰρ ἀτραπὸς οὐκέτι στενὴ ἤγαγεν αὐτοὺς πρὸς χεῖλος λίμνης τινὸς μεγάλης καὶ πάνυ μελαίνης. καὶ ὑπὲρ αὐτῆς ἦν μετέωρον ἰδεῖν ἐν ἄκρῳ τῷ ὄρει φρούριον μέγα, πύργους ἔχον πολλοὺς καὶ δυσπροσόδους, τοῦ ὑαλινοῦ τῶν θυρίδων στίλβοντος διὰ τὸ τῆς νυκτὸς ἀστερωπὸν σέλας.

καὶ ὁ Ἀγριώδης Εἴσβητε, ἔφη, κατὰ τέτταρας εἰς λέμβον ἕκαστον. πολλοὺς δ' ἐπέδειξε λέμβους παρ' αἰγιάλου ὁρμοῦντας. καὶ εἰς τὸν αὐτὸν ὁ Νεφελώδης καὶ ἡ Ἑρμιόνη εἵποντο τῷ τε Ἀρείῳ καὶ τῷ Ῥοῶνι.

καὶ ὁ Ἀγριώδης – λέμβον γὰρ καθ' ἑαυτὸν εἶχεν – Ἐπὶ νέως ἅπαντες; ἔφη. εἶα. ΠΡΟΣΩ.

καὶ ὅλον τὸ ναυτικὸν ἀθρόον ἀναγόμενον ἔπλει διὰ τῆς λίμνης λειοκύμονος οὔσης καὶ ὑαλοειδοῦς. καὶ πάντες σιωπῶντες ἄνω ἐδεδόρκεσαν ἀτενὲς πρὸς τὸ φρούριον, πάνυ ὑπερτέλλον αὐτῶν πλεόντων ἐγγυτέρω τῆς πέτρας ἐφ' ᾗ ἔκειτο.

Κάτω τὰς κεφαλάς, ἔφη βοῶν ὁ Ἀγριώδης. οἱ γὰρ ἔμπροσθε λέμβοι ἀφικνοῦντο πρὸς τὴν πέτραν. κύψαντας οὖν ἔφερον τοὺς μαθητὰς διὰ κιττὸν πολὺν παραπεπετασμένον πως πρὸ στόματος μεγάλου, ὃ καὶ διὰ τοῦ κρημνώδους ἦγεν. ἔπλεον οὖν δι' ἄντρου ὑπονόμου φερόμενοι, ὡς ἐδόκει, ὑπένερθεν αὐτοῦ τοῦ φρουρίου, πρὶν ἀφικέσθαι πρὸς λίμενά τινα ὑπόγειον. ἐνταῦθα δὴ ἐξέβησαν ἅπαντες εἰς λίθους.

Ὦ οὗτος, ἦ δ' ὃς ὁ Ἀγριώδης. ἦ αὕτη ἡ φρύνη σου; ἐν ᾧ γὰρ οἱ μαθηταὶ ἐξέβαινον, ἐξέταζε τοὺς λέμβους.

εὐφραινόμενος δὲ ὁ Νεφελώδης Ὦ φίλτατε, ἔφη, ὦ Τρίφορε, ἐκτείνων ἅμα τὰς χεῖρας.

καὶ ἐντεῦθεν ἀνέβαινον διὰ κατώρυχα πετρηρεφῆ ἑπόμενοι τῷ Ἀγριώδει λαμπάδα ἔχοντι. καὶ οὐ διὰ μακροῦ ἀνέκυψαν εἰς λειμῶνα λεῖον καὶ νοτερὸν ἄγχιστον ἤδη γενόμενοι τοῦ φρουρίου.

καὶ ἀναβάντες ἀνὰ τὸν ἀναβαθμὸν λίθινον ἀθρόοι ἵσταντο πρὸ θύρας μεγάλης καὶ δρυΐνης.

Ἦ πάντες πάρεισιν; ὦ οὗτος, ἆρ' ἔχεις ἔτι τὴν φρύνην;

καὶ ταῦτ' εἰπὼν, ὁ Ἀγριώδης τρὶς ἐπάταξε τὴν τοῦ φρουρίου θύραν.

— ΒΙΒΛΟΣ Ζ —

Ο ΠΙΛΟΣ ΝΕΜΗΤΗΣ

εὐθὺς δ᾽ ἀνέῳξέ τις τὴν θύραν. καὶ φαρμακὶς παρῆν μεγάλη τὸ ὕψος, μελανόθριξ δ᾽ οὖσα καὶ καλάϊνον φοροῦσα τρίβωνα. τὴν δ᾽ ὄψιν παρεῖχεν εἰς τοσοῦτο δυσκινήτου ἀνθρώπου ἐοικυῖαν ὥστε μὴ ἀνηκουστεῖν ἂν μηδένα ἐκείνης μηδέποτε, ὡς τῷ γ᾽ Ἁρείῳ ἐδόκει.

Ἰδοὺ οἱ πρωτόπειροι, ὦ σοφιστὰ Μαγονωγαλέα, ἦ δ᾽ ὅς ὁ Ἁγριώδης.

Καλῶς, ἔφη, ὦ Ἁγρίωδες. ἐγὼ δ᾽ ἐνθένδε ἡγήσομαι αὐτοῖς.

ἐπὶ πλέον δ᾽ ἀνοιχθεισῶν τῶν θυρῶν, αὐλὴν τ᾽ ἦν ἰδεῖν τοσαύτην ὥστε ὅλην χωρεῖν τὴν τῶν Δουρσλείων οἰκίαν, καὶ τοίχους λιθίνους λάμπασι πεφωτισμένους καθάπερ τοὺς ἐν Γριγγώτου. οὐδ᾽ ᾔσθου ἂν τοῦ ὀρόφου ὑψηλοτέρου ὄντος ἢ ὥστ᾽ ὄμμασι τυχεῖν. κλῖμαξ δ᾽ ἦν καλὴ καὶ μαρμαρίνη πρόσθεν αὐτῶν ἐπὶ τὰ ἀνώγεα φέρουσα.

πάντες οὖν εἵποντο τῇ Μαγονωγαλέᾳ λιθόστρωτον ἔδαφος διαβαίνοντες. καὶ ὁ μὲν Ἅρειος μυρίων ἤκουσε λαλούντων ἀπὸ θύρας ἐν δεξιᾷ – οἱ γὰρ ἕτεροι μαθηταὶ ἤδη παρῆσαν, ὡς ἐφαίνετο – ἐκείνη δὲ ἡγήσατο τοῖς πρωτοπείροις εἰς δωμάτιον κενόν τι τῇ αὐλῇ προσκείμενον. καὶ ἐκεῖσε συνῆλθον, πυκνότερον συμβεβυσμένοι ἢ τὸ ξύνηθες καὶ φοβερῶς πανταχόσε παπταίνοντες.

ἐκείνη δὲ Χαίρετε, ἔφη, ὦ εἰς Ὑογοήτου ἀφικόμενοι. καὶ πρὶν ἑστιᾶσθαι ἐν τῇ αὐλῇ καθημένους – δι᾽ οὐ πολλοῦ γὰρ ἄρξεται ἡ θοίνη ἣν κατὰ νόμον ἄγομεν τῇ πρώτῃ τῆς περιόδου – νεμητέον πρότερον οἰκίας ὑμῖν. ἡ γάρ τοι νέμησίς ἐστι μέγα τι ὑμῖν, διότι ἐν ὅσῳ ἐνθάδε πάρεστε ἡ οἰκία ἀντὶ ἀναγκαίων τε καὶ οἰκείων ἔσται ὑμῖν. καὶ γὰρ χρὴ ἕκαστον ὑμῶν φοιτᾶν τε μετὰ τῶν συνοίκων παρὰ τοὺς διδασκάλους, καὶ καθεύδειν ἐν τῷ τῆς οἰκίας κοιμητηρίῳ, καὶ σχολὴν ἄγειν ὁμοῦ ἐν τῷ κοινείῳ τῷ τῆς οἰκίας.

αἱ δ᾽ οἰκίαι τέτταρες οὖσαι ὀνομάζονται ὧδε· Γρυφίνδωροι, Ὑφέλπυφοι, Ῥαφήγχλωροι, Σλυθήρινοι. καὶ ἑκάστη ἡ οἰκία μεγάλα δὴ τὸ πάλαι ἀπέδειξεν ἔργα καὶ ἀρίστους πεπαίδευκε φαρμακέας καὶ φαρμακίδας.

καὶ ἕως πάρεστε ἐν Ὑογοήτου, ἐὰν μέν τι εὖ ποιῆτε, βαθμοὺς οἴσεσθε ὑπὲρ τῆς οἰκίας, ἐὰν δὲ τοὺς νόμους ὑπερβαίνητέ τι, βαθμῶν ὡσαύτως στερηθήσεσθε. τελευτήσαντος δὲ τοῦ ἐνιαυτοῦ τοῦ παιδευτικοῦ, δίδομεν ἄγαλμα τότε τῇ οἰκίᾳ τῇ πλείστους ἐνηνεγμένῃ βαθμοὺς τὴν Φιάλην Οἰκείαν· τοῦτο γὰρ ἔστι τοὐπιτίμιον μέγιστον τῆς ἀρετῆς. ἐλπίζω οὖν ὑμᾶς καθ᾽ ἕκαστον δόξαν τε καὶ τιμὴν οἴσεσθαι ὑπὲρ τῶν οἰκιῶν, εἰς ἥντιν᾽ ἂν τύχητε νενεμημένοι.

Τὴν δ᾽ οὖν νέμησιν δι᾽ ὀλίγου ἐργασόμεθα ἐναντίον τῶν ἄλλων μαθητῶν ἁπάντων. προσήκει δ᾽ ὑμῖν μεταξὺ περιμενοῦσι βέλτιον στολίζεσθαι ἐφ᾽ ὅσον ἐνδέχεται.

παρέβλεπε γὰρ τόν τε Νεφελώδη τρίβωνα φοροῦντα περὶ τὸ οὖς ἐζευγμένον, καὶ τὸν Ῥοῶνα τὸ μέλαν ἐκεῖνο ἐπὶ τῶν μυκτήρων ἔτι ἔχοντα. καὶ ὁ Ἄρειος δεδιώς τι ἤθελε χερσὶ κτενίσαι τὴν κόμην.

ἡ δὲ Μαγονωγαλέα Ἐπάνειμι, ἔφη, ὅταν καιρὸς δοκῇ εἰσάγειν ὑμᾶς. ἀλλ᾽ αἰτῶ ὑμᾶς σιωπῇ περιμένειν ἡσυχάζοντας.

καὶ ἐξελθούσης αὐτῆς ὁ Ἄρειος μάλ᾽ ἐκεχήνει.

καὶ ἐρωτῶν τὸν Ῥοῶνα Τίνι τρόπῳ, ἔφη, νέμουσιν ἄρ᾽ ἡμῖν τὰς οἰκίας;

ὁ δε Βάσανον, ἔφη, διδόασί τινα εἰς ἔλεγχον, οἶμαι, πάνυ ὀδυνηρὰν οὖσαν, ὡς ὅ γε Φερέδικος εἶπεν, οὐ μὴν ἀλλὰ φιλοπαίσμων ἐστίν.

Ἄρειος δὲ πόλλ᾽ ἠθύμει. τὸ γὰρ ἐναντίον τῶν μαθητῶν ἁπάντων βασανίζεσθαι τὸν θυμὸν οὐκ ἔτερπεν· οὐ γὰρ ἐπίστασθαι οὐδὲν τῆς μαγικῆς τέχνης. τί δὴ δεήσει ποιεῖν; οὐ γὰρ προσδοκᾶν τοιοῦτό τι ἄρτι ἀφικόμενος. περιβλέψας δὲ πόλλ᾽ ἅμα μεριμνῶν ᾔσθετο καὶ πάντων τῶν ἄλλων πεφροντικὸς βλεπόντων. καὶ ἤ τι ἦ οὐδὲν διελέγοντο μετ᾽ ἀλλήλων πλὴν ἀλλ᾽ ἡ Ἑρμιόνη ταχύγλωττος ἔτ᾽ οὖσα πόλλ᾽ ἐλάλει περὶ τῶν ἐπῳδῶν ἃς ἤδη ἐξέμαθε καὶ ἐσκόπει ὁποίων ἄρα δεήσεται. ὥστε σφόδρ᾽ ἐσπούδαζεν οὐκέτι ἀκροᾶσθαι αὐτῆς. συνῄδει γὰρ ἑαυτῷ οὐπώποτε οὕτω φοβουμένῳ, οὐδὲ τότε ὅτ᾽ ἐδέησε λόγον οἴκαδε κομίσαι ἀπὸ τοῦ διδασκαλείου πρὸς τοὺς Δουρσλείους ἀγγελοῦντα ὡς μετέβαλέ που τὴν τῆς διδασκαλίδος φενάκην εἰς κυανῆν.

ἠτένιζεν οὖν πρὸς τὴν θύραν, ἡγούμενος τὴν Μαγονωγαλέαν μετὰ μικρὸν ἐπανιέναι ποιησομένην κρίσιν αὐτῷ. ἔπειτα δὴ ἐγένετό τι οὕτω ἄτοπον ὥστ᾽ οὐ μόνον σφόδρ᾽ ἐπτοημένος ἀνεπήδησεν αὐτὸς ἀλλὰ καὶ πολλοὶ τῶν ὀπίσω διωλύγιον ἐκώκυσαν φοβηθέντες.

Τί δὲ δή; ἔφη κεχηνώς.

ἐκεχήνεσαν καὶ οἱ πλησίον. εἴδωλα γὰρ ὡς εἴκοσι διὰ τὸν ὄπισθε τοῖχον οὐκ οἶδ᾽ ὅπως διαβάντα ἐνεφανίζετο. λευκὰ δ᾽ ὄντα καὶ διαφανῇ τι εἷρπε κατὰ τὸ δωμάτιον διαλεγόμενα μετ᾽ ἀλλήλων, καὶ τοὺς πρωτοπείρους οὐ παραβλέποντα. ἠμφεσβήτει γάρ, ὡς δοκεῖν. μοναχὸς δ᾽ αὐτίκα τις μικρὸς μὲν ὢν τὸ ὕψος, παχὺς δ᾽ ὅμως, ἐφαίνετο λέγων, Ξυγγνώμονες γενοίμεθα καὶ ἀμνήμονες. ἀλλ᾽ ὡς ἔμοιγε δοκεῖ οὐ προσήκει ἡμῖν μνησικακεῖν. ὑποτείνωμεν οὖν μάλ᾽ αὖθις ἐλπίδα αὐτῷ.

Ὦ δαιμόνιε μοναχῶν, ἆρα μὴ ὑπετείναμεν πολλάκις ἤδη ἐλπίδας τῷ Ποιφύκτῃ περιττὰ δράσαντες; δι᾽ ἐκεῖνον γὰρ πολλὰ προπηλακιζόμεθα, καίπερ οὐκ ὄντα εἴδωλον ἀληθῶς. Ἡράκλεις· τί χρῆμα ὑμεῖς πάρεστε πάντες;

τοῦτο δ᾽ εἶπεν εἴδωλόν τι τραχηλιστῆρα καὶ κνημίδας νηματικὰς φοροῦν· τοὺς γὰρ πρωτοπείρους ἔτυχεν ἄρτι κατιδόν.

ἀλλ᾽ οὐδεὶς ἀπεκρίνατο.

ὁ δὲ μοναχὸς μειδιῶν αὐτοῖς Νεαροί, ἔφη, μαθηταί. ἦ που καιρὸν νεμήσεως περιμένετε;

κατανευσάντων δ᾽ οὐ πολλῶν σιωπῇ, Ἐλπίζω ὄψεσθαι ὑμᾶς, ἔφη, ἐν τοῖς Ὑφελπύφοις. Ὑφέλπυφος γὰρ ἦν αὐτὸς τὸ πάλαι.

Εἴσιτε δή. ἡ γὰρ Νέμησις δι᾽ οὐ πολλοῦ ἄρξεται, ὀξείᾳ τῇ φωνῇ ἐφθέγξατό τις. τῆς δὲ Μαγονωγαλέας ἐπανελθούσης, τὰ εἴδωλα αἰωρούμενα καθ᾽ ἕκαστον ἠφάνιζεν διὰ τὸν ἐναντίον τοῖχον.

ἡ δὲ Ἐν τάξει, ἔφη, ἕπεσθέ μοι.

Ἄρειος δὲ φροντίζων μὴ τὰ σκέλη μολύβδινά που γεγένηται, ἐν τάξει ἔστη κατόπιν μειρακίου τινὸς ξανθότριχος καὶ πρόσθε τοῦ Ῥοῶνος. καὶ ἐβάδιζον ὁμοῦ ἐκ τοῦ δωματίου καὶ πάλιν διὰ τῆς αὐλῆς εἰς τὸ Μέγαρον.

οὐδ᾽ ἐν γνώμῃ ὠνειροπόλησεν Ἄρειός ποτε οἰκοδόμημα εἰς τοσοῦτο παράδοξον καὶ μεγαλοπρεπές. ἔφλεγον δ᾽ αὐτὸ λυχνοὶ μυρίοι μετέωροι ὑπὲρ τεττάρων τραπεζῶν αἰωρούμενοι μακρῶν, παρ᾽ αἷς οἱ ἕτεροι μαθηταὶ ἐκάθηντο. καὶ ἐπὶ τῶν τραπεζῶν τούτων ἔκειντο λεκάναι καὶ φιάλαι χρυσαῖ. ἄνω δ᾽ ἐκάθηντο παρ᾽ ἄλλῃ τινὶ τραπέζῃ μακρᾷ οἱ παιδευταί. καὶ ἐκεῖσε ἡ Μαγονωγαλέα ἤγαγε τοὺς πρωτοπείρους, ὥστε κατὰ στοῖχον ἵσταντο, τῶν μὲν ἑτέρων μαθητῶν ἐναντίον ὄντων, τῶν δὲ παιδευτῶν κατὰ νώτου. μυρίοι δ᾽ ἦσαν οἳ ἀτενὲς πρὸς πρωτοπείρομς ἔβλεπον· καὶ πᾶς τις ταῖς λαμπάσι πεφωτισμένος ἀμαυραῖς, ἐδόκει φλέγεσθαί που. καὶ ἦν οὗ τὰ εἴδωλα ἂν εἶδες διεσπαρμένα ἐν τοῖς μαθηταῖς στίλβοντα δι᾽ ὀμίχλην τινὰ ἀργυρᾶν. ὁ δ᾽ Ἄρειος, ὡς ἀποκνῶν τοὺς ἀτενίζοντας ὀφθαλμούς, ἄνω βλέψας ὀροφὴν ἑώρα μελαντάτην καὶ ὑπὸ τῶν ἀστέρων ἐκ διαστήματος περιλαμπομένην καὶ ἐκ διαλείμματος ἀνθοῦσαν τῷ πυρί. καὶ ἡ Ἑρμιόνη πρὸς τὸ οὖς εἶπεν ὅτι Διὰ μαγίας πεποίκιλται ὁ ὄροφος ὅπως ὁμοῖος δοκῇ τῷ ἔξω οὐρανῷ. ἀνέγνων γὰρ τοῦτο ἐν τοῖς ἐν Ὑογοήτου γεγενημένοις.

χαλεπὸν δ᾽ ἦν συνιέναι ὄροφον ὡς ἀληθῶς παρόντα· τὸ γὰρ μέγαρον πάνυ ὑπαίθριον ἐφαίνετο εἶναι.

ὁ δ᾽ Ἄρειος ταχέως κάτω πάλιν ἔβλεψεν. ἡ γὰρ Μαγονωγαλέα σιωπῇ σκολύθριον τετράπουν ἔθηκεν ἐναντίον τῶν πρωτοπείρων. καὶ ἐπ᾽ αὐτοῦ ἔθηκε μαγικὸν πῖλον κωνοειδῆ. τὸν δὲ ᾐκέσατό τις πολλάκις κατατετριμμένον καὶ αὐχμηρὸν δοκοῦντα. ἡ γοῦν Πετουνία οὐκ ἐδέξατο ἂν εἰς τὴν οἰκίαν.

ἐλογίζετο δ᾽ ὡς τάχ᾽ ἂν δέοι αὐτοὺς κύνικλόν που ἐκ τοῦ πίλου ἀποδείξαι, πόλλ᾽ εἰκῇ ἀναπλάττων τοιαῦτα ἐν τῇ γνώμῃ· αἴσθόμενος δὲ πάντων τῶν ἐν τῷ μεγάρῳ νῦν δὴ ἀτενιζόντων πρὸς τὸν πῖλον, καὶ αὐτος ἠτένιζε. καὶ διὰ μικροῦ πάντες ηὐφήμουν. καὶ ἔπειτα ὁ πῖλος ἐσπάσατό τι. λακὶς δὲ πρὸς τῷ γύρῳ καθάπερ στόμα ἐξελύετο καὶ ὁ πῖλος ἤρξατ᾽ ᾄδων τάδε·

Εἰ μὴ δοκῶ τοῖς σοῖσιν ὄμμασιν καλός,
μήπω δίκαζέ μ᾽ εἰς ὄψιν βλέπων μόνην.
ἔδομαι δ᾽ ἐμαυτὸν ἢν τυχεῖν πίλου σθένῃς
σοφίας λαχόντος μεῖζον ἐν βροτοῖς μέρος.
οὐκ ἀξιῶ ᾽γὼ τὰς κυνᾶς μελαντέρας
καὶ καυσίας οὐπώποθ᾽ ὑφηλὰς φιλῶ.
ἐγὼ γάρ εἰμι Πῖλος Ὑογοητικός,
νέμω δὲ πάντας δεινότατος γεγὼς νέμειν.
Πῖλος Νεμητὴς πάντα δέρκεται τὰ σά,
ἃ ξυγκέκρυπται πολλὰ ταῖς φρεσὶν πάλαι.
ἄμπισχε δῆτα, καὶ φράσω τάχιστά σοι
ποίαν παρ᾽ ἡμῖν οἰκίαν λαχεῖν σε δεῖ.
τάχ᾽ ἂν γένοιο σὺ Γρυφινδωρεὺς ἐμοί·
ἀρετῆς ἐκείνοις ἐστὶ κἀνδρείας πολύ.
δεινοὶ θρασεῖν τι κοὐδὲν ἐκφοβούμενοι,
καλλίονες προὔχουσι θατέρων πολύ.
Ὑφελπύφων δ᾽ ἄρ᾽ οἰκέτης γεγὼς τάχα,
σὺ μεταλάβοις ἂν τοῦ καλοῦ καὶ τῆς δίκης.
τούτοις γὰρ ἁπλῶς ἐστὶ καρτερεῖν νόμος,
πιστοὶ γὰρ εἰσι κοὐ πόνοις πεπληγμένοι.
ἤ πως γενήσῃ τῶν Ῥαφηγχλώρων σοφῶν,
εἰ νοῦν ἔχεις τιν᾽ εἴτε φρόνιμος εἶ τάχα·
ὦ μουσικοὶ δὴ χοἶσι φιλοσοφεῖν καλόν,
ἴσως ἐκεῖθι σεμνὸν οἶκον ἕξετε.

ἔξεστι δ᾽ αὖθις κἀν Σλυθηρίνοις καλούς
φίλους ἀνευρεῖν τοὺς ἐτητύμους σέθεν·
πολλῶν σοφιστὴς πημάτων ἐγίγνετο
μέγας δ᾽ ἅπασιν ἦν Σλυθήρινος δόλοις.
ἔνδυε δῆτα μηδὲν ἐκφοβούμενος –
οὔκ εἰμι δεινὸς ἢ ταραξικάρδιος.
ἔχυρος γὰρ εἶ σὺ χερσί τ᾽ ἀσφαλὴς ἐμαῖς.
λέγω δὲ τοῦτο καίπερ οὐκ ἔχων χέρας,
πῖλος γάρ εἰμι φροντίδων πολλῶν πλέως.

καὶ τελευτήσαντος τοῦ πίλου, ἅπαντες οἱ ἐν τῷ μεγάρῳ ἐκρότησαν. ὁ δὲ νεύσας πρὸς ἑκάστην τῶν τεττάρων τραπεζῶν πάλιν ἡσυχίαν ἦγεν.

καὶ ὁ Ῥοὼν πρὸς τὸ οὖς λέγων τῷ Ἀρείῳ Εἶτα οὐ δεῖ πλέον ἄρα ποιῆσαι ἢ ἀμπίσχεσθαι τὸν πῖλον. τὸν οὖν Φερέδικον ἀποκτενῶ ὡς πολλὴν φλυαρίαν φλυαροῦντα ὅς γε μ᾽ ἔφασκε δεῖν προσπαλαίειν κοβάλῳ δῆθεν.

ὁ δ᾽ Ἄρειος ἠρέμ᾽ ἐγέλασεν. ἄμεινον γοῦν τὸ πῖλον ἀμπίσχεσθαι ἢ τὸ ἐπᾴδειν, ἐθελῆσαι δ᾽ ἂν ἀμπίσχεσθαι οὐδενὸς θεωροῦντος. τοῦ γὰρ πίλου τοσαῦτα ἐξαιτήσαντος, νῦν δὴ αὐτὸς οὐκ εἶναι οὔτ᾽ ἀνδρεῖος οὔτε φρόνιμος οὔτ᾽ αὖ ἑτεροῖος. εἴπερ δ᾽ ὁ πῖλος τοῖς ναυτιῶσι δὴ οἰκίας μνείαν ἐποιήσατο, ταύτην γε βελτίστην οἱ γενέσθαι ἄν.

ἐνταῦθα δὲ ἡ Μαγονωγαλέα προὔβη βύβλον τινὰ μακρὰν ἔχουσα.

Ἐπειδάν, ἔφη, καλῶ τὸ σὸν ὄνομα, τὸν πῖλον ἀμπισχόμενον ἢ ἀμπισχομένην δεήσει σε καθίζειν ἐπὶ σκίμποδα ὡς νεμηθησόμενον ἢ νεμηθησομένην. ὦ Ἄβως Ἄννα.

παρθένος δέ τις ὑπέρυθρον ἔχουσα ὄψιν καὶ πλοκάμους ξανθοὺς ἐκ τῆς τάξεως πταίσασά τι προῆλθε, καὶ ἀμπισχομένη τὸν πῖλον, ὃς καὶ τοὺς ὀφθαλμοὺς ἐκάλυπτε περιρρέων, ἐκάθισε. καὶ ἐν ἀκαρεῖ –

ὁ πῖλος βοῶν Ὑφελπύφη, ἔφη.

καὶ τῶν πρὸς τῇ ἐν δεξιᾷ τραπέζῃ καθημένων θορυβούντων καὶ κροτούντων, ἡ Ἄννα ἐκάθισε παρὰ τοὺς Ὑφελπύφους. ὁ δ᾽ Ἄρειος κατεῖδε τὸ εἴδωλον τὸ τοῦ παχέως μοναχοῦ ἥδεως χεῖρα ἀνασεῖον αὐτῇ.

Ὦ Βοῦς Σούσαννα.

βοήσαντος δ᾽ αὖθις τοῦ πίλου Ὑφελπύφη, ἡ Σούσαννα ὡς τάχιστα ἀπῆλθε καθίσουσα παρὰ τὴν Ἄνναν.

Ὦ Βοώτης Θήριε.

Ῥαφήγχλωρος.

καὶ τότε οἱ τῇ ἐξ ἀριστερᾶς δευτέρᾳ τραπέζῃ καθήμενοι

ἐκρότησαν· ἔνιοι Ῥαφήγχλωροι στάντες ἀντεδεξιώσαντο τὸν Θήριον παρ᾽ αὐτοὺς καθίζοντα.

καὶ ἡ μὲν Βροχολούστης Μανδύα ἦλθε παρὰ τοὺς Ῥαφηγχλώρους, ἡ δὲ Βραῦνα Λαφενδρία πρώτη ἐγένετο Γρυφινδώρη καινή. ὥστε οἱ ἐξ ἀριστερᾶς ἔσχατοι καθήμενοι πάνυ ἐθορύβησαν· καὶ ὁ Ἄρειος εἶδε τοὺς Ῥοῶνος ἀδελφοὺς πόλλ᾽ ἐπαινοῦντας.

ἐντεῦθεν ἡ Βωλοστρώδη Μειλιχία ἐγένετο Σλυθηρίνη. ὁ δ᾽ Ἄρειος οὐκ ᾔδει εἰ τῇ γνώμῃ ἀναπλάττει τοῦτο ὡς πόλλ᾽ ἤδη ἀκούσας περὶ τῶν Σλυθηρίνων, ἐνόμιζε δ᾽ ὅμως αὐτοὺς ἐπιφθονωτέρους δοκεῖν.

καὶ νῦν ὡς ἀληθῶς ἐναυτία, μεμνημένος ὅπως ἔσχατον ᾑροῦντο αὐτὸν οἱ τὰς ἀγέλας αἱρούμενοι ὁπόταν ἀγών τις ᾖ τοῖς παρὰ τὸν παιδοτρίβην φοιτῶσιν. ἔσχατον δ᾽ εἵλοντο αὐτὸν οὐχ ὡς ἄχρηστον ὄντα, ἀλλὰ δίοτι οὐδεὶς ἤθελε δοκεῖν τῷ γε Δουδλίῳ ἑταῖρος εἶναι αὐτοῦ.

Φυχοφλέξιος Ἰούστινος.

Ὑφέλπυφος.

καὶ ἄλλοτε μὲν τῷ Ἀρείῳ ἐδόκει ὁ πῖλος εὐθὺς ἀναβοᾶν, ἄλλοτε δὲ γνώμην οὐκ ἐποιεῖτο εἰ μὴ διὰ χρόνον βουλευσάμενος. αὐτίκα γὰρ τὸν Φινιγάνην Σάμιον, ὅστις ἐν τῇ τάξει παρ᾽ αὐτῷ ἵστατο ξανθόθριξ ὤν, ἐν σκίμποδι διὰ μακροῦ καθίσαντα Γρυφίνδωρον ἔφη γενέσθαι.

Γέρανος Ἑρμιόνη.

ἡ δὲ μονονουχὶ δραμοῦσα πρὸς τὸν σκίμποδα, τὸν πῖλον ἐβίβασεν ἐπὶ τὴν κεφαλήν.

καὶ ὁ μὲν πῖλος βοῶν Γρυφινδώρη, ἔφη· ὁ δὲ Ῥοὼν ἀνῴμωξέ τι.

ἐντεῦθεν δὲ ὁ Ἄρειος εἰς ἀθυμίαν κατέστη – φιλεῖ γὰρ πᾶς τις ἀθυμεῖν πάνυ δεδιώς. καὶ δὴ οὐχ ᾕρηται; καὶ δὴ αὐτοῦ ἐκάθισε μακρὸν χρόνον τοὺς ὀφθαλμοὺς κεκαλυμμένος μέχρι ἡ Μαγονωγαλέα ἑλκύσασα τὸν πῖλον ἀπὸ τῆς κεφαλῆς εἶπεν ὅτι διημάρτηκέ τις, καὶ ἐκέλευσεν αὐτὸν εἰς τὴν ἁμαξοστοιχίαν πάλιν ἐμβῆναι;

ὁ δὲ Νεφελώδης ἐκεῖνος Μακρόπυγος, ὅστις τὴν φρύνην πολλάκις ἀπώλεσε, κατέπεσεν ἐπὶ τὸν σκίμποδα ἰών. τοῦ δὲ πίλου μακρὸν χρόνον βουλευσαμένου καὶ τὸ τελος Γρυφίνδωρος βοήσαντος, ἀπέδραμεν ἔτι φορῶν αὐτόν· ὥστε πάντων γελώντων ἠναγκάσθη πάλιν δραμεῖν καὶ δοῦναι τῇ Μεγαδούγλῃ Μώραγι.

ὁ δὲ Δράκων τοὔνομα ἀκούσας ἑαυτοῦ παρῆλθε σεμνυνόμενος δή. εὐθὺς ἐγένετο οὗ μάλιστ᾽ ἐγλίχετο· ὁ γὰρ πῖλος σχέδον ἁπτόμενος τῆς κεφαλῆς αὐτοῦ μεγάλῃ τῇ φωνῇ Σλυθήρινος ἐβόησεν.

ὁ δ᾽ ἦλθε καθίσων μετὰ τῶν ἑταίρων τοῦ Καρκίνου καὶ τοῦ Κέρκοπος, ἀγαπῶν δὴ τῷ γεγενημένῳ.

οὐδ᾽ ἐλλείποντο νῦν πολλοί.

Μοῦνος ... Νότος ... Παρακίττος ... κἄπειτα δίδυμαι παρθένοι Πατίλη καὶ Πατίλη ... κἄπειτα Πῆξις Σαλιάνη καὶ δὴ καὶ τέλος –

Ποτῆρ Ἄρειος.

παριόντος δὲ τοῦ Ἀρείου, ψόφον ἂν ἤκουσας τῶν πανταχόθεν ἀνὰ τὸ μέγαρον ψιθυριζόντων καθάπερ ῥόθον πολλῶν ἀπὸ πυρῶν μικρῶν.

Ἦ καὶ τὸ Ποτῆρ ἐφθέγξατο;

Ἦ ὁ πάνυ Ἄρειος Ποτῆρ;

καὶ τοῦτο μὲν ἑώρα πάντας τοὺς ἐν τῷ μεγάρῳ κάρα προβάλλοντας ὡς σκεψομένους εἰς αὐτόν, τοῦτο δ᾽ ἔβλεπε πρὸς τὰ ἐντὸς τοῦ πίλου πάνυ ζοφερά. κἄπειτα παρέμενεν.

ἤκουσε δέ τινος ἠρέμα πρὸς οὖς λέγοντος. Εἶέν, ἔφη, ἀμηχάνως γ᾽ ἔχει ὡς σφόδρα. ἀνδρεία μὲν γάρ ἐστι πολλή, εὖ οἶδ᾽ ὅτι· φρονήσεως δ᾽ οὐδὲν δεῖται. καὶ εὐφυὴς εἶ νὴ Δία καὶ πάνυ σπουδάζεις παρέχειν σαυτὸν καλὸν κἀγαθόν, εἰρήσεται γάρ. ποῖ δῆτα νεμῶ σε;

ἀντεχόμενος δὲ τοῦ σκίμποδος ἐνενόει ἀεὶ Μὴ Σλυθήρινος γενοίμην, μὴ Σλυθήρινος.

καὶ ἡ μικρὰ φωνή Σλυθήρινος ἄρα, ἔφη, οὐκ ἐθέλεις γίγνεσθαι; εἶτα πέπεισαι; ἦ μὴν ἔξεστί σοι εὐδοκιμεῖν. τὰ πάντα γὰρ ἐν νῷ ἤδη φυλάττεις καὶ οἱ Σλυθήρινοι συγγενήσονταί σοι δήπου στοχαζομένῳ τῶν μεγίστων ἔργων. ἢ οὐχί; ἀλλ᾽ εἰ πέπεισαι δή, ἄμεινον ἂν γένοιο Γρυφίνδωρος.

ὁ δ᾽ Ἄρειος ἤκουσε τοῦ πίλου τοῦτο βοῶντος πρὸς τὴν πανηγυρίδα πληθύουσαν. ἐκδυσάμενος δὲ τὸν πῖλον, ἐβάδιζεν ὀκνηρῶς πρὸς τὴν τῶν Γρυφινδώρων τράπεζαν. καὶ οὕτως ἥδετο ὡς ᾑρημένος ἄρα Γρυφίνδωρος καὶ τοῖς Σλυθηρίνοις οὐ νενεμημένος ὥστε μόλις συνῄδει ἀκούων τὸν θόρυβον μείζω καθεστηκότα ἢ πρότερον. καὶ ὁ μὲν Περσεὺς ὁ πρύτανις ἀναστὰς ἀντεδεξιώσατο αὐτὸν πολλῇ σπουδῇ, τῶν δ᾽ Εὐισήλιων διδύμων βοώντων Ποτῆρα ἔχομεν, ἡμεῖς Ποτῆρα ἔχομεν. Ἄρειος δὲ ἐκάθισεν ἐναντίον τοῦ εἰδώλου τοῦ τραχηλιστῆρα φοροῦντος ὃ πρότερον εἶδεν. ψηλαφήσαντος δὲ τούτου τὸν βραχίονα αὐτῷ, πάνυ ψυχρὸς ἐγένετο ὥσπερ τὸν βραχίονα βάψας εἰς ὕδωρ κρυσταλλῶδες.

τὴν δ᾽ ἄνω τράπεζαν ἤδη σαφέστερον καθεώρα. ὁ γὰρ Ἁγριώδης ἄγχιστος καθήμενος καὶ τὸ βλέμμα λαβὼν ἐκείνου ἐχειρονόμησεν, ὡς ἀγαπῶν τὰ γεγενημένα. ὁ δ᾽ Ἄρειος ἐν μέρει ἐγέλασε. καὶ μὴν ἐν μέσοις τοῖς παρὰ τῇ ἄνω τραπέζῃ καθημένοις ἐν δίφρῳ μεγάλῳ καὶ χρυσῷ ἦν Ἄλβος Διμπλόδωρος. Ἄρειος εὐθὺς ἐγνώρισεν αὐτὸν ὡς τὸν εἰκόνα ἰδὼν ἐν τῷ δελτίῳ ὅπερ ἀπὸ τοῦ σοκολατίνου βατράχου ἐν τρένο ἐκτήσατο. ἀλλ᾽ ἡ τοῦ Διμπλοδώρου κόμη ἀργυρᾶ οὖσα λαμπρότατα ἐν τῷ μεγάρῳ ἔστιλβε παρὰ τὰ εἴδωλα. ὁ δ᾽ Ἄρειος κατεῖδε καὶ τὸν σοφιστὴν Κίουρον τὸν φοβερὸν ἐκεῖνον νεανίαν τὸν ἀπὸ τοῦ Λέβητος Διαβρόχου. ὁ δὲ παραδοξώτατος τὸ σχῆμα ἐδόκει εἶναι ἅτε φορῶν μίτραν μεγάλην καὶ πορφυρᾶν.

καὶ μὴν τρεῖς ἐλείφθησαν μαθηταὶ οὔπω νενεμημένοι. καὶ τῆς Τουρπαίνης Λισσῆς Ῥαφηγχλώρας γενομένης ὥρα ἦν τῷ Ῥοῶνι, χλόας ἤδη παρέχοντι τὰς παρειάς. ὁ δ᾽ Ἄρειος σιωπῇ τύχην τῷ Ἑρμῇ ἀγαθὴν ηὔχετο. καὶ ἐν ἀκαρεῖ ὁ πῖλος τὸ Γρυφίνδωρος ἐβόησε. καὶ ὁ μὲν Ἄρειος πόλλ᾽ ἐκρότησε μετὰ τῶν ἑτέρων, ὁ δὲ Ῥοὼν συνέπεσεν εἰς δίφρον παρακαθήμενος αὐτῷ.

καὶ ὁ Περσεὺς παριδὼν τὸν Ἄρειον σεμνολογούμενος Καλῶς, ἔφη· εὖ γὰρ πέπραγας, ὦ βέλτιστε. ἐν δὲ τούτῳ ἡ Ζαβίνη Βλαισὴ Σλυθηρίνη ἐγένετο. κἄπειτα ἡ Μαγονωγαλέα τὴν βύβλον πτύξασα ἀπήνεγκε τὸν Πῖλον Νεμητήν.

ὁ δ᾽ Ἄρειος ἀπέβλεψεν εἰς τὴν λεκάνην χρυσῆν, νῦν δὴ συνειδὼς αὖος ὢν καὶ ὑπὸ λιμοῦ αὐχμηρός. ἐκ γὰρ πολλοῦ καταφαγεῖν τοὺς κολλάβους ἐκείνους κολοκυνθίνους.

καὶ ὁ Ἄλβος Διμπλόδωρος ἤδη ἀναστὰς ἐμειδία πανταχόσε παπταίνων. χεῖρας δ᾽ ἀνέσχεν ὡς μάλισθ᾽ ἥδομενος ὁρᾶν ἐκείνους αὐτοῦ ἀθροιζομένους.

Χαίρετε, ἔφη. χαίρειν γὰρ ὑμᾶς τῆτες λέγω ἅπαντας εἰς Ὑογοήτου. ἀλλὰ πρὶν τῆς ἑορτῆς ἄρξασθαι, θέλοιμ᾽ ἂν ὀλίγα λέγειν. καὶ τὰ ῥήματα τάδε· βλάξ. λίπος. λείψανος. ξύνθλιψις. χάριν οἶδ᾽ ὑμῖν.

καθημένου δὲ πάντες μὲν ἐκρότησαν καὶ ἐθορύβησαν, ὁ δ᾽ Ἄρειος οὐκ ᾔδει πότερον δεῖ γελάσαι ἢ δακρῦσαι.

Ἆρα μαίνεταί τι; ἔφη ἐρωτῶν τὸν Περσέα μετ᾽ ἀπορίας τινός.

ὁ δὲ νεανικῶς Ἠ μανιώδης; ἔφη. συνετὸς μὲν οὖν. μάγος γάρ ἐστι σοφώτατος τῶν ἐφ᾽ ἡμῶν. ἀληθῶς δ᾽ οὖν μαίνεταί τι. γεωμήλων σπανίζῃ, ὦ Ἄρειε;

οὗτος δε κέχηνε. ὄψα γὰρ πόλλ᾽ ἤδη ἐν ταῖς ἔμπροσθεν αὐτοῦ λοπάσιν ἔκειτο. οὐδεπώποτε δ᾽ ἐπὶ μιᾷ τραπέζῃ τοσαῦθ᾽ ἑωράκειν ὅσων ὠρέγετο σίτων. εἶδε γὰρ τάδε· βόεια κρέα, καὶ νεοττοὺς ἀλεκτρυόνος, καὶ κόπαια κρέως χοιρείου τε καὶ ἀρνείου, καὶ ἀλλᾶντας, καὶ κρέας χοίρειον τεταριχευμένον καὶ καπνιστόν, καὶ γεωμῆλα ζεστά τε καὶ ὀπτά, καὶ γεωμηλίσκα τετηγανισμένα, καὶ τηγανίτην ἄρτον Ὑορκιατικόν, καὶ πίσους, καὶ σταφυλίνους, καὶ καρύκην, καὶ κατάχυσμα ὀξύγλυκυ, καὶ δὴ καὶ οὐκ οἶδ᾽ ὅποθεν ἡδύσματα μίνθωνα.

μὴ ὅτι οἱ Δούρσλειοι ἐλιμοκτόνουν αὐτόν, ἀλλ' οὐκ ἐπέτρεπον ἐσθίειν πάνθ' ὅσ' ἐβούλετο. ὁ γοῦν Δούδλιος ἀεὶ ἐλάμβανεν οἵων ὁ Ἄρειος μάλιστ' ὠρέγετο, καὶ εἰ ἔμελλεν εὐθὺς ἐμέσαι ἅπερ ἐρρόφησεν. ἐκεῖνος δ' οὖν ἐπέθηκε τῇ λεκάνῃ ὀλίγον τι ἀφ' ἑκάστων τῶν λοπάδων, πλὴν ἀλλ' οὐκ ἔλαβε τῆς μίνθης. καὶ ἤρξατο ἐσθίων, μάλ' ἥδομενος πᾶσι τοῖς ὄψοις.

τὸ δὲ εἴδωλον τὸ τραχηλιστῆρα φοροῦν ὁρῶν ἐκεῖνον τέμαχος κρέως βοείου τέμνοντα πολλῆς μετ' ἀθυμίας Τοῦτο γὰρ οὖν, ἔφη, φαίνεταί μοι βέλτιστον ὄν.

Οὔκουν οἷός τ' εἶ –

Τετρακοσίων γε δι' ἐνιαυτῶν οὐκ ἔφαγον οὐδέν. ἦ που χρεία οὐκέτ' ἐστί μοι τοῦ σίτου, οὐ μὴν ἀλλὰ ποθῶ. ἀλλ' οὖν οἶμαι οὐκ οἶσθά με ὅστις εἰμί. ἰδοὺ ὁ κύριος Νικολᾶος ὁ τῶν Μιμψιπορπιγγώτων, εἴδωλον ὢν ἐπιχώριον τοῦ τῶν Γρυφινδώρων πύργου.

ὁ δὲ Ῥοὼν ἄφνω Ἀλλ' ἐγῷδά σε, ἔφη, ὅστις εἶ, τῶν ἀδελφῶν ἐκπυθόμενος. σὺ γὰρ εἶ Νικολᾶος ἐκεῖνος ὁ μονονουχὶ ἀκέφαλος.

ὁ δὲ τοῦ σεμνοῦ μετέχων τι ἔφη μᾶλλον βούλεσθαι κύριος ὀνομάζεθαι Νικολᾶος ὁ τῶν Μιμψι –, καὶ ὁ Σάμιος Φοινιγάνης ὑπολαβών

Ἀλλ' ἦ, ἔφη, μονονουχὶ δὴ ἀκέφαλος εἶ ὡς ἀληθῶς; ἆρ' ἔσθ' ὅπως ἄνθρωπος μονονουχὶ ἀκέφαλος γένοιτ' ἄν;

ἐκεῖνος δ' ἐπὶ τούτῳ πόλλ' ἀγανακτῆσαι ἐδόκει, ὅς γε οὐδαμῶς ἠγάπα τὰ ἐν τῷ διαλόγῳ γεγενημένα.

Οὕτως, ἔφη. καὶ λαβὼν τὸ δεξιὸν οὖς ἀφείλκυσεν ὥστε ἡ κεφαλὴ κομιδῇ ἐκ τοῦ αὐχένος ἐκινήθη, κατὰ τὸν ὦμον πεσοῦσα ὡς γεγιγγλυμωμένη. ἐπεχείρησε μὲν γάρ τις ἀποτεμεῖν ποτὲ τὴν κεφαλὴν αὐτοῦ, ἐσφάλη δὲ τοῦ βουλεύματος δήπου. φανερὸς δ' ὢν πάνυ τερπόμενος ἐκείνοις παντελῶς τῷ θεάματι τούτῳ ἐκπεπληγμένοις, ὁ μονονουχὶ ἀκέφαλος Νικολᾶος, τὴν κεφαλὴν πάλιν ὤσας εἰς τὸν αὐχένα καὶ πλατὺ χρεμψάμενος Εἶέν, ἔφη. ἦ τοι νέοι ἐστὲ Γρυφίνδωροι; ἆρ' ὠφελήσετε ἡμᾶς τῆτες νικῆσαι ἐν τοῖς τῶν οἰκιῶν ἀγῶσιν; οἱ μὲν γὰρ Γρυφίνδωροι οὐδέποτε τοσοῦτον χρόνον διέτριψαν οὐδὲν νενικηκότες. οἱ δὲ Σλυθήρινοι δὴ ἐκράτησαν ἔτος τουτὶ ἕκτον. καὶ μὴν ὁ Βαρόνος Αἱματοσταγὴς πόλλ' ἤδη ὑβρίζει με – οὗτος γάρ ἐστιν εἴδωλον ἐπιχώριον τοῖς Σλυθηρίνοις.

ὁ δ' Ἄρειος παραβλέψας πρὸς τὴν τῶν Σλυθηρίνων τράπεζαν εἶδεν εἴδωλον ἐκεῖ καθήμενον σμερδαλέον· ἐξόφθαλμον δ' ἦν καὶ πρόσωπον εἶχεν ἀκίνητον καὶ ἰσχνόν, ἠμφίεσται δὲ τρίβωνα αἵματι ἀργυρῷ ῥυπανθέντα. τὸν δὲ Δράκοντα ἥσθη ἰδὼν παρακαθήμενον αὐτῷ οὐδ' ὁτιοῦν ἀρεσκόμενον.

Ἀλλ' εἰπέ μοι, ἦ δ' ὃς ὁ Σάμιος πολλῆς μετὰ σπουδῆς, τί παθὼν αἱματοσταγὴς ἐγένετο;

ὁ δὲ μονονουχὶ ἀκέφαλος Νικολᾶος ἐμμελῶς Τοῦτό γε, ἔφη, οὐπώποτ' ἠρόμην αὐτόν.

καὶ ἐπειδὴ ἅπαντες κατέφαγον ὅσων ἐπεθυμοῦντο, τὸ λείψανον ἀπὸ τῶν λεκανῶν ἐτάκη ὥστε καθαρὰς γενομένας πάλιν αὖ στίλβειν καθάπερ τὸ πρίν. καὶ ἐν ἀκαρεῖ ἐφάνη τὰ τρωγάλια τάδε· παγωτὰ γεύσματα παρέχοντα παντοῖα, καὶ πλακοῦντες μήλινοι, καὶ μελίπηκτα, καὶ κόλλαβοι σοκολάτινοι, καὶ ἄρτοι ζυμώδεις γλύκιοι, καὶ ἔτνος Ἀγγλικόν, καὶ χαμαικέρασοι, καὶ πηκτή, καὶ πόλτος ἐξ ὀρύζης ἑφθῆς ...

τοῦ δ' Ἀρείου λαμβάνοντος μελιπήκτου, διαλεγόμενοι ἤρχοντο περὶ τῶν ἑαυτῶν γενῶν.

καὶ ὁ Σάμιος Μιξογενής, ἔφη, ἔγωγε. ὁ μὲν γὰρ πατὴρ Μύγαλός ἐστιν, ἡ δὲ μήτηρ φαρμακὶς οὖσα οὐδὲν εἶπεν αὐτῷ πρὶν ἐγήματο. διὸ τοῦτο χαλεπῶς ἔφερέ που.

καὶ οἱ μὲν ἕτεροι ἐγέλασαν, ὁ δὲ Ῥοὼν Τί μήν, ἔφη, ὦ Νεφέλωδες;

ἀπεκρίνατο δὲ ὧδε· Ἡ μὲν τήθη μ' ἔθρεψε φαρμακὶς οὖσα, οἱ δ' ἀναγκαῖοι ἐπὶ πολὺ ἐνόμιζόν με ὅλον εἶναι Μύγαλον. αὐτίκα γέ τοι ὁ τοῦ πάππου ἀδελφὸς Ἀλγίων ὀνόματι ἀεὶ ἤθελε φθάσαι με μαγικόν τι ποιούμενον. ἔωσέ με γάρ ποτε ἀπὸ τοῦ ἐν Βλάκπουλ χώματος κυματοπλήκτου ὥστε μόνον οὐ κατεποντίσθην εἰς τὸ πέλαγος. ἀλλ' οὖν οὐδὲν ἀπέβη μοι πρὶν ὀκταέτης ἐγενόμην. ὁ γὰρ Ἀλγίων περὶ δείλην ἑσπέραν παρ' ἡμᾶς ἐλθών ποτε, ἐκ θυρίδος τινὸς ἐξεκρεμάννυ με τοῦ ὑπερῴου τοῖς σφυροῖς. τῆς δὲ γυναικὸς αὐτοῦ γλυκίον διδούσης ἔτυχε μεθείς. ἀλλ' ἐγὼ ἐπήδησα καθάπερ σφαῖρά τις διὰ τὸν κῆπον εἰς τὴν ὁδόν. καὶ οἵ τ' ἄλλοι μάλ' ἥδοντο καὶ ἡ τήθη, δακρύουσα χαρᾷ. εἴθ' ὤφελες τότ' ἰδεῖν τὰ πρόσωπα ἐκείνων ὅτε οἱ ἐνθάδε ἐγράψαντο με ἕνα τῶν μαθητῶν. ἐφοβοῦντο γὰρ μὴ οὐκ ἄρα μετεῖχον ἅλις τῆς μαγικῆς ὡς φοιτήσων δεῦρο, εὖ ἴσθι. καὶ μὴν ὁ Ἀλγίων οὕτως ἥσθη ὥστε πρίασθαί μοι τὴν φρύνην.

ἐκ δὲ τῆς ἑτέρας χειρὸς ὁ Περσεὺς τέως καὶ ἡ Ἑρμιόνη διελέγοντο περὶ τῶν μαθημάτων. αὕτη μὲν ἔλεγεν ὡς βούλεται εὐθὺς ἄρξαι μανθανομένη· μαθητέον γὰρ τηλικαῦτα καὶ τοσαῦτα. σπουδάζειν δ' αὐτὴ περὶ ἄλλων τε πολλῶν καὶ περὶ τῆς μεταμορφώσεως. εἶναι γὰρ τοῦτο τὸ μεταβάλλειν τι εἰς ἄλλο τι, χαλεπώτατον ὂν δήπου. ἐκεῖνος δὲ ἔλεγεν ὅτι Ἀλλ' ἐν ἀρχῇ οὐδὲν μεταβαλεῖς εἰ μὴ μικρά τινα, οἷον πυρεῖα εἰς βελόνας καὶ τὰ τοιαῦτα –

ὁ δ' Ἄρειος ἤδη εὐφραινόμενος τῇ θερμότητι καὶ ὑπνώττων τι,

παρέβλεψεν αὖθις πρὸς τὴν ἄνω τράπεζαν. καὶ εἶδε τὸν μὲν Ἀργριώδη πολλὰ πίνοντα ἐκ τοῦ ποτηρίου, τὴν δὲ Μαγονωγαλέαν διαλεγομένην μετὰ τοῦ Διμπλοδώρου, τὸν δ' αὖ Κίουρον, γελοῖον ἔτι δοκοῦντα ἅτε τὴν μίτραν φοροῦντα ἐκείνην, εἰς λόγους ἰέναι σοφιστῇ τινι τὰς τρίχας μελαίνας παρέχοντι καὶ λιπαράς. ἦν δὲ οὗτος καὶ γρυπὸς καὶ ὕπωχρος.

καὶ τόδε τὸ πρᾶγμα ἐξ ἀπροδοκήτου που ἐγένετο· ὁ γρυπὸς ὁ παρὰ τὴν τοῦ Κιούρου μίτραν παραβλέψας ἀτενὲς ἔλαβε τὰ τοῦ Ἀρείου ὄμματα. ὁ δὲ εὐθὺς συνῄδει ἑαυτῷ πολὺ ἀλγῶν τὸ μέτωπον. σφόδρα γὰρ ἐλύπησεν αὐτὸν ἡ τοῦ τραύματος ἐκείνου οὐλή.

Οἴμοι, ἔφη τὴν χεῖρα πρὸς τὸ μέτωπον προσσχών.

Τί πάσχεις; ἦ δ' ὃς ὁ Περσεύς.

Οὐδέν, ἔφη ὁ Ἄρειος.

ἡ γοῦν λύπη αὕτη ταχέως γενομένη ὡσαύτως ἐπαύσατο. χαλεπώτερον δ' ἦν τῷ Ἀρείῳ ἐπιλαθέσθαι τί ἔπαθεν ἰδὼν τὴν ὄψιν τοῦ σοφιστοῦ ἐκείνου. οὐδὲν γὰρ αὐτὸν ἥνδανε θυμῷ.

Τίς ἐστιν, ἔφη, οὑτοσὶ ὁ τῷ Κιούρῳ διαλεγόμενος;

Εἶτα τὸν Κίουρον σὺ ἤδη οἶσθα; οὔκουν θαυμάζω γε εἰ οὕτω φοβερὸν βλέπει· ἐκεῖνος γὰρ τυγχάνει ὢν ὁ σοφιστὴς Σίναπυς. καὶ διδάσκει μὲν τὰ φίλτρα, ἀκουσίως δ' ὅμως. ἐπιθυμεῖ γὰρ τῆς τοῦ Κιούρου πραγματείας, ὡς πολλὰ ἐπιστάμενος περὶ τῶν σκοτεινῶν δογμάτων· τοῦτο γοῦν ἴσασιν ἅπαντες, ὡς εἰπεῖν.

καὶ ὁ Ἄρειος διετήρησε τὸν Σίναπυν δι' ὀλίγου· ὁ δ' οὐκ ἔβλεψε πάλιν πρὸς αὐτόν.

καὶ εἰς τέλος τῶν τρωγαλίων ἐν μέρει ἠφανισμένων, ὁ Διμπλόδωρος ἀνέστη μάλ' αὖθις. καὶ πάντες οἱ ἐν τῷ μεγάρῳ κατεσιώπησαν.

Εἶέν, ἔφη. καὶ νῦν δὴ ἐπεὶ πόσιος καὶ ἐδητύος ἐξ ἔρον ἤσθετε, θέλοιμ' ἂν πλείονα εἰπεῖν ῥήματα. δεῖ γὰρ ὀλίγα ἀγγεῖλαι ὑμῖν ἀρξαμένης τῆς παιδευτικῆς περιόδου.

τοῦτο μὲν ἐν νῷ ἐχόντων οἱ πρωτόπειροι· ἀπόρρητόν ἐστι πᾶσι τοῖς μαθηταῖς εἰσελθεῖν εἰς τὴν ὕλην τὴν παρ' ἡμῖν. καὶ ἐνίους δεῖ τῶν πρεσβυτέρων τοῦτο φυλάξαι.

καὶ τοῖς ὄμμασιν ἤστραπτεν ἐπὶ τὼ Εὐισηλίω.

Καὶ ἀκούετε τοῦτο· ὁ γὰρ οἰκοφύλαξ Φήληξ ᾔτησέ με πάντας ἐπαναμιμνήσκειν τοῦδε· ἀπόρρητόν ἐστι τοῖς ἀπ' ἄλλου σοφιστοῦ ἐπ' ἄλλον ἰοῦσι μαγεύειν ἐν ταῖς διαδρομαῖς.

ἡ δοκιμασία γενήσεται ἡ πρὸς τὴν ἰκαροσφαιρικὴν τῇ δευτέρᾳ τῆς περιόδου ἑβδομάδι. χρὴ οὖν τοὺς βουλομένους ἀγωνίζεθαι ἐν ταῖς οἰκείαις ἀγέλαις ξυγγενέσθαι τῇ Εὐχρῇ.

καὶ τὸ τελευταῖον δεῖ μ' ἀγγεῖλαι ὅτι τῆτες ἀπόρρητός ἐστιν ἡ ἐκ δεξιᾶς διαδρομὴ ἡ ἐπὶ τοῦ τριστέγου, εἰ μή τις βούλοιτο ἀποθανεῖν τὰ ἔσχατα ἐσχάτων παθῶν.

μετὰ δὲ ταῦτα ὀλίγοι τινὲς ἐγέλασαν καὶ ὁ Ἄρειος.

καὶ τῷ Περσεῖ τονθορύζων τι Μῶν, ἔφη, σπουδάζεται τοῦτο;

ὁ δὲ τοξοποιῶν τὰς ὀφρῦς ἐπὶ τὸν Διμπλόδωρον βλέπων ἅμα Πῶς γὰρ οὔκ; ἔφη. ἄτοπόν γε μὴν τοῦτο· λόγον γὰρ δίδωσι κατὰ τὸ εἰωθὸς διὰ τί οὐ θεμιτὸν ἰέναι ποι· αὐτίκα γέ τοι τὴν ὕλην θηρίων πλήρη εἶναι ἀγρίων· ἅπαντες οὖν ἴσμεν τοῦτο. καὶ μὴν τοῖς γε πρυτανεύουσιν ἔδει φράσαι, ὡς ἔμοιγε δοκεῖ.

ὁ δὲ Διμπλόδωρος Καὶ νῦν, ἔφη, πρὶν κοιμᾶσθαι, τὸν ὕμνον ᾄδωμεν Ὑογοητικόν. ἐν δὲ τούτῳ Ἄρειος συνῄδει τῶν ἑτέρων σοφιστῶν μειδιώντων μὲν ἔτι, δοκούντων δ' ἅμα ἧττον ἤδη εὐφραίνεσθαι.

ἐκεῖνος δ' ἔσεισέ τι τὴν ῥάβδον ὥσπερ θέλων μυῖαν ἐκκροῦσαι ἀπὸ τῆς ἀκωκῆς. καὶ ταινία μακρὰ καὶ χρυσῆ ἐκπταμένη ᾐωρήθη μετέωρος ὑπὲρ τῶν τραπεζῶν καὶ εἰλίσσετο γράμματα ποιουμένη καθάπερ ἐχίδνης σπειράματα.

Καὶ πᾶς τις ἑλέσθω τὸ ἴδιον μέλος ὅ τι ἂν φίλτατον ᾖ· εἶα. ὥρα γὰρ μελῳδεῖν.

καὶ πάντες οἱ μαθηταὶ μυκώμενοι ἤρξαντο ὧδε·

> Εἴθ' Ὑογοήτης Ὑογοητικὸς γοὴς
> ἡμᾶς διδάσκοι τοὺς ἀπαιδεύτους καλῶς,
> εἴπερ πονοῦμεν ἀτρίχῳ γήρως νόσῳ
> εἴτ' αὖ τὰ γούναθ' ἕλκος ἐκ πληγῶν ἔχει
>   φρένες οὐ γάρ εἰσιν ἡμῖν
>   νοεραί· σὺ δ' ἐκδίδασκε
>   τὸ παρόν γ' ὕθλου γεμούσας
>   φορύτου τε πληθυούσας.
>   σὺ δὲ δὴ σοφὸς πεφυκὼς
>   σοφίαν δὸς ἡμῖν ἐσθλήν,
>   νεότητά τ' ἐξελαύνων
>   κατάγων τε τἀκπεσόντα.
> τὸ σὸν σὺ πράσσοις· τἆλλα πάνθ' ἡμῖν μέλει
> πάντ' ἂν μαθοῦσιν ἔστ' ἂν ἀποσαπῇ νόος.

καὶ ἄλλος ἄλλοτε ἐτελεύτησε τὴν ᾠδήν. τέλος δὲ οἱ Εὐισήλιοι μόνοι ἔτι ὑμνοῦντες διετέλουν πολλῆς μετὰ βραδύτητος ὡσεὶ θρηνοῦντες. ᾀδόντων μέντοι ἔτι τοὺς τελευταίους στίχους ἐχειροτόνησεν ὁ Διμπλόδωρος τῇ ῥάβδῳ· παυσαμένων δ' ἐν πρώτοις ἦν τῶν μέγα θορυβούντων.

καὶ δακρύσας τι Ἰοὺ ἰοὺ τῆς μουσικῆς, ἔφη. μαγικὸν γάρ ἐστί τι ὑπὲρ τὰ ἐνθάδε. καὶ μὴν ὥρα ἐστὶ κοιμᾶσθαι. ἔρρετε δῆτα.

οἱ δὲ τῶν Γρυφινδώρων πρωτόπειροι ἕσποντο τῷ Περσεῖ διὰ τῶν ἀθροιζομένων καὶ πόλλ᾽ ἔτι λαλούντων ἡγουμένῳ ἐκ τοῦ μεγάρου καὶ ἀνὰ τὸν ἀναβαθμὸν μαρμαρίνον.

ὁ δ᾽ Ἄρειος ᾔσθετο τῶν σκελῶν πάλιν μολυβδίνων πως γεγενημένων· τοῦτο δὲ νῦν δὴ ἔπασχεν ὡς πόνοις τε τρυχόμενος καὶ σίτῳ βεβυσμένος. καὶ οὕτως ὑπνώδης ἐγένετο ὥστ᾽ οὐδὲν ἄτοπον ἐνόμισεν ἰδεῖν ἄλλοτε μὲν τοὺς ἐν ταῖς γραφαῖς ταῖς διὰ τῶν διαδρομῶν ψιθυρίζοντας τε καὶ δακτυλοδεικτοῦντας αὐτοὺς παριόντας ἄλλοτε δὲ τὸν Περσέα δὶς ἄγοντα σφᾶς διὰ θυρῶν κεκρυμμένων ὄπισθε φατνωμάτων ξυλίνων ἢ παραπετασμάτων ποικίλων. καὶ πλείονας ἀνέβησαν ἐπὶ κλίμακας χασμώμενοι ἅμα καὶ βραδύτερον ἀεὶ βαδίζοντες. βουλυμένου δ᾽ Ἀρείου πυθέσθαι ὁποσόν τι ἄπωθεν ἔτ᾽ ἐστὶ τὸ τέρμα τῆς ὁδοῦ, ἐξ ἀπροσδοκήτου εἱστήκεσαν.

φάκελος γὰρ βακτηρίων μετέωρος αἰωρούμενος ἐναντίον ἐκείνων προσέβαλλε τῷ Περσεῖ βαδίζοντι ἐπ᾽ αὐτόν.

ὁ δὲ πρὸς οὓς τοῖς πρωτοπείροις λέγων Ποιφύκτης γάρ ἐστιν, ἔφη, δαιμόνιον φαῦλον. καὶ μείζονι τῇ φωνῇ Ὦ Ποίφυκτα, προφαίνου.

ἐρυγμὸν δέ τινα μέγαν ἀντ᾽ ἀποκρίσεως παρ᾽ αὐτοῦ ἤκουσαν καθάπερ πνεῦμα ἐκπνυούμενον ἀπ᾽ ἀσκοῦ πεφυσημένου.

Ἦ θέλεις με μετελθεῖν τὸν Βαρόνον Αἱματοσταγῆ;

κἄπειτα ψόφον ἀκούσαντες μικρόν τινα κατὰ πρόσωπον εἶδον ἀνθρωπίσκον μετέωρον ὀκλάζοντα καὶ τῶν βακτηρίων λαμβανόμενον.

ὁ δέ μαστιγίας ἐδόκει εἶναι μέλανάς τε παρέχων τοὺς ὀφθαλμοὺς καὶ εὐρὺ τὸ στόμα. καὶ μάλα σαρδάνιον ἀνακαγχάσας Μορμώ, ἔφη βοῶν, μορμὼ τῆς πρωτοπειρίας, ὦ βρεφύλλια. ὢ τοῦ γέλωτος.

κατασκήπτοντος δ᾽ ἀέλπτως εἰς ἐκείνους, πάντες δέει κάτω ἔνευσαν.

ὁ δὲ Περσεὺς γρύζων τι Οὐκ ἐς κόρακας, ἔφη, ἐρρήσεις, ὦ Ποίφυκτα; ἐὰν δὲ μή, ἧ κάρθ᾽ ὁ Βαρόνος ἀκούσεται· οὐ γὰρ μάτην λέγω.

ἐκεῖνος δὲ γλῶτταν ἐξώσας ἠφανίσθη, τὰ βακτήρια μεθεὶς ἅμα εἰς τὴν τοῦ Νεφελώδους κεφαλήν. ἤκουσαν δ᾽ αὐτοῦ ἀπᾴττοντος· ἔσειε γὰρ τὰς πανοπλίας παριών.

πορευομένοις δ᾽ αὖθις ὁ Περσεύς Δεῖ γὰρ οὖν, ἔφη, εὐλαβεῖσθαι τὸν Ποιφύκτην. ὁ γὰρ Βαρόνος Αἱματοσταγὴς μόνος οἷός τ᾽ ἐστι κατέχειν αὐτόν, ὅς γ᾽ οὐκ ἐθέλει εἰσακούειν που ἡμῶν τῶν πρυτάνεων. ἀλλ᾽ οὖν ἀφίγμεθα.

καὶ ἐπ᾽ ἔσχατα τῆς διαδρομῆς ἦν ἰδεῖν εἰκόνα ἐν ᾗ γέγραπται γυνὴ παχυτάτη οὖσα καὶ φοινικῆν ἠμφιεσμένη στολήν.

καὶ αὕτη ξύνθημα ἀπῄτησεν αὐτούς.

τοῦ δὲ Περσέως ῥωμαϊκῶς Δράκοντος κεφαλή λέξαντος, ἡ εἰκὼν πρόσω ἔρρεπε. καὶ ὀπὴν εἶδόν τινα κυκλοτερῆ ἐν τῷ τοίχῳ φανεῖσαν. πάντες οὖν διέβησαν καὶ ὁ Νεφελώδης, ὠφελείας δεησάμενος ἅτε οὐ δεινὸς ὢν ἀναρριχᾶσθαι. καὶ ἔτυχον ἐν τῷ τῶν Γρυφινδώρων κοινείῳ γεγενημένοι· ἦν δὲ τοῦτο τὸ οἰκοδόμημα κυκλοτερὲς καὶ πάνυ εἰς τὸ τρυφερὸν τεταγμένον, πολλῶν ἐνουσῶν κλίνων εὐστρώτων.

καὶ δι᾽ ἑτέρας μὲν θύρας ταῖς παρθένοις ἡγήσατο ὁ Περσεὺς εἰς θάλαμον, δι᾽ ἑτέρας δὲ τοῖς κόροις. ἐν δ᾽ ἄκρᾳ κλίμακι ἑλικοειδεῖ – δῆλοι γὰρ ἦσαν ἐν ἄκρῳ γενόμενοι τῷ πύργῳ – τελευταῖοι ηὗρον τὰς κοίτας· πέντε γὰρ ἦσαν στύλους ἔχουσαι τέτταρας καὶ ὁλοσηρικὰ παραπετάσματα φοινικοβαφῆ. αἱ δὲ κιβωτοὶ ἤδη εἰσεκομίσθησαν. ὡς δ᾽ εἰς τοσοῦτο κατατετριμμένοι οὐκ ἐπὶ πολὺ διαλεχθέντες μετ᾽ ἀλλήλων ἐνεδύσαντο τὰ νυκτερινὰ καὶ εἰς κοίτας ἔπεσον.

ὁ δὲ Ῥοὼν τονθορύζων διὰ τῶν παραπετασμάτων τῷ Ἀρείῳ Ἆρ᾽ οὐκ, ἔφη, καλὰ τὰ βρώματα; ἀλλ᾽ ἐς κόρακας, ὦ Σκαβρέ. τρώγει γὰρ τὰ ἐμὰ στρώματα.

ὁ δ᾽ Ἄρειος ἐν νῷ μὲν εἶχεν αἰτεῖν τὸν Ῥοῶνα εἴ τι γέγευσαι τοῦ μελιπήκτου, εἰς δ᾽ ὕπνον εὐθὺς ἔπεσεν.

καὶ ἴσως διὰ τὸ λίαν βεβρωκέναι ἐνύπνιον εἶδεν ἀτοπώτατον δή. ἐφόρει γὰρ τὴν τοῦ Κιούρου μίτραν, καὶ αὕτη ἔφασκε δεῖν αὐτὸν κατὰ τὸ πεπρωμένον μεταστῆναι εὐθὺς πρὸς τοὺς Σλυθηρίνους. τῇ δὲ μίτρᾳ οὐκ ἔφη βούλεσθαι εἰς τοὺς Σλυθηρίνους τελεῖν· βαρυτέραν δὲ ταύτην ἀεὶ γιγνομένην ηὗρεν ὥστε ὅσῳ ἐπεχείρησε ταλαίπωρος ἐκδῦναι τόσῳ βεβαιότερον στεφανοῦσθαι ἔδοξεν. καὶ μὴν ἰδοὺ ὁ Δράκων τοῦτο μὲν ἔσκωπτεν αὐτὸν τέως ἀγωνιζόμενον, τοῦτο δὲ καὶ μετέστη Σίναπυς γενόμενος, ὁ γρυπὸς ἐκεῖνος σοφιστής· ὁ δ᾽ ἐγέλα ἤδη λιγὺ καὶ πικρὸν ἐπ᾽ αὐτῷ. κἄπειτα φῶς τι χλοαυγὲς ἐγένετο, καὶ ὁ Ἄρειος ἐξήγρετο, ἱδρῶν ἅμα τε καὶ φρίττων.

ἀλλ᾽ οὖν περιστρεψάμενος πάλιν εἰς ὕπνον ἔπεσε. τῇ δ᾽ ἐπιούσῃ ἐγρηγορὼς οὐδὲν ἐμέμνητο τοῦ ἐνυπνίου.

— ΒΙΒΛΟΣ Η —

Ο ΣΟΦΙΣΤΗΣ Ο ΕΠΙ ΠΟΣΕΩΝ

Ἰδού.

Ποῦ;

Παρὰ τῷ μειρακίῳ τῷ μεγάλῳ καὶ πυρρότριχι.

Τῷ γε δίοπτρα φοροῦντι;

Ἠ τὴν ὄψιν εἶδες αὐτοῦ;

Ἠ τὴν οὐλήν;

τῇ γὰρ οὖν ὑστεραίᾳ ψιθυρισμὸν ἤκουσε πολὺν ὁ Ἅρειος ἐπεὶ τάχιστα ἀπῆλθεν ἐκ τοῦ θαλάμου. οἱ γὰρ ἔξω τῶν διδασκαλείων τὸν διδάξοντα περιμένοντες ἄκρῳ ποδὶ ἵσταντο κατοψόμενοι αὐτόν, οἱ δ' ἀεὶ παριόντες ἐν ταῖς διαδρομαῖς ὑπέστρεφον θάμα, ἰταμὸν δεδορκότες. ἐκεῖνος δ' ἐβούλετ' ἂν αὐτοὺς τοῦτο μὴ ποιεῖν, ὡς μάλιστα θέλων διατρῖψαι ἐπὶ τῷ τυγχάνειν τῆς πρὸς σχολὴν ὁδοῦ.

καὶ γὰρ κλίμακες ἦσαν ἐν Ὑογοήτου ἕκατον τετταράκοντα δύο· τούτων δ' αἱ μὲν πλατεῖαι ἦσαν καὶ μεγαλοπρεπεῖς, αἱ δὲ στεναὶ καὶ σαθραί, αἱ δὲ ἄλλοσε τῇ Παρασκευῇ ἄλλοσε κατὰ τὰς ἄλλας ἡμέρας ἔφερον, αἱ δ' αὖ βάθρον παρεῖχον ἄβαθρον κατὰ μέσην τὴν ἀνάβασιν οἷον ἔδει τοὺς ἀναβαίνοντας ὑπερπηδῆσαι ἀκριβῶς φυλαττομένους. καὶ μὴν τῶν θυρῶν τὰς μὲν οὐκ ἦν ἀνοίξαι εἰ μὴ κοσμίως ἔροιο ἢ ἐνταυθὶ μάλιστα γαργαλίζοις, τὰς δὲ εὕροις ἂν θύρας μὲν οὐκ οὔσας, τοίχους δὲ μᾶλλον ὑποδυσαμένους τὸ τῶν θυρῶν σχῆμα. καὶ χαλεπώτατον ἦν ἀκριβῶς μαθεῖν ὅπου τῷ ὄντι κεῖταί τι πάντων ῥεόντων, ὡς ἐδόκει. καὶ οἱ ἐν ταῖς γραφαῖς ἐφοιτῶν ἄλλος ἄλλοσε ἐπιόντες ἀλλήλους, καὶ δὴ καὶ αἱ πανοπλίαι ἐδόκουν τῷ Ἀρείῳ ἐξ αὐτομάτου περιπατεῖν δύνασθαι.

καὶ μὴν τὰ εἴδωλα ὀχληρὰ ἐγένετο. καὶ γὰρ θορύβοιο ἂν σὺ τῷ παραδόξῳ τοῦ πράγματος, εἴ ποτε εἴδωλόν τι φθάνοι σὲ διαβὰν διὰ τὴν θύραν τὴν κεκλεισμένην ἣν ἀνοίξειν ἔμελλες. ἀλλ' ὁ μὲν μονονουχὶ ἀκέφαλος Νίκος ἥδετο εὐθύνων τοὺς Γρυφινδωρίσκους, τῷ δὲ Ποιφύκτῃ τῷ δαιμονίῳ – ἥδιον ἂν σὺ διτταῖς θύραις ἐντύχοις κεκλῃμέναις καὶ μίᾳ κλίμακι ἀπατηλῇ ἢ ἐκείνῳ γε. ἐφίλει γὰρ καὶ τὰ ἀγγεῖα τὰ ἀχρήστου χαρτίου πλήρη κατὰ τῆς κεφαλῆς μεθεῖναί σοι καὶ τὰς δαπίδας τοῖς ποσὶν ὑποσπᾶν, καὶ βάλλειν σὲ τῇ γύψῳ, καὶ ἐπὶ σὲ ἀφανὴς κάτοπιν ἐφερπύσας τάς τε ῥῖνας λαβὼν βοᾶν λιγείᾳ τῇ φωνῇ Ἐγὼ τὸν μυκτῆρα σοῦ ἔχω.

ἀλλ' ὁ οἰκοφύλαξ ὁ Ἄργος Φήληξ ὅσον μάλιστα καὶ κάκιον ἦν τοῦ Ποιφύκτου. τῆς γὰρ ἐπιούσης ἡμέρας ἅμ' ἡλίῳ ὁ Ἄρειος καὶ ὁ Ῥοὼν ἀπέκναισάν πως αὐτὸν ἁλοῦντες μεταξὺ ἐπιχειροῦντες βίᾳ εἰσιέναι διὰ θύραν τινά. καὶ αὕτη, ὡς ἀπέβη αὐτοῖς κλαίουσι δή, εἴσοδος ἔτυχεν οὖσα εἰς τὴν διαδρομὴν ἀπόρρητον ἐκείνην τὴν ἐπὶ τοῦ τρίτου ὀρόφου. ὁ δὲ Φήληξ ὁ φύλαξ, οὐ πιστεύσας αὐτοῖς φάσκουσιν ἁμαρτεῖν τῆς ὁδοῦ, ἐπέπειστο τοιχωρυχεῖν αὐτοὺς ἐκ παρασκευῆς. ἠπείλει οὖν ἐνδήσειν αὐτοὺς εἰς δεσμωτήριον καὶ ἀπέσωσεν ὁ Κίουρος παριὼν τύχῃ τινί.

τῷ δὲ Φήληκι ἦν αἴλουρός τις θηλεῖα ὀνόματι Νῶροψ, ἰσχνὴ οὖσα καὶ σποδοειδὴς καὶ ἐξόφθαλμος ἴσον αὐτῷ τῷ κυρίῳ. καὶ αὐτὴ καθ' ἑαυτὴν μόνη περιεπόλει τὰς διαδρομάς. εἰ δέ τις παρ' αὐτῇ παρέβαινε θεσμόν τινα ἢ πλημμελὲς καὶ μικρόν τι ἐποίει, ἀπῄττε μετιὼν τὸν Φήληκα. ὁ δ' ἐν ἀκαρεῖ ἐφαίνετο ἀσθμαίνων ἅμα. τὰς γὰρ τοῦ παιδευτηρίου διαδρομὰς τὰς κρυπτὰς ὡς οὐδεὶς ἄλλος ἔγνω, εἰ μὴ ἔτυχον οἱ Εὐισήλιοι ἐμπειρότεροι γενόμενοι. ὥστ' ἦν αὐτῷ ἀνακύψαι μάλ' ἐξ ἀπροσδοκήτου καθάπερ τὰ εἴδωλα. ἀνθ' ὧν πάντες οἱ μαθηταὶ πάνυ ἐμίσουν αὐτὸν καὶ σκοπὸς ἦν αὐτοῖς τὴν Νώροπα πολλὰ λακτίζειν.

καὶ μὴν τὴν παίδευσιν αὐτὴν ἦν ἀνέχεσθαι, εἴ γ' ἄρα εἰς τὰ διδασκαλεῖα ἀκριβῶς ἀφίκετό τις. ἐλελήθει δὲ τὸν Ἄρειον ἡ μαγικὴ πρόσαντές τι οὖσα, δέον πολλῷ πλείονα πράττειν ἢ ῥάβδον σείοντα ὀλίγα καὶ γελοῖα λαλεῖν.

καὶ καθ' ἑκάστην τὴν ἑβδομάδα τῇ Τετάρτῃ ἔδει αὐτοὺς τῆς νυκτὸς ἀστρονομοῦντας φιλοσοφεῖν τὰ τῶν ἀστέρων ὡς μαθησομένους τοὔνομα ἑκάστου καὶ τοὺς δρόμους τοὺς τῶν πλανητῶν ἀστέρων. καὶ τρὶς τῆς ἑβδομάδος ἐξέβαινον πρὸς τὰ φυτηκομεῖα τὰ ὄπισθε τοῦ φρουρίου φιλοσοφήσοντες τὰ βοτανικὰ ξὺν φαρμακίδι τινὶ μικρᾷ οὔσῃ καὶ παχυτέρᾳ. ἡ δὲ Βλάστη – τοῦτο γὰρ ἦν ὄνομα αὐτῇ – ἐδίδασκεν αὐτοὺς οὐ μόνον ἐπιμελεῖσθαι πάντων τῶν καινῶν φυτῶν καὶ τῶν μυκητῶν ἀλλὰ καὶ εὑρίσκειν ἐφ' ᾧ δύναμιν ἔχοιεν.

καὶ μάλιστα οὐχ ἥδοντο ἀκούοντες περὶ τῶν τοῖς πάλαι μάγοις πεπραγμένων. ταύτης γὰρ τῆς διδασκαλίας μόνης ὁ σοφιστὴς ὢν εἴδωλον ἔτυχεν. καὶ γὰρ ὁ σοφιστὴς Βύνις πρεσβύτατος ὢν εἰς ὕπνον ποτὲ πρὸ τῆς ἐν τῷ παιδαγωγείῳ ἑστίας ἐπεπτώκει· τῇ δ' ὑστεραίᾳ ἀναστὰς διδάξων, τὸ σῶμα κατέλιπε. καὶ τοῦ Βίνεως συνεχῶς ὑμνοῦντος, ἔγραφον ὀνόματα καὶ χρόνους πολλὰ συγχέοντες ἀεὶ οἷον Ἐμερικὸν τὸν κακὸν καὶ Οὐρικὸν τὸν μανικόν.

ἀλλ᾽ ὁ Φιλητικὸς σοφιστὴς ὢν τῶν φίλτρων οὕτω μικρὸς ἦν τὸ σῶμα ὥστε δεῖν ἐπὶ σωρῷ βιβλίων ἑστάναι ὀψόμενον ὑπὲρ τοῦ βάθρου. ἐλθόντων δὲ τῶν μαθητῶν τὸ πρῶτον ὡς αὐτόν, μεταξὺ ἀναγιγνώσκων τὰ ὀνόματα αὐτῶν τὸ τοῦ γ᾽ Ἁρείου ἰδὼν εἰς τοσοῦτο ἐπλάγη ὥστ᾽ εὐθὺς τριγμὸν ἀφεὶς ἠφάνιστο καταπεσών.

ἡ τοίνυν σοφίστρια Μαγονωγαλέα ἐκ διαμέτρου ἦν τῶν τοιούτων. ὁ δ᾽ Ἅρειος ὀρθῶς ἄρ᾽ ἔμαθεν ὅτι οὐ προσήκει ἀνηκουστεῖν αὐτήν, δυσκίνητόν τ᾽ οὖσαν καὶ ξυνετόν. καὶ γὰρ ἐπεὶ τάχιστ᾽ ἐκάθισαν τὸ πρῶτον ἀκουσόμενοι αὐτῆς οἱ μαθηταί, ἐνουθέτησεν αὐτοὺς πάνυ ποτνιωμένη·

Ἀλλὰ μὴν, ἔφη, ἥ τοι μεταμόρφωσις εἶδός ἐστι τῆς μαγικῆς δεινόν τε καὶ ἐπικίνδυνον ὑπὲρ τἆλλα ἃ ἐν Ὑογοήτου μαθήσεσθε. καὶ δὴ εἴ τις παρ᾽ ἔμοιγε διατρίβων ἀσχημονήσει, ἐκλείψει τὸ διδασκαλεῖον οὐδ᾽ ἐπάνεισί ποτε. εὐλαβεῖσθε δῆτα.

ἐντεῦθεν δὲ μετέβαλε τὸ βάθρον εἰς χοῖρον κἄπειτα πάλιν ἐξ χοίρου εἰς βάθρον. καὶ πάντες ἐθαύμασαν μέν, συνῆσαν δὲ ταχέως οὐ μετὰ μικρὸν μέλλοντες μεταβαλεῖν τὰ ἔπιπλα εἰς τὰ ζῷα. γράψαντες μὲν οὖν πολλὰ καὶ ποικίλα, ἐδέξαντο ἕκαστοι πυρεῖον ὡς εἰς βελόνην μεταβαλοῦντες. τελευτησάσης δὲ τῆς σχολῆς, ἡ Ἑρμιόνη μόνη τῶν ἄλλων μετεσχημάτισέ τι τὸ πυρεῖον· καὶ ἡ Μαγονωγαλέα δείξασα τοῖς μαθηταῖς ὅπως τὸ χρῆμα ἀργυροειδές τι καὶ ὀξύθηκτον ἐγένετο ἐμειδίασέ τι τῇ Ἑρμιόνῃ ὃ καὶ ὀλιγάκις δήπου ἐποίει.

ἀτὰρ καὶ πάντες τὴν σχολὴν μάλιστα προσεδέχοντο τὴν περὶ τῆς πρὸς τὰ σκοτεινὰ δόγματα φυλακῆς. ἀλλ᾽ ὡς ἀπέβη, ἡ τοῦ Κιούρου διδασκαλία γελοῖόν τι ἔτυχεν οὖσα. τῶν γὰρ σκορόδων σφόδρ᾽ ὄζοντος τοῦ δωματίου, λόγος ἦν ὡς ἐλπίζει ἀμυνεῖν Λάμιαν τινὰ ἥτινι ἐνέτυχέ ποτε ἐν Ῥουμανίᾳ, πάνυ φοβούμενος ἔτι μὴ μετελθοῦσα ἐν νῷ ἔχῃ αὐτὸν διαφθεῖραι. καὶ οὗτος γοῦν ἔφασκε τὴν μίτραν δῶρον δέξασθαι ἀπὸ βασιλέως τῶν Αἰθιόπων χάριν εἰδότος· ἐκκόψαι γὰρ αὐτὸς ὑπὲρ ἐκείνου μορμολυκεῖον μάλ᾽ ὀχληρόν. οἱ δὲ μαθηταὶ ἐνεδοίαζον περὶ τούτων πότερον πεπεισμένοι εἰσίν. αὐτίκα γέ τοι τοῦτο μὲν τοῦ Σαμίου πολλῆς μετὰ σπουδῆς ἐρομένου αὐτὸν ὅπως δὴ ἐμαχέσατο τῷ μορμολυκείῳ, ὁ Κίουρος ἐρυθραινόμενος ἦρχε λέγων περὶ τῶν ὡρῶν· τοῦτο δὲ ᾔσθοντο αὐτῆς τῆς μίτρας κακὸν ὀζούσης. ἀλλ᾽ οὖν οἱ Εὐισήλιοι ἔφασκον σκορόδων σέσαχθαι καὶ τὴν μίτραν ἵνα ὁ Κίουρος φυλακῆς τύχοι ὅποι γῆς ἔλθοι.

ὁ δ' Ἄρειος ἥδετο μαθὼν ὅτι οὐκ' ἄρ' ἧττον ἐπίσταται τῶν ἄλλων παρατιθέμενος· πολλοὶ γὰρ ἐν Μυγάλοις τεθραμμένοι οὐ συνῄσαν ἑαυτοῖς φαρμακεῦσιν ἢ φαρμακίσι πεφυκόσι. καὶ τοσαῦτα ἔδει τοὺς πάντας μανθάνειν ὥστε καὶ ὁ Ῥοὼν καὶ οἱ τοιοῦτοι οὐ πολὺ προεῖχον τῶν ἄλλων.

τῆς τοίνυν Παρασκευῆς ὁ Ἄρειος καὶ ὁ Ῥοὼν τὸ πρῶτον εἰς τὸ μέγαρον ἀφίκοντο ἀριστήσοντες οὐ διαμαρτόντες ὁπωστιοῦν τῆς ὁδοῦ. καὶ τοῦτο μέγα τι ἐνόμισαν εἶναι.

καὶ ὁ μέν μέλι εἰς τὸν χόνδρον χέων Τήμερον, ἔφη, τί ἔχομεν;

ὁ δὲ Πόσεις, ἔφη, διπλᾶς μετὰ τῶν Σλυθηρίνων. ὁ δὲ Σίναπυς ἅτε κύριος ὢν τοῦ τῶν Σλυθηρίνων οἴκου λέγεται πάνυ σλυθηρινίζειν· οἷοί τ' ἐσόμεθα μαθεῖν πότερον τοῦτ' ἔστιν ἀληθές.

Εἰ γὰρ ἡ Μαγονωγαλέα ἐγρυφινδώριζεν, ἦ δ' ὃς ὁ Ἄρειος. αὕτη γὰρ καίπερ κυρία οὖσα τοῦ τῶν Γρυφινδώρων οἴκου, τῇ προτεραίᾳ πόλλ' ὅμως ἐπέβαλεν αὐτοῖς κατ' οἶκον ἀσκήσουσι μαθήματα.

ἐκομίσθησαν τοίνυν αἱ ἐπιστολαί. ἀλλὰ πρῶτον μὲν ἄρτι ἀφικόμενος κομιδῇ ἐξεπέπληκτο ὁ Ἄρειος ἰδὼν ὡς ἑκατὸν γλαῦκας ἄφνω εἰς τὸ μέγαρον μεταξὺ τοῦ ἀκρατίσματος κατασκηπτούσας καὶ ἀνὰ τὰς τραπέζας περιπετομένας καὶ τοὺς κυρίους ζητούσας καὶ ἐπιστολάς τε καὶ φορτία κατὰ τὰ γόνατα αὐτοῖς μεθείσας, τήμερον δὲ πάντα τὰ τοιαῦτα μέτρια ἔχειν ἐδόκει.

καὶ μέχρι τότε ἡ Ἡδυϊκτὶν οὐδὲν ἐκόμισεν αὐτῷ. ἐνίοτε μὲν γὰρ εἰσπτομένη ὡς τὸ οὖς αὐτοῦ φιλήσουσα καὶ ἄρτου φρυκτοῦ τι παρεδομένη τότε δὴ ἐπὶ κοῖτον ἀπῆλθε μετὰ τῶν ἄλλων γλαυκῶν τῶν Ὑογοητικῶν ἐν τῷ γλαυκοκομείῳ. τήμερον δὲ μεταξὺ τῆς παλάθης καὶ τοῦ σακχάρου κύλικος καταπτομένη μεθῆκεν ἐπιστολὴν εἰς τὴν ἐκείνου λεκάνην. ὁ δ' εὐθὺς σπουδαίως ἀνέῳξε. μόλις δ' ἀνέγνω τάδε· ὁ γὰρ γράψας ἄτεχνος ἦν τις, ὡς ἔοικεν.

Ἀγριώδης τῷ Ἀρείῳ χαίρειν·

Εὖ οἶδ' ὅτι καθ' ἑβδομάδα τῆς Παρασκευῆς δείλῃ σχολάζεις. ἆρ' ἐθέλεις συμμετέχειν τοῦ τείου μετ' ἐμοῦ τῇ ἐνάτῃ ὥρᾳ; βούλομαι γὰρ πάντ' ἀκοῦσαί σου περὶ τῶν τῆς πρώτης ἑβδομάδος πεποιημένων. ἀποκρίνου δῆτα μετὰ τῆς Ἡδυϊκτῖνος. ἔρρωσο.

ὁ δ' Ἄρειος χρησάμενος τὸν τοῦ Ῥοῶνος κάλαμον καὶ τὴν ἐπιστολὴν ἀναστρέψας ἔγραψεν ὅτι ἥδεται ἐπινεύων τοῦτο καὶ ὄψεται ἐκεῖνον διὰ χρόνου. κἄπειτα τὴν Ἡδυϊκτῖνα πάλιν ἐξέπεμψεν.

ἕρμαιον δ' ἦν τῷ Ἀρείῳ τὸ προσδοκᾶν τείου μεθέξειν μετὰ τοῦ

Ἀγριώδους. ἡ γὰρ περὶ τῶν πόσεων διδασκαλία ἀπέβη οἱ εἶναι κάκιστον ἁπάντων ὧν ἤδη πέπονθε.

τῇ μὲν γὰρ πρώτῃ τῆς περιόδου ἡμέρᾳ δειπνοῦντι ἔδοξε τῷ Ἀρείῳ ὁ Σίναπυς οὐ φιλεῖν αὐτόν. τελευτησάσης δὲ τῆς πρώτης σχολῆς τῆς τῶν πόσεων συνῄδει ἑαυτῷ πάνυ ἡμαρτηκότι. οὐ μὲν γάρ τοι ἄχθεσθαι τὸν Σίναπυν αὐτῷ, μισεῖν δ᾽ ἔσχατον μῖσος.

καὶ πρὸς τὰς πόσεις ἔδει διατρῖψαι ἐν δεσμωτηρίῳ πολλῷ ψυχροτέρῳ τοῦ ἄνω φρουρίου ὄντι. ὥστε μάλ᾽ ἐφοβοῦντ᾽ ἂν καὶ εἰ μὴ ἔδει βλέπειν ἅμα πρὸς τὰ τεταριχευμένα ζῷα τὰ ἐν φιάλαις ὑαλίναις περὶ τοὺς τοίχους φερόμενα.

καὶ ὁ Σίναπυς τὸ αὐτὸ ποιῶν τῷ Φιλητικῷ ἤρξατο τῆς σχολῆς ἀναγιγνώσκων τὰ τῶν μαθητῶν ὀνόματα. καὶ ὡσαύτως ἐπαύσατο μεταξὺ ἀναγιγνώσκων τὸ Ἀρείου ὄνομα.

καὶ ἡσύχως Εἶέν, ἔφη. ὁ πάνυ Ἄρειος Ποτῆρ, ἐξοχώτατος δήπου τῶν νέων μαθητῶν.

τοῦτο δ᾽ ἀκούσαντες ὁ Δράκων Μάλθακος καὶ οἱ ἑταῖροι Κάρκινός τε Κέρκωψ τε ἔλαθον κιχλίζοντες. ἀναγνοὺς δ᾽ οὖν τὰ ὀνόματα, ὁ Σίναπυς ὀξὺ ἀνέβλεψε πάλιν πρὸς τοὺς μαθητάς. ὀφθαλμοὺς δ᾽ εἶχε μέλανας καθάπερ ὁ Ἀγριώδης πλὴν ἀλλ᾽ οὗτός γε πάνυ φιλάνθρωπον ἔβλεπε κατὰ τὸ ξύνηθες. ἐκεῖνος μὲν οὖν τοὺς ὀφθαλμοὺς ψυχροὺς παρεῖχε καὶ κενοὺς καὶ ὁμοίους οὐκ οἶδ᾽ ὅπως τῷ σκότῳ τῷ ἐν ὑπονόμῳ τινί.

Ἥκετέ που, ἔφη, μεταχειρισόμενοι τὴν ποτικὴν οὐ μόνον ἐπιστήμην ἄδηλον οὖσαν καὶ τοῦ ποικίλου μετέχουσαν ἀλλὰ καὶ τέχνην τῆς ἀκριβείας μάλιστα δεομένην. καὶ ἔλεγε μὲν ὥσπερ πρὸς οὓς ψιθυρίζων τοῖς μαθηταῖς, οἱ δὲ πάντ᾽ ἤκουσαν ὅμως. ἐδύνατο γὰρ καθάπερ ἡ Μαγονωγαλέα ἀκονιτὶ κρατεῖν τῶν μαθητῶν τέως σιωπῇ ἡσυχαζόντων. καὶ ἀναλαβὼν Πολλοὶ γάρ τοι, ἔφη, τάχ᾽ ἂν ἡγοῖντο ταύτην τὴν τέχνην ἤ τι ἢ οὐδὲν τοῦ μαγικοῦ μετέχειν, οὐ δέον ὑμᾶς δήπου τὰς ῥάβδους σείοντας παγγελοίους εἰκότως δοκεῖν. οὐδ᾽ αὖ προσδέχομαι ὑμᾶς κατανοήσειν ὅπως καλόν ἐστιν ὁ λέβης ἠρέμα ζέων καὶ ποικίλον παρέχων καπνόν, ἢ ὅσον δύναται τὰ ὑγρὰ διὰ φλεβῶν βροτείων ῥέοντα ὡς κηλήσοντά τε τὴν ψυχὴν καὶ ἀπατήσοντα τὰς αἰσθήσεις... ἐγὼ γὰρ ἔχω διδάσκειν ὑμᾶς καὶ τὴν δόξαν θησαυρίζειν εἰς λήκυθον καὶ τὸ κλέος ἀναβράττειν καὶ δὴ καὶ ταριχεύειν τὸν θάνατον, εἴ γ᾽ ἄρα μὴ οὕτως ἐμβρόντητοι τυγχάνετε πεφυκότες ὡς ἐκεῖνοι οὓς κατὰ τὸ ξύνηθες δεῖ με διδάξαι.

καὶ ταῦτ᾽ ἀκούσαντες οἱ μαθηταὶ διετέλουν ἡσυχάζοντες. καὶ ὁ Ἄρειος καὶ ὁ Ῥοὼν κεκυρτωμένοι τὰς ὀφρῦς ἔβλεπον πρὸς ἀλλήλους. ἡ δὲ Ἑρμιόνη παντοία ἦν ὡς μάλιστα σπουδάζουσα ἐπιδεῖξαι ὅτι ἐμβρόντητος οὐκ ἔστιν.

ἀλλ᾽ ὁ Σίναπυς ἐξ ἀπροσδοκήτου Οὗτος, ἔφη, ὦ Ποτέρ. τί ἔχοιμ᾽ ἂν εἰπέ μοι εἰ συμμείξαιμι ῥίζαν ἀσφοδελίνην εὖ τετριμμένην μετὰ ἀψινθίου ἑφθοῦ;

ὁ δ᾽ Ἄρειος πάνυ ἀπορῶν εἰς ἑαυτόν Ποίαν, ἔφη, ῥίζαν μετὰ ποίου ἑφθοῦ; παρέβλεψεν οὖν πρὸς τὸν Ῥοῶνα ὡσαύτως ἀποροῦντα. ἡ μέντοι Ἑρμιόνη ὡς τάχιστα τὴν χεῖρα ἀνέσχεν.

ἐκεῖνος δέ Οὐκ οἶδα, ἔφη, ὦ κύριε.

ὁ δὲ Σίναπυς μάλα σαρδάνιον μειδιάσας Φεῦ φεῦ, ἔφη, τῆς δόξης.

τῆς δὲ Ἑρμιόνης ἔτι χειροτονούσης ἀμελήσας Δεῖ σε, ἔφη, πάλιν ἐγχειρῆσαι. ποῖ γῆς ζητοίης ἂν εἰ κελεύσαιμί σε ἐντερόλιθον εὑρεῖν;

καὶ ἡ μὲν Ἑρμιόνη τὴν χεῖρα εἰς τοσοῦτο ἐξέτεινεν ὅσον ἐνεδέχετο μὴ ἀναστᾶσα, ὁ δ᾽ Ἄρειος οὐκ ᾔδει στιγμὴν ἢ σκιὰν περὶ τοῦ ἐντερολίθου πάνυ ἀγνοῶν ὅ τι τυγχάνει ὤν. ὥστε οὐκ ἤθελε βλέψαι πρὸς τοὺς ἀμφὶ τὸν Δράκοντα πολλοῦ μετὰ γέλωτος ἤδη ἐπιχαιρεκακοῦντας.

Οὐκ οἶδα, ὦ κύριε.

Ἦ που οὐκ ἔδοξέ σοι, ὦ Ποτέρ, βίβλον ἀναπτύξαι οὐδεμίαν μέλλοντι παραγενήσεσθαι δεῦρο;

Ἄρειος δ᾽ ἐβιάζετο εἰς τὸ εὐθὺ βλέπειν πρὸς τούσδε τοὺς ὀφθαλμοὺς τοὺς ψυχρούς. τὰ γὰρ βιβλία ὡς ἀληθῶς ἀναγνῶναι παρὰ τοῖς Δουρσλείοις. ἀλλὰ πῶς ἐπιεικές ἐστιν εἰ ὁ Σίναπυς προσδέχεται αὐτὸν μεμνῆσθαι πάνθ᾽ ὅσα γέγραπται ἐν τῇ βίβλῳ τῇ περὶ χιλίων φαρμάκων βοτανικῶν καὶ μυκητίνων;

ἐκεῖνος δ᾽ ἔτι ἠμέλει τῆς χειρὸς ἤδη τρεμούσης τῆς Ἑρμιόνης.

Πῶς διαφέρει, ὦ Ποτέρ, τὸ ἀκόνιτον τοῦ λυκοκτόνου;

πρὸς δὲ τοῦτο ἡ Ἑρμιόνη ἀνέστη, τῆς χειρὸς πρὸς τὸν τοῦ δεσμωτηρίου ὄροφον ἐκταθείσης.

ἀλλ᾽ ὁ Ἄρειος σιωπῇ Ἐγὼ μέν, ἔφη, οὐκ οἶδα· οἶδε μέντοι ἥ γ᾽ Ἑρμιόνη, ὡς ἔοικε. τί οὐκ ἐρωτᾷς αὐτήν;

καὶ γελώντων ὀλίγων, τὸ βλέμμα ἔλαβε τοῦ Σαμίου. ὁ δ᾽ ἐσκαρδάμυξεν αὐτῷ. ὁ μέντοι Σίναπυς οὐκ ἠρέσκετο.

καὶ τῇ Ἑρμιόνῃ ἀνιώμενος Κάθησο, ἔφη. εἰ δ᾽ ἄρα μαθεῖν τι θέλεις, ὦ Ποτέρ, ἀκοῦσόν μου. τὸν γὰρ ἀσφόδελον εἴ τις συμμείγνυ τῷ ἀψινθίῳ, ναρκωτικὸν ποιεῖται φάρμακον οὕτω δύνατον ὥστε καλεῖσθαι πόσιν τοῦ θανάτου ἐμψύχου. καὶ ὁ ἐντερόλιθός ἐστι λίθος τις ἐκ γαστρὸς τράγου ἀφῃρημένος ἀλεξιφάρμακος ὤν. καὶ τό τ᾽

ἀκόνιτον καὶ τὸ λυκόκτονόν ἐστι δύο ὀνόματα πρὸς τὸ αὐτὸ φυτόν. τί δὲ δή; ἦ ταῦτα συγγράφετε πάντες;

καὶ ἄφνω ἐκύπταζον ἅπαντες περὶ καλάμους καὶ χάρτην. καὶ μεταξὺ τοῦ θορύβου ἐκεῖνος Καὶ οἱ Γρυφίνδωροι βαθμοῦ στερηθήσονται τῆς σῆς ὕβρεως ἕνεκα, ὦ Ποτέρ.

ἀναλαβόντες δὲ τὴν τῶν πόσεων σχολήν, οἱ Γρυφίνδωροι οὐδὲν ἐπὶ τὸ βέλτιον ἐχώρουν. ὁ γὰρ Σίναπυς εἰς συνωρίδας διελὼν αὐτοὺς ἐκέλευσε μεῖξαι πόσιν ἁπλοϊκὴν ὡς δοθιῆνας ἰασομένους. περιπολῶν δὲ καὶ τὸν τρίβωνα ἅμα σύρων τὸν μακρὸν καὶ μέλανα ἐθεώρει αὐτοὺς τὰς ἀκαλήφας ξηρὰς σταθμωμένους ἢ τοὺς ὀδόντας δρακοντείους ἀλοῦντας, πάντας ἀεὶ μωμώμενος πλὴν τοῦ Δράκοντος Μαλθάκου· τῷ δὲ ἡδέως ἔχων ἐδόκει. ἀτὰρ καὶ ἐκέλευε πάντας θαυμάζειν τοῦτον ὡς ἀμέμπτως ἕψει τοὺς γυμνοὺς κοχλίους κερασφόρους καὶ ἐξ ἀπροδοκήτου κατὰ τὸ δεσμωτήριον ἅμα μὲν ἦν νέφος ἰδεῖν καπνῶδες καὶ καλάϊνον, ἅμα δὲ ῥοῖζον ἀκοῦσαι μέγαν. ὁ γὰρ Νεφελώδης οὐκ οἶδ᾽ ὅπως ἔτυχε κατατήξας τὸν τοῦ Σαμίου λέβητα εἰς μύδρον τινὰ διάστροφον. ὥστε ἡ πόσις διαρρέουσα διὰ τὸ ἔδαφος λιθόστρωτον ἔκαιε τοῖς παροῦσι τὰ ὑποδήματα. καὶ ἐν ἀκαρεῖ οἱ μὲν μαθηταὶ πάντες ἐπὶ σκολυθρίοις ἵσταντο, ὁ δὲ Νεφελώδης τηκομένου τοῦ λέβητος πάνυ βρεχθεὶς τῇ πόσει, ἀνῴμωζεν ὀδύνῃ τειρόμενος ἐξανθοῦντος ἤδη τοῦ σώματος δοθιῆσιν ἐρυθροῖς καὶ διαπύροις.

ὁ δὲ Σίναπυς σεσηρὼς Ὦ τῆς μωρίας, ἔφη, ὦ ἀνόητε παῖ. καὶ τὴν ῥάβδον ἅπαξ τινάξας τὴν πόσιν ἐκκεχυμένην εὐθὺς διέλυσεν. καὶ ἀναλαβὼν Ἦ καὶ ἐνέθηκας, ἔφη, τὰς τοῦ ἀκανθίονος ἀκάνθας πρίν γ᾽ ἀνελεῖν τὸν λέβητα ἀπὸ τοῦ πυρός;

ἐκεῖνος δὲ ἐκνυζεῖτο ἅτε πάνυ φλυκταινούμενος τὰς ῥῖνας.

ὁ δὲ Σίναπυς δι᾽ ὀργῆς ἔχων ἐκέλευσε τὸν Σάμιον ἡγεῖσθαι αὐτῷ εἰς τὸ νοσοκομεῖον. κἄπειτα μετῆλθε τὸν Ἄρειον καὶ τὸν Ῥοῶνα ὡς συμπονήσαντας τῷ Νεφελώδει.

Οὗτος, ὦ Ποτέρ, τί χρῆμα σὺ οὐ παρῄνεσας αὐτὸν μὴ προσθεῖναι τὰς ἀκάνθας; ἦ που ἐνενόεις ὡς ἐκείνου σφαλέντος αὐξήσεις τὰ σαυτοῦ; τοιγαροῦν ἕτερον βαθμὸν ἀπώλεσας τοῖς Γρυφινδώροις.

τοῦτο δὲ ἀδικώτατον ἔδοξε τῷ Ἀρείῳ. μέλλοντα δὲ φθέγξασθαί τι ὁ Ῥοὼν λαθὼν ἐλάκτισεν ὄπισθε τοῦ λέβητος.

Μὴ λιπαρήσῃς, ἦ δ᾽ ὅς. τόδε γὰρ οἶδ᾽ ἀκούσας· ἔνεστι τῷ Σινάπει μνησικακεῖν δυσκόλῳ ὄντι.

ὕστερον δὲ ἀναβαινόντων αὐτῶν ἐκ τοῦ δεσμωτηρίου, ὁ Ἄρειος πόλλ᾽ ἐφρόντιζεν ἀθυμίας ὢν μεστός. ἀπολέσαι γὰρ δύο βαθμοὺς τῆσδε τῆς ἑβδομάδος πρωτόπειρος ὤν. ἀλλὰ διὰ τί ὁ Σίναπυς τοσοῦτο μισεῖ αὐτόν;

ὁ δὲ Ῥοών Θάρρει δῆτα, ἔφη. οὗτος γὰρ ἀεὶ φιλεῖ ἀφαιρεῖν βαθμοὺς τῷ Φερεδίκῳ καὶ τῷ Γεωργῷ. ἆρ' ἔξεστί μοι συγγενέσθαι τῷ Ἁγριώδει μετὰ σοῦ;

καὶ περὶ τὴν ἐνάτην ἀπὸ τοῦ φρουρίου ἐξελθόντες διὰ τοῦ κήπου ἐχώρουν. ὁ δ' Ἁγριώδης ἐνῴκει οἰκιδίῳ ξυλίνῳ πρὸς κρασπέδοις τῆς ἀπορρήτου ὕλης. καὶ πρὸ τῆς θύρας ἦν ἰδεῖν βαλλίστραν καὶ ἀρβύλας πηλοπατίδας.

κόψαντος δὲ τοῦ Ἀρείου, ἤκουσαν ψόφον τ' ἄδηλον ὡς ξύοντος τινὸς μανικῶς τὸ ἔδαφος τοῖς ὄνυξι, καὶ πολλῶν κυνὸς ὑλαγμάτων. ἔπειτα δ' ὁ Ἁγριώδης βοῶν Τοὔμπαλιν, ἔφη, ὦ Δάκος, πρὸς τοὔμπαλιν.

ὁ δὲ Ἁγριώδης ἔξω προὔκυψε τὴν ὄψιν μεγάλην καὶ δασεῖαν δείξας αὐτοῖς διὰ τρῆμα, τὴν θύραν ὀλίγον τι ἀνοίξας.

Ἀλλὰ περιμένετε· τοὔμπαλιν δῆτα, ὦ Δάκος.

καὶ ἠσπάσατ' αὐτοὺς μόλις κατέχων ἅμα Μολοσσικὸν κύνα ὑπέρμεγαν.

καὶ ἔνδον ἦν δωμάτιον ἓν μόνον. κωλᾶς δὲ καὶ φασιανοὺς ἂν εἶδες ἐξ ὀρόφου ἀνηρτημένους, καὶ χαλκεῖον ἐπ' ἐσχάρᾳ ζέον, καὶ ἐν μυχῷ κλίνην μεγάλην φάρεσι ποικίλοις ἐστρωμένην.

Χαίρετε, ἔφη, ἐπὶ ξενίων γὰρ ἤλθετε, τὸν κύνα ἅμα μεθείς. ὁ δ' ἀναπηδήσας εὐθὺς ἐπὶ τὸν Ῥοῶνα διέλειχε τὰ ὦτα. ὁ γὰρ κύων ὡς ἐδόκει καθάπερ ὁ Ἁγριώδης αὐτὸς δεινὸν μὲν ἐφαίνετο, ἔργῳ δ' ἤπιος ἦν ὅμως.

ὁ δ' Ἄρειος Οὑτοσί, ἔφη, Ῥοών ἐστιν. ἐν δὲ τούτῳ ὁ Ἁγριώδης ὕδωρ ζέον εἰς τεϊοδόχην χεύσας, πλακούντια ἐτίθη εἰς λοπάδα.

Ἦ ἄλλος τις Εὐισήλιος εἶ δήπου – ᾔσθετο γὰρ αὐτοῦ πάνυ φακώδους ὄντος – τὸ γὰρ ἥμισυ τοῦ βίου διέτριψα τὼ σὼ ἀδελφὼ ἀποδιώκων ἀπὸ τῆς ὕλης.

ἀλλὰ τοὺς ὀδόντας ὅσον οὐκ ἔθραυσαν ἐσθίοντες τὰ πλακούντια πάνυ σκληρὰ ὄντα. πρὸς ἡδόνην δ' οὖν σχηματιζόμενοι διεξῆλθον τὰ πρῶτα μαθήματα. ὁ δὲ κύων Δάκος τὴν κεφαλὴν ἔκλινεν ἐπὶ τὰ Ἀρείου γόνατα σιαλοχοῶν ἅμα κατὰ τοῦ τρίβωνος.

καὶ οἱ παῖδες μάλ' ᾔσθησαν ἀκούσαντες τοῦ Ἁγριώδους ἐπικαλοῦντος τῷ Φήληκι ἐκεῖνο τὸ παλαιὸν μίσημα.

Ἀλλὰ τὸ κατ' ἐκείνην τὴν αἴλουρον, τὴν Νώροπα, θέλοιμ' ἂν προσάγειν αὐτὴν τῷ Δάκει. ὁπόταν γὰρ εἰς παιδευτήριον ἔλθω, αὕτη πανταχοῦ διώκει με, οὐδ' ἔχω ἐκφυγεῖν, τοῦ Φήληκος ἅμα προτρέποντος αὐτήν.

ὁ δ' Ἄρειος καὶ περὶ τὴν σχολὴν τὴν τοῦ Σινάπεως πάντ' εἶπε τῷ Ἀγριώδει· ὁ δὲ καθάπερ ὁ Ῥοὼν ἀπεῖπεν αὐτὸν πράγματα παρέχειν· τὸν γὰρ Σίναπυν οὐδένα ὡς εἰπεῖν τῶν μαθητῶν ῥᾳδίως φέρειν.

Ἀλλ' ἐφαίνετο καὶ μισῶν ἐμέ.

Φλυαρεῖς, ἦ δ' ὃς ὁ Ἀγριώδης. κατὰ τίνα λόγον;

καίτοι οὐκ οἶδ' ὅπως ὁ Ἀγριώδης ἔδοξεν αὐτῷ οὐκ ὀρθοῖς τοῖς ὄμμασιν ἀναβλέψαι τοῦτο λέγων.

Πῶς ἔχει ὁ ἀδελφός σου Κάρολος; ἐφίλουν γὰρ αὐτὸν δεινὸν ὄντα χρῆσθαι τοῖς ζῴοις.

ὁ δ' Ἄρειος ἐσκόπει πρὸς ἑαυτὸν οὐκ εἰδὼς εἰ ἐκ προνοίας δὴ ἐκεῖνος μεταβάλοι τὸν λόγον. καὶ ἐν ᾧ ὁ Ῥοὼν διεξῄει τὰ τοῦ Καρόλου τοῦ περὶ τοὺς δράκοντας ὄντος, χαρτίον τι ἀνέλαβεν ἐν τῇ τραπέζῃ κείμενον ὑπὸ τῷ πρὸς τεϊοδόχην χιτωνίσκῳ. τοῦτο δὲ ῥῆσιν εἶχεν ἀπὸ τοῦ Καθημερίνου Μάντεως ἐκτετμημένην τοιάνδε·

ΠΕΡΙ ΤΗΣ ΕΝ ΓΡΙΓΓΩΤΟΥ ΤΟΙΧΩΡΥΧΙΑΣ
ΑΓΓΕΛΙΑ ΚΑΙΝΗ

ἰχνεύουσιν ἔτι οἱ ἐν τέλει τοὺς εἰς Γριγγώτου τῇ ἕνῃ καὶ νέᾳ τοῦ Ἰουλίου τοιχωρυχήσαντας, λεγομένους ἀγνώτους εἶναι φαρμακέας σκοτεινοὺς ἢ φαρμακίδας σκοτεινάς.

οἱ δὲ ἐν Γριγγώτου κόβαλοι οὔ φάσκουσιν ἀφῃρῆσθαι οὐδέν. τὴν γὰρ κατώρυχα ἐκείνην αὐθήμερον ἤδη κεκενῶσθαι.

κοβαλόνομος δέ τις ὑπὲρ Γριγγώτου τήμερον τῆς δείλης λέγων εἶπε τάδε· Οὐ μέλλομεν ἐρεῖν ὅ τι ἐνῆν αὐτοῦ. μὴ πολυπραγμονεῖτε δῆτα, εἰ μὴ θέλετε κακῶς ἀπόλεσθαι.

καὶ ὁ Ἄρειος ἐμέμνητό πως τοῦ Ῥοῶνος ἐν τῇ ἁμαξοστοιχίᾳ λέγοντος ὡς ἐπεχείρησέ τις λῃστεῦσαι τὸν Γριγγώτου, ἀλλὰ τὸ πότε οὐ διώρισεν.

Ὦ Ἀγρίωδες, ἔφη, ἡ εἰς Γριγγώτου τοιχωρυχία ἐγένετο παρὰ τἀμὰ γενέθλια, ἴσως που ἡμῶν καὶ παρόντων αὐτοῦ.

ἀλλὰ δῆλος ἦν νῦν δὴ ὁ Ἀγριώδης οὐκ ὀρθοῖς τοῖς ὄμμασιν ἀναβλέψας ἐξ ἴσου πρὸς τὸν Ἄρειον. γρύζων δ' οὖν ἄλλο προὔτεινε πλακούντιον. καὶ ὁ Ἄρειος αὖθις ἀνέγνω τὴν ἀγγελίαν φράζουσαν τὴν κατώρυχα ἐκείνην αὐθήμερον κεκενῶσθαι. τὸν γὰρ Ἀγριώδη κενῶσαι τὴν κατώρυχα τὴν ἑπτακοσιοστὴν καὶ τρισκαιδεκάτην, εἴ γ' ἔξεστι κενοῦν καλεῖν τὸ ἀπενεγκεῖν ἐκεῖνο τὸ αὐχμηρὸν σκεῦος. ἦ που τοῦτο δὴ οἱ τοιχωρυχοῦντες ἐζήτουν;

καὶ οἱ παῖδες πρὸς τὸ φρούριον ἐπανῆλθον δειπνήσοντες, τοὺς κόλπους παρέχοντες ἔτι βεβριθότας τοῖς πλακουντίοις ἃ ἐδέξαντο οὐκ ἐθέλοντες ἀνιᾶν οὐδὲν τὸν Ἀγριώδη. τῷ δ' Ἀρείῳ ἔδοξε τὸ παρ' Ἀγριώδει ἑστιᾶσθαι πλείω ἤδη παρασχεῖν ἄξια φροντίδος ἢ τὸ πρὸς σχολὰς φοιτᾶν. ἦ γὰρ ὁ Ἀγριώδης συνέλεξε τὸ αὐχμηρὸν ἐκεῖνο φθάσας τοὺς λῃστάς; ἢ ποῦ νῦν κεῖται αὐτό; ἢ οἶδεν ἄρα τι περὶ τοῦ Σινάπεως ὅπερ οὐκ ἐθέλει ἀγγεῖλαι ὁ Ἀγριώδης;

— ΒΙΒΛΟΣ Θ —

Η ΠΕΡΙ ΜΕΣΑΣ ΝΥΚΤΑΣ ΜΟΝΟΜΑΧΙΑ

ὁ δ' Ἄρειος οὐκ ἤλπιζε γνωρίσαι ποτὲ παῖδα οὐδένα ὃν μᾶλλον μισεῖ ἢ τὸν Δούδλιον, μέχρι οὗ τῷ γε Δράκοντι Μαλθάκῳ ἐνέτυχεν. ἀλλ' οὖν τό γε μὲν πρῶτον οὐκ ἔδει τοὺς Γρυφινδώρους τοὺς πρωτοπείρους φοιτᾶν μετὰ τῶν Σλυθηρίνων, εἰ μὴ πρὸς τὰ ποτικά, ὥστ' οὐκ ἔτυχεν ὁμιλῶν ὡς ἐπὶ τὸ πολὺ τῷ Μαλθάκῳ. ὕστερον δὲ οἱ Γρυφίνδωροι κλαίοντες κατεῖδον ἀγγελίαν τινὰ ἐν τῷ ἑαυτῶν κοινείῳ φανεῖσαν. τὰ γὰρ περὶ τῆς πτητικῆς μαθήματα τὰ πρώτιστα τῇ Πεμπτῇ γενήσεσθαι, δέον αὐτούς τε καὶ τοὺς Σλυθηρίνους κοινῇ φοιτᾶν.

ὁ δ' Ἄρειος αἰνιττόμενος Ἀλλ' ἕρμαιόν που, ἔφη, νομίζω τὸ ἐφορῶντος τοῦ Μαλθάκου ἐν σάρῳ εὐηθίζεσθαι.

τοῦτο γὰρ ἦν οὗ μάλιστ' ἐγλίχετο, τὸ τὴν πτητικὴν μανθάνειν.

ὁ δὲ Ῥοὼν εὖ ποιῶν Ἀλλ' οὐκ ἀκριβῶς οἶσθ' ὅτι εὐήθη σαυτὸν παρέξεις. πολλὰ μὲν γὰρ λαλεῖ ὁ Μάλθακος περὶ τῆς ἰκαροσφαιρικῆς ὡς ἐστι τεχνικὸς εἴ τις ἄλλος. ἀλλ' ἔστι δὴ τοῦτο ψιλὴ λαλία.

καὶ ὁ Μάλθακος πολλὰ δὴ ἔλεγε περὶ τῆς πτήσεως. βαρέως γὰρ ἔφερεν ἰδὼν τοὺς πρωτοπείρους οὐδέποτε πρὸς τὰς ἐπ' ἰκαροσφαιρικῆς ἀγέλας αἱρεῖσθαι ἀγωνισομένους. καὶ μεγαλαυχούμενος πόλλ' ἐμυθολόγει τὰ τοιαῦτα φράζων ὅπως μόλις πέφευγε Μυγάλους τινὰς ἐν ἑλικοπτέροις ἐπιδιώκοντας. καὶ οὐ μόνον οὗτος τοιαῦτ' ἐτραγῴδει, ἀλλὰ καὶ ὁ Σάμιος, εἴ τις πίθοιτ' αὐτῷ αὐχοῦντι, παῖς ὢν ἀεὶ περὶ τῆς χώρας ἐν σάρῳ ᾖττε. καὶ δὴ καὶ ὁ Ῥοών, εἴ τις βούλοιτο ἀκροᾶσθαι αὐτοῦ, πολλάκις διεξῄει ὅπως ἀνεμόπτερον μονονουχὶ προσέκρουσέ ποτε ἐν τῷ σάρῳ τῷ τοῦ Καρόλου παλαιῷ αἰωρούμενος. οἱ γάρ τοι τῶν ἀρχαίων γενῶν μαγικῶν ἅπαντες ἀεὶ περὶ τῆς ἰκαροσφαιρικῆς διελέγοντο. καὶ ὁ Ῥοὼν ἤδη πολὺ περὶ τῆς ποδοσφαιρικῆς ἠμφεσβήτει τῷ Δείνῳ Θόμᾳ κοινωνοῦντι τοῦ κοιμητηρίου αὐτοῖς, ὡς οὐκ ἐπιστάμενος τοῦτο τὸ παίγνιον ὅθεν ἀξιόλογον γίγνεται, μιᾶς μὲν σφαίρας ὑπαρχούσης οὐδ' ἐξὸν πέτεσθαι οὐδενί. καὶ ὁ Ἄρειος ἔλαβέ ποτε τὸν Ῥοῶνα σκαλεύοντα γραφὴν τοῦ Δείνου τινὰ εἰκασίαν παρέχουσαν τῶν ποδοσφαιριστῶν τῶν Ῥαιστήρων καλουμένων εἴ πως κινοίη αὐτούς.

ὁ δὲ Νεφελώδης οὐπώποτ' ἐν σάρῳ διέτριψε, τῆς τήθης οὐκ ἐπιτρεψάσης ποτ' αὐτῷ οὐδ' ἅπτεσθαι τοῦ τοιούτου.

ὁ δ' Ἄρειος καθ' ἑαυτὸν λογισάμενος ἐνόμισεν αὐτὴν εὖ φρονεῖν· τὸν γὰρ Νεφελώδη πολλάκις δὴ κακὰ πεπονθέναι καὶ πεδοστιβῆ.

καὶ ἡ Ἑρμιόνη οὐχ ἧττον τοῦ Νεφελώδους ἐφοβεῖτο τὰ περὶ τῆς πτήσεως. ταῦτα γοῦν οὐκ ἦν ἐκ βιβλίου μαθεῖν, οὐ μὴν ἀλλ' ἐντόνως ἐπεχείρησεν. ἀριστῶντας γὰρ τῇ Πεμπτῇ πάνυ ἀνιῶσα πάσας διεδίδου τὰς περὶ πτήσεως ὑποθέσεις ἃς ἐξηύρηκε βιβλίον χρησαμένη τι παρὰ τῆς δημοσίας βιβλιοθήκης. τούτῳ γὰρ τῷ βιβλίῳ ὄνομα ἦν ἡ ἰκαροσφαιρικὴ ἐξ ἔτους εἰς ἔτος. καὶ ὁ μὲν Νεφελώδης ἐκκρεμάμενος τοῦ λόγου αὐτῆς μάλιστ' ἐσπούδαζεν εἴ πως τοῦ σάρου ἐκκρεμάσθαι δύναιτο μαθὼν ἤδη τὰ ἐπιτήδεια, οἱ δ' ἄλλοι μάλισθ' ἥσθησαν εἰσκεκομισμένων τῶν ἐπιστολῶν· τοῦτο γὰρ εὐθὺς δὴ ἔσχεν αὐτὴν μεταξὺ λέγουσαν.

ὁ δ' Ἄρειος οὐκ ἐλελήθει δήπου τὸν Μάλθακον οὐδεμίαν δεξάμενος ἐπιστολὴν μετὰ τὰ γράμματα τὰ τόθ' ὑφ' Ἀγριώδου πεμφθέντα. τούτῳ γὰρ ὁ ὦτος ἀεὶ νώγαλα σοφῶς χάρτῃ συγκαλυπτὰ οἴκοθεν εἰσεκόμιζεν, ἅπερ ἐκεῖνος γαυρούμενος ἐναντίον τῶν Σλυθηρίνων ἐξεκάλυπτεν ἀριστώντων.

καὶ στρὶξ ἐκόμισε τῷ Νεφελώδει μικρόν τι ὑπὸ τῆς τήθης πεμφθέν. τοῦτο δὲ σπουδῇ ἐκκαλύψας ἔδειξεν αὐτοῖς σφαῖράν τινα ὑαλίνην καὶ καπνοῦ πλήρη λευκοῦ τοσαύτην ὅσην βώλῳ μεγάλῳ εἰκάζοιεν ἂν οἱ νῦν παῖδες.

Ἀλλὰ παντομνημονευτικόν ἐστιν, ἔφη. ἡ γὰρ τήθη ξύνοιδε μοι πάνυ ἐπιλήσμονι ὄντι· τοῦτο δὲ σημαίνει ὅ τι ποιητέον ἔσται σοι ἤν ποτε ἐπιλάθῃς του. ἰδού· ἢν μέν σοι βεβαίως ἐχομένῳ ἐρυθρὸν γίγνηται, ἐπιλέλησαι τινός – ἀλλὰ μεταξὺ λέγων ταῦτα μάλιστ' ἠπόρει, τοῦ παντομνημονευτικοῦ ἐκλάμποντος ἅμα ὥσπερ σάνδυκος. καὶ γὰρ αὐτὸς ἐπελάθετό τινος.

ἐπειρᾶτο δὲ μεμνῆσθαι ὅτου ἐπελάθετο καὶ ὁ Δράκων Μάλθακος τὴν τῶν Γρυφινδώρων τράπεζαν παριὼν ἀνήρπασε τὸ παντομνημονευτικὸν αὐτῷ ἐκ τῆς χειρός.

καὶ ὁ μὲν Ἄρειος καὶ ὁ Ῥοὼν εὐθὺς ἀνεπήδησαν, ὡς μάλ' ἐλπίζοντες πρόφασίν τινα εὑρεῖν τοῦ εἰς χεῖρας ἐλθεῖν ἐκείνῳ. ἡ δὲ

Μαγονωγαλέα ἔφθασεν αὐτοὺς ἀεὶ ἐν εὐφυλάκτῳ οὖσα ὑπὲρ τῶν ἄλλων σοφιστῶν πρὸς τὸ πράγματα γιγνώσκειν.

Τί δὴ τὸ πρᾶγμα; ἔφη.

Ὁ Μάλθακος τοὐμὸν ἔχει παντομνημονευτικόν, ὦ σοφίστρια.

καὶ σκυθρωπάζων τι ὁ Μάλθακος ταχέως μεθῆκε τὸ παντομνημονευτικὸν ἐπὶ τὴν τράπεζαν.

Οὐδέν, ἔφη, ἄλλο ἤθελον ποιῆσαι ἢ θεωρεῖν μόνον. καὶ ὑπεξῆλθεν ἄγων Κάρκινον καὶ Κέρκοπα.

*

ὀλίγον δὲ μετὰ τὴν ἐνάτην τῆς δείλης, ὅ τ' Ἄρειος καὶ ὁ Ῥοὼν καὶ οἱ ἄλλοι Γρυφίνδωροι σπεύδοντες κατέβησαν κατὰ τὴν κλίμακα εἰς τὸν κῆπον μαθησόμενοι τὰ πρῶτα τῆς πτητικῆς τέχνης. αἰθρίας δ' οὔσης ἐπορεύοντο διὰ λειμῶνος ἀνέμοις κινουμένου κάτω εἰς λειμῶνα ἄλλην ὁμαλήν. αὕτη δ' ἦν ἐπέκεινα τοῦ κήπου, ἀπέχουσα πολὺ τῆς ὕλης ἀπορρήτου, ἧς ἂν ὅμως τὰ δένδρα τηλόθεν εἶδες κνεφαῖα ἀνέμῳ φορούμενα.

καὶ οἱ Σλυθήρινοι ἤδη παρῆσαν καὶ σάρα εἴκοσι πρόκροσσα ἐν στοίχοις κοσμίως ἦν προκείμενα. ὁ δ' Ἄρειος ἤκουσέ ποτε τῶν Εὐισηλίων σχετλιαζόντων περὶ τῶν σάρων τῶν Ὑογοητικῶν ὡς ἔστιν ἃ ἢ σφύζει ἐάν τις ἀνωτέρω πέτηται, ἢ πρὸς ἀριστερᾶν περιίσταται.

ἀφίκετο δ' ἤδη ἡ Εὐχρῆ διδασκαλὶς οὖσα. πολιὰς δὲ παρεῖχε τὰς τρίχας, καὶ ἦσαν αὐτῇ ὀφθαλμοὶ κιρροὶ καθάπερ κίρκῳ.

καὶ γρύζουσα Τί μέλλετε; ἔφη. πᾶς τις παραστήτω σάρῳ. ἄγε δή. σπεύσατε.

ὁ δ' Ἄρειος βλέψας κάτω τοῦ ἑαυτοῦ σάρου ᾔσθετο παλαιοῦ ὄντος καὶ πτόρθους ἔχοντος οὐκ ὀλίγους εἰκῇ προὔχοντας.

ἐκείνη δὲ Προτείνατε, ἔφη, τὴν δεξιὰν ὑπὲρ τὸ σάρον καὶ Ἄνα βοήσατε.

καὶ ἅπαντες Ἄνα ἐβόησαν.

καὶ τὸ τοῦ Ἀρείου σάρον εὐθὺς εἰς τὴν δεξιὰν ἀνεπήδησεν καὶ ἄλλα ὡσαύτως τινά, ὀλίγα δέ. καὶ τὸ μὲν τῆς Ἑρμιόνης οὐδὲν ἐκινήθη πλὴν ἀλλὰ χαμαὶ περιεστρέψατό τι, τὸ δὲ τοῦ Νεφελώδους ἀκίνητον δὴ αὐτοῦ ἔκειτο. ὁ δ' Ἄρειος ἐσκοπεῖτο πρὸς ἑαυτὸν εἴ πως τὰ σάρα ὁμοῖα ὄντα τοῖς ἵπποις εἰδεῖεν πότερον φόβον τις παρέχοι. τὴν γὰρ τοῦ Νεφελώδους φωνὴν δήλην εἶναι τρέμουσαν ὡς μάλιστα βουλομένου χαμαὶ διατρῖψαι.

ἐντεῦθεν δὲ ἡ Εὐχρῆ μεταξὺ αὐτοὺς ἐπὶ σάρον ἀναβάντας διδάσκουσα τῆς ἀκμῆς μὴ περιρρυῆναι, διὰ στοίχους ἄνω τε καὶ κάτω ἐβάδιζεν ἀνορθώσουσα τοὺς μὴ προσηκόντως τοῦ σάρου ἀντιλαμβάνοντας. ὁ δ' Ἄρειος καὶ ὁ Ῥοὼν μάλισθ' ἥδοντο ἀκούσαντες αὐτῆς τῷ γε Μαλθάκῳ λεγούσης ὡς ἐπὶ μήκιστον οὐκ ὀρθῶς ἔπραττε.

Ἄγε δή, ἔφη, ἐπεὶ τάχιστα τῷ νιγλάρῳ ηὔλησα τὴν ἀρχήν, δεῖ ὑμᾶς ἐντόνως λακτίσματι ἀπῶσαι τὰ σάρα ἀπὸ τῆς γῆς ὡς ἄρδην αἰωρησόμενοι. ἰσόρροπα δ' ἔχοντες τὰ σάρα ἄνω φέρεσθε μικρόν τι κἄπειτα πρόσω νεύσαντες εὐθὺ χαμᾶζε κατάγεσθε. ἀκούσατε δῆτα τοῦ νιγλάρου· τρεῖς – δύο – ...

ὁ δὲ Νεφελώδης περιδεὴς ὢν ὡς φοβούμενος χαμαὶ καταμεῖναι, ἐρρωμένως πεδόθεν ἀπεώσατο πρίν γε τὴν Εὐχρῆν αὐλῆσαι.

αὕτη δὲ βοῶσα Κάτιθι, εἶπεν, ὦ παῖ. ἐκεῖνος δ' ἤδη ἀεροδόνητος ἀνώτερω φέρεται καθάπερ βύσμα ἐκ σταμνίου πηδῶν. καὶ νυνὶ δώδεκα πόδας μεμετεώρισται, νῦν δ' εἴκοσιν. ὁ δ' Ἄρειος κατεῖδεν αὐτὸν τοῦτο μὲν λευκὸν γεγενημένον τὴν ὄψιν καὶ δέει ἐκπεπληγμένον κάτω βλέποντα πρὸς τὴν γὴν ἤδη ἐξίτηλον οὖσαν, τοῦτο δὲ κεχηνότα καὶ ἀπορρέοντα εἰς πλάγιον ἀπὸ τοῦ σάρου –

τοῦτο δὲ πέδονδε πεσόντα καὶ πατάγῳ μεγάλῳ γὴν κρούσαντα χαμαὶ πρηνὴ κείμενον ταλαίπωρον.

τὸ δὲ σάρον ἔτι ἀνώτερω μετεωριζόμενον καὶ κατ' οὖρον ἡσύχως φερόμενον πρὸς τὴν ὕλην ἀπόρρητον μετ' ὀλίγον ἀφανῆ ἐγένετο.

ἡ δ' Εὐχρῆ προσέκυπτε τῷ Νεφελώδει λευκὴν ὡσαύτως παρέχουσα τὴν ὄψιν.

καὶ ὁ Ἄρειος ἤκουσεν αὐτῆς λεγούσης τάδε· Τὸν καρπὸν ἔχει κατεαγότα. ἄγε δή, ὦ παῖ. καλῶς ἔχει. ἀνάστηθι δῆτα.

καὶ τοῖς ἄλλοις μαθηταῖς Μηδείς, ἔφη, κινείσθω ἐν ᾧ ἄγω τοῦτον τὸν παῖδα πρὸς τὸ νοσοκομεῖον. καὶ δεῖ ὑμᾶς ἐᾶν τὰ σάρα χαμαὶ λιπόντας· εἰ δὲ μή, θᾶττον ἐκπεσεῖσθε ἐκ τοῦ Ὑογοήτου ἢ δύναταί τις εἰπεῖν τὸ ἰκαροσφαιρική. ἄγε δή, ὦ φίλτατε.

ὁ δὲ Νεφελώδης δακρυρροῶν ἔτι καὶ τοῦ καρποῦ ἐχόμενος, ἀπῆλθε χωλευόμενος μετὰ τῆς Εὐχρῆς ἀμφιβαλούσης τὴν χεῖρα αὐτῷ.

ἀποιχομένων δ' ἐξ ἐπηκόου, ὁ Μάλθακος γέλωτα συνέθηκε πολὺν εἰπὼν ὅτι·

Ἦ καὶ τὸ πρόσωπον εἴδετε τοῦ βλακός;

οἱ δ' ἕτεροι Σλυθήρινοι εὐθὺς συνεγέλων.

ἡ δὲ Παραβάτις Πατίλη Σίγα, ἔφη, ὦ Μάλθακε.

Μῶν παραστατεῖς τῷ Μακροπύγῳ; τοῦτ' εἶπε Παννίκη Παρακίττος, Σλυθηρίνη οὖσα σκυθρωπὴ τὴν ὄψιν. Οὐ γάρ τοι ᾠήθην ἂν σέ, ὦ Παραβάτις, ἀγαπᾶν τὰ σάρκινα παιδάρια μαμμόθρεπτα.

ὁ δὲ Μάλθακος προπηδήσας ἔλαβέ τι ἐπὶ τῆς γῆς κείμενον.

Ἰδού, ἔφη. τοῦτο γάρ ἐστιν ἐκεῖνο τὸ τῇ τήθῃ δεδομένον ὑπεργέλοιον.

καὶ τὸ παντομνημονευτικὸν ἂν εἶδες στίλβον ἐν ἡλίου ἀκτῖσιν ὑπ' αὐτοῦ ἀρθέν.

ὁ δ' Ἅρειος ἠρέμα Δός, ἔφη, δὸς αὐτὸ ἔμοιγε. καὶ κατεσιώπων ἅπαντες θεωρήσοντες.

ὁ δὲ Μάλθακος σαρδάνιον ἐγέλασεν.

Θέλοιμ' ἄν, ἔφη, καταθεῖναί που αὐτὸ ὅθεν ὁ Μακρόπυγος οἷός τ' ἔσται ῥᾳδίως ἀναλαβεῖν. αὐτίκα γ' εἰς δένδρον.

κραυγάζοντος δ' ἤδη τοῦ Ἀρείου Δὸς ἐμοὶ αὐτό, ἀναπηδήσας ἐπὶ τὸ σάρον ἀνέπτατο εἰς ἀέρα. οὐδ' ἔψευστο φάσκων δεινὸς εἶναι πέτεσθαι· αἰωρούμενος γὰρ ἴσον τοῖς ἄκροις κλάδοις παρὰ δρῦν τινα, βοῶν Ἧκε οὖν, ἔφη, ὦ Ποτέρ, λαβοῦ μοι.

καὶ μὴν ὁ Ἅρειος ἀνείλετο τὸ σάρον.

καὶ ἡ μὲν Ἑρμιόνη κεκραγυῖα πρὸς αὐτόν, Μή μοι σύ, ἔφη. τῆς γὰρ Εὐχρῆς ἀπειπούσης ἡμᾶς κινεῖσθαι, πράγματα παρέξεις ἅπασιν.

ὁ δ' Ἅρειος ταῦτ' ἐν οὐδενὶ λόγῳ ἐποιήσατο. πιμπράμενος οὖν κατ' αὐτοῦ ἐπὶ τὸ σάρον ἀνεπήδησε, καὶ ἐντόνως ἐλάκτισε τοὔδαφος, καὶ ἄρδην ἐμετεωρίσθη, τῆς κόμης ἅμα δι' αὔρας ᾀττομένης καὶ τοῦ τρίβωνος πρὸς ἀνέμου διαπνεομένου. καὶ ἔζει πως τὸ τοῦ θυμοῦ μένος αὐτῷ εἰδότι ὡς πρᾶξιν ἤδη μεταχειρίζοιτο καθ' ἣν ἂν ἀδίδακτος ἀριστεύοι. τοῦτο γὰρ ῥᾴδιον εἶναι, τοῦτο θαυμαστόν ὡς σφόδρα. καὶ ἀντισπάσας τι τὸ σάρον ὡς καὶ ἀνωτέρω εὐθυνῶν ᾔσθετο ὀλολυγμοῦ μὲν τῶν χαμαί παρθένων κεχηνυιῶν, τοῦ δὲ Ῥοῶνος ἀλαλαγμοῦ ἅμα τεθηπότος.

ταχέως δὲ τὸ σάρον σπάσας ηὔθυνεν ἀντιωσόμενος τῷ Μαλθάκῳ. ὁ δ' ἐκπεπληγμένος ἐφαίνετο.

ὁ δ' Ἅρειος Δὸς ἐμοὶ αὐτό, ἔφη. εἰ δὲ μή, ἐκκρούσω σ' ἀπὸ τοῦ σάρου.

ἐκεῖνος δὲ Πῶς δῆτα; ἔφη· ἤθελε μὲν γὰρ ἐπισκώπτειν αὐτόν, περιδεὴς δ' ὄντως ἐφαίνετο γενόμενος.

ἀλλ' ὁ Ἅρειος ᾔδει πως τὸ δραστέον. προὔκυψεν οὖν καὶ τοῦ σάρου ἀπρὶξ ἐλάβετο· τὸ δὲ ᾖξεν ἐπὶ τὸν Μάλθακον ὥσπερ βέλος. μικροῦ δ' ἐδέησε πατάξαι αὐτὸν μόλις φθάσαντα· Ἅρειος δὲ ταχέως ἔμπαλιν στρεψάμενος τὸ σάρον ἰσόρροπον ἀνεῖχε. καὶ ὀλίγοι τῶν κάτω ἐκρότουν.

Οὔτε Κάρκινος, ἔφη, οὔτε Κέρκωψ πάρεστιν ὥσπερ δαίμων τις ἀπὸ μηχανῆς ῥυσόμενός σε.

ἐκεῖνος δὲ ταὐτὰ λογισάμενος Λαβοῦ δῆτα, ἔφη, εἰ τυχεῖν αὐτοῦ οἷός τ' εἶ. καὶ τὴν μὲν σφαῖραν τὴν ὑαλίνην ἄρδην ἔβαλε μετέωρον, αὐτὸς δ' ὕψοθεν ᾖξε πρὸς τὸ ἔδαφος.

ὁ δ' Ἄρειος ἐθεάσατο αὐτὴν ὥσπερ ἐκ θεοῦ κάτοχος πρῶτον μὲν βραδέως ἀνωτέρω μετεωριζομένην, ἔπειτα δὲ κατ' ὀλίγον χαμᾶζε πίπτουσαν. ἔνευσεν οὖν καὶ τὴν τοῦ σάρου κώπην κάτω ηὔθυνε. καὶ ἐν ἀκαρεῖ κάταντες κατέσκηπτεν ἀεὶ θᾶττον καταιγίζων ὡς φθάσων τὴν σφαῖραν. ᾔσθετο δ' οὐ μόνον τοῦ πνεύματος κατ' ὦτα παφλάζοντος ἀλλὰ καὶ τοῦ θορύβου τῶν κάτω θεωρούντων. καὶ χεῖρα προτείνας ἔλαβεν τὴν σφαῖραν μικροῦ δέουσαν προσκροῦσαι τῷ ἐδάφει, καιρίως δ' ἅμα τὸ σάρον κατορθῶν ἠρέμα κατερρύη εἰς τὸν λειμῶνα, τὸ παντομνημονευτικὸν χειρὶ ἔχων ἔτι ἀκέραιον.

Οὗτος σύ, ὦ Ἄρειε Ποτέρ.

ταπεινότατος δ' ἐξ ὑψηλοτάτου παραυτίκα ἐγένετο· ἡ γὰρ Μαγονωγαλέα ἔτρεχεν ἐπ' αὐτούς. Ἄρειος δὲ τρέμων ἀνέστη.

ἐκείνη δὲ ὅσον οὐκ ἄφωνος γενομένη διὰ τὸ ἀπροσδόκητον, τῶν διόπτρων ἅμα δι' ὀργῆς ἀστραπτούντων Οὐδέποτε, ἔφη, ἐξ οὗ ἐν Ὑογοήτου – καὶ δῆτ' ἐτόλμας – τάχ' ἂν ἐξετραχηλίσθης –

Ἀλλ' οὗτός γ' ἄμεμπτός ἐστιν, ὦ σοφίστρια –

Σίγα, ὦ Πατίλη –

Ἀλλ' ὁ Μάλθακος –

Ἅλις εἶπας, ὦ Εὐισήλιε. ἕπου μοι, ὦ Ποτέρ, νυνί.

ὁ δ' Ἄρειος κατεῖδε Μάλθακον τε καὶ Κάρκινον καὶ Κέρκοπα παιωνίζοντας ἀθύμως βαδίζων ὄπισθε τῆς Μαγονωγαλέας προχωρούσης πρὸς τὸ φρούριον. πάντως γὰρ ᾔδει ἐκπεσούμενος. καὶ ἐβούλετο μὲν ἀπολογεῖσθαι, ἀφασία δέ τις εἶχεν αὐτόν, ὡς ἐφαίνετο. ἡ δ' οὖν Μαγονωγαλέα τὸν τρίβωνα σύρουσα οὕτω ταχέως προὐχώρει οὐδὲν βλέψασα πρὸς αὐτόν ὥστ' ἔδει τρέχειν ξυνεψόμενον αὐτῇ. ἀπολωλέναι γὰρ ὡς οὐ δυνηθεὶς οὐδὲ δύο ἑβδομάδας ἀντέχειν. ἐν δ' ἀκαρεῖ δεήσειν αὐτὸν συσκευάσασθαι τὰ χρήματα. τί ἐροῦσιν οἱ Δουρσλείοι αὐτῷ οἰκάδε ἀφικομένῳ;

καὶ ἀνὰ τὰς τοῦ φρουρίου προσαμβάσεις ἔβησαν καὶ ἀνὰ τὸν ἔνδον ἀναβαθμὸν μαρμάρινον ἐκείνης οὐδὲν αὐτῷ εἰπούσης. ἡ δὲ θύρας βιαίως ἀνέῳξε καὶ παρὰ διαδρομὰς ἐπορεύθη, τοῦ Ἀρείου τέως κατὰ νῶτον ὀπισθοφυλακοῦντος ταλαιπώρου. ἴσως γὰρ ἐκείνην ἄγειν αὐτὸν ὡς τὸν Διμπλόδωρον. καὶ ἐνενόησε τὸν Ἀγριώδη ἐκπεσόντα μὲν ἐξὸν δὲ μεῖναι κυνηγιοφύλακα. ἴσως γενήσεσθαι αὐτὸς διάκονος τοῦ Ἀγριώδους. καὶ ἀναπλάττων ὅπως αὐτὸς τὸ σακίον οἴσει τὸ τοῦ Ἀγριώδους περιπολῶν κατ' ἀγρούς, μάλιστα δὴ ἠθύμει.

εἱστήκει δ' ἐκείνη πρὸ δωματίου τινός. καὶ τὴν θύραν ἀνοίξασα *καὶ παρακύψασά τι Ξύγγνωθί μοι, ἔφη, ὦ Φιλητικέ. Ἆρ' ἔξεστί μοι Ὕλην χρήσασθαι διὰ μικρόν;*

ὁ δ' Ἄρειος ἀπορῶν ἐσκόπει πρὸς ἑαυτὸν εἴ Ὕλη ἐστὶ ξύλον τι πρὸς τὸ συντρῖψαι αὐτόν.

Ὁ δ' Ὕλης ἄρα ἀπέβη ἄνθρωπος ὤν, νεανίσκος εὐτραφὴς πενταετηρίδ' ἤδη διατρίψας, ὅστις ἀπὸ τῆς τοῦ Φιλητικοῦ σχολῆς ἦλθεν ἀμηχανῶν.

ἐκείνη δέ Ἕπεσθέ μοι, ἔφη, ἀμφότεροι. καὶ ἐπορεύθησαν ὁμοῦ ἀνὰ τὴν διαδρομήν, τοῦ Ὕλου τέως δεινὸν βλέποντος πρὸς τὸν Ἄρειον.

Εἴσιτε δή.

αὕτη δ' ἡγήσατ' αὐτοῖς εἰς διδασκαλεῖον κενὸν πλὴν ἀλλ' ὁ Ποιφύκτης ἐκεῖθι γράμματα ἀσχήμονα ἐπὶ τοῦ μέλανος πίνακος γυψῷ ἔγραφεν.

Ἄπιθι, ἔφη, ὦ Ποίφυκτα. καὶ ὁ μὲν τὸν γυψὸν εἰς φορυτὸν βαλὼν μεγάλου μετὰ πατάγου, πολλὰ δὲ καταρώμενος ἀπῆλθεν. ἐκείνη δ' ἐπαράξασα εὐθὺς τὴν θύραν μετεστρέψατο ἐναντίον τοῖν παίδοιν.

Ὅδ' ἐστὶν Ὀλοφώϊος Ὕλης, ὦ Ποτέρ. ὦ Ὕλα, ἰδού, τὸν ζητητὴν ηὕρηκά σοι.

καὶ τὸν Ὕλην ἂν εἶδες μεταβαλλόμενον τὸ πρόσωπον ἐξ ἀπορίας εἰς ἡδόνην.

Ἦ καὶ σπουδάζεις, ἔφη, ὦ σοφίστρια;

Σπουδάζω γε. ὁ γὰρ παῖς τέχνην παρέχει αὐτόφυτον. οὐδ' ἑώρακα οὐδένα ἴσον αὐτῷ οὐδέποτε. ἦ καὶ τὸ τότε δὴ πρῶτόν σοι ἐπὶ σάρου, ὦ Ποτέρ;

ὁ δὲ κατένευσε σιωπῶν. οὐ μὲν γὰρ ᾔδει ὅ τι γίγνοιτο, οὐδ' ἐκινδύνευεν ἔτι ἐκπίπτειν γοῦν, ὡς ἐδόκει. ὥστε τῆς τῶν σκελῶν νάρκης ἧττον ᾐσθάνετο.

ἐκείνη δ' οὖν τῷ Ὕλῃ ἔλεγε τάδε· Μετεωρισθεὶς γὰρ πόδας πεντήκοντα κατέσκηψε χειρὶ ληψόμενος ἐκεῖνο, καὶ βλάβην οὐχ ὑπέμεινεν οὐδεμίαν. ἀλλ' ὁ πάνυ Κάρολος Εὐισήλιος τοιοῦτ' ἀνύτειν οὐκ ἂν ἐδυνήθη.

τῷ δὲ Ὕλῃ, ὡς ἐφαίνετο, τὰ πάνθ' ὅσα ὀνειροπολοίη ποτὲ νῦν δὴ ὁμοῦ ἀπέβη.

Ἆρ' εἶδες παρὼν ποτε τοὺς ἰκαροσφαιρίζοντας; τοῦτ' εἶπε πάνυ σπουδάζειν δοκῶν.

ἐκείνη δὲ ἐξηγησομένη Οὗτος, ἔφη, ἀγελάρχης ἐστὶ τοῖς Γρυφινδώροις.

Καὶ τὸ σῶμα, ἦ δ' ὃς ὁ Ὕλης, ἔχει τέλειον πρὸς τὴν ζητητικήν. καὶ περιπατῶν τὸν Ἄρειον πανταχόθεν ἐξέταζεν.

Ἐλαφρὸς δ᾽ ἐστὶ καὶ ταχύς. ἀλλὰ δεήσει κατακτήσασθαι αὐτῷ σάρον ἐπιεικὲς οἷον Ὑπερνεφελὸν Δισχιλιοστὸν ἢ Καθαρίστριαν Ἑβδόμην.

Ἐγὼ οὖν διαλέξομαι τῷ Διμπλοδώρῳ ἐάν πως περιίδωμεν τὸν νόμον τὸν περὶ τῶν πρωτοπείρων. ἀλλ᾽ ὦ Ζεῦ καὶ θεοί, δέομεθα ἀγέλης βελτίονος τῆς περυσινῆς. κατ᾽ ἄκρας γὰρ ἐπόρθησαν ἡμᾶς οἱ Σλυθήρινοι ἐπ᾽ ἐκείνου τοῦ ἀγῶνος. οὐδ᾽ ἀνειχόμην κατ᾽ ὀφθαλμοὺς ἐλθεῖν τοῦ Σεουέρου Σινάπεως πολὺς ἐξ οὗ χρόνος ...

καὶ ὑπὲρ τὰ διόπτρα δριμὺ βλέπουσα πρὸς τὸν Ἄρειον Ἐλπίζω ἀκούσεσθαι ὡς σὺ μετὰ σπουδῆς γυμνάζῃ. εἰ δὲ μή, τάχ᾽ ἂν μετανοοίην ἐπὶ τῷ μὴ κολάσαι σε.

κἄπειτα ἐξαίφνης μειδιάσας Ὁ πατήρ, ἔφη, ἐφιλοτιμήθη ἂν ἐν σοί, δεινὸς ὢν ἰκαροσφαιρίζειν αὐτός.

*

ὁ δὲ Ῥοῶν Ἦ που προσπαίζεις, ἔφη. Ἄρειος γὰρ δειπνῶν εἰρήκει αὐτῷ τί γέγονεν ἐξ οὗ ἀπὸ τοῦ κήπου ἦλθε μετὰ τῆς Μαγονωγαλέας. ὁ δὲ μερίδα κρεῶν βοείων μετὰ νεφροῦ κεκαρυκευμένων ἐλελήθει ἑαυτὸν ἔδεσθαι μέλλοντα.

Ἦ καὶ ζητητὴν λέγεις; ἔφη. οἵ γε μὴν πρωτόπειροι οὐδέποτε – εἶτα σύ γε κινδυνεύεις νεώτατος γενέσθαι ἰκαροσφαιριστὴς ἔτος τουτί –

Ἑκατοστόν γε, ἦ δ᾽ ὃς ὁ Ἄρειος καταπίνων ἅμα μερίδα κρεῶν μεγάλην. μάλιστα γὰρ ἐπείνησε παντοῖος ἔτ᾽ ὢν διὰ τὰ τῆς δείλης γεγενημένα. μετ᾽ ὀλίγον δὲ Ὁ γὰρ Ὕλης, ἔφη, τοῦτ᾽ εἶπέ μοι.

ὁ δὲ Ῥοὼν εἰς τοσοῦτο ἐθαυμάζε καὶ ἐζήλου αὐτὸν ὥστε μηδὲν ἄλλο ποιῆσαι ἢ χάσκειν.

ὁ δ᾽ Ἄρειος Γυμναζόμενος δ᾽ οὖν, ἔφη, τῆς ἐπιγιγνομένης ἄρχομαι ἑβδομάδος. ἀλλὰ μὴ εἴπῃς μηδενί· ὁ γὰρ Ὕλης βούλεται τοῦτ᾽ ἀπόρρητον εἶναι.

καὶ ὁ Φερέδικος καὶ ὁ Γεωργὸς εἰσελθόντες εἰς τὸ μέγαρον κατιδόντες δὲ τὸν Ἄρειον ἐπειγόμενοι συνέβαλον αὐτῷ.

Εὖ πάνυ πεποίηκας, ἔφη ὁ Γεωργὸς πρὸς οὓς λέγων. Ὁ Ὕλης εἶπεν ἡμῖν· τῆς γὰρ ἀγέλης ἐσμὲν καὶ αὐτοὶ ῥαιστῆρες.

ὁ δὲ Γεωργός Τῆτες γάρ, ἔφη, τὴν Φιάλην ἐκείνην τὴν ἰκαροσφαιρικὴν εὖ οἶδ᾽ ὅτι οἰσόμεθα. οὐ γὰρ ἐνηνέγμεθα αὐτὴν ἐξ οὗ ὁ Κάρολος ἐφήβευσε, τῆτες δὲ ἡ ἀγέλη μέλλει ἀρίστη ἀποβήσεσθαι. ἀλλ᾽ οὐκ ἔστιν ὅπως σύ, ὦ Ἄρειε, οὐχὶ δεινὸς ἂν εἴης. ὁ γὰρ Ὕλης ὅσον οὐκ ἐπωρχεῖτο τοῦτ᾽ ἀγγέλλων ἡμῖν.

Ἀπιτέον δ᾽ οὖν. ὁ γὰρ Ἰόρδανος ὡς οἴεται ηὕρηκε καινὸν ὑπόνομόν τινα κρυπτὸν ἐκ τοῦ παιδευτηρίου φέροντα.

Ἐκεῖνόν γε λέγει δήπου τὸν κατόπιν τοῦ ἀγάλματος τοῦ Γρεγορίου τοῦ λιπαροῦ ὃν ἡμεῖς τῆς πρώτης ἑβδομάδος ηὕρομεν. χαῖρε.

ὁ δὲ Φερέδικος καὶ ὁ Γεωργὸς σχεδὸν ἐξεληλύθεσαν καὶ ἄλλοι τινὲς ἀφίκοντο πολλῷ ἧττον ἀρεστοὶ ἐκείνοις. εἰσῆλθε γὰρ ὁ Μάλθακος, τῶν ἑταίρων Καρκίνου καὶ Κέρκοπος ἑκατέρωθεν αὐτῷ ἀκολουθούντων.

Ἦ που πανύστατον, ἔφη, σὺ δειπνεῖς παρ' ἡμῖν; πηνίκα τὴν ἁμαξοστοιχίαν λήψῃ ἔμπαλιν ἐπανιὼν παρὰ τοὺς Μυγάλους;

Ἄρειος δ' ἀτρέμα Ἀλλὰ γὰρ σύ, ἔφη, πολλῷ ἀνδρειότερος εἶ δήπου χαμᾶζε κατελθὼν τῶν ἑταίρων τούτων ὀλιγοδρανῶν παρακολουθούντων. οὐχ ὅτι οὔτε ὁ Κάρκινος οὔτε ὁ Κέρκωψ ὄντως ἀσθενὴς ἦν, ἀλλὰ ὡς καθημένων διδασκάλων ἐπὶ τῆς ἄνω τραπέζης πολλῶν οὐδέτερος ἐτόλμησε πράττειν οὐδὲν πέρα τοῦ ψοφεῖν τοῖς κονδύλοις σκυθρωπάζων τέως.

ὁ δὲ Μάλθακος Θέλοιμ' ἄν, ἔφη, μονομαχεῖν σοι ἢ τῆσδε τῆς νυκτὸς ἢ ὅταν σὺ βούλῃ μάχην μάγων τρόπῳ. τοῦτο γὰρ ἔστι τὸ μόναις ταῖς ῥάβδοις μάχεσθαι δίχα διεστῶτας. τί δ' ἐστίν; οὔκουν ἤκουσας περὶ τῆς μαγικῆς μονομαχίας ὅ τι ἐστιν;

Ἤκουσε δή, ἔφη ὁ Ῥοὼν περιστρεφόμενος. ἐγὼ μὲν γὰρ προστάτης εἰμὶ αὐτῷ· τίς δ' ἐστί σοι;

καὶ ὁ Μάλθακος βλέψας πρὸς τὸν Κάρκινον καὶ τὸν Κέρκοπα, ὡς θέλων ἀντιτιθέναι τοῦτον ἐκείνῳ, Κάρκινος, ἔφη. ἦ που καλῶς ἔχει ἢν μεσούσης τῆς νυκτὸς συμβαλῶμεν ὑμῖν ἐν τῷ τῶν τροπαίων δωματίῳ ὡς ἀεὶ ἀκλήστῳ ὄντι;

ἀπελθόντος δὲ τοῦ Μαλθάκου, ὁ Ἄρειος καὶ ὁ Ῥοὼν ἐνέβλεψαν ἀλλήλοις εἰς τὸ πρόσωπον.

ἐκεῖνος δέ Ἀλλὰ τί ἐστιν ἄρα, ἔφη, ἡ μονομαχία μαγική; ἢ τί δύναται τὸ προστάτην εἶναι ἐμόν;

ὁ δὲ Ῥοὼν εὐθύμως Εἶἑν, ἔφη. τῷ προστάτῃ ἔργον ἂν εἴη ὑπερμαχεῖν σου εἴ πως ἀποθάνοις. ἐσθίων δὲ τέλος ἤρξατο τὸ ὄψον, ἀλλὰ κατιδὼν τὸ Ἀρείου πρόσωπον περιφοβοῦ δοκοῦντος, ταχέως ἀναλαβὼν Ἀλλ' οἱ ἀγωνισταί, ἔφη, κατὰ τὸ ξύνηθες οὐκ ἀποθνῄσκουσιν εἰ μὴ ἀληθινοί εἰσι μάγοι ἀληθῶς μονομαχοῦντες. ἐπι πλεῖστον γὰρ σὺ καὶ ὁ Μάλθακος σπινθῆρας οἷοί τ' ἔσεσθε ἐμβαλεῖν ἐπ' ἀλλήλους. οὐδέτερος γὰρ ἅλις οἶδεν τῆς μαγικῆς ὅπως ἕτερος ἕτερον βλάψῃ. προσεδέξατο δ' οὖν σε ἀνανεῦσαι.

Καὶ δὴ τὴν ῥάβδον σείσαντος ἐμοῦ οὐ γέγονεν οὐδέν;

Ταύτην γ' ἀπορρίψαντα δεῖ ἐπὶ κόρρης πὺξ πατάξαι.

καὶ ἀκούσαντές τινος Ξύγγνωθί μοι λεγούσης, ἀναβλέψαντες τὴν Ἑρμιόνην εἶδον.

καὶ ὁ Ῥοών Οὔκουν ἔστιν, ἔφη, ἡσυχάζοντι δειπνεῖν ἐνθάδε;

ἐκείνη δὲ τοῦτον ἐν οὐδενὶ λόγῳ ποιουμένη τῷ Ἀρείῳ Παρήκουσα σοῦ, ἔφη, καὶ τοῦ Μαλθάκου ἀκουσία γε μήν –

Ἑκουσία μὲν οὖν, ἦ δ' ὃς ὁ Ῥοὼν τονθορύζων τι.

– Καὶ μὴν οὐ θεμιτὸν νύκτωρ περιπολεῖν τὸ παιδευτήριον. ἁλοὺς γὰρ – οὐδ' ἔστιν ὅπως οὐχ ἁλώσῃ – κινδυνεύεις διὰ τὸ ἄγαν φίλαυτον ἐκεῖνο βαθμοὺς ἀπολέσαι τοῖς Γρυφινδώροις πολλοὺς δή.

Καὶ σύ γε, ἦ δ' ὃς ὁ Ἄρειος, τὸ ἄγαν φιλοπρᾶγμον ἐκεῖνο ἐπιτηδεύεις.

ὁ δὲ Ῥοὼν χαίρειν ἐκέλευσεν αὐτήν.

*

μετὰ δὲ ταῦτα ὁ Ἄρειος ἀγρυπνῶν μέχρι πόρρω τῆς νυκτὸς ἀκούων δὲ τοῦ Δείνου καὶ τοῦ Σαμίου εἰς ὕπνον πιπτόντων – ὁ γὰρ Νεφελώδης ἔτι ἐν τῷ νοσοκομείῳ ἦν – ἐνενόει τὰ τῇδε τῇ ἡμέρᾳ γεγενημένα ὡς οὐ πάντα τύχῃ ἀγαθῇ ἦν. τὸν γὰρ Ῥοῶνα δι' ἑσπέρας νουθετῆσαι αὐτὸν λέγοντα ὅτι Ἐὰν καταράσηταί σου, δεήσει ἐκκλίνειν, ἐπεὶ τὰ ἀποτρεπτικὰ οὐ μέμνημαι ἔγωγε, καὶ πολλὰ τοιαῦτα. κινδυνευόντων δ' αὖ ἁλῶναι ὑπὸ τοῦ Φήληκος ἢ τῆς Νώροπος, ἐφοβεῖτο νόμον προσέτι παρανομεῖν ἄλλον ἔτι ὡς ἄγαν ἤδη εὐτυχήσας. καίτοι τὴν Μαλθάκου ὄψιν σαρδάνιον γελῶντος ἀεὶ διὰ τοῦ σκότου ἀνέπλαττε. δῆλον γὰρ ὅτι ὥρα ἐστὶ νῦν δὴ νικῆσαι τὸν Μάλθακον κατ' ὄμματα ἀντιταττόμενος ἐκείνῳ. καὶ τούτου γε τοῦ καιροῦ οὐχ ἁμαρτήσει.

ὁ δ' οὖν Ῥοών Περὶ τρίτην, ἔφη, φυλακήν ἐσμεν τῆς νυκτός. ἀπιτέον δῆτα.

καὶ τὰς κοιτωνικὰς ἐνδυσάμενοι τὰς δὲ ῥάβδους ἀναλαβόντες διὰ τὸν πύργον καὶ κατὰ τῆς κλίμακος ἑλικοειδοῦς εἷρπον καὶ εἰς τὸ κοινεῖον τὸ τῶν Γρυφινδώρων. διὰ δὲ τοὺς ἐν ἐσχάρᾳ φεψάλους ἔτι φλέγοντάς τι ἦν ἰδεῖν τοὺς θρόνους ὡσεὶ ὀκλάζοντάς πως καθάπερ σκιὰς μελαίνας. καὶ παρὰ μικρὸν ἀφιγμένοι ἦσαν πρὸς τὴν εἰκονικὴν ὀπὴν καὶ φωνὴν ἐγγύθεν ἤκουσαν τινὸς ἐν θρόνῳ καθημένου. καὶ εἶπεν ὅτι Οὐκ ᾠόμην σε τοῦτο ὄντως ποιήσειν, ὦ Ἄρειε.

λύχνου δὲ καιομένου εἶδον τὴν Ἑρμιόνην παρέχουσαν κοιτωνικήν τε φοινικῆν καὶ νέφος ὀφρύων στυγνόν.

Ἀλλ' ἦ σὺ πάρει; ἔφη ὁ Ῥοών. ἄπιθι εἰς κοῖτον.

ἐκείνη δ' Ἐδέησα κατειπεῖν σου τῷ ἀδελφῷ Περσεῖ. οὗτος γὰρ ἅτε πρύτανις ὢν κωλῦσαι ἂν ταῦτα.

ὁ δ' Ἄρειος οὐκ ἐνόμιζεν ἐνδέχεσθαι οὐδενὶ εἰς τοσοῦτο πολυπραγμονεῖν.

τὸν οὖν Ῥοῶνα ἐποτρύνας, τὴν δὲ τῆς παχείας εἰκόνα ἀνοίξας, διὰ τὴν ὀπὴν ἀνέβη.

ἡ δ' Ἑρμιόνη οὐχ οἵα τ' ἦν ἀκονιτὶ παραχωρῆσαι. ἕσπετ' οὖν τὸν Ῥοῶνα διὰ τὴν ὀπὴν συρίζουσα τέως ὥσπερ χήν τις πικρά.

Οὔκουν μέλει ὑμῖν τῶν Γρυφινδώρων μελετῶσι μόνον τὰ καθ' ἑαυτούς; ἐγὼ μὲν γὰρ οὐκ ἐθέλω τοὺς Σλυθηρίνους οἴσεσθαι τὴν Φιάλην Οἰκείαν, ὑμεῖς δὲ πάντας μεθήσετε τοὺς βαθμοὺς οὓς ἐκτησάμην παρὰ τῆς Μαγονωγαλέας πολλὰ συνεῖσα περὶ τῆς μεταμορφώσεως.

Ἄπιθι.

Ἄπειμί γε. ἀλλὰ παρῄνεσα ὑμῖν μὴ τοῦτο ποιῆσαι. μέμνησθε δῆτα ὅ τι εἶπον αὔριον ἐφ' ἁμαξοστοιχίας ὄντες, τοιοῦτοι γὰρ ἔστε –

ἀλλ' οὐκ ἔμελλον ἄρ' εὑρεῖν ὁποιοί εἰσιν. ἐκείνη γὰρ στρεψαμένη πρὸς τὴν τῆς παχείας ἀνθρώπου εἰκόνα ὡς ἔνδον ἐπανιοῦσα, πρὸς κενὴν ἔτυχέ που βλέπουσα εἰκόνα. τῆς γὰρ παχείας ἀνθρώπου νύκτωρ ἐπιφοιτησάσης παρά τινα, ἥ γ' Ἑρμιόνη ἀπεκέκλῃτο τοῦ τῶν Γρυφινδώρων πύργου.

Τί δὴ ποιήσω; ἔφη ὀξείᾳ τῇ φωνῇ.

ἀλλ' ὁ Ῥοὼν Σὸν ἄρα τὸ πρᾶγμα, ἔφη. ἡμῖν δ' ἰτέον ἐστίν· ἄλλως γὰρ κινδυνεύουμεν ὑστερίζειν τοῦ καιροῦ.

ἡ δὲ ἐπειγομένη ἔφθασεν αὐτοὺς οὔπω ἀφικομένους εἰς τὸ ἔσχατον τῆς διαδρομῆς.

Ἐγώ, ἔφη, συγγενήσομαι ὑμῖν.

Ἥκιστα.

Ἀλλ' ἦ ἐλπίζετε με μενεῖν ἐνθάδε ἁλωσομένη ὑπὸ τοῦ Φήληκος; ἢν γὰρ λάβῃ ἡμᾶς ἅπαντας τοὺς τρεῖς, ἀληθεύουσα ἐρῶ ὅτι ἐπεχείρουν ἐγὼ κωλῦσαι ὑμᾶς. καὶ δεήσει ὑμᾶς βεβαιοῦσθαι τὸν ἐμὸν λόγον.

καὶ ὁ Ῥοὼν Καὶ δῆτα τολμᾷς –

ὁ δ' Ἅρειος ὑπολαβὼν Σιγᾶτε, ἔφη, ἀμφότεροι. ψόφον γὰρ ἤκουσα.

Ἀλλ' ἦ Νῶροψ πάρεστιν; ἦ δ' ὃς ὁ Ῥοὼν κεχηνώς· περιεσκόπει γὰρ ἐπὶ τὸ κνέφας.

ἀλλ' ὡς ἀπέβη Νῶροψ μὲν οὐκ ἦν, Νεφελώδης δέ. ἔκειτο γὰρ ὕπνῳ χαμαί νικηθείς· ἐξαίφνης δ' ἠγέρθη ἐκείνων προσιόντων.

Ἕρμαιον δή ἐστί μοι, ἔφη, ὅτι ηὕρετέ με. ἐπὶ μήκιστον γὰρ ἔξω περιέμενον λαθόντος ἐμὲ κοιμητικῶς ἔχοντα τοῦ εἰσιτηρίου ξυνθήματος τοῦ καινοῦ.

Σίγα μέντοι, ὦ Νεφέλωδες. τὸ ξύνθημά ἐστι ῥύγχος χοίρειον, οὐ μὴν οὐδὲ νῦν συμφέρει σοι, περιπολούσης ἄλλοσε τῆς παχείας.

Πῶς ἔχει ὁ βραχίων σου; ἦ δ' ὃς ὁ Ἄρειος.

Εὖ γε, ἔφη, δεικνὺς αὐτόν. ἡ γὰρ Πομφόλυξ ἰάσατο ἐν ἀκαρεῖ.

Καὶ τοῦτο μὲν μάλ' ἡδέως ἔχει μοι. ἀλλὰ φέρε δή, ὦ Νεφέλωδες. πρὸς μὲν γὰρ τὸ παρὸν δεῖ ἡμᾶς γε ἄλλοσε ἰέναι, πρὸς δὲ τὰ μετὰ ταῦτα ὀψόμεθά σε.

ἀλλ' ἐκεῖνος ἀναπηδήσας Μὴ καταλίπητε με, ἔφη. οὐ γὰρ βούλομαι μόνος ἐνθάδε καταμένειν. καὶ μὴν ὁ Βαρόνος Αἱματοσταγὴς δὶς ἤδη παρελήλυθεν.

ὁ δὲ Ῥοὼν τῷ ὡρολόγιῳ χρησάμενος δεινὸν ἔβλεπε πρὸς τὴν Ἑρμιόνην καὶ τὸν Νεφελώδη.

Ἢν δὲ ὁποτεροσοῦν σφῷν πράξῃ ὅπως ἁλωσόμεθα, ἐπ' ἐμαυτὸν ἀναδέξομαι τοῦτο μὲν μαθήσεσθαι τὴν ἀρὰν ἐκείνην τὴν τῶν μορμολυκείων ἣν ὁ Κίουρος ἄρτι διῆλθε, τοῦτο δὲ μαθὼν χρήσεσθαι ἐφ' ὑμᾶς.

ἀλλ' οὖν ἡ μὲν Ἑρμιόνη ἔχασκέ τι, ὡς διδάξουσα τὸν Ῥοῶνα δήπου τίνι τρόπῳ δεῖ χρῆσθαι τῇ τῶν μορμολυκείων ἀρᾷ, ὁ δ' Ἄρειος συρίζων ἐκέλευσεν αὐτήν γε σιωπᾶν καὶ πᾶσι δεξιᾷ ἔνευσε προχωρῆσαι.

καὶ ᾖξαν κατὰ διαδρομὰς φωτὶ πεποικιλμένας, τῆς σελενῆς λαμπρῶς διὰ τὰ τῶν ὑψηλῶν θυρίδων διαφράγματα μαρμαιρούσης. καὶ ὅτε εἰς ἀγκῶνα ἀφίκοιντο, ὁ μὲν Ἄρειος ἐφοβεῖτο συμβαλεῖν τῷ Φήληκι ἢ τῇ Νώροπι, ηὐτύχησαν δ' ἐφεξῆς. ταχέως δ' ἀνέβησαν ἀνὰ κλίμακα εἰς τὸ τρίστεγον οἴκημα, ἄκρῳ ποδὶ ἐπιβαίνοντες πρὸς τὸ τῶν τροπαίων δωμάτιον.

ἀλλ' ὁ Μάλθακος καὶ ὁ Κάρκινος οὔπω παρεγένοντο. ἔστιλβον δὲ οἱ κρυστάλλινοι πυργίσκοι οἱ τὰ τρόπαια φυλάττοντες. φιάλαι δ' ἦσαν καὶ ἀσπίδες καὶ λεκάναι καὶ ἀγάλματα χρυσᾶ τε καὶ ἀργυρᾶ ἀστράπτοντα διὰ τὸ κνέφας. βραδέως δ' εἵρπυσαν κατὰ τοὺς τοίχους, ὀξὺ δεδορκότες πρὸς τὰς θύρας τὰς ἑκατέρωθεν τοῦ δωματίου. καὶ ὁ Ἄρειος ἔλαβε τὴν ῥάβδον, εὐλαβούμενος μὴ ὁ Μάλθακος λάθῃ αὐτοὺς ἐναλλόμενος.

καὶ μετ' ὀλίγον ὁ Ῥοὼν πρὸς οὓς λέγων Χρονίζει δή, ἔφη. τάχα ὑπέστρεψεν ἐπτοημένος καὶ ἐμαλακίσθη.

καὶ τότε μάλ' ἐξεπλάγησαν ψόφον ἀκούσαντες παρὰ τοῦ παρακειμένου δωματίου. ὁ δ' Ἄρειος τὴν ῥάβδον εἰλήφει καὶ εὐθὺς ἤκουσαν φθεγγομένου τινός. Μάλθακος μὲν οὐκ ἄρ' ἔτυχεν ὤν, Φήληξ δὲ τῇ Νώροπι Ἐρεύνα καλῶς, λέγων, ὦ γλυκυτάτη, ἣν που ἐκεῖνοι ἐν μύχῳ κρύπτωνται.

καταφοβούμενος δὲ δὴ ὁ Ἄρειος ταῖν χεροῖν μανικῶς ἔνευσε τοῖς ἄλλοις ὡς τάχιστα ἕπεσθαι αὐτῷ. οἱ δὲ σιωπῇ ἀπέδραμον πρὸς τὴν θύραν ἐκποδὼν γενησόμενοι τῷ Φήληκι ἔτι φθεγγομένῳ. ὁ δὲ Νεφελώδης μόλις σύρων τὸν τρίβωνα ἀρτίως ἐξεληλύθει καὶ εἰσιόντος ᾔσθοντο τοῦ Φήληκος εἰς τὸ τῶν τροπαίων δωμάτιον.

καὶ ἤκουσαν αὐτοῦ μασταρύζοντός τι καὶ λέγοντος ὅτι Ἔνεισί που· εἰκότως δ' ἀποκρύπτονται.

ὁ δ' Ἄρειος σιωπῇ ἐσήμανε τοῖς ἄλλοις ἕπεσθαι. καὶ πάντες ἐκπεπληγμένοι εἷρπον κατὰ περίδρομον μακρὸν πανοπλίας ἔχοντα πολλάς. ἤκουον δ' ἀεὶ τοῦ Φήληκος πλησιάζοντος. ἄφνω δὲ ὁ Νεφελώδης δέει κεκραγὼς ἦρξε τρέχων· σφαλεὶς δὲ μέσον ἥρπασε τὸν Ῥοῶνα ὥστ' ἀμφότεροι ἄντικρυς πρὸς πανοπλίαν προσέκρουσαν.

καὶ κτύπον ἐποίησαν τοσοῦτον ὥστε πάντας ἐγεῖραι τοὺς ἐν τῷ φρουρίῳ.

ὁ δ' Ἄρειος μέγα βοῶν ἐκέλευσεν αὐτοὺς ἀποδραμεῖν ὡς τάχιστα. καὶ οἱ τέτταρες ὥσπερ δίαυλον τρέχοντες κατὰ τὸν περίδρομον ἠπείγοντο οὐδ' ἐστρέψαντό ποτε πρὸς τοὔμπαλιν οὐδ' ὀψόμενοι εἴ πως ὁ Φήληξ διώκοι. κάμψαντες δὲ τὸν τῆς θύρας σταθμὸν δρόμῳ ἐξ ἄλλης ὥρμησαν διαδρομῆς εἰς ἄλλην, τοῦ Ἀρείου ἀεὶ ἡγουμένου οὐκ εἰδότος οὔτε ποῦ εἰσὶν οὔτε ποῖ φέρονται. εἶτα σχίζοντες διείλκυσαν παραπέτασμά τι. τύχοντες δ' ἐν διόδῳ γενόμενοι κρυπτῇ, ᾄξαντες δὲ κατ' αὐτὸν ἀνέκυψαν ἐγγὺς τοῦ διδασκαλείου οὗ περὶ τὰ φίλτρα ἐμάνθανον· τοῦτό γε ᾔδεσαν ὅτι πλεῖστον ἀπέχει τοῦ τῶν τροπαίων δωματίου.

Ἀλλὰ φθάσαντες ἔχομεν αὐτὸν οἶμαι, εἶπεν ὁ Ἄρειος τῷ τοίχῳ ἐπερειδόμενος ἄσθματος μεστός. καὶ ψυχροῦ μὲν τοῦ τοίχου ᾔσθετο ὄντος θερμαινόμενος δ' αὐτὸς ἱδρῶτα ἀπὸ τοῦ μετώπου στάζοντα ἀπέματτεν. ὁ μέντοι Νεφελώδης ὀκλάζων ἐπνευστία καὶ πολὺ ἐχρέμπτετο.

ἡ δ' αὖ Ἑρμιόνη ἔχασκε πάνυ φυσῶσα καὶ τῶν πλευρῶν ἐλαμβάνετο σφόδρα λυπουμένη. καὶ χαλεπῶς Οὐκ ἠγόρευον; ἔφη. ἠγόρευον γάρ.

ἀλλ' ὁ Ῥοὼν Ἀνάγκη δή, ἔφη, ὡς τάχιστα ἐπανελθεῖν εἰς τὸν τῶν Γρυφινδώρων πύργον.

ἐκείνη δὲ τῷ Ἀρείῳ Ἐξαπάτησε γάρ σέ, ἔφη, ὁ Μάλθακος. ἦ καὶ τοῦτο συνίης; οὐκ ἐμέλλησε συμβαλεῖν σοι· ὁ γὰρ Φήληξ εὖ ᾔδει ὡς παρέσοιτό τις ἐν τῷ δωματίῳ· δῆλον ὅτι ἐκεῖνος συκοφάντης ὢν κατεῖπε σοῦ πρὸς αὐτόν.

καὶ ὁ Ἄρειος ἐνόμιζε μὲν αὐτὴν ὀρθῶς εἰπεῖν, ἀλλ' οὐκ ἐν νῷ εἶχε τοῦτο μηνύειν τῇ γ' Ἑρμιόνῃ.

Ἴωμεν δῆτα.

οὐ μὴν εἵμαρτό γ᾽ αὐτοὺς ἀθῴους ἀπαλλάξαι. μικρὸν γὰρ προὐχώρησαν καὶ μοχλοῦ ψοφοῦντος ἐξῆξέ τις ἐκ τοῦ ἔμπροσθεν αὐτῶν διδασκαλείου.

καὶ μὴν Ποιφύκτης ἦν. κατιδὼν δ᾽ αὐτοὺς ἠλάλαξεν ὑφ᾽ ἡδονῆς.

Σίγα, ὦ Ποίφυκτα, ἀντιβολῶ σέ. ἐὰν δὲ μή, πράξεις ὅπως ἐκπεσούμεθα.

ὁ δ᾽ ἀνεκάγχασε πάνυ σαρδάνιον.

Ἦ περιπολεῖτε μεσούσης τῆς νυκτός, ὦ βρεφύλλια; βομβάξ, ἔφη, βομβαλοβομβάξ, δέον δεδέσθαι δὴ κακῶς κακοὺς κακουργοῦντας.

Οὐδ᾽ ἂν γένοιτο, εἰ μὴ σὺ προδοίης ἡμᾶς.

οὗτος δὲ φωνὴν μὲν ἀφῆκε θεοσεβὴς εἶναι δοκῶν, τὰ δ᾽ ὄμματα εἶδες ἂν ὡς πονηροῦ τινος φλέγοντα. Ἐγὼ γάρ, ἔφη, ὀφείλω τῷ Φήληκι λέγειν ταῦτα, ὑμᾶς δὴ ἅμα εὖ ποιήσων.

ὁ δὲ Ῥοὼν Ἐκποδών, ἔφη. καὶ ἅμα ἐπεχείρησεν ἐκείνῳ, ἀξύμφορόν τι ποιῶν, ὡς ἀπέβη.

ὁ γὰρ Ποιφύκτης μεγίστῃ τῇ φωνῇ βοῶν Μαθηταὶ ἐκ κοιτῶν, ἔφη, μαθηταὶ ἐκ κοιτῶν κατὰ φίλτρων διαδρομήν.

ἔπειτα δ᾽ ὀκλάσαντες ὡς παριόντες ἐκεῖνον ἀπέδραμον ὡς τάχιστα ἐπὶ τὸ ἔσχατον τῆς διαδρομῆς. ἐνταῦθα δ᾽ εἰς θύραν ἤραξαν κακῇ τύχῃ κεκλῃμένην.

καὶ μάτην ἔωσαν τὴν θύραν· Ἀπωλόμεθα, ἦ δ᾽ ὃς ὁ Ῥοὼν πολλῆς μετ᾽ἀθυμίας. πάντα γὰρ τὰ πράγματ᾽ ἀνατέτραπται. τί τοῖς τοιούτοις κακοῖς τις χρήσεται;

ἤκουον γὰρ ψόφον ἤδη τοῦ Φήληκος ὡς τάχιστα βοηθοῦντος τῷ Ποιφύκτῃ.

ἡ δ᾽ Ἑρμιόνη ἀγριουμένη Ἄναγε σαυτὸν ἐκποδών, ἔφη, καὶ ἁρπάσασα τὴν Ἀρείου ῥάβδον ἔκοψε τὰ κλῇθρα ψιθυρίζουσα ἅμα τὸ Ἀλωώμωρά.

λεπτὸν δὲ κροτούντων τῶν κλῄθρων ἡ θύρα ἀνεῴχθη. οἱ δὲ παῖδες διαβάντες ταχέως ἔκλεισαν αὐτὴν καὶ τὰ ὦτα προσεῖχον αὐτῇ ἀκουσόμενοι.

καὶ μὴν ἤκουσαν τοῦ Φήληκος λέγοντος Ποῖ ἔβησαν, ὦ Ποίφυκτα; εἰπέ μοι ὅσον τάχος.

Λέγε μοι τὸ Εἰ σοὶ δοκεῖ.

Οὐ μὴ πράγματα ποιήσεις μοι, ὦ Ποίφυκτα. ποῖ βεβήκασιν;

Οὐκ οὐδὲν ἐρῶ ἐὰν μὴ τὸ Εἰ σοὶ δοκεῖ λέγῃς. τοῦτ᾽ ἔφη δι᾽ ἀχθηδόνα λεπτόν τι καὶ γυναικεῖον ἐμφθεγξάμενος κατὰ τὸ ξύνηθες.

Καλῶς ἔχει δῆτα. εἰ σοὶ δοκεῖ.

Οὐδέν, ἔφη μεγάλῃ τῇ φωνῇ. καὶ πολλὰ κιχλίζων καὶ μωκώμενος

ἀναλαβών Εἶπον γάρ ὅτι οὐκ οὐδὲν ἐροίην ἂν εἰ μὴ συ Εἰ σοὶ δοκεῖ λέγοις. καὶ εἶτα τοῦ μὲν Ποιφύκτου γελῶντος ἔτι ἤκουσαν ἀπᾳττοντος, τοῦ δὲ Φήληκος ἅμα δι᾽ ὀργῆς λοιδοροῦντος ἐκεῖνον.

ὁ δ᾽ Ἄρειος ψιθυρίζων Κεκλῃμένην γὰρ οἴεται, ἔφη, τήνδε τὴν θύραν. ἀσφαλεῖς οὖν ἐσμὲν οἶμαι. ἀλλ᾽ ὦ Νεφέλωδες, μὴ ψαύσῃς μου. οὗτος γὰρ πάλαι ἥπτετο τῆς κοιτωνικῆς αὐτοῦ. Τί δὲ δή; ἦ δ᾽ ὃς ὁ Ἄρειος.

ἀλλὰ τί ἐστι σαφῶς εἶδε μεταστρεψάμενος. καὶ δι᾽ ἀκαρὲς ἐνένοησεν καὶ πάνυ ἐκ δειμάτων νυκτερίνων πεπλασμένον παρεῖναί οἱ δεινόν τι. τοῦτο γὰρ καθ᾽ ὑπερβολὴν δὴ εἶναι τοῖς τοσαῦτ᾽ ἤδη κακὰ παθοῦσιν.

καὶ γὰρ ἐν δωματίῳ μὲν οὐκ ἄρ᾽ ἦσαν, ἀλλ᾽ ἐν διαδρομῇ τινὶ ἔτυχον ὄντες. συνῄδεσαν δ᾽ εὐθὺς ἑαυτοῖς ἐν τῇ ἀπορρήτῳ γενομένοις διαδρομῇ τῇ ἐπὶ τοῦ τριστέγου. καὶ νῦν δὴ ᾔδεσαν διὰ τί ἀπόρρητον εἴη.

κατ᾽ ὀφθαλμοὺς ἦν αὐτοῖς κυνὸς χρῆμα μέγα. ὁ δὲ ἐπλήρου τὸ πᾶν ἀφ᾽ ὀρόφου μέχρι ἐδάφους. κεφαλὰς μὲν γὰρ εἶχε τρεῖς, οἱ δ᾽ ὀφθαλμοὶ καθ᾽ ἑκάστην μανικῶς ἐνεκυκλοῦντο. ἐκ δὲ τῶν τριῶν ῥυγχῶν πνεύματ᾽ ἤκουσας ἂν μυκτηρόκομπα αὐτοῦ ἀγχίμολον προσιόντος. στόματα δ᾽ ἦν αὐτῷ τρία πάνυ σιαλοχοῦντα, στάζοντα ἀεὶ πτύαλον ἀπ᾽ ὀδόντων ὑποξάνθων πολὺ καθάπερ καλώδια φλεγματώδη.

καὶ τὸ παραυτίκα ἡσύχαζεν ἀκίνητος, δεδορκὼς πρὸς αὐτοὺς ἀτενέσι τοῖς ὄμμασιν ἓξ οὖσιν. ὁ δ᾽ Ἄρειος ἠπίστατο γοῦν τάδε· φανέντες γὰρ αὐτοὶ ἐξ ἀπροσδοκήτου λαθεῖν δήπου τὸ πελώριον, καὶ δί οὐδὲν ἄλλο οὔπω τεθνάναι. ἀλλ᾽ οὖν ὁ κύων δηλονότι μέλλων ἤδη ταῦτ᾽ ἐξορθώσειν πολλὴν ἀνίει κλαγγὴν καὶ ὑλαγμὸν βροντῆς ὀλίγον διαφέροντα.

καὶ ὁ Ἄρειος τὸν μοχλὸν ἐψηλάφησε λογιζόμενος ὅτι βέλτιον ἔσται τῷ Φήληκι ἀπαντῆσαι ἢ τῷ θανάτῳ.

καὶ ὕπτιοι ἐκπεσόντες καὶ ἐπισπάσαντος τοῦ Ἀρείου τὴν θύραν ἔτρεχον ἤδη μᾶλλον δὲ ἐπέτοντο πάλιν κατὰ τὴν διαδρομήν. ὁ δὲ Φήληξ ἄλλοσε ἐπειγόμενος δήπου ἐζήτει αὐτούς. οὐ γὰρ εἶδον ἐκεῖνον οὐδαμοῦ – οὐ μὴν οὐδ᾽ ἐμέλησεν αὐτοῖς βουλομένοις γε τοσοῦτο ἀπέχειν τοῦ κυνὸς ὅσον ἐνεδέχετο. οὐδ᾽ ἔληξαν τρέχοντες πρὶν ἀφίκοντο πρὸς τὴν τῆς παχείας εἰκόνα ἐπὶ τοῦ ἑβδόμου ὀρόφου.

ἡ δὲ Πόθεν ἤλθετε; ἔφη, βλέψασα πρὸς αὐτοὺς τάς τε κοιτωνικὰς παρέχοντας ἀπορρεούσας τῶν ὤμων καὶ τὰς ὄψεις ἐρυθραινούσας καὶ ἱδρῶτι ῥεούσας.

ὁ δ' Ἄρειος ἀσθμαίνων Οὐδὲν διαφέρει, ἔφη καὶ ἀκούσασα ῥύγχος χοίρειον, ῥύγχος χοίρειον ἡ εἰκὼν πρόσω ἔρρεψεν. ἐκεῖνοι δὲ ἐπανελθόντες εἰς τὸ κοινεῖον, ἐκάθισαν ἑαυτοὺς κατὰ τοὺς θρόνους πολὺ ἔτι φρίττοντες.

καὶ ἐπὶ μήκιστον οὐδὲν εἶπον· καὶ ὁ Νεφελώδης οὐκ ἐδόκει οὐδέν ποτε μετέπειτα φθέγξεσθαι.

τέλος δὲ ὁ Ῥοὼν Ἐπὶ τί, ἔφη, κατακλῄουσι τὸν τοιοῦτον κύνα ἐν παιδευτηρίῳ; οὗτος γὰρ εἴ τις ἄλλος σωμασκίας δεῖται.

ἀλλ' ἡ Ἑρμιόνη ἤδη οὐ μόνον ἀνέπνευσε τοῦ πόνου, ἀλλὰ καὶ τὴν ἐωθυῖαν δυσκολίαν ἀνέλαβεν.

Οὔκουν, ἔφη, τοῖς ὀφθαλμοῖς χρῆσθε οὐδέποτε. οὐ γὰρ εἴδετε ἐφ' οὗ εἱστήκει;

Ἦ καὶ ἐπὶ τοῦ ἐδάφους; ἔφη ὁ Ἄρειος. οὐ γὰρ εἰς τούς γε πόδας αὐτοῦ ἔβλεπον, ὅλος ὢν περὶ τῶν κεφαλῶν.

Τό γ' ἔδαφος οὐ λέγω· ἐπὶ θύρας γὰρ ἐπιρρακτῆς τινὸς εἱστήκει. δῆλον ὅτι φυλάττει τι.

καὶ ἀνέστη δεινὸν βλέπουσα πρὸς αὐτούς.

Ὑμεῖς γοῦν ἀγαπᾶτε ταῦτα δήπου. πάντες γὰρ ἐκινδυνεύομεν ἀποθανεῖν, μᾶλλον δ' ἐκπεσεῖν. καὶ νυνὶ κοιμήσομαι, εἴ γε δοκεῖ ὑμῖν.

Δοκεῖ γε, ἦ δ' ὃς ὁ Ῥοὼν κεχηνὼς ἔτι πρὸς αὐτὴν ἀτενίζων. ἀλλὰ νὴ Δία ἠναγκάσαμεν αὐτὴν συγγενέσθαι. ἦ ὀρθῶς λέγω;

ἀλλ' οὖν ἥ γ' Ἑρμιόνη παρέσχε τι τῷ Ἀρείῳ οἷον δέοι ἂν λογίζεσθαι πάλιν εἰς κοίτην ἐπανελθόντι. τὸν γὰρ κύνα φυλάττειν τι. τί δὲ ὁ Ἀγριώδης εἴρηκε; τὸν Γριγγώτου εἶναι χωρίον ἀσφαλέστατον τοῖς χρῆμά τι φυλάττουσι πλὴν τοῦ Ὑογοήτου.

ὁ γὰρ Ἄρειος, ὥς γ' ἐφαίνετο, ηὑρήκει τὸ αὐχμηρὸν σκεῦος ἐκεῖνο τὸ ἀπὸ τῆς κατώρυχος ἑπτακοσιοστῆς καὶ τρισκαιδεκάτης ποῦ ἐστίν.

— ΒΙΒΛΟΣ Ι —

ΤΑ ΝΕΚΥΣΙΑ

τῇ δ' ἐπιούσῃ ὁ Μάλθακος ἐδόκει ἐψευσμένος ἑαυτοῦ ὁρῶν τὸν Ἄρειον καὶ τὸν Ῥοῶνα ἔτι παρόντας ἐν τῷ Ὑογοήτου ταλαιπώρους μὲν φαινομένους φαιδροὺς δ' ἀμέλει. καὶ μὴν οὗτοι ἤδη ἐνόμιζον τὸ τοῦ κυνὸς τρικεφάλου λαμπρόν τι εἶναι καὶ εἰς τοσοῦτο ἀξιόλογον ὥστε ἑκόντες παθεῖν ἂν παρόμοιόν τι. ὁ Ἄρειος τοίνυν ἐδίδαξε τὸν Ῥοῶνα τὰ τοῦ σκεύους τοῦ αὐχμηροῦ, ὅπως μετεκομίσθη τοῦτο ἐκ Γριγγώτου εἰς Ὑογοήτου ὡς ἔοικε. καὶ χρόνον διέτριψαν πολὺν σκοπούμενοι ὁποῖόν τι δὴ τύχοι δεόμενον τοῦ ἐν φυλακῇ τοσαύτῃ κατέχεσθαι.

καὶ ὁ Ῥοών Ἦ πολυτελέστατόν τί ἐστιν, ἔφη, ἢ οἷόν τε πολλὰ λυμαίνεσθαι.

Ἦ καὶ τὰ ἀμφότερα ἰσχύει, ἦδ' ὃς ὁ Ἄρειος.

ἀλλ' ἐπειδὴ οὐδὲν περὶ τοῦ κρυπτοῦ ᾔδεσαν πλὴν ὅτι διδάκτυλόν ἐστιν, οὐ κινδυνεύοιεν ἂν εἰκάσαι τί ἐστιν εἰ μὴ πλείω εὕροιεν.

ἀλλ' οὔθ' ὁ Νεφελώδης οὔθ' ἡ Ἑρμιόνη ἐσπούδαζεν εἰδέναι τί ὑπόκειται τῷ κυνὶ καὶ τῇ θύρᾳ τῇ ἐπιρρακτῇ. καὶ ἐκείνῳ γοῦν οὐδὲν ἐμέλει ὑπὲρ τὸ μὴ συνεῖναί ποτε τῷ κυνί.

ἀλλ' ἡ Ἑρμιόνη οὐκέτ' ἤθελε διαλέγεσθαι οὔτε τῷ Ἀρείῳ οὔτε τῷ Ῥοῶνι. οἱ δὲ διὰ τὴν πολυπραγμοσύνην αὐτῆς τοῦτ' ἀγαθόν τι ἐνόμιζον. ἤλπιζον δ' οὖν δίκας λήψεσθαι τοῦ Μαλθάκου· τοῦτο γὰρ μέγιστον ἦν αὐτοῖς. ὥστε μάλισθ' ἥδοντο οὐ πολλῷ ὕστερον, τοῦ ἀγγέλου χρῆμά τι κομίσαντος πάνυ σύμμετρον πρὸς τὴν τιμωρίαν.

τῶν γὰρ γλαυκῶν ἀφικομένων ὡς ἔθος εἰς τὸ μέγαρον, ἅπαντες εὐθὺς ἐθαύμαζον κατιδόντες σκεῦός τι μακρὸν καὶ λεπτὸν ὑπὸ στριγῶν ἓξ μεγάλων φερόμενον. ὁ δ' Ἄρειος οὐχ ἧττον σπουδάζων τῶν ἑτέρων μαθεῖν ὅ τι ἔνεστι τῷ τοσούτῳ σκεύει, μάλ' ἐξεπλάγη ὅτε κατασκήψασαι αἱ γλαῦκες τοῦτο ἀφῆκαν ἔμπροσθεν αὐτοῦ, τὸ χοιρεῖον τάριχον ἅμα κατ' ἔδαφος κρούσασαι. καὶ αὗταί γε μὲν ἄρτι ἐκποδὼν ἔπταντο, ἄλλη δέ τις ἐπιστολὴν ἀφῆκεν ἐπὶ τὸ σκεῦος.

ὁ δ' Ἄρειος τήν γ' ἐπιστολὴν πρῶτον ἔλυσεν, εὖ ποιῶν. ἀνέγνω γὰρ τάδε·

> Μαγονωγαλέα Ἀρείῳ Ποτῆρι
> οὐ μὴ λύσεις τὸ σκεῦος μεταξὺ ἀριστῶν.
> ἔνεστιν ὁ Ὑπερνεφελὸς Δισχιλιοστὸς σοῦ νεοχμός.
> ἀλλ' οὐκ ἐθέλω πάντας συνειδέναι σοὶ σάρον ἔχοντι.
> αὐτοὶ γὰρ ἐπιθυμοῖεν ἂν τοιοῦτο λαβεῖν.
> ὁ Ὀλοφώϊος Ὕλης πρὸς τῷ ἰκαροσφαιριστηρίῳ
> συμβαλεῖ σοὶ περὶ πρώτην φυλακὴν τῆς νυκτὸς
> τὸ πρῶτον γυμνασομένῳ.
> ἔρρωσο.

ὁ δ' Ἄρειος δῆλος ἦν γεγηθὼς ἐν ᾧ ἐδίδου τὴν ἐπιστολὴν τῷ Ῥοῶνι ἀναγνῶναι.

ὁ δὲ ὥσπερ ἐπιφθόνως διακείμενος αὐτῷ εἶπεν ὅτι Ὦ Ὑπερνεφελὸς Δισχιλιοστός. οὐδ' ἡψάμην οὐδέποτε τοῦ τοιούτου.

ἐπειγόμενοι δὲ ταχέως ἀπέβησαν ἐκ τοῦ μεγάρου, θέλοντες ἰδίᾳ λῦσαι τὸ σάρον πρὸ τῆς πρῷ σχολῆς. ἀλλὰ μέχρι μέσης τῆς αὐλῆς μόνον προχωρήσαντες συνέβαλον τῷ Καρκίνῳ καὶ τῷ Κέρκοπι φράττουσι τὴν κλίμακα. ὁ δὲ Μάλθακος τὸ σκεῦος ἀναρπάσας ἐψηλάφησεν.

βαλὼν δὲ πάλιν αὐτὸ πρὸς τὸν Ἄρειον ἐφαίνετο ἅμα καὶ ἐπίφθονος ὢν καὶ δυσμενής. Ἦ καὶ σάρον ἐστίν, ἔφη. δίκας οὖν δώσει τὸ νῦν, ὦ Ποτέρ, οὐκ ἐξὸν τοῖς γε πρωτοπείροις ἔχειν τὰ τοιαῦτα.

ὁ Ῥοὼν μέντοι ἀπὸ ταὐτομάτου Ἀλλ' οὔκ ἔστιν, ἐφη, τοῦτο τῶν ἐπιτυχόντων σάρων τῶν ἐγκυκλίων· Ὑπερνεφελὸς γάρ ἐστι Δισχιλιοστός. ποῖον εἶπας οἴκοι εἶναι σοί, ὦ Μάλθακε; ἢ Κομήτης Διακοσιοστὸς Ἑξηκοστός; καὶ μεταξὺ μειδιῶν πρὸς Ἄρειον ἀναλαβών Οἱ γὰρ Κομῆται δοκοῦσι μὲν τοῦ σεμνοῦ μετέχειν, ἔργῳ δὲ πολλῷ καταδεέστεροι ὑπάρχουσι τῶν Ὑπερνεφελῶν.

ἐκεῖνος δὲ πικρῶς Ἦ που εἰκός ἐστι σὲ εἰδέναι τι περὶ τούτου, ὅς γ' οὐκ ἱκανὸς εἴης ὠνεῖσθαι οὐδὲ τὸ ἥμισυ τῆς κώπης; ἀλλὰ δεῖ σὲ δήπου καὶ τοὺς ἀδελφοὺς κατὰ κλῶνα ἀγοράζειν τὰ σάρα, τὸ ἀργύριον κατὰ μικρὸν ἀποτιθέντας.

μέλλοντος δ' ἔτι τοῦ Ῥοῶνος ἀποκρινεῖσθαι, ὁ σοφιστὴς Φιλητικὸς παρὰ τῷ Μαλθάκῳ ἐφάνη.

Μῶν ἐρίζετέ μοι, ἔφη τῇ φωνῇ γυναικείᾳ.

Ὁ γὰρ Ποτὴρ σάρον δέδεκται, ὦ σοφιστά, εἶπεν εὐθὺς ὁ Μάλθακος.

ἐκεῖνος δὲ Ναὶ ναὶ καλῶς ἔχει, ἔφη μειδιῶν τέως πρὸς τὸν Ἄρειον. ἡ γὰρ Μαγονωγαλέα σαφῶς μοι ἀπέδειξε διάφορα ὄντα τὰ σά, ὦ Ποτέρ. καὶ ποῖόν ἐστιν αὐτό;

ὁ δ' Ἄρειος μόνον οὐκ ἐγέλα ἰδὼν τὸν Μάλθακον δεινὸν βλέποντα. Ὑπερνεφελός ἐστιν, ἔφη, Δισχιλιοστός. καὶ τόδε τοῦ χρυσοῦ Μαλθάκου ἀπολαύω.

καὶ ὁ Ἄρειος καὶ ὁ Ῥοὼν κατὰ τάχος ἀνέβησαν, τὸν δὲ γέλωτα εἰρωνευόμενοι ἐπεκρύπτοντο· μάλιστα γὰρ ἠγάπων τὸν Μάλθακον ὁρῶντες ὀργιζόμενόν τε καὶ ἀποροῦντα.

ἐπειδὴ δ' εἰς ἄκραν τὴν κλίμακα ἀφίκοντο ὁ Ἄρειος πολλοῦ μετὰ γέλωτος Ἀλλ' ἀληθὲς γάρ ἐστιν. εἰ δὲ μὴ τὸ παντομνημονευτικὸν ἀφείλετο τῷ Νεφελώδει ἐκεῖνος, ἐγὼ οὐκ ἂν ἐγενόμην τῆς ἀγέλης.

φωνὴν δ' ἤκουσέ τινος κατόπιν ὀργίλως φθεγγομένης τοιάδε· Καὶ δῆτα νομίζεις μισθὸν εἶναι τοῦτο ἄξιον τῆς ἀδικίας; ἡ γὰρ Ἑρμιόνη ἐβάδιζεν ἀνὰ τὴν κλίμακα δριμὺ βλέπουσα πρὸς τὸ ἐν ταῖς χερσὶν ἐκείνου.

ὁ δὲ Πῶς σύ, ἔφη, σαυτὸν νῦν δὴ ἀξιοῖς διαλέγεσθαι μεθ' ἡμῶν;

καὶ ὁ Ῥοὼν Καὶ γὰρ εὖ ποιοῦσα ἐκ τοσούτου οὐδὲν ἔλεγες. ἐκείνη δὲ περιοργὴς ἀπέβη.

ὁ δ' Ἄρειος πᾶσαν τὴν ἡμέραν τὸν νοῦν μόλις προσεῖχεν τῇ σχολῇ. ἐνενόει γὰρ ἄλλοτε μὲν τὸ σάρον ὅτι ἐν τῷ δωματίῳ κεῖται ὑπὸ τῇ κοίτῃ, ἄλλοτε δὲ τὸ ἰκαροσφαιριστήριον· ἐνθάδε γὰρ τῆς ἑσπέρας μαθήσεσθαι ἰκαροσφαιρίζειν. καὶ ἀπὸ δείπνου ὅσον τάχιστα φαγὼν ὡς ἀμέλει περὶ οὐδενὸς ποιησάμενος τὰ ὄψα ἀνέβη μετὰ τοῦ Ῥοῶνος λύσων τέλος τὸν Ὑπερνεφελὸν Δισχιλιοστόν.

Οὐά, ἦ δ' ὃς ὁ Ῥοὼν ἰδὼν τὸ σάρον ἐπὶ τῆς Ἀρείου κοίτης ἀνακεκαλυμμένον.

καὶ ἐκεῖνος καίπερ οὐδὲν ἐπιστάμενος περὶ τὰ σάρα ἐνόμισε τοῦτό γε θαυμαστὸν δὴ εἶναι. ἦν γὰρ λεῖον καὶ λαμπρὸν καὶ κώπην μὲν εἶχεν ἀπ' ἐρυθροξύλου ἐσκευασμένην, κέρκον δὲ δολιχὴν ἀπ' ὀρθῶν κλωνίων κοσμίως πεποιημένην. καὶ τὸ Ὑπερνεφελὸς Δισχιλιοστὸς ἐνεγέγραπτο χαρακτῆρσι χρυσοῖς πρὸς τῷ ἀνωτέρω.

ἀμφὶ δὲ τὴν πρώτην φυλακὴν ὁ Ἄρειος ἐξελθὼν ἀπὸ τοῦ φρουρίου κνεφαῖος ἀνέβαινε πρὸς τὸ ἰκαροσφαιριστήριον. πρότερον γὰρ οὐκ εἰσῆλθεν ἐκεῖσε. καὶ βάθρα εἶδε μυρία καθάπερ ἐν θεάτρῳ κατὰ κύκλον περὶξ ὑψηλὸν ᾠκοδομημένα ὅπως οἱ θεαταὶ μετέωροι καθήμενοι ἄμεινον ἴδοιεν τὰ γιγνόμενα. καὶ ἑκατέρωθεν τοῦ σταδίου ἦσαν χάρακες τρεῖς χρυσοῖ, ἕκαστος κυκλίσκον ἐν ἄκρῳ παρέχων. τῷ δ' Ἀρείῳ ἐδόκουν πάνυ προσεικέναι τοῖς ξυλίνοις ἐκείνοις λεπτοῖς οἷς χρώμενοι οἱ Μυγαλίσκοι πομφόλυγας ποιοῦνται σαπωναρικάς, πλὴν ἀλλὰ πεντήκοντα ποδῶν ἦσαν τὸ ὕψος.

μάλα δὲ σπουδάζων αὖθις πέτεσθαι καὶ οὐ θέλων ὑπομεῖναι τὸν Ὕλην, εἰς τὸ σάρον ἐμβὰς λακτίσματι ἀνεώθει ἀπὸ τοῦ ἐδάφους. οἷα γὰρ οἷα ἔχει θαύματα, κατασκήπτων περὶ τοὺς χάρακας καὶ ἄνω καὶ κάτω πετόμενος ὑπὲρ τοῦ σταδίου. ἐδύνατο γὰρ ἀκριβῶς κυβερνᾶν τὸν Ὑπερνεφελὸν Δισχιλιοστὸν ὅποι βούλοιτο ἠρέμα ἁπτόμενος αὐτοῦ.

Οὗτος σύ, ὦ Ποτέρ. κατάβηθι.

ὁ γὰρ Ὀλοφώϊος Ὕλης ἧκε, φέρων ἐν ἀγκάλαις κιβωτὸν μακρὰν καὶ ξυλίνην. ὁ δ' Ἄρειος κατέβη παρ' αὐτόν.

Καλῶς ἔχεις, ἔφη ὀξὺ δεδορκώς. ἡ γὰρ Μαγονωγαλέα ὀρθῶς εἶχεν εἰποῦσα σὲ αὐτόφυτον παρέχειν τὴν τέχνην εὐμαθῆ πεφυκότα. καὶ αὐθημερὸν μὲν διδάξω σὲ τοὺς νόμους ἐναγωνίους, ἔπειτα δὲ δεήσει γυμνάζεσθαι συνὼν τοῖς ἄλλοις ἀγελαίοις τρὶς καθ' ἑβδομάδα.

καὶ ἀνέῳξε τὴν κιβωτόν. ἐνῆσαν δὲ σφαῖραι τέτταρες διαφέρουσαι τὸ μέγεθος.

ὁ δ' Ὕλης Λοιπόν, ἔφη. τὴν γάρ τοι ἰκαροσφαιρικὴν ῥᾴδιον μέν ἐστι καταμαθεῖν, χαλεπὸν δέ που παίζειν. ἐφ' ἑκατέρᾳ ἀγέλῃ ἑπτὰ ὑπάρχουσι σφαιρισταί, ὧν τρεῖς θηρευταί εἰσι.

Τρεῖς θηρευταί, ἦ δ' ὃς ὁ Ἄρειος ἰδὼν ἐκεῖνον σφαῖραν λαμβάνοντα κοκκίνην ὁμοίαν τὸ μέγεθος φουλλίκλῳ ποδοσφαιρικῷ.

καὶ ἐκεῖνος αὖ Αὕτη γὰρ ἡ σφαῖρα κολοφῶν καλεῖται. οἱ θηρευταὶ ῥίπτουσι τὸν κολοφῶνα ἐπ' ἀλλήλους θέλοντες ἰέναι διὰ κυκλίσκον ἵνα σκοποῦ τύχωσιν. ἡ γὰρ ἀγέλη κερδαίνει δέκα τίμια ὁσάκις ὁ κολοφῶν φέρεται διὰ κυκλίσκον. ἔγνωκας;

Οἵ γε μὴν θηρευταὶ ῥίπτουσι τὸν κολοφῶνα καὶ ἵασι διὰ τοὺς κυκλίσκους ἵνα σκοποῦ τύχωσιν. ἐπεὶ παραπλήσιόν τί ἐστιν ἀμέλει τῇ καλαθοσφαιρικῇ, πλὴν ἀλλ' ἔχει σάρα καὶ ἓξ κυκλίσκους.

Τί δ' ἐστιν ἡ καλαθοσφαιρική; εἶπεν ἐκεῖνος ὡς φιλομαθὴς ὤν.

ὁ δ' Ἄρειος ταχέως Οὐδὲν διαφέρει, ἔφη.

Καὶ ἔστιν ἄλλος τις ἑκατέρᾳ τῇ ἀγέλῃ σφαιριστὴς φύλαξ καλούμενος. ἐγώ γὰρ φύλαξ ὢν τοῖς Γρυφινδώροις περιπέτομαι τοὺς ἡμετέρους κυκλίσκους κωλύσων τοὺς ἐναντίους τυχεῖν τοῦ σκοποῦ.

καὶ ὁ Ἄρειος σπουδάζων τὰ πάντα μαθεῖν Θηρευταὶ γὰρ τρεῖς, ἔφη, καὶ φύλαξ εἷς καὶ παίζουσι μετὰ τοῦ κολοφῶνος. καλῶς ἔχει· ταῦτά γ' ἐπίσταμαι. τί δῆτα αἵδε ποιοῦσιν; ἐδείκνυ γὰρ τὰς σφαίρας τρεῖς ἔτι ἐν τῇ κιβωτῷ κειμένας.

Δηλώσω σοὶ νυνί. λαβὲ τόδε.

καὶ ἔδωκε τῷ Ἀρείῳ ῥόπαλόν τι μικρὸν οὐ πολὺ διαφέρον τοῦ τῆς σφαιριστικῆς ἣν αἱ παρ' ἡμῖν παρθένοι παίζουσι.

Δηλώσω σοὶ ὅ τι ποιεῖ τὰ ῥοπαλοσφαίρια. τῶδε γὰρ ἐστὸν ῥοπαλοσφαιρίω.

καὶ ἔδειξεν αὐτῷ δύο σφαίρας ὁμοίας ἀλλήλαις, μελαίνας οὔσας καὶ ὀλίγῳ μικροτέρας τῆς κοκκίνης. αἱ δ' ἐδόκουν τῷ Ἀρείῳ συντείνειν ὡς φευξόμεναι ἀπὸ τῶν ἱμάντων οἷς ἐν κιβωτῷ κατέχονται.

Ἀπόστηθι ἐκ τοῦ μέσου, εἶπεν ἐκεῖνος νουθετῶν τὸν Ἄρειον. καὶ νεύσας ἔλυσεν ἓν τῶν ῥοπαλοσφαιρίων.

καὶ εὐθὺς ἡ μέλαινα σφαῖρα τότε μὲν ἐπάνω ἐφέρετο, τότε δὲ κατὰ κόρρης ἔβαλλε τὸν Ἄρειον. ὁ δὲ σφενδονηδὸν διενεγκὼν τὸ ῥόπαλον ὅπως μὴ τὰς ῥῖνας ῥάττοιτο ἀφῆκε τὸ σφαίριον εἰς δόχμια καὶ σκολιά. κἄπειτα περιδινῆσαν τοῦτο τὰς κεφαλὰς αὐτῶν μετῆλθε τὸν Ὕλην. ὁ δὲ ἐνηλάμενος καὶ χαμᾶζε βιασάμενος μόλις κατέλαβεν αὐτό.

Ἦ δῆλον; ἔφη πνευστιῶν τι μεταξὺ καταβιαζόμενός τε τὸ ῥοπαλοσφαίριον ἔτι παλαίων αὐτῷ βεβαίως δέων εἰς τὴν κιβωτόν. Τὰ ῥοπαλοσφαίρια ᾄττει ἄνω καὶ κάτω ἐκκρούσοντα τοὺς σφαιριστὰς ἀπὸ τῶν σάρων. διὸ χρὴ δύο ῥαιστῆρας ἐν ἀγέλῃ ἔχειν, ἀτὰρ καὶ οἱ δίδυμοι Εὐισήλιοι ἡμέτεροί εἰσι ῥαιστῆρες. ἔργον ἐστὶν ἀμύνειν μὲν τὰ ῥοπαλοσφαίρια τοῖς σφετέροις, ἀποκρούειν δὲ πρὸς τοὺς ἐναντίους. ἦ καὶ ἔχεις τὰ πάντα;

ὁ δ' Ἄρειος ῥαψῳδῶν Τοῦτο μὲν οἱ θηρευταὶ τρεῖς ἐπιχειροῦσι σκοποῦ τυχεῖν τῷ κολοφῶνι· τοῦτὸ δὲ ὁ φύλαξ φυλάττει τοὺς χάρακας· τοῦτο δὲ οἱ ῥαιστῆρες ἀμύνουσι τὰ ῥοπαλοσφαίρια τοῖς ἑαυτῶν σφαιρισταῖς.

Εὖ γε.

Ἦ ποτὲ ἀπέκτεινέ τινα τὰ ῥοπαλοσφαίρια; εἶπεν ἐκεῖνος ἐλπίζων μὴ δοκήσειν ἄγαν σπουδαῖος εἶναι.

Τῶν γε Ὑογοητίων οὐδένα. ὀλίγοι γὰρ τὴν σιαγόνα κατεάγασιν, οὐδὲν δὲ ὑπὲρ ταῦτα γέγονεν οὐδεπώποτε. ἄγε δή. ὁ γὰρ ἐπίλοιπος τῶν σφαιριστῶν ζητητής ἐστι. ζητητὴν δ' ὄντα σὲ οὐ δεῖ πράγματα ἔχειν ὑπὲρ τοῦ κολοφῶνος ἢ τῶν ῥοπαλοσφαιρίων –

– Ἤν γε μὴ τὴν κεφαλήν μου δηλαδὴ καταρρήξωσι.

Μηδὲν φροντίσῃς τούτου. οἱ γὰρ Εὐισήλιοι τεχνικώτεροί εἰσι πολλῷ τῶν ῥοπαλοσφαιρίων, πεφυκότες αὐτοὶ ὅμοιοι ἀνθρωπίνοις δὴ ῥοπαλοσφαιρίοις.

καὶ ἐκ τῆς κιβωτοῦ ἔλαβε τέλος τὴν τετάρτην σφαῖραν. παρατιθεμένη δὲ τῷ τε κολοφῶνι καὶ τοῖς ῥοπαλοσφαιρίοις μικρότατον ἦν, πάνυ ὁμοιούμενον τὸ μέγεθος καρύῳ μεγάλῳ. χρυσοῦν δ' ἦν καὶ ἐρριπίζετο συνεχῶς τὰ πτερὰ μικρὰ καὶ ἀργυρᾶ.

Καὶ μὴν τοῦτο, ἔφη, φθαστέον ἐστὶ χρυσοῦν, ἀξιόλογον ὂν ὑπὲρ τὰς ἄλλας σφαίρας. καὶ πάνυ δυσάλωτόν ἐστιν οὕτω ταχὺ ὂν καὶ δυσόρατον. ἔργον δ' οὖν τῷ ζητητῇ λαβεῖν αὐτό. δεῖ σε περιπετόμενον μεταξὺ τῶν τε θηρευτῶν καὶ τῶν ῥαιστήρων καὶ τῶν ῥοπαλοσφαιρίων καὶ δὴ καὶ τοῦ κολοφῶνος φθάσαι τὸν ἕτερον ζητητὴν λαβόντα τὸ φθαστέον. ὁπότερος ἂν λάβῃ τὸ φθαστέον προσέτι κερδαίνει ἕκατον πεντήκοντα τίμια ὑπὲρ τῆς ἑαυτοῦ οἰκίας. ὥστε νικᾷ αὕτη ἡ οἰκία ὡς ἐπὶ τὸ πολύ. καὶ διὰ τοῦτο τοῖς ζητηταῖς πολλάκις ἐκ προνοίας προσπίπτει τις. ἡ δ' ἰκαροσφαιρικὴ οὐ τελευτᾷ πρὶν ἂν ἕλῃ τις τὸ φθαστέον, ὥστε τὸν ἀγῶνα εἰς μακρὸν πολλάκις χρονίζεσθαι. ἦν γὰρ ὅτε, τὸ ἀγωνιστικώτατον, τρεῖς μῆνας ἐχρονίσατο. ἔδει γὰρ ἀεὶ ἀντεισάγειν τοὺς ἐπιτάκτους ὅπως οἱ σφαιρισταὶ ὕπνου τύχοιεν.

τοιαῦτα μὲν δὴ ταῦτα. ἦ θέλεις ἔτι ἐρωτῆσαί τι;

ἀνένευσε δ' ὁ Ἄρειος, ὡς εἰδὼς μὲν τί δραστέον, ἀγνοῶν δ' ὅπως.

ἐκεῖνος δ' εὐλαβούμενος πάλιν ἔκλεισε τὸ φθαστέον εἰς τὴν κιβωτόν. Ἀλλ' οὔπω, ἔφη, γυμναζώμεθα μετὰ τοῦ φθαστέου, σκοταῖοι δ' ἤδη τάχ' ἂν ἀπολέσαιμεν αὐτό. πειρώμεθα δὴ τάδε.

ἔλαβε δὲ μαρσίππιον ἐκ τοῦ κόλπου ἔχον ὀλίγα σφαιρία ἐγκύκλια τοῦ γκόλφ. τὸ γὰρ γκόλφ παίγνιόν ἐστί τι μαλ' ἐν ἡδόνῃ γενόμενον τοῖς νῦν· οἱ δὲ παίζοντες ταῖς βακτηρίαις τύπτουσι τὰ σφαιρία τὰ τοῦ γκόλφ—μικρά ἐστι καὶ λευκά—ἐλπίζοντες εἰς ὀπὴν εὐθυνεῖν μικροτάτην.

καὶ ἐν ἀκαρεῖ ἀμφότεροι ἐμετεωρίζοντο, ὁ μὲν ἐρρωμένως πανταχόσε ῥίπτων τὰ σφαιρία, ὁ δὲ κατὰ τὸ δυνατὸν ἐπιχειρῶν ἅμα καταλαβεῖν.

πάντα δὲ ἐνδεχομένου τοῦ Ἀρείου, ἐκεῖνος μάλισθ' ἥδετο. μετὰ δ' ἡμιώριον πολλῆς ἤδη νυκτὸς γενομένης οὐκέτ' ἦν σφαιρίζειν.

Ἦ μὴν τὴν Φιάλην ἐκείνην τὴν ἰκαροσφαιρικὴν εὖ οἶδ' ὅτι τῆτες οἰσόμεθα. τοῦτο γὰρ ὁ Ὕλης πολλῆς μετ' εὐψυχίας ἔλεγεν ἐν ᾧ ἐβάδιζον πάλιν πρὸς τὸ φρούριον. Οὐ γὰρ παράδοξον ἂν εἴη εἰ σὺ τέλος ἀποβαίη βελτίων γενόμενος τοῦ Καρόλου Εὐισηλίου. οὗτος γὰρ ἐσφαίρισεν ἂν μετὰ τῆς τῶν Ἄγγλων ἀγέλης, εἰ μὴ ἀπῆλθε τοὺς δράκοντας θηρεύσων.

*

οὐ μόνον ἡ τῆς ἰκαροσφαιρικῆς ἄσκησις ἀλλὰ καὶ ἡ τῶν κατ' οἶκον μαθημάτων μελέτη εἰς τοσοῦτο ἀπησχόλησαν τὸν Ἄρειον ὥστε πάνυ ἐθαύμαζε λογιζόμενος ὅτι ἤδη δίμηνος ἐνῴκει ἐν Ὑογοήτου. τὸ γὰρ φρούριον πάνυ οἰκειότερον ἤδη δοκεῖν αὐτῷ τῆς τότε οἰκίας τῆς ἐν τῇ τῶν μυρσίνων ὁδῷ. καὶ αἱ σχολαὶ ἐπαγωγότεραι ἐγένοντο αὐτῷ τὰ πρῶτα ἐκμεμαθηκότι.

τῇ δὲ τῶν Νεκυσίων ἡμέρᾳ ἐγρηγορότες εὐθὺς κατὰ τὰς διαδρομὰς ὠσφραίνοντο κολοκύνθου ὀπτωμένου εὐώδους. καὶ πρὸς τούτῳ ἐν τῇ περὶ φίλτρων σχολῇ ὁ Φιλητικὸς ἤγγειλεν ὅτι νομίζει αὐτοὺς ἅλις ἤδη μεμαθηκέναι ὥστε καινουργεῖν τι περὶ τῆς μετακινήσεως, μαθησομένους πράττειν ὅπως μεταπτήσεταί τι κἀκεῖσε καὶ τὸ δεῦρο. τοῦτο γὰρ διὰ μακρὸν ἐβούλοντο ποιεῖν, ναὶ δὴ ἐξ οὗ εἶδον ἐκεῖνον πρᾶξαί τὴν τοῦ Νεφελώδους φρύνην περιπτάσθαι ἄνω καὶ κάτω περὶ τὸ διδασκαλεῖον. ἐκεῖνος δὲ εἰς δύο ἔταξεν αὐτοὺς ἀσκήσοντας τὰ τῆς τέχνης. τῷ μὲν οὖν Ἀρείῳ συνεργὸς ἦν ὁ Σάμιος Φινιγάνης, ὅπερ αὐτῷ παραμύθιον ἦν. ὁ γὰρ Νεφελώδης βουλόμενος αὐτὸς συνεργάζεσθαι τῷ Ἀρείῳ γλίσχρον δὴ ἔβλεψε πρὸς αὐτόν. ὁ δὲ Ῥοὼν σύνεργον εἶχε τὴν Ἑρμιόνην Γέρανον. δύσκριτον δ' ἦν διαγνῶναι πότερον αὕτη ἢ ἐκεῖνος πλέον ἠνιάθη τοῦτο. ἡ γὰρ Ἑρμιόνη οὐδὲν εἰρήκει οὐδετέρῳ αὐτῶν ἀφ' οὗ ὁ Ἄρειος τὸ σάρον ἐδέξατο.

ὁ δὲ σοφιστὴς Φιλητικός, ἑστὼς κατὰ τὸ σύνηθες ἐπὶ σωρῷ βιβλίων, τῇ φωνῇ λιγείᾳ Μέμνησθε δῆτα τὰ τοῦ καρποῦ κινήματα, ἔφη, ἅπερ ἄρτι ἠσκοῦμεν. πάλλε καὶ παῖε, μέμνησο, πάλλε καὶ παῖε. καὶ ὀρθῶς φθέγγου τὰ μαγικὰ ῥήματα, τοῦτο γὰρ μέγιστον δή. μέμνησο καὶ τοῦ μάγου Βαρύφρονος. οὗτος γὰρ τὸ σῖγμα φωνήσας ἀντὶ τοῦ φεῖ ἀπέβη χαμαὶ κείμενος βουβάλου ἐπι τῶν στέρνων καθημένου.

καὶ χαλεπώτατον ὡς ἀληθῶς ἦν. ὁ γὰρ Ἄρειος καὶ ὁ Σάμιος ἔπαλλον μὲν καὶ ἔπαιον, τὸ δὲ πτερὸν ὃ καὶ ἄνω ἔδει μετέωρον ἰέναι ἔκειτο ἁπλῶς ἐπὶ τῷ βάθρῳ. ἀτὰρ Σάμιος οὕτω ἠγανάκτει ὥστε σκαλεύσας τῇ ῥάβδῳ πυρὶ ἀνῆψε δή. τοῦτο δ' ἔδει τὸν Ἄρειον κατασβέσαι τὸν πῖλον προσέχοντα.

οὐδ' ὁ Ῥοὼν πλησίον αὐτοῦ καθήμενος βέλτιον ἔπραττεν.

Οὐιγγαρδιὸν λεουιοσά κεκραγὼς τοὺς βραχίονας οὐ βραχεῖς ὄντας ἅμα ἀνέσεισεν ἀνεμομύλῳ ἐοικώς.

ἤκουσε δ' ὁ Ἄρειος τῆς Ἑρμιόνης ἐπιτιμώσης αὐτῷ ὧδε· Οὐκ ὀρθῶς φωνεῖς, ἔφη. ἔστι δὲ Οὐιγγάρδιον λεουιώσα· δεῖ φωνῆσαι τὸ γὰρ μακρότερον.

ὁ δὲ παρωξυμμένος Φώνησον οὖν, ἔφη, αὐτὴ σοφωτέρα δὴ οὖσα.

ἡ δὲ συστειλαμένη ἑαυτὴν ἔπηλε τὴν ῥάβδον. Οὐιγγάρδιον, ἔφη, λεουιώσα.

καὶ τὸ πτερὸν αὐτῶν ἀπὸ τοῦ βάθρου μετεωριζόμενον ἐξ ἀέρος ἐκρέματο ὑπὲρ τῶν κεφαλῶν ὡς τέτταρας πόδας αἰωρούμενον.

Πύππαξ, κροτῶν εἶπεν ὁ Φιλητικός. ἰδού. ἀναβλέψασθε δεῦρο. ἡ γὰρ Γέρανος πέπραχε δή.

ὁ δὲ Ῥοὼν τελευτησάσης τῆς σχολῆς ἐξειστήκει τελέως ἑαυτοῦ. Μὴ θαύμαζ᾽ εἰ πάντες χαλεπῶς φέρουσιν αὐτὴν μιαρωτάτην γενομένην, πιθοῦ μοι. τοιαῦτα γὰρ ἔλεγε τῷ Ἀρείῳ μεταξὺ βιαζόμενος μετ᾽ αὐτοῦ παρὰ τοὺς ἐν τῇ διαδρομῇ στενοχωρουμένους.

ὠστίζετο δέ τις τῷ Ἀρείῳ ῥύμῃ παριοῦσα. κατιδὼν δέ τι τῆς ὄψεως ταύτης τὴν Ἑρμιόνην ἐγνώρισεν. ἐθορυβήθη δ᾽ αὖ δακρυούσης αἰσθόμενος.

Ἤκουσε γὰρ σοῦ, ἔφη, οἶμαι.

ἐκεῖνος δέ Τὸ δεῖνα, ἔφη. ξύνοιδε δήπου ἑαυτῇ φίλον οὐκ ἔχουσα οὐδένα; καίτοι αἰσχύνεσθαί τι ἐδόκει δή.

ἐκείνη δ᾽ οὖν οὐ παρῆν τῇ ἐπιούσῃ σχολῇ, οὐδ᾽ εἶδέ τις αὐτὴν ἀνὰ πᾶσαν τὴν δείλην. προσιόντες δὲ πρὸς τὸ μέγαρον ἐπὶ τὴν τῶν νεκυσίων ἑορτήν, ὁ Ἄρειος καὶ ὁ Ῥοὼν παρήκουσαν τῆς Παραβάτιδος Πατίλης λεγούσης τῇ Λαφενδρίᾳ συνήθει οὔσῃ ὡς ἡ Ἑρμιόνη ἐν τῷ παρθενικῷ λουτρῶνι δακρυρροεῖ, τὰς δὲ μελετᾶν αὐτῆς θελούσας ἑταίρας ἀπωθεῖ ἁπάσας. καὶ πρὸς τοῦτο ὁ Ῥοὼν καὶ πλέον αἰσχυνόμενος μέχρι γέ τινος ἐφαίνετο· μετ᾽ ὀλίγον δὲ πάντων εἰς τὸ μέγαρον ἡκόντων ἐπελάθετο καὶ αὐτὸς τῆς γ᾽ Ἑρμιόνης. ἐξεπλάγησαν γὰρ πάντες ὁρῶντες τὰ θεατρικὰ τὰ τῆς πρὸς ἑορτὴν σκηνογραφικῆς θαυματουργίας.

νυκτερίδες μὲν γὰρ χίλιαι περιεπέτοντο παρὰ τῶν τοίχων καὶ τοῦ ὀρόφου, χίλιαι δ᾽ αὖ κατέσκηπτον ὑπὲρ τῶν τραπεζῶν ἴσαι θυέλλαις μελαίναις, ὥστε ῥιπιζόμεναι μικροῦ ἐδέησαν κατασβέσαι τὰς ἐν κολοκύνθοις λαμπάδας. ἡ δὲ θοίνη ἐξ ἀπροσδοκήτου ἀνεφάνη, καθάπερ ἡ κατ᾽ ἀρχὴν τῆς περιόδου.

ὁ δ᾽ Ἄρειος ὠρέγετο πρὸς γεωμῆλον μετ᾽ αὐτοῦ τοῦ φλοιοῦ ὠπτημένον καὶ ὁ Κίουρος εἰσέδραμεν εἰς τὸ μέσον, τὴν μίτραν χύδην ἀπορρέουσαν παρέχων οὐδενὶ κοσμῷ. δῆλος δ᾽ ἦν φόβῳ καταπεπληγμένος. καὶ πάντων ἀτενιζόντων, ἥκων παρὰ τὸν τοῦ Διμπλοδώρου θρόνον ἔπεσε πρὸς τὴν τράπεζαν. καὶ μάλ᾽ ἄσθματος μεστὸς πνευστιῶν τέως μόλις Τρωγλοδύτης, ἔφη, ἐν τῇ γοργύρᾳ. ᾠόμην γὰρ ὑμᾶς θέλειν πυθέσθαι.

καὶ ταῦτ᾽ εἰπὼν χαμαὶ κατέπεσε λιποψυχήσας.

ταραχὴ δ᾽ εὐθὺς ἐνεγένετο πᾶσι πολλή. τὸ δὲ τελευταῖον ὁ Διμπλόδωρος ἐξ ἄκρας τῆς ῥάβδου πυρφόρα πορφυρᾶ ἀνιεὶς οὐκ ὀλίγα κατεσιώπησεν ἅπαντας.

Ὦ πρυτάνεις, ἔφη, ἀπαγέτω ἕκαστος τοὺς οἰκείους πρὸς τὰ κοιμητήρια.

ὁ δὲ Περσεὺς ἀμέλει ἀγαπῶν τὸ πρᾶγμα Ἕπεσθέ μοι, ὦ πρωτόπειροι. μένετε ἁθρόοι. οὐ φοβητέος ὁ Τρωγλοδύτης ἐστὶν ὑμῖν πειθομένοις γ' ἐμοί. συνακολουθεῖτε δῆτα. ἀπέλθετ' ἐκποδών. πρωτόπειροι γὰρ διαβαίνουσι. ξύγγνωθί μοι. πρύτανις γάρ εἰμι.

ὁ δ' Ἄρειος ἀναβαίνων ἤρετο ποίῳ τρόπῳ Τρωγλοδύτῃ ἐξῆν εἰσιέναι.

ὁ δὲ Ῥοὼν Οὐκ οἶδ' ἔγωγε. οἱ γὰρ Τρωγλοδύται λέγονται νωθέστατοι πεφυκέναι. τάχ' ὁ Ποιφύκτης εἰσήγαγεν ἐν σκώμματος μέρει πρὸς τὰ Νεκύσια.

παρέβαινον δ' ἄλλους ἄλλοσε ἐπειγομένους. καὶ ἐν ᾧ ὠστίζοντο δι' Ὑφελπύφων στῖφος συντεταραγμένων, ὁ Ἄρειος τοῦ Ῥοῶνος ἄφνω βραχίονος λαβόμενος

Τὸ δεῖνα, ἔφη, ἐνενόησά τι περὶ τῆς Ἑρμιόνης.

Ποῖον δὲ τί;

Ἀλλ' αὕτη τοῦ Τρωγλοδύτου πέρι οὐδὲν μὰ Δί' οἶδεν.

ἐκεῖνος δὲ χεῖλος δακὼν ἀνέσχετο.

δυσκόλως μὲν γὰρ ἔτι διέκειτο, ὁμῶς δὲ Καλῶς ἔχει, ἔφη. εὐλαβώμεθα μέντοι μὴ ὁ Περσεὺς κατίδῃ ἡμᾶς.

καὶ νεύσαντες κάτω, προσμείξαντες δὲ τοῖς Ὑφελπύφοις εἰς τοὔμπαλιν ἰοῦσιν, ὑπεξελθόντες δ' αὖ εἰς τὸ πλάγιον κατὰ διαδρομήν τινα, ἔσπευσαν πρὸς τὸν παρθενικὸν λουτρῶνα. κάμψαντες δὲ ἀγκῶνα, ἐκ τοῦ ὄπισθεν ἤκουσαν ψόφον τινὸς ὡς ποδῶν ἔχει διώκοντος.

Περσεύς, ἦ δ' ὃς ὁ Ῥοὼν ψιθυρίζων, ὠθῶν δ' ἅμα τὸν Ἄρειον κατόπιν μεγάλου γρῦπος λιθίνου ὥστε κρύψασθαι.

προκύψαντες δὲ τὸν μὲν Περσέα οὐκ εἶδον, Σίναπυν δέ. ὁ δὲ διαβὰς τὴν διαδρομὴν ἐξ ὀμμάτων ἀπῆλθεν αὐτοῖς.

ὁ δ' Ἄρειος Τί χρῆμα δρᾷ; ἔφη ψιθυρίζων. διὰ τί οὐκ ἐν τῇ γοργύρᾳ ἐστὶ μετὰ τῶν ἄλλων σοφιστῶν;

Οὐκ οἶδ' ἔγωγε.

καὶ ἐφ' ὅσον ἐνεδέχετο ἀψοφητὶ ἐδίωκον τὸν Σίναπυν ἤδη φθάνοντα αὐτούς· ἀλλ' ἤδη κατὰ τὴν διαδρομὴν τὴν ἑξῆς ἀφανὴς ἐγένετο.

Καὶ δὴ ἐπὶ τὸ τρίστεγον ὁρμᾶται, ἦ δ' ὃς ὁ Ἄρειος. ὁ δὲ Ῥοὼν χεῖρα προτείνας ἔπαυσεν αὐτόν.

Ἦ που ὀσφραίνει σύ τινος;

καὶ ὁ Ἄρειος δυσοδμοτάτου δή τινος ὠσφραίνετο, ὥσπερ ἀπὸ ποδείων σαθρῶν ἢ ἀπ' ἀφόδου δημοσίας οἵαν αὐχμηρὰν εἰς τοσοῦτο γεγενημένην οὐδεὶς ὡς ἔοικεν ἐκκεκάθαρκε.

καὶ μὴν ἤκουσαν γρυλισμοὺς καὶ ἑλκυσμοὺς ὥσπερ εἰ μέγα τι

χρῆμα ἀνθρώπου βραδέως ἐπορεύετο χωλεύων τοὺς πόδας παμμεγέθεις ὄντας. καὶ δακτυλοδεικτήσαντος τοῦ Ῥοῶνος εἶδον Αἰτναῖόν τι κνώδαλον προσερχόμενον. καὶ εἰς σκιὰν πτήξαντες εἰς σελήνιον ἐτήρουν αὐτὸ προβαῖνον.

δεινὸν δ' ἦν ἰδέσθαι. ὁ γὰρ Τρωγλοδύτης δώδεκα ποδῶν ὢν τὸ ὕψος τὴν χροίαν φαιὰν παρεῖχε καὶ ἰώδη καὶ πετρίνοις λίθοις πως ὁμοίαν. καὶ σῶμα μὲν ἦν αὐτῷ μέγα καὶ ὠγκωμένον χερμάδι δ' ἴσον ἐν ὄρεσί τινι, κεφαλὴ δὲ μικρὰ καὶ φαλακρὰ ἐν κορυφῇ ἔφυ ὀλίγον διαφέρουσα φοινικοβαλάνου. σκέλη δ' αὖ βραχέα καὶ δενδρώδη, πόδες δὲ πλατεῖς καὶ κερατοειδεῖς. δυσοσμία δ' ἀπ' αὐτοῦ ἐγίγνετο θαυμασία ὡς σφόδρα. εἶχε δὲ ῥόπαλον ξύλινον καὶ παμμέγεθες. τοῦτο δ' ἔσυρεν ἐπ' ἐδάφους, τῶν βραχιόνων αὐτοῦ τοσούτων ὄντων.

στὰς δὲ πρὸς θυρῶνι εἴσω προὔκυψε. τὰ δ' ὦτ' ὄνου δίκην ὑποκινήσας καὶ ὅπερ ὀλίγον εἶχε τοῦ φρονίμου πρὸς τὸ μηχανᾶσθαί τι βιάζειν δοκῶν, βραδέως εἰσῆλθεν.

ὁ δ' Ἄρειος Τῆς κλειδός, ἔφη, παρούσης τῇ θύρᾳ, ἔστιν ἡμῖν συγκλεῖσαι αὐτόν.

Εὖ φρονεῖς, ἦ δ' ὃς ὁ Ῥοὼν δεδιώς τι.

καὶ πρὸς τὴν θύραν ἔτι ἀνεῳγμένην εἵρπυσαν, φόβον παρέχοντες διψητικὸν καὶ ἐλπίζοντες ἅμα τὸν Τρωγλοδύτην μὴ ἐξιέναι. προπηδήσας δὲ ὁ Ἄρειος καὶ τὴν κλεῖν λαβὼν τὴν θύραν ἐπαράξας κατέκλεισεν.

καὶ ἰοῦ ἰοῦ κεκραγότες νικήφοροι ἔτρεχον ἔμπαλιν κατὰ τὴν διαδρομήν. μέλλοντες δὲ κάμψαι τὸν ἀγκῶνα ἤκουσαν καρδιόδηκτόν τι. ὄρθιον γάρ τις φόβῳ ἀνωλόλυζε τοῦ δωματίου ἐντὸς ἐκείνου ὅπερ ἄρτι ἐκεκλείκεσαν.

Μὴ γένοιτο, ἔφη ὁ Ῥοὼν ὠχραινόμενος οἷον ὁ Βαρόνος Αἱματοσταγής.

ὁ δ' Ἄρειος ἀπορῶν Τοῦτο γὰρ τὸ δωμάτιον, ἔφη, λουτρῶν παρθενικός ἐστι.

καὶ ὁμοῦ ἄμφω φωνοῦντες Ἡ Ἑρμιόνη, ἔφασαν, ἔνεστιν.

ἄκοντες οὖν ἀποτρέψαντες ἀνέδραμον ἐπὶ τὴν θύραν. κλῇθρον δὲ μόλις χαλάσας – πεπληγμένος γὰρ εἰς τοσοῦτο τὴν κλεῖν μονονουχὶ μεθῆκεν – ὁ Ἄρειος τὴν θύραν ἀνέῳξεν.

εἰσελθόντες δὲ κατέλαβον τὴν μὲν Ἑρμιόνην πτήττουσαν παρὰ τοῦ τοίχου ὀλίγου δέουσαν λιποψυχῆσαι, τὸν δὲ Τρωγλοδύτην προσχωροῦντα ἐπ' αὐτὴν καὶ ἅμα ἐκκρούοντα τὰ λουτηρίδια ἀπὸ τῶν τοίχων.

καὶ ὁ Ἄρειος ἠθύμει μὲν ἐκέλευε δ' ὅμως τὸν Ῥοῶνα ταράξαι

ἐκεῖνον, αὐτὸς δὲ τέως λαβὼν αὐλῶνός τι βιαίως ἔρριψε πρὸς τοῖχον ὡς ψόφῳ στροβήσων αὐτόν.

ὁ δὲ Τρωγλοδύτης εἱστήκει ὀλίγον ἀπέχων τῆς Ἑρμιόνης, καλινδούμενος ἀεὶ ἐσκαρδαμύκτει που σκαιότατος ὢν ὡς μαθησόμενος τί δὴ ψόφον ἀνῆκε. καὶ μὴν τὸν Ἄρειον κατεῖδε πικρὸν βλέπων πρὸς αὐτόν. ἀπορήσας δ᾽ οὐ διὰ πολὺν μετῆλθε τοῦτον, τὸ ῥόπαλον ἅμα ἀναιρούμενος.

ἀλλ᾽ ὁ Ῥοὼν ἐκ πλαγίου Οὗτος, ἔφη, ὁ ἐμβρόντητος. καὶ αὐλῶνός τι ἔρριψεν. καὶ τῆς μὲν τοῦ αὐλῶνος πληγῆς πρὸς ὦμον πατάξαντος οὐδὲν ἔδοξεν αἰσθέσθαι, τὴν δὲ βοὴν ἀκούσας αὖθις εἱστήκει ῥύγχος δυσειδὲς περιάγων ἅμα ἐπὶ τὸν Ῥοῶνα. καὶ οὕτως ὁ Ἄρειος ἐφθάσεν ἐκεῖνον παραδραμών.

τῇ δ᾽ Ἑρμιόνῃ βοῶν εἶπεν Ἄγε δη. δράμε σύ, ἀπόδραμε, πρὸς τὴν θύραν ἅμα θέλων ἀποσπᾶν αὐτήν. ἡ δ᾽ ἔτι ἀκίνητος ἔμενε πτήττουσα πρὸς τῷ τοίχῳ δέει κεχηνυῖα.

τεταραγμένος δ᾽ ἤδη ὁ Τρωγλοδύτης τῇ τε κραυγῇ νῦν δὴ τετυφωμένος καὶ τῇ ἠχοῖ πάντως ἐξεβάκχευε. πάλιν δ᾽ αὖ μυκώμενος προσέβαλλε τῷ Ῥοῶνι ἐπὶ ποσὶν ὄντι αὐτῷ οὐδ᾽ ἔχοντι ποῖ φύγοι.

καὶ ἔπειτα ὁ Ἄρειος ἐποίησέ τι ἀνδρειότατον μέν, ἀξυνετώτατον δ᾽ ὅμως. ἐπιδραμὼν γὰρ αὐτῷ ἄρδην ἐπήδησεν ὥστε ἐκ τοῦ ὄπισθεν περιβαλέσθαι τὸν τοῦ Τρωγλοδύτου τράχηλον ταῖς χερσίν. οὐ μὴν οὐδ᾽ οὗτος ᾔσθετ᾽ αὐτοῦ ἐκκρεμαμένου ἐκεῖ, ἀλλὰ καὶ οἱ Τρωγλοδύται δήπου εἰκότως νοῦν ἕξουσιν ἐὰν ξύλινόν τις ἀνωθῇ μακρὸν εἰς τὸν μυκτῆρα. καὶ γὰρ ὁ Ἄρειος ἔτι τῆς ῥάβδου τῇ δεξιᾷ εἴχετο πηδήσας. αὕτη δ᾽ ἄρα ἐσκάλευσεν εὐθὺ μίαν τῶν ῥινῶν αὐτοῦ.

ὁ δὲ μέγα ὠλόλυζε τὰς ῥῖνας μάλ᾽ ἀλγῶν. στροβεῖ δ᾽ οὖν τὸ ῥόπαλον πάντ᾽ εἰκῇ καὶ φύρδην πραττόμενος. ὁ δ᾽ Ἄρειος τέως συνεχῶς ἐλαμβάνετο οὐκ εἰδὼς εἰ ἐν ἀκαρεῖ οὗτος ἢ ἀποσπάσει αὐτὸν ἀπὸ τοῦ τραχήλου ἢ πληγὴν πλήξει καιρίαν τῷ ῥοπάλῳ.

ἐν δὲ τούτῳ ἡ μὲν Ἑρμιόνη χαμᾶζε φόβῳ ἐπεπτώκει, ὁ δὲ Ῥοὼν ἀνέλαβε τὴν ἑαυτοῦ ῥάβδον. οὐδ᾽ εἰδὼς τί δὴ μέλλει ποιήσειν, ἔλαθεν ἑαυτὸν ἐπᾴδοντα τὸ φίλτρον τὸ ἐπιτυχὸν τόδε· Οὐιγγάρδιον λεουιώσα.

καὶ τὸ ῥόπαλον ἄφνω πτάμενον ἐκ τῶν τοῦ Τρωγλοδύτου χειρῶν καὶ μετέωρον ἄνω εἰς τὸν ἀέρα ἀναφορούμενον, περιεστρέψατο εὐθὺς καὶ κατέπεσεν ὥσθ᾽ ὅσον μὴ συντρῖψαι τὸ τοῦ ἑαυτοῦ κυρίου κράνιον, ψόφον ἀηδῆ ἅμα παρασχόν. ἐκεῖνος δὲ ἰλλιγγιάσας τι πρανὴς ἐπὶ στόμα κατέπεσε, κτύπον παρέχων τοσοῦτον ὥστε πᾶν τὸ δωμάτιον σεισθῆναι.

καὶ ὁ μὲν Ἄρειος ἀνέστη τρέμων καὶ πνευστιῶν. ὁ δὲ Ῥοὼν ἐκεῖ ἵστατο, τὴν ῥάβδον ἔτι ἀνέχων καὶ ἀτενὲς δεδορκὼς ἐπὶ τὸ πεποιημένον.

ἀλλ' ἡ Ἑρμιόνη ἔφθασε λέγων ὅτι Ἦ καὶ τέθνηκεν;

ὁ δ' Ἄρειος ἀπεκρίνατο ὡς τεθνάναι μὲν οὐ δοκεῖ, λιποψυχῆσαι δέ, ὡς εἰκός. νεύσας δὲ τὴν ῥάβδον ἐξείλκυσεν ἐκ τοῦ μυκτῆρος τοῦ Τρωγλοδύτου. ἐδόκει δὲ κεκαλύφθαι κόμμι φαιῷ καὶ ἰώδει.

Αἰβοῖ, ἔφη, τῆς κορύζης τρωγλοδυτικῆς.

καὶ ἀπώμορξε δῆτα ἐπὶ τὰς βράκας τὰς τρωγλοδυτικάς.

καὶ ἐντεῦθεν οἱ τριττοὶ ἀκούσαντές τινος θύραν ἐπαράξαντος καὶ ἐγγυτέρω προσιόντος τὰ ὦτα ὀρθὰ παρέσχον. οὐ γὰρ συνῄδεσαν ἑαυτοῖς τοσοῦτο θορυβήσαντες. ἀλλ' οὖν τις τῶν κάτω δηλαδὴ ἔτυχεν ἀκούσας τῶν τε κτύπων καὶ τῶν τοῦ Τρωγλοδύτου μυκημάτων.

καὶ ἐν ἀκαρεῖ ἡ Μαγονωγαλέα εἰς τὸ δωμάτιον εἰσέπεσεν, ἑπομένων αὐτῇ τοῦ τε Σινάπεως καὶ τοῦ Κιούρου ὀπισθοφυλακοῦντος. οὗτος δ' ὀλίγον ὑποβλέψας τὸν Τρωγλοδύτην κνυσάμενός τι ἐκάθισεν εὐθὺς ἐπ' ἀφόδου, τοῦ στέρνου ἁπτόμενος.

καὶ ὁ μὲν Σίναπυς προὔκυπτε τῷ Τρωγλοδύτῃ, ἡ δὲ Μαγονωγαλέα ἔβλεπε πρὸς τὸν Ῥοῶνα καὶ τὸν Ἄρειον. ὁ δὲ οὐπώποτ' εἶδεν αὐτὴν οὕτω θυμουμένην, τὰ χείλη λευκὰ δὴ παρέχουσαν. οὐκέτ' ἤλπιζε δηλαδὴ οἴσεσθαι πεντήκοντα βαθμοὺς ὑπὲρ τῶν Γρυφινδώρων.

ἐκείνη δὲ μάλα πικραινομένη τραχείᾳ τῇ φωνῇ Ἀλλὰ τί πρὸς θεῶν, ἔφη, ἐν νῷ εἴχετε; Ἄρειος δὲ πρὸς τὸν Ῥοῶνα ἔβλεψεν ἔτι ἑστῶτ' ἀκίνητον, τῆς ῥάβδου ἄνω τεινομένης. ἐκείνη δ' ἀναλαβοῦσα Ἐκινδυνεύετε γάρ τοι, ἔφη, ἀποθανεῖν. τί εἰς τὴν οἰκίαν οὐκ ἀνέβητε;

ὁ δὲ Σίναπυς ὀξὺ ἔβλεψε πρὸς τὸν Ἄρειον. ὁ δὲ πρὸς τὴν γῆν ἔβλεπε, χρῄζων τοῦ Ῥοῶνος καταθεῖναι τὴν ῥάβδον.

κἄπειτα ἦν ἀκοῦσαι φωνήν τινα μικρὰν ἀπὸ τοῦ σκότου γιγνομένην.

Ξύγγνωθί μοι, ἔφη, ὦ σοφιστὰ Μαγονωγαλέα. ἀλλ' ἐκεῖνοι ἠρεύνων ἐμέ.

Ἡ Γέρανος.

ἡ γὰρ Ἑρμιόνη ἀναστᾶσ' ἤδη Ἀλλὰ γὰρ ἐγὼ τὸν Τρωγλοδύτην ἴχνευον, νομίζουσα αὐτὴ καθ' ἑαυτὴν οἵα τ' ἔσεσθαι χρῆσθαι αὐτῷ ὡς πόλλ' ἀναγνοῦσα περὶ τῶν τοιούτων.

καὶ ὁ Ῥοὼν μεθῆκε τὴν ῥάβδον, θαυμάζων εἰ ἡ χρυσῆ Ἑρμιόνη Γέρανος σοφιστὴν δὴ ἑκοῦσα καὶ ἐξαπατᾷ τι.

ἡ δ' ἀναλαβοῦσα Εἴ γ' ἄρα μὴ ηὗρον ἐμέ, ἀπέθανον ἄν. ὁ μὲν γὰρ Ἄρειος τὴν ῥάβδον ἀνέωσεν εἰς τὸν μυκτῆρα αὐτοῦ, ὁ δὲ Ῥοὼν ἔπραξεν ὅπως ἐλιποψύχησε καταβληθεὶς τῷ ἑαυτοῦ ῥοπάλῳ, οὐ παρὸν ζητεῖν οὐδένα βοηθήσοντα. ἔμελλε γὰρ ἤδη ἀποκτενεῖν με καὶ ἀφίκοντο.

ὁ δ' Ἄρειος καὶ ὁ Ῥοὼν μάλιστ' ἐβούλοντο μὴ δοκεῖν ταῦτα τὸ πρῶτον νῦν δὴ ἀκούσαντες.

καὶ ἡ Μαγονωγαλέα ὀξὺ βλέπουσα πρὸς αὐτούς Εἶέν, ἔφη. ἀλλὰ πῶς σύ, ὦ Γέρανε ἀνόητε, ἐτόλμας παρθένος οὖσα καθ' ἑαυτὴν χρῆσθαι Τρωγλοδύτῃ ὀρεινῷ;

καὶ ἡ μὲν οὖν ἔκυψεν αἰσχυνομένη. ὁ δ' Ἄρειος ἄφωνος ἐγένετο, ἐννοῶν ὅτι τήν γ' Ἑρμιόνην ἐν πρώτοις εὕροι τις ἂν οὖσαν τῶν μηδὲν παρανομούντων. καίτοι νῦν δὴ παρανομεῖν προσποιεῖται διασώσουσα αὐτούς, ἄτοπα πράττουσα ὡσπέρει τῷ γε Σινάπει δοκοίη ποτὲ νώγαλα διαδιδόναι.

ἡ μέντοι Μαγονωγαλέα Πέντε, ἔφη, βαθμῶν ἁμαρτοῦσιν οἱ Γρυφίνδωροι διὰ ταῦτα. καὶ γὰρ ἔσφηλας με τῆς ἐλπίδος. ἀλλ' εἴ γ' ἄρα μὴ βέβλαψαι μηδέν, δεῖ σὲ ἀπελθεῖν πρὸς τὸν τῶν Γρυφινδώρων πύργον. οἱ γὰρ μαθηταὶ τὴν ἑορτὴν κατ' οἰκίας τελοῦσιν.

ἡ δ' ἀπέβη.

ἐκείνη δὲ πρὸς Ἄρειον καὶ Ῥοῶνα τρεψαμένη Εἶέν, ἔφη. ἀλλ' ὡς ἔμοιγε δοκεῖτε, ηὐτυχήσατε μὲν ἀμέλει, ἐδράσατε δ' οἷα ἤ τις ἢ οὐδεὶς πρωτόπειρος ὢν προσβαλόντες Τρωγλοδύτῃ ὀρεινῷ. ἕκαστος οὖν φερέσθω πέντε βαθμοὺς ὑπὲρ τῶν Γρυφινδώρων. καὶ ὁ Διμπλόδωρος μαθήσεται περὶ τοῦ πράγματος. ἄπιτε δῆτα.

καὶ ἐκ τοῦ δωματίου σπεύσαντες οὐδὲν εἶπον πρὶν ἀναβάντες ἀφίκοντο ἐπὶ τὸ δίστεγον. ἥδοντο γὰρ ἀπέχοντες τῶν τ' ἄλλων καὶ τῆς δυσοσμίας τῆς τρωγλοδυτικῆς.

ὁ δὲ Ῥοὼν ἀχθόμενός τι Ἀλλ' ὠφέλομεν ἐνεγκέσθαι βαθμοὺς πλέον ἢ τοὺς δέκα.

Πέντε μὲν οὖν, ἦ δ' ὃς ὁ Ἄρειος, ἀφειλούσης γ' ἐκείνης τοὺς τῆς Ἑρμιόνης.

Καλῶς δ' οὖν ἐποίησεν οὕτω διασῴζουσα ἡμᾶς τῶν κακῶν τότ' ἀπολαύοντας, οὐ μὴν ἀλλὰ καὶ ἡμεῖς αὐτὴν ἤδη ἐσώσαμεν.

Σῶσαι γοῦν οὐ δέον, εἰ μὴ τὸ κνώδαλον μετ' αὐτῆς συνεκλείσαμεν, εἶπεν ὁ Ἄρειος ἀναμιμνήσκων αὐτὸν τοῦ πράγματος.

καὶ ἤδη ἄφικοντο πρὸς τὴν τῆς παχείας εἰκόνα.

καὶ Ῥύγκος χοίρειον εἰπόντες εἰσῆλθον.

θόρυβος δ' ἐγένετο πολὺς ἐν τῷ κοινείῳ συγκαθημένων αὐτοῦ πάντων ἐσθιόντων δ' ἅμα τὴν τροφὴν τὴν ἄρτι δεδομένην. ἡ δ' Ἑρμιόνη μόνη καθ' ἑαυτὴν ἵστατο πρόσθε τῆς θύρας περιμένουσα αὐτούς. καὶ δι' ὀλίγου πολλὴν δι' ἀπορίαν οὐδεὶς ἐφθέγξατο οὐδέν.

ἔπειτα δὲ πάντες οὐδὲν βλέψαντες πρὸς ἀλλήλους, εὐχαριστήσαντες δ᾽ ὅμως ἄλλος ἄλλῳ ταχέως ἦλθον κομιούμενοι τὰς λοπάδας.

ἀλλὰ εἰς τὸν ἔπειτα χρόνον, τὴν Ἑρμιόνην Γέρανον φίλην ἡγοῦντο, οὐκ ἐξὸν ἂν μετέχειν τῶν τ᾽ ἄλλων καὶ τοῦ διαφθεῖραι Τρωγλοδύτην ὀρεινὸν δώδεκα ποδῶν τὸ ὕψος εἰ μὴ διὰ φιλίας ἄρα διακέοιτό τις.

— ΒΙΒΛΟΣ Κ —

ΠΕΡΙ ΤΗΣ ΙΚΑΡΟΣΦΑΙΡΙΚΗΣ

τοῦ δὲ Νοεμβρίου εὐθὺς ἀρχομένου τὰ σφόδρα ψύχη ἔπαθες ἄν, ὁρῶν ἅμα τά τ᾽ ὄρη τὰ περὶ τὸ φρούριον πάγου χυθέντος πάνυ κεχιονισμένα καὶ τὴν λίμνην σιδήρῳ ψυχρῷ μάλιστ᾽ ἐοικυῖαν. καὶ τὸν Ἁγριώδη ἂν εἶδες ἐπὶ τῷ ὑπερῴῳ ἀπὸ θυρίδος θεωρῶν θερμαίνοντά που τὰ σάρα ἐν τῷ ἰκαροσφαιριστηρίῳ, ἠμφιεσμένον ἀμέλει στόλον σισυρνώδη σπαλακορύπαινον, χειρίδας δὲ φοροῦντα κυνίκλου ἐκ τριχῶν, κοθόρνους δ᾽ αὖ μεγάλους καστορείους.

καὶ ὥρας ἔτους ἐπελθούσης τῇ ἰκαροσφαιρικῇ, τῷ Σαββάτῳ τὸ πρῶτον σφαιριεῖν ἔμελλεν ὁ Ἅρειος πολὺν χρόνον γυμνασάμενος· τοῖς γὰρ Γρυφινδώροις ἀναγκαῖον ἦν ἀγωνίσασθαι πρὸς τοὺς Σλυθηρίνους. εἰ δ᾽ οἱ Γρυφίνδωροι νικήσειαν, αὐξηθήσεσθαι δευτερεύοντες πρὸς τὴν Φιάλην Οἰκείαν.

τὸν μέντοι Ἅρειον ἤ τις ἢ οὐδεὶς σφαιρίζοντα ἑωράκει· ἔδοξε γὰρ τῷ Ὕλῃ αὐτὸν κεκρυμμένον ἔχειν ὥσπερ κρυπτὸν ὄντα σόφισμά τι. ἡ δ᾽ οὖν φήμη ἐξηνέχθη ὅτι Ἅρειος ζητητὴς γενήσεται. ὥστε οὐκ ἦν αὐτῷ ἐννοῆσαι πότερον περὶ ἥττονος ποιεῖται τοὺς φάσκοντας ὅτι λαμπρὸς ἔσται, ἢ τοὺς ὑπεσχομένους πανταχόσε περιδραμεῖσθαι ὑπ᾽ αὐτοῦ πετομένου στιβάδα παρέχοντας.

καὶ ἕρμαιον δὴ ἦν τῷ Ἀρείῳ τὸ Ἑρμιόνην νῦν ἔχειν φίλην. οὐ γὰρ ἠπίστατο ποίῳ τρόπῳ καθ᾽ ἑαυτὸν μόνος ἀπ᾽ αὐτῆς ἐδυνήθη ἂν εὖ τιθέναι τὰ κατ᾽ οἶκον μαθήματα, ὡς δέον θαμὰ ἐπὶ καιροῦ γυμνάζεσθαι πρὸς τὴν ἰκαροσφαιρικὴν κελεύοντος τοῦ Ὕλου. καὶ ἔχρησεν ἐκείνη βιβλίον αὐτῷ τὴν ἰκαροσφαιρικὴν ἐξ ἔτους εἰς ἔτος καὶ τοῦτο πάνυ ἄξιον ηὗρεν ἀναγνῶναι.

ἔμαθεν δὲ τοῦτο μὲν ὡς ἀδικεῖν ἔστιν τοῖς ἰκαροσφαιρίζουσιν ἐν τρόποις ἑπτακοσίοις, τοῦτο δ᾽ ὡς οἱ περὶ τὴν Φιάλην Κοσμικὴν ἀγωνιζόμενοι πρὸ τοῦ ὡς πεντακόσια ἔτη τῷ ἔτει χιλιοστῷ τετρακοσιοστῷ ἑβδομηκοστῷ τρίτῳ ἁπαξαπάσας δὴ ἠδίκησαν τὰς ἀδικίας· τοῦτο δ᾽ ὡς οἱ ζηтηταὶ κατὰ τὸ ξύνηθες λεπτότατοι ὄντες καὶ δρομικώτατοι τῶν σφαιριστῶν πλεῖστον τραυματίζονται ἠδικημένοι· τοῦτο δ᾽ αὖ ὡς ὀλίγοι μὲν ἀπέθανον ἰκαροσφαιρίζοντες, ῥαβδοῦχοι δὲ ἐνίοτε ἠφανισμένοι μετὰ πολλοὺς μῆνας πάλιν ἐφάνησαν ἐν τοῖς τῆς Λιβύης ἐρήμοις.

ἡ δ᾽ Ἑρμιόνη ἧττον ἤδη ἐφρόντιζε περὶ τὸ παρανομεῖν ἐξ οὗ ὁ Ἄρειος καὶ ὁ Ῥοὼν ἔσωσεν αὐτὴν ἀπὸ τοῦ ὀρείνου Τρωγλοδύτου, διὸ καὶ πάνυ ἀστεία ἐδόκει γενέσθαι. τῇ γὰρ προτεραίᾳ τῇ τοῦ ἀγῶνος ἰκαροσφαιρικοῦ ᾧ Ἄρειος τὸ πρῶτον ἔμελλε σφαιριεῖν, οἱ τρεῖς ἐν τῇ αὐλῇ πρὸς τὴν σχολῆς ἀνάπαυσιν παρόντες ψυχροὶ δὴ ἐγίγνοντο καὶ ἐκείνη γοητεύουσα παρέσχε πῦρ τι κυανοῦν ὅπερ καὶ ἐξῆν τῷ βουλομένῳ ἐν ληκυθίῳ περιφέρειν. καὶ νῶτον δίδοντες πρὸς αὐτὸ ἀλεανοῦντες ἵσταντο, καὶ ὁ Σίναπυς διέβη διὰ τὴν αὐλήν. καὶ ὁ Ἄρειος εὐθὺς ᾔσθετ᾽ αὐτοῦ χωλεύοντος. οἱ οὖν τρεῖς συστρεψάμενοι ἤθελον φράξαι τὸ πῦρ, εἰκάζοντες οὐ θεμιτὸν εἶναι. ἀλλὰ κακῇ τύχῃ οὐκ ἔλαθον αὐτὸν ὕποπτόν που βλέποντες ὡς ἐδόκει. χωλεύων δὲ προσῆλθε τό γε πῦρ οὐ κατιδών, βουλόμενος δ᾽ οὖν εἰκῇ ἐπιτιμᾶν αὐτοῖς.

τί ἔχεις, ὦ Ποτέρ;

ὁ δ᾽ Ἄρειος ἔδειξεν αὐτῷ τὸ ἐχόμενον, τὴν ἰκαροσφαιρικὴν ἐξ ἔτους εἰς ἔτος.

ἀλλ᾽ ὁ Σίναπυς Οὐ θεμιτόν, ἔφη, κομίζειν τὰ βιβλία τὰ πρὸς βιβλιοθήκην ἔξω τοῦ φρουρίου. δός μοι. πέντε γὰρ βαθμοὺς ἀπώλεσας τοῖς Γρυφινδώροις.

Τοῦτον γὰρ τὸν νόμον, ἦ δ᾽ ὃς ὁ Ἄρειος πάνυ ἀνιώμενος, ἄρτι συνέπλαξε. ἀλλὰ τί μοι πάσχει τὸ σκέλος αὐτοῦ;

ὁ δὲ Ῥοὼν πικρῶς Οὐκ οἶδα, ἔφη. ἀλλ᾽ εἰ γὰρ πόλλ᾽ ἀλγοίη.

*

πολὺ δ᾽ ἐθορύβουν ταύτῃ τῇ νυκτὶ οἱ ἐν τῷ τῶν Γρυφινδώρων κοινείῳ. ὁ δ᾽ Ἄρειος καὶ ὁ Ῥοὼν καὶ ἡ Ἑρμιόνη ἐκάθηντο ὁμοῦ πρὸς θυρίδα. αὕτη γὰρ ἐξέταζε τὰ κατ᾽ οἶκον μαθήματα τὰ πρὸς τὰ φίλτρα ὑπὲρ τοῦ θ᾽ Ἀρείου καὶ τοῦ Ῥοῶνος. ἀλλ᾽ οὐκ ἤθελεν ἐκείνους μιμεῖσθαι τὰ ἑαυτῆς, λογισαμένη ὅτι οὕτως οὐδὲν μαθήσονται. ἀναγνούσης δ᾽ οὖν αὐτῆς τὰ γεγραμμένα, εὖ ἔπραττον πρὸς τὰ προσκείμενα ὡς ἐπὶ τὸ πολύ.

ἀλλ᾽ ὁ Ἄρειος ἠγανάκτει πως, βουλόμενος ἀναλαβεῖν τὴν ἰκαροσφαιρικὴν ἐξ ἔτους εἰς ἔτος. ἀναγιγνώσκων γὰρ αὐτὸ τάχ᾽ ἂν ἐπιλήσεσθαι τῶν φροντίδων τῶν περὶ τὸν τῆς ὑστεραίας ἀγῶνα. ἀλλὰ διὰ τί δεῖ τόν γε Σίναπυν δεδιέναι; ἀναστὰς οὖν *εἶπε τῷ Ῥοῶνι καὶ τῇ Ἑρμιόνῃ ὅτι μέλλει ἀπαιτήρειν αὐτὸ παρ' ἐκείνου.*

οἱ δὲ τοῦτ' ἔφασαν στέργειν ἄν, εἰ Ἅρειος μὲν ἔλθοι, αὐτοὶ δὲ μή. ὁ μέντοι Ἅρειος ἐλογίζετο ὅτι ἐκεῖνος εἰκότως ὁμολογήσει, ἐὰν ἄλλοι τινὲς σοφισταὶ παρόντες ἀκούσωσιν.

ἥκων δὲ πρὸς τὸ τῶν σοφιστῶν κοινεῖον ἔκοψε τὴν θύραν. οὐδενὸς δὲ ἀνοίξαντος, μάλ' αὖθις ἔκοψεν. ἀνέῳξε δ' οὐδείς.

καὶ δὴ τὸ βιβλίον ἐντὸς κατέλιπεν ὁ Σίναπυς. ἐπιχειρητέον οὖν. ἀνοίξας δ' ὀλίγον τὴν θύραν εἴσω προὔκυψε. ἀλλὰ θέαμα δυσθέατον ἔνδον ἦν ἰδεῖν.

μόνοι γὰρ παρῆσαν ὁ Σίναπυς καὶ ὁ Φῆληξ. κἀκεῖνος δὴ τὸν τρίβωνα ὑπὲρ τὰ γόνατα εἶχεν ἀποκαλύπτων τὸ σκέλος αἱματηρὸν καὶ κατεσπαραγμένον. οὗτος δ' ὀθόνια παρεῖχεν αὐτῷ.

Ὦ κατάρατον τὸ χρῆμα κυνός, ἔφη. πῶς γὰρ ἔστιν ἅμα διατηρεῖν τὰς τρεῖς κεφαλάς;

τοῦ δ' Ἀρείου σιωπῇ κλείοντος τὴν θύραν, βοῶν Ὁ Ποτέρ, ἔφη διαστρεφόμενος ἅμα δι' ὀργῆς τὰ ὄμματα καὶ μεθεὶς τὸν τρίβωνα ἐπικαλύψαι τὸ σκέλος. Ἅρειος δ' ἀσκήσας ἑαυτὸν εἰς εὐτολμίαν

Εἰ οἷόν τε, ἔφη, προτεῖναι ἐρώτημά τι, θέλοιμ' ἂν εἰδέναι εἴ γ' ἄρ' ἔξεστί μοι ἀπαιτεῖν τὸ βιβλίον μου;

Ἄπιθι, ἄπιθι ἐς κόρακας ἤδη.

ἀπῆλθεν οὖν εὐθὺς ὁ Ἅρειος πρὶν ἐκεῖνον αὖθις ἀφελέσθαι βαθμῶν τοὺς Γρυφινδώρους. ἄνω δὲ ὡς τάχιστα ἀναβὰς πάλιν ξυνεγένετο τοῖς ἑταίροις.

ὁ δὲ Ῥοών Ἆρ' ἔχεις αὐτό; ἔφη. ἀλλὰ τί δὴ πάσχεις;

ἐκεῖνος δὲ μόλις ψιθυρίζων εἶπεν αὐτοῖς ὅ τι ἑώρακεν.

τελευταῖον δὲ πνευστιῶν ἔτι Ἀλλ' ἴστε που, ἔφη, τοῦτο τί δύναται; ἐπεχείρησε γὰρ λαθὼν παρελθεῖν τὸν τρικάρηνον ἐπὶ τῶν νεκυσίων ὁ Σίναπυς. καὶ ἐθεωροῦμεν αὐτὸν ἐκεῖσε τότε χωροῦντα δηλαδὴ κλέψοντα τὸ πρὸς ἐκείνου φυλαττόμενον. καὶ περίδου μοι περὶ τοῦ σάρου εἰ μὴ αὐτὸς εἰσῆγε τὸν Τρωγλοδύτην ὡς ῥᾷον λήσων ἅπαντας.

ἡ δ' Ἑρμιόνη πεφροντικὸς βλέπων Περιττόν τι λέγεις, ἔφη. δυσχερὴς μὲν γὰρ ἐστιν εὖ οἶδ' ὅτι, ἀλλ' οὐκ ἐπίδοξός ἐστι κλέψων τὸ Διμπλοδώρῳ πεφυλαγμένον.

ὁ δὲ Ῥοών Ἡράκλεις, ἔφη ἀνιώμενος. σὺ μὲν γὰρ νομίζεις τοὺς σοφιστὰς πάντας θείου τι μετέχοντας δήπου. ἐγὼ δὲ ταὐτὰ τῷ Ἀρείῳ φρονῶ. πανοῦργος γάρ ἐστιν ὁ Σίναπυς. ἀλλὰ τί θέλει; τί φυλάττει ὁ κύων;

καὶ ὁ Ἄρειος περὶ ταῦτα ἔτι φροντίζων ἀπέβη κοιμησόμενος. ἀλλὰ ταχὺ ῥέγκοντος ἤδη τοῦ Νεφελώδους, αὐτὸς οὐκ εἰς ὕπνον ἔπεσε καίπερ μάλιστα χρῄζων πεσεῖν, ὡς δέον μετ' ὀλίγον ἰκαροσφαιρίσαι τὸ πρῶτον. τοῦ δ' οὖν Σινάπεως οὐ ῥᾴδιον ἦν ἐπιλαθέσθαι δεινὸν βλέποντος ἥνικα τὸ σκέλος εἶδεν αὐτοῦ.

*

τῇ δ' ὑστεραίᾳ αἰθρίου μὲν ὄντος τοῦ ἀέρος ψυχροῦ δέ, ἅπαντες οἱ ἐν μεγάρῳ ἀριστῶντες, μεταξὺ σφόδρα τερπόμενοι τῇ εὐοσμίᾳ τῇ τῶν χορδευμάτων τηγανιζομένων, πολλῆς μετ' εὐφροσύνης διελέγοντο ἐν σφίσι προσδεχόμενοι καλὸν ἔσεσθαι τὸν μέλλοντ' ἀγῶνα τὸν ἰκαροσφαιρικόν.

Ἀλλὰ δεῖ σὲ φαγεῖν τι.

Ἀλλ' οὐ δέομαι.

Ἀλλ' ἄρτου γ' ὀλίγον. τῆς γὰρ Ἑρμιόνης ἔτυχον ὄντες οὗτοι οἱ θῶπες λόγοι.

Ἀνορέκτως δ' ἔχω.

ὁ δ' Ἄρειος κακῶς δὴ εἶχεν ἐννοῶν ὡς ἐντὸς οὐ πολλοῦ εἰς τὸ σταδίον εἰσβήσεται.

καὶ ὁ Σάμιος Φινιγάνης Ὦ Ἄρειε, ἔφη, δεῖ σὲ εὐτραφῆ γενέσθαι ὡς μάλα συντενῶν σεαυτόν. τοῖς γὰρ ζητηταῖς ἀεὶ ἐκ προνοίας προσπίπτειν φιλοῦσιν οἱ ἐναντίοι.

ὁ δ' Ἄρειος θεώμενος αὐτὸν καρύκην τοματίνην πρὸς τὰ χορδεύματα χέοντα Εὐχαριστῶ σοί, ἔφη, ὦ Σάμιε.

καὶ περὶ τὴν πεμπτὴν ὥραν πάντες ὡς εἰπεῖν οἱ μαθηταὶ ἐκάθηντο ἐν τοῖς περὶ τὸ ἰκαροσφαιριστήριον βάθροις πρὸς τὸ στάδιον ἀτενὲς βλέποντες, ἔνιοι δὲ καὶ δίοπτρα ἔχοντες τηλεσκοπικά. ἐνίοτε γὰρ χαλεπὸν ἦν τοῖς θεαταῖς καίπερ μετεώροις οὖσιν ἰδεῖν τί γίγνεται.

ὁ δὲ Ῥοὼν καὶ ἡ Ἑρμιόνη ξυνεγένοντο ἐπ' ἄκροις τοῖς βάθροις τῷ τε Νεφελώδει καὶ τῷ Σαμίῳ καὶ τῷ Δείνῳ ἐκείνῳ τῷ τῶν ποδοσφαιριστῶν τῶν Ῥαιστήρων καλουμένων φιλοθεάμονι. καὶ καινόν τι ἐγεγράφεσαν σημεῖον μέγα ὡς χαρισόμενοι τῷ Ἀρείῳ ἐφ' ἑνὸς τῶν στρωμάτων τῶν Σκαβρῷ τετρωγμένων. καὶ ἦν ἀναγνῶναι ὅτι Προεδρευέτω Ποτῆρ. καὶ ὁ Δεῖνος δεινὸς ὢν γράφειν μέγαν ὑπεγεγράφει τὸν λέοντα τὸν τῶν Γρυφινδώρων. καὶ μὴν ἡ Ἑρμιόνη φίλτρον τι χαλεπώτερον ἐτεθήκει ὥστε πάντα τὰ γράμματα ποικίλοις ἀεὶ ἀστράπτειν χρώμασιν.

ἐν δὲ τούτῳ ὁ Ἄρειος καὶ οἱ ἕτεροι τῆς ἀγέλης ἐν τῷ ἀποδυτηρίῳ μεταμφιαζόμενοι ἐνεδύοντο τοὺς ἰκαροσφαιριστικοὺς τρίβωνας κοκκίνους. οἱ δὲ Σλυθήρινοι πρασίνους ἔμελλον φορήσειν.

καὶ τότε ὁ Ὕλης ἐχρέμψατό τι εὐφημίαν κηρύττων.

Λοιπόν, ἔφη, ὦ ἄνδρες Γρυφίνδωροι.

Καὶ γυναῖκες Γρυφίνδωραι, ὑπολαβοῦσα εἶπεν ἡ Ἀγγελίνη Ἰωάννου.

ἐκεῖνος δὲ συνέφη ταῦτα. Ὦ ἄνδρες, ἔφη, καὶ γυναῖκες. τοῦτ' ἔστ' ἐκεῖνο.

Τό γε μέγιστον ἁπάντων, εἶπεν ὁ Φερέδικος Εὐισήλιος.

Τό γε μὴν ἐκ μακροῦ χρόνου προσδεδεγμένον, ἀναλαβὼν εἶπεν ὁ Γεωργός.

Καὶ γὰρ ἀπὸ γλώττης ἔστιν ἡμῖν φράσαι τὸν τοῦ Ὀλοφωΐου λόγον ὡς τῆς πέρυσιν ἀγέλης οὖσιν.

ὁ δ' Ὕλης Σιγᾶτον, ἔφη. ἥδε γὰρ ἡ ἀγέλη βελτίστη ἐστὶν ἐκ πολλῶν ἐτῶν. νικήσομεν δῆτα εὖ οἶδ' ὅτι.

καὶ πρὸς αὐτοὺς ὀξὺ ἔβλεψεν ὡς θέλων εἰπεῖν ὅτι Εἰ δὲ μή ...

Εἶέν. εἰς γὰρ αὐτὸν τὸν καιρὸν ἥκομεν. ἀγαθῇ τύχῃ ὑμῖν ἅπασιν.

ὁ δ' Ἄρειος τῷ Φερεδίκῳ καὶ τῷ Γεωργῷ ἐκ τοῦ ἀποδυτηρίου ἐπισπόμενος, ἀπευχόμενος δὲ τέως μὴ λιποψυχῆσαι, τῶν πολλῶν μέγα θορυβούντων εἰσέβη ἐπὶ τὸ στάδιον.

ἡ δ' Εὐχρῆ ῥαβδούχη οὖσα ἐν μέσῳ ἵστατο προσδεξομένη τοὺς δύο ἀγέλας, τὸ σάρον ἤδη χειρὶ ἔχουσα.

Δέομαι τοίνυν, ἔφη, πάντων ὑμῶν ὀρθῶς ἐνδίκως τε ἀγωνίζ-εσθαι. τοῦτο δ' ἔλεγεν ἐκείνοις ἤδη ἁθροιζομένοις ἀμφὶ αὐτήν. ὁ δ' Ἄρειος ξυνῄδει αὐτῇ λεγούσῃ ἐν τοῖς μάλιστα τῷ Μάρκῳ Φλίντῳ, τῷ τῶν Σλυθηρίνων ἀγελάρχῃ πενταετήρῳ ὄντι. ὁ δ' ἐφαίνετο ξυγγενὴς εἶναι τοῖς Τρωγλοδύταις. Ἄρειος δὲ πρὸς τὸ ἐπάνω σημεῖον τὸ Προεδρευέτω Ποτῆρ κηρῦττον ὑπὲρ τὸν ὄχλον πρὸς ἄνεμον ἀεὶ κινούμενον παραβλέψας, ξυστελλόμενος ἑαυτὸν μάλ' ἐθάρρει.

Εἴσβητε δῆτα ἐπὶ τὰ σάρα.

καὶ ὁ Ἄρειος ἐπὶ τὸν Ὑπερνεφελὸν Δισχιλιοστὸν εἰσέβη.

καὶ ἐπειδὴ τάχιστα τὸν ἀγῶνα νιγλάρῳ ἐσήμανεν ἡ Εὐχρῆ – ἀργυροῦν δ' ἦν καὶ μέγα δὴ ἐψόφει – πεντεκαίδεκα σάρα εὐθὺς μετέωρα ἄνω φέρεται ἀεροδρομοῦντα.

καὶ διήγησιν μὲν ἀναγορεύων ἔτυχεν ὁ Ἰόρδανος, τοῖν Εὐισηλίοιν εὔνους ὤν, ἐπεσκόπει δ' αὐτὸν ἡ Μαγονωγαλέα. διηγούμενος μὲν γὰρ ἐκεῖνος Καὶ τὸν κολοφῶνα, ἔφη, εὐθὺς ἁρπάζει Ἀγγελίνη ἡ Ἰωάννου ὑπὲρ τῶν Γρυφινδώρων, δεινή τ' οὖσα θηρεύειν καὶ εὐειδεστάτη...

ἡ δὲ Μαγονωγαλέα ὡς τοῦτο χαλεπῶς φέρουσα Τί δὲ δή, ἔφη ὑπολαβοῦσα, ὦ Ἰόρδανε;

ὁ δὲ συγγνώμην αἰτήσας τῆς πλημμελείας ἀναλαβὼν Καὶ ἀεροδρομοῦσα, ἔφη, τὸν κολοφῶνα παραδίδωσιν ὡς τάχιστα τῇ Ἀλικίᾳ Σπινήτῃ, ἣν ἄρτι ἐξηῦρεν Ὀλοφώϊος Ὕλης, πέρυσιν ἔφεδρον οὖσαν. τὴν δὲ πρὸς τὴν Ἀγγελίνην πάλιν βαλεῖν μέλλουσαν Μάρκος Φλίντος ὁ τῶν Σλυθηρίνων ἀγελάρχης ἔφθασε, καὶ λαβὼν τὸν κολοφῶνα μετεωρίζεται ἀετοῦ τρόπον. σκοποῦ δὲ τευξόμενον ἔφθασεν αὖ ὁ τῶν Γρυφινδώρων φύλαξ, καὶ λαβόντων τούτων τὸν κολοφῶνα, Κατὴ Βέλη θηρευτὴς κάτω τε πετομένη καὶ διακρουομένη καλῶς τὸν Μάρκον ἀεροδρομεῖ κατὰ τάχος ὑπὲρ τὸ στάδιον. οἴμοι πέπληκται αὕτη πληγὴν ῥοπαλοσφαιρίῳ βληθεῖσα δυσχερῆ ὥστε λυπεῖσθαι σφόδρα μοι δοκεῖν. τῶν δὲ Σλυθηρίνων πάλιν αὖ λαβόντων τὸν κολοφῶνα, Ἀδρίανος Πεύσιος μετ᾽ αὐτοῦ ταχύνει μὲν πρὸς τὸ τέρμα, κωλύεται δὲ δευτέρῳ ῥοπαλοσφαιρίῳ βληθεὶς ὑφ᾽ ἑτέρου τῶν Εὐισηλίων πεμφθέντι – οὐ γὰρ ἔγνωκα τὸν ῥαιστῆρα πότερον Φερέδικός ἐστιν ἢ Γεωργός. εὐτυχήσαντος δ᾽ οὖν τοῦ τῶν Γρυφινδώρων ῥαιστῆρος, ἡ Ἀγγελίνη μάλ᾽ αὖθις τόν τε κολοφῶνα λαβοῦσα καὶ οὐδενὸς κωλύοντος ἀεροδρομοῦσα, καὶ ἄλλο αὖ ῥοπαλοσφαίριον φυγοῦσα, καὶ πρὸς τὸ τέρμα σκήπτουσα, καὶ τὸν φύλακα Βληχρὸν μάτην προπηδήσαντα φθάσασα, τοῦ σκοποῦ τυγχάνει. βαβαὶ βαβαὶ τῆς τῶν Γρυφινδώρων εὐστοχίας.

ἀναθορυβούντων μὲν οὖν τῶν Γρυφινδώρων εἰς τόσον εὖ πεπραγότων, στενόντων δὲ τῶν Σλυθηρίνων, φθέγμα τι τοίονδε ἦν ἀκοῦσαι·

Ἀπέλθετ᾽ ἐκποδών. ἀνάγεθ᾽ ἑαυτοὺς ἐκ τοῦ μέσου.

καὶ ὁ Ῥοὼν καὶ ἡ Ἑρμιόνη γνόντες τὸν Ἁγριώδη, ἐγγυτέρω δ᾽ ἀλλήλοις παρεστηκότες, ἐῶσι συγγενέσθαι. ὁ δὲ τηλεσκοπικὰ δίοπτρα δεικνύς Οἴκοθεν μὲν γὰρ ἐσκόπουν, ἔφη, ἄμεινον δὲ ὁμιλεῖν μετὰ τοῦ ὄχλου. εἶτα τό γε φθαστέον οὐδεὶς ἑώρακέ που;

ὁ δὲ Ῥοὼν ὁμολογῶν Ὥσθ᾽ ὁ Ἄρειος, ἔφη, οὔπω πεποίηκεν οὐδέν, ὡς εἰπεῖν.

Πόνου γε ἀφίσταται, ἦ δ᾽ ὃς ὁ Ἁγριώδης. τὰ δὲ τηλεσκοπικὰ λαβών τε καὶ τὴν ὄψιν εἰς τὸ ἀτενὲς ἀπερεισάμενος ἐγνώρισεν οὕτω τὸν Ἄρειον, βραχύ τι κατιδὼν πολὺ ἀπέχον ἐν οὐρανῷ.

ὁ δ᾽ ἀνωτέρω πάντων φερόμενος μετέωρος ἐκαραδόκει τῷ φθαστέῳ. τοῦτο γὰρ συνεβούλευον ἀρτίως αὐτὸς καὶ ὁ Ὕλης ἐλπίζοντες οὕτω ἐν τῷ ἀγῶνι ῥᾷον νικήσειν.

οὗτος γὰρ Ἡσυχίαν ἄγε τοίνυν, ἔφη, ἕως ἂν τὸ φθαστέον κατίδῃς ὅπως μὴ πρότερον ἢ δεῖ ἐπιχειρήσῃ τις σοί.

τῆς μὲν γὰρ Ἀγγελίνης σκοποῦ τυχούσης, ἀεροβατικὰ κυβιστήματα διττὰ ἀπέδειξε τόθ᾽ ἅτε μάλισθ᾽ ἡδόμενος· νῦν δὲ πάλιν αὖ ἐπιτηρῶν τὸ φθαστέον, ἄλλοτε μὲν χρυσοῦν τι καθεωρακέναι ἔδοξεν, – ἔργῳ δ' ἔτυχεν ἰδὼν τὸ τοῦ ἑτέρου Εὐισηλίου ὡρολόγιον ἀπολάμπον, – ἄλλοτε δὲ ῥοπαλοσφαίριον ἤμυνεν ἐπιπετόμενον αὐτῷ ὥσπερ μύδρον τινὰ διάπυρον τοῦ Φερεδίκου διώκοντος.

ὁ δ' ἀναβοῶν Ἦ καλῶς ἔχεις, ἔφη, ὦ Ἄρειε; καὶ ἔβαλλε συντόνως ἐπὶ τὸν Μάρκον.

καὶ ὁ Ἰόρδανος διηγούμενος ἔτι τὸν ἀγῶνα Τῶν δὲ Σλυθηρίνων, ἔφη, τὸν κολοφῶνα πάλιν λαβόντων, ὁ θηρευτὴς Ἀδρίανος διακρουσάμενος καὶ ῥοπαλοσφαίρια δύο, καὶ τούς Εὐισηλίους ἀμφοτέρους, καὶ δὴ καὶ τὸν θηρευτὴν Βέλην, πρὸς τὸ τέρμα ταχύνων μέλλει – ἀλλ' ἰδού· ἦ που τὸ φθαστέον ἑώρακα;

μεθέντος δὲ τοῦ Ἀδριάνου τὸν κολοφῶνα – αἰσθόμενος γὰρ χρήματος τινὸς χρυσοῦ παρὰ τὸ δεξιὸν οὖς ἐγγύτατα παριόντος, ἐστρέψατο τὸν τράχηλον εἰς τοὐπίσω σπουδαζόμενος κατιδεῖν αὐτό – θορυβοῦσιν οἱ θεώμενοι. ἀλλ' οὔτε τὸν Ἄρειον ἔλαθε τὸ φθαστέον κάτω ἤδη σκήψαντα ἐπ' αὐτό, οὔτε τὸν Τερέντιον Ἰξὸν τὸν ζητητὴν τὸν τῶν Σλυθηρίνων. οἱ μὲν οὖν ὅμοσε φέρονται ἐπ' αὐτὸ ὡς τάχιστα, οἱ δὲ θηρευταὶ πάντες φαίνονται ἐπιλαθόμενοι τοῦ δέοντος μετέωροι ἀεροβατοῦντες ὥσπερ θεαταὶ δὴ γεγενημένοι.

θάττων δὲ ἤδη γενόμενος τοῦ Τεροντίου, ὁ Ἄρειος νῦν δὴ παρ' ἑαυτῷ ἆττον ὁρῶν τὸ φθαστέον – μικρὸν γὰρ ἦν καὶ στρόγγυλον καὶ τὰ πτερὰ ἐβόμβει – μᾶλλον ἔτι ταχύνων μέλλει –

τότε δὴ ὁ Μάρκος ἐκ παρασκευῆς προσκρούει τὸν Ἄρειον τοσαύτῃ βίᾳ ὥστ' ἀνατρέψαι τὸ σάρον αὐτοῦ, ὃ καὶ ἀπόρως στροβεῖται ἐξωθισμένον. ὁ δὲ τοῦ σάρου ἐκκρεμαμένος κινδυνεύει χαμᾶζε πεσὼν διαφθαρῆναι. ὥστε οἱ κάτω Γρυφίνδωροι τοῦτ' ἰδόντες μέγ' ἐθορύβουν, δεινὸν ποιούμενοι ὡς αἰσχρόν τε καὶ παράνομον τὸ γεγενημένον, καὶ Ἀδικεῖς, ὦ πανοῦργε, ἔφασαν ἀναβοῶντες.

τὴν δ' οὖν ἀδικίαν τῷ Μάρκῳ ἐπιτιμήσασα ἡ Εὐχρῆ τοῖς Γρυφινδώροις ἀκώλυτον στοχασμὸν παρῆκεν. ἐπιγενομένης δὲ τοσαύτης τῆς ταραχῆς καὶ ἠφανίσθη πάλιν αὖ τὸ φθαστέον.

ἐν δὲ τοῖς θεαταῖς, ὁ Δεῖνος Θόμας πρὸς τὴν ῥαβδούχην βοῶν Ἐκπεσέτω οὑτοσί, ἔφη, ὦ γύναι· ἰδέτω τὸ μιλτόπρεπτον.

ἀλλ' ὁ Ῥοὼν ἀναμνήσας αὐτὸν Ἀλλ' ὦ Δεῖνε, ἔφη, ποδοσφαιρικὴ οὐκ ἔστι. κατὰ γὰρ τοὺς τῆς ἰκαροσφαιρικῆς νόμους, οὐκ ἔξεστιν ἐκβαλεῖν οὐδένα. ἐκεῖνο δ' οὖν τὸ μιλτόπρεπτον λεγόμενον, τί ἐστιν;

ἀλλ' ὁ Ἀγριώδης συνιστάμενος μετ' ἐκείνου Μεταγράψαι δῆτα, ἔφη, δεῖ τοὺς νόμους, μόνον γὰρ οὐκ ἐξέκρουσε τὸν Ἄρειον ἐκ τοῦ οὐρανοῦ ὁ Μάρκος.

καὶ ὁ Ἰόρδανος ἀμήχανος ὢν τοῦ μὴ συναγωνίζεσθαι τοῖς Γρυφινδώροις Διὰ τοίνυν τὴν παρανομίαν ταύτην, ἦ δ' ὅς, φανερωτάτην δή –

τῆς δὲ Μαγονωγαλέας τοῦτο χαλεπῶς φερούσης, ἀναλαβὼν Διὰ μὲν οὖν τὴν ὁμολογουμένην πανουργίαν ταύτην, ἔφη, πονηροτάτην δή –

νουθετησάσης δ' αὖθις ἐκείνης Ἀλλ' ἐξαρκείτω τοσοῦτο, ἔφη. οὐ μὴν ἀλλ' ὁ Μάρκος ὅσον οὐκ ἀπέκτεινε τὸν τῶν Γρυφινδώρων ζητητήν – τοιαῦτα γάρ τοι εἰκότως ἐποίησαν ἅπαντες δήπου. δίκην δ' οὖν λαβόντων τῶν Γρυφινδώρων, τῆς δ' Ἀλικίας ἀφθόνως ἐφιεμένης καὶ τοῦ σκοποῦ τυχούσης, αὖθις αὖ ἀγωνίζονται, ἐχόντων τούτων ἔτι τὸν κολοφῶνα.

τοῦ μέντοι Ἀρείου ἄλλο φεύγοντος ῥοπαλοσφαίριον ὃ καὶ περιστρεφόμενον παρ' αὐτὸν μόνον οὐκ ἔτυχε τῆς κεφαλῆς, ἐγένετο παράδοξον τοίονδέ τι. τοῦ γὰρ σάρου ἄφνω σφαδᾴζοντος, πεσεῖν φοβούμενος ἀπρὶξ ἔχεται αὐτοῦ χερσί τε καὶ γόνασιν. τοιοῦτο γὰρ οὐπώποτ' ἔπαθεν· ἐπειδὴ δὲ τὸ αὐτὸ μάλ' αὖθις ἐγένετο, τὸ σάρον αὐτό, ὡς ἔοικεν, ἤθελεν ἀναχαιτίσαι αὐτόν. ἀλλὰ νὴ Δία τὰ τοιαῦτα σάρα, ὡς οἴεται, οὐδέποτ' ἀνεχαίτισε τοὺς ἱππαζομένους· Ὑπερνεφελὸν γὰρ τοῦτο τὸ σάρον εἶναι Δισχιλιοστόν.

ἀναστρεψάμενος δὲ πρὸς τοὺς τῶν Γρυφινδώρων χάρακας ὡς ἐν νῷ ἔχων ἀναπνοὴν αἰτεῖν τὸν Ὕλην, ᾔσθετο τότε τοῦ σάρου παντελῶς δυσπειθοῦς γενομένου. οὐ γὰρ εἶχεν οὔτε κυβερνῆσαι οὔτ' εὐθῦναι αὐτὸ σκολιὸν ἀεὶ δι' αἰθέρος περιδινούμενον καὶ νῦν δὴ ἀποσεισόμενον αὐτόν, ὡς ἔοικεν.

ὁ δ' οὖν Ἰόρδανος ἔτι διηγούμενος τὸν ἀγῶνα Καὶ Σλυθήρινοι μὲν, ἔφη, εἰλήφασι τὸν κολοφῶνα, ὁ δὲ Μάρκος ἔχων αὐτὸν καὶ φυγὼν τήν τ' Ἀλικίαν καὶ τὴν Κατὴν ῥοπαλοσφαιρίῳ πέπληκται τὴν ὄψιν – τοὺς δὲ δὴ μυκτῆρας καταρραγῆναι ἐλπίζω – ἀλλ' οὐκ ἔγωγε· ξύγγνωθί μοι, ὦ Μαγονωγαλέα, παίζω γάρ – καὶ οἴμοι τοῦ σκοποῦ τετύχηκε.

θορυβούντων δὲ τῶν Σλυθηρίνων, ἅπαντας ἔλαθεν ὁ Ἄρειος τοῦ σάρου παράδοξα ἀεὶ παθόντος κατ' ὀλίγον πορρωτέρω ἐπ' αὐτῷ φερόμενος σείοντι καὶ σφαδᾴζοντι.

ὁ δὲ Ἀγριώδης πρὸς τὸν Ἄρειον διὰ τὰ τηλεσκοπικὰ βλέπων Ἀλλὰ πρὸς θεῶν τί ποιεῖ; ἔφη. ἔλεγον γὰρ ἂν ἔγωγ' ὡς οὐκέτι δύναται κατευθῦναι τὸ σάρον, εἴ γε μὴ τοῦτ' ἀδύνατον ἦν.

καὶ ἔνιοι τῶν θεατῶν ἐξ ἀπροσδοκήτου ἰδόντες τὸν Ἄρειον κεχηνότες ἐπιδείκνυνται· κυκλουμένου μὲν γὰρ καὶ περιδινοῦντος τοῦ σάρου μόλις ἔτι προσέχεται, ἀποσεισαμένου δὲ ἤδη καὶ ἀναχαιτίσαντος καὶ δὴ καὶ ἀποβαλόντος, αἰωρεῖται τε καὶ τῇ ἑτέρᾳ μόνον χειρὶ ἐκκρέμαται.

ὁ δὲ Σάμιος τῷ Ἁγριώδει πρὸς οὖς ψιθυρίζων Ἆρα τότ' ἐβλάφθη, ἔφη, τὸ σάρον ὅθ' ὁ Μάρκος προσέκρουσεν αὐτό;

ὁ δὲ Ἁγριώδης τρομερᾷ τῇ φωνῇ Ἀδύνατόν γε μέντοι τοῦτο. σάρον γὰρ οὐκ ἔστι κακὰ ποιῆσαι εἰ μή τις τῆς μαγικῆς ἅπτοιτο σκοτεινῆς δήπου. τίς δὲ δὴ μαθητὴς ὢν δύναιτ' ἄν ποτε τοῦτο ποιῆσαι;

ταῦτα δ' ἀκούσασα ἡ Ἑρμιόνη ἥρπασε τὰ τοῦ Ἁγριώδους δίοπτρα· ἀλλὰ πρὸς μὲν τὸν Ἅρειον ἄνω οὐκ ἔβλεπε, πρὸς δὲ τοὺς θεωμένους μανικῶς ὡς σφόδρα.

ὁ δὲ Ῥοὼν στένων τι καὶ ὕπωχρος δοκῶν Τί ποιεῖς; ἔφη.

ἡ δὲ κεχηνυῖα Καὶ δὴ προὔγνων τόδε· ἰδοὺ ὁ Σίναπυς.

λαβὼν δὲ τὰ δίοπτρα ὁ Ῥοὼν ἔβλεψε πρὸς ἐκεῖνον ἐν μέσοις τοῖς καταντικρὺ βάθροις καθήμενον. ὁ δ' ἠτένιζεν εἰς τὸν Ἅρειον τονθορύζων ἅμα σιωπῇ.

ἡ δ' Ἑρμιόνη Μηχανᾶται γάρ τι, ἔφη, ἴυγγι καταγοητεύων τὸ σάρον.

Τί ποιητέον ἡμῖν;

Ἀλλ' ἐπίτρεψον ἐμοὶ τὸ πρᾶγμα.

καὶ ἀπῆλθεν εὐθὺ πρὶν τὸν Ῥοῶνα πλείω εἰπεῖν. ὁ δὲ πάλιν αὖθις ἠτένιζε τοῖς διόπτροις εἰς τὸν Ἅρειον. τὸ γὰρ σάρον ἤδη εἰς τοσοῦτο σφύζον καὶ σφαδᾷζον ἐδέησεν ἀναχαιτίσαι αὐτὸν ἔτι ταλαντευόμενον. καὶ οἱ θεαταὶ πάντες ἀναστάντες ἐν φόβῳ ἐθεώρουν τοὺς Εὐισηλίους πτήσει μὲν βοηθοῦντας αὐτῷ καὶ μεταθήσοντας εἰς ἕτερον τῶν σφετέρων σάρων, ἁμαρτάνοντας δ' ἑκάστοτε τοῦ σάρου ἀνωτέρω ὀρχουμένου εἴ ποτε πλησίον προσπέτοιντο. οἱ δὲ κατωτέρω κύκλον ἐποιοῦντο δηλονότι ἐλπίζοντες ἐκδέξεσθαι αὐτὸν πεσόντα. ἐν δὲ τούτοις ὁ Μάρκος κολοφῶν' ἀναρπάσας πεντάκις σκοποῦ τετυχηκὼς πάντας πάντως ἔλαθεν.

ὁ δὲ Ῥοὼν ἀθυμῶν Σπεῦσον δῆτ', ἔφη, ὦ Ἑρμιόνη.

ἡ δ' οὐκ ἀκονιτὶ ἀφικομένη πρὸς τὰ βάθρα ἔνθ' ὁ Σίναπυς ἵστατο, ἤδη πολλῇ ῥύμῃ ἔτρεχε παρὰ τοὺς ὄπισθεν αὐτοῦ καθημένους. καὶ οὐδὲ τόθ' εἱστήκει συγγνώμην παραιτησομένη ὅτε τὸν Κίουρον ἐπὶ τὴν κεφαλὴν ὦσεν εἰς τοὺς ἔμπροσθε θεατάς. ἥκουσα δὲ πρὸς τὸν Σίναπυν καὶ ὀκλάζουσα καὶ τὴν ῥάβδον ἀναλαβοῦσα ἐψιθύριζε ῥήματά τινα ὀλίγα μὲν πρόσφορα δ' ὅμως. καὶ ἦν ἰδεῖν εὐθὺ φλογὰς κυανᾶς ἐκ τῆς ῥάβδου ἀφιεμένας ἐπὶ τὰ τοῦ ἐκείνου τρίβωνος κράσπεδα.

καὶ ἐν ἀκαρεῖ οὗτος μὲν ξυνῄδει ἑαυτῷ καιομένῳ, ἐκείνη δ'

ἀκούσασα ὕλαγμά τι συνῄδει εὖ πεποιηκυῖα. καὶ ξυλλέξασα τὸ πῦρ εἰς ληκύθιόν τι καὶ τοῦτ᾽ εἰς προκόλπιον θεῖσα ἐπανῆλθε διὰ τοὺς θεατὰς λαθοῦσα ἀμέλει τὸν Σίναπυν.

καὶ ἅλις ἐπεποιήκει. ὁ γὰρ Ἄρειος ἄφνω ἐδυνήθη περικαθίζειν πάλιν αὖ ἐπὶ τῷ σάρῳ.

ὁ δὲ Ῥοών Ὦ Νεφέλωδες, ἔφη, ἀσφαλές ἐστι σοὶ θεωρεῖν αὖ. ὁ γὰρ Νεφελώδης ἐπὶ χρόνον ἔκλαιε, τὴν κεφαλὴν δέει κρύπτων εἰς τὴν Ἁγριώδους ἐφεστρίδα.

ὁ δ᾽ Ἄρειος χαμᾶζε ἤδη κατὰ τάχος ἔπιπτε καὶ οἱ θεαταὶ εἶδον αὐτὸν τὴν χεῖρα πρὸς τὸ στόμα προσέχοντα ὡς ἐμέσοντα. κἄπειτα πρὸς οὖδας φορεῖται· τετραποδηδὸν δ᾽ ἑστὼς ἔβηξε καὶ εἰς τὴν χεῖρα αὐτοῦ κατέπεσε χρυσοῦν τι.

Τὸ φθαστέον ἔχω, ἔφη βοῶν καὶ ὑπὲρ τῆς κεφαλῆς σείων αὐτό. ἐτελεύτησεν οὖν ὁ ἀγὼν πολλῆς μετὰ ταραχῆς.

Ἀλλ᾽ οὐ μὰ Δί᾽ ἐξεδέξατο τὸ φθαστέον, κατέπινε μὲν οὖν. τοῦτο δ᾽ ἔλεγεν ὁ Μάρκος Φλίντος διὰ πολλοῦ χρόνου σχετλιάσας μὲν ἔτι ὠνήσας δ᾽ οὐδέν. ὁ μὲν γὰρ Ἄρειος οὐδὲν ἐκακομάχησεν, ὁ δ᾽ Ἰόρδανος ἐβόα Τί γέγονε, λέγων ὅτι οἱ Γρυφίνδωροι νενικήκασι τίμια ἔχοντες ἑξακόσια ἑβδομήκοντα πρὸς ἑξήκοντα. οὐ μὴν οὐδ᾽ ὁ Ἄρειος ἤκουσεν οὐδὲν τῶν τοιούτων, ἐντὸς ὢν ἤδη τοῦ Ἁγριώδους οἰκιδίου καὶ μέλλων ἀποκερδανεῖν τεΐου ἰσχυροῦ μετὰ τοῦ Ῥοῶνος καὶ τῆς Ἑρμιόνης.

καὶ ὁ Ῥοὼν διεξιὼν τὰ γεγενημένα Ἡ κάρτα, ἔφη, ὁ Σίναπυς αἴτιος ἦν. ἐγὼ γὰρ μετὰ τῆσδε εἶδον αὐτὸν καταγοητεύοντα τὸ σὸν σάρον, τονθορύζοντα δὲ τέως καὶ ἐπιτηροῦντα σέ.

Φλυαρεῖς, ἦ δ᾽ ὃς ὁ Ἁγριώδης οὐδὲν ἀκηκοὼς τῶν ἐν τοῖς παρ᾽ ἑαυτῷ βάθροις γεγενημένων. Ἀλλ᾽ εἰπέ μοι, τί δὴ ὁ Σίναπυς τοιοῦτον ἂν παρέχοι ἑαυτόν;

οἱ δὲ παῖδες πρὸς ἀλλήλους ἔβλεψαν, ἐνδοιάζοντες τί εἴπωσιν αὐτῷ. ἔδοξε δὲ τῷ Ἀρείῳ ἀληθεύειν.

ὁ δ᾽ οὖν Ἀλλ᾽ ηὗρον γάρ τι, ἔφη, περὶ αὐτοῦ. ἐπεχείρησε παρελθεῖν ἐκεῖνον τὸν κύνα τὸν τρικέφαλον ἐπὶ Νεκυσίων. ὁ δ᾽ ἔδηξεν αὐτόν. λογιζόμεθ᾽ οὖν ὅτι ἐπεχείρει κλέψαι τὸ ὑπ᾽ ἐκείνου φυλαττόμενον.

ὁ δ᾽ Ἁγρίωδης μεθῆκε τὸ τεϊοδοχεῖον.

Ἀλλὰ πῶς ἴστε περὶ τοῦ Οὐλότριχος;

Οὐλόθριξ γὰρ καλεῖται;

Ναί. ἐμὸς γάρ ἐστιν· ἐπριάμην δ᾽ αὐτὸν παρ᾽ ἀνθρώπου τινὸς Ἕλληνος ᾧ πέρυσιν ἐν πανδοκείῳ συνέβαλον. καὶ ἔχρησα τῷ Διμπλοδώρῳ φυλάξοντα –

Τί δέ, ἦ δ' ὃς ὁ Ἄρειος σπουδῇ πολλῇ.

ὁ δ' Ἀγριώδης τραχέως Ἀλλὰ μηδὲν πρὸς τούτοις, ἔφη. ἐκεῖνο γὰρ ἀπόρρητόν ἐστιν.

Ἀλλ' ὁ Σίναπυς ἐθέλει κλέψαι αὐτό.

Φλυαρεῖς, μάλ' αὖθις ἔφη ὁ Ἀγριώδης. ὁ γὰρ Σίναπυς ἅτε τῶν σοφιστῶν ὢν τῶν ἐν Ὑογοήτου οὐδὲν ἂν ποιοίη τοιοῦτο ὡς εἰκός.

Εἶτα διὰ τί, ἔφη ἡ Ἑρμιόνη, ἐπεχείρησεν ἀποκτεῖναι τὸν Ἄρειον; μετέγνω γὰρ ἀμέλει περὶ τοῦ Σινάπεως ἐπὶ τοῖς τῆς δείλης γεγενημένοις.

Ἴυγγα γάρ, ἔφη, ἰδοῦσα γιγνώσκω, πολλὰ περὶ αὐτῶν ἀναγνοῦσα. τοὺς μὲν γὰρ ἴυγξι χρωμένους δεῖ κατ' ὄμματα ἀτενίζειν ἀεί, τὸν δὲ Σίναπυν ἀσκαρδαμυκτὸν εἶδον.

Ὁ δ' Ἀγριώδης ἐντόνως Σύ γε μήν, ἔφη, οὐκ ὀρθῶς λέγεις, οὐ μὴν οὐδ' ἐγῷδα τί χρῆμα τὸ τοῦ Ἀρείου σάρον τοιαῦτ' ἔπαθεν. ὁ δ' οὖν Σίναπυς οὐδαμῶς μαθητὴν ἀποκτεῖναι ἐπεχείρησεν ἄν. ἀλλ' ἀκούσατέ μου οὗτοι οἱ τριττοί. ἐπικινδύνως γὰρ ἔχετε πολυπραγμονοῦντες περὶ ὧν ὑμέτερον οὐκ ἔστιν εἰδέναι. ἐπιλάθεσθε δῆτα τοῦ κυνός, ἐπιλάθεσθε δ' αὖ τοῦ πρὸς αὐτοῦ φυλαττομένου. τοῦτο γὰρ ἔστι τοῦ τε Διμπλοδώρου μόνον καὶ τοῦ Νικολάου Φλαμήλου.

Τὸ δεῖνα, ἦ δ' ὃς ὁ Ἄρειος. εἶτα μετέχει τοῦ πράγματος Νικολᾶος τις Φλάμηλος;

ὁ δ' Ἀγριώδης ἐδόκει πάνυ χαλεπαίνειν ἑαυτῷ.

— ΒΙΒΛΟΣ Λ —

ΠΕΡΙ ΤΟΥ ΕΣΟΠΤΡΟΥ ΤΟΥ ΝΑΙΜΥΘΙΠΕ

καὶ μεσοῦντος τοῦ Δεκεμβρίου ἐπιόντων δὲ τῶν Χριστουγέννων οἱ ἐν Ὑογοήτου ἐγρηγορότες ποτὲ ἐπῄσθοντο πάντα τὰ ἔξω τοῦ φρουρίου στιλπνότατα καὶ πολλῇ κεκαλυμμένα χιόνι. ἀτὰρ καὶ ἡ λίμνη ἐπεπήγει, καὶ οἱ δίδυμοι δίκας ἔδωκαν κηλήσαντες σφαίρας χιόνος. αὗται γὰρ διώκουσαι τὸν Κίουρον ἐβεβλήκεσαν τὴν μίτραν αὐτοῦ ἐκ τοὔπισθεν. αἱ δὲ γλαῦκες, εἴ τις κατ᾽ οὐρανὸν χειμασθεῖσα ἐπιστολὴν κομίσαι οἵα τ᾽ ἦν, ἐνοσηλεύοντο Ἁγριώδους θεραπεύοντος πρὶν πάλιν πέτεσθαι.

πάντες δ᾽ οἱ μαθηταὶ σπουδῇ ηὐτρεπίζοντο πρὸς τὴν τῆς ἀναπαύλης ἀρχήν. πυρὶ μὴν γὰρ ἐθέροντο ἔν τε τῷ τῶν Γρυφινδώρων κοινείῳ καὶ ἐν τῷ μεγάρῳ – ὁ δὲ κρυμὸς εἰσεδύετο μέχρι μυελῶν ὅμως – ἔν τε ταῖς διαδρομαῖς ταῖς κρυσταλλοπήκτοις κἀν τοῖς διδασκαλείοις, τοσούτου ἀνέμου γενομένου ὥστε τὰς θυρίδας ψοφεῖν τῷ πνεύματι. ἀλλὰ χείριστον ηὗρον τὰς τοῦ Σινάπεως σχολάς, κάτω γιγνομένας ἐν τῷ δεσμωτηρίῳ. τὸ πνεῦμα γὰρ ἦν αὐτοῖς ἰδεῖν καθάπερ ὁμίχλην κατ᾽ ὄμμα ἀτμίζουσαν, διὸ ἔμενον ἐφ᾽ ὅσον ἐδυνήθησαν ἐγγὺς τοῖς λέβησι θερμοῖς.

καὶ ὁ Δράκων Μάλθακός ποτε τοῖς ἐν τῇ ἐπὶ πόσεων σχολῇ μαθηταῖς Ἐγὼ γὰρ οὖν, ἔφη, μάλ᾽ οἰκτείρω τοὺς αὐτοῦ διὰ τὰ Χριστούγεννα μένοντας ὡς μὴ ποθεινοὶ ὄντες τοῖς οἴκοι.

καὶ μεταξὺ λέγων πρὸς τόν γ᾽ Ἄρειον παρέβλεπεν. κιχλίζοντας δὲ τὸν Κάρκινον καὶ τὸν Κέρκοπα δι᾽ οὐδενὸς ἐποιήσατο ὁ Ἄρειος ὅλος ὢν περὶ τὸ ἐκμετρεῖν ῥάχιν τετριμμένην σκορπαίνης. ὁ γὰρ Μάλθακος καὶ ἀηδέστερον παρεῖχεν ἑαυτὸν ἐκ τοῦ τότε ἀγῶνος ἰκαροσφαιρικοῦ. δυσχεραίνων γὰρ τοὺς Σλυθηρίνους παῖσμά τι λαβόντας, ἔλεγεν ὡς χλωρὸς βάτραχος εὐρυχαδὴς τῷ Ἀρείῳ διάδοχος ἔσται ζητητής. ἀλλὰ μαθὼν ὅτι οὐκ ἔστιν ὅστις τοῦτό γε γελοῖον νομίζει – πάντες γὰρ ἐθαύμαζον τὸν Ἄρειον ὡς ἐκράτησεν εὖ τοῦ σάρου σφαδᾴζοντος – ζηλοτυπῶν καὶ φθονῶν πάλιν αὖθις δι' ὀργῆς ὠνείδιζεν αὐτὸν ὡς οὐ γένος ἔχοντα ἐτήτυμον.

καὶ ὡς ἀληθῶς ὁ Ἄρειος οὐκ ἔμελλεν ἐπανιέναι πρὸς τὴν τῶν μυρσίνων ὁδὸν ἐπὶ τῶν Χριστουγέννων. ἡ γὰρ Μαγονωγαλέα κατάλογον ὀλίγῳ πρότερον ἐπεποίητο τῶν μαθητῶν εἴ τις ἤθελεν αὐτόθι μεῖναι διὰ τὴν ἀνάπαυλαν. καὶ ὁ Ἄρειος εὐθὺς ἐγράψατο ἑαυτὸν ἐν αὐτοῖς, ἀγαπῶν τῷ πεπραγμένῳ ἄλλως τε καὶ ἐννοῶν τοῖς γε τῆτες Χριστουγέννοις ὡς εἰκὸς ἥδιστα ἔσεσθαι τῶν προγεγενημένων. καὶ τὸν Ῥοῶνα καὶ τοὺς ἀδελφοὺς ἔδει μένειν, διότι οἱ γονεῖς αὐτῶν ἔμελλον εἰς Ῥουμανίαν ἰέναι φοιτήσοντες παρὰ τὸν Κάρολον.

ἀνιόντες δὲ ἀπὸ τοῦ δεσμωτηρίου μετὰ τὴν ἐπὶ πόσεων σχολήν, ἐνέτυχον πεύκῃ μεγάλῃ τὴν διαδρομὴν ἐμποδὼν φραττούσῃ. ἰδόντες μὲν οὖν πόδας δύο ὑπερμεγέθεις ἔνερθε προὔχοντας, ἀκούσαντες δέ τινος τραχέως δὴ πνευστιῶντος, ἔγνωσαν τοῦ Ἀγριώδους ὄπισθεν ὄντος.

καὶ ὁ Ῥοὼν προκύψας μεταξὺ τῶν κλάδων Χαῖρε, ἔφη, ὦ Ἀγρίωδες. ἦ δέῃ σὺ συνέργου;

Κάλλιστ' ἐπαινῶ.

ἀλλ' ἀκοῦσαι ἦν τινὸς κατόπιν φάσκοντος ὅτι Ἐκποδὼν ἄναγε σεαυτὸν εἰ δοκεῖ σοι. ὁ γὰρ Μάλθακος ἐντρυφῶν ὡς ἔθος ἦν αὐτῷ Ἦ σὺ μισθοῖς σεαυτὸν παρ' ἐκείνῳ, ἔφη, ὦ Εὐισήλιε; ἦ καὶ βούλῃ αὐτὸς κυνηγιοφύλαξ γενέσθαι ἀποιχόμενος ἀπὸ τοῦ Ὑογοήτου; τὸ γὰρ οἰκίδιον τούτου βασιλείοις δήπου ἔοικε παρατιθέμενον τῷ τοῦ σεαυτοῦ γένους καλυβίῳ.

καὶ ἐμπίπτοντος αὐτῷ τοῦ Ῥοῶνος, ὁ Σίναπυς ἀνῆλθεν.

Οὗτος σύ, ἔφη βοῶν, ὦ Εὐισήλιε.

ὁ δὲ μεθῆκε τὸν τρίβωνα ἐκείνου.

ὁ δ' Ἀγριώδης προκύψας τὴν ὄψιν δασεῖαν ὄπισθε τοῦ δένδρου Ἀλλὰ παρώξυνεν αὐτόν, ἔφη, ὁ Μάλθακος τὸ γένος προπηλακίζων.

ὁ δὲ Σίναπυς ἠπίως Παρενόμησε δ' οὖν, ἔφη, ὦ δαιμόνιε, οὐ θεμιτὸν ὂν τὸ ὑβριστικῶς ἐρίζειν. ὥστε πέντε βαθμούς, ὦ Εὐισήλιε, ἀπώλεσας τοῖς Γρυφινδώροις. καὶ χάριν ἴσθι ὅτι οὐ πλείους. ἀλλ' ἐκ τοῦ μέσου ἅπαντες.

καὶ ὁ Μάλθακος μετὰ τοῦ Καρκίνου καὶ τοῦ Κέρκοπος παρωθήσας τὸ δένδρον ὥστε φύλλια χυδὴν σκεδάσαι σαρδάνιον ἐγέλα.

καὶ ὁ Ῥοὼν πρὸς τὸ νῶτον τούτου βλέπων καὶ πρίων ἅμα τοὺς ὀδόντας Τιμωρήσομαι γὰρ αὐτόν, ἔφη. ἔσται νὴ τὸν Δί' ὅτε τιμωρήσομαι αὐτόν.

Ἀμφοτέρους γὰρ μισῶ, ἦ δ᾽ ὃς ὁ Ἅρειος, καὶ τὸν Μάλθακον καὶ τὸν Σίναπυν.

Ἀλλ᾽ εἶα, ἔφη ὁ Ἁγριώδης. καὶ γὰρ τὰ Χριστούγεννα οὐ πολὺ ἀπέχει. θάρρει δῆτα. ἄλλο τι ἢ μετ᾽ ἐμοῦ ἐλθόντες θεάσεσθε τὸ μέγαρον περικαλλὲς ἤδη γενόμενον;

ὁ οὖν Ἅρειος καὶ ὁ Ῥοὼν καὶ ἡ Ἑρμιόνη εἵποντο τῷ θ᾽ Ἁγριώδει καὶ τῷ δένδρῳ πρὸς τὸ μέγαρον, οὗ ἡ Μαγονωγαλέα καὶ ὁ Φηλητικὸς διέτριβον περὶ τὴν πρὸς Χριστούγεννα κόσμησιν.

Ἔα, ὦ Ἁγρίωδες. τὸ γὰρ ὕστατον ἔχεις τῶν δένδρων. οὔκουν εἰς τὸν μυχὸν θήσεις;

καὶ μὴν εὐπρεπέστατον δὴ ἐνόμισας ἂν τὸ μέγαρον. πλόκους δ᾽ ἂν περὶ τοὺς τοίχους εἶδες ἀπὸ τῆς τε κηλάστρου καὶ τοῦ ἰξοῦ ἐσκευασμένους, καὶ δώδεκα πευκὰς πύργων ὀλίγον διαφερούσας τὸ ὕψος, τὰς μὲν κρυστάλλῳ ἀστεροειδεῖ στιλβούσας, τὰς δὲ μυρίοις κηροῖς μικροῖς.

καὶ ὁ Ἁγριώδης Πόσας σύ, ἔφη, ἔτι περιμενεῖς ἐνθάδε ἡμέρας πρὶν ἀναπαύλης ἄρξαι;

Μίαν γε, εἶπεν ἡ Ἑρμιόνη, διόπερ ὀφείλομεν ἐν τῇ βιβλιοθήκῃ ἤδη παρεῖναι, ἡμιώριον μόνον ἔχοντες πρὶν ἀριστᾶν.

Ὀρθῶς γὰρ λέγεις, εἶπεν ὁ Ῥοὼν οὐκέτ᾽ ἀτενίζων πρὸς τὸν Φιλητικόν· οὗτος γὰρ ἔπραττεν ὅπως ἡ ῥάβδος ἐξανθεῖ, πομφόλυγας ἀφιεῖσα χρυσᾶς εἰς τοὺς τοῦ καινοῦ δένδρου κλάδους.

ὁ δ᾽ Ἁγριώδης ἑπόμενος αὐτοῖς ἐκ τοῦ μεγάρου ἐλθοῦσιν Ἦ καὶ εἰς βιβλιοθήκην; ἔφη. οὔκουν λίαν φιλομαθεῖτε τῆς ἀναπαύλης μονονουχὶ ἀρξαμένης;

ὁ δ᾽ Ἅρειος ῥᾳδίως φέρων τοῦτο, Φιλοπονοῦμεν μὲν οὔκ, ἔφη, σπουδάζομεν δὲ μαθεῖν περὶ τὸν Νικολᾶον Φλάμηλον ὅστις ἐστὶν ἐξ οὗ σὺ εἶπας τοὔνομ᾽ αὐτοῦ.

ἐκεῖνος δὲ πεπλῆχθαι δοκῶν Τί δὲ δή; ἔφη. ἀκούσατέ μου. ἐκέλευσα γὰρ ὑμᾶς ἐᾶν ταῦτα ὡς οὐδὲν προσήκοντα τοῦ ὑπὸ τοῦ κυνὸς φυλαττομένου.

ἡ δ᾽ Ἑρμιόνη Βουλόμεθα δ᾽ οὖν, ἔφη, εἰδέναι ἁπλῶς τὸν Νικολᾶον Φλάμηλον ὅστις ἐστίν.

ὁ δ᾽ Ἅρειος ἀναλαβὼν Εἰ μὴ σὺ θέλοις εἰπεῖν ἡμῖν ὠνήσας; μυρία γὰρ βιβλία ἤδη ἐξετάσαντες οὐκ ηὑρήκαμεν αὐτὸν οὐδαμοῦ. τὸ δ᾽ ὄνομα αὐτοῦ εὖ οἶδ᾽ ὅτι ἀνέγνων που. ἦ δοκεῖ σοι καὶ μικρόν τι εἰπεῖν;

Ἥκιστα, ἔφη.

καὶ ὁ Ῥοὼν Ἐξιχνευτέον δῆτα, ἔφη, μόνοις ἡμῖν. καὶ τὸν Ἁγριώδη ἀνιώμενόν τι καταλιπόντες εἰς τὴν βιβλιοθήκην ἠπείγοντο.

καὶ γὰρ ἐν βιβλίοις ἐξίχνευον τὸ τοῦ Φλαμήλου ὄνομα ἐξ οὗ ὁ

Ἀγριώδης λαθόμενος εἶπεν αὐτό. ἀλλ᾽ εἰ μὴ οὕτως, οὐκ ᾔδεσαν ὅπως εὕρωσι τί δὴ ὁ Σίναπυς μέλλοι κλέψειν. ἀλλ᾽ ὃ πράγματα ποιεῖ τὰ μέγιστα δὴ τοῦτ᾽ εἶναι, τὸ μὴ εἰδέναι ποῦ ἄρχωνται οὐκ ἀκριβῶς ἐπισταμένους ὅ τι μνήμης ἐκεῖνος ἄξιον πεποίηκεν. οὐ γὰρ ἀναγεγράφθαι οὔτ᾽ ἐν τοῖς μεγάλοις μάγοις τοῖς τῆς εἰκοστῆς ἑκατονταετίας οὔτ᾽ ἐν τοῖς εὐδοκίμοις ὀνόμασι τοῖς ἐφ᾽ ἡμῶν μαγικοῖς, οὔτ᾽ ἐν τοῖς μεγάλοις τοῦ νῦν χρόνου εὑρήμασιν, οὔτ᾽ αὖ ἐν τῇ σκέψει τῇ τῆς περὶ τὰ μαγικὰ καινοτομίας. καὶ δὴ καὶ παμμεγέθη εἶναι αὐτὴν τὴν βιβλιοθήκην βιβλία μὲν μυρία ἔχουσαν, χίλια δὲ θηκάρια κατὰ στοίχους ἑκατὸν στενοὺς τεταγμένα.

καὶ ἡ μὲν Ἑρμιόνη κατάλογον ἀνέλαβε τῶν σκεμμάτων καὶ τῶν ἐπιγραμμάτων ἃ ἔδοξεν αὐτῇ ζητεῖν· ὁ δὲ Ῥοὼν βαδίζων παρὰ στοῖχόν τινα ἀτάκτως ἀφεῖλκε τὰ βιβλία ἐκ τῶν θηκαρίων. ὁ δ᾽ Ἄρειος αὖ προσῆλθε τὸ χωρίον τὸ τῶν ἐξαιρέτων βιβλίων. πολὺν γὰρ χρόνον ἐσκοπεῖτο πρὸς ἑαυτὸν εἰ τὸ τοῦ Φλαμήλου οὐκ οἶδ᾽ ὅπως ἔνεστι τῇδε. ἀλλὰ κομιστέον ἂν εἶναι ἐπιστολὴν διδασκάλῳ τινὶ ἐπισφραγισμένην εἰ βουλοιτό τις ζητεῖν ἐν τοῖς ἐξαιρέτοις βιβλίοις. καὶ ταύτης δηλαδὴ οὐ λαχεῖν ἂν αὐτὸς οὐδέποτε. τοῖς γὰρ βιβλίοις ἐκείνοις ἐνεῖναι τὴν μαγικὴν σκοτεινήν τε καὶ δραστήριον, οἵαν οὐδεὶς τῶν ἐν Ὑογοήτου μάθοι εἰ μὴ μαθητὴς πρεσβύτερος τύχοι τις φιλοσοφῶν περὶ τὴν φυλακικὴν τέχνην τὴν πρὸς τὰ σκοτεινὰ δόγματα.

Οὗτος, τί ζητεῖς, ὦ παῖ;

Οὐδέν, ἦ δ᾽ ὃς ὁ Ἄρειος.

ἡ γὰρ Πινσὸς ἔφορος οὖσα τῆς βιβλιοθήκης μάκτρον τινάξασα πτερωτὸν κατ᾽ αὐτόν Ἄναγε σεαυτόν, ἔφη, ἄπιθι ἐκποδών.

ἐκεῖνος οὖν εὐθὺς ἐκ τῆς βιβλιοθήκης ἀπῆλθεν. μετεμέλετο δ᾽ ὡς οὐ λόγον θᾶττον μηχανησάμενος. τῷ γὰρ Ῥοῶνι καὶ τῇ Ἑρμιόνῃ καὶ αὐτῷ ἤδη ἔδοξε μὴ ἐρωτᾶν τὴν Πινσὸν ὅπου ἔξεστιν εὑρεῖν τὸν Φλάμηλον. ἀλλ᾽ ᾔδεσαν μὲν αὐτὴν οἵαν τ᾽ οὖσαν εἰπεῖν, ἐφοβοῦντο δὲ μὴ ὁ Σίναπυς μάθοι τί ἐν νῷ ἔχοιεν.

ὁ δ᾽ Ἄρειος περιέμενε τοὺς ἑτέρους ἔξω ἐν τῇ διαδρομῇ εἴ πως οὗτοι μάθοιεν τι, καίπερ εὔελπις οὐκ ὤν. ἐζήτουν μὲν γὰρ πεντεκαίδεκα ἡμέρας, σπάνιον δ᾽ ἦν ζητεῖν εἴ γε μὴ ὀλιγάκις μεταξὺ τῶν σχολῶν. ὥστ᾽ οὐ θαυμάζοις ἂν εἰ οὐδὲν ἄρ᾽ ἐξηυρήκεσαν· χρέων γὰρ πολὺν χρόνον ζητῆσαι τῆς Πινσοῦ ἀπούσης.

καὶ ἐν ἀκαρεῖ ὁ Ῥοὼν καὶ ἡ Ἑρμιόνη συνεγένοντο αὐτῷ, ἀνανεύοντες ἅμα. ἀπῆλθον οὖν ὁμοῦ πρὸς ἄριστον.

καὶ ἡ Ἑρμιόνη Ἦ που διατελεῖτε, ἔφη, ζητοῦντες ἐμοῦ ἀπούσης; καὶ γλαῦκα πέμψετε ἐὰν εὕρητέ τι;

καὶ ὁ Ῥοών Καὶ μὴν ἔξεστι σοὶ ἐρωτᾶν τοὺς γονέας εἰ ἴσασι τὸν Φλάμηλον ὅστις ἐστίν. ἀσφαλὲς γὰρ ἂν εἴη τοῦτο.

Ἀσφαλέστατόν γε ὡς ἰατρῶν ὄντων ἀμφοτέρων ὀδοντικῶν.

*

τῆς δ' ἀναπαύλης ἀρχομένης, ὁ Ἄρειος καὶ ὁ Ῥοὼν εὐθὺς εἰς τοσοῦτο ηὐφραίνοντο ὥστε μήκετι φροντίζειν πολὺ περὶ τοῦ Φλαμήλου. μόνοι γὰρ ἦσαν ἐν τῷ κοιμητηρίῳ, καὶ τὸ κοινεῖον πολλῷ κενότερον τοῦ συνήθους ηὕρισκον ὥστ' ἔχειν καθῆσθαι ἐν τοῖς προκρίτοις τῶν θρόνων τοῖς πρὸς ἐσχάραν. ἐκάθηντο γὰρ ἐκεῖ ὥραν ἐξ ὥρας καὶ τρώγοντες ὅ τι δύναιντο σκαλεύειν τε καὶ ξανθίζειν ἐπ' ἀμφωβόλῳ, οἷον ἄρτους ἢ πέμματα ἢ μαλάχας ἑλώδεις – τοῦτο γάρ ἐστιν εἶδος τραγήματος ὀλίγον διάφερον τοῦ νῦν λουκουμὶ καλουμένου – καὶ ἐπιβουλεύοντες τέως τῷ Μαλθάκῳ εἴ πως πράξειαν ὅπως ἐκπεσεῖται ἐκ τοῦ παιδευτηρίου. καὶ οὕτω τινὰ ψυχαγωγίαν γοῦν παρεῖχον ἑαυτοῖς, καὶ εἰ τῷ ὄντι οὐδὲν ἄρα πράξειν ἔμελλον.

καὶ ὁ Ῥοὼν ἐδίδασκε τὸν Ἄρειον τὴν πεττείαν παίζειν τὴν μαγικήν. αὕτη δ' οὐδὲν διαφέρει τῆς πεττείας μυγαλίας πλὴν ἀλλ' οἱ πεττοὶ ἔμψυχοί εἰσι. καὶ οὕτω οἱ πεττεύοντες στρατηγοῦσί τι. οἱ δὲ τοῦ Ῥοῶνος πεττοὶ παλαιότατοι ἦσαν καὶ σαθροί που ὡς ὄντες ποτὲ τοῦ πάππου· πάντα γὰρ τὰ τοῦ Ῥοῶνος ἦν τὸ πρὶν ἄλλου τινὸς τῶν ἀναγκαίων. ἀλλ' οὐδαμῶς ἔλαττον εἶχε πεττεύων τοῖς παλαίοις πεττοῖς, εἰς τοσοῦτο συνήθως ἔχων ὥστ' ἐκείνους ῥᾳδίως πειθαρχεῖν αὐτῷ.

ὁ δ' Ἄρειος ἐπέττευε μετὰ τῶν πεττῶν ὧν ὁ Σάμιος ἐχρήσατο αὐτῷ οὐ πειθαρχούντων οὐδέν. πεττευτικὸς γὰρ οὔπω γενόμενος ἤκουεν αὐτῶν ἀεὶ ποικίλα βοώντων *αὐτίκα γε καί Οὔκουν τὸν ἵππον ἑώρακας; ἐμὲ μὲν οὖν μὴ πέμψῃς, τοῦτον δ' ἄχρηστον ὄντα.*

τῇ δὲ προτεραίᾳ τῶν Χριστουγέννων πρὶν καθεύδειν προσεδέχετο τὰ μὲν ὄψα τὰ τῆς αὔριον καὶ τὰ σκώμματα, δῶρα δ' οὔκ. ἀλλ' ἐξ ἑωθινοῦ ἀνεγρόμενος εὐθὺς εἶδε σωρὸν μικρὸν σκευῶν χαρτίοις ἐγκεκαλυμμένων καὶ ἐγγὺς τῆς κοίτης κειμένων.

Καλὰ Χριστούγεννα, ἦ δ' ὃς ὁ Ῥοὼν ἔτι νυστάζων αὐτῷ τὸν κοιτωνίτην ἅμα μόλις περιβαλλομένῳ.

Καὶ σοὶ ὡσαύτως, ἔφη ὁ Ἄρειος. *ἀλλ' ἰδού· δῶρα γάρ ἐστί μοι.*

Ἀλλὰ τί ποτε προσεδέχου; ἦ γογγυλίδας; καὶ ταῦτ' εἰπὼν ἔβλεπε πρὸς τὸν ἑαυτοῦ σωρὸν πολλῷ μείζω ὄντα.

καὶ ὁ Ἄρειος ἀνέλαβε τὸ σκεῦος τὸ ἐγγυτάτω κείμενον, ἐγκεκαλυμμένον χάρτῃ ξανθῷ καὶ βαρεῖ. ἀνεγράφθη δ' ἐπ' αὐτῷ *Ἀγριώδης Ἀρείῳ* γράμμασιν ἀκόσμοις. ἔνδον δ' ἔκειτο αὐλὸς ξύλινός τε καὶ τραχέως ἐξεσμένος αὐτῷ τῷ Ἀγριώδει ὡς εἰκός. καὶ ὁ Ἄρειος αὐλήσας τι ψόφον ἀνῆκεν ἄγχιστα ἐοικότα γλαυκί τινι κλωζούσῃ.

ἐνῆν δὲ ἄλλῳ σκεύει μικροτάτῳ ὄντι γράμματά τινα·

Δεξάμενοι τὴν ἀγγελίαν σοῦ τοῦτο τὸ δῶρον Χριστουγεννικὸν πέμπομεν Φερνίων καὶ Πετουνία. καὶ ηὗρε ταινίᾳ κολλητικῇ ἠρτημένον κέρμα τι ἑπταγωνικὸν οἷον οἱ κατ' Ἀγγλίαν Μύγαλοι πεντήκοντα δηναρίων στερλίνων τιμῶνται οὐδ' ἂν στριβιλικίγξ τοῦτο νομίζοις.

ὁ δ' Ἄρειος Πρὸς τῆς Ἑστίας, ἔφη, ἰοὺ ἰοὺ τῆς ἀφθονίας.

ἀλλ' ὁ Ῥοὼν πάνυ ἐθαύμαζε τὸ κέρμα.

Τεράστιον τὸ χρῆμα, ἔφη. βαβαὶ τῆς εὐμορφίας. ἦ καὶ τοῦτ' ἔστι κέρμα;

Λαβὲ δῆτα, ἔφη ὁ Ἄρειος καταγελῶν τι τὸν Ῥοῶνα ὡς οὕτω εὐφραινόμενον. τοῦτο μὲν Ἀγριώδης, τοῦτο δὲ ἡ τηθὶς καὶ ὁ ἀνὴρ αὐτῆς, τοῦτο δ' αὖ τίς ἔπεμψε;

καὶ ὁ Ῥοὼν ἐρυθριακώς τι καὶ δείξας σκεῦος ὀγκῶδες Ἐκεῖνο γοῦν, ἔφη, οἶδα τῇ ἐμῇ μητρὶ εἰκότως πεπεμμένον. εἶπον γὰρ αὐτῇ ὅτι σὺ δῶρα οὐ προσδέχῃ ὥστε – οἴμοι πεποίηται σοὶ πουλόβερ Εὐισηλιακόν.

διασπασάμενος δὲ τὸ σκεῦος ἀνηῦρεν ὁ Ἄρειος ὕφασμά τε βατράχειον τὸ χρῶμα καὶ κιβωτάριον νώγαλα ἔχον κατ' οἶκον κατεσκευασμένα.

Καὶ γὰρ καθ' ἕκαστον ἐνιαυτὸν φιλεῖ ὑφαίνειν τι ἡμῖν. τὸ δ' ἐμὸν ἑκάστοτε ἰῶδες δὴ ἀποβαίνει.

Φιλάνθρωπος δ' οὖν ἐστὶν ἐκείνη. καὶ ταῦτ' εἰπὼν ἐγεύσατο τῶν νωγάλων γλυκέων ὄντων.

καὶ ἕτερον ἐδέξατο δῶρον νώγαλα. ἡ γὰρ Ἑρμιόνη μέγα ἔδωκεν αὐτῷ κιβώτιον βατράχους σοκολατίνους ἔχον.

καὶ ἓν μόνον ἐλείπετο σκεῦος. ὁ δ' Ἄρειος ἀναλαβὼν αὐτὸ καὶ ψηλαφήσας κουφότατον δοκοῦν ἀνεκάλυψεν.

καὶ τοῦτο εὐθὺς πρὸς τοὔδαφος ὀλισθόν – ὑγρόν γάρ τι ἦν καὶ ἀργυροῦν – ἔκειτο χαμαὶ τῶν πτυχῶν πάνυ μαρμαιρουσῶν. καὶ ὁ Ῥοὼν ἔχασκεν ἅμα.

Οἶδα γὰρ τοῦτο τί ἐστιν ἤδη πόλλ' ἀκούσας, ἔφη μεθεὶς ἅμα τὸ κιβωτάριον κυάμων παντογευστῶν ὅπερ ἡ Ἑρμιόνη ἔδωκεν αὐτῷ. Εἰ δὲ τυγχάνει ὂν οἷον ἐννοῶ, ἔστι καὶ διαπρεπές τι καὶ τιμιώτατον.

Τί δ' ἐστι δῆτα;

καὶ ἀπὸ τοῦ ἐδάφους ἀνέλαβεν αὐτό· ἄτοπον γὰρ ἦν ψαύειν ὡσεὶ ὕδωρ ὑφασμένον οὐκ οἶδ' ὅπως εἰς πλοκήν.

ὁ δὲ Ῥοών κεχηνὼς ἔτι Ἡ κάρτα χλαῖνά ἐστιν, ἔφη, τῆς ἀφανείας. περιβαλοῦ δῆτα.

καὶ τοῦ Ἀρείου περιβαλομένου αὐτὴν περὶ τοὺς ὤμους, μέγ᾽ ἐβόησεν.

Ἔστι δή. θεώρησον κάτω.

καὶ ἐκεῖνος κάτω θεωρήσας τοὺς πόδας οὐκ εἶδεν ἀφανεῖς γεγενημένους. καὶ εὐθὺς πρὸς τὸ ἔσοπτρον δραμὼν εἶδεν εἴδωλον ἑαυτοῦ, τὴν μὲν κεφαλὴν μετέωρον αἰωρουμένην ἀσώματον, τὸ δὲ σῶμα πάνυ ἀφανὲς γεγενημένον. ἑλκύσας δὲ τὴν χλαῖναν πρὸ τῆς ὄψεως ἔπραξεν ὅπως τὸ εἴδωλον ἀμέλει οὐκέτ᾽ ἦν ἰδεῖν.

ὁ δὲ Ῥοὼν ἄφνω Καὶ μὴν ἔστιν ἐπιστολή, ἔφη. ἐπιστολὴ γὰρ ἄρτι κατέπεσεν.

ἐκδυσάμενος δὲ τὴν χλαῖναν ὁ Ἄρειος ἀνήρπασε τὴν ἐπιστολήν. τῆς δὲ γραφῆς στενῆς οὔσης καὶ λεπτῆς, ἀνέγνω τάδε ἀγνώστῳ τινὶ γεγραμμένα·

> Ὁ πατὴρ σοῦ τοῦτο παρέδωκέ μοι πρὶν τεθνάναι.
> Ὥρα νῦν ἐστιν ἀποδοῦναι.
> Φρόντιζε ὅπως εὖ χρήσῃ.
> Κάλλιστα Χριστούγεννα σοί.

ὄνομα δὲ παρῆν οὐδέν. καὶ ὁ μὲν Ἄρειος ἀτενὲς ἔβλεπε πρὸς τὴν ἐπιστολήν, ὁ δὲ Ῥοὼν ἐθαύμαζε τὴν χλαῖναν.

Ἐγὼ γὰρ θέλοιμ᾽ ἄν, ἔφη, ἀναλῶσαι ὁτιοῦν κτησόμενος τοιαύτην τινά. ἀναλώσαιμ᾽ ἂν ὁτιοῦν. ἀλλὰ τί ἔχεις;

Οὐδέν, ἦ δ᾽ ὃς ὁ Ἄρειος, ἀπορῶν τι. τίς γὰρ ἔπεμψε τὴν χλαῖναν; ἦ καὶ τοῦ πατρὸς ἦν ποτέ;

ἀλλὰ τυχὸν ἔτι πλείω θέλοντα λέγειν ἢ φροντίζειν ἔφθασαν ὁ Φερέδικος καὶ ὁ Γεωργὸς εἰσπηδήσαντες εἰς τὸ δωμάτιον. ὁ δ᾽ Ἄρειος ὡς τάχιστα ἔκρυψε τὴν χλαῖναν οὐ θέλων μεταδοῦναι οὔπω αὐτῆς.

Καλὰ Χριστούγεννα.

Ἰδού. καὶ ὁ Ἄρειος πουλόβερ Εὐισηλιακὸν ἔχει.

ὁ γὰρ Φερέδικος καὶ ὁ Γεωργὸς ἐφόρουν ὑφάσματα κυανᾶ, τὸ μὲν φεῖ μέγα ἔχον μήλινον, τὸ δὲ γάμμα.

ὁ δὲ Φερέδικος δεικνὺς τὸ τοῦ Ἀρείου ὕφασμα Ἀλλὰ τὸ τούτου, ἔφη, βέλτιόν ἐστι τῶν ἡμετέρων, ὡς τῆς μητρὸς μᾶλλον διατεινομένης που τοῖς γε μὴ γενικοῖς.

καὶ ὁ Γεωργὸς Διὰ τί σὺ οὐ φορεῖς τὸ σεαυτοῦ, ὦ Ῥοών; περιβαλοῦ δῆτα ὡς πρέπον τ᾽ ὂν καὶ εὔθερμον.

ὁ δὲ περιβαλλόμενος αὐτὸ καὶ στένων τι ἅμα Ἀλλὰ τό γ' ἰῶδες, ἔφη, σφόδρα μισῶ.

καὶ ἐκεῖνος Ἀλλὰ τὸ σόν, ἔφη, γράμμα οὐκ ἔχει· ἡ γὰρ μήτηρ λογίζεται δήπου ὅτι σύ γε οὐ κινδυνεύεις λαθέσθαι τοῦ ὀνόματος. ἀλλ' ἡμεῖς οὔκ ἐσμεν ἀνόητοι, εὖ εἰδότες ὠνομασμένοι Γερέδικος καὶ Φεωργός.

Διὰ τί ἄγαν θορυβεῖτε;

ὁ γὰρ Περσεὺς προκύψας διὰ τὴν θύραν δριμὺ ἔβλεπε. δῆλος δ' ἦν ἐλθὼν τῶν δώρων τὰ μὲν ἤδη ἀνακαλύψας, τὰ δ' οὔχ, ὡς ἐν ἀγκάλαις φέρων ὕφασμα ὀγκῶδες.

λαβὼν δὲ τοῦτο ὁ Φερέδικος Ἔχει γε μὴν τὸ πεῖ ἀντὶ τοῦ πρύτανις. ἀλλὰ περιβαλοῦ, ὦ Περσεῦ. πάντες γὰρ φοροῦμεν τὰ ἡμέτερα καὶ ὁ Ἅρειος.

καὶ βίᾳ περιέβαλον τὸ ὕφασμα αὐτῷ σχετλιάζοντι, τὰ δίοπτρα παρακρούσαντες.

Καὶ οὐ προσήκει σοί, ἔφη ὁ Γεωργός, τήμερον συγγενέσθαι τοῖς πρυτάνεσιν. ἐπὶ γὰρ τῶν Χριστουγέννων ἐστὶ καιρὸς πανοικεσίᾳ κωμάζειν.

καὶ τὸν Περσέα ἐξήγαγον τὰς χεῖρας ἀμφοτέρωθεν κατέχοντες τῷ ὑφάσματι.

*

δαιτὸς δὲ Χριστουγεννικοῦ τοιούτου ὁ Ἅρειος πρότερον οὐκ ὤνητο. ὄρνεῖς γὰρ ἦσαν ὡς ἑκατὸν πίονες τε καὶ εὖ ὠπτημένοι, καὶ γεωμῆλα ζεστά τε καὶ ὀπτὰ πολλά, καὶ λοπάδες χορδαρίων παχέων, καὶ τρύβλια πίσων βουτύρῳ καταλείπτων, καὶ χόες καρύκης τε πίονος καὶ βάτων ἐρυθρῶν κεχυλωμένων, καὶ δὴ καὶ κρακέρες μαγικοὶ πολλοὶ ἑξῆς σεσωρευμένοι ἀνὰ τὴν τράπεζαν. κρακέρες δ' εἰσιν αὐλοί τινες χάρτῃ ἐσκευασμένοι καὶ χρώμασι παντοδαποῖς πεποικιλμένοι. παρὰ μὲν γὰρ τοῖς Μυγάλοις ἔχουσιν ὧδε· ἔνεστι δ' ἑκάστῳ δῶρόν τι εὐτελὲς οἷον παίγνιον φαῦλον ἢ πῖλος βύβλινος. καὶ οἱ δαιτυμόνες κατ' ἀγῶνα διέλκουσιν αὐτούς. σχιζομένου δὲ τὸ τελευταῖον τοῦ κρακέρος, ὁ νικήσας δῶρον λαμβάνει καὶ πῖλον. καὶ οἱ Δούρσλειοι κρακέρας εὐτελεστάτους καὶ φαυλοτάτους ἐφίλουν πρίασθαι. οἱ δὲ μαγικοὶ κρακέρες παντελῶς διαφέρουσι τούτων. τοῦ γὰρ Ἀρείου καὶ τοῦ Ῥοῶνος κρακέρα διελκυσάντων ὁμοῦ, οὐ κρότον ἦν ἀκοῦσαι μόνον, κτύπον δὲ ὑπερμεγέθη ὡσπέρει ῥύαξ τις πυρὸς ἐξερράγη ἐκ τῆς Αἴτνης. καὶ πάντες λιγνύϊ κυανῇ ἐκαπνίζοντο, καὶ ἔνδοθεν ἐξεπήδησαν ἅμα πῖλος τε ὑποναυάρχου καὶ οὐκ ὀλίγοι μῦες λευκοί. ἐν δὲ τούτοις ἐπὶ τῆς ἄνω τραπέζης ὁ Διμπλόδωρος τοῦ μαγικοῦ πίλου κωνοειδοῦς πέτασον ἀνταλλαξάμενος ἄνθινον καθ' ἡδόνην ἐκίχλιζεν ἀκούσας σκῶμμά τι ὃ ἄρτι ἀνέγνω ὁ Φιλητικός.

μετὰ δὲ τὰς ὄρνιθας ἐφάνησαν κολλύραι Χριστουγεννικαὶ φλέγουσαι. καὶ ὁ Περσεὺς μονονουχὶ ὀδόντα κατέαγε δακὼν ζαγκλὴν ἀργυρᾶν ἐν κολλύρας τμήματι κεκρυμμένην. τὸν δ' Ἁγριώδη τόσῳ ἐρυθραινόμενον εἶδεν ὁ Ἄρειος ὅσῳ πλέον οἴνου ᾔτησεν. ὁ δὲ τέλεον τὴν Μαγονωγαλέαν ἔκυσε τὴν παρειάν. ἡ δέ, θέαμα παραδοξότατον, ἐκίχλιζέ τε καὶ ἠρυθρία, διαστρόφου γενομένου τοῦ πίλου.

καὶ ὁ Ἄρειος τὸ τελευταῖον ἀπὸ τῆς τραπέζης ἀναστὰς ἔγεμε σκευῶν ἐκ τῶν κρακέρων ξυλλεχθέντων, ἄχρι καὶ σακίου ἀσκίων ἀδιαλύτων καὶ φωτεινῶν ἠνεμωμένων, καὶ τεχνήματος αὐτομυρμηκιογεννητικοῦ, καὶ τῶν ἰδίων πεττῶν μαγικῶν. οἱ δὲ μῦες λευκοὶ ἤδη φύγοντες ἐκινδύνευον, ὡς ᾤετο, ἀποβῆναι τέλος δεῖπνον παρέχοντες Χριστουγεννικὸν τῇ αἰλούρῳ Νώροπι.

τῆς δὲ δείλης ὁ Ἄρειος καὶ οἱ Εὐισήλιοι ἐν τῷ πεδίῳ καθ' ἡδονὴν διημιλλῶντο βάλλοντες ἀλλήλους σφαίραις χιονέαις. ἔπειτα δὲ ψυχροὶ γενόμενοι καὶ διάβροχοι πνευστιῶντες ἔτι ἐπανῆλθον πρὸς τὴν ἐσχάραν τὴν τοῦ Γρυφινδωρίου κοινείου. καὶ ἐνταῦθα ὁ Ἄρειος τοῖς καινοῖς πεττοῖς τὸ πρῶτον πεττεύων πολὺ ἐνικήθη ὑπὸ τοῦ Ῥοῶνος, ἐννοῶν οὐ τοσοῦτο ἡττηθῆναι ἂν εἴ γ' ὁ Περσεὺς μὴ συνεβούλευεν αὐτῷ.

καὶ φαγόντες ἀμφὶ βουλυτὸν ψωμοὺς μετ' ὀρνιθείων κρεῶν, καὶ ἄρτους τετρυπωμένους μετὰ βουτύρου πολλοῦ, καὶ ζωμὸν Ἀγγλικόν, καὶ πλακοῦντα Χριστουγεννικὸν οὕτω τὴν γαστέρα σεσαγμένοι καὶ ἅμα νυστάζοντές τι οὐδὲν ἠθέλησαν ἔτι ποιεῖν πρὶν κοιμᾶσθαι εἰ μὴ θεωρεῖν τὸν Περσέα πανταχόσε θηρεύοντα τοὺς ἀδελφοὺς κατὰ τὸν τῶν Γρυφινδώρων πύργον ὡς ἀφελομένους τὸ σύμβολον τὸ πρυτάνειον.

Ἄρειος τοίνυν τῇ τῶν Χριστουγέννων ἡμέρᾳ οὐπώποτ' εἰς τοσοῦτο πρότερον ἥσθη. ὅμως δ' οὐκ ἔλαθεν αὐτόν τι δι' ἡμέρας πρᾶγμα ἀεὶ παρέχον. καιροῦ δ' οὐκ ἔτυχε φροντίδος μέχρι ἀπῆλθε κοιμησόμενος· τὴν γὰρ χλαῖναν τὴν τῆς ἀφανείας οὐκ εἰδέναι τίς ἔπεμψεν.

ὁ μὲν οὖν Ῥοὼν ὀρνιθείων τε κρεῶν σεσαγμένος καὶ πλακοῦντος καὶ οὐ μετέχων οὐδὲν τοῦ αἰνιγματώδους εἰς ὕπνον ἔπεσεν ἐπειδὴ τάχιστα τὰ τῆς κοίτης τῆς τετραστύλου παραπετάσματα συνείλκυσεν. ὁ δ' Ἄρειος προνεύσας ἀνέλαβε τὴν χλαῖναν ἀπὸ τοῦ κάτωθεν τῆς ἑαυτοῦ κοίτης.

τοῦ γὰρ πατρὸς εἶναι ἐκείνην· τὸν πατέρα δὴ φορῆσαί ποτε. καὶ εἴασε τὸ ὕφασμα ῥεῖν κατὰ τοὺς δακτύλους, λειότερον ὂν τοῦ σηρικοῦ, λεπτὸν δ' οἷον ἀήρ. καὶ τὰ γράμματα εἰπεῖν ὅτι Φρόντιζε ὅπως εὖ χρήσῃ.

ἀλλ' οὖν δεῖν νῦν δὴ πειρᾶσθαι αὐτῆς. ἀναστὰς δὲ λάθρᾳ τὴν χλαῖναν περιεβάλετο. βλέπων δὲ κάτω πρὸς τὰ σκέλη, τὸ καινότατον, οὐδὲν εἶδε πλὴν σελήνιον καὶ σκιάς.

Φρόντιζε ὅπως εὖ χρήσῃ.

καὶ ἄφνω ὁ Ἄρειος συνῄδει ἑαυτῷ πάνυ προθυμοῦντι. παντελῶς γὰρ πρόχειρον ἔχειν ὅλον τὸ παιδευτήριον ταύτην ἠμφιεσμένος τὴν χλαῖναν. καὶ ἀνὰ σκότον τε καὶ σιωπὴν ἑστὼς ἐκεῖ μάλιστ' ἀνηρεθίζετο, ἐξὸν αὐτῷ πανταχόσε ἰέναι ὅποι ἂν βούληται ταύτην γε φοροῦντι καὶ λανθάνοντι ἀεὶ τὸν Φήληκα.

γρύζοντος δέ τι τοῦ Ῥοῶνος – ἐκάθευδε δ' ἔτι – ἐσκόπει πρὸς ἑαυτὸν εἰ προσήκει ἐγεῖραι αὐτόν. ἀλλ' οὐδὲν ἄρ' ἔπραξε λογιζόμενος ὡς τῆς χλαίνης τοῦ πατρὸς οὔσης βούλεται μόνος καθ' ἑαυτὸν χρῆσθαι αὐτῇ ἅτε πρῶτον χρώμενος.

καὶ ἐκ τοῦ κοιμητηρίου καὶ κατὰ τῆς κλίμακος καὶ διὰ τοῦ κοινείου ἑρπύσας εἰς τὸ πέραν τοῦ τῆς παχείας τρήματος ἀνέβη.

ἡ δὲ κλάζουσα Τίς πάρεστιν, ἔφη. ὁ δ' Ἄρειος οὐδὲν εἰπὼν προὐχώρησεν εὐθὺ κατὰ τὴν διαδρομήν.

καὶ πάνυ ὀρρωδῶν πρῶτον μὲν μέχρι γέ τινος τρέμων εἱστήκει ὡς ἀπορῶν ποῖ ἐντεῦθεν ἔλθῃ. ἔπειτα δ' ἔδοξεν αὐτῷ προσελθεῖν εἰς τὸ ἐξαίρετον τῆς βιβλιοθήκης. μένειν γὰρ ἐκεῖ οἷός τ' ἔσεσθαι ὅσον χρόνον δεήσει μαθησόμενος τίς ἐστὶν ὁ Φλάμηλος. καὶ βεβαίως περιβαλλόμενος τὴν χλαῖναν ἀφωρμήθη.

καὶ ἐκεῖσε ἀφιγμένος μάλ' ἐφοβεῖτο· σκότου γὰρ πολλοῦ γενομένου, ἔδει λύχνον ἀνάψαι ὅπως ἴδοι τὴν ὁδὸν παρὰ τοὺς βιβλίων στοίχους. ὁ δὲ λύχνος ἐδόκει ἀέριος φέρεσθαι, ὥστε τὸν Ἄρειον συνειδέναι μὲν τῇ δεξιᾷ ἔτι ἐχόμενον αὐτοῦ, μορμολύττεσθαι δ' ὅμως.

τοῦ γὰρ τῶν βιβλίων ἐξαιρέτων χωρίου πρὸς τὸ ὄπισθεν ὄντος, ὁ Ἄρειος εὐλαβῶς βαδίσας ὑπὲρ τὸν κάλων τὸν ταῦτα τὰ βιβλία ἀπὸ τῶν ἑτέρων χωρίζοντα, τὸν δὲ λύχνον ἄρας ἀνεγίγνωσκε τὰ ἐπιγράμματα.

οὐδ' ἔμαθε πολὺ βλέπων πρὸς τὰ γράμματα ἐξίτηλα τε καὶ ῥήματα παρέχοντα ἐν γλώτταις γεγραμμένα ἀγνώστοις. καὶ ἐνίοις οὐκ ἦν ἐπίγραμμα οὐδέν. καὶ ἕν τι βιβλίον μέλαιναν εἶχε κηλῖδα ἀγχίστην δὴ ὡς ἐῴκε τῇ τοῦ αἵματος. καὶ μὴν ἔφριξεν ἢ ἀκούσας ἢ δοκῶν ἀκοῦσαι ψιθυρισμόν τινα ὡς τῶν βιβλίων συνειδότων τινὶ παρόντι ᾧ παρεῖναι μὴ θεμιτὸν εἴη.

ἀλλ' οὖν δέον ἄρξασθαί που, εὐλαβῶς τὸν λύχνον ἐπὶ τοὔδαφος

καταθείς, ἔβλεπε παρὰ τὸ κάτω σανίδωμα ὡς εὑρήσων βιβλίον ἀξιόλογον. κατεῖδε δὲ μέγα βιβλίον μέλαν καὶ ἀργυροῦν. μόλις δ' ἐξελκύσας – βαρύτατον γὰρ ἦν – καὶ πρὸς γόνατα καταθείς, ἔπραξεν ὅπως εἰκῇ ἀνοιχθήσεται.

καὶ εὐθὺς ἐξεπλάγη ἀκούσας βοὴν δεινὴν καὶ φρικώδη, τοῦ βιβλίου διωλύγιον κωκύοντος. καὶ τοῦ Ἀρείου ὡς τάχιστα κατακλείσαντος αὐτό, τὴν γοῦν κραυγὴν ἔτ' ἦν ἀκοῦσαι ὀξεῖαν τε καὶ μονότονον καὶ σφόδρα δυσαλγῆ τοῖς οὖσι. καὶ εἰς τοὔπισθεν πηδήσας ἔπταισε πρὸς τὸν λύχνον καὶ ἄκων κατέσβεσεν αὐτόν. δειματούμενος οὖν – ἤκουσε γάρ τινος προσιόντος κατὰ τὴν ἔξω διαδρομήν – τὸ βιβλίον ἔτι λιγὺ φθεγγόμενον μόλις ἀποθεὶς εἰς τὸ σανίδωμα κατὰ τάχος ἀπέδραμεν. καὶ ὅσον οὐ πρὸς τὴν θύραν ἧκε καὶ τὸν Φήληκα παρῆλθεν. τὸν δὲ βλέποντα πρὸς αὐτὸν ὀρθοῖς ὄμμασι – χαροποῖς δ' οὖσι καὶ θηριώδεσιν – ἀλλ' οὐκ ἰδόντα ἔλαθεν ὁ Ἄρειος νεύσας θ' ὑπὸ τὰς χεῖρας προτεινομένας καὶ ἐκφυγὼν κατὰ τὴν διαδρομὴν ἀκούων ἔτι τὰς τοῦ βιβλίου βοάς.

εἱστήκει δὲ πρόσθεν πανοπλίας μακρᾶς. σπουδάζων γὰρ φυγεῖν ἀπὸ τῆς βιβλιοθήκης νοῦν οὐ προσεῖχε τῇ ὁδῷ. τυχὸν δὲ διὰ τοῦ σκότου οὐκ ἔγνω ποῦ ἐστί· πρὸς μὲν γὰρ τὸ ὀπτάνιον ᾔδει ἱδρυμένην πανοπλίαν, ἀνώτερος δὲ πολὺ δὴ ἔγνω ἐν τῷ τότε γενομενος καὶ δὴ ἐν τῷ πέμπτῳ οἰκήματι ὡς εἰκός.

Ἐκέλευσας μέντοι, ὦ σοφιστά, εὐθὺς ἀγγέλλειν σοὶ εἴ τις νυκτὶ πλανῷτο. καὶ ἦν τις ἄρα ἐν τῇ βιβλιοθήκῃ πλανώμενος, ἐν τοῖς ἐξαιρέτοις βιβλίοις.

ὁ δ' Ἄρειος ὠχριακὼς ἤδη ὑπώπτευε μὴ ὁ Φήληξ δίοδον ξύντομον οἶδεν· ἤκουε γὰρ τὴν τοῦ διαβόλου τούτου φωνὴν τρυφερὰν ἀεὶ ἐξ ἐγγυτέρου γιγνομένην. καὶ τὸ δεινότατον ὁ ἀποκρινόμενος ἀπέβη Σίναπυς ὤν.

Ἦ τὰ ἐξαίρετα λέγεις; ἔφη. λοιπόν, πλησίον ἔτ' ὄντας ὡς εἰκὸς ῥᾳδίως καταληψόμεθα αὐτούς.

καὶ τοῦ Ἀρείου ἅμα ἀκινήτου ἑστηκότος ὁ Φήληξ καὶ ὁ Σίναπυς κάμψαντες τὸν ἀγκῶνα προσῇσαν, ἰδεῖν μὲν αὐτὸν ἀμέλει οὐχ οἷοί τ' ὄντες, οὐ μὴν ἀλλὰ στενῆς οὔσης τῆς διαδρομῆς προσκροῦσαι ἐκινδύνευον ἐγγυτέρω προϊόντες. ἀφανῆ μὲν γὰρ ἡ χλαῖνα ἐποίει αὐτόν, στερεὸς δ' αὖ διετέλει ὤν.

ἀνεχώρει οὖν ὁ Ἄρειος ἐφ' ὅσον ἐδύνατο μετὰ σιωπῆς. ἐν δ' ἀριστερᾷ ἦν θύρα τύχῃ ἀνεῳγμένη τι. ἐλπὶς δ' ἐπῆλθεν αὐτῷ σῴζεσθαι, εἴ πως παρίοι εἰς τὸ δωμάτιον λαθὼν ἐκείνους. καὶ τοῦτο πάνυ θλιβόμενος καὶ ἅμα ἀπνευστὶ ἔχων χαίρων ἔπραξε. παριόντων δ' ἐκείνων ἐπερειδόμενος τέως τῷ τοίχῳ καὶ πνευστιῶν πολὺ ἤκουε ψόφον αὐτῶν κατ᾽ ὀλίγον ἐκποδὼν ἀπελθόντων. μικροῦ δὴ ἐδέησεν ἁλῶναι, ὡς ᾤετο. ὥστε χρόνον τινὰ οὐ προσεῖχε τὸν νοῦν τῷ δωματίῳ ἐν ᾧ κρυπτόμενος ἐλάνθανε.

τοῦτο δ᾽ ἦν τὸ πάλαι ὡς ἐφαίνετο διδασκαλεῖον. βάθρα γὰρ ἦν ἰδεῖν καὶ δίφρους ἀρχαίους παρὰ τοὺς τοίχους σεσωρευμένους καὶ φορυτοδοχεῖον ὑπτιωμένον. ἀλλ᾽ ἐναντίον αὐτοῦ πρὸς τοῖχον ἐρειδόμενον ἄτοπόν τι ἦν καὶ ὅλως ἀνάρμοστον ὡς δοκεῖν τῷ ἑτέρῳ σκεύει, ὡσπέρει τις ἐκεῖσε κατέθηκεν ἐκποδὼν κρυψόμενος αὐτό.

ἔσοπτρον δ᾽ ἦν μεγαλοπρεπὲς τὸ ὕψος τῷ ὀρόφῳ ἰσούμενον· πλαισίῳ δ᾽ ἐνῆν χρυσῷ, καὶ πόδας μὲν εἶχε δύο ὄνυξιν ἐοικότας λεοντείοις, ἐν δ᾽ ἄκρῳ ἐπίγραμμα τοιόνδε κεχαραγμένον·

ΝΑΙ ΜΥΘΙ ΠΕΣΑΙ ΔΡΑΚΝΗ ΤΑΛΛΑ ΝΙΨΟΝ Η ΤΟΥ ΩΝΙΑΦ.

ἀλλ᾽ οὐκέτ᾽ ἀκούων οὔτε τοῦ Φήληκος οὔτε τοῦ Σινάπεως, ἧττον δ᾽ ἤδη φοβούμενος, προσῄει τὸ ἔσοπτρον θέλων αὖθις μὲν ἐσοπτρίζεσθαι αὖθις δὲ μηδὲν εἴδωλον ἰδεῖν. εἱστήκει οὖν ἐναντίον αὐτοῦ.

ἐνταῦθα δ᾽ ἔδει τὰς χεῖρας τῷ στόματι προσθεῖναι ὅπως μὴ ἀναβοάσῃ ἐκπλήξεως ὕπο. ἐπέστρεψε δ᾽ ἐπτοημένος καὶ μᾶλλον ἔτ᾽ ἢ τὸ πάροιθεν ἀκούσας τοῦ βιβλίου τότε φθεγγομένου· ἑώρα γὰρ ἐν τῷ κατόπτρῳ οὐ μόνον ἑαυτὸν ἀλλὰ καὶ πολλοὺς ἀνθρώπους ὄπισθεν ἑστῶτας.

κενοῦ δ᾽ ὄντος τοῦ δωματίου, μεστὸς ἄσθματος γενόμενος τὸ στόμα βραδέως ἀνεστρέφετο πρὸς τὸ ἔσοπτρον.

καὶ εἶδεν ἑαυτὸν μὲν μάλ᾽ αὖθις ὕπωχρόν τε τὴν ὄψιν καὶ περίφοβον, ἄλλους δέ τινας ὡς δέκα ἐμφαινομένους. περιάγων δὲ τὸν αὐχένα οὐδέν᾽ εἶδε παρόντα. ἦ που καὶ οὗτοι ἀφανεῖς ὑπάρχουσιν; ἤ τοι ἐν δωματίῳ ἀνθρώπων πλήρει ἠφανισμένων ὢν ἀθρεῖ σόφισμά τι τοῦ ἐσόπτρου, πάντας δὴ ἐμφαίνοντος εἴτε ἀφανεῖς γεγενημένους εἴτε μή;

καὶ πάλιν εἰσοπτριζόμενος εἶδε γυναῖκά τινα ὄπισθεν ἑαυτοῦ ἑστῶσαν μειδιῶσαν θ᾽ ἅμα καὶ δεξιὰν ἀνασείουσαν. περιστρεφθεὶς δὲ καὶ τὴν χεῖρα προτείνας ἀέρος μόνου ἔψαυσεν. εἰ γὰρ ὡς ἀληθῶς παρῆν, ἔψαυεν ἂν αὐτῆς, τῶν σκιῶν εἰς τοσοῦτο πλησίον δοκουσῶν. οὐδενὸς δ᾽ ἄρα ψαύσας πλὴν τοῦ ἀέρος, συνῄδει τοῖς τ᾽ ἄλλοις καὶ ἐκείνῃ μὴ οὖσιν εἰ μὴ ἐν τῷ ἐσόπτρῳ.

ὡραιοτάτη δ᾽ οὖν οὖσα τὰς τρίχας ὑποπύρρους εἶχεν αὕτη καὶ τοὺς ὀφθαλμοὺς γλαυκούς. τούτους δ᾽ ὁ Ἄρειος ἐνόμιζεν ὁμοιοτάτους εἶναι τοῖς ἑαυτοῦ τό τε χρῶμα καὶ τὴν μορφήν. καὶ ἔπειτα ᾔσθετο αὐτῆς δακρυούσης μέν, μειδιώσης δ᾽ ἅμα. καὶ ἀνήρ τις παριστάμενος περιεβάλλετο αὐτῆς. μελανόθριξ δ᾽ ἦν οὗτος καὶ ἰσχνὸς καὶ μακρὸς τὸ ὕψος διόπτρα φορῶν. ἡ δὲ κόμη αὐτοῦ ἀκτένιστος οὖσα τὸ ὄπισθεν ὀρθὴ ἔφριττε οἷον ἡ αὐτοῦ τοῦ Ἀρείου.

ὁ δὲ οὕτω ἐπλησίαζεν ἤδη τῷ ἐσόπτρῳ ὥστε τοὺς μυκτῆρας μονονουχὶ ψαύειν ἐκείνων τῶν τῆς ἀντιστοίχου σκιᾶς.

Ἡ μάμμη εἶ σύ; ἔφη ψιθυρίζων. ἢ πάππας;

καὶ οἱ μὲν ἀμέλει πρὸς αὐτὸν ἔβλεπον μειδιῶντες. ἐκεῖνος δὲ κατὰ βραχὺ ἐναντίον βλέψας πρὸς τοὺς ἄλλους τοὺς ἐν τῷ ἐσόπτρῳ, τοὺς μὲν εἶδεν ὁμοίους ἔχοντας ὀφθαλμοὺς γλαυκούς, τοὺς δὲ μυκτῆρας ὁμοίους, καὶ δὴ καὶ ἄνδρα τινὰ γέροντα δοκοῦντα γόνατα ἔχειν ὁμοῖα πάνυ ὀζώδη ὄντα ὡς μάλιστα δένδρου τινὸς κλάδοις ἐοικότα. καὶ γὰρ τὸ ἑαυτοῦ γένος τὸ πρῶτον ἑώρα.

οἱ μὲν οὖν Ποτῆρες ἐμειδίων καὶ δεξιὰν ἔσειον, ὁ δ' Ἄρειος πάλιν ἠτένιζε πρὸς αὐτούς, τὰς χεῖρας ὠθῶν ἅμα ἐπὶ τὴν ὕαλον ὡσεὶ ἐλπίζων διαβὰς ἅψεσθαι αὐτῶν. καὶ ὑπὸ τοῖς σπλάγχνοις πόθον εἶχε δύσμαχον· δακρύειν γὰρ ἐβούλετο ἅμα καὶ γελᾶν.

καὶ πόσον χρόνον ἐκεῖ διέμενεν ἑστηκὼς οὐκ ᾔδει. τῶν γὰρ εἰδώλων οὐδαμῶς ἀπορρεόντων, διηνεκῶς ἐθεώρει μέχρι οὗ ψόφου τινὸς τηλωποῦ ἀκούσας ἔννους ἐγένετο. οὐ γὰρ ἀναμενετέον, δέον παρελθόντα κοιμᾶσθαι. ὥστ' ἄκων ἀποστρεψάμενος τῆς μητρὸς καὶ διὰ ψιθυρισμοῦ ὑποσχόμενος ἐπανιέναι, ἐκ τοῦ δωματίου ἐπειγόμενος ἀπέβη.

*

Ὡς ὤφελες ἐγεῖραί με, ἦ δ' ὃς ὁ Ῥοὼν ἀνιώμενός τι.

Ἀλλ' ἔξεστι σοὶ ἐλθεῖν τῇδε τῇ νυκτί. ἐπάνειμι γάρ. βούλομαι δ' οὖν δεῖξαι σοὶ τὸ ἔσοπτρον.

Ἐγὼ γὰρ βούλομαι τὴν σὴν μητέρα ἰδεῖν καὶ τὸν σὸν πατέρα.

Κἀγὼ βούλομαι δὴ ἰδεῖν πᾶν τὸ σὸν γένος, τοὺς Εὐισηλίους ἅπαντας. ἐξέσται γὰρ σοὶ δεῖξαί μοι τούς τ' ἄλλους καὶ τοὺς ἀδελφοὺς τοὺς προγενεστέρους.

Ἀλλ' ἔστιν ἰδεῖν αὐτοὺς ὅταν βούλῃ, φοιτήσας παρ' ἐμαυτῷ τοῦ ἐπιγιγνομένου θέρους. ἀλλὰ νὴ Δία φαίνει τὸ ἔσοπτρον τούς γε τεθνηκότας μόνον. οὐ μὴν ἀλλὰ δεινόν ἐστι τὸ μὴ Φλάμηλον ηὑρηκέναι. λαβὲ δὲ τῶν τεταριχευμένων ἢ ἄλλου τινός. διὰ τί οὐδὲν ἐσθίεις;

ὁ δ' Ἄρειος οὐδὲν οἷός τ' ἦν καταπίνειν. τοὺς μὲν γὰρ γονέας ἑωρακέναι καὶ πάλιν αὖθις ὄψεσθαι τῆσδε τῆς νυκτός. τοῦ δὲ Φλαμήλου ὅσον οὐκ ἐπιλαθέσθαι, οὐκέτ' ἀξιόλογον ἡγούμενος τὸ πρᾶγμα. ἦ καὶ μέλει ἔτι γιγνώσκειν ὅ τι φυλάττει ὁ τρικάρηνος κύων; ἢ τί πρᾶγμα ἂν εἴη εἰ ὁ Σίναπυς κλέπτοι αὐτό;

Ἦ καλῶς ἔχεις; ἔφη ὁ Ῥοών. πεφροντικὸς γὰρ βλέπεις.

*

καὶ γὰρ ὁ Ἄρειος μάλιστ' ἐφοβεῖτο τὸ μὴ δύνασθαι αὖθις εὑρεῖν τὸ τοῦ ἐσόπτρου δωμάτιον. δέον δὲ καὶ τὸν Ῥοῶνα συγκαλύψαι τῇ χλαίνῃ, βραδύτερον ἀπὸ τῆς βιβλιοθήκης ἐβάδιζον ἢ τῇ προτεραίᾳ ἐπανελθόντες ἐκεῖσε τῇ αὐτῇ ὁδῷ. ἐπειδὴ δὲ ὥραν ὅλην ἀμέλει περιεπόλουν εἰκῇ τὰς διαδρομάς, ὁ Ῥοών

Ῥιγῶ δή, ἔφη. ἐπιλαθόμενοι οὖν τοῦ πράγματος κατέλθωμεν.

ὁ δ' Ἄρειος σίζων τι Οὐχί, ἔφη. οὐ γὰρ πολὺ ἀπέχει, εὖ οἶδ' ὅτι.

καὶ φάσμα μέν τι φαρμακίδος μεγάλης εἶδον πρὸς τοὔμπαλιν ᾆττον, ἄλλον δ' οὐδένα. ἀλλ' ὁ Ῥοὼν δεινὸν ποιούμενος ἔφη κρυμῷ νεναρκηκέναι τοὺς πόδας καὶ ἐκεῖνος τὴν πανοπλίαν κατεῖδεν.

Ἔστι γὰρ αὐτοῦ, ἔφη. ναί. πάρεσμεν δῆτα.

καὶ ἐπειδὴ τὸ θύριον ἀνέῳξαν, ὁ Ἄρειος τὴν χλαῖναν μεθεὶς πρὸς τὸ ἔσοπτρον ἔδραμε.

καὶ μὴν παρῆσαν. οἱ γονεῖς πάνυ ἐμειδίων ἰδόντες αὐτόν.

Ὁρᾷς;

Οὐδέν.

Ἰδού. ὁρᾶν πάρα τοὺς πάντας. μυρίοι γὰρ πάρεισιν.

Οὐδένα ὁρῶ πλὴν σοῦ γε.

Ἀλλὰ θεώρησον πρεπόντως. στῆθι αὐτοῦ ἀντ' ἐμοῦ.

καὶ ὁ Ἄρειος παραστὰς τὸ μὲν γένος οὐκέτ' εἶχεν ἰδεῖν τὸν δὲ Ῥοῶνα μόνον, τὰ ἀνθηρὰ κοιτωνικὰ φοροῦντα καὶ πρόσθεν τοῦ ἐσόπτρου ἑστηκότα.

οὗτος γοῦν ἠτένιζε πρὸς τὸ ἑαυτοῦ εἴδωλον.

Θεώρησον ἐμέ, ἔφη.

Ἦ τοὺς οἰκείους θεωρεῖς περιισταμένους;

Οὐδαμῶς. μόνος γάρ εἰμι κατ' ἐμαυτόν. ἑτεροῖος δ' αὖ φαίνομαι γενόμενος, ἅτε πρεσβύτερος δοκῶν εἶναι. καὶ σχολάρχης εἰμί.

Τί δὲ δή;

Ἐγὼ γὰρ φορῶ τὸ σύμβολον ἐκεῖνο οἷόν ποθ' ὁ Γουλιέλμος, καὶ τὴν Φιάλην Οἰκείαν ἔχω καὶ τὴν Φιάλην Ἰκαροσφαιρικὴν καὶ ἀγελάρχης εἰμὶ τῆς ἰκαροσφαιρικῆς.

Ὁ δὲ Ῥοὼν ἀκουσίως ἀποστρεψάμενος πρὸς τὸν Ἄρειον ἔβλεπε παντοῖος ὤν.

Ἦ καὶ τὸ ἐσόμενον δείκνυσι τοῦτο τὸ ἔσοπτρον;

Οὐκ εἰκός. πάντες γὰρ οἱ οἰκεῖοί μου τεθνᾶσιν. ἀλλ' ἔα με πάλιν αὖ θεωρεῖν.

Ἀλλὰ σὺ χθὲς ἐθεώρεις κατὰ σεαυτὸν. ἔα με πλέον τι θεωρῆσαι τήμερον.

Σὺ μὲν γὰρ τὴν Φιάλην ἔχεις τὴν Ἰκαροσφαιρικὴν δήπου. πόθεν τοῦτο ἀξιόλογον; ἐγὼ δὲ τοὺς γονέας ἰδεῖν θέλοιμ' ἄν.

Μὴ ὤσῃς με.

ἀκούσαντες δ᾽ ἄφνω ψόφον τι ἔξω ἐν τῇ διαδρομῇ γενόμενον ἔληξαν εὐθὺς ἐρίζοντες. ἔλαθον γὰρ ἑαυτοὺς ἐπιτείνοντες τὸ φθέγμα μέχρι πρὸς τὸ ὄρθιον.

Σπεῦσον.

καὶ τοῦ Ῥοῶνος ἄρτι περιβαλομένου αὖθις τὴν χλαῖναν αὐτοῖς, τῆς αἰλούρου Νώροπος διὰ τὸ θύριον προσιούσης ἦν ἰδεῖν τὰ ὄμματα ἐν σκότῳ λαμπρὰ φαινόμενα. ἐκεῖνοι δ᾽ ἀκίνητοι περιέμενον, σκοποῦντες ἀμφότεροι εἴπερ ἡ χλαῖνα δύναταί τι πρὸς τοὺς αἰλούρους. ἀλλ᾽ ἐπειδὴ ἐπὶ μήκιστον ὡς ἐδόκει ἐτήρησαν, αὕτη ἀποστρεψαμένη ἀπέβη.

Τοῦτ᾽ οὐκ ἔστιν ἀσφαλές. τυχὸν μετελήλυθε τὸν Φήληκα ἀκούσασα ἡμῶν δηλαδή. εἶα, σπεῦσον.

καὶ ὁ Ῥοὼν εἵλκυσε τὸν Ἄρειον ἐκ τοῦ δωματίου.

*

τῇ δ᾽ ὑστεραίᾳ ἡ χιὼν ἐκάλυπτεν ἔτι τοὔδαφος.

Ἆρα βούλῃ πεττεύειν, ὦ Ἄρειε;

Ἥκιστα.

Ἆρα βούλῃ φοιτῆσαι παρὰ τὸν Ἀγριώδη;

Ἥκιστα. ἀλλὰ σὺ δὴ ἴθι καθ᾽ ἑαυτόν.

Ξύνοιδα σοὶ φροντίζοντι περὶ τοῦ ἐσόπτρου ἐκείνου. ἀλλὰ μὴ ἐκεῖσ᾽ ἐπανέλθῃς ὀψιζόμενος.

Τί μή;

Οὐκ οἶδα πλὴν ἕν· πόλλ᾽ ἔχω πράγματα συνειδώς σοι τοσούτων ἤδη περιγενομένῳ ἐκ κακῶν. ὁ γὰρ Φήληξ καὶ ὁ Σίναπυς καὶ ἡ Νῶροψ περιπολοῦσιν ἅπαντες. ἀλλὰ νὴ Δί᾽ ἀφανὴς εἶ. ἀλλ᾽ ἢν προσκρούωσί σοι, τί μήν; ἀλλ᾽ ἢν σὺ προσκρούῃς πρός τι;

Ἀλλὰ λαλεῖς σὺ ἴσα τῇ Ἑρμιόνῃ.

Σπουδάζω δὲ ταῦτ᾽, ὦ Ἄρειε. μὴ ἔλθῃς, ἀντιβολῶ σε.

ὁ δ᾽ Ἄρειος σπουδάζων αὐτὸς πρὸς ἓν μόνον ἐπανιέναι ἔμπροσθε τοῦ ἐσόπτρου περὶ οὐδενὸς ἐποιήσατο τὸν τοῦ Ῥοῶνος λόγον.

*

καὶ τῇδε τῇ νυκτὶ τρὶς ἤδη ἐληλυθὼς τὴν ὁδὸν ῥᾷον ηὗρεν ἢ τὸ πρίν. βαδίζων δὲ ὡς τάχιστα συνῄδει μὲν ψόφον ποιουμένῳ πλείον᾽ ἢ χρή, οὐδενὶ δ᾽ ἐνέτυχεν.

καὶ μὴν ἐθεᾶτο μάλ᾽ αὖθις τήν τε μητέρα καὶ τὸν πατέρα μειδιῶντας πρὸς αὐτὸν καὶ δὴ καὶ πάππον ἱλαρὸν βλέποντα. καὶ πρὸς ἔδαφος ἐκάθισε πρὸ τοῦ κατόπτρου. τί γὰρ ἐμποδών ἐστιν αὐτῷ μὴ οὐ παρακαθῆσθαι τοῖς οἰκείοις ἀνὰ πᾶσαν τὴν νύκτα;

οὐδὲν δ' ἐκώλυσεν ἂν αὐτὸν εἰ μή ἤκουσε τόδε·

Ἐπανῆλθες ἄρα, ὦ Ἄρειε;

τῷ δ' Ἀρείῳ ἐδόκει τὰ σπλάγχνα κελαινοῦσθαι. ἀναγαγὼν δὲ τὸν τράχηλον εἶδε καθήμενον ἐν βάθρῳ πρὸς τῇ θύρᾳ τὸν θεσπέσιον Ἄλβον Διμπλόδωρον λαθόντα αὐτὸν ὡς εἰκός· οὕτω γὰρ ἐσπούδαζε πρὸς τὸ ἔσοπτρον ἀφικέσθαι.

Ἔλαθες γὰρ ἐμέ, ὦ κύριε.

Θαῦμα δ' ὅτι ἐξ ἀφανείας μύωψ γίγνεταί τις. τοῦτο δὲ λέγων ὁ Διμπλόδωρος ἐμειδία κουφίζων ἅμα τῷ Ἀρείῳ τὴν φροντίδα.

καὶ ἀπὸ τοῦ βάθρου κατέβη ὥστε καθῆσθαι ἐπὶ τοὔδαφος μετὰ τοῦ Ἀρείου. Ηὗρες ἄρα τὸ ἔσοπτρον τὸ τοῦ ναιμύθιπε ἀρεσκόντως ἔχον σοι καθάπερ μυρίοι τῶν πρὸ σοῦ.

Οὐ γὰρ ἐγίγνωσκον αὐτό, ὦ κύριε, τὸ τοιοῦτον ὄνομα ἔχον.

Ἀλλ' ἔγνωκας δήπου τί πράττει;

Φαίνει γέ μοι τοὺς οἰκείους –

Τῷ δὲ Ῥοῶνι ἑαυτὸν σχολάρχην γεγενημένον.

Καὶ πῶς τοῦτ' ἔμαθες;

Χλαίνης ἔγωγ' οὐ δέομαι, ἔφη, ὡς ἀφανὴς γενησόμενος. ἀλλ' ἦ ἐννοεῖς ὅ τι τὸ ἔσοπτρον φαίνει ἡμῶν ἑκάστῳ;

ὁ δ' ἀνένευσε.

Ἐξηγήσομαι δῆτα, εἴ σοι δοκεῖ. ὁ γάρ τοι τῶν ἐφ' ἡμῶν εὐδαιμονέστατος δύναιτ' ἂν χρῆσθαι τῷ ἐσόπτρῳ τοῦ ναιμύθιπε ἐκείνῳ καθάπερ τινὶ τῶν ἐπιτυχόντων, ὀπτριζόμενος δ' ἴδοι ἂν ἁπλῶς ἑαυτὸν ὡς ἔχει. ἆρ' εἰπὼν ὤνησα;

λογισάμενος δέ τι ὁ Ἄρειος βραδέως Φαίνει γάρ, ἔφη, τὰ ἐπιθυμήματα ἡμῶν, ὅτων ἂν ἐπιθυμῆται τις.

ὁ δὲ Διμπλόδωρος μεθ' ἡσυχίας Καί φημι, ἔφη, κἀπόφημι. φαίνει γοῦν τὰ ἐπιθυμήματα καὶ τὰ σπουδαιότατα καὶ τὰ δεινότατα. σὺ μὲν γὰρ οὐκ εἰδὼς τοὺς οἰκείους ὁρᾷς αὐτοὺς περιισταμένους. ὁ δὲ Ῥόναλδος Εὐισήλιος ὡς πεπεισμένος πόλλ' ἀεὶ ἐλαττοῦσθαι τῶν ἀδελφῶν ὁρᾷ ἑαυτὸν μόνον ἑστῶτα ἄριστον γεγενημένον τῶν πάντων. τοῦτο μέντοι τὸ ἔσοπτρον δίδωσιν ἡμῖν οὔτε τὴν ἐπιστήμην οὔτε τὴν ἀλήθειαν. πρόσθε γὰρ αὐτοῦ ἑστῶτες οἱ μὲν ἐμαράνθησαν κεκηλημένοι τῇ θεωρίᾳ, οἱ δὲ μεμήνασιν οὐκ εἰδότες περὶ τὸ φαινόμενον πότερον ἀληθές τι τυγχάνει ὂν ἢ καὶ ἀδύνατον.

ἀλλ' αὔριον τὸ ἔσποπτον ἄλλοσε κομισθήσεται, ὦ Ἄρειε, καὶ ἀπαιτῶ σε τὸ λοιπὸν μὴ ἑκόντα ἐξερευνῆσαι αὐτό. ἀλλ' εἴ που ἐντύχοις, εὐτρεπὴς ἂν εἴης. οὐ γάρ τοι προσήκει τοὺς ἀνθρώπους ὀνειροπολοῦντας ἐπιλαθέσθαι τοῦ ζῆν. μέμνησο ταῦτα. εἶέν. ἄλλο τι ἢ θέλεις τὴν θαυμαστὴν χλαῖναν περιβαλόμενος ἀπελθεῖν κοιμησόμενος;

ὁ δ' Ἄρειος ἀναστάς Ὦ κύριε, ἔφη, ὦ σοφιστὰ Διμπλόδωρε. ἆρ' ἔστι μοι ἐρέσθαι τι;

Πῶς γὰρ οὔκ; ἔφη μειδιῶν. ἄρτι γὰρ ἤρου. ἀλλ' ἔξεστί σοι ἔτι ἓν μόνον ἐρέσθαι.

Σύ γε εἰς τὸ ἔσοπτρον βλέπων τί χρῆμ' ἄρ' ὁρᾷς;

Ὅ τι; ὁρῶ γ' ἐμαυτὸν ἔχοντα ποδεῖα ἐρεᾶ καὶ εὔποκα.

καὶ τοῦ Ἀρείου κεχηνότος Οὐκ ἔστι κόρον ἔχειν ποδείων. οὐδένα γὰρ εἴληφα ἐπὶ τῶν ἄρτι Χριστουγέννων, βιβλία διδόντων ἀεὶ τῶν ξυγγενῶν.

ἐπανέλθοντι δὲ καὶ ἤδη ἐν κοίτῃ κειμένῳ ἐπῆλθεν ὅτι τάχα ἐκεῖνος οὐκ ἀμέλει ἠλήθευεν. ἀλλὰ γὰρ τὸν Σκαβρὸν ἀπὸ τοῦ προσκεφαλαίου ὤσας ἐνόμιζε καὶ αὐτὸς πολυπραγμονῆσαί τι.

— ΒΙΒΛΟΣ Μ —

ΠΕΡΙ ΤΟΥ ΝΙΚΟΛΑΟΥ ΦΛΑΜΗΛΟΥ

πεισθεὶς τοίνυν ὑπὸ τοῦ Διμπλοδώρου μὴ ἐρευνᾶν αὖ τὸ ἔσοπτρον τὸ τοῦ ναιμύθιπε, διὰ τὴν ἄλλην ἀνάπαυλαν τὴν τῶν Χριστουγέννων ὁ Ἄρειος τὴν ἀφανείας χλαῖναν εἶχε πεπτυγμένην ἐν τῇ κιβωτῷ. ἀλλ᾽ ἔχρῃζε μὲν ὡσαύτως ἐπιλαθέσθαι ὧν ἐν τῷ κατόπτρῳ ἑώρακεν, ἀλλ᾽ οὐχ᾽ οἷός τ᾽ ἦν. φαντάσμασι γὰρ ἐνυπνίοις πυκνῶς ἐταράττετο, ὀνειροπολῶν πολλάκις φῶς τι χλοαυγὲς ὥσπερ ἀστραπὴν ἐκλάμπον, καὶ τοὺς γονέας διὰ τοῦτο ἀφανισθῆναί που, μέγα ἀνακαγχάζοντος τέως ὀξυφώνου τινός.

Ἡ κάρτα ὁ Διμπλόδωρος ὀρθῶς ἔλεγεν εἰπὼν ὅτι τῷ ἐσόπτρῳ ἐκείνῳ ἔνεστιν οἰστρᾶν σε, ἔφη ὁ Ῥοών. ὁ γὰρ Ἄρειος περὶ τῶν ἄρτι ἐνυπνίων εἶπεν αὐτῷ.

ἡ δὲ Ἑρμιόνη τῇ προτεραίᾳ τῆς περιόδου ἐπανελθοῦσα ἄλλα δὴ ἐφρόνει. ἠνιᾶτο μὲν γὰρ πολὺ ἐννοοῦσα τὸν Ἄρειον ἀγρυπνοῦντά τε καὶ περιπολοῦντα τὸ φρούριον διὰ νυκτῶν τριῶν ὡς κινδυνεύοντα ἁλῶναι ὑπὸ τοῦ Φήληκος, χαλεπῶς δ᾽ εἶχεν αὐτῷ οὐδὲν ἄρα μεμαθηκότι περὶ τοῦ Νικολάου Φλαμήλου ὅστις ἐστίν.

καὶ μικροῦ ἐδέοντο ἀπογνῶναι τὰ τοῦ Φλαμήλου ἐν βιβλίοις εὑρήσειν, καὶ εἰ ὁ Ἄρειος ἔτ᾽ ἐπίστευεν ἀναγνῶναί που τὸ ὄνομα. ἀρξαμένης δὲ τῆς περιόδου, οὐκ εἶχον ποιεῖν εἰ μὴ διὰ βραχυτάτων εἰκῇ ἅπτεσθαι τῶν βιβλίων μεταξὺ τῶν σχολῶν. τῷ δ᾽ Ἀρείῳ καὶ σπανιώτερον ἦν καιρὸς ἀναγνώσεως, δέον ἤδη πρὸς τὴν ἰκαροσφαιρικὴν αὖ γυμνάζεσθαι.

καὶ γὰρ ὁ Ὕλης ἤσκει τοὺς σφαιριστὰς πλέον σπουδάζων ἢ πρὸ τοῦ. οὐδ᾽ οἱ ὄμβροι πολλοὶ γενόμενοι καὶ λάβροι – ἡ γὰρ χιὼν ἤδη ἐτετήκει – τὸν θυμὸν αὐτοῦ ἤμβλυνον οὐδέν. οἱ μὲν οὖν Εὐισήλιοι κατηγόρουν ἐκείνου ὡς μανιώδης που γίγνεται, ὁ δ᾽ Ἄρειος συνῄν αὐτῷ. εἰ γὰρ νικήσαιεν ἐν τῷ μέλλοντι ἀγῶνι τῷ πρὸς τοὺς

Ὑφελπύφους, τὸ πρῶτον δι' ἑπτὰ ἔτη παρελεύσεσθαι τοὺς Σλυθηρίνους ἀγωνιζόμενοι περὶ τῆς Οἰκείας Φιάλης. καὶ ὁ Ἄρειος οὐ μόνον νικῆσαι ἐσπούδαζεν, ἀλλὰ καὶ σπανιώτερον τοῖς ἐννυχίοις φάσμασιν ἐταράττετο ἅτε ἀποκάμνων ἐκ τῆς γυμνασίας.

καὶ ἐνταῦθα σφόδρα πονούντων ποτ' αὐτῶν κατ' ἀσκήματα – ὑετὸς γὰρ πολὺς ἐγένετο καὶ πηλὸς πολύς – ὁ Ὕλης κακάγγελον παρέσχεν ἑαυτόν. ἀχθόμενος γὰρ ἤδη τοῖς Εὐισηλίοις οἵτινες ἀεὶ κατέσκηπτον ἀλλήλοις καὶ προσεποιοῦντο πεσεῖν ἀπὸ τῶν σάρων τραχύφωνος

Ὦ οὗτοι, ἔφη, πέπαυσθε τῆς τε παιδιᾶς καὶ τῆς φλυαρίας. οὕτω γὰρ πράξεθ' ὅπως νικηθησόμεθα. ῥαβδουχῶν γὰρ ὁ Σίναπυς πρόφασιν ἀεὶ ζητήσει πρόχειρον ὡς ἀφαιρήσων τίμια τοὺς Γρυφινδώρους.

ἀκούσας δὲ ταῦθ' ὁ Γεωργὸς τῷ ὄντι ἔπεσεν ἀπὸ τοῦ σάρου.

καὶ βόρβορον πολὺν τοῦ στόματος ἐκπτύσας Ἀλλ' ἦ ὁ Σίναπυς, ἔφη, μέλλει ῥαβδουχεῖν; καὶ πῶς δὴ πρὸς ἀγῶνα οὗτος ἰκαροσφαιρικὸν ἱκανὸς ἦν ῥαβδουχεῖν; φοβοῦμαι γὰρ μὴ οὐ κοινὸς ἀποβῇ ἢν φανῶμεν νικήσοντες τοὺς Σλυθηρίνους.

καὶ οἱ ἕτεροι σφαιρισταὶ καταβάντες παρὰ τὸν Γεωργὸν πράγματα ἐποιοῦντο καὶ αὐτοί.

Οὐδ' ἔγωγ' ἐπαίτιος, ἔφη ὁ Ὕλης. ἀλλ' ἡμᾶς γε πᾶσ' ἀνάγκη μὴ παρανομεῖν ὅπως μὴ πρόφασιν ἔχῃ φενακίζειν.

ἀλλ' ὁ Ἄρειος εὔστοχον μὲν ἡγεῖτο τοῦτο, ἴδιον δ' εἶχε λόγον τοῦ μὴ βούλεσθαι τὸν Σίναπυν πέλας ἔχειν ἰκαροσφαιρίζων.

καὶ οἱ μὲν ἄλλοι κατὰ τὸ ξύνηθες μετὰ τὴν γυμνασίαν περιέμειναν διαλεγόμενοι μετ' ἀλλήλων, ὁ δ' Ἄρειος εὐθὺ ἐπανελθὼν εἰς τὸ τῶν Γρυφινδώρων κοινεῖον κατέλαβε τὸν Ῥοῶνα καὶ τὴν Ἑρμιόνην πεττεύοντας. ἡ δὲ ἐν τῇ γε πεττείᾳ πολλάκις ἡττᾶτο. καὶ τοῦτο πολὺ λυσιτελεῖν αὐτῇ ἐνόμιζον ὁ θ' Ἄρειος καὶ ὁ Ῥοὼν ὡς πρὸς τἆλλα ἀεὶ ἐνίκα.

παρακαθημένου δὲ τοῦ Ἀρείου ὁ Ῥοὼν πρῶτον μέν Μὴ λαλήσῃς, ἔφη, δεῖ γὰρ προσέχειν τὸν νοῦν – ἔπειτα δὲ κατιδὼν τὴν Ἀρείου ὄψιν Τί ἔχεις; ἦ καὶ νοσεῖς;

ὁ δὲ πρὸς οὓς λέγων αὐτοῖς ὅπως μή τις ἐπακούοι εἶπεν ὡς ὁ Σίναπυς ἐξ ἀπροσδοκήτου ἐπιθυμίαν οὐδαμῶς ἐπιεικῆ ἐπιθυμεῖ ῥαβδοῦχος δὴ ἰκαροσφαιρικὸς γένεσθαι.

Ἀλλὰ μὴ σφαίριζε, εἶπεν αὐτίκα ἡ Ἑρμιόνη.

Εἰπὲ ὡς νοσεῖς, ἔφη ὁ Ῥοών.

Εἰπὲ ὡς σκέλος κατέαγες, ἔφη ὁ Ἑρμιόνη.

Κάταξον μὲν οὖν ὡς ἀληθῶς.

Ἀλλ' οὐ πάρεστί μοι, ἦ δ' ὃς ὁ Ἄρειος. οὐ γὰρ ὑπάρχει ζητητὴς ἄλλος ἔφεδρος. εἰ δ' ἐγὼ ἀποσταίην τοῦ ἀγῶνος, σφαιρίζειν οὐκ ἂν ἔχοιεν οἱ Γρυφίνδωροι.

ἐνταῦθα δὲ ὁ Νεφελώδης ἔπεσεν εἰς τὸ κοινεῖον. ἀνέβη γὰρ οὐκ οἶδ' ὅπως διὰ τῆς ὀπῆς εἰκονικῆς τὰ σκέλη συγκεκολλημένα παρέχων· κεκηλῆσθαι γὰρ ἐδόκει φίλτρῳ σκελοκολλητικῷ. ἐδέησε γὰρ αὐτὸν ἀναβῆναι συνεχῶς ἀεὶ πρὸς πυγὴν ἅλλομενον ἐπὶ τὸν τῶν Γρυφινδώρων πύργον.

καὶ τοῦτο μάλιστ' ἐκίνει τοὺς πολλοὺς γελᾶν· ἡ δ' Ἑρμιόνη ἀναπηδήσασα θέλκτρον ἀντίδοτον εὐθὺς ἐπῇσε. καὶ τὰ τοῦ Νεφελώδους σκέλη αὐτόματα δίχα διελύθη. αὐτὸς δ' ἀνέστη τρέμων ἔτι.

Τί γέγονεν; εἶπεν ἡ Ἑρμιόνη μεταξὺ παρακαθίζουσα αὐτὸν τῷ Ἀρείῳ καὶ τῷ Ῥοῶνι.

ὁ δὲ τρομερῶς Μάλθακος, ἔφη. ἐνέτυχον γὰρ αὐτῷ πρὸς τῇ βιβλιοθήκῃ. ὁ δ' ἔφασκεν ἐρευνᾶν τινα μέλλων προμελετήσειν ἃ δεῖ ποιεῖν.

ἡ δὲ Ἑρμιόνη πιθανῶς Ἄγε δή, ἔφη, πρὸς τὴν Μαγονωγαλέαν καταμήνυσον αὐτοῦ.

ὁ δὲ Νεφελώδης ἀνανεύσας Οὐ γὰρ θέλω, ἔφη, πράγματ' ἔχειν καὶ πλείω.

Ἀλλ' ὦ Νεφέλωδες, ἔφη ὁ Ῥοών, δεῖ σὲ ἀνθίστασθαι αὐτῷ. οὗτος μὲν γὰρ φιλεῖ καταπατεῖν τοὺς ἐπιτυχόντας, σὺ δ' οὐκ ὀφείλεις προκείμενος παραδοῦναι σεαυτὸν λὰξ πατεῖσθαι.

ὁ δ' ἀκαρὲς δέων κλαῦσαι Ἀλλ' οὐ δεῖ σὲ γοῦν εἰπεῖν ἐμοὶ ὡς ἀνδρείας ἐνδέης οὐκ ἐπάξιός εἰμι τῶν Γρυφινδώρων. τοῦτο γὰρ ὁ Μάλθακος εἴρηκεν ἤδη.

ὁ δ' Ἄρειος ἐν προκολπίῳ ζητήσας βάτραχον σοκολάτινον ἔδειξε, πανύστατον ὄντα ἀπὸ τοῦ κιβωτίου τοῦ Ἑρμιόνῃ πρὸς τὰ Χριστούγεννα δεδομένου. καὶ τοῦτον ἔδωκε τῷ Νεφελώδει παρ' ὀλίγον ἐλθόντι δακρύειν.

Ἀλλὰ σύ γε, ἔφη, δύνασαι δώδεκα Μαλθάκους. ἆρ' οὐκ ὁ Πῖλος Νεμητὴς εἵλετο σὲ Γρυφίνδωρον; καὶ ποῦ 'στιν ὁ Μάλθακος; ἐν τοῖς καταράτοις Σλυθηρίνοις.

ὁ δὲ Νεφελώδης ἠρέμα γελῶν τὸν βάτραχον ἀνεκάλυψε. Χάριν οἶδα, ἔφη, ὦ Ἄρειε. ἀλλ' εἶμι κοῖτον ποιησόμενος. ἦ τοῦ δελτίου ἐπιθυμεῖς; οἶδα γὰρ σὲ σπουδάζοντα ξυλλέγειν αὐτά.

καὶ τοῦ Νεφελώδους ἀπιόντος ἐκεῖνος ἐξέταζε τὸ δελτίον· ἦν γὰρ ἐκείνων τῶν εἰκόνας παρεχόντων φαρμακέων τε καὶ φαρμακίδων εὐδοκιμῶν.

Διμπλόδωρός ἐστι μάλ' αὖθις, ἔφη. τοῦτον γὰρ πρῶτον –

καὶ ἀτενὲς μὲν δεδορκὼς πρὸς τὸ νῶτον τοῦ δελτίου, κεχηνὼς δὲ πρὸς τὸν Ῥοῶνα καὶ τὴν Ἑρμιόνην ἀποβλέψας

Ηὕρηκα, ἔφη. ηὕρηκα γὰρ τὸν Φλάμηλον. καὶ εἶπον πάλαι ὅτι πρὸ τοῦ ἀνέγνων τοὔνομά που, ἀναγνοὺς δὴ δεῦρο ἰὼν ἐπὶ τῆς ἁμαξοστοιχίας. ἀκούσατε δῆτα· Πολλοὶ ἡγοῦνται τὸν Διμπλόδωρον μέγιστον εἶναι τῶν ἐφ᾽ ἡμῶν φαρμακέων, εὐδοκιμοῦντα δι᾽ ἄλλα τε καὶ ὅτι ἐνίκησέ τε τὸν μάγον Γρινδελούαλδον τὸν καταχθόνιον τῷ ἔτει χιλιοστῷ ἐνακοσιοστῷ τετταρακοστῷ πέμπτῳ, καὶ ἐξηῦρε τὰς δώδεκα χρείας τὰς τοῦ αἵματος δρακοντείου, καὶ δὴ καὶ περὶ τῆς χρυσοποιίας πόλλ᾽ ἔπραξε μετὰ τοῦ συνέργου Νικολάου Φλαμήλου.

ἡ δ᾽ Ἑρμιόνη ἀνεπήδησε λίαν ἐσπουδασμένως – ἐδόκει γὰρ τόσον ἀνηρεθισμένη ὅσον ἐν ᾧ τὰ τίμια ἔλαβε τὰ πρῶτα πρὸς τὰ κατ᾽ οἶκον μαθήματα.

Ἀλλὰ περιμένετε, ἔφη. καὶ ἄνω ἔδραμεν ἐπὶ τὰ παρθενικὰ κοιμητήρια. ὁ δ᾽ Ἄρειος καὶ ὁ Ῥοὼν ἀποροῦντες δὴ σχεδὸν ἔβλεψαν εἰς ἀλλήλους καὶ τρέχουσα ἐπανῆλθεν, ἐν ἀγκάλαις ἔχουσα βίβλον τινὰ μεγάλην.

καὶ προθυμουμένη μὲν ψιθυρίζουσα δ᾽ ἅμα ἵνα μὴ παρακούσῃ τις Ταύτην μὲν γάρ, ἔφη, ἀπὸ τῆς βιβλιοθήκης πρὸ πολλῶν ἡμερῶν ἐχρησάμην θέλουσα ἱλαρώτερον τι παρέχειν ἐμαυτῇ ἀναγιγνώσκειν σχολαζούσῃ, οὐδ᾽ ἐπῆλθέ μοι ἐν αὐτῇ ζητεῖν τὰ ὑπὲρ ἐκείνου.

καὶ τῷ Ῥοῶνι, δυσκρίτως ἔχοντι περὶ τῆς βίβλου εἴ τις καὶ σχολάζων ἅπτεται τῆς τοιαύτης σιγᾶν μηνύσασα, διότι ὅλη περὶ ζητήσεως ἐστί, μανικῶς ἀνήλιττε τὰς σελίδας ὑποτονθορύζουσα τέως πρὸς ἑαυτήν.

καὶ τέλος τὸ ζητούμενον ἀνευροῦσα Σαφῶς γὰρ ἔγνωκα, ἔφη, σαφέστατα μὲν οὖν.

καὶ τὸν Ῥοῶνα σκυθρωπάζοντ᾽ ἔτι ἐρόμενον δ᾽ εἰ θεμιτὸν εἴη νυνὶ φωνῆσαι περὶ οὐδενὸς ποιησαμένη –

Ὁ Νικολᾶος Φλάμηλος, ἔφη ψιθυρίζουσα ἔτι καὶ τραγῳδοῦσά τι, μόνος ἐστὶ καθ᾽ ὅσον ἐγνώκαμεν δημιουργὸς τῆς τοῦ φιλοσόφου λίθου.

οἱ δ᾽ ἀκουσάμενοι παρ᾽ ἐλπίδα οὐδὲν ἄρ᾽ ἀπεκρίναντο ὧν προσεδέχετο.

Τῆς ποίας; ἔφασαν.

Ἀλλὰ νὴ τὼ θεώ, οὐ γὰρ ἔχετε ἀναγιγνώσκειν; ἰδού. ἀνάγνωτε δῆτα ταυτί.

οἱ δὲ τὴν βίβλον ἐπ᾽ αὐτοὺς ὠσθεῖσαν λαβόντες ἀνέγνωσαν τάδε·

οἱ μελετῶντες τὴν παλαίαν τέχνην τὴν χρυσοποιίαν καλουμένην σπουδάζουσι ποιεῖσθαι τὴν τοῦ φιλοσόφου λίθον τὴν μεμυθολογευμένην. αὕτη γὰρ δυνάμεις ἔχει μεγάλας καὶ θαυμαστάς, ἱκανὴ οὖσα τοῦτο μὲν εἰς ἄπεφθον χρυσὸν μεταβάλλειν τὰ ἐπιτυχόντα τῶν μεταλλείων τοῦτο δὲ τίκτειν τὸ τῆς ζωῆς φάρμακον ὅπερ καὶ ἀθάνατον ποιήσει τὸν πεπωκότα.

καὶ διὰ μὲν τὸν αἰῶνα πάντα ἡ λίθος πολλὰ τεθρύληται· ἐφ' ἡμῶν δὲ τῶν λίθων τὴν μόνην ὑπάρχουσαν κέκτηται Νικολᾶος Φλάμηλος εὐδοκιμῶν τῆς τε χρυσοποιίας ἕνεκα καὶ ὡς πάνυ φιλόμουσος ὤν. ὁ δὲ Φλάμηλος πέρυσιν ἔτη γεγονὼς ἑξακόσια ἑξήκοντα πέντε οἰκεῖ ἀτάρακτος παρὰ τοῖς Ἐπιζεφυρίοις μετὰ τῆς γυναικὸς Περενέλλης, ἔτη ἐχούσης ἑξακόσια πεντήκοντα ὀκτώ.

τῷ δ' Ἀρείῳ καὶ τῷ Ῥοῶνι τοὔργον ἀνύσασιν ἡ Ἑρμιόνη Ἐγνώκατε; ἔφη. ὁ γὰρ κύων ὡς εἰκὸς φυλάττει τὴν λίθον τὴν τοῦ Φλαμηλου. οὗτος δ' ᾔτησε δηλαδὴ τὸν Διμπλόδωρον διασῶσαι αὐτὴν φίλον ὄντα διότι μέλλει τις κλέψειν. διὸ ἔδοξεν ἐκ τοῦ Γριγγώτου κομισθῆναι αὐτήν.

Λίθον τοίνυν λέγεις, ἔφη ὁ Ἄρειος, ἥτις χρυσόν τε ποιεῖ καὶ κωλύει σε ἀποθανεῖν. ὥστ' οὐδὲν θαῦμα εἰ ὁ Σίναπυς ἐπιθυμεῖ αὐτῆς. ἀλλὰ γὰρ πᾶς τις ἐπιθυμοίη ἄν.

Θαῦμα δ' οὐκ ἔστιν εἰ Φλάμηλον οὐκ ηὑρήκαμεν ἐν ἐκείνῃ τῇ σκέψει τῇ τῆς περὶ τὰ μαγικὰ καινοτομίας. οὐ γὰρ δήπου ἄρτι ἐκαινοτόμει οὐδὲν ἔτη γεγονὼς ἤδη ἑξακόσια ἑξήκοντα πέντε.

τῆς δ' ἐπιούσης ἡμέρας ὁ Ἄρειος καὶ ὁ Ῥοὼν μεταξὺ ἐκγραφόμενοι πολλὰ καὶ ποικίλα περὶ τῆς τῶν ὑπὸ λυκανθρώπου δηχθέντων θεραπείας – ἐν σχολῇ γὰρ ἐτύγχανον διατρίβοντες περὶ τῆς τέχνης φυλακικῆς τῆς πρὸς τὰ σκοτεινὰ δόγματα – ἐβουλεύοντο ἔτι ὑπὲρ τῆς τοῦ φιλοσόφου λίθου τί δὴ δράσουσιν ἔχοντες. τοῦ δὲ Ῥοῶνος φράζοντος ὡς ἰδίαν ὠνήσεται αὐτὸς καθ' ἑαυτὸν ἀγέλην ἰκαροσφαιρικήν, ὁ Ἄρειος ἄφνω ἐμέμνητο τοῦ τε Σινάπεως καὶ τοῦ μέλλοντος ἀγῶνος.

Ἀλλὰ μέλλω σφαιριεῖν ἄρα, εἶπε τῷ Ῥοῶνι καὶ τῇ Ἑρμιόνῃ. εἰ δὲ μή, οἱ Σλυθήρινοι ἅπαντες ἡγήσονταί με περιφοβώτερον εἶναι ἢ ὥσθ' ὑπομένειν τὸν Σίναπυν. βεβασανισμένων μὲν γὰρ αὐτῶν ἐν τῷ ἀγῶνι, νικησάντων δ' ἡμῶν παύσω τῶν γελασμάτων ἀπομόρξας τὴν ὕβριν.

Ἐφ᾽ ᾧτε μὴ ἀπομόρξαι σὲ ἀπὸ τοῦ σταδίου, εἶπεν ἡ Ἑρμιόνη.

*

προϊούσης δὲ τῆς τοῦ ἀγῶνος ἡμέρας ὁ Ἄρειος λόγοις μὲν ἐπεκρύπτετο τὴν ἑαυτοῦ ἀπορίαν πρὸς τὸν Ῥοῶνα καὶ τὴν Ἑρμιόνην, ἔργῳ δὲ ὡς ἀληθῶς πλείον᾽ ἐπὶ πλείοσι καθ᾽ ἡμέραν ἐφοβεῖτο. οἱ δ᾽ ἄλλοι σφαιρισταὶ ὡσαύτως ἐφοβήθησαν· λόγῳ μὲν γὰρ ηὐτρεπισμένοι ἦσαν. ἐξὸν αὐτοῖς τέλος δὴ νικῆσαι τοὺς Σλυθηρίνους τοὺς ἑπτὰ ἔτη ἀνικήτους γενομένους, ἔργῳ δ᾽ ἠπόρουν οὐκ εἰδότες πότερον ῥαβδοῦχος τις κακόνους ἐπιτρέψει νίκην αὐτοῖς ἢ οὔκ.

ὁ δ᾽ Ἄρειος συνῄδει ἑαυτῷ συνεχῶς ἐντυγχάνοντι τῷ Σινάπει ὅποι ἔλθοι, εἴ γε μὴ ταῦτ᾽ ἔτυχεν ἀναπλάττων. καὶ ἐνίοτε ἐπῆλθεν αὐτῷ ὡς οὗτος τάχα διώκει αὐτὸν ἐλπίζων πῃ μόνον καθ᾽ ἑαυτὸν καταλήψεσθαι. ἐν δ᾽ οὖν ταῖς καθ᾽ ἑβδομάδα πόσεων σχολαῖς ὥσπερ ἐπὶ τὸν τρόχον ἐβίβαζε τὸν Ἄρειον κακὰ ποιῶν. ἦ καὶ μεμάθηκεν ὅτι ἐξηυρήκασί τι περὶ τῆς τοῦ φιλοσόφου λίθου; καὶ ὁ Ἄρειος ἔγνωκε μὲν τοῦτ᾽ ἀδύνατον ὄν, ἐφρόντιζε δ᾽ ἐνίοτε μὴ ὁ Σίναπυς ἀμέλει εἰς τὴν ψυχὴν ἔχοι δέρκεσθαι.

*

τῇ δ᾽ ὑστεραίᾳ ἀμφὶ βουλυτὸν ὁ Ἄρειος ᾔδει τὸν Ῥοῶνα καὶ τὴν Ἑρμιόνην εὐχομένους μὲν αὐτῷ ἀγαθὴν τύχην δεδιότας δ᾽ ἅμα μὴ οὐ πάλιν ἴδοιεν ἔτ᾽ ἔμπνουν, οὕτω δ᾽ οὐκ ὠνήσαντας αὐτὸν οὐδέν. καὶ ἤ τι ἢ οὐδὲν ἤκουε τοῦ Ὕλου παρακελευομένου μέχρι περιβαλλόμενος τὸ τριβώνιον ἰκαροσφαιρικὸν τὸν Ὑπερνεφελὸν Δισχιλιοστὸν ἀνελάμβανεν.

ἐν δὲ τούτῳ ὁ Ῥοὼν καὶ ἡ Ἑρμιόνη ἐν τοῖς βάθροις παρίσταντο πρὸς τῷ Νεφελώδει οὐ συνιέντι οὔτ᾽ ἀνθ᾽ ὧν οὕτω πεφροντικὸς ἔβλεπον οὔτε διὰ τί τὰς ῥάβδους πρὸς τὸν ἀγῶνα ἐκόμισαν. τὸν γὰρ Ἄρειον ἔλαθον προμελετῶντες τὸ σκελοκόλλης φίλτρον. τοῦτο δ᾽ ἐνενόησαν ἰδόντες τὸν Μάλθακον καταγοητεύσαντα τὸν Νεφελώδη, καὶ τὸν Σίναπυν ἔμελλον ὡσαύτως καταγοητεύσειν ἤν πῃ θέλῃ βλάψαι τὸν Ἄρειον.

καὶ τοῦ Ῥοῶνος τὴν ῥάβδον εἰς προκόλπιον ὤσαντος, ἐκείνη Λοιπόν, ἔφη, μέμνησο τόδε· Τηλεκίνησις Θανάτου.

ὁ δέ Ἔγνων, ἔφη ἀνιώμενος. ἀλλὰ μὴ φιλόψογος ἴσθι.

ἐν δὲ τῷ ἀποδυτηρίῳ ὁ Ὕλης τῷ Ἀρείῳ πρὸς οὓς ἔλεγε·

Μὴ ὅτι θέλοιμ᾽ ἄν, ἔφη, λιπαρεῖν, ὦ Ποτέρ, ἀλλὰ νῦν δὴ εἴ ποτε καὶ ἑτέρωθι δεῖ ὡς τάχιστα καταλαβεῖν τὸ φθαστέον. καὶ οὕτω τελέωσον τὸν ἀγῶνα πρὶν τὸν Σίναπυν λίαν ὠφελῆσαι τοὺς Ὑφελπύφους.

ὁ δὲ Φερέδικος διὰ τῆς θύρας προκύψας Καὶ μὴν ἅπαντες, ἔφη, πάρεισιν ἔξω καὶ τὸ καινότατον αὐτὸς ὁ Διμπλόδωρος.

ὁ δ' Ἄρειος τρόμῳ συσχεθεὶς ἀχανὴς εἱστήκει.

Ἦ καὶ Διμπλόδωρον ἔλεγες; εἶπεν ἐκθορὼν ἤδη πρὸς τὴν θύραν ὡς βεβαιότερον γνωσόμενος. ἀλλ' ἐκεῖνος ὀρθῶς γ' ἔλεγε· τὸ γὰρ γένειον ἐκεῖνο ἀργυροῦν καὶ σεμνὸν τίς οὐκ ἐγνώρισεν ἄν;

καὶ οὕτω κεκουφισμένος τῶν κακῶν μικροῦ ἐδέησεν ἐκ τοῦ φανεροῦ γελᾶν. ἐν ἀσφαλεῖ γὰρ γενέσθαι· ἀδύνατον γὰρ εἶναι τῷ Σινάπει βλάψαι αὐτὸν θεωμένου τοῦ Διμπλοδώρου.

καὶ δὴ πορευομένων εἰς τὸ στάδιον τῶν σφαιριστῶν ἐσκοπεῖτο πρὸς ἑαυτὸν εἰ τούτου γ' ἕνεκα ἐδόκει ὁ Σίναπυς χόλῳ οἰδούμενος πλέον τοῦ συνήθους. καὶ ὁ Ῥοὼν ταὐτὰ ἐνενόει.

τῇ γὰρ Ἑρμιόνῃ Οὐπώποτ' ἔγωγε, ἔφη, τὸν Σίναπυν εἶδον οὕτω πικρὸν βλέποντα. θεώρησόν νυν – ἀλλὰ σφαιρίζονται. οἴμοι.

ἐσκάλευσε γάρ τις αὐτὸν ἐκ τοῦ ὄπισθεν τὴν αὐχένα. Μάλθακος ἦν.

Ξύγγνωθί μοι, ἔφη, ὦ Εὐισήλιε. οὐ γὰρ ἔγνων σε παρόντα.

καὶ ἐγέλα βλέπων πρὸς τὸν Κάρκινον καὶ τὸν Κέρκοπα.

Πόσον χρόνον ὁ Ποτῆρ τήμερον δὴ περικαθίσει; τίς ἐθέλει περιδόσθαι; ἢ σύ, ὦ Εὐισήλιε;

ὁ δ' οὐδὲν ἀπεκρίνατο. ὁ γὰρ Σίναπυς τοῦ Γεωργοῦ ῥοπαλοσφαίριον ἐπ' αὐτὸν βαλόντος ἔφεσιν ἄρτι ἔδωκεν ἄφθονον τοῖς Ὑφελπύφοις. ἡ δ' Ἑρμιόνη συνεχῶς ἠτένιζε πρὸς τὸν Ἄρειον, ὃς μακρότερον τέως ἐποιεῖτο τῆς πτήσεως κύκλον ὑπὲρ τῶν σφαιριζομένων τρόπον αἰγυπιοῦ, τὸ φθαστέον ἐπιτηρῶν.

καὶ δι' ὀλίγου, δόντος διὰ κενῆς ἔφεσιν ἑτέραν ἄλογον δὴ τοῦ Σινάπεως τοῖς Ὑφελπύφοις, ὁ Μάλθακος τραχείᾳ τῇ φωνῇ Τί οὖν, ἔφη, βουλεύουσιν ἐτεὸν αἱρούμενοι τοὺς τῶν Γρυφινδώρων ἀγελαίους; τοὺς γὰρ πονηροὺς φιλοῦσιν αἱρεῖσθαι οἰκτίροντες, αὐτίκα γέ τοι τὸν Ποτῆρα πατέρας οὐκ ἔχοντα ἢ τοὺς Εὐισηλίους χρήματ' οὐκ ἔχοντας. καὶ σύ, ὦ Μακρόπυγε, ὤφελες εἶναι τῆς ἀγέλης ὡς νοῦν οὐκ ἔχων.

ὁ δ' ἠρυθρίασε μὲν πολὺ ἀνέστρεψε δ' ἐναντίον τοῦ Μαλθάκου.

Δύναμαι δὲ δώδεκα Μαλθάκους, ἔφη βαττολογῶν.

ὁ μὲν οὖν Μάλθακος συνάμα τῷ Καρκίνῳ καὶ τῷ Κέρκοπι ἀνεκάγχασε πολύ, ὁ δὲ Ῥοὼν ἀτενίζων ἔτι πρὸς τοὺς σφαιριζομένους Διδάσκεις γὰρ αὐτόν, ἔφη, ὦ Νεφέλωδες.

Ὦ Μακρόπυγε, εἰ πᾶς τις χρυσοῦν ἔχοι τὸν νοῦν, ἐφ' ὅσον ἐνδέχεται σύ γ' ἄνους ὢν ἀπορώτερος ἂν ἀποβαίνοις τοῦ Εὐισηλίου.

καὶ ὁ Ῥοὼν παντοῖος ἤδη ἐγίγνετο δεδιὼς ὑπὲρ τοῦ Ἀρείου.

Εἰ σύ, ἔφη, ἄλλο τι φωνήσεις, ὄμνυμι ἦ μὴν ἔγωγε –
ἄφνω δ' Ἡ Ἑρμιόνη Ὦ Ῥοών, ἔφη. Ἄρειος –
Τί πάσχει; ἢ ποῦ ἐστιν;

ἐκεῖνον μὲν γὰρ ἐξ ἀπροσδοκήτου ῥύμῃ κατασκήπτοντα ἂν εἶδες ἐπὶ τοὔδαφος, τοὺς δὲ θεατὰς ἅμα χάσκοντάς τε καὶ θορυβοῦντας. ἡ δ' Ἑρμιόνη πάντως ἐπτοημένη ἀνεπήδησεν· ἰδοῦσα δὲ τὸν Ἄρειον κάτω πεσόντα ὥσπερ ἀπὸ σφενδόνης ἐξερριπισμένον ἔλαθε τρίς εἰς κόλπον πτύσασα.

Εὐδαιμονεῖς ἄρα, ἦ δ' ὃς ὁ Μάλθακος, ὦ Εὐισήλιε, κατιδόντος τοῦ Ποτῆρος κέρματα δήπου χαμαὶ κείμενα.

καὶ ὁ Ῥοὼν θυμῷ πυρακτούμενος ἔφθασε τῷ Μαλθάκῳ προσβαλὼν καὶ παλαίσας πρὸς τοὔδαφος. ὁ δὲ Νεφελώδης πρῶτον μὲν ἀπώκνει τι, ἔπειτα δὲ τὸ βάθρον ὑπερβὰς ἐβοήθησεν.

καὶ ἡ Ἑρμιόνη ἀεί Ἴθι, βοώσα, ὦ Ἄρειε, ἀνεπήδησεν ἐπὶ τὸ βάθρον θεασομένη αὐτὸν κατὰ τάχος φερόμενον ἄρδην πρὸς τὸν Σίναπυν. καὶ ὥσπερ ἐνθουσιῶσαν ἔλαθον αὐτὴν καὶ οἱ ὑπὸ τῷ βάθρῳ καλινδούμενοι – τὸν Μάλθακον λέγω καὶ τὸν Ῥοῶνα – καὶ οἱ πὺξ πολεμοῦντες καὶ βαΰζοντες τέως – λέγω τὸν τε Νεφελώδην καὶ τὸν Κάρκινον καὶ τὸν Κέρκοπα.

ἄνω δὲ βλέψας εἶδες ἂν τοῦτο μὲν τὸν Σίναπυν τὸ σάρον νῦν δὴ περιάγοντα ἵνα ἀλεείνῃ κόκκινόν τι παρ' αὐτὸν ᾆττον καὶ ἀκαρὲς δέον τυχεῖν, τοῦτο δὲ τὸν Ἄρειον εἰς τὸ ὁμαλὸν εὐθύνοντα τὸ σάρον τήν τε χεῖρα ἄραντα καλλίνικον καὶ τοῦ φθαστέου τῇ δεξιᾷ ἀπρὶξ ἐχόμενον.

οἱ δὲ θεαταὶ τὸν νικήφορον ἐκώμαζον· οὐδεὶς γὰρ ἀναμετρησάμενος τοὺς πάλαι ἀγῶνας εἶχε μνησθῆναι ζητητὴν οὐδένα ὅστις τὸ φθαστέον ἐν βραχίονι χρόνῳ προσεδέξατο.

καὶ ἡ Ἑρμιόνη ἐπορχουμένη τ' ἐπὶ τοῖς βάθροις καὶ χεῖρας περιβάλλουσα τῇ Παραβάτιδι Πατίλῃ – ἡ δ' ἔμπροσθεν ἐκάθητο – βοῶσα συνεχῶς Ποῦ εἶ σύ, ἔφη, ὦ Ῥοών; τοῦ γὰρ ἀγῶνος τελευτήσαντος ὅ θ' Ἄρειος νενίκηκε καὶ ἡμεῖς νενικήκαμεν. οἱ Γρυφίνδωροι προὔχουσι δή.

καὶ τὸ σάρον ἔτι μικρόν τι ταλαντεύων ὑπὲρ τοὔδαφος, ὁ Ἄρειος ἀπέπηδησεν. ἄπιστος μὲν γὰρ ἦν αὐτὸς ἑαυτῷ νενικηκώς, ἐνίκησε δ' ὅμως. τὸν γὰρ ἀγῶνα ἤδη τελευτῆσαι στιγμῆς δὴ χρόνου ἀπαρκεσάσης πρὸς νίκην. καὶ τῶν Γρυφινδώρων κατὰ πᾶν τὸ στάδιον ἤδη πληθυόντων, τόν τε Σίναπυν ἰδὼν ὕπωχρον γενόμενον τὴν χροιὰν καὶ δριμὺ βλέποντα, ᾔσθετό τινος τοῦ ὤμου ἁπτομένου· ἀποβλέπων δὲ τὸν Διμπλόδωρον ἐγνώριζεν ἠρέμα γελῶντα.

ὁ δὲ πρὸς οὖς λέγων οὐδενὸς παρακούσοντος Εὖ γε, ἔφη. καὶ

μὴν εὖ ἐποίησας οὐδὲν φροντίζων τοῦ ἐσόπτρου ἐκείνου, ἀσχολούμενος ἀεὶ περί τι. εὖ γε.

ὁ δὲ Σίναπυς δυσχεραίνων ἔπτυσεν.

*

καὶ ὀλίγον ὕστερον ὁ Ἄρειος ἐκ τοῦ ἀποδυτηρίου μόνος ἀπῄει, τὸν Ὑπερνεφελὸν Δισχιλιοστὸν καταθήσων κατὰ τὴν σαροθήκην. καὶ συνῄδει ἑαυτῷ οὐδέποτε εἰς τοσοῦτο τῆς εὐδαιμονίας ἀφικομένῳ. ἐπειδὴ γὰρ νῦν δὴ πεποίηκεν ἀξιόλογόν τι, οὐκέτ᾽ ἐνεῖναι οὐδενὶ λέγειν ὡς μᾶλλον εὐδοκιμεῖ παρὰ τοῖς τοὔνομα αὐτοῦ τιμῶσιν ἢ παρὰ τοῖς τῶν πεποιημένων σκεψαμένοις. καὶ ἑσπέρας γιγνομένης ἐδόκουν αὐτῷ περιπατοῦντι ποσὶ διαβρόχοις διὰ τὸν λειμῶνα αἱ πνοαὶ οὐπώποτ᾽ εὐωδέστεραι γενέσθαι. Καὶ ἀνεμίμνῃσκε τέως τὰ ἄρτι γεγενημένα ἃ καὶ ἤδη καθ᾽ ἕκαστα μεμνῆσθαι χαλεπὸν μὲν ἦν πρὸς ἡδονὴν δ᾽ ὅμως. ἐνενόει γοῦν αὐτίκα μὲν τοὺς Γρυφινδώρους θέοντας ἐπ᾽ ὤμοις φέρειν αὐτόν πόρρωθεν δὲ τὸν Ῥοῶνα καὶ τὴν Ἑρμιόνην ἄνω κάτω ἁλλομένους, τὸν δ᾽ αὖ Ῥοῶνα ἐποτρύνοντα καίπερ ἐκ ῥινῶν αἱμορραγοῦντα πολύ.

καὶ ἤδη ἀφικόμενος πρὸς τὴν σαροθήκην ἐπερειδόμενος δὲ τῇ θύρᾳ ξυλίνῃ ἀπέβλεπε πρὸς τὸ φρούριον, τῶν θυρίδων ἐμφαινουσῶν τὸ ἐρυθρὸν σέλας τὸ τοῦ ἡλίου δύνοντος. τοὺς μὲν γὰρ Γρυφινδώρους προὔχειν. αὐτὸς δ᾽ εὐτυχῆσαι. καὶ ταῦτα πάντα τῷ Σινάπει εἰς ἔλεγχον διδόσθω.

καὶ μνείαν τοῦ Σινάπεως ποιησάμενος ἄνθρωπον κατεῖδε συγκεκαλυμμένον κατὰ τὸν ἀναβαθμὸν τὸν ἔμπροσθε τοῦ φρουρίου σπουδῇ καταβαίνοντα. καὶ οὗτος ἐκ τοῦ φανεροῦ οὐ θέλων ὀφθῆναι ὡς τάχιστα ἐβάδιζε πρὸς τὴν ἀπόρρητον ὕλην. θεώμενος δὲ ὁ Ἄρειος ἐπιλησμονέστερος ἤδη ἐγίγνετο τῆς νίκης, γνωρίσας τὸ τοῦ περιπολοῦντος βάδισμα ὂν ὅμοιον τῷ τοῦ Σινάπεως. τί θέλων εἰς τὴν ὕλην ἕρπει τῶν ἄλλων δειπνούντων;

εἰσβὰς οὖν πάλιν ἐπὶ τὸν Ὑπερνεφελὸν Δισχιλιοστὸν ἀπῆρεν. καὶ σιωπῇ ὑπὲρ τοῦ φρουρίου φερόμενος, ἰδὼν δ᾽ ἐκεῖνον δρόμῳ εἰς τὴν ὕλην εἰσιόντα, παρηκολούθει.

πυκνῆς δ᾽ οὔσης δένδρεσι τῆς ὕλης, οὐκ ἦν ἰδεῖν ὅποι ἐλήλυθεν ἐκεῖνος. κύκλους δὲ ποιούμενος κατωτέρω δ᾽ ἀεὶ αἰωρούμενος ἔψαυεν ἤδη ἄκρων τῶν δένδρων. καὶ δι᾽ ὀλίγου φωνὰς ἀκούσας πρὸς δ᾽ αὐτὰς φερόμενος ἐπὶ φηγὸν ταλαντευόμενος ὑψηλὴν σιωπῇ ἀπέβη.

ἀνερριξᾶτο δ᾽ εὐλαβῶς παρὰ κλάδον τοῦ σάρου ἀπρὶξ ἐχόμενος, διὰ τῶν φύλλων προκύπτων.

καὶ κάτω ἐν νάπῃ εἱστήκει ὁ Σίναπυς, ἀλλ᾽ οὐ μόνος καθ᾽ ἑαυτόν· συνῆν γὰρ ὁ Κίουρος. ἀλλὰ τὸ μὲν τοῦ προσώπου βλέμμα οὐκ ἦν ἀκριβῶς διαγνῶναι· ἐβαττολόγει δὲ χαλεπώτερον αὐτὸς ἑαυτοῦ. Ἄρειος δ' οὖν ἐσπούδαζεν ἀκοῦσαι τί λέγουσιν.

– Οὐ μεμάθηκα εἰς τί βεβούλευσαι συγγεγενῆσθαι ἐν τούτῳ τῷ τόπῳ, ὦ Σεούερε –

ὁ δὲ Σίναπυς πικρῶς Ἔδοξε γάρ μοι, ἔφη, τοῦτό γε κρυπτὸν παρέχειν, ὡς οὐκ ἐξὸν δήπου τοῖς μαθηταῖς εἰδέναι οὐδὲν περὶ τῆς τοῦ φιλοσόφου λίθου.

καὶ ὁ Ἄρειος προκύψας ἤκουσε μασταρύζοντος μὲν τοῦ Κιούρου τι, ὑπολαμβάνοντος δ' εὐθὺς τοῦ Σινάπεως.

Ἦ που μεμάθηκας τίνι τρόπῳ ἔξεστι παρελθεῖν ἐκεῖνο τὸ τοῦ Ἁγριώδου κνώδαλον;

Ἀλλ' ὦ Σεούερε, ἔγωγε –

Οὐ δήπου σὺ ἐχθρὸν ἑκὼν ἐμὲ παρέξειν μέλλεις; εἶπεν ὁ Σίναπυς ἐπ' αὐτὸν ὀλίγον προχωρήσας.

Ἀλλ' οὐ ξυνίημ' ἔγωγε τί δή –

Ἀκριβῶς γε ξυνίης τί λέγω.

γλαυκὸς δὲ μέγα κικκαβαζούσης ὁ Ἄρειος παρ' ὀλίγον ἦλθεν ἐκπεσεῖν ἀπὸ τοῦ δένδρου. μόλις δὲ ταλαντευσάμενος ἤκουσε τοῦ Σινάπεως λέγοντος ὅτι –

Τὰ σὰ γοητεύματα. περιμένω.

Ἀλλ' ἔγωγε μὲν οὐκ –

ἐκεῖνος δ' ὑπολαβὼν Καλῶς ἔχει, ἔφη. ἀλλ' αὐτίκα διαλεγώμεθα οὐ διὰ πολλοῦ. τάχα δεῖ σε σχολάζειν τι γνωσόμενον ᾧτινι εὔνοιαν ὀφείλεις.

συγκεκαλυμμένος δὲ πάλιν αὖ ἐβάδιζεν ἐκ τῆς νάπης. καὶ ἤδη σκοταῖος ἐθεάσατο ὁ Ἄρειος τὸν Κίουρον ἀκίνητον ἑστῶτα ὥσπερ πεπετρωμένον.

*

Ἑρμιόνη τοίνυν ὀρθία φωνοῦσα Πόθεν ἐτεόν, ἔφη, ὦ Ἄρειε;

καὶ ὁ Ῥοὼν μακαρίζων αὐτόν Ἐνικήσαμεν ἡμεῖς, ἔφη, ἐνίκησας καὶ σύ. ἐνικήσαμεν ἅπαντες. καὶ ἐγὼ μὲν τῷ Μαλθάκῳ ὀφθαλμὸν συνέκλησα, ὁ δὲ Νεφελώδης καθ' ἑαυτὸν ὑπέμεινε μονομάχος τόν τε Κάρκινον καὶ τὸν Κέρκοπα. λιποψυχήσαντα δ' αὐτὸν ἡ Πομφόλυξ φάσκει ἀναπνεύσειν μετ' οὐ πολύ. καὶ μὴν τοῖς Σλυθηρίνοις ἔλεγχον πεποιήμεθα. ἀλλὰ πάντες περιμένουσι σὲ κατὰ τὸ κοινεῖον ἐν κώμῳ ἐσόμενοι. ὁ γὰρ Φερέδικος καὶ ὁ Γεωργὸς ὑφείλοντο πέμματα καὶ τραγήματα ἀπὸ τοῦ ὀπτανίου.

ὁ μέντοι Ἄρειος πνευστιῶν ἔτι Τοῦτό γ' οἶμαι, ἔφη, οὐδὲν εἶναι ἡμῖν τὸ παραχρῆμα. ζητητέον μὲν οὖν δωμάτιόν τι κενόν· δεῖ γὰρ ὑμᾶς ἀκοῦσαι τάδε.

καὶ εὐλαβηθεὶς ὅπως μὴ ὁ Ποιφύκτης ἔνδον ὢν τύχῃ, τὴν δὲ θύραν συγκλείσας πάντ᾽ εἶπεν αὐτοῖς ἅττα εἶδε καὶ ἤκουσεν.

Ὀρθῶς ἄρ᾽ ἐφρονοῦμεν περὶ τῆς λίθου ὡς ἐτητύμως δὴ οὔσης τοῦ φιλοσόφου. καὶ ὁ Σίναπυς ἐπιχειρεῖ βιάζεσθαι τὸν Κίουρον ὑπὲρ ἑαυτοῦ κτήσασθαι. ἤρετο μὲν γὰρ εἰ οὗτος ἐπίσταται ὅπως ἔστι λαθεῖν τὸν Οὐλότριχα, ἔλεγε δέ τι περὶ τῶν τοῦ Κιούρου γοητευμάτων καλουμένων. οὐ γὰρ μόνος ὁ Οὐλόθριξ τὴν λίθον φυλάττει, πρὸς δέ, ὡς εἰκάσαι, ἀλλοῖά τινα οἷα καὶ μαγγανεύματα πολλὰ καὶ τυχὸν φίλτρον τι φυλακικὸν πρὸς τὰ σκοτεινὰ ὅπερ δεῖ τὸν Σίναπυν ἐξεπᾴδειν.

Λέγεις τοίνυν ὡς ἡ λίθος ἀσφαλής ἐστιν ὅσον μὲν ἂν χρόνον ὁ Κίουρος ἀμύνηται τὸν Σίναπυν, ἄλλως δὲ μή; ἔφη ἡ Ἑρμιόνη διαπτοημένη.

ὁ δὲ Ῥοών Οἰχήσεταί τοι, ἔφη, ἡ λίθος τριῶν ἡμερῶν.

— ΒΙΒΛΟΣ Ν —

ΝΟΡΒΕΡΤΟΣ Ο ΓΛΥΠΤΟΝΩΤΟΣ ΥΠΕΡΒΟΡΕΟΣ

ἀνδρειότερος δ' οὖν ἀπέβη ὁ Κίουρος τῆς δόξης, ὠχριῶν γε μὴν μᾶλλόν τι καθ' ἡμέραν καὶ λεπτυνόμενος τὸ σῶμα, ὀρθῶς δ' ἔτι φρονῶν, ὡς ἐδόκει.

ὁ δ' Ἄρειος καὶ ὁ Ῥοὼν ξύναμα τῇ Ἑρμιόνῃ ὅτε τὴν τοῦ τριστέγου διαδρομὴν παρέλθοιεν, τὰ ὦτα προσεῖχον ἑκάστοτε τῇ θύρᾳ εἴ πως ἀκούσαιεν τοῦ Οὐλότριχος γρύζοντος ἔτι. ὁ δὲ Σίναπυς κατὰ τὸ ξύνηθες δύσκολον ἑαυτὸν παρέχων ἄνω καὶ κάτω ὡρμᾶτο περὶ τὰ πράγματα ὤν· τοῦτο δ' ἐνόμιζον ἐκεῖνοι μηνύειν τὴν λίθον ἔτ' ἐν ἀσφαλεῖ οὖσαν. καὶ ὁ μὲν Ἄρειος παριὼν ἑκάστοτ' ἐμειδία πρὸς τὸν Κίουρον ὡς παραμυθησόμενος, ὁ δὲ Ῥοὼν ἤρξατο ἐπιτιμῶν τοῖς σκώπτουσι τὴν βαττολογίαν αὐτοῦ.

ἡ δ' Ἑρμιόνη ἔλαττον φροντίζουσα τῆς τοῦ φιλοσόφου λίθου, ἤρξατο χρονικόν τε κατάλογον ποιουμένη ὡς ἀναθεωρήσουσα τὰ μαθήματα, καὶ ποικίλλουσα τὰ γεγραμμένα χρώμασι παντοδαποῖς. ἀλλ' οὐ φρόντις ἂν ἐγένετο οὔτε τῷ Ἀρείῳ οὔτε τῷ Ῥοῶνι εἰ μὴ πολυπραγμονοῦσα ἐπεκέλευε καὶ αὐτοὺς ταὐτὰ ποιεῖν.

Ἀλλ' ὦ θεσπεσία αἱ δοκιμασίαι ἀπέχουσι πολύ.

ἐκείνη δὲ δυσχεραίνουσα Δέκα, ἔφη, ἑβδομάδας, χρόνον οὐ μακρόν. ἀκαρὲς γὰρ ἂν εἴη τῷ γε Φλαμήλῳ.

ὁ δὲ Ῥοὼν Ἀλλ' ἡμεῖς μέν, ἔφη, οὐδαμῶς ἑξακοσίων ἐτῶν ἐσμέν, σὺ δ' ἐκμαθοῦσα ἤδη τὰ πάντα τί δὴ ἀναθεωρεῖς;

Ὅ τι; ἦ μαινόμενος σὺ δήπου οὐκ οἶσθα δέον δοκιμασθῆναι τοὺς μέλλοντας προχωρήσειν εἰς τοὺς σοφομώρους; ὤφελον γὰρ ἀρχὴν πρὸ τριῶν μηνῶν ποιήσασθαι τῶν μελετῶν μεγίστων οὐσῶν. οὐ γὰρ οἶδα τί παθὼν οὐ μελετῶ ταῦτα.

ἀλλ' οὖν κακῇ τύχῃ οἱ σοφισταὶ ταὐτὰ ἐφρόνουν τῇ Ἑρμιόνῃ, περὶ τὰ κατ᾽ οἶκον μαθητέα προστιθέντες πλείω ἐπὶ πλείοσιν, ὥστε οὐκ ἦν τοσοῦτο ἐν τῇ πασχαλινῇ ἀναπαύλῃ εὐφραίνεσθαι ὅσον ἐπὶ τῶν Χριστουγέννων. χαλεπὸν γὰρ ἦν αὐτοῖς ἀνιέναι τὴν διανοίαν τῆς Ἑρμιόνης ἀεὶ παρούσης καὶ ἀπαγγελλούσης τὰς δώδεκα χρείας τὰς τοῦ δρακοντείου αἵματος ἢ μελετώσης τὰς τῶν ῥάβδων κινήσεις. ἀλλὰ στένοντας καὶ ἐνοχλουμένους ἔδει σχολήν περ ἔχοντας διατρίβειν μετ᾽ αὐτῆς ἐν τῇ βιβλιοθήκῃ ὡς διαπράξοντας τὰ μαθήματα.

Ἀλλ᾽ ὁ μὲν Ῥοὼν τὴν γραφίδα καταβαλών ποτε, Οὐκ ἔσται μοι, ἔφη, ταῦτα ἐν νῷ διασῴζεσθαι, θεωρῶν ἅμα διὰ τῆς φωταγωγοῦ πρὸς τὸν οὐρανὸν φαιδρότατον τε γενόμενον καὶ χρῶμα παρέχοντα οἷον τῶν μυοσωτίδων. καὶ γὰρ διὰ πολλῶν ἤδη μηνῶν αἰθρίαν καὶ νηνεμίαν ποθῶν ᾐσθάνετο τέλος τοῦ θέρους ἀρξομένου.

ὁ δ᾽ Ἄρειος ζητῶν τέως τὸ δίκταμνον ἐν τοῖς χιλίοις φαρμάκοις βοτανικοῖς καὶ μυκητίνοις οὐκ ἀνέβλεψε πρὶν ἤκουσε τοῦ Ῥοῶνος Ὦ Ἀγρίωδες, λέγοντος, τί χρῆμα σὺ ἐν βιβλιοθήκῃ περιπολεῖς;

τοῦτον δὲ παρῆν ἰδεῖν βραδέως ἐπιόντα, ἔχοντά τε κρυπτόν τι ὄπισθε τοῦ νώτου. καὶ πάνυ ἄτοπος ἐδόκει τὸν τρίβωνα φορῶν τὸν σπαλακορύπαινον.

Θεωρῶ δ᾽ ἀτεχνῶς ἐγώ, ἔφη. ἀλλ᾽ οἱ μὲν ὑπώπτευον αὐτὸν κίβδηλόν τι λέγειν ἀπίστῳ πως τῇ φωνῇ φθεγγόμενον, ἐκεῖνος δ᾽ αὖ τούτους, λέγων ὅτι Τί καινὸν ὑμεῖς περιεργάζεσθε ἐτεόν; μῶν ἔτι τὸν Φλάμηλον ζητεῖτε;

Ἐγνώκαμέν γε πάλαι, ἀπεκρίνατο ὁ Ῥοών λαμπρυνόμενος τῇ ἐπιστήμῃ, οὐ μόνον περὶ ἐκείνου ὅστις ἐστίν, ἀλλὰ καὶ ὅ τι φυλάττει ὁ κύων· φιλοσόφου γάρ ἐστι –

ὁ δ᾽ Ἁγριώδης Σίγα σίγα εἰπὼν περιέβλεπεν εὐλαβούμενος μή τις παράκουοι. Τί πάσχεις; μὴ βοῶν διασπείρῃς ταῦτα.

καὶ ὁ Ἄρειος Ἀλλ᾽ οὖν, ἔφη, ἔστιν ἃ ἐβουλόμεθα ἐρωτᾶν σε, περὶ τοῦ τί τὴν λίθον φύλαττει χωρὶς τοῦ Οὐλότριχος.

Σίγα, ἦ δ᾽ ὃς αὖθις ὁ Ἁγριώδης καὶ μείζονι τῇ φωνῇ. ἀλλ᾽ ἀκούσατέ μου. εἰσαῦθις φοιτᾶτε παρ᾽ ἐμέ. οὐ μὴν οὐδ᾽ ὑπισχνοῦμαι λέξειν οὐδὲν ὑμῖν, ἀλλὰ μὴ ἀδολεσχεῖτε γοῦν περὶ αὐτὰ ἐνθάδε παρόντες· οὐ γὰρ θεμιτὸν τοῖς μαθηταῖς εἰδέναι οὐδέν. τυχὸν νομίζοιεν ἄν με δεδηλωκέναι τι ὑμῖν –

Εἰς καλὸν δῆτα, ὑπολαβὼν ἔφη ὁ Ἄρειος.

καὶ βραδέως αὖ ἀπέβη ὁ Ἁγριώδης.

ἡ δ᾽ Ἑρμιόνη ἐνθυμουμένη τι Ἀλλὰ τί ἔκρυπτεν, ἔφη, ἔχων ὄπισθεν τοῦ νώτου;

Ἠ καὶ προσῆκόν τι τῇ λίθῳ;

Μέλλω οὖν μαθήσεσθαι ἐν τίνι μερίδι διέτριβεν, εἶπεν ὁ Ῥοὼν τοῖς μαθήμασι κορεσθείς. καὶ ἐν ἀκαρεῖ ἐπανελθὼν πολλὰ ἐν ἀγκάλαις βιβλία ἐκόμιζε. καὶ ταῦτ᾽ ἐπὶ τὴν τράπεζαν καταθεὶς ψιθυρίζων Δρακόντων, ἔφη. ἐζητεῖ γὰρ ἐκεῖνος τὰ τῶν δρακόντων. ἰδοὺ τάδε· εἰδὴ δρακόντεια τῆς Μεγάλης Βρεταννίας καὶ τῆς Ἰέρνης· ἀπὸ τοῦ ᾠοῦ εἰς τὴν ἔμπρησιν, ἐγχειρίδιον τοῖς δρακοντοκόλοις.

Ἄρειος δέ Ὁ γὰρ Ἁγριώδης, ἔφη, ἀεὶ δράκοντος ἐγλίχετο, οὕτω γὰρ εἶπέ μοι πρῶτον συγγενόμενος.

Ἀλλὰ τοῦτο, ἔφη ὁ Ῥοών, παράνομόν ἐστιν ἡμῖν. ἡ γάρ τοι δρακοντοτροφία ἔτει χιλιοστῷ ἑπτακοσιοστῷ ἐνάτῳ ἀπερρήθη ὑπὸ τοῦ τῶν φαρμακέων συνεδρίου, οὐδ᾽ ἔστιν ὅστις οὐκ οἶδε τοῦτο. καὶ γὰρ οὐ μόνον χαλεπόν ἐστιν οἴκοι δρακοντοτροφεῖν λάθρᾳ τῶν Μυγάλων, ἀλλὰ καὶ τοὺς δράκοντας ἡμεροῦν ἀδύνατόν τε καὶ ἐπικίνδυνον. εἴθ᾽ ὤφελες ἰδεῖν τὰς φλυκταίνας ἃς ὁ Κάρολος ὑπέσχεν ἐν Ῥουμανίᾳ ὑπὸ δρακόντων ἀγρίων κεκαυμένος.

Μῶν ἐν Βρεταννίᾳ ἄγριοί εἰσι δράκοντες; ἦ δ᾽ ὃς ὁ Ἄρειος.

Μάλιστα, ἔφη ὁ Ῥοών. ἐνδημοῦσι γὰρ καὶ οἱ Οὐαλικοὶ χλῶροι καὶ οἱ Θουλικοὶ μέλανες. ἔργον δ᾽ ἐστὶ δὴ τῇ βουλῇ τῇ τῶν μάγων ἀποκρύπτεσθαι ταῦτα, δέον ἀεὶ βασκαίνειν τοὺς Μυγάλους εἴ τις δράκοντα ἑώρακεν ὅπως ἐπιλησμόνες γενήσονται.

Ἀλλ᾽ εἰπέ μοι, ἔφη ἡ Ἑρμιόνη, ποίου πρὸς θεῶν πράγματος ἅπτεται ὁ Ἁγριώδης;

*

καὶ μεθ᾽ ὥραν τὴν τοῦ καλυβίου θύραν κόπτοντες εἶδον τὰς θυρίδας καταπετάσμασιν ἁπάσας συγκεκλεισμένας. καὶ ὁ Ἁγριώδης Τίς ἔστι βοήσας ἀσπασάμενος δ᾽ αὐτοὺς τὴν θύραν κάτοπιν εὐθὺς ἔκλεισεν.

καὶ ἐπειδὴ τάχιστα εἰσῆλθον, καύματι πάνυ διεθερμαίνοντο, πυρὸς ἐν τῇ ἐσχάρᾳ καιομένου καίπερ τοῦ ἐκτὸς ἀέρος θερίνου ἤδη γενομένου. ἐκεῖνος δὲ ὕδωρ ἐθέρμαινε καὶ τέϊον ἐποιήσατο αὐτοῖς. τὰ δ᾽ ἄρτου ψωμία γαλῆς κρεῶν σεσαγμένα καταφρονοῦντες οὐκ ἐδέξαντο.

Εἶτα ἐπεθυμεῖτε ἀνερωτῆσαί τι;

Μάλιστα, ἔφη ὁ Ἄρειος, ὡς οὐ μέλλων λόγῳ ὑποστελεῖσθαι οὐδὲν τοῦ δέοντος. σπούδαζομεν γὰρ μαθεῖν τί φυλάττει τὴν φιλοσόφου λίθον χωρὶς τοῦ Οὐλότριχος, εἴπερ δοκεῖ σοι λέγειν.

Μὰ Δί᾽ οὐκ ἔμοιγε, ἔφη, τοῦτο μὲν ὡς οὐκ εἰδότι, τοῦτο δὲ εἴ πῃ κατῄδη οὐ βουλομένῳ τοῖς ἄγαν ἤδη μεμαθηκόσι λέγειν *οὐδέν. ἡ γὰρ λίθος ἐνθάδε πάρεστιν ἐκ προνοίας, παρὰ μικρὸν ἐλθοῦσα ἐκ Γριγγώτου κλεφθῆναι. ἀλλ' οἶμαι καὶ ταῦτα ηὑρήκατε δήπου; λελήθατε γὰρ ἐμὲ εὑρόντες οὐκ οἶδ' ὅπως τὰ τοῦ Οὐλότριχος.*

ἡ δ' Ἑρμιόνη χαριέντως μὲν κολακευτικῶς δέ *Ἀλλ' ὦ Ἁγρίωδες, εἰπεῖν μὲν ἡμῖν δῆλον ὅτι οὐ βούλῃ, οἶσθα δ' ὅμως ἅτε πάντ' εἰδὼς τὰ ἐνθάδε γιγνόμενα.* καὶ αὐτοῦ ᾔσθοντο μειδιῶντος – τὸν γὰρ πώγωνα κινούμενόν τι εἶδον. κἀκείνη ἀναλαβοῦσα *Ἐβουλόμεθα μαθεῖν ἁπλῶς τίς ἄρ' ἦν ὁ φύλαξ, οὐκ εἰδότες ὅτῳ ἐπίστευσεν ὁ Διμπλόδωρος συμφυλάττοντι χωρὶς σοῦ.*

ταῦτα δ' εἰπούσης ὁ μὲν Ἁγριώδης ἐσεμνύνετο ὥς τι ὤν, ὁ δ' Ἅρειος καὶ ὁ Ῥοὼν προσεγέλων θαυμάζοντες αὐτήν.

Λοιπόν· οὐδὲν ἄρ' ἐμποδών ἐστιν οἶμαι μὴ τοῦτο λέγειν. εἶἑν. πρῶτον μὲν γὰρ ἐχρήσατο τὸν Οὐλότριχα ἀπ' ἐμοῦ, ἔπειτα δὲ σοφισταί τινες ἐμαγγάνευόν τι, οἷον ἡ Βλάστη, καὶ ὁ Φιλητικὸς καὶ ἡ Μαγονωγαλέα – τοῖς γὰρ δακτύλοις διηρίθμει αὐτούς – *καὶ ὁ Κίουρος, καὶ αὐτὸς ὁ Διμπλόδωρος ἐποίησέ τι. ἀλλὰ περιμένετε· ἐπελαθόμην τινός. καὶ δὴ καὶ ὁ Σίναπυς.*

Ἦ τὸν Σίναπυν λέγεις;

Πάνυ γε. μῶν ἔτι περὶ τούτων πράγματα ἔχετε; πίθεσθέ μοι· ὁ Σίναπυς ἅτε φυλάττων τὴν λίθον οὐδαμῶς κλέψειν μέλλει.

ὁ δ' Ἅρειος ᾔδει τόν τε Ῥοῶνα καὶ τὴν Ἑρμιόνην ταὐτὰ ἐννοοῦντας. εἰ γὰρ ἐκεῖνος μετεῖχε τοῦ φυλάττειν, ῥᾴδιον ἄρα γενέσθαι αὐτῷ εὑρεῖν ᾧ τρόπῳ οἱ ἀλλοὶ σοφισταὶ φυλάττοιεν. ἐπίστασθαι οὖν ἐδόκει τὰ πάντα ὡς εἶπειν εἰ μὴ διακρούεσθαι δὴ τὸ τοῦ Κίουρου φίλτρον καὶ τὸν Οὐλότριχα.

καὶ ὁ Ἅρειος φοβερὸς γεγώς *Οὔκουν σὺ μόνος,* ἔφη, *ὦ Ἁγρίωδες, σοφὸς εἶ ἐπιστάμενος ᾧ τρόπῳ ἔστι παρελθεῖν τὸν Οὐλότριχα; οὐδ' εἴποις ἂν τοῦτο οὐδενὶ οὐδὲ τῶν σοφιστῶν;*

Οὐδεὶς γὰρ ἐπίσταται, ἦ δ' ὅς ὁ Αγριώδης σεμνὸν βλέπων, *χωρὶς ἐμαυτοῦ καὶ τοῦ Διμπλοδώρου.*

Τοῦτο γοῦν χρήσιμόν ἐστί τι, εἶπεν ὁ Ἅρειος λάθρᾳ ἐκείνου. *ἀλλ' ἔξεστι θυρίδα ἀνοίξαι; θερμαίνομαι γὰρ σφόδρα.*

Ἀδύνατόν γε. ἀλλὰ λυποῦμαι, ἔφη ἀποβλέπων ἅμα πρὸς τὴν ἐσχάραν, οὐδὲ λαθὼν τὸν Ἅρειον. ὁ δὲ ἐκεῖσε βλέψας αὐτός *Ὦ δαιμόνιε,* ἔφη, *ἐκεῖνο τί δή;*

ἀλλ' ᾔδει αὐτὸ τί ἐστίν. ἐν γὰρ μέσῃ τῇ ἐσχάρᾳ ὑπὸ τῷ λέβητι ᾠόν τι ἦν μέγα δὴ καὶ μέλαν.

ὁ δ' Ἁγριώδης τοῦ γενείου δέει ἁπτόμενος ἐτονθόρυζέ τι ὡς οὐκ ἔχων τἀληθὲς εἰπεῖν.

καὶ ὁ Ῥοὼν ἐπὶ τῇ ἐσχάρᾳ ὀκλάζων ὡς ἐγγύθεν ὀψόμενος τὸ ᾠόν Πόθεν ἐκτήσω, ἔφη, ὦ Ἁγρίωδες; πολυτελέστατον γὰρ ἦν σοι ὡς ἔοικε.

Κομίζω γὰρ τόδε νικητήρια λαβών· χθὲς γὰρ τῆς ἑσπέρας ἐν τῷ δήμῳ μεθ' ἑταίρων συμπίνων ξένῳ τινὶ συνεγενόμην κυβεύων. ἀλλ' ἔμοιγ' ἐδόκει ἄσμενος δὴ καταλιπεῖν αὐτό.

Ἀλλὰ πῶς, ἔφη ἡ Ἑρμιόνη, ἐν νῷ ἔχεις χρῆσθαι αὐτῷ ἐννενεοττευμένῳ;

βιβλίον δὲ μέγα ὑπὸ τοῦ προσκεφαλαίου λαβὼν Φιλοσοφῶν γὰρ, ἔφη, τόδε κέκτημαι τὸ βιβλίον ἀπὸ τῆς βιβλιοθήκης χρησάμενος, τὸ περὶ τῆς δρακοντοτροφείας τέρψεως χάριν ἢ ἐπικαρπίας, ἀρχαῖον μὲν χρήσιμον δ' ὅμως. χρεία γάρ τοί ἐστι τὸ μὲν ᾠὸν ἐν ἐσχάρᾳ θεραπεύειν, τῶν μητέρων θερμὸν ἐμπνεουσῶν αὐτοῖς, τὸν δὲ νέοττον τρέφειν καθ' ἡμιώρια ἀμφορέα δίδοντα ἴσον ἴσῳ οἰνοπνεύματι καὶ αἵματι ὀρνιθείῳ πεπληρωμένον. καὶ ἰδοὺ λέγει τὸ βιβλίον ὅπως ἔνεστι τὰ ᾠὰ διαγιγνώσκειν ἄλλο ἀπ' ἄλλου· τοὐμὸν γάρ ἐστι Γλυπτόνωτος Ὑπερβόρεος, τῶν ἐπιτυχόντων οὐδαμῶς ὄν.

καὶ οὗτος μὲν ἐδόκει πάνυ ἀγαπᾶν τοῖς πεπραγμένοις, ἡ δ' Ἑρμιόνη οὐχ ἡδομένη Ὦ Ἁγρίωδες, ἔφη, ἐν ξυλίνῃ διατρίβεις οἰκίᾳ. ὁ δ' οὐκ ἤκουεν, ἐμινύριζε δὲ εὐθύμως φρύγανα εἰς τὴν ἐσχάραν ἅμα ῥίπτων.

*

καινὸν οὖν πρᾶγμα νῦν εἶχον καὶ ἀνιαρότερον, οὐκ εἰδότες τί πάθοι ἂν ὁ Ἁγριώδης εἴ τις πύθοιτο αὐτοῦ δράκοντα τρέφοντος παράνομον ἐν τῷ καλυβίῳ.

Εἴθ' ἐφ' ἡσυχίας μοι συμβαίη διατρίβειν εὐδαιμονοῦντι, εἶπεν ὁ Ῥοών ποτε. ἠγωνίζοντο γὰρ ἀνὰ πᾶσαν τὴν ἑσπέραν τῶν κατ' οἶκον μαθημάτων, ὧν πλείονα ἤδη ἐλάμβανον, μόλις κρατῆσαι. καὶ ἡ Ἑρμιόνη, ἤρξατο ἤδη καταλόγους ποιουμένη, ὑπὲρ τοῦ θ' Ἀρείου καὶ τοῦ Ῥοῶνος πάνυ ἐπαχθὴς αὐτοῖς γενομένη.

κἄπειτα πρωΐνη ἡ Ἡδυϊκτὶν ἐκόμισέ ποτ' ἐπιστολὴν τῷ Ἀρείῳ ἑτέραν ὑφ' Ἁγριώδους πεμφθεῖσαν βραχυλογήσαντος ὧδε·

Ἐννεοττεύει.

ὁ μὲν οὖν Ῥοὼν εἶπεν ἀφιστάμενος τῆς βοτανικῆς σχολῆς ἰέναι εὐθὺς πρὸς τὸ καλύβιον, ἡ δ' Ἑρμιόνη τοῦτ' οὐκ ἐβουλήθη.

Ποσάκις διὰ βίου σοι δράκοντα ἰδεῖν ἐννεοττεύοντα ἐξέσται;

Οὐ μόνον πρὸς σχολὰς δεῖ φοιτῆσαι, ἀλλὰ καὶ πράγμαθ' ἕξομεν ἡμεῖς τε καὶ ὁ Ἁγριώδης εἴ πῃ τις εὕροι ὅ τι πράττει –

Σίγα, ἔφη ὁ Ἄρειος πρὸς οὖς αὐτῇ λέγων.

ὁ γὰρ Μάλθακος ὀλίγους πόδας ἀπέχων αὐτῶν εἱστήκει παρακουσόμενος. Ἄρειος δ᾽ οὐκ ᾔδει πότερον πόλλ᾽ ἀκήκοεν ἢ οὔ· τὸ δ᾽ οὖν βλέμμα αὐτοῦ ἐπίφθονον ἐνόμιζεν εἶναι καὶ πικρόν.

καὶ ἡ Ἑρμιόνη συνεχῶς ἀγωνισαμένη τῷ Ῥοῶνι βαδίζοντι ὁμοῦ μετ᾽ αὐτῆς πρὸς τὴν βοτανικὴν τέλεον ὡμολόγησεν ἑωθινὴ μεταξὺ τῶν σχολῶν προσιέναι μετὰ τοῖν ἑτέροιν παρὰ τὸν Ἁγριώδη. τελευτησάσης οὖν τῆς σχολῆς ψοφήσαντος δὲ τοῦ κώδωνος, οἱ τριττοὶ τὰ μυστρία εὐθὺς καταθέντες ὡς τάχιστα διὰ τὸν κῆπον ἦλθον πρὸς τὰ κράσπεδα τῆς ὕλης. καὶ ὁ Ἁγριώδης ἠσπάσατ᾽ αὐτοὺς ἔνθερμον βλέπων καὶ σφόδρα προθυμεῖσθαι δοκῶν.

Παρ᾽ ἀκαρῆ ἐστὶν ἡ ἐκκόλαψις, ἔφη ἔνδον ἄγων αὐτούς.

καὶ μὴν τὸ ᾠὸν κατέλαβον ἐπὶ τῇ τραπέζῃ κείμενον, ῥήγματα παρέχον μεγάλα. καὶ ἐντὸς ἐκινεῖτό τι δεινὰ ἅμα φθέγματα ἐφιὲν καὶ ἄδηλα.

πάντες οὖν παρακαθήμενοι πρὸς τὴν τράπεζαν κεχηνότες ἐθεώρουν.

καὶ εὐθὺς ψόφον ἀκούσαντων αὐτῶν ὥς τινος ἔνδοθεν ἀποξέοντος τὸ κέλυφος, σχιζομένου δὲ τοῦ ᾠοῦ, τὸ δρακόντιον κατὰ τὴν τράπεζαν ἔπεσεν. ὁ δ᾽ Ἄρειος οὐκ ἐνόμιζεν αὐτὸ εὔμορφον εἶναι, ἴσον δοκοῦν γενέσθαι ἀλεξιβροχίῳ μέλανι διεστραμμένῳ. ἀκανθώδη δὲ τὰ πτερὰ εὐμεγέθη ἦν πρὸς τὸ σῶμα μέλαν καὶ ἰσχνόν. ῥύγχος δ᾽ εἶχε μακρὸν τοὺς μυκτῆρας εὐρεῖς παρέχον, καὶ κεράτια ἔτι βλαστάνοντα, καὶ ὀφθαλμοὺς ἐξόγκους γενομένους καὶ βατραχείους τὸ χρῶμα.

καὶ πταρνύμενόν τι σπινθῆρας ὀλίγους ἐξέβαλεν ἀπὸ τοῦ ῥύγχους.

ὁ δὲ Ἁγριώδης Οὐκοῦν καλός ἐστιν ὁ παῖς; φὰς χεῖρα ἐξέτεινε θωπεύσων τὴν τοῦ δράκοντος κεφαλήν. ὁ δὲ ἐπεχείρησεν εὐθὺς ἐνδάκνειν τοὺς δακτύλους αὐτοῦ, κάρχαρον δῆγμα παρέχων.

Βαβαὶ τῆς φιλοστοργίας, ἔφη, γνωρίζει γὰρ ἤδη τὸ μαμμίδιον.

ἀλλ᾽ ἡ Ἑρμιόνη Ἦ καὶ ταχέως, ὦ Ἁγρίωδες, ἡβάσκουσιν οἱ Γλυπτόνωτοι Ὑπερβόρεοι ἢ τί σοι δοκεῖ;

ὁ δ᾽ ἔμελλεν ἀποκρίνασθαι καὶ ὠχριακὼς ἀνεπηδήσεν ἄφνω καὶ ἔδραμεν εὐθὺς πρὸς τὴν θυρίδα.

Τί χρῆμα ἔχεις;

Ἐθεώρει τις διὰ τὸ κενὸν τὸ μεταξὺ τῶν καταπετασμάτων. ἰδοὺ μαθητής τις ἀποτρέχει πρὸς τὸ φρούριον.

ὁ δ᾽ Ἄρειος προσπηδήσας πρὸς τὴν θύραν ἔξω δὲ τηρήσας ῥᾳδίως ἐγνώρισεν αὐτὸν καίπερ ἤδη πολὺ ἀπέχοντα. Μάλθακος γὰρ τὸν δράκοντα εἶδεν.

*

μετὰ δὲ ταῦτα τὸν Μάλθακον χείλεσι γοῦν ὑπογελῶντα ἀεὶ ὁρῶντες, ὁ Ἄρειος καὶ ὁ Ῥοὼν καὶ ἡ Ἑρμιόνη πάνυ φοβεροὶ ἐγίγνοντο. εἰ δὲ σχολήν ποτ' ἔχοιεν, ἐφοίτων σκοταῖοι πρὸς τὸ τοῦ Ἁγριώδους καλύβιον ὡς πείσοντες αὐτὸν σωφρονεῖν.

ὁ γὰρ Ἄρειος Ἀφὲς αὐτό, ἔφη, ἐλευθέρωσον.

Οὐχ οἷός τ' εἰμί, ἔφη ὁ Ἁγριώδης, μικρότερος γάρ ἐστιν ἢ ὥστε ἐπιζῆν. ἀπόλοιτ' ἄν.

καὶ τὸν δράκοντα σκοπούμενοι ᾔσθοντο τριπλάσιον ἑαυτοῦ γενέσθαι ἐντὸς ἑπτὰ ἡμερῶν. τύφοντα δ' ἑώρων ἀεὶ καπνὸν ἐκ τῶν ῥινῶν. κεναὶ δ' ἔκειντο φιάλαι καὶ πτερὰ ὀρνίθεια κατὰ τοὔδαφος. ὁ γὰρ Ἁγριώδης ὅλος ὢν περὶ τὰ τοῦ δράκοντος πάντως ἠμέλει τὰ τῆς κυνηγιοφυλακικῆς.

καὶ μαλακὸν βλέπων πρὸς τὸν δράκοντα Ἔδοξέ μοι, ἔφη, Νορβέρτον ὀνομάσαι. ἀλλὰ γνωρίζει με ἀμέλει· ἰδού. ὦ Νορβέρτε, ὦ Νορβερτίδιον, ποῦ τὸ μαννάριον;

Ἦ κάρτα πάνυ κορύζης τὴν ῥῖνα μεστός ἐστιν Ἁγριώδης, εἶπεν ὁ Ῥοὼν πρὸς οὖς τῷ Ἀρείῳ.

ὁ δὲ μεγάλῃ τῇ φωνῇ Ὦ Ἁγρίωδες, ἔφη, ἐντὸς δυοῖν ἑβδομάδων ὁ Νορβέρτος ἴσος γενήσεται τὸ μῆκος τῷ σῷ οἰκιδίῳ. καὶ τῷ Μαλθάκῳ ἔνεστιν ἰέναι πρὸς τὸν Διμπλόδωρον ὅταν θέλῃ.

ἐκεῖνος δὲ δάκνων τὰ χείλη Ἐγὼ μὲν γὰρ οἶδα, ἔφη, αὐτὸν κτῆμα εἰς ἀεὶ οὐκ ἐσόμενον, οὐδ' ἔχω ἀτεχνῶς ἀπορρῖψαι· ἀδύνατον γάρ.

ὁ δ' Ἄρειος πρὸς τὸν Ῥοῶνα βλέψας Κάρολον ὠνόμασεν.

ὁ δ' ἀποκρινόμενος Καὶ σύ, ἔφη, κορυζᾷς μοι ἐγένου. ἦ καὶ Ῥοὼν ἔτ' ὢν λέληθά σε;

Τὸν γὰρ Κάρολον λέγω τὸν σὸν ἀδελφὸν ὅστις ἐν Ῥουμανίᾳ διατρίβων περὶ τοὺς δράκοντας φιλοσοφεῖ, ἐξὸν ἐκεῖσε ἀποπέμψαι τὸν Νορβέρτον. ἐκεῖνος γὰρ θρέψας αὐτὸν εἰς τὴν ἐρημίαν ἐλευθερώσειεν ἄν.

Καλῶς λέγεις, ἔφη ὁ Ῥοών. πῶς δοκεῖς, ὦ Ἁγρίωδες;

συμφήσαντος δὲ τέλεον ἐκείνου, γλαῦκ' ἐπέμψαν πρὸς τὸν Κάρολον εἴ πως ἐθέλοι βοηθῆσαι.

*

καὶ μακρὸν ἤδη χρόνον περιμείναντες, ὡς ἐδόκει, τῇ τετάρτῃ ὁ Ἄρειος καὶ ἡ Ἑρμιόνη μόνοι ἐκάθιζον ἐν τῷ κοινείῳ. τῶν δ' ἄλλων μαθητῶν ἐπὶ κοῖτον ἤδη ἀπελθόντων, τοῦ κώδωνος τὰ δώδεκα ἠχοῦντος ἄρτι ἤκουσαν – ὡρολόγιον γὰρ ἐν τοίχῳ ἦν – καὶ ἄφνω διὰ τὴν ὀπὴν εἰκονικὴν ὥσπερ οὐδαμόθεν ἐφάνη ὁ Ῥοὼν ἐκδυόμενος ἅμα τὴν τοῦ Ἀρείου χλαῖναν τὴν ἀφανείας. φοιτήσας γὰρ πρὸς τὸ καλύβιον συνέπραττε τῷ Ἁγριώδει τρέφοντι τὸν Νορβέρτον·

οὗτος γὰρ ἤδη ἐφίλει τῶν μεγάλων μυῶν καταπίνειν καθ' ἡμέραν μυρίους.

Ἔδηξέ με, ἔφη τὴν δεξιὰν αἱματηρὰν δείξας μάκτρῳ κεκαλυμμένην. οὐ γὰρ οἷός τ' ἔσομαι γραφίδα ἔχειν δι' ἑβδομάδα. πιθοῦ μοι· ἐκεῖνος γὰρ ὁ δράκων κνώδαλόν ἐστι βδελυρώτατον πάντων. ὁ δ' Ἀγριώδης ὅμως φιλεῖ χρῆσθαι αὐτῷ ὥσπερ κυνίκλῳ τινὶ μικρῷ καὶ οὐλότριχι. ἐμοὶ γὰρ δεδηγμένῳ ἐπετίμησεν ὡς φοβήσαντι αὐτόν. καὶ ἀπιόντος μου ἐβαυκάλα αὐτόν.

ἐνταῦθα δὴ ἔκοψέ τις τὴν θυρίδα.

Ἡδυϊκτίν ἐστιν, ἦ δ' ὃς ὁ Ἄρειος σπεύδων εἰσαγαγεῖν αὐτήν. κομίζει γὰρ ἐπιστολὴν τῷ Καρόλῳ ἀντιγεγραμμένην.

καὶ οἱ τριττοὶ προνεύοντες ὁμοῦ ἀνέγνωσαν τάδε·

Κάρολος Ῥοῶνι

Πῶς ἔχεις; κεχαρισμένην ἔπεμψάς μοι ἐπιστολήν. προσδέξομαι μὲν οὖν ἄσμενος τὸν Γλυπτόνωτον Ὑπερβόρεον, μετακομίσαι δ' αὐτὸν δεῦρο χαλεπὸν ἔσται. βέλτιστον γὰρ ἂν εἴη οἶμαι εἰ ἑταῖροί τινες – μέλλουσι γὰρ φοιτήσειν παρ' ἐμὲ τῆς ἐπιούσης ἑβδομάδος – κομίσαιεν αὐτόν. δράκοντα δὲ παράνομον κομίζουσιν οὐ πρέπει ἁλῶναι.

ἦ που ἔξεστί σοι καταστῆσαι τὸν Γλυπτόνωτον ἐπ' ἄκρῳ τῷ πύργῳ τῷ ὑψηλοτάτῳ μέσῃ τῇ νυκτὶ τῷ Σαββάτῳ; οἱ ἑταῖροι ἐκεῖ ἀπαντήσαντές σοι σκοταῖοι ἀφαιρήσουσιν αὐτόν.

ἀντίγραψόν μοι ὡς τάχιστα. ἔρρωσο.

καὶ ἀποροῦντές τι βραχὺν χρόνον πρὸς ἀλλήλους ἔβλεπον.

ὁ δ' Ἄρειος Ἀλλὰ τὴν χλαῖναν γοῦν, ἔφη, τὴν ἀφανείας ἔχουσιν ἡμῖν τοσαύτην οὖσαν ὥστε καλύψαι πῶς δοκεῖς ἡμᾶς τ' αὐτοὺς καὶ τὸν Νορβέρτον οὐδαμῶς ἔργον ἔσται.

οἱ δ' ἕτεροι ὡμολόγησαν συμπράξειν ἄρτι τοσαῦτ' ἐξαντλήσαντες ὥστε πάντα ποιεῖσθαι ἂν εἴ γ' ἀπαλλαγεῖεν τοῦ τε Νορβέρτου καὶ τὸ μέγιστον τοῦ Μαλθάκου.

*

ἀλλ' ἐξ ἀπροσδοκήτου συνέβη τι· τῇ γὰρ ὑστεραίᾳ ὁ Ῥοὼν τὴν χεῖρα τὴν δράκοντι δεδηγμένην εἶδεν ἐξῳδηκυῖαν διπλῆν τοῦ συνήθους. καὶ πρῶτον μὲν οὐκ ᾔδει εἰ ἀσφαλὴς εἴη ἐλθὼν πρὸς τὴν Πομφόλυγα φοβούμενος μὴ οὐ λάθοι αὐτὴν ὑπὸ δράκοντος τραυματισθείς. ἔπειτα δὲ τῆς δείλης ἐπιγενομένης οὐκέτ' ἐν μεθορίῳ δυοῖν ἐναντίων κατέστη· τὸ γὰρ ἕλκος ἰῶδες ἐγένετο τὸ χρῶμα, τῶν τοῦ Νορβέρτου ὀδόντων ὡς ἐῴκει δηλητήριόν τι παρασχόντων.

καὶ ἀμφὶ δείλην ὀψίαν ὁ Ἄρειος καὶ ἡ Ἑρμιόνη ἐπειγόμενοι ἀφίκοντο πρὸς τὸ νοσοκομεῖον· τὸν δὲ Ῥοῶνα κατέλαβον κακὰ πράττοντα ἐν κλίνῃ κείμενον.

ψιθυρίζων δέ Ἀλλὰ πράγματα ἔστι μοι οὐ μόνον ὀδυνωμένῳ τὴν χεῖρα – τοσοῦτο γὰρ ἀλγῶ ὡσεί τις ἔμελλεν ἀποτεμεῖν αὐτήν – ἀλλὰ καὶ τοῦ Μαλθάκου ἕνεκα. ὁ δ' εἶπε τῇ Πομφόλυγι ὡς φοιτήσας παρ' ἐμὲ χρήσασθαι βούλεται βιβλίον τι δῆθεν, τῷ ὄντι θέλων σκώπτειν καὶ μωκᾶσθαι. ἠπείλει δέ μοι δηλώσειν αὐτῇ πρὸς ὅτου ἄρα δεδηγμένος εἴην· ἐγὼ μὲν γὰρ ἔφην κύνα εἶναι τὸν δήξαντα, αὕτη δ' οἶμαι οὐ πιστεύει μοι. εἴθ' ὤφελον μὴ πατάξαι τὸν Μάλθακον ἐπὶ τοῦ ἀγῶνος τοῦ ἰκαροσφαιρικοῦ. τιμωρεῖταί με δηλαδή.

ὁ δ' Ἄρειος καὶ ἡ Ἑρμιόνη πραΰνειν αὐτὸν ἐπεχείρουν· εἰπούσης δὲ ταύτης ὅτι Μέσῃ τῇ νυκτὶ τοῦ Σαββάτου πάντα τετελεσμένα ἔσται, οὐδαμῶς ἐπραΰνετο, μᾶλλον δ' ἀνακαθιζόμενος εὐθὺς πάνυ ἵδρωτι ἐρρεῖτο.

καὶ τραχύφωνος Μέσῃ τῇ νυκτί, ἔφη, τοῦ Σαββάτου. ἰοὺ ἰοὺ τῶν κακῶν. νῦν δὴ μέμνημαι· ἡ γὰρ ἐπιστολὴ ἡ τοῦ Καρόλου ἐν τῷ βιβλίῳ ἦν ἐκείνῳ ὅπερ ἀφεῖλεν ὁ Μάλθακος. δῆλον οὖν ὅτι μαθήσεται ὡς μέλλομεν ἀπολυθήσεσθαι τοῦ Νορβέρτου.

τὸν Ἄρειον μέντοι καὶ τὴν Ἑρμιόνην μέλλοντας ἀποκρινεῖσθαι ἔφθασεν ἡ Πομφόλυξ παρελθοῦσα καὶ κελεύσασα ἀπιέναι ὡς ὕπνου δεομένου τοῦ Ῥοῶνος.

*

εἶπε τοίνυν ὁ Ἄρειος τῇ Ἑρμιόνῃ ὅτι Παρελήλυθεν ὁ καιρὸς ἡμῖν τοῦ μεταβουλεύεσθαι ὡς πέμψασιν ἑτέραν γλαῦκα πρὸς τὸν Κάρολον. τυχὸν γὰρ ἅπαξ ἔξεστιν ἀπαλλάξασθαι τοῦ Νορβέρτου, καιροῦ νῦν δὴ δίδοντος. κινδυνευτέον δῆτα. καὶ μὴν ἔχομεν τὴν ἀφανείας χλαῖναν λαθόντες τὸν Μάλθακον κατὰ τοῦτο γοῦν.

ἐλθόντες δὲ ἵνα ἀπαγγείλωσι ταῦτα τῷ Ἀγριώδει κατέλαβον Δάκος τὸν Μολοσσικὸν κύνα ἐκτὸς τοῦ οἰκιδίου καθήμενον καὶ ἐνδεδεμένον τὴν οὐρὰν διὰ τραῦμα. ἐκεῖνος δὲ θυρίδα ἀνοίξας μεστὸς δ' ὢν ἄσθματος Οὐ προσδέξομαι ὑμᾶς εἰς τὴν οἰκίαν, τοῦ Νορβέρτου πράγματά μοι παρέχοντος. δύναμαι δ' οὖν χρήσασθαι αὐτῷ.

ἀκούσας δὲ περὶ τῆς τοῦ Καρόλου ἐπιστολῆς μόνον οὐκ ἐδάκρυσε. δηχθεὶς δ' ἄρτι ὑπὸ τοῦ Νορβέρτου τὸ σκέλος τάχα καὶ διὰ τοῦτ' ἐδάκρυεν.

Ἰατταταῖ, ἔφη. καλῶς μὲν οὖν ἔχει, τῆς ἀρβύλης μόνον δεδηγμένης. παίζει γὰρ ἅτε παιδίον ὢν ἄρα.

ἀλλὰ τὸ παιδίον δὴ ἔκρουσε τὸ τεῖχος τῷ κέρκῳ ὥστε πάνυ

κροτῆσαι τὰς θυρίδας. ὁ δ' Ἅρειος καὶ ἡ Ἑρμιόνη ἐπανῆλθον πρὸς τὸ φρούριον ἐννοοῦντες ἅμα ὅτι ἄκοντες μενοῦσι τὸ Σάββατον.

*

καὶ ᾤκτιραν ἂν τὸν Ἁγριώδη – ὥρα γὰρ ἦν χαίρειν εἰπεῖν τῷ Νορβέρτῳ – εἰ μὴ τοσοῦτο ἐφρόντιζον πρὸς ἃ ἔδει ἔτι κινδυνεύειν. ἤδη δὲ ξυσκοτάζοντός τε καὶ πολλοῦ νέφους γενομένου ἐχρόνιζόν τι ἀφικόμενοι εἰς τὸ τοῦ Ἁγριώδους καλύβιον· καὶ ἔδει αὐτοὺς περιμεῖναι μέχρι ἂν Ποιφύκτης ἐκποδὼν γένηται ἐν τῇ αὐλῇ ἀντισφαιρίσας ἐπὶ τὸν τοῖχον.

ὁ δ' Ἁγριώδης συνεσκευάσατο ἤδη τὸν Νορβέρτον πρὸς τὴν φυγὴν εἰς λάρνακά τινα μεγάλην.

Ἀλλ' οὖν μύας γε πολλοὺς ἔχει ἐφόδια καὶ οἰνοπνεύματος πολὺ καὶ δὴ καὶ τὴν ἄρκτον μαλλωτὴν παίγνιον οὖσαν ἐράσμιον ἔδωκ' αὐτῷ ὅπως μὴ ταλαιπωρῇ μόνος γενόμενος.

ἤκουσε δ' ὁ Ἅρειος ψόφον ὡς ἄρκτου ἔσω ἀποκεφαλιζομένης.

Ἁγριώδης δέ Ἔρρωσο, ἔφη, ὦ Νορβέρτε. ἦ μὴν οὔποτ' ἀμνημονεύσει σοῦ τὸ μαννάριον. καὶ ὁ Ἅρειος καὶ ἡ Ἑρμιόνη ἅμα ἐξεπέτασαν τε τὴν ἀφανείας χλαῖναν κατὰ τὴν λάρνακα καὶ αὐτοὶ συνεκαλύψαντο.

καὶ πολλοῦ ἱδρῶτος ἦν κομίσαι τὴν λάρνακα εἰς τὸ φρούριον. μεσούσης δ' ἤδη τῆς νυκτὸς τὸν Νορβέρτον σκοταῖοι ἀνὰ τὸν τῆς αὐλῆς ἀναβαθμὸν μαρμάρινον μόλις ἐφείλκυσαν καὶ κατὰ τὰς διαδρομάς. κἀντεῦθεν ἀνέβαινον πολλοὺς ἀεὶ πατοῦντες ἀναβαθμούς, οὐδὲν ὀνηθέντες οὐδὲ διόδῳ συντόμῳ Ἁρείου ἄγοντος χρησάμενοι.

πνευστιῶν δὲ πολὺ ὁ Ἅρειος Ὀλίγου, ἔφη, πάρεσμεν. προσῆλθον γὰρ εἰς τὴν διαδρομὴν τὴν ὑπὸ τῷ πύργῳ τῷ ὑψηλοτάτῳ.

ἐνταῦθα δὴ κατιδόντες ἔμπροσθεν κινούμενόν τι ὀλίγου μεθεῖσαν τὸ φορτίον. ἐπιλαθόμενοι δ' ἤδη ἀφανεῖς εἶναι σκότῳ κρυψόμενοι κατέπτηξαν, ἀτενίζοντες ἅμα πρὸς δύο ἀνθρώπους πλησίον ἐσκιαγραφημένους. οὗτοι γὰρ προσεπάλαιον ἀλλήλοις. λύχνον δὲ καίοντός τινος, εἶδον τὴν σοφίστριαν Μαγονωγαλέαν κοιτωνίτην τ' ἠμφιεσμένην τρόπον τῶν Σκοτίων πεποικιλμένον, καὶ μεμιτρωμένην τὴν κόμην· ἡ δὲ τὸν Μάλθακον κατεῖχεν ὠτὸς λαβοῦσα.

βοῶσα δὲ Φυλακή, ἔφη, καὶ εἴκοσι βαθμοὶ ἀπὸ τῶν Σλυθηρίνων. καὶ δῆτα τολμᾷς νύχιος περιπολεῖν;

Ἀλλ' οὐ συνίης, ὦ σοφίστρια, ὁ γὰρ Ἅρειος Ποτῆρ ἔρχεται, δράκοντα ἄγων.

Κορυζᾷς. καὶ πῶς ἐτόλμας τοῦτο ψεύδεσθαι; ἔπου μοι δῆτα, ὦ Μάλθακε, εἰς γὰρ δίκην μέλλω ἄξειν σε ἐναντίον τοῦ σοφιστοῦ Σινάπεως.

μετὰ δὲ ταῦτα καὶ μάλα ῥᾴδιον ἦν ἀναβῆναι ἀνὰ τὴν κλίμακα τὴν ἑλικοειδῆ ὡς ἐδόκει αὐτοῖς ἤδη εὐφραινομένοις. ἀλλ᾽ ἀφικόμενοι εἰς ἄκρον τὸν πύργον καὶ ὑπαίθριοι πάλιν γενόμενοι ἐξεδύσαντο τέλος τὴν χλαῖναν ἄσμενοι ἀναπνέοντες τοῦ πόνου καὶ ἡδόμενοι τῇ αἰθρίᾳ τῇ νυκτερινῇ. καὶ μὴν ἥ γ᾽ Ἑρμιόνη ἐχόρευσέ τι.

Δίκην ἄρα δίδωσιν ὁ Μάλθακος φυλακῆς ἀπολαύων· ἦ που ᾄδειν θέλοιμ᾽ ἄν.

ἀλλ᾽ ὁ Ἄρειος παρῄνεσεν αὐτῇ μὴ τοῦτο ποιῆσαι.

καὶ κιχλίζοντες περὶ τοῦ Μαλθάκου περιέμενον, τοῦ Νορβέρτου τέως ἐν τῇ λάρνακι καλινδουμένου. καὶ ἐν ἀκαρεῖ σάρα ἂν εἶδες τέτταρα κνεφαῖα κατασκήπτοντα.

οἱ τοίνυν ἑταῖροι οἱ τοῦ Καρόλου φιλογέλωτες ἦσαν. καὶ ἔδειξαν τῷ Ἀρείῳ καὶ τῇ Ἑρμιόνῃ τὰ σκεύη ἅπερ παρασχόντες ἔμελλον ὁμοῦ πάντες ἐπὶ τῷ ἀεροβατεῖν κρεμάσειν τὸν δράκοντα. πάντες δὲ συνέπραττον προσάπτοντες τὸν Νορβέρτον ἐκεῖσε ἵνα ἐν ἀσφαλεῖ κομίζοιτο. καὶ μετὰ ταῦτα ὁ Ἄρειος καὶ ἡ Ἑρμιόνη χάριν πολλὴν εἰδότες ἐδεξιώσαντο ἐκείνους.

καὶ τέλος δὴ τὸν Νορβέρτον ἐθεώρουν τοτὲ μὲν ἀπιόντα τοτὲ δὲ ἀποιχόμενον.

κἄπειτα κατέβησαν κατὰ τὴν κλίμακα τὴν ἑλικοειδῆ, ταχέως ἤδη ἰόντες ὡς κεκουφισμένοι οὐ μόνον τὰς χεῖρας – οὐκέτι γὰρ τὸν Νορβέρτον ἐβάσταζον – ἀλλὰ καὶ τὴν ψυχὴν δή. καὶ τοῦ μὲν δράκοντος οἰχομένου, τοῦ δὲ Μαλθάκου φυλακῇ ἐζημιωμένου, τί γὰρ καταβαλεῖν αὐτοὺς ἐκ τῆς εὐδαιμονίας δύναιτ᾽ ἄν;

καὶ ὁ καταβαλῶν μέντοι περιέμενεν ἐν τῷ κάτωθε τῆς κλίμακος. προβαίνοντες γὰρ εἰς τὴν διαδρομήν, τὴν τοῦ Φήληκος ὄψιν κατεῖδον δι᾽ ὄρφνης φανεῖσαν.

ὁ δὲ μικρᾷ τῇ φωνῇ Ἰατταταιάξ, ἔφη. οἷα γὰρ οἷα πράγματα ἔχομεν.

τὴν γὰρ ἀφανείας χλαῖναν ἐπ᾽ ἄκρῳ τῷ πύργῳ κατέλιπον.

— ΒΙΒΛΟΣ Ν —

ΠΕΡΙ ΤΗΣ ΥΛΗΣ ΤΗΣ ΑΠΟΡΡΗΤΟΥ

ἀδύνατον τοίνυν ᾠήθη ἂν ὁ Ἄρειος τὰ ἑαυτοῦ πράγματα χείρονα ἀποβεβηκέναι.

καὶ γὰρ τοῦ Φήληκος εἰσαγαγόντος αὐτοὺς εἰς τὴν τῆς Μαγονωγαλέας δίαιταν, σιωπῇ καθήμενοι κατέμενον οὐδὲν πρὸς ἀλλήλους διαλεγόμενοι. τρεμούσης δὲ τέως τῆς Ἑρμιόνης, ὁ Ἄρειος πάνυ ἠπόρει οὐκ ἔχων οὔτε προφασίζεσθαι οὔτ᾽ ἀπολογεῖσθαι οὔτε λογοποιεῖν οὐδέν· εἰ γὰρ σόφισμά τι καινὸν ἐν νῷ μηχανήσαιτο, ἀσθενέστερον ἑκάστοτε τοῦτο τοῦ προτέρου δοκεῖν ἄν. οὐδὲ προϊδεῖν δύνασθαι ᾧ τρόπῳ φύγωσι, νοσούντων τοσοῦτ᾽ ἤδη τῶν πραγμάτων ὥστ᾽ εἰς ἀπορίαν καθεστάναι τὴν ἐσχάτην. πῶς γὰρ εἰς τοσοῦτο ἄνοιας ἀφίκοντο ὥστ᾽ ἐπιλαθέσθαι τῆς χλαίνης; τὴν γὰρ Μαγονωγαλέαν οὐ δέξεσθαι οὐδεμίαν πρόφασιν ἀπ᾽ αὐτῶν οὐχ ὅτι νυκτιπόλων περὶ τοῦ φρουρίου ἑρπυσάντων ἀλλὰ καὶ διατριβόντων ἐν τῷ ἐπ᾽ ἀστρονομίᾳ ἀποδεδειγμένῳ πύργῳ τῷ πάντων ὑψηλοτάτῳ καὶ ἀπορρήτῳ δήπου τοῖς μὴ εἰς σχολὴν φοιτῶσιν. εἰ δ᾽ αὖ περὶ τοῦ Νορβέρτου αὕτη καὶ τῆς ἀφανείας χλαίνης μάθοι, τί ἐμποδὼν ἂν εἴη μὴ νυνὶ τὰ φορτία συσκευάσασθαι ἐκπεσουμένους;

ἦ καὶ ἀδύνατον ᾠήθη χείρονα ἀποβεβηκέναι τὰ ἑαυτοῦ; ταύτης γοῦν τῆς γνώμης ἥμαρτεν. ἡ γὰρ Μαγονωγαλέα ἀφικομένη τῷ Νεφελώδει ἡγεῖτο.

ὁ δὲ τοὺς ἄλλους κατιδὼν Ὁ Ἄρειος, ἔφη τεθορυβημένος τῷ πράγματι. Ἤθελον μὲν γάρ, ἔφη, προειπεῖν τι ὑμῖν, ἀκούσας τοῦ Μαλθάκου εὐχομένου καταλήψεσθαι αὐτοφώρους ὑμᾶς ἔχοντας δράκοντα –

ὁ μὲν οὖν Ἄρειος πολὺ ἀνένευεν ὡς παύσων ἐκεῖνον, ἡ δὲ Μαγονωγαλέα τοῦτ᾽ ἤδη ἐγνώκει. καὶ ὑπερτέλλουσα αὐτῶν ἐδόκει παντελῶς ἱκανὴ εἶναι πυρπνοεῖν ἐξ ἴσου τῷ Νορβέρτῳ.

Οὐ γὰρ οὖν ἐμαντευσάμην ἂν ταῦτα περὶ ὑμῶν γε. ὁ γὰρ Φήληξ εἶπεν ὅτι ἐν τῷ πύργῳ τῷ ἀστρονομικῷ κατέλαβεν ὑμᾶς τῆς τρίτης τῆς νυκτὸς φυλακῆς ἀρχομένης. τί χρῆμα ἐποιεῖτε;

καὶ ἡ Ἑρμιόνη οὐδεπώποτε ἀπεῖπεν ὥστε μὴ ἀποκρίνεσθαι πρὸς τὸ ὑπὸ σοφιστοῦ ἐρωτώμενον. ἀλλὰ νῦν δὴ εἱστήκει ἀκίνητος ἴση ἀγάλματι, πρὸς τὰς περσικὰς ἀτενὲς δι' αἰσχύνης κάτω βλέπουσα.

ἀλλ' ἐκείνη Ἔγνωκα γάρ που, ἔφη, οἶμαι τί γέγονεν. οὐ γὰρ οὖν τοῦ Θαλέω δεῖ. εἴπατε γὰρ τῷ Μαλθάκῳ μυθίδιόν τι πάνυ ἀλλόκοτον καὶ τεράστιον περί τινος δράκοντος, θέλοντες πράγματα παρέχειν αὐτῷ ἀπὸ κοίτης πλανωμένῳ. τοῦτον γὰρ ἤδη κατέλαβον. γελοῖόν τι δήπου καὶ τοῦτο γενήσεσθαι ᾤεσθε εἴ πως ὁ Μακρόπυγος οὑτοσὶ ἀκούσας τὸν ὑμέτερον λόγον καὶ ἐπίθετο;

ὁ δ' Ἄρειος βλέπων πρὸς τοῦτον ἀποροῦντά τι ὡς ἐδόκει καὶ λυπούμενον τέως ἤθελεν ἀψοφητὶ λέγειν ὡς οὐκ ἔστιν ἀληθές. τὸν γὰρ Νεφελώδη κέπφον ὄντα καὶ δυστυχῆ ἐδέησεν ἂν χειρὶ καὶ ποδὶ καὶ πάσῃ δυνάμει χρήσασθαι ὡς εὑρήσοντα τ' αὐτοὺς σκοταίους καὶ εὐλαβεῖσθαι κελεύσοντα.

Καὶ μὴν ἄχθομαι ὑμῖν ὡς μάλιστα, ἔφη ἡ Μαγονωγαλέα. ὢ τῆς ἀναιδείας. ἀλλ' οὐπώποτε συνέβη μοι καταλαβεῖν τέτταρας δὴ μαθητὰς ἀπὸ κοίτης πλανωμένους τῇ αὐτῇ νυκτί. ἀλλ' ὦ Γέρανος, καὶ σωφρονεστέραν σὲ ᾠήθην γενέσθαι ἢ ὥστε τὰ τοιαῦτα πράττειν, καὶ σέ, ὦ Ποτέρ, περὶ πλείονος ποιεῖσθαι τοὺς Γρυφινδώρους. δίκας οὖν δώσετε ὑμεῖς τ' ἄμφω καὶ σύ, ὦ Μακρόπυγε. οὐ γὰρ ἔστι ποιεῖσθαι πρόσχημα οὐδὲν τοῦ νύκτωρ τὸ φρούριον περιπολεῖν, ἄλλως τε καὶ τὸ νῦν ἐπικινδυνότερον ὄν. τοιγαροῦν φυλακάς θ' ὑφέξετε καὶ βαθμοὺς ὑπὲρ τῶν Γρυφινδώρων ὀφλήσετε πεντήκοντα.

Ἦ πεντήκοντα λέγεις; ἔφη ὁ Ἄρειος κεχηνώς. οἱ γὰρ Γρυφίνδωροι οὐκέτι πρωτεύοιεν ἄν, ἁμαρτόντες πάντων τῶν βαθμῶν ὧν αὐτὸς αὐτοῖς ἰκαροσφαιρίζων ἠνέγκατο.

Πεντήκοντά γε καθ' ἕκαστον, ἔφη ἡ σοφίστρια. βριμωμένην δ' ἐπέγνως ἂν αὐτὴν τρεμούσης ἅμα τῆς ῥινὸς τῆς μακρᾶς οὔσης καὶ ὀξείας.

Ἀλλ' ὦ σοφίστρια, ἱκετεύω σε –

Ἀλλ' οὐ δύνασαι –

Ἀλλ' οὐ προσήκει σοί, ὦ Ποτέρ, κατασοφίζεσθαι περὶ τὰ δυνατὰ καὶ τὰ ἀδύνατα. ἄπιτέ νυν ἅπαντες εἰς κοίτην. οὐδέποτε γὰρ οὕτως ᾐσχυνάμην ὑπὲρ τῶν Γρυφινδώρων.

καὶ ἑκατὸν πεντήκοντα βαθμοὺς ἀποβαλοῦσι τοῖς Γρυφινδώροις συνῄδεσαν ὑστεροῦσιν ἤδη τῶν ἑτέρων οἴκων. καὶ γὰρ μιᾷ νυκτὶ κενὰς πεποιηκέναι τὰς τῶν Γρυφινδώρων ἐλπίδας τὰς τῆς

Φιάλης. τῷ δ' Ἀρείῳ μάλ' ἐκπεπληγμένῳ ἐδόκει ἡ καρδία φόβῳ ὀρχεῖσθαι. τί πρὸς τοῦτο φάρμακον ἔσται αὐτοῖς εὑρεῖν;

ὁ δ' Ἄρειος πᾶσαν τὴν νύκτα ἀγρυπνῶν κλαίοντος μὲν τοῦ Νεφελώδους πολὺν χρόνον ἤκουε, παραμυθητικὸν δ' οὐδὲν εἶχε λέγειν τῶν παθῶν αὐτοῦ, συνειδὼς καὶ ἑαυτῷ ἴσα τῷ Νεφελώδει φοβούμενος περὶ τῆς αὔριον μελλούσης. τῶν γὰρ οὖν ἄλλων Γρυφινδώρων τὰ πάντα μαθόντων τί δὴ γενήσεται;

ἀλλὰ πρῶτον μὲν οἱ Γρυφίνδωροι οἱ ἀεὶ τὰς κύρβεις παριόντες ᾤοντο ἁμαρτάνειν τι τῆς ὄψεως. (αἱ δὲ κύρβεις αὗται ἐοικυῖαι τι μεγάλαις στήλαις ὑαλίναις ἐπιδεικνύασι τοῖς μαθηταῖς τοὺς βαθμοὺς ὅσους οἶκος ἕκαστος τυγχάνει ἀεὶ κεκτημένος.) πόθεν γὰρ ἀδοκήτως ἔχουσιν ἐλάττονας βαθμοὺς ἢ χθὲς ἑκατὸν πεντήκοντα; ἔπειτα δὲ πάντες ἐθρύλουν ὡς ὁ πάνυ Ποτὴρ, ὁ χρυσοῦς Ποτὴρ ὁ νικητηρίαν δόξαν ἀπὸ δυοῖν ἀγώνων ἰκαροσφαιρικῶν λαβών, οὗτος ἐστιν ὁ ἀποστερήσας αὐτοὺς πάντων τῶν βαθμῶν ἐκείνων συνάμ' ἄλλοις τισὶ πρωτοπείροις ἀνοήτοις δυοῖν ἢ τρίσιν.

καὶ ὁ Ἄρειος εὐθὺς στυγνότατος ἐξ ἐντιμοτάτου ἦν τοῖς μαθηταῖς. ἀλλὰ γὰρ καὶ οἱ Ῥαφήγχλωροι καὶ οἱ Ὑφέλπυφοι ἀπέστεργον αὐτὸν ὡς πάνυ σπουδάσαντες ἰδεῖν τοὺς Σλυθηρίνους ἐσφαλμένους τῆς Φιάλης Οἰκείας. πανταχοῦ τοίνυν οἱ μαθηταὶ δακτυλοδεικτοῦντες αὐτὸν ἐχλεύαζον μεγάλῃ τῇ φωνῇ παρρησιαζόμενοι. οἱ μὲν οὖν Σλυθήρινοι κροτοῦντες ἐνεκωμίαζον αὐτὸν παριόντα, θορυβοῦντες ἅμα καὶ συρίζοντες καὶ Χάριν ἴσμεν σοί, λέγοντες, ὦ Ποτέρ, ἀντοφείλομεν γὰρ πολλά.

ὁ δὲ Ῥοὼν μόνος παρίστατο αὐτῷ.

Πάντες γάρ τοι, ἔφη, ἐπιλήσονται τοῦ πράγματος ἐν οὐ πολλαῖς ἡμέραις. ὁ γὰρ Φερέδικος καὶ ὁ Γεωργὸς μυρίων δὴ ἀπεστερημένοι βαθμῶν ἐνθάδε μαθητεύοντες ἔτι καὶ στέργονται.

Ἀλλ' οὐχ ἑκατόν γε πεντήκοντα δήπου διὰ μίαν ῥοπήν; ἦ δ' ὃς ὁ Ἄρειος πολλῆς μετ' ἀθυμίας.

συνέφη δὲ μόλις.

καὶ πολλὰ μὲν ἤδη ἠδίκηκεν, ὡς ἐδόκει, ὑπέσχετο δ' ἑαυτῷ ὅμως τὸ λοιπὸν μήδεν πολυπραγμονήσειν περὶ τὰ μὴ προσήκοντα, ἅλις ἐσχηκὼς τοῦ κατασκοπεῖν καὶ τοῦ συκοφαντεῖν. καὶ εἰς τοσοῦτο αἰσχύνης ἀφίκετο ὥστε προσῆλθε τῷ Ὕλῃ ἐν νῷ ἔχων ἀφίστασθαι τῆς ἀγέλης.

ἀλλ' ἐκεῖνος δι' ὀργῆς ἔχων Πῶς γὰρ ἀφίστασθαι βούλῃ; ἀλλ' Ἡράκλεις τί τοῦτο; τῆς ἐμβροντησίας. ἀλλὰ πῶς βαθμοὺς ἀναλήψεσθαι μελλήσομεν ἐὰν μὴ νικῶμεν ἐν τοῖς ἀγῶσι τοῖς ἰκαροσφαιρικοῖς;

οὐ μὴν οὐδὲ τήν γ' ἰκαροσφαιρικὴν ἡδέως ἔτ' εἶχεν ὁ Ἄρειος, τῶν ἑτέρων ἀγελαίων διαλέγεσθαι μὲν οὐκ ἐθελόντων αὐτῷ σφαιρίζοντι, εἰ δ' ἔδει ὀνομάσαι, Ὦ ζητητά ἐκάλουν τὸ Ὦ Ἄρειε ἐῶντες.

ὑπέμενον δέ πόνους τέως ἥ τε Ἑρμιόνη καὶ ὁ Νεφελώδης, οὐ μὲν ἴσα πάσχοντες τῷ γ' Ἀρείῳ, ὡς περιβόητοι οὐκ εἰς τοσοῦτο γεγενημένοι, πάσχοντες δ' ὅμως οὐδενὸς ἐθέλοντος διαλέγεσθαι αὐτοῖς. ἐκείνη γὰρ οὐκέτ' ἐκαλλωπίζετο ἐν τῇ σχολῇ, ἡσυχάζετο μὲν οὖν σιωπῇ μελετῶσα τὰ μαθήματα.

ὁ δ' Ἄρειος μόνον οὐκ ηὐφραίνετο εἰδὼς τὴν δοκιμασίαν οὐ πολὺν ἤδη ἀπέχουσαν. δέον γὰρ πολλὰ δὴ ἀναθεωρῆσαι, ῥᾷον ἦν αὐτῷ ἀμνημονεύειν τῶν κακῶν. οἱ γὰρ τριττοὶ καθ' ἑαυτοὺς γενόμενοι ὅλοι περὶ τὰ μαθήματα ἦσαν εἰς πολλὴν τὴν νύκτα, θέλοντες ἐκμαθεῖν αὐτίκα καὶ τὰ εἰς πόσεις ποικίλας συγκείμενα καὶ τὰ φάρμακα καὶ τὰ φίλτρα παντοδαπὰ καὶ τοὺς χρόνους τούς τε τῶν ἀνευρέσεων μαγικῶν καὶ τοὺς τῶν κοβάλων ἀποστάσεων.

τῶν δὲ δοκιμασιῶν ἔτι ὡς ἑπτὰ ἡμέρας ἀπεχουσῶν, ἐξ ἀπροσδοκήτου συνέβη τῷ Ἀρείῳ βασανίζεσθαι εἰς τὸ μὴ πολυπραγμονεῖν περὶ τὰ μὴ προσήκοντα, τοῦτ' ἀρτίως δὴ δεδογμένον αὐτῷ. ἐπανιὼν γάρ ποτε τῆς δείλης ἀπὸ τῆς βιβλιοθήκης καθ' ἑαυτὸν γενόμενος ἤκουσε τινὸς ἐκ τοῦ ἔμπροσθεν δωματίου κνυζομένου. ἐγγυτέρω δὲ προσελθὼν φωνὴν ἔγνω τὴν τοῦ Κιούρου.

Μή μοι σύ, ἔφη, μή μοι πάλιν.

ἠπείλει γάρ τις αὐτῷ ὡς ἐφαίνετο. ὁ δ' Ἄρειος ἐγγυτέρω προσελθὼν ἤκουσε τοῦ Κιούρου Ναὶ ναί λέγοντος, καλῶς γὰρ ἔχει, ἅμα δὲ δακρύοντος.

καὶ ἐν ἀκαρεῖ ὁ Κίουρος ἐπειγόμενος ἐκ τοῦ δωματίου ἀπῆλθε τὴν μίτραν ἀνορθῶν. ὕπωχρος δ' ἦν καὶ ἔμελλε δακρύσειν, ὡς ἐῴκειν. ὁ δ' Ἄρειος ἐφαίνετο λαθὼν αὐτὸν παριόντα. μείνας δέ τι μέχρι οὔθ' ὁρᾶν αὐτὸν οὔτ' ἀκούειν ἔτ' ἐδύνατο, προκύψας δ' ὀλίγον εἴσω τοῦ δωματίου ἔτυχε τούτου μὲν κενοῦ γενομένου, ἔξοδον δ' ἄλλην εἶδε κατὰ τὸ ἀντίθυρον. καὶ μονονουχὶ παρὼν ἐκεῖσε ἐμέμνητο τότε ὧν ὑπέσχετο ἑαυτῷ περὶ τὸ μὴ πολυπραγματεῦσαι.

δώδεκα δ' οὖν λίθων φιλοσοφικῶν ἤθελεν ἂν περιδόσθαι, εἰ μὴ ὁ Σίναπυς ἄρτι ἔλιπε τὸ δωμάτιον, πόλλ' ἤδη εὐθυμῶν, ὡς εἰκάσαι, τοῦ Κιούρου τέλος συγχωρήσαντος αὐτῷ.

ὁ δ' Ἄρειος ἐπανελθὼν εἰς τὴν βιβλιοθήκην κατέλαβε τὴν Ἑρμιόνην βασανίζουσαν τὸν Ῥοῶνα εἰς τὴν ἀστρονομικήν. εἰπόντι δὲ τί ἀκήκοεν οὗτος Ηὐτύχηκεν ἄρα ὁ Σίναπυς, ἔφη. εἰ γὰρ ὁ Κίουρος εἴρηκεν αὐτῷ τί ποιῶν τὸ φίλτρον ἐκεῖνο τὸ πρὸς τὰ σκοτεινὰ φυλακικὸν ἐξεπᾴδειν δυνηθήσεται –

ἡ δ᾽ Ἑρμιόνη Ὑπάρχει δ᾽ ἔτι, ἔφη, ὁ Οὐλόθριξ.

ἐκεῖνος δὲ Τυχόν, ἔφη, ὁ Σίναπυς καθ᾽ ἑαυτὸν ἔγνωκεν ᾧ τρόπῳ δύναιτ᾽ ἂν παρελθεῖν τὸν κύνα μὴ συγγενόμενος τῷ Ἀγριώδει. καὶ πρὸς τὰ βιβλία μυρία τὰ περικείμενα ἀποβλέψας Πίθεσθέ μοι, ἔφη, βιβλίον τι ἔστιν ἐν τοῖσδε δηλαδὴ ὅπερ λέγει σοι ᾧ τρόπῳ δύνασαι παρελθεῖν τρικέφαλον κύνα παμμεγέθη. ἀλλὰ τί δραστέον, ὦ Ἄρειε;

τοῦ γὰρ οὖν Ῥοῶνος δι᾽ ἐπιθυμίας τοῦ πλέον κινδυνεύειν ἤδη ἀναπτερουμένου, ἡ Ἑρμιόνη ἀποκριναμένη ἔφθασε τὸν Ἄρειον.

Προσιτέον τοι, ἔφη, τὸν Διμπλόδωρον, ὃ καὶ ἐκ πολλοῦ ἔδει ποιῆσαι. ἐὰν γὰρ αὐτοὶ ἐπιχειρῶμέν τι, δῆλον ὅτι ἐκπεσούμεθα.

Μαρτύριον μέντοι οὐκ ἔχομεν οὐδέν, εἶπεν ὁ Ἄρειος. ὁ μὲν γὰρ Κίουρος περιδεὴς γενόμενος οὐκ ἐθελήσει μαρτυρεῖν ἡμῖν, τῷ δὲ Σινάπει ἔξεστιν ἀτεχνῶς οὐ φάσκειν εἰδέναι ὅπως ὁ Τρωγλοδύτης ἔτυχεν εἰσελθὼν ἐπὶ τῶν νεκυσίων, μακρὰν ἀπὼν αὐτὸς τότε τοῦ τριστέγου. ἦ καὶ πιστεύσουσιν ἡμῖν δήπου οἱ ἐν τέλει ἀμελοῦντες τοῦ Σινάπεως; οὐ γὰρ λελήθαμεν αὐτοὺς μισοῦντες ἐκεῖνον· ὥσθ᾽ ὁ Διμπλόδωρος νομιεῖ ἡμᾶς ψεύδεσθαι τοῦτ᾽ αὐτὸ βουλομένους πρᾶξαι ὅπως ἐκπεσεῖται ὁ Σίναπυς ἀπὸ τοῦ παιδευτηρίου. ὁ δὲ Φήληξ οὐκ ἂν ὠφελήσαι ἡμᾶς οὐδ᾽ εἰ διακινδυνεύσαι περὶ τῶν ὅλων, οὐ μόνον ἄγαν φιλικῶς διακείμενος τῷ Σινάπει, ἀλλὰ καὶ τοσούτῳ μᾶλλον κερδανεῖν οἰόμενος ὅσῳ πλειόνες ἐκπεσοῦνται μαθηταί. καὶ μέμνησο· οὐκ ἐχρῆν εἰδέναι οὐδὲν οὔτε περὶ τῆς λίθου οὔτε περὶ τοῦ Οὐλότριχος. χαλεπὸν γὰρ ἂν εἴη εἰπεῖν πόθεν ἴσμεν τὰ τοιαῦτα.

καὶ τὴν μὲν Ἑρμιόνην ἐδόκει πεῖσαι, τὸν δὲ Ῥοῶνα οὐδαμῶς.

ὁ δέ Εἴπερ πραγματευοίμεθά τι πρὸς ταῦτα –

ὁ δ᾽ Ἄρειος Μὴ σύ γε, ἔφη. ἅλις γὰρ ἤδη πεπραγμάτευται ἡμῖν. καὶ πινάκιον ἀστρονομικὸν λαβὼν ἤρξατο ἐκμανθάνων τὰ ὀνόματα τὰ τῶν Διὸς ἀστέρος σελήνων.

*

τῇ δ᾽ ὑστεραίᾳ μεταξὺ ἀριστῶντες ὁ Ἄρειος καὶ ἡ Ἑρμιόνη καὶ ὁ Νεφελώδης ὡς ἕκαστοι ἐπιστόλια ἐδέξαντο. καὶ οὐδὲν διαφέροντα ἀλλήλων ἤγγειλε τάδε·

ἡ σοφίστρια Μαγονωγαλέα χαίρειν λέγει.
χρή σε τὴν φυλακὴν ὑπομένειν τῇδε τῇ νυκτί. πάρισθι οὖν εἰς τὴν αὐλὴν ἀρχομένης τῆς ἑνδεκάτης· περιμενεῖ σ᾽ ὁ Φήληξ.

ὁ δ᾽ Ἄρειος ἐπελέληστο τῶν φυλακῶν ὧν ἔτι ἔδει ὑπομεῖναι, ὡς ἄρτι τεταραγμένος διὰ τὸ τῶν βαθμῶν σφάλλεσθαι. ἡ δ᾽ Ἑρμιόνη, ὡς ᾤετο, κινδυνεύοι ἂν σχετλιάζειν δηλαδὴ ὡς δι᾽ ὅλης τῆς νυκτὸς κωλυθεῖσα ἂν ἀναθεωρεῖν τὰ μαθήματα. ἀλλ' οὐδὲν ἄρ' εἶπε, νομίζουσα καθάπερ ἐκεῖνος ὅτι ἄξια πάσχει.

καὶ εἰς χρόνον ῥητὸν τὸν Ῥοῶνα ἐν τῷ κοινείῳ χαίρειν εἰπόντες, πρὸς δὲ τὴν αὐλὴν καταβάντες μετὰ τοῦ Νεφελώδους κατέλαβον τόν τε Φήληκα ἤδη παρόντα καὶ δὴ καὶ τὸν Μάλθακον. ὁ γὰρ Ἄρειος ἐπιλάθετο αὐτοῦ φυλακὴν ὡσαύτως ὀφλόντος.

ὁ δὲ Φήληξ λύχνον ἀνάψας καὶ ἔξω αὐτοὺς ἀγαγὼν Ἔπεσθέ μοι, ἔφη. ἀποκνήσετε γάρ τοι οἶμαι τὸ λοιπὸν τοὺς νόμους ὑπερβαίνειν τοὺς τοῦ παιδευτηρίου. ἀλλὰ παθήματα μαθήματα ὡς ἔμοιγε δόκει. ἀλλὰ καὶ τοῦτο δεινόν, τὸ ἐξιτήλους γεγενῆσθαι τὰς πάλαι κολάσεις. ἐκρέμασαν γάρ ἄν σε τὸ πάλαι τοῖς καρποῖς ἐκ τοῦ ὀρόφου πολλὰς ἡμέρας. καὶ τοὺς δεσμοὺς ἔτι ἐν τῷ δωματίῳ ἔχω προχείρους καὶ οὐδενὶ ἰῷ διεφθαρμένους ἤν πως δέῃ αὐτῶν. λοιπόν, βαδιστέον οὖν. ἀλλὰ μὴ δραπετεύετε· τοῖς γὰρ δραπέταις συμβαίνει καὶ χαλεπώτερον κολάζεσθαι.

ἐπορεύοντο δὲ σκοταῖοι διὰ τὸν κῆπον, τοῦ μὲν Νεφελώδους ἀεὶ κνύζοντος, τοῦ δ' Ἀρείου ὅλου περὶ τῆς κολάσεως ὄντος. δεινότατον γὰρ ἀποβήσεσθαι δήπου, τοῦ Φήληκος οὕτω σπουδάζοντος.

καὶ ἐξέλαμπε μὲν θαμὰ ἡ σελήνη, σκοταίους δὲ πολλάκις ἔδει ἐλθεῖν νεφελῶν ἀεὶ ἐπιγιγνομένων. καὶ ἔμπροσθεν ὁ Ἄρειος τὰς θυρίδας πεφωτισμένας κατιδὼν ἤδη τὰς τοῦ Ἀγριώδους οἰκιδίου, βοὴν τηλωπὸν ἤκουσεν.

Ἦ ἥκεις σύ, ὦ Φήληξ; σπεῦσον δῆτα· ἐμοὶ γάρ τις ἀσχολία ἐστίν.

ὁ δ' Ἄρειος ἐθάρρει τι ἐννοῶν τάχ' ἂν οὐκ εἰς τοσοῦτο ταλαιπωρήσειν μεθ' Ἀγριώδους ἐργαζόμενος. ἀλλὰ γεγηθὼς οὐκ ἔλαθε τὸν Φήληκα· ὁ δὲ Ἦ καὶ ἐλπίζεις εὐφρανεῖσθαι μετ' ἐκείνου τοῦ βλακός; ἀνέλπιστον δὲ τοῦτο. εἰς γὰρ τὴν ὕλην βαδιστέον, ὦ παῖ. ἀνέλπιστον γάρ ἐστ' ἔμοιγε πάντας ὑμᾶς ἀθῴους ἐκεῖθέν γ' ἀπαλλάξεσθαι.

καὶ ἐντεῦθεν ὁ μὲν Νεφελώδης ὑπεστέναζέ τι, ὁ δὲ Μάλθακος ὑπὸ φόβου ἀκίνητος εἱστήκει.

Ἦ καὶ εἰς τὴν ὕλην, ἔφη, οὐ κατὰ τὸ ξύνηθες ὑπτιάζων. ἀλλ' οὐ πρέπει ἐκεῖσε νυκτιπολεῖν, παρόντων κνωδάλων τ' ἄλλων καὶ λυκανθρώπων ὡς λέγεται.

ὁ δὲ Νεφελώδης τοῦ τρίβωνος τοῦ Ἀρείου ἁπτόμενος φωνὴν προΐετο ὥσπερ ἀποπνιγομένου τινός.

καὶ ὁ Φήληξ περιχαρὴς Νοσεῖς γάρ, ἔφη, τοῖς οἰκείοις κακοῖς. ἄλλο τι ἢ ὤφελες φροντίσαι τῶν λυκανθρώπων δὴ πρὶν δίκην ὀφλεῖν.

ὁ δὲ Ἀγριώδης σκοταῖος προσῆλθεν ἄγων τὸ Δάκος. βαλλίστραν δ᾽ ἔφερε τῇ δεξιᾷ καὶ ἀπ᾽ ὤμου φαρέτραν τοξευμάτων πλήρη.

Τέλος δή, ἔφη, κεχρονικὼς ἥκεις. ἡμιώριον γὰρ ἤδη περιμένω. ἦ καλῶς ἔχει, ὦ Ἄρειε καὶ Ἑρμιόνη;

ὁ δὲ Φήληξ πικρῶς Ἀλλ᾽ οὐ προσήκει σοι, ἔφη, ἄγαν φιλίως ἔχειν πρὸς αὐτούς. πάρεισι γὰρ ὡς δίκας δώσοντες δήπου.

Ἦ καὶ διὰ τοῦτο ἐχρόνιζες σύ; ἦ ἐτραγῴδεις πρὸς αὐτούς; ἀλλ᾽ οὐκ ἔστι τὸ σὸν τοῦτο ποιῆσαι. καὶ ποιήσαντος σοῦ ἃ ἔδει, ἐμόν ἐστι τὰ λοιπὰ διοικεῖν.

Ἄμ᾽ ἕῳ ἐπάνειμι, ἔφη ὁ Φήληξ. καὶ προσθεὶς ὅτι Πάλιν δὲ κομιῶ τὰ λείψανα, ἀπέβη πρὸς τὸ φρούριον. τὸν δὲ λύχνον δι᾽ ὀλίγου ἐν σκότῳ ἐθεώρουν αἰωρούμενον.

ἐνταῦθα δὴ ὁ Μάλθακος πρὸς τὸν Ἀγριώδη ἀποβλέψας

Οὐ βουλομένῳ μοί ἐστιν, ἔφη, εἰσιέναι εἰς τὴν ὕλην ἐκείνην. ἀκούων δ᾽ ὁ Ἄρειος ἥδετο εἰδὼς αὐτὸν μάλιστα φοβούμενον.

Εἴ γε βούλῃ μένειν ἐν Ὑογοήτου, εἰσιτέον δή. ὁ γὰρ Ἀγριώδης ἄγριον παρέχων ἑαυτὸν ἔλεγεν. Ἠδικηκότα σὲ δεῖ νῦν δίκας δοῦναι.

Ἀλλὰ δουλοπρεπῆ γε λέγεις πόνον, ἔφη ὁ Μάλθακος. οὐ γάρ τοι πρέπει τοὺς μαθητὰς ταῦτα ποιεῖν. ἐνόμιζον γὰρ δεήσειν ἡμᾶς στίχους ἐκγράφεσθαι ἢ τοιοῦτόν τι. εἰ δὲ ὁ πατὴρ ᾔδει ἐμὲ τοῦτο ποιοῦντα –

– Ἔλεγεν ἂν ὅτι τοιαῦτ᾽ ἔστι τὰ ἐν Ὑογοήτου. ἦ στίχους ἐκγράφοιο ἄν; τί κερδανεῖς; δεῖ σε ἢ χρήσιμόν τι ποιῆσαι ἢ ἀπελθεῖν οἰχόμενον. ἀλλ᾽ εἰ σὺ νομίζεις τὸν πατέρα μᾶλλον βούλεσθαι σὲ ἐκπεσεῖν ἐξ Ὑογοήτου, ἄπιθι δὴ πρὸς τὸ φρούριον τὰ φορτία συσκευασόμενος. ἄπελθε δῆτα.

ὁ δ᾽ οὐδὲν ἐκινήθη, νᾶπυ βλέπων τέως πρὸς ἐκεῖνον. κατανεύσαντος δ᾽ αὐτοῦ τὸ τελευταῖον, ὁ Ἀγριώδης Ἄγε δή, ἔφη. ἀκούσατέ μου ἀκριβῶς, διότι δεινότατόν ἐστιν ὃ μέλλομεν κινδύνευμα ὑπομένειν τῇδε τῇ νυκτί. φυλακτέον δὲ μή τις κυβεύῃ περὶ τοῦ σώματος. ἕπεσθέ μοί νυν δεῦρο.

καὶ ἀγαγὼν αὐτοὺς πρὸς τὰ κράσπεδα τὰ τῆς ὕλης, καὶ τὸν λύχνον ἄνω ἄρας, ἔδειξεν ἀτραπόν τινα στενὴν καὶ σκολιὰν φέρουσαν ἀνὰ τὸ σκοτεινὸν εἰς τὸ πυκνὸν τῶν δένδρων. δεδορκότες δὲ πρὸς τὴν ὕλην ἐκεῖνοι ᾐσθάνοντο τοῦ ἀνέμου διὰ τὰς τρίχας πνέοντος.

καὶ ὁ Ἀγριώδης Ἰδού, ἔφη. ἆρα δύνασθε ἰδεῖν τὸ ἐκεῖ ἐπ᾽ ἐδάφους κείμενον τὸ ἀργυροειδές; μονοκέρεως γὰρ ἵππου τοῦτ᾽ ἔστιν αἷμα. ἀλλὰ μονοκέρως ἔνεστί που τετραυματισμένος ὑπό τινος καὶ ἕτερον μὲν τοιοῦτον πρότερον ηὗρον ἤδη τεθνηκότα, ἕτερον δὲ νυνὶ τοῦτον τὸν ἄθλιον δεῖ ἡμᾶς ἐρευνᾶν ὡς τελευτήσοντας αὐτῷ τοὺς πόνους εἴ γ᾽ ἄρα κάμνει τι.

ὁ δὲ Μάλθακος θρασὺν μὲν ἑαυτὸν παρέχειν βουλόμενος ὑπερεκπεπλῆχθαι δ᾽ ὅμως δοκῶν Τί δὲ γένοιτ᾽ ἄν, ἔφη, εἰ ἡμᾶς γε φθάνοι εὑρὼν ὁ τὸν μονοκέρων τραυματίσας;

Ἀλλ᾽ οὐκ ἔστι τῶν ἐν ὕλῃ οἰκούντων τοιοῦτος πεφυκὼς ὥστε βλάπτειν σε συνόντα γοῦν ἢ ἐμοὶ ἢ τῷ Δάκει. ἀλλὰ μὴ πλανᾶσθε ἀπὸ τῆς ἀτράπου. ἄγε δή. τοῦ γὰρ αἵματος πανταχοῦ κεχυμένου – ἔκαμνε γὰρ ὡς ἔοικεν ἀπὸ τῆς νῦν νυκτός – δεήσει ἡμᾶς διίστασθαι εἰς δύο μέρη ἵνα ἑκάτεροι ἑκατέρωσε κατὰ τὴν ἄτραπον ἰχνεύωμεν.

καὶ ὁ Μάλθακος εὐθύς Ἔστω, ἔφη, μετ᾽ ἐμοῦ τὸ Δάκος. κατεῖδε γὰρ τοὺς τοῦ κυνὸς καρχάρους ὀδόντας.

Καλῶς ἔχει, ἔφη ὁ Ἁγριώδης. οὐ μὴν ἀλλὰ κακίζεται ὡς ἐπὶ τὸ πολύ. λοιπόν· τῇ μὲν ἑτέρᾳ βαδιοῦμεν ἐγὼ καὶ ὁ Ἄρειος καὶ ἡ Ἑρμιόνη, τῇ δ᾽ ἑτέρᾳ ὁ Μάλθακος καὶ ὁ Νεφελώδης καὶ τὸ Δάκος. καὶ ἐὰν μέν τις εὕρῃ τὸν μονοκέρων, ἀφέτω σπινθῆρας χλωραυγεῖς. ἐγνώκατε; λάβετε δῆτα τὰς ῥάβδους καὶ ἀσκεῖτε. βαβαὶ τῆς τέχνης. ἐὰν δὲ πράγματ᾽ ἔχητε, ἄφετε σπινθῆρας ἐρυθροὺς καὶ οὕτω βοηθήσομέν ὑμῖν. ἀλλ᾽ εὐλαβεῖσθε. βαδιστέον δή.

σκοταίοις δὲ εἰς ὕλην προσβαίνουσιν οὐδὲν ἦν ἀκοῦσαι. καὶ ἐπειδὴ ὀλίγον προὐχώρησαν εἰς τρίοδον ἀφικόμενοι οἱ μὲν πρὸς τἀριστερὰ ἔκαμπτον – τὸν γὰρ Ἄρειον λέγω καὶ τὴν Ἑρμιόνην καὶ τὸν Ἁγριώδη – οἱ δ᾽ ἕτεροι πρὸς τὰ δεξιά.

σιωπῇ δ᾽ ἐβάδιζον ἀτενίζοντες πρὸς τοὔδαφος. καὶ ἐνίοτε σταγόνα κατεῖδον – λαμπρὸν γὰρ ἔφεγγεν ἡ σελήνη – ἐν τοῖς χαμαὶ φύλλοις αἵματος ἀργυροειδοῦς.

ὁ δ᾽ Ἄρειος αἰσθόμενος τοῦ Ἁγριώδους βαρυνομένου τι Ἦ καὶ ἔσθ᾽ ὅπως λυκάνθρωπός τις ἀποκτείνει ἄρα τοὺς μονοκέρως;

Δρομικοί γε οὐ πεφύκασιν εἰς ὃ δεῖ. οὐ γὰρ ῥᾴδιόν ἐστι τοὺς μονοκέρως λαβεῖν, δυνατούς τ᾽ ὄντας καὶ μαγικοὺς ὡς σφόδρα. πρότερον γὰρ ἐγὼ οὐκ ὄπωπα μονοκέρων τραυματισθέντα.

καὶ ἐπειδὴ ἐβάδιζον παρὰ σηκὸν δένδρου λειχῆνι κεκαλυμμένον ὁ Ἄρειος ἤκουε ὕδατος ῥέοντος ὡς νάματος ἄγχι παρόντος. καὶ σταγόνας ἀνὰ τὴν ἄτραπον σκολιὰν ἔτι χύδην ἑώρα τοῦ μονοκέρως αἵματος.

ὁ δ᾽ Ἁγριώδης Ἦ καλῶς ἔχει, ἔφη, ὦ Ἑρμιόνη; μὴ φοβήθῃς, οὐκ ἔστιν ὅπως μακρὰν βέβηκε τοσοῦτον τραυματισθεὶς ὥστε – ἀλλ᾽ ἀνάγετε ὑμᾶς αὐτοὺς ἐκποδὼν ὄπισθεν ἐκείνου τοῦ δένδρου.

καὶ ταῦτα βοήσας ἀναρπάσας δ᾽ ἅμα τὸν Ἄρειον καὶ τὴν Ἑρμιόνην ἐκ τῆς ὁδοῦ ἤνεγκεν ὄπισθε δρυὸς ὑψηλῆς καταστήσων.

τόξευμα δὲ λαβὼν πρὸς τὴν βαλλίστραν ἔθετο ὡς τοξεύσων. πᾶσι δ' ἦν ἀκοῦσαι ἰλυσπώμενόν τι πλησίον αὐτῶν διὰ τὰ φύλλα ξηρὰ καὶ ψόφον ὡσεὶ χλαίνης συρομένης. καὶ ἐν ἀκαρεῖ τοῦ Ἁγριώδους ἀτενίσαντος κατὰ τὴν ἄτραπον οὐκέτ' εἶχον ἀκοῦσαι οὐδέν.

ἀλλ' οὗτος τονθορύζων Ἔγνων, ἔφη. ἔνεστι γάρ τι ἄτοπον δή.

Ἦ καὶ λυκάνθρωπος; ἦ δ' ὃς ὁ Ἄρειος.

Οὔτε λυκάνθρωπος ἦν οὔτ' αὖ μονοκέρως. λοιπόν· ἕπεσθέ μοι εὐλαβούμενοι τέως.

καὶ ὀκνηρότερον ἤδη ἐβάδιζον, εἴ πως ἀκούσειάν τι καὶ λεπτότατον. καὶ ἐξαίφνης πρὸς ψιλότερόν τι τῆς ὕλης ἐναντίον βλέψαντες ἀκριβέστερον κινήσεως ᾔσθοντό τινος.

καὶ ὁ Ἁγριώδης βοῶν Ἔσταθι, ἔφη. τίς πάρεστιν; ἀπόδειξον σεαυτόν. εὔοπλος γάρ εἰμι.

καὶ ἐναντίον αὐτῶν ἐφαίνετο μιξόθηρ τις. καὶ τὸ μὲν ἄνω μέχρι τοῦ ὀμφαλοῦ ἄνθρωπος ἦν πυρρόθριξ πυρρὸν δ' ἔχων πώγωνα, τὸ δ' ἄλλο σῶμα ἵππος παρώας ὡσαύτως ἔχων καὶ οὐρὰν μακρὰν καὶ ὑπέρυθρον. ἔχανον δ' ὅ θ' Ἄρειος καὶ ἡ Ἑρμιόνη.

Ὁ Ῥῶναν, ἔφη ὁ Ἁγριώδης ἄσμενος φόβου λελυμένος ὡς δοκεῖν. καὶ Πῶς γὰρ ἔχεις; λέγων προσῆλθε τῷ κενταύρῳ δεξιωσόμενος.

Καλὴ ἑσπέρα σοι, ὦ Ἁγρίωδες, ἦ δ' ὃς ὁ Ῥῶναν, τῇ φωνῇ βαρείᾳ καὶ ὥσπερ ταλαιπωροῦντός τινος. Ἦ που ἔμελλες τοξεύσειν με;

ὁ δὲ Ἁγριώδης τὸ τόξον ψηλαφῶν Φυλακτέον γάρ, ἔφη. ἀλλὰ κακόν τι περιπολεῖ τὴν ὕλην. οὗτος τοίνυν Ἄρειός ἐστι Ποτῆρ καὶ αὕτη Ἑρμιόνη Γέρανος, μαθηταὶ ὄντες ἐκ τοῦ παιδευτηρίου. καὶ οὗτος, ὦ παῖδε, Ῥῶνάν ἐστι, κένταυρος ὤν.

Ἀλλ' οὐ λέληθεν ἡμᾶς, ἔφη ἡ Ἑρμιόνη ἔτι χάσκουσα.

Καλὴ ἑσπέρα, ἔφη ὁ Ῥῶναν. ἦ καὶ μαθηταὶ ὄντες πολλὰ διδάσκετε ἐν τῷ παιδευτηρίῳ;

τοῦ δ' Ἀρείου οὐκ ἔχοντος ἀποκρίνασθαι, ἡ Ἑρμιόνη μόλις εἶπεν ὅτι ὀλίγα διδάσκονται.

Ἦ ὀλίγα; καὶ ταῦτ' ἔστι τι. καὶ στένων τι τοῦτ' εἶπεν· κἄπειτ' ἀνένευσεν ἀποβλέψων πρὸς τὰ ἄστρα. Τῇδε τῇ νυκτί, ἔφη, λάμπει ὁ Ἄρης ἀστήρ.

Εἰκός, ἦ δ' ὃς ὁ Ἁγριώδης ἀποβλέψας καὶ αὐτός. ἀλλ' ἄκουσον, ὦ Ῥῶναν, ἕρμαιον γάρ ἐστιν ἡμῖν ἐντυχοῦσί σοι. ἀλλὰ μονοκέρως ἵππος τετραυμάτισται· ἆρ' ἑώρακάς τι;

ἐκεῖνος δ' εἰς τὸ παραχρῆμα οὐδὲν ἀπεκρίνατο, ἀσκαρδαμυκτὶ δ' ἄνω βλέψας μάλ' αὖθις ἐστέναξεν.

Οἱ γάρ τοι ἀναίτιοι ἀεὶ πρότερον κακὰ πάσχουσιν· οὕτω μὲν γὰρ ἦν τὸ πάλαι, οὕτω δ' ἔστιν ἔτι καὶ νῦν.

Εἰκός, ἦ δ' ὃς ὁ Ἁγριώδης. ἀλλὰ μὴν ἑώρακάς τι, ὦ Ῥῶναν. ἦ καὶ ἄτοπόν τι;

ὁ δὲ Ῥῶναν Ἀτόπως γε, ἔφη, τῇδε τῇ νυκτὶ λάμπει ὁ Ἄρης ἀστήρ.

Εἰκός, ἦ δ' ὃς ὁ Ἁγριώδης. ἀλλὰ τοῦτο γὰρ ὤφελον εἰπεῖν· ἦ που ἄτοπόν τι ἔτυχες ἰδὼν ἐν τῇ γῇ τῇ πέριξ; οὐδὲν ἄρ' ἄτοπον ἑώρακας;

καὶ ὁ Ῥῶναν μελλήσας τι ὡσαύτως καὶ τὸ πρότερον τέλος Πολλά, ἔφη, καὶ ἀπόρρητα κρυπτεύει τοι ἡ ὕλη.

κινουμένου δέ τινος ἐν τοῖς δένδρεσιν αἰσθόμενος ὁ Ἁγριώδης τὸ τόξον πάλιν ἔλαβε τοξεύσων. ἦν δ' ἄρ' ἕτερος κένταυρος, μελανόθριξ ὢν καὶ τὸ σῶμα μέλας, ἀγριώτερος δοκῶν τοῦ Ῥώνανος.

καὶ ὁ Ἁγριώδης Χαῖρε, ἔφη, ὦ Ἀτηρέ. καλῶς ἔχει;

Καλὴ ἑσπέρα, ὦ Ἁγρίωδες. εὖ ἔχεις;

Εὖ γε. λοιπόν· ὡς ἔλεγον τῷ Ῥώνανι, ἦ καὶ σὺ ἄτοπόν τι ἄρτι ἑώρακας ἐνθάδε; μονοκέρως γὰρ τετραυμάτισται· ἆρ' οἶσθά τι περὶ τοῦτο;

ὁ δὲ Ἀτηρὸς προσελθὼν τῷ Ἁγριώδει καὶ πρὸς τὸν οὐρανὸν ἀποβλέψας ἀτεχνῶς Τῇδε τῇ νυκτί, ἔφη, λάμπει ὁ Ἄρης ἀστήρ.

Ἐγνώκαμεν, ἔφη ὁ Ἁγριώδης ἀγανακτήσας τι κατ' αὐτοῦ. ἀλλ' ἢν ὁποτεροσοῦν ὑμῶν τύχῃ ἰδών τι, ἀγγελλέτω μοι τοῦτο. ἀπιτέον δ' ἡμῖν.

καὶ ὁ Ἄρειος καὶ ἡ Ἑρμιόνη ἕσποντ' αὐτῷ πάλιν εἰς τὴν ὕλην, τὸν τράχηλον εἰς τοὐπίσω περιστρέψαντες καὶ ἀτενίζοντες τέως πρὸς τοὺς κενταύρους μέχρι οὗ οὐκέτ' ἦν ἰδεῖν αὐτοὺς τῶν δένδρων ἐμποδὼν γενομένων.

ὁ δ' Ἁγριώδης ἀγανακτῶν ἔτι Μὴ ἐλπίζετε, ἔφη, τυχήσεσθαι κενταύρου ἐθέλοντος ἀκριβῶς ἀποκρίνασθαι. μετεωροσκόποι γὰρ οἱ κατάρατοι· καὶ οὐδὲν φροντίζουσι τῶν ἐπὶ τάδε τῆς σελήνης.

ἡ δ' Ἑρμιόνη Ἆρα πολλοί, ἔφη, ἐνοικοῦσι τοιοῦτοι ἐνθάδε;

Οὐ γὰρ οὖν ὀλίγοι· τὰ δ' ἑαυτῶν πράττουσιν ὡς ἐπὶ τὸ πολὺ πλὴν ἀλλ' ἀγαπητόν ἐστιν ἀεὶ παρεῖναί μοι εἴ ποτε βούλομαι κοινωνῆσαί τι. οὐ μὴν ἀλλ' οἱ κένταυροι σοφοὶ ὄντες πολλὰ μὲν ἐπίστανται ὀλίγα δὲ διδάσκουσιν.

ὁ δ' Ἄρειος Ἦ καὶ τὸν ψόφον, ἔφη, ἐκεῖνον τὸν πάροιθε γενόμενον κενταύρου ἂν εἶναι φαίης;

Μῶν ἵππου ἤκουσας δήπου ὁπλὰς ἔχοντος; ὁ μὲν οὖν τότε ἐκεῖνος ἦν ὁ τοὺς μονοκέρως ἀποκτείνας. οὐ γὰρ τῆς τοιαύτης ἠχῆς πρότερον ἤκουσα.

καὶ σκοταῖοι ἔτι ἐβάδιζον διὰ τὰ δένδρα πυκνότερα γενόμενα. ὁ δ' Ἄρειος τὸν τράχηλον εἰς τοὐπίσω ἀεὶ περιστρέφων ἐφοβεῖτο μή τις ἐπιτηρῇ αὐτούς. καλὸν γὰρ εἶναι τοῦ Ἁγριώδους παρόντος μετὰ τῆς βαλλίστρας. παρεληλύθεσαν δὲ ἀγκῶνά τινα τῆς ὁδοῦ καὶ ἡ Ἑρμιόνη ἔλαβετο τοῦ Ἀρείου τοῦ βραχίονος.

Ὦ Ἁγρίωδες, ἔφη, ἰδού· σπινθῆρες ἐρυθροί. οἱ ἕτεροι πράγματ' ἔχουσιν.

ὁ δ' Ἁγριώδης βοῶν Ἀλλὰ περιμένετε αὐτοῦ, ἔφη, ὦ οὗτοι, ἐν τῇ ἀτράπῳ. ἐπάνειμι γὰρ ὑμῖν.

καὶ τούτου πολλῷ ψόφῳ διὰ τῶν θάμνων προχωροῦντος, πρὸς ἀλλήλους φόβον βλέποντες εἱστήκεσαν μέχρι οὗ οὐκέτ' ἦν ἀκοῦσαι οὐδὲν εἰ μὴ τοὺς τῶν φύλλων ψιθυρισμούς.

καὶ πρὸς οὓς λέγουσα ἡ Ἑρμιόνη Μῶν οἴου, ἔφη, αὐτοὺς τραυματισθῆναι;

Τετραυματισμένου γε τοῦ Μαλθάκου οὐ φροντὶς ἐμοί. εἰ δέ τι πάθοι ὁ Νεφελώδης... πάρεστι γὰρ ἐνθάδε δι' ἡμᾶς αἰτίους γενομένους.

καὶ πολὺν δὴ χρόνον διαμείναντες ὀξύτερον ἐδόκουν ἢ τὸ ξύνηθες ἀκούειν· ἀτὰρ καὶ ὁ Ἄρειος τὸν νοῦν προσεῖχεν εἴ που ἐπὶ τὴν ἀκοὴν ἐπεφέρετο ἀνέμου συριγμὸς ἢ ἠχὴ κατάκροτος κλωνός τινος πατουμένου. τί γέγονεν; ἢ ποῦ οἱ ἕτεροι;

τέλος δὲ πατάγῳ πολλῷ ὁ Ἁγριώδης κατῆλθεν ἄγων τὸν Νεφελώδη καὶ τὸν Μάλθακον καὶ τὸ Δάκος. ἐξειστήκει νῦν τελέως ἑαυτοῦ παρωξυμμένος σφόδρα. ὁ γὰρ Μάλθακος παίζων ὡς ἐδόκει ἔλαθε τὸν Νεφελώδη ἐκ τοῦ ὄπισθεν ἁρπάσας. ὁ δὲ φόβῳ ἐκπεπληγμένος τοὺς σπινθῆρας ἀφῆκεν.

Ἕρμαιον ἂν εἴη ἀνέλπιστον δὴ εἰ νῦν λάβοιμέν τι ὑμῶν τοσοῦτον θορυβησάντων. λοιπόν. μεταβλητέον γὰρ τοὺς λόχους. σὺ μὲν οὖν, ὦ Νεφέλωδες, προσχώρει ἐμοὶ καὶ τῇ Ἑρμιόνῃ· σὺ δέ, ὦ Ἄρειε, τῷ Δάκει καὶ τῷ βλακὶ τουτῳί. καὶ πρὸς οὓς λέγων ἰδίᾳ τῷ Ἀρείῳ Ξύγγνωθί μοι, ἔφη, χαλεπώτερον δ' ἔσται ἐκφοβεῖν σέ. καὶ πᾶσ' ἀνάγκη ἀπεργάσασθαι ταῦτα.

ἐπορεύθη οὖν ὁ Ἄρειος εἰς μέσην τὴν ὕλην μετὰ τοῦ Μαλθάκου καὶ τοῦ Δάκους. καὶ ἐβάδιζον δι' ἡμιωρίου μακροτέραν ἀεὶ εἰς τὴν ὕλην μέχρι οὗ μόλις ἦν ἰδεῖν ἔτι τὴν ἄτραπον δυσεύρετον διὰ τὴν δένδρων πυκνότητα γενομένην. καὶ τὸ αἷμα πυκνότερον γενέσθαι ἐφαίνετο τῷ γ' Ἀρείῳ, καθαιμαγμένων τῶν δένδρου ῥιζῶν ὥσπερ εἰ ὁ ἄθλιος δι' ὀδύνης πλησίον ἐκαλινδεῖτο. ὁ δ' Ἄρειος εἰς τὸ ἔμπροσθεν βλέπων διὰ φυλλάδας συμπεπλεγμένας ἀρχαίας τινὸς δρυὸς χωρίον κατεῖδε δένδρων κενόν.

Ἰδού, ἔφη, τὴν δεξιὰν ἅμα ἐκτείνας παύσων τὸν Μάλθακον.

ἔστιλβε γὰρ χαμαὶ χρῆμά τι λευκόν. ἐγγυτέρω δὲ βραδέως προσιόντες συνῄδεσαν αὐτῷ τῷ μονοκέρῳ ὄντι, καὶ τούτῳ τεθνεῶτι. ὁ δ'

Ἄρειος οὐπώποθ᾽ ἑωράκει τι μετέχον εἰς τοσοῦτο τοῦ καλοῦ ξύναμα καὶ τοῦ λυπηροῦ. ἔκειτο γὰρ τὰ μὲν σκέλη καλὰ ὄντα καὶ χαρίεντα οὐδενὶ κόσμῳ παρέχων, τὴν δὲ χαίτην πεπετασμένην λευκοτάτην παρὰ τὰ φύλλα μέλανα.

καὶ ὀλίγον προὐχώρησεν ἐκεῖνος πρὸς τὸ πέσημα καὶ ἀκούσας ψόφον ἰλυσπωμένου τινὸς εἱστήκει ἀκίνητος. καὶ εἶδε τοῦτο μὲν θάμνον κινούμενον, τοῦτο δὲ ἐκ τῶν σκιῶν χαμαιπετῆ ἕρποντά τινα ἄχρι τῆς κεφαλῆς φάρει κεκαλυμμένον καὶ κνωδάλῳ τινὶ μάλιστ᾽ ἐοικότα θηρευτῇ. ὁ δ᾽ Ἄρειος καὶ ὁ Μάλθακος καὶ τὸ Δάκος φόβῳ ἐκπεπληγμένοι ἐθεώρουν αὐτὸν προσκύπτοντα παρὰ τὴν τοῦ τραύματος πλευρὰν ὡς αἵματος ἐκ τοῦ ἕλκους πιόμενος.

Ὀττοτοτοτοῖ.

οὕτω μὲν γὰρ Μάλθακος λιγὺ ὀτοτύξας ἀπέδραμε συμφεύγοντος ἅμα καὶ τοῦ Δάκους. ὁ δ᾽ ἀνανεύσας εὐθὺ τοῦ Ἀρείου δεινὸν ἐκ τῶν καλυμμάτων ἔδρακεν, αἵματος τοῦ μονοκέρως τέως καταστάζοντος κατὰ τὸ στῆθος. καὶ ἀναστὰς ὡρμήθη πρὸς αὐτὸν φόβῳ ἤδη νεναρκηκότα.

τηνικαῦτα δὴ τὴν κεφαλὴν ἤλγει ὁ Ἄρειος ὅσον οὐπώποτε, καιομένης τῆς οὐλῆς ὡς δοκεῖν. καὶ δι᾽ ἀλγηδόνα μόνον οὐ τετυφλωμένος σφαλεροῖς τοῖς ποσὶν ἀνεχώρησεν, ἀκούων ἅμα ψόφον ἵππου δρόμῳ προσιόντος. ὁ δὲ ὑπερπηδήσας αὐτὸν εἰσέπεσεν εὐθὺς τῷ ἀγνώτῳ.

ὁ δ᾽ Ἄρειος ἤδη τοσοῦτ᾽ ἔκαμνε τὴν κεφαλὴν ὥστε γνὺξ πεσὼν ἐπὶ χρόνον λιποψυχεῖν. καὶ ἔμφρων πάλιν γενόμενος, οἰχομένου τοῦ ἀγνώτου, κένταυρον εἶδε προσκύπτοντα αὐτῷ, οὔτε Ῥῶνανα οὔτε Ἀτηρόν, ἄλλον δέ τινα, νεώτερον δ᾽ ὡς ἐδόκει, λευκότριχα τ᾽ ὄντα καὶ μάλα πωλικὸν τὸ σχῆμα.

ὁ δ᾽ Ἦ εὖ ἔχεις; ἔφη ἀνιστὰς ἅμα τὸν Ἄρειον.

Οὕτως. χάριν οἶδα σοί. ἀλλ᾽ ἐκεῖνος ποῖός τις ἦν ἄρα;

ὁ δὲ κένταυρος εἶπε μὲν οὐδὲν ἀπέβλεπε δὲ πρὸς αὐτὸν πολλῆς μετὰ σπουδῆς – ὀφθαλμοὶ δ᾽ ἦσαν αὐτῷ σαπφείρινοι τὸ χρῶμα – ἄλλως τε καὶ πρὸς τὴν οὐλὴν ἀτενίζων προὔχουσαν ἤδη τῆς ὄψεως καὶ πελιτνὴν γενομένην.

Σὺ γάρ, ἔφη, εἶ ὁ τῶν Ποτήρων παῖς. ἐπανιτέον οὖν σοὶ πρὸς τὸν Ἀγριώδη. καὶ γὰρ τὰ νῦν ἐν ἐπικινδύνῳ εἶ σὺ εἴ τις ἄλλος ἐν τῇ ὕλῃ μένων. ἆρ᾽ ἱππεύειν οἶσθα; οὕτω γὰρ θᾶττον ἂν ἔλθοις.

τοὔνομά ἐστί μοι Φλωρεντείας, ἔφη, μεταξὺ πρόσω κατακύπτων ὥστε ἐκεῖνον ἐπὶ νῶτον δέχεσθαι.

καὶ ἐνταῦθα ἦν ἀκοῦσαι ἵππων ἄλλων ἐκεῖσε προσιόντων. καὶ ὁ Ῥῶναν καὶ ὁ Ἀτηρὸς δρομαῖοι ἐκ τῶν δένδρων ἐφάνησαν, ἱδρῶτα στάζοντες πλευρῶν ἄπο σφυζουσῶν.

καὶ ὁ Ἀτηρὸς σφόδρα παρωξυμμένος Ὦ Φλωρεντεία, ἔφη. τί πράττεις; ἄνθρωπον γὰρ ἐπὶ νώτῳ φέρεις. οὔκουν αἰσχύνῃ; ἦ καὶ ἡμίονος εἶ τῶν ἐπιτυχόντων;

ὁ δὲ Ἀλλ' οὐκ οἶσθα, ἔφη, ἐκεῖνον ὅστις ἐστίν; οὗτος γάρ ἐστιν ὁ τῶν Ποτήρων παῖς. ὅσῳ θᾶττον ἐκ τῆς ὕλης τῆσδε φεύγει τόσῳ ἄμεινον.

ὁ δὲ Ἀτηρός Ἀλλὰ τί ἐδίδασκες αὐτόν; ἔφη γρύζων. μέμνησο, ὦ Φλωρεντεία, ἐκεῖνο ὅτι ὀμωμόκαμεν μὴ ἐναντιώσεσθαι τοῖς τοῦ οὐρανοῦ πράγμασιν. οὔκουν ἀνεγνώκαμεν τὰ ἐσόμενα βλέποντες πρὸς τὰς τῶν πλανήτων ἀστέρων κινήσεις;

ὁ δὲ Ῥῶναν δι' ἀπορίας τὴν γὴν πατῶν, Ξύνοιδ' ἔγωγε, ἔφη σκυθρωπάζων, τῷ Φλωρεντείᾳ πράξαντι ἅπερ ᾠήθη βέλτιστα.

ὁ δὲ Ἀτηρὸς χόλου χάριν τοῖς ὀπισθίοις σκέλεσι σκιρτῶν Ἦ τὸ βέλτιστα λέγεις; τί πρὸς ἡμᾶς τοῦτο τὸ πρᾶγμα; οἱ γάρ τοι κένταυροι ἔχουσιν ὅλοι περὶ τὰ εἱμαρμένα. ἡμέτερον δ' οὐκ ἔστι περιπολεῖν δήπου ἐν τῇ ὕλῃ οὐδὲν ὄνων διαφέροντας περὶ τοὺς ταλαιπώρους τῶν ἀνθρώπων σπουδάζοντας.

καὶ ὁ Φλωρεντείας ἄφνω δι' ὀργῆς ἐξήλατο ὥστ' ἐδέησε τὸν Ἅρειον τῶν ὤμων λαβέσθαι ὅπως μὴ ἀναχαιτισθῇ.

καὶ καταβοῶν τοῦ Ἀτηροῦ Οὔκουν εἶδες, ἔφη, τὸν μονοκέρων; ἢ οὐ συνίης διὰ τί ἀπέθανεν; ἀλλ' οἱ πλάνητες ἀστέρες οὐ δήπου τὸ κεκρυμμένον ἔδειξαν σοί; ἔγωγε γὰρ ἐναντιοῦμαι τῷ εἰς τήνδε τὴν ὕλην καταδεδυκότι, ὦ Ἀτηρέ, καὶ μετὰ τῶν ἀνθρώπων, εἰ δεῖ.

καὶ ταῦτ' εἰπὼν ἐπεστρέψατο καὶ τοῦ Ἁρείου κατὰ δύναμιν λαμβανομένου εἰς τὰ δένδρα ἀπῆλθε καταλιπὼν τὸν Ῥώνανα καὶ τὸν Ἀτηρόν.

ὁ δ' Ἅρειος ἀμέλει ἀπορῶν οὐδὲν συνίει τῶν γεγενημένων.

Διὰ τί ὁ Ἀτηρός, ἔφη, οὕτω δυσχεραίνεται; ἢ ἀπὸ τίνος σύ γ' ἄρα ἔσωσάς με;

ἐκεῖνος δὲ βραδύτερον ἤδη βαδίζων παρῄνεσε μὲν τῷ Ἁρείῳ εὐλαβεῖσθαι μὴ θέλοντι τὴν κεφαλὴν λυπεῖσθαι προσπίπτοντι τοῖς ὕπερθεν κλάδοις, ἀπεκρίνατο δ' οὐδὲν περὶ τὰ ἠρωτημένα. καὶ τοσοῦτον χρόνον διὰ τῶν δένδρων σιωπῇ προὐχώρουν ὥσθ' ὁ Ἅρειος ἐνόμιζεν ἐκεῖνον οὐ βούλεσθαι οὐκέτι διαλέγεσθαι μετ' αὐτοῦ. ἀλλ' ἥνικ' ἔβαινον διὰ θάμνων μάλιστα πυκνῶν, τήνιχ' ὁ Φλωρεντείας ἐξ ἀπροσδοκήτου εἱστήκει.

Ὦ Ἅρειε, ἔφη, ὦ Ποτέρ, ἆρ' οἶσθα περὶ τὸ τῶν μονοκέρων αἷμα ἐφ' ᾧ χρῆται;

Ἥκιστά γε, ἦ δ' ὅς· ἐταράχθη γὰρ ἀτοπώτατον οἰόμενος τὸ

ἠρωτημένον. Οὐδενὶ γὰρ μέρει ἐχρησάμεθα τῶν μονοκέρων περὶ τῶν πόσεων ὄντες εἰ μὴ τῇ οὐρᾷ ἢ τῷ κέρατι.

Ἀλλὰ γὰρ πάνδεινόν ἐστι φονεύειν τοὺς μονοκέρως. ἀλλ' οὐδεὶς εἰς τοσοῦτο τῆς ἀδικίας προέλθοι ἂν εἰ μὴ τὸ πᾶν βούλοιτο παραβαλέσθαι. τὸ γὰρ αἷμα τὸ τοῦ μονοκέρω ἵππου πεπωκώς τις καὶ εἰ ἐφ' Ἅιδου οὐδῷ γενόμενος ἔχει περιεῖναι· οὐ μὴν ἀλλὰ δεινὴν τούτων ποτὲ δώσει δίκην. φονεύσας γὰρ καθαρόν τι καὶ ἀβλαβὲς ὡς σωσόμενος σεαυτὸν διαγαγεῖν δεήσει σε βίον οὐ βιωτὸν οὐδ' ἀνασχετόν, κατάρατον μὲν οὖν λέγω εἰς ἀεὶ ἐξ οὗ τοῦ αἵματος ἅπαξ πέπωκας.

ὁ δ' Ἅρειος ἀτενέσι τοῖς ὄμμασιν ἔβλεπε συνεχῶς τὸν Φλωρεντείαν πρὸς τοὔπισθεν τῆς κεφαλῆς, καταστίκτου καὶ ἀργυροειδοῦς φαινομένης ἐν φωτὶ σελήνης.

Ἀλλὰ τίς, ἔλεγεν εἰς ἑαυτόν, εἰς τοσοῦτο τῆς ἀθυμίας παρέλθοι ἄν; εἰ γὰρ εἰς ἀεὶ κατάρατος εἴης, ἦ μὴν βέλτιον ἂν εἴη τεθνηκέναι;

ἐκεῖνος δέ Βέλτιον δή, ἔφη. εἴ γε μὴ δέοι σε περιεῖναι μέχρι τοσούτου μόνον, ἕως ἂν οἷός τ' ᾖς πιεῖν ἄλλου τινὸς οὗ καὶ πεπωκὼς ἀναλάβοις ἂν σεαυτὸν ἀνακεκτημένος τήν τε πρὶν δύναμιν ἅπασαν καὶ πᾶν τὸ κράτος. καὶ μὴν καὶ πιόντι ἀδύνατον ἂν εἴη σοὶ ἀποθανεῖν. ὦ θαυμάσιε Ποτέρ, ἦ που οἶσθα τί ἐστι τὸ νῦν δὴ ἐν τῷ φρουρίῳ κεκρυμμένον;

Ἥ γε τοῦ φιλοσόφου λίθος τίκτει δήπου τὸ τῆς ζωῆς φάρμακον ὅπερ καὶ ἀθάνατον ποιήσει τὸν πεπωκότα. ἀλλ' οὐ συνίημι τίς –

Εἶτα οὐκ ἐννοεῖσθαι ἔχεις οὐδένα ὅστις πολλὰ ἔτη περιέμενεν ὡς τὴν δύναμιν τὴν πεπτωκυῖαν ἐπανορθώσων ζῶν ἁμωσγέπως καὶ καιρὸν καραδοκῶν;

τῷ δ' Ἁρείῳ ἔδοξεν ἡ καρδία σφιγχθῆναι ὥσπερ πυγμῇ τινι σιδηρᾷ ἐχομένη, ἀκούοντι μεταξὺ τοῦ τῶν δένδρων ψόφου μάλ' αὖθις τὰ τοῦ Ἁγριώδους καθάπερ ἐκείνῃ τῇ νυκτὶ ὅτε πρῶτον ἐνέτυχεν αὐτῷ· Οἱ μὲν γάρ φασι τεθνηκέναι αὐτόν, ληροῦντες, ὡς οἶμαι, οὐκ εἰδότες εἴ γ' ἄρα τοσοῦτο ἔτι μετεῖχε τοῦ ἀνθρωπίνου ὥστε θανάσιμον εἶναι.

Ἧ καὶ λέγεις ὅτι ἐκεῖνος ἦν ὁ Φολιδο -

ἀλλ' ὑπέλαβεν ἡ Ἑρμιόνη κατὰ τὴν ἄτραπον τρέχουσα πρὸς αὐτούς, τοῦ Ἁγριώδους ἅμα κατόπιν πνευστιῶντος καί Ἅρειε, Ἅρειε, φάσκουσα, ἆρα σῶς εἶ;

ὁ δὲ σχεδὸν οὐκ εἰδὼς ὅ τι λέγει Ἔγωγε, ἔφη. ὁ δὲ μονοκέρως ἵππος, ὦ Ἁγρίωδες, τέθνηκεν ἐκεῖ ἐν τοῖς δένδρεσι κείμενος.

τοῦ δ' Ἁγριώδους ἀναθρῆσαι τὸν μονοκέρων σπεύδοντος ὁ Φλωρεντείας τονθορύζων Ἀλλὰ νῦν δή, ἔφη, ἀνάγκη ἐστὶν ἀπελθεῖν. ἐν ἀσφαλεῖ γὰρ εἶ σύ.

καὶ καταβάντος τοῦ Ἀρείου Εὐδαιμονοίης, ἔφη, ὦ Ἄρειε Ποτέρ. ἀλλὰ γὰρ ἐνίοτε καὶ οἱ κένταυροι ἐσφάλησαν περὶ τὰ τῶν πλανήτων ἀστέρων. ἐλπίζω οὖν καὶ αὐτὸς καὶ περὶ τὰ νῦν ἡμαρτηκέναι.

καὶ ἐπιστρεψάμενος πάλιν εἰς τὴν βαθεῖαν ὕλην δρόμῳ ἀπέβη, τὸν Ἄρειον καταλιπὼν ῥιγοῦντα.

*

ἐν δὲ τούτῳ ὁ Ῥοὼν ἐν τῷ κοινείῳ εἰς ὕπνον ἔπεσε μεταξὺ περιμένων σκοταῖος ἕως ἐκεῖνοι ἐπανέλθωσιν ἄν. τοῦ δ' Ἀρείου τραχέως ἐγείραντος αὐτὸν πρῶτον μὲν εἰκῇ ἐβόα τι περὶ τῶν ἐν ἀγῶνί τινι ἰκαροσφαιρικῷ ἀδικούντων, ἐν δ' ἀκαρεῖ κεχηνὼς ἤκουεν ἐκείνου διεξιόντος αὐτῷ καὶ τῇ Ἑρμιόνῃ τί ἐν ὕλῃ γέγονεν.

ὁ δὲ οὐχ οἷός τ' ὢν καθίσαι ἔτι τρέμων ἄνω κάτω πρὸ τῆς ἐσχάρας περιεπάτει.

Ὁ μὲν οὖν Σίναπυς τῆς λίθου τῷ Φολιδομορτῷ δώσων ἐπιθυμεῖ, ὁ δὲ ἐν ὕλῃ περιμένει … ἀλλ' ἦ ἐκ τοσούτου χρόνου νομίζομεν ἐπὶ χρυσῷ μόνον σπουδάζειν τὸν Σίναπυν;

Ἀλλὰ πέπαυσο ὀνομάζων αὐτόν, εἶπεν ὁ Ῥόων διὰ φόβου εἰς οὖς αὐτῷ ψιθυρίζων, ὥσπερ εἰ τῷ Φολιδομορτῷ ἐξῆν ἀκροᾶσθαι αὐτῶν δήπου.

ταῦτα δ' ὁ Ἄρειος παρέλιπεν, ἀναλαβὼν δ' Ὁ Φλωρεντείας, ἔφη, ἔσωσέ με καίπερ οὐ προσῆκον. ὁ γὰρ Ἀτηρὸς παντοῖος ἐγένετο λέγων ὅτι οὐ προσήκει πολυπραγμονεῖν περὶ τὰ τοῖς πλάνησιν ἀστράσιν εἱμαρμένα. εἵμαρτο γὰρ δηλαδὴ τὸν Φολιδομορτὸν κατιέναι μέλλειν. πέπεισται δὲ ὁ Ἀτηρὸς ὡς ὁ Φλωρεντείας ὤφελεν ἐᾶσαι τὸν Φολιδομορτὸν ἀποκτεῖναί με … καὶ τοῦτο δήπου τοῖς ἀστράσιν εἵμαρται.

ὁ δὲ Ῥοὼν συρίζων Οὔκουν παύσῃ σύ, ἔφη, ὀνομάζων ἐκεῖνον.

Ἄρειος δὲ ὡς παραπεπληγμένος Ὥστε μενετέον μοι, ἔφη, ἕως ἂν ὁ Σίναπυς κλέψῃ τὴν λίθον· τότε δὴ ὁ Φολιδομορτὸς τέλος δυνήσεται διαφθεῖραί με. ἀλλ' οὖν ὅ γε Ἀτηρὸς οἶμαι εὐφρανεῖται.

ἡ δ' Ἑρμιόνη φοβεῖσθαι μὲν ἐδόκει, παραμυθομένη δ' ὅμως εἶπε τάδε·

Ὦ Ἄρειε, ἔφη, λέγεται ὅτι μόνον τὸν Διμπλόδωρον ἐφοβεῖτο ὁ δεῖνα. παρόντος οὖν τοῦ Διμπλοδώρου ὁ δεῖνα οὐ βλάψει σε. ἀλλὰ νὴ Δί' ὀρθῶς λέγουσιν ἀεὶ οἱ κένταυροι; ἔμοιγε γὰρ τὰ τοιαῦτα ὡς δοκεῖν μετέχει τι τῆς τερατολογίας, καὶ ταύτην δὴ ἡ πάνυ Μαγονωγαλέα νομίζει μέρος εἶναι τῆς μαγικῆς οὐδὲν ἀκριβές.

καὶ πρὸς ἡμέραν ἐγίγνετο πολλοῦ ἔτ᾽ ὄντος τοῦ περὶ ταῦτα λόγου. τέλος δὲ τῷ λαλεῖν τετρυχωμένοι καὶ βράγχου ἐπιγενομένου αὐτοῖς ἐκοιμήθησαν. ἄλλο δέ τι ἀπροσδόκητον ἔδει γενέσθαι· ὁ γὰρ Ἅρειος μεταξὺ τὰ τῆς κλίνης στρώματα διατιθεὶς ηὗρεν ὑπένερθε τὴν χλαῖναν τὴν τῆς ἀφανείας. ἐν δ᾽ ἐπιστολῇ πρὸς αὐτὴν πεπορπαμένῃ ἀνέγνω τάδε·

εἰς τὸ δέον.

— ΒΙΒΛΟΣ Ο —

ΔΙΑ ΤΗΣ ΕΠΙΡΡΑΚΤΗΣ ΘΥΡΑΣ

Ἄρειος δὲ πολλοῖς ὕστερον ἔτεσιν ἐνθυμούμενος οὐκ εἶχε μνήμην ἀκριβῶς τὴν παλαιὰν ἀναμετρῆσαι ὅπως ἄρ' ὑπέμεινε δοκιμαζόμενος, ὅς γε μικροῦ ἐδεήσεν ἀεὶ τηρεῖν τὸν Φολιδομορτὸν εἰς τὸ δωμάτιον εἰσπηδήσοντα. χρόνου τοίνυν προβαίνοντος δῆλον ἦν ὅτι ὁ Οὐλόθριξ ζῶν καὶ ἔμψυχος ἔτι ἐφύλαττε τὰ ὄπισθεν τῆς θύρας τῆς συγκεκλῃμένης.

καὶ τῇ θέρμῃ ἄλλοθί τε ἐπνίγοντο καὶ ἐν τῷ μεγάλῳ δωματίῳ παρόντες οὗ τοῖς γραπτέοις τοῖς τῆς δοκιμασίας ἐπόνουν. γραφίδας δ' ἔλαβον δοκιμαζόμενοι νέας τε καὶ διαφόρους τοῖς συνήθεσιν ὡς φαρμάκοις μεμαγευμένας ἐπὶ τὸ μὴ φενακίζειν.

ἐδοκιμάσθησαν δὲ καὶ περὶ τὰ πρακτικά. ὁ μὲν γὰρ Φηλητικὸς καθ' ἕκαστον παρεκάλεσεν αὐτοὺς εἰς τὸ δωμάτιον εἰ δυνηθεῖεν πρᾶξαι ὥστ' ἀνανᾶν ἐπὶ βάθρῳ κορδακίσαι. ἡ δὲ Μαγονωγαλέα ἐθεώρησεν αὐτοὺς μεταβάλλοντας μῦν εἰς ταμβακοθήκην· τίμια δ' ἔδωκε μὲν τοῖς μαθηταῖς καθ' ὅσον ὡραῖον ἔπραξαν τὸ κιβώτιον, ἀφείλετο δὲ εἰ ἐτριχοῦτό τι. ὁ δ' αὖ Σίναπυς περιφόβους ἐποίησεν ἅπαντας ἐπιχειροῦντας ἐπικρεμαμένου αὐτοῦ μνησθῆναι ᾧ τρόπῳ φάρμακον ληθαῖον δεῖ παρέχειν.

ὁ δ' οὖν Ἄρειος ἐφ' ὅσον ἐνεδέχετο τἄριστα ἐποίει ὡς ἀμελῶν τῆς ἐν μετώπῳ ἀλγηδόνος καίπερ πράγματα παρεχούσης αὐτῷ ἐξ οὗ ἐν τῇ ὕλῃ ἐφοίτα. ἀγρυπνοῦντα δὲ τὰς νύκτας, ὁ Νεφελώδης ἐνόμιζε διὰ τὰς δοκιμασίας μελαγχολᾶν αὐτὸν ἐπὶ πλέον τοῦ συνήθους. ἀλλὰ τῷ ὄντι ὁ Ἄρειος καθ' ἡμέραν ἐγείρετο ὀνειροπολῶν ταὐτὸν ὅπερ πολλάκις πρότερον ὠνειροπόλει, κάκιον δὲ γενόμενον παρόντος ἤδη ἀνθρώπου συγκεκαλυμμένου καὶ αἷμα τοῦ σώματος συνεχῶς ἀποσταλάζον παρέχοντος.

ὁ δὲ Ῥοὼν καὶ ἡ Ἑρμιόνη ἢ ὡς ταὐτὰ οὐκ ἰδόντες ἐν τῇ ὕλῃ, ἢ διὰ τὸ οὐλὴν μὴ ἔχειν ἐπὶ μετώπῳ φλεγμαίνουσαν, ἧττον ἐφρόντιζον περὶ τῆς λίθου ὡς ἐδόκει ἢ αὐτὸς ὁ Ἄρειος. εἰ μὲν γὰρ καὶ ἐνενόουν τι περὶ τοῦ Φολιδομορτοῦ ἐφοβήθησαν δή, ἀλλ' οὐ παρῆν αὐτοῖς ὄναρ εὐθὺς εἰς ὕπνον ἑκάστοτε πεσοῦσι. καὶ εἰς τοσοῦτο πρὸς τοῖς μαθήμασιν εἶχον ὥστ' ἀσχολίαν εἶναι φροντίζειν περὶ τοῦ Σινάπεως ὅ τι μέλλοι πράξειν ἢ ἄλλου τινός.

ὑστάτη δὲ τῶν δοκιμασιῶν ἦν ἡ περὶ τὰ ἐπὶ τῶν πάλαι γεγενημένα. ὥστε ὀλίγα δι' ὥραν μίαν ἀποκρινάμενοι περὶ φαρμακέων τινῶν παλαίων καὶ ἀφρόνων οἳ λέβητας αὐτοτορυνητοὺς τύχοιεν τεχνησάμενοι, καὶ Ἕρμην ἑλκύσαντες σχολὴν ἕξοιεν περιχαρεῖς δι' ἑπτὰ ἡμέρας πρὶν τὰ ἀποτελέσματα μαθεῖν. καὶ ἐπειδὴ τὸ τοῦ σοφιστοῦ Βύνεως εἴδωλον ἐκέλευσεν αὐτοὺς τὰς γραφίδας καταθέσθαι καὶ τὰς διφθέρας συμπτύξαι, ὁ Ἄρειος μετὰ τῶν ἄλλων μαθητῶν ἐθορύβει.

πάντων δὲ ὁμοῦ ὁμιλούντων ἐπὶ τοῦ κήπου – ἔλαμπε γὰρ ὁ ἥλιος – ἡ Ἑρμιόνη Ῥᾷον τοίνυν, ἔφη, τοῦτ' ἀπέβη πολλῷ πρὸς ἃ προσεδόκων. οὐ γὰρ ἔδει ἐκμαθεῖν οὔτε τὸν λυκανθρωπικὸν νόμον τὸν τοῦ ἔτους χιλιοστοῦ ἑξακοσιοστοῦ τριακοστοῦ ἑβδόμου οὔτε τὴν ἀπόστασιν τὴν τοῦ Ἠλφρίκου τοῦ ἰταμοῦ.

αὕτη μὲν γὰρ ἐφίλει ἐπανασκοπεῖν τὰ τῆς δοκιμασίας, ὁ δὲ Ῥοὼν εἶπεν ὅτι τοῦτο ποιῶν ναυτιᾶν εἴωθε. βαδίσαντες δ' οὖν ὁμοῦ πρὸς τὴν λίμνην ὑπὸ δένδρῳ συνεκάθηντο τὴν διάνοιαν ἀνιέντες. οἱ δὲ δίδυμοι Εὐισήλιοι συνάμα τῷ Λείῳ Ἰορδάνῳ ἐγαργάλιζον τοὺς πόδας σηπίᾳ τινὶ πελωρίᾳ ἣ ἐν τοῖς βραχέσιν ἡσύχαζεν.

καὶ ὁ Ῥοὼν χαμαὶ παρειμένος καὶ πάνυ εὐθυμῶν Ἅδην ἄρ' ἐσχήκαμεν, ἔφη, τοῦ δοκιμασθῆναι. ἀλλὰ σέ γε, ὦ Ἄρειε, θαρσύνεσθαι δεῖ · οὐδὲν γὰρ γνωσόμεθα περὶ τὰ δεδοκιμασμένα εἰ κακῶς ἄρα πεπράγαμεν πρὶν ἂν δι' ἡμέρων ἑπτὰ περιμείνωμεν. νῦν δὲ φροντίδος οὐδὲν δέομεθα.

ὁ δ' Ἄρειος τὸ μέτωπον τέως τρίβων ὀργίλως ὑπολαβών Εἴθε ᾔδη, ἔφη, ὅ τι σημαίνει ἡ νῦν ἀλγηδών· περιώδυνος γὰρ καὶ πολλάκις ὢν οὐδεπώποτε πρότερον πλεονάκις τὴν οὐλὴν ἤλγησα.

τῆς δ' Ἑρμιόνης ὡς τὴν Πομφόλυγα ἰέναι συμβουλευσάσης, Ἀλλ' οὐ νοσῶ, ἔφη. ἐγὼ γὰρ ἡγοῦμαι τοῦτο μαντικόν τι εἶναι· κίνδυνον γὰρ προσδοκῶ τινὰ μέγαν.

ὁ δ' οὖν Ῥοὼν οὐχ οἷός τ' ἦν ἀναπτεροῦσθαι· ἔπνιγε γάρ.

Μὴ φροντίσῃς, ἔφη, ὦ Ἄρειε. ἡ γὰρ Ἑρμιόνη ὀρθῶς λέγει, τὴν λίθον φάσκουσα ἐν ἀσφαλεῖ εἶναι παρόντος τοῦ Διμπλοδώρου. καὶ ὁ Σίναπυς οὐδέποτε ἱκανὸς ἦν τεκμηριῶσαι ἡμῖν ὅτι ἐπίσταται παρελθεῖν τὸν Οὐλότριχα. τοῦ γὰρ σκέλους τὸ πρὶν μόνον οὐκ ἀποσπαραχθέντος, οὐ σπουδάσει πάλιν διακινδυνεῦσαι. καὶ ὁ Νεφελώδης ὑπὲρ τῆς πατρίδος ἰκαροσφαιριεῖ πρὶν Ἀγριώδη προδοῦναι τὸν Διμπλόδωρον.

καὶ ὁ Ἄρειος κατένευσε μέν, ἐφόβειτο δ᾽ ὅμως μὴ λάθοι τι αὐτὸν μέγα καὶ οἷον οὐ παραπεμπτέον. ἀλλ᾽ ἐθέλοντι αὐτῷ φράσαι τὰ τοιαῦτα ἡ Ἑρμιόνη Ταῦτ᾽ ἔστιν, ἔφη, τῶν γε δοκιμασιῶν· ἐγὼ γὰρ τῆσδε τῆς νυκτὸς ἀγρυπνοῦσα τὸ ἥμισυ τοῦ περὶ τῆς μεταμορφώσεως λόγου ἐξέμαθον πρὶν μεμνῆσθαι ὡς ταύτην γ᾽ ἤδη ὑπεμείναμεν.

ἀλλ᾽ οὖν ὁ Ἄρειος συνῄδει ἑαυτῷ πεπεισμένος ἐκείνων ὧν ὀρρωδεῖ οὐδὲν αἴτια εἶναι τὰ μαθήματα. καὶ γλαῦκα ἔτυχε θεώμενος δι᾽ αἰθρίαν πρὸς τὸ φρούριον πετομένην, ἐπιστολὴν τῷ ῥάμφει ἔχουσαν. μόνον γὰρ τὸν Ἁγριώδη ἐπιστολὰς πρὸς αὐτὸν πέμπειν. τὸν δ᾽ Ἁγριώδη οὐδέποτε προδοῦναι ἂν τὸν Διμπλόδωρον. τὸν δ᾽ Ἁγριώδη οὐδέποτε εἰπεῖν ἂν οὐδενὶ ᾧ τρόπῳ ἔξεστι παρελθεῖν τὸν Οὐλότριχα ... οὐδέποτε ... ἀλλά –

ἀνεπήδησεν δ᾽ ἐξαπιναίως.

Ποῖ σύ; ἦ δ᾽ ὅς ὁ Ῥοὼν ὑπονυστάζων περ.

Ἐνενόησά τι, ἔφη ὁ Ἄρειος, πάνυ ὠχριάσας ἤδη. δεῖ γὰρ συνεῖναι τῷ Ἁγριώδει νῦν δή.

Τί χρῆμα; ἔφη ἡ Ἑρμιόνη. ἐπνευστία γὰρ ὄπισθεν αὐτῶν ἐπειγομένη φθάσαι.

ὁ δ᾽ Ἄρειος λόφον ἤδη ποώδη ἀναβαίνων Οὔκουν θαυμάζετε, ἔφη, εἰ ὁ μὲν Ἁγριώδης δράκοντος ἔχρῃζε πλέον ἢ ἄλλου τινός, ξένος δ᾽ ἀνεφάνη τις ὃς ᾠὸν τυγχάνει πως ἐν κόλπῳ ἔχων; πόσοι γὰρ περιπολοῦσιν ἄνθρωποι ᾠὰ δρακοντεῖα ἔχοντες, παρανομοῦντες οὕτως εἰς τὰ τῶν μάγων; ἄλλο τι ἢ ἕρμαιον ἂν εἴη εἰ ὁ τοιοῦτος ἐντύχοι τῷ Ἁγριώδει; ἀλλὰ διὰ τί τοῦτό γε πρότερον οὐκ ἔγνωκα;

Τί λέγεις; ἔφη ὁ Ῥοών. ὁ δ᾽ Ἄρειος ταχύνων ἔτι διὰ τὸν κῆπον πρὸς τὴν ὕλην οὐδὲν ἀπεκρίνατο.

καὶ τὸν Ἁγριώδη κατέλαβον ἐν δίφρῳ πρὸ τοῦ οἰκιδίου καθήμενον. ὁ δὲ ξυνεσταλμένος ὡς ἐπ᾽ ἔργῳ τούς τε βραχίονας καὶ τὰ σκέλη ἀπὸ πίσων φλοιὸν ἔλεπε. καὶ μειδιῶν Χαίρετε, ἔφη. ἆρα δεδοκίμασθε ἤδη; ἢ καιρός ἐστι πιεῖν τι;

τὸν δὲ Ῥοῶνα συμφάναι θέλοντα ὁ Ἄρειος ἔφθασε· Κάλλιστ᾽ ἐπαινῶ, ἔφη. σπεύδομεν γάρ. ἀλλὰ δεῖ με ἔρεσθαί σέ τι, ὦ Ἁγρίωδες. ἆρα μνημονεύεις ἐκείνην τὴν νύκτα ἐπειδὴ τὸν Νορβέρτον ἐκομίσας νικητήρια λαβών; ποῖος ἦν τὸ σχῆμα ὁ ἄνθρωπος ξένος μεθ᾽ οὗ ἐκύβευες;

ὁ δὲ πράγματ᾽ οὐκ ἔχων ὡς δοκεῖν Οὐκ οἶδα, ἔφη. τὴν γὰρ χλαῖναν ἐκδύσασθαι οὐκ ἠθέλησεν.

ἰδὼν δὲ τοὺς τριττοὺς μάλ᾽ ἐκπεπληγμένους ἀνέτεινέ τι τὰς ὀφρῦς.

Ἀλλ᾿ οὐ πάνυ ἀῆθες, ἔφη. ἔκτοποι γὰρ πολλοὶ ὁμιλοῦσι μετ᾿ ἀλλήλων ἐν τῇ Ὑὸς Κεφαλῇ – πανδοκεῖον γάρ ἐστιν ἐν τῷ δήμῳ. τάχα ἂν δρακοντόπωλος ἦν δήπου. τὴν γὰρ ὄψιν οὐδέποτ᾿ εἶδον αὐτοῦ συγκεκαλυμμένου ἀεί.

καθήμενος δὲ πρὸς τὴν πίσων φιάλην, ὁ Ἄρειος Ἀλλὰ ποῖον διάλογον εἶχες, ὦ Ἁγρίωδες; ἦ που περὶ τοῦ Ὑογοήτου;

Ἴσως, ἔφη, τοξοποιῶν τέως τὰς ὀφρῦς ὡς ἐθέλων μεμνῆσθαι. Ναί. ἐκεῖνος μὲν γὰρ ἤρετο περὶ τὰ ζῷα θέλων μαθεῖν ὁποίων ἐπιμελοῦμαι, ἐγὼ δ᾿ εἰπὼν καὶ ἔφρασα ὅτι ἐπὶ μήκιστον δράκοντος ἀεὶ ἔχρῃζον. κἄπειτα ... οὐ πάνυ ἱκανός εἰμι μνημονεύειν τὰ ὕστερον, ἐκείνου παρέχοντός μοι ἄλλο τι πίνειν. λοιπόν. κἄπειτα ἔφασκεν ἔχειν τὸ δρακοντεῖον ᾠόν, καὶ ἐξεῖναι κυβεύειν περὶ αὐτὸ εἴ ἔμοιγε δοκεῖ. δεῖν δὲ βεβαιοῦσθαι εἰ δυναίμην μεταχειρίζειν αὐτὸ ἐπεὶ οὐκ ἐθέλοι εἰς τοῦ ἐπιτυχόντος οἰκίαν πέμψαι. ἐγὼ οὖν εἶπον αὐτῷ ὅτι δράκων μοι οὐ πολλοῦ πόνου ἔσται μεταχειρίσαντι ἤδη τὸν Οὐλότριχα.

Ἦ που ἐδόκει σπουδάζειν περὶ τοῦ Οὐλότριχος; τοῦτ᾿ εἶπεν ὁ Ἄρειος τὴν ὀργὴν μόλις παύσας.

Λοιπόν. πόσοις γὰρ κυσὶ τρικεφάλοις ἐντύχοι ἄν τις καὶ ἐν Ὑογοήτου περιπολῶν; εἶπον οὖν ὅτι εὐμαρέστατον δή ἐστι χρῆσθαι τῷ Οὐλότριχι εἴπερ ἐπίσταταί τις μαλάττειν αὐτὸν ψάλλων τι ἢ κιθαρίζων ἢ αὐλῶν ὡς κατακοιμίσων.

καὶ ἄφνω μεταξὺ λέγων ταῦτα ἐξεπλάγη ὡς ἐφαίνετο· μετεμέλησε γὰρ αὐτῷ τῶν εἰρημένων.

Μὰ Δί᾿ ἀλλ᾿ οὐκ ὤφελον, ἔφη, οὐδὲν εἰπεῖν σοι περὶ ταῦτα. ἐπιλάθεσθε δῆτα τοῦ εἰρημένου. ἀλλ᾿ Ἡράκλεις ποῖ βαίνετε;

οὐδὲν τοίνυν διελέγοντο ἐν σφίσιν οἱ τριττοὶ πρὶν εἱστήκεσαν ἐν τῇ αὐλῇ. σκοταῖοι δ᾿ ἐγένοντο ὡς ἐξ αἰθρίας καὶ ὁ ἔνδον ἀὴρ ψυχρὸς ἐδόκει αὐτοῖς εἰσελθοῦσιν.

ὁ δ᾿ Ἄρειος Ἰτέον ἄρα, ἔφη, πρὸς τὸν Διμπλόδωρον. ὁ γὰρ Ἁγριώδης ἐδίδαξε τὸν ξένον ἐκεῖνον Οὐλότριχα παρελθεῖν. ὁ γὰρ συγκεκαλυμμένος εἴτε Σίναπυς ὢν εἴτε Φολιδομορτὸς ἀκονιτὶ ἔμαθεν ἂν τί χρὴ δρᾶν μεθυσθέντος τοῦ Ἁγριώδους. εἰ γὰρ ὁ Διμπλόδωρος πιστεύσαι ἡμῖν. τάχ᾿ ἂν ὁ Φλωρεντείας βεβαιώσαι ἡμᾶς, μὴ ὑπὸ τοῦ Ἀτηροῦ κωλυθείς. ἀλλὰ ποῦ ἐστιν ἡ τοῦ Διμπλοδώρου δίαιτα;

καὶ πανταχῇ περιέβλεπον ὥσπερ ἐλπίζοντες σημεῖόν τι ὄψεσθαι ὅπερ ὀρθὴν δείξει τὴν ὁδόν, οὐ μεμαθηκότες ὅπου οἰκεῖ ἐκεῖνος οὐδ᾿ ἐγνωκότες ποτὲ περὶ οὐδενὸς ὅντινα μετεπέμψατο.

λέγοντος δὲ τοῦ Ἁρείου περὶ ἃ ἐπὶ τούτοις χρὴ ποιῆσαι, ἦχον ἤκουσαν τινὰ κατὰ τὴν αὐλὴν κλάζοντα.

Οὗτοι, τί χρῆμα ἔνδον ἐστὲ ἐτεόν;

τοῦτο δ' εἶπεν ἡ σοφίστρια Μαγονωγαλέα. εἰσῆλθε γὰρ πολλὰ φέρουσα βιβλία.

ἡ δὲ Ἑρμιόνη ἀνδρειοτέραν ἑαυτὴν παρέχουσα ὡς τοῖς γε μειρακίοις ἐδόκει Ἐπιθυμοῦμεν, ἔφη, συμβουλεύεσθαί τι μετὰ τοῦ Διμπλοδώρου.

ἐκείνη δὲ ὡς νομίζουσα σφαλερὸν δήπου τοῦτο τὸ ἐρώτημα Ἦ καὶ συμβουλεύεσθαι τί, ἔφη, μετὰ τοῦ Διμπλοδώρου; διὰ τί;

ὁ δ' Ἅρειος πάνυ ἀπορῶν Ἀπόρρητόν τί ἐστιν, ἔφη. ἐμβριμωμένης δὲ τῆς Μαγονωγαλέας μετεμέλετο εὐθὺς τοῦτο φωνήσας.

καὶ ὑπερηφανῶς Ὁ σοφιστής, ἔφη, Διμπλόδωρος ἄρτι ἀπελήλυθε, γλαῦκα γὰρ δεξάμενος πολλοῦ ἀξίαν ἀπὸ τῶν τῆς μαγείας προβούλων τὸ παραχρῆμα Λονδίνονδε ἀνέπτατο.

ὁ δ' Ἅρειος μάλ' ἐκπλαγεὶς Ἀλλ' οἴχεται δή; ἔφη. οἴμ' ὡς ἀπὸ καιροῦ.

ἐκείνη δὲ Ὁ σοφιστής, ἔφη, Διμπλόδωρος μάγος ὢν μέγιστος, ὦ Ποτέρ, πολλὰ καὶ σπουδαῖα διὰ χειρῶν ἀεὶ ἔχει.

Προὔργου δὲ τοῦτο.

Προὐργιαίτερον ἄρα σὺ ποίῃ τὰ κατὰ σὲ δήπου, ὦ Ποτέρ, ἢ τὰ τῶν τῆς μαγείας προβούλων;

Ἅρειος δ' οὐδὲν ὑποστειλάμενος Λοιπόν, ἐφη, ὠ σοφίστρια. τείνει γὰρ εἰς τὴν τοῦ φιλοσόφου λίθον.

ἀλλ' οὐκ ἔστιν ὅπως ἡ Μαγονωγαλέα τοῦτό γε προσεδόκα. τὰ γὰρ βιβλία ἐκ χειρῶν πεσόντα οὐκ ἀνέλαβε.

Πόθεν γὰρ ἔγνωκας; ἔφη μάλ' ἀποροῦσα.

ὁ δ' Ἅρειος Ὦ σοφίστρια, ἔφη, νομίζω τόν – Σίναπυν δὲ μόνον οὐκ ὠνόμασεν – οἶδα μὲν οὖν τινὰ τὴν λίθον κλέψειν μέλλοντα. βουλευτέον οὖν τῷ Διμπλοδώρῳ.

αὕτη δὲ πρὸς αὐτὸν ἠτένιζε καὶ ἐκπλαγεῖσα τῷ πράγματι καὶ ὑποπτεύουσα ἅμα.

τέλος δέ Ὁ σοφιστής, ἔφη, Διμπλόδωρος αὔριον οἴκαδε νοστήσει. ἀλλ' ᾧ τρόπῳ ηὗρες τὰ τῆς λίθου οὐκ οἶδα. οἶδα δὲ τόδε· ἡ λίθος βεβαιότερον φυλάττεται ἢ ὥστε συλᾶσθαι.

Ἀλλ' ὦ σοφίστρια –

ἡ δ' ὑπολαβοῦσα Ὦ Ποτέρ, ἔφη. ξύνοιδα γὰρ ἐμαυτῷ ὀρθῶς λέγουσα. καὶ προκύψασα τὰ βιβλία ἀπὸ τοῦ ἐδάφους ἀνέλαβε. Καὶ παραινῶ ὑμῖν ἔξω ἐπανελθοῦσιν εὐφραίνεσθαι ὑφ' ἡλίῳ παριεμένοις.

τοῦτο δ' οὐδαμῶς ἐποίησαν αὐτοῦ περιμένοντες.

τῆς δὲ Μαγονωγαλέας οὐκέτι παρακοῦσαι ἐχούσης, ὁ Ἅρειος

Τῇδε τῇ νυκτί, ἔφη, γενήσεται. ὁ γὰρ Σίναπυς διὰ τῆς θύρας τῆς ἐπιρρακτῆς τῇδε τῇ νυκτὶ καταβήσεσθαι μέλλει. ἐξηυρηκὼς γὰρ ἤδη πάνθ' ὧν δεῖται, νῦν δὴ πέπραχεν ὅπως ὁ Διμπλόδωρος ἐκποδὼν ἔσται. ἔπεμψε γὰρ αὐτὸς ἐκείνην τὴν ἐπιστολὴν δηλαδή· καὶ οἱ τῆς μαγείας πρόβουλοι πάνυ ταραχθήσονται τοῦ Διμπλοδώρου ἀπροσδοκήτως ἀφικομένου.

τὴν δ' Ἑρμιόνην ἤδη μέλλουσαν τί ποιῶμεν ἐρωτήσειν ἔφθασεν ὁ Σίναπυς λαθὼν ὄπισθεν αὐτῶν ἑστηκώς. χαίρειν δὲ προσεῖπεν ὡς φιλοφρόνως δεξάμενος δῆθεν. καὶ ἐκείνης πρὸς ταῦτα κεχηνυίας ὅ θ' Ἄρειος καὶ ὁ Ῥοὼν ἐπιστρεψαμένοι ὀξὺ ἔβλεπον.

καὶ μάλα σαρδάνιον ὑπομειδιάσας Οὐ χρῆν ἔνδον δι' ἡμέρας κατοικιδίους περιμένειν. πνίγει γάρ.

ὁ δ' Ἄρειος ἐμέλλησε μὲν ἐρεῖν τι ὡς πρόφασιν δώσων, φωνήσας δ' ὀλίγον τι οὐδὲν ἄρ' εἶχεν εἰπεῖν.

ἐκεῖνος δὲ Ὅπως εὐλαβήσεσθε, ἔφη, μή τις τηρῶν νομίζῃ ὑμᾶς πράγματά που παρέχειν. οὐ γὰρ προσήκει ὑμῖν τοὺς Γρυφινδώρους παραρρῖψαι ἔτι πλειόνων βαθμῶν ἁμαρτησομένους. ἦ ὀρθῶς λέγω;

καὶ ἐρυθριῶντος τοῦ Ἀρείου πάντες ἔμελλον ἔξω ἀπελθεῖν. ὁ μέντοι Σίναπυς ἀνακαλεσάμενος αὐτούς Εὐλαβοῦ, ἔφη, ὦ Ποτέρ. ἣν γὰρ αὖθις νυκτιπεριπλάνητος ἁλῷς, πράξω αὐτὸς ὅπως ἐκπέσῃ ἀπὸ τοῦ παιδευτηρίου. ἔρρωσο.

καὶ ἀπέβη πρὸς τὸ τῶν σοφιστῶν κοινεῖον.

ὁ δ' Ἄρειος μετὰ τῶν ἄλλων ἐξελθὼν ἐπὶ τὸν λίθινον ἀναβαθμόν, λιπαρῶς μὲν ἔχων ἠρέμα δὲ φωνῶν Λοιπόν, ἔφη. δραστέα οὖν τάδε. δεῖ γάρ τινα τηρεῖν τὸν Σίναπυν περιμένουσαν πρὸς τῷ κοινείῳ ὡς ἑψομένην αὐτῷ ἐξελθόντι. καὶ τοῦτο σοὶ προσήκει ποιεῖν, ὦ Ἑρμιόνη.

Τίη;

καὶ ὁ Ῥοών Σὺ μὲν γάρ, ἔφη, δύναι' ἂν προσποιεῖσθαι δήπου τὸν Φηλητικὸν προσδέξασθαι. καὶ λεπτόν τι καὶ γυναικεῖον ἐμφθεγξάμενος ὡς ὁμοῖος τῇ Ἑρμιόνῃ τὴν φωνὴν γενησόμενος Ὦ σοφιστὰ Φηλητικέ, ἔφη, εἰς τοσοῦτο τῆς φροντίδος ἦλθον φοβουμένη μὴ οὐκ ὀρθῶς ἀπήντησα πρὸς τὴν ἐρώτησιν τὴν τετταρακαιδεκάτην βῆτα.

κἀκείνη σιγᾶν μὲν ἐκέλευσεν αὐτόν, συνέφη δ' ὅμως ἐπιτηρήσειν τὸν Σίναπυν.

καὶ Ἄρειος τῷ Ῥοῶνι Περιμενετέον δ' ἡμῖν γε, ἔφη, ἔξω τῆς τοῦ τριστέγου διόδου.

ἀλλ' οὐκ ἀπέβη τοῦτο ὡς προσεδέχοντο τὸ πρᾶγμα. ἀφικόμενοι γὰρ ἄρτι πρὸς τὴν θύραν τὴν τὸν Οὐλότριχα ἀφορίζουσαν ἀπὸ τοῦ ἄλλου φρουρίου, ἐνέτυχον αὖ τῇ σοφιστρίᾳ Μαγονωγαλέᾳ. ἡ δ' ἐξειστήκει νῦν τελέως ἑαυτῆς πάνυ ἐξηγριωμένη.

Ἦ καὶ ᾠήθητε, ἔφη, χαλεπώτερον εἶναί τινι λαθεῖν ὑμᾶς ἢ ὅλας ἁμάξας χαριτησίων; ἄφετε ἃ ἄνω κάτω φλυαρεῖτε ταῦτα. ἢν γὰρ πύθωμαι ὑμᾶς δεῦρο αὖθις βεβηκότας, ἀφαιρήσω αὖθις πεντήκοντα βαθμοὺς τοὺς Γρυφινδώρους εἰ καὶ τῆς ἐμῆς οἰκίας ἐστέ, ὦ Εὐισήλιε.

τοιγαροῦν εἰς τὸ κοινεῖον ἐπανῆλθον. εἰπόντος δὲ τοῦ Ἀρείου ὅτι ἡ Ἑρμιόνη ἰχνεύει γοῦν τὸν Σίναπυν, ἡ τῆς γυναικὸς εἰκὼν εὐθὺς ἔστρεψατο καὶ εἰσῆλθεν ἐκείνη.

ὀδυρομένη δέ Λυποῦμαι, ἔφη, ὦ Ἄρειε. ἐξελθὼν γὰρ ὁ Σίναπυς ἤρετο τί ποιῶ. φασκούσης δέ μου ὡς τὸν Φηλητικὸν προσδέχομαι, ἐκεῖνος τοῦτον μετῆλθεν. ὥστε πρότερον οὐχ οἷός τ' ἦ φυγεῖν, χρονία γὰρ παρ' αὐτῷ κατειχόμην. καὶ οὐκ οἶδα περὶ τοῦ Σινάπεως ὅποι ἦλθεν.

Τοιαῦτα μὲν δὴ ταῦτα, εἶπεν ὁ Ἄρειος, τί μήν;

οἱ δ' ἄλλοι ἠτένιζον πρὸς αὐτὸν ὠχριῶντα ἤδη, τῶν ὀφθαλμῶν πολὺ τὸ γοργὸν καὶ ἔνθεον διεμφαινόντων.

Ἀλλὰ τῇδε τῇ νυκτί, ἔφη, ἐνθένδε ἐξελθὼν ἐπιχειρήσω φθάσαι τῆς λίθου ἐφικόμενος.

Μέμηνας, ἔφη ὁ Ῥοών.

Εὐφήμει, ἔφη ἡ Ἑρμιόνη. οὔκουν ὑπακούεις οὔτε τῆς Μαγονωγαλέας οὔτε τοῦ Σινάπεως; ἐκπέσῃ γὰρ ἀπὸ τοῦ παιδευτηρίου.

Τί δαί; ἔφη ὁ Ἄρειος μεγάλῃ τῇ φωνῇ. οὔκουν ἐπίστασθε; ἢν ὁ Σίναπυς φέρηται τὴν λίθον, ὁ Φολιδομορτὸς κάτεισιν. οὔκουν ἀκηκόατε ἃ τότε κακὰ πεπόνθαμεν ἐπιχειροῦντος ἐκείνου περιγενέσθαι; καὶ γὰρ μὴ ὄντος τοῦ Ὑογοήτου, οὐκ ἐξέσται δήπου ἐκπεσεῖν. ἐκεῖνος γὰρ ἢ κατ' ἄκρας ἐξαιρήσει ἢ ἀλλοιώσει εἰς σχολεῖον τῶν σκοτεινῶν δογμάτων. οὐδὲν γὰρ οὖν διαφέρει ἡμῖν νυνὶ ἁμαρτεῖν τῶν βαθμῶν. ἦ καὶ οἴεσθε τοῦτον ἐάσειν ὑμᾶς δήπου καὶ τὰ ὑμέτερα ἢν οἱ Γρυφίνδωροι νικῶσι τὴν Φιάλην Οἰκείαν φερόμενοι; ἢν γὰρ ἁλῶ πρὶν τῆς λίθου λαβέσθαι, δεήσει με ἐπανελθόντα πρὸς τοὺς Δουρσλείους αὐτοῦ περιμεῖναι τὸν Φολιδομορτὸν ἕως ἂν ἐξεύρῃ με. περὶ τοῦ ὕστερον ἀποθανεῖν ὁ ἀγών, ἐπεὶ οὐδέποτε παραδώσω ἐμαυτὸν τοῖς καταχθονίοις. ἐγὼ δ' οὖν διὰ τῆς θύρας τῆς ἐπιρρακτῆς τῇδε τῇ νυκτὶ καταβήσεσθαι μέλλω, καὶ ὑμεῖς οὐ μὴ κωλύσητέ με ὅ τι ἂν εἴπητε. ὁ γὰρ Φολιδομορτὸς ἀπέκτεινέ μοι τοὺς γονέας, μέμνησθε.

καὶ πρὸς αὐτοὺς δριμὺ ἔβλεπεν.

Ἔγνως, ὦ Ἄρειε, ἔφη ἡ Ἑρμιόνη ἠρέμα φωνοῦσα.

Ἄρειος δέ Χρήσομαι τῇ χλαίνῃ, ἔφη, τῇ τῆς ἀφανείας. ἕρμαιον γὰρ ἦν τὸ ἀνακτήσασθαι αὐτήν.

Ἀλλ' ἱκανὴ ἔσται, ἦ δ' ὃς ὁ Ῥοών, τρεῖς καλύψαι, τοὺς πάντας λέγω;

Ἡ πάντας;

Οὐ γὰρ δήπου ᾠήθης ἡμᾶς ἐάσειν σε μόνον ἐξιέναι;

ἡ δ' Ἑρμιόνη ἀτεχνῶς Ἥκιστά γε, ἔφη. πῶς γὰρ εἰς τὴν λίθον ἀφίκοιο ἂν εἰ μὴ συνείημέν σοι; οἴομαι δεῖν ὡς τάχιστα ἐξετάσαι τὰ βιβλία ἐάν που χρήσιμόν τι ἐνῇ.

Ἀλλ' ἁλόντες καὶ ὑμεῖς ἐκπεσεῖσθε.

ἡ δ' Ἑρμιόνη Μὴ ὥρασιν ἄρα ἱκοίμην, ἔφη, εἴ τι τοιοῦτον ἀνασχοίμην ποτέ. ὁ γὰρ Φηλητικὸς εἶπέ μοι λάθρᾳ ὅτι ἕκατον δώδεκα περιπεποίημαι τίμια ἐξ ἑκατὸν δοκιμαζομένη πρὸς αὐτοῦ. οὐ δήπου ἐκβαλοῦσιν ἐμέ.

*

μετὰ δὲ τὸ δεῖπνον οἱ τριττοὶ χωρὶς τῶν ἄλλων ἐκάθιζον ἐν τῷ κοινείῳ φροντίδας παρέχοντες φοβεράς. οὐδεὶς δ' ἠνώχλει αὐτοῖς, τῶν Γρυφινδώρων οὐδὲν ἔχοντων τῷ γ' Ἀρείῳ εἰπεῖν δήπου. ὁ δὲ τὸ πρῶτον τῇδε τῇ νυκτὶ οὐ χαλεπῶς εἶχεν ἀπομονούμενος. ἡ δ' Ἑρμιόνη ἐξέταζε τὰ γράμματα εἴ πως τύχοι τινὸς τῶν κηλημάτων ὧν μέλλουσι πειράσεσθαι. ὁ δ' Ἄρειος καὶ ὁ Ῥοὼν ὀλίγον διελέγοντο ἅτε περὶ ἃ χρὴ ποιῆσαι πόλλ' ἤδη φροντίζοντες.

καὶ κατὰ μικρὸν τῶν Γρυφινδώρων εἰς κοῖτον ἀπελθόντων τὸ κοινεῖον ἐκενοῦτο.

καὶ τοῦ Ἰορδάνου ἀπελθόντος – ἔχασκε γὰρ τέλος – ὁ Ῥοών Δεῖ σε, ἔφη, τὴν χλαῖναν μετελθεῖν. ὁ δ' Ἄρειος σκοταῖος εἰς τὸ κοιμητήριον ἀναβὰς τὴν χλαῖναν ἔλαβε. κατιδὼν δὲ καὶ τὸν αὐλὸν τὸν ὑφ' Ἁγριώδους πρὸς τὰ Χριστούγεννα δεδομένον εἰς κόλπον ἔθηκεν ὡς κηλήσων τὸν Οὐλότριχα, οὐκ ἐθέλων ᾄδειν.

καὶ εἰς τὸ κοινεῖον πάλιν δραμὼν Δεῖ ἐνδῦναι ἐνθάδε τὴν χλαῖναν ὡς μαθησομένους εἴ γ' ἄρα τοὺς πάντας καλύψει. ἢν γὰρ ὁ Φῆληξ κατίδῃ πόδα τινα ἀσώματον περιπολοῦντα –

Τί ποιεῖτε; φωνὴν γὰρ ἄφνω ἤκουσάν τινος ἐν μυχῷ τοῦτο λέγοντος. καὶ ὁ Νεφελώδης ἐφάνη ὄπισθεν δίφρου, ἔχων τὴν φρύνην αὐτοῦ Τρίφορον. αὐτὴ γὰρ ὡς δοκεῖν πάλιν αὖ τῆς ἐλευθερίας ἥπτετο.

Οὐδέν, ὦ Νεφέλωδες, οὐδέν, ἦ δ' ὃς ὁ Ἄρειος τὴν χλαῖναν ἅμα ὀπίσω κρύπτων.

ὁ δὲ Νεφελώδης ὀξὺ ἐδέρκετο πρὸς ἐκείνους κακὰ μηχανωμένους δηλαδή.

Ἐξιέναι γάρ, ἔφη, μάλ' αὖθις μέλλετε.

Ἀλλ᾽ οὐ μέλλομεν οὐδὲν οὐδαμῶς, ἔφη ἡ Ἑρμιόνη. οὔκουν ἐξερχόμεθα. ἀλλὰ τί ἐμποδών σοι, ὦ Νεφέλωδες, μὴ εἰς κοῖτον ἀπελθεῖν;

Ἄρειος δὲ πρὸς τὸ μέγα ὡρολόγιον βλέψας τὸ πλησίον τῆς θύρας ἐνενόησεν ὅτι οὐ δεῖ πλέον χρονίζειν, τοῦ Σινάπεως ὡς εἰκὸς ἤδη αὐλοῦντος ἐπὶ τῷ κατακοιμίσαι τὸν Οὐλότριχα.

ὁ δὲ Νεφελώδης Ἀλλ᾽ οὐκ ἔστιν ὑμῖν ἐξιέναι, ἔφη. ἁλώσεσθε γάρ. ὥσθ᾽ οἱ Γρυφίνδωροι καὶ πλείω πράγματα ἕξουσιν.

Ἄρειος δέ Ἀλλ᾽ ὅμως σύ γε, ἔφη, οὐκ ἐπίστασαι. τοῦτο γάρ τοι εὖ ἴσθ᾽ ὅτι ἔστι τι ἡμῖν.

ὁ δ᾽ οὖν Νεφελώδης δῆλον ὅτι συνέστελλεν ἑαυτὸν ὡς ἀνήκεστόν τι ποιήσων.

καὶ ἐπειγόμενος ἔφθασεν αὐτοὺς φυλάττων τὴν τῆς εἰκόνος ὀπήν. Ἔγωγε οὐκ ἐῶ ὑμᾶς τοῦτο ποιῆσαι. μάχην γὰρ μαχοῦμαι ὑμῖν.

ὁ δὲ Ῥοὼν δι᾽ ὀργῆς ἔχων Οὗτος, ἔφη. ἄναγε σεαυτὸν ἐκ τοῦ μέσου. μὴ κέπφος γένοιο –

ἐκεῖνος δὲ ὑποκρούσας Μὴ σύ μοι κέπφον, ἔφη. οὐ δεῖ σε πλέον παρανομῆσαι. σὺ γὰρ ἐδίδαξάς με ὑπομένειν τοὺς ἐναντίους.

Οὐ γὰρ οὖν ἡμᾶς, ἦ δ᾽ ὃς ὁ Ῥοὼν παρωξυμμένος. ὦ μακάριε, οὐκ οἶσθα τί χρῆμα ποιεῖς.

μικρὸν δὲ προχωρήσαντος αὐτοῦ, ὁ Νεφελώδης μεθῆκε Τρίφορον τὴν φρύνην. ἡ δὲ ἁλλομένη ἀπέβη.

κἀκεῖνος μέλλων πὺξ παίσειν Εἶα, ἔφη, ἀλλ᾽ ἄγε γευσώμεθα ἀλλήλων πυγμαῖς. πυκτεύειν γὰρ πρόχειρός εἰμι.

ὁ δ᾽ Ἄρειος πρὸς τὴν Ἑρμιόνην στρεψάμενος ὡς πάνυ ἀπορῶν Οὔκουν, ἔφη, ἔχεις τι ποιῆσαι;

καὶ μὴν αὕτη προχωρήσασα Ὦ Νεφέλωδες, ἔφη, ξύγγνωθί μοι. μάλιστα γὰρ λυποῦμαι τοῦτο ποιοῦσα.

καὶ τὴν ῥάβδον λαβοῦσα ῥωμαϊκῶς Πεπέτρωσο παντελῶς, ἔφη καταδεσμεύουσα αὐτόν.

τοῦ δὲ εἶδες ἂν τοὺς μὲν βραχίονας ἐπὶ πλευρὰς πεπηγότας, τὰ δὲ σκέλη συγκεκολλημένα, τὸ δὲ σῶμα πᾶν ναρκηκὸς ὥστε χρόνον τινὰ σεσαλευμένος ταχὺ πρανὴς ἐπὶ στόμα ἔπεσε σκληρόσαρκος γενόμενος ἤδη καθάπερ ξύλον.

ἐκείνη δὲ προσδραμοῦσα ἐκύλισεν αὐτὸν ὥστε ὕπτιον κεῖσθαι. ἀλλὰ τῶν γνάθων ἀλλήλαις προσκεκολλημένων οὐκ ἐδύνατο φωνῆσαι, οὐδ᾽ εἶχε κινεῖν οὐδὲν εἰ μὴ τοὺς ὀφθαλμοὺς φόβον βλέπων τέως πρὸς ἐκείνους.

Ἄρειος δὲ πρὸς οὖς λέγων αὐτῇ Τί σὺ πεποίηκας ἐτεόν; ἔφη.
ἡ δὲ ταλαιπωροῦσά τι Καταδεσμὸς γάρ ἐστι σωματικὸς παντελής. σφόδρα λυποῦμαι, ὦ Νεφέλωδες.
καὶ ὁ Ἄρειος Ἀλλ' εἰς τὸ δέον, ἔφη, ἐποιήσαμεν, ὦ Νεφέλωδες. ἀσχολία δέ τις προσέπεσεν ἡμῖν ὥστε τὸ παραχρῆμα μὴ λόγον δοῦναι.
Ὕστερον γὰρ μαθήσῃ ἐκ τίνος λόγου, εἶπεν ὁ Ῥοών, ἐν ᾧ ὑπερβαίνοντες αὐτὸν ἀμφιέννυντο τὴν χλαῖναν ἅμα τὴν τῆς ἀφανείας.
ἡ τοίνυν τοῦ Νεφελώδους χαμαὶ ἀπόλειψις τῆς ἐξόδου οἰωνὸς ἐδόκει οὐκ αἴσιος. καὶ ὡς ὑπερδεδοικότες τε καὶ ἐκπλαγέντες ἑκασταχοῦ ἐδόξαζον ἄλλοτε μὲν σκιὰν ἀγάλματος τῷ Φήληκι ὁμοιοῦσθαι ἄλλοτε δ' ἀνέμων πνεύματα προσεικέναι τῷ Ποιφύκτῃ κατασκήπτοντι ἐπ' αὐτούς.
προσελθόντες δ' ἐπὶ τὸ κάτω τῆς πρώτης κλίμακος κατεῖδον τὴν Νώροπα ἄνω ἐνεδρεύουσαν.
καὶ ὁ Ῥοὼν πρὸς τὸ οὖς Ἀρείῳ λέγων Λακτίζωμεν ἄρ' αὐτήν, ἔφη, ἅπαξ ἔτι. ὁ δ' ἀνένευσεν. ἡ δὲ Νῶροψ ἠτένισε μὲν πρὸς αὐτοὺς εὐλαβῶς δὴ περιιόντας τοῖς ὄμμασι λυχνοειδέσιν, ἀλλ' οὐδὲν ἐποίησεν.
οὐδενὶ δ' ἄλλῳ ἐνέτυχον πρὶν ἀφίκοντο πρὸς τὴν κλίμακα τὴν πρὸς τὸ τρίστεγον ἀναφέρουσαν. ὁ γὰρ Ποιφύκτης ἀνὰ μέσην τὴν κλίμακα ἐκαλινδεῖτο ἐν τῷ τάπητα χαλάσαι ὅπως οἱ ἀναβαίνοντες ὑποσκελίζωνται.
προσιόντων δ' ἐκείνων ἄφνω Τίς πάρεστιν; ἔφη. καὶ ὀξὺ δεδορκὼς εἰς αὐτούς – μέλανας δ' εἶχεν ὀφθαλμούς καὶ πανουργίαν ἔβλεπε – ξύνοιδα γάρ, ἔφη, ὑμῖν παροῦσιν καὶ μὴ ὁρῶν. οὐκ ἔλαθές με Ἔμπουσ' ἢ φάσμ' ὢν ἢ μικρὸν χρῆμα μαθητοῦ.
καὶ μετέωρος αἰωρούμενος ἠτένιζεν εἰς αὐτούς.
Ἀλλ' ἐχρῆν με μεταπέμψασθαι τὸν Φήληκα, εἴ τι ἄϊστον περιπολεῖ τὸ φρούριον.
τῷ δ' Ἀρείῳ ἐξαίφνης ἐπῆλθέ τι.
καὶ τραχείᾳ τῇ φωνῇ ψιθυρίζων Ὦ Ποίφυκτα, ἔφη. ὁ Βαρόνος Αἱματοσταγὴς τὰ ἴδια πράττων ἄϊστος γεγένηται.
ἐκεῖνος δ' ἐδέησε μὲν καταπεσεῖν ἐκ τοῦ ἀέρος, μόλις δὲ κατασχὼν ἑαυτὸν ἕνα πόδα μόνον ᾐωρεῖτο νυνὶ ὑπὲρ τῆς κλίμακος.
καὶ συκοφαντῶν Ἦ μὴν λυποῦμαι σφόδρα, ἔφη, ὦ αἱματηρὲ κύριε, ὦ δαιμόνιε Βαρόνε. ξύγγνωθί μοι· οὐ γὰρ εἶδόν σε ἄϊστον ὄντα δήπου. ὑπέριδε δῆτα τὴν ὕβριν τὴν τοῦ Ποιφυκτιδίου· ἔπαιζε γὰρ πολλοστήν τινα παιδιάν.

καὶ ὁ Ἄρειος κρώζων Τῇδε γὰρ τῇ νυκτί, ἔφη, πολύς εἰμι περί τι. ἄπιθι ἐκποδὼν δῆτα ἐκ τοῦδε τοῦ χωρίου.

ὁ δὲ Ποιφύκτης αἰωρούμενος πάλιν αὖ Καλῶς, ἔφη, κάλλιστα λέγεις. εἰ γὰρ προχωρείη σοι τὰ πράγματα. ἐγὼ γὰρ οὐκ ἐνοχλήσω οὐδέν.

καὶ ᾆττων ἀπέβη.

ὁ δὲ Ῥοὼν ψιθυρίζων Βαβαί, ἔφη, τῆς ἀγχινοίας.

καὶ ἐν ἀκαρεῖ ἔξω τῆς τοῦ τριστέγου διόδου παρόντες ἀνεῳγμένην κατέλαβον τὴν θύραν.

Ἰδού, ἔφη ὁ Ἄρειος ἠρέμα φωνήσας. ἦ που ὁ Σίναπυς ἤδη παρελήλυθε τὸν Οὐλότριχα;

καὶ ἀνεῳγμένην ἰδόντες τὴν θύραν πάντες ἐδόκουν λογίζεσθαι ὅτι πολλὰ καὶ δεινὰ ὑπομένουσιν. ὑπὸ δὲ τῇ χλαίνῃ ἐπιστρεψάμενος πρὸς τοὺς ἄλλους ὁ Ἄρειος

Ἢν βούλησθε, ἔφη, ἐπανιέναι, ἐγὼ οὐ μέμψομαι ὑμᾶς. καὶ μὴν ἔξεστι τὴν χλαῖναν λαβεῖν· ἐγὼ γὰρ οὐκέτι χρείαν ἕξω αὐτῆς.

ἀλλ' ὁ μὲν Ῥοὼν Κορύζης εἶ μεστός, ἔφη.

ἡ δ' Ἑρμιόνη Ἐρχόμεθα δή.

καὶ ὁ Ἄρειος ὤσας τὴν θύραν ἀνέῳξεν.

ψοφούντων δὲ τῶν στροφίγγων, ἤκουον εὐθὺς θωΰττοντός τινος καὶ βαρὺ γογγύζοντος. καὶ γὰρ ὁ κύων πᾶσι τοῖς μυκτῆρσι χρώμενος ἓξ οὖσι μανικῶς ἐφυσία πρὸς αὐτούς καίπερ οὐ δυνάμενος ἰδεῖν.

ἡ δ' Ἑρμιόνη ἠρέμα Τί τοῦτο, ἔφη, τὸ ἐν ποσίν;

καὶ ὁ Ῥοὼν Κίθαρα, ἔφη, ὡς δόκει. ὁ Σίναπυς δῆλον ὅτι μεθῆκεν αὐτήν.

Ἀλλὰ γὰρ ὁ κύων, ἔφη ὁ Ἄρειος, τότε ἐγείρεται δηλαδὴ ὅταν τις αὐλῶν λήγῃ. εἶἑν. ταῦτά νυν.

καὶ τὸν Ἁγριώδους αὐλὸν ἐπὶ τοῖς χειλέσιν ἔχων ηὔλει τῷ κυνί. καὶ ἀκούσας οὐκ ἂν εἶπας ἐκεῖνον μέλος αὐλεῖν ἐμμελές, ὁ δ' οὖν κύων μυσάντων εὐθὺς τῶν ὀμμάτων – Ἄρειος γὰρ αὐλῶν διετέλει – κατὰ μικρὸν τονθορύζων ἔληξε, καὶ ἐσαλεύθη τι καὶ ἐπὶ τοὺς πόδας κατερρύη καὶ χαμᾶζε κατέπεσεν ὕπνῳ νικώμενος.

τοῦ δὲ Ῥοῶνος συμβουλεύοντος τῷ Ἀρείῳ αὐλεῖν ἔτι, τὴν χλαῖναν ἐκδυσάμενοι πρὸς τὴν ἐπιρρακτὴν θύραν εἷρπον. προσιόντες δὲ ταῖς τοῦ κυνὸς κεφαλαῖς μεγάλαις ᾖσθοντο τοῦ πνεύματος θερμοῦ τ' ὄντος καὶ δυσώδους.

καὶ ὁ Ῥοὼν ὑπὲρ τοῦ ἐκείνου νώτου ἀθρήσας Δυνησόμεθα γὰρ οὖν οἶμαι, ἔφη, τὴν θύραν ἀνελκύσαι. ἢ σὺ βούλῃ προτέρα ἰέναι;

Οὐ μέντοι μὰ τὸν Δία.

Καλῶς ἔχει. καὶ ὁ Ῥοὼν συστείλας ἑαυτὸν εὐλαβῶς ὑπερέβη τὰ τοῦ κυνὸς σκέλη. προσκύψας δὲ καὶ τοῦ πόρπακος λαβόμενος ἀνείλκυσε τὴν θύραν γιγγλυμωτὸν οὖσαν.

Τί ἐστι τἀνταυθοῖ; εἶπεν ἡ Ἑρμιόνη ἐν φροντίδι μεγάλῃ οὖσα.

Σκότος καὶ μελανότης. ἀλλ' οὐκ ἔστι κλῖμαξ οὐδεμία κάτω φέρουσα· ὥστε δεήσει καταπηδῆσαι.

ὁ δ' Ἄρειος αὐλῶν ἔτι ἀνασείσας τὴν χεῖρα ὡς σημανῶν τῷ Ῥοῶνι ἑαυτὸν ἐδείκνυ.

Ἦ καὶ σὺ πρότερος ἰέναι ἐθέλεις; ἐπεὶ θαρρεῖς; οὐδὲν γὰρ οἶδα περὶ τοῦ βάθους ὁπόσον ἄρ' ἐστίν. ἀλλὰ τῇ Ἑρμιόνῃ δὸς τὸν αὐλὸν πραξούσῃ ὅπως ἔτι καθεύδων διατελεῖ ὁ κύων.

ἀλλ' ἐν μὲν ᾧ καὶ παρεδίδου ἐκεῖνος τὸν αὐλὸν σιωπῆς ἐπ' ἀκαρὲς γενομένης, οὗτος ἐγόγγυζέ τε καὶ ἐσφάδαζέ τι, ἐπειδὴ δὲ τάχιστα ἡ Ἑρμιόνη ἤρξατο αὐλοῦσα, πάλιν εἰς ὕπνον βαθὺν ἔπεσεν.

Ἄρειος δὲ ὑπερβὰς αὐτὸν καὶ διὰ τῆς θύρας κάτω βλέπων τὸν πυθμένα οὐχ εἶδε.

καθίει δ' ἑαυτὸν διὰ τὸ χάσμα μέχρι οὗ ἀπρὶξ εἴχετο μόνον ἄκροις τοῖς δακτύλοις. καὶ ἔπειτα ἄνω βλέψας πρὸς τὸν Ῥοῶνα Ἢν ὁτιοῦν πάθω, μὴ μετέλθῃς. ἀλλ' ἰὼν εὐθὺ εἰς τὸ γλαυκοκομεῖον πέμψον τὴν Ἡδυϊκτῖνα πρὸς τὸν Διμπλόδωρον. ἔγνωκας;

Ἔγνων, ἦ δ' ὃς ὁ Ῥοών.

Ἐν καλῷ. καὶ τοῦτ' εἰπὼν ὁ Ἄρειος μεθεὶς κατεπήδησεν εἰς τὸ ἄβυσσον. καὶ μεταξὺ πίπτων αἴσθησιν εἶχεν ἀέρος ψυχροῦ καὶ διαβρόχου παραπνέοντος αὐτῷ κάτω ἀεὶ ἱεμένῳ καὶ ἔτι κατωτέρω –

κἀνταῦθα δοῦπον ἄψοφόν τινα ἤκουσας ἂν τοῦ Ἀρείου πίπτοντος μὲν οὐκέτι, προσκρούσαντος δὲ μαλακόν τι. ἀνακαθισάμενος δὲ καὶ ψηλαφήσας τὰ ἐκεῖ καὶ οὐ δυνάμενος ὁρᾶν ἅτε οὔπω συνειθισμένος τῷ σκότῳ, ἐδόκει καθῆσθαι ἐπὶ φυτῷ τινι.

Καλῶς ἔχει· καταπηδᾶν δὴ πάρα, ἔφη βοῶν πρὸς τὸ ἄνω φῶς μικρὸν φαινόμενον. ἡ γὰρ θύρα τοσοῦτ' ἤδη ἀπεῖχεν ὥστε γραμματοσήμῳ προσεικέναι τὸ μέγεθος.

καὶ ὁ Ῥοὼν εὐθὺς ἀκολουθήσας ἐν ἀκαρεῖ παρὰ τὸν Ἄρειον ὕπτιος ἔκειτο τανυσθείς.

καὶ εὐθύς Τί ἔστι τοῦτο; ἔφη.

Οὐκ οἶδα. ἀλλὰ φυτοῦ χρῆμα, ὡς δοκεῖν· κεῖται γὰρ ἐνθάδε οἶμαι ὡς προσδεξόμενον τοὺς πίπτοντας ἐν ἀσφαλεῖ. οὐκ εἶα πηδήσεις, ὦ Ἑρμιόνη;

καὶ οὐκέτ' ἐπὶ μακρὸν ἤκουον τοῦ κυνὸς αὐλουμένου, μᾶλλον δὲ βαΰζοντος τὴν Ἑρμιόνην. ἡ δὲ καταπηδήσασα ἤδη παρὰ τῷ Ἀρείῳ ἑτέρωθεν κατηνέχθη.

Οὐκ ἔστιν, ἔφη, ὅπως οὐ κείμεθα ὑπένερθε τοῦ φρουρίου πολλὰ στάδια πεσόντες.

Κατὰ δ' οὖν τύχην τὸ φυτοῦ χρῆμα τοῦτο πάρεστιν, εἶπεν ὁ Ῥοών.

ἡ δ' Ἑρμιόνη Πῶς κατὰ τύχην; ἔφη βοῶσα. ἀλλὰ θεώρησον ἑκάτερος πρὸς ἑαυτόν.

καὶ ἀναπηδήσασα ἐπὶ τοῖχον διάβροχον ὡρμᾶτο· χαλεπὸν δ' ἦν τοῦτο ποιῆσαι. τὸ γὰρ φυτὸν ἐπειδὴ τάχιστα αὕτη ἀφίκετο περιέπλεκε τὰ σφυρὰ ἕλιξιν ὀφιώδεσι. καὶ γὰρ τόν θ' Ἄρειον καὶ τὸν Ῥοῶνα ἤδη λαθὸν ἐδέδεκεν ἀμπέλοις μακραῖς.

ἀλλὰ τῇ Ἑρμιόνῃ συνέβη λῦσαι ἑαυτὴν πρὶν τὸ φυτὸν ἀνέκδυτον περιελιχθῆναι. καὶ νυνὶ ὀρρωδοῦσα ἐθεώρει τοὺς παῖδας δυσμαχοῦντας τῷ φυτῷ εἴ πως ἀπολύσονται. ἀλλ' ὅσῳ μᾶλλον οὗτοι διετείνοντο ἐπ' αὐτό, τόσῳ βεβαιότερόν τε καὶ θᾶττον συνέπλεκεν.

ἡ δ' Ἑρμιόνη κελεύουσα Οὐ μὴ κινήσητε, ἔφη. οἶδα γὰρ ἐκεῖνο ὅ τι ἔστι, Πλουτῶνος Θήρατρον ὠνομασμένον.

Τὸ δεῖνα, ἔφη ὁ Ῥοὼν ῥάζων τι. ᾔσθην γὰρ τὸ ὄνομα γοῦν εὑρών, ὄνησιν δὴ σφοδρὰν ὀνηθείς. καὶ στροφὴν ἅμα ἐστρέφετο κωλύσων τὸ φυτὸν περιπλέξαι τὸν τράχηλον.

ἡ δ' Ἑρμιόνη Σίγα, ἔφη. ὤφελον μεμνῆσθαι τί ποιησάσῃ ἔστι μοι ἀποκτεῖναι αὐτό.

Σπεῦσον δῆτα, ἔφη ὁ Ἄρειος. ἀποπνίγομαι γάρ. καὶ ἄσθματος μεστὸς ἐπάλαιεν αὐτῷ ἑλιγμοῖς ἤδη τὸ στῆθος περιβάλλοντι.

Πλουτῶνος Θήρατρον τοῦτο. τί εἶπεν ἡ σοφίστρια Βλάστη περὶ τοῦ Πλουτῶνος Θηράτρου; φιλεῖ τοι τὸ σκοτεινὸν καὶ τὸ διάβροχον –

Πῦρ ἄναψον δῆτα, εἶπεν ὁ Ἄρειος ἀγχόμενος.

Εὖ λέγεις. ἀλλὰ φρύγανα οὐκ ἔχομεν. τοῦτ' εἰποῦσα ἐκείνη ἐδάκρυε καὶ ἐκόπτετο.

ὁ δὲ Ῥοὼν μεῖζον ἐμβοῶν τοῦ Στέντορος Ἦ καὶ μέμηνας; ἔφη. πότερον σὺ φαρμακὶς εἶ ἢ καὶ οὐχί;

Ἔγνων, ἔφη ἡ Ἑρμιόνη. καὶ τὴν ῥάβδον λαβοῦσα καὶ σείσασα, ἐπᾴσασα δέ τι ῥοὴν ἐφῆκε πυρὸς ὑακινθίνου τῷ φυτῷ καθάπερ τῷ Σινάπει ποτέ. καὶ δὴ ἐν ἀκαρεῖ οἱ παῖδες ξυνῄδεσαν ἐκείνῳ τοὺς περιβόλους χαλῶντι ὡς τό τε φῶς καὶ τὸ θάλπος ἀποκνοῦντι. ἰλυσπώμενον δὲ καὶ σαλευόμενον ἀπὸ τῶν σωμάτων ἀπελύετο ὥστε ἦν αὐτοῖς ὑπεκφυγεῖν.

Τύχῃ γ' ἀγαθῇ σὺ περὶ τὰ βοτανικὰ σπουδάζεις, ὦ Ἑρμιόνη. τοῦτο γὰρ εἶπεν ὁ Ἄρειος συγγενόμενος αὐτῇ πρὸς τῷ τοίχῳ, καὶ ἱδρῶτ' ἔτι ἀπομοργνύμενος τῆς ὄψεως.

Λοιπόν, ἔφη ὁ Ῥοών. καὶ τύχῃ τῇ ἀγαθῇ ὁ Ἄρειος οὐ φιλεῖ ἐκπλαγῆναι ἐν δεινῷ ἁλούς. φῦ τοῦ Ἀλλὰ φρύγανα οὐκ ἔχομεν.

Ταύτῃ τοίνυν ἴωμεν, ἔφη ὁ Ἄρειος δείξας δίοδον τινὰ λιθόστρωτον ὅπῃ μόνον ἦν προχωρεῖν.

οὐδὲν δ᾽ ἤκουον χωρὶς ψόφου τῶν ἑαυτῶν ποδῶν εἰ μὴ τοῦ ὕδατος στάζοντος ἀεὶ κατὰ τοὺς τοίχους. ἡ δὲ δίοδος ἐπικλινὴς εἶναι ἐδόκει τῷ Ἀρείῳ πάνυ ὁμοιουμένη τῇ τοῦ Γριγγώτου. καὶ ἄφνω εἰσῆλθεν αὐτὸν ταραχῶδές τι νόημα περὶ τῶν δρακόντων οἵτινες λέγονται τὴν κατώρυχα φυλάττειν τὴν ἐν τῇ τῶν μάγων τραπέζῃ. ἀλλ᾽ εἰ ἐντύχοιεν δράκοντι ἐκτελεῖ – ὁ γοῦν Νορβέρτος καίπερ παῖς ὢν ἅλις πραγμάτων παρέσχεν.

ὁ δὲ Ῥοὼν ψιθυρίζων Ἆρ᾽ ἀκούετέ τι; ἔφη.

Ἄρειος δ᾽ ἐδόκει αἰσθέσθαι βόμβου τινὸς καὶ κρότου οὐ μεγάλου προπάροιθε γιγνομένου.

Ἦ που εἴδωλόν ἐστιν;

Οὐκ οἶδα. ἔμοιγε δοκεῖ ψόφος εἶναι ἴσος ταῖς πτέρυξιν.

Ἀλλὰ φῶς ἔστιν εἰς τοὔμπροσθεν. ὁρῶ γὰρ κινούμενόν τι.

ἀφικόμενοι δ᾽ ἐπὶ τὰ ἔσχατα τῆς διόδου κατ᾽ ὄμμ᾽ ἑώρων θάλαμον λαμπρῶς πεφωτισμένον, ὀροφὴν ἔχοντα ὑψηλοτάτην.

ἐπινόησον οὖν μοι αὐλὴν μὲν ὀρνέων φαιδρῶν καὶ ποικίλων πλήρη περιπετομένων καὶ κυλινδομένων, θύραν δὲ βαρεῖαν καὶ ξυλίνην κατὰ τὸ ἀντίθυρον κειμένην.

Ἦ που οἴει, ἔφη ὁ Ῥοών, ὡς προσβαλοῦσιν ἡμῖν ἢν τὴν αὐλὴν διαβαίνωμεν;

Οἴεσθαι γε χρή, ἐφη ὁ Ἄρειος. οὐ μὴν οὐδὲ φαίνονται πάνυ χαλεποὶ εἶναι, εἰ δὲ πάντες ὁμοῦ κατασκήπτοιεν ... λοιπόν· ἐπὶ ξυροῦ γὰρ ἱστάμεθα ... δραμοῦμαι δῆτα.

καὶ τὴν ὄψιν χερσὶ φυλάττων ἀπνευστὶ τὴν αὐλὴν θέων διέβη. ἀλλὰ προσεδόκα μὲν κακῶς πείσεσθαι ὑπ᾽ ἐκείνων ῥάμφεσι καὶ ὄνυξι σπαραττόντων αὐτόν, ἀλλ᾽ οὐδὲν ἐγένετο. καὶ γὰρ πρὸς τὴν θύραν ἀβλαβὴς ἀφίκετο. ταύτην δὲ τῆς λαβῆς πειραθεὶς συγκεκλῃμένην ηὗρεν.

καὶ οἱ ἄλλοι – ἠκολούθησαν γάρ – τείνοντες καὶ ἕλκοντες οὐκ ἐδυνήθησαν κινεῖν τὴν θύραν, οὐδ᾽ ἐπεὶ ἡ Ἑρμιόνη ἐπειράθη τοῦ φίλτρου τοῦ Ἀλωώμωρά.

Τί δαί; ἦ δ᾽ ὃς ὁ Ῥοών.

ἡ δ᾽ Ἑρμιόνη Οὐκ ἔστιν ὅπως, ἔφη, οὗτοι οἱ ὄρνεις ἀγάλματα πάρεισι.

καὶ τοὺς ὄρνεις μετεώρους ἐθεώρουν αἰωρουμένους τε καὶ στίλβοντας. ἦ καὶ στίλβοντας;

ὁ δ' Ἄρειος ἄφνω Ἀλλ' ὄρνεις μέν, ἔφη, οὐκ ἄρ' εἰσί, κλεῖδες δέ. κλεῖδες μὲν οὖν πτερωταὶ ἀποβαίνουσιν εἴ τις νοῦν προσέχει. καὶ τῶν ἄλλων ἀτενὲς ἀποβλεπόντων εἰς τοὺς ὄρνεις περιχορεύοντας, Ὥστε χρὴ οἴεσθαι ... εἶέν. ἰδοὺ σάρα. δεῖ γὰρ τὴν κλεῖν θηρεῦσαι τὴν τῆς θύρας.

Ἀλλὰ μυρίαι εἰσίν.

ὁ δὲ Ῥοὼν τὴν κλειθρίαν ἐξετάσας Ἀλλὰ ζητοῦμεν μέγα τι καὶ ἀρχαϊκὸν καὶ ὡς εἰκὸς ἀργυροῦν, ἀργυρᾶς οὔσης τῆς λαβῆς.

καὶ καθ' ἕκαστον εἰς σάρον ἐμβάντες καὶ λακτίσματι ἀνώσαντες, ἐμετεωρίσθησαν εἰς μέσον τὸ τῶν κλειδῶν νέφος. καὶ ἐκείνους ἐφ' ὅσον ἐνεδέχετο θηρεύοντας τε καὶ ἁρπάζοντας ἔφθανον αἱ κλεῖδες – κεκηλημέναι γὰρ ἦσαν – ᾄττουσαι καὶ κατασκήπτουσαι οὕτω ταχέως ὥστε μόνον οὐκ ἀδύνατον ἦν προσδέξασθαι.

Οὐ μὴν ἀλλ' ὁ Ἄρειος, ὅς γε ζητητὴς ἐγένετο νεώτατος ἔτος τουτὶ ἑκατοστόν, δεινὸς ἦν ταῦτα κατιδεῖν ἃ τοὺς ἄλλους λέληθέ που. καὶ γὰρ διὰ μικρὸν περιπτάμενος μεταξὺ τῶν πτερῶν ποικίλων εἶδε κλεῖν τινὰ μεγάλην τ' οὖσαν καὶ ἀργυρᾶν πτέρυγα παρέχουσαν στρεπτὴν ὥσπερ εἴ τις ἤδη ἔλαβεν αὐτὴν καὶ εἰς κλειθρίδιον μόλις ἔωσε.

καὶ τοὺς ἄλλους συγκαλέσας Ἰδού, ἔφη, ἥδε ἡ κλεῖς, μεγάλη οὖσα. τήνδε μὲν οὖν λέγω τὰς πτέρυγας ὑακινθίνας ἔχουσαν, τῶν πτερῶν ἑτέρωθι ἰπωμένων.

καὶ ὁ Ῥοὼν ταχύνων ἐκεῖσε ὅποι δακτύλῳ ἐδείκνυτο ὁ Ἄρειος εἰς τὴν ὀροφὴν προσκρούσας μονονουχὶ ἀπὸ τοῦ σάρου κατέπεσεν.

ὁ δ' Ἄρειος ἀτενὲς ἀεὶ πρὸς τὴν κλεῖν τὴν πτερὸν βεβλαμμένην ἀποβλέπων Δεῖ ἡμᾶς, ἔφη, εἰς χεῖρας ἰέναι πανταχόθεν προσβάλλοντας. σὺ μὲν οὖν, ὦ Ῥοών, ἄνωθεν ἐπίθου· σὺ δ', ὦ Ἑρμιόνη, κάτω μένουσα φθάσον αὐτὴν καταβαίνουσαν. ἐγὼ δ' ἐπιχειρήσω λαβεῖν. ἐγνώκατε; ἴτε νῦν.

ἡ δὲ κλεῖς τόν τε Ῥοῶνα κατασκήψαντα, καὶ τὴν Ἑρμιόνην ὥσπερ ἀπὸ σφενδόνης ἐξερριπισμένην ἄνω τε κινουμένην, ἔλαθε παρελθοῦσα ἀμφοτέρους. ὁ δ' Ἄρειος ἐτάχυνε διώκων αὐτὴν πρὸς τοῖχον πετομένην. προκύψας δὲ μονόχειρ κατέλαβεν αὐτὴν πρὸς λίθον θλίψας· ἡ δὲ κατάκροτον ἠχὴν παρεῖχεν ἀηδῆ ἀκοῦσαι. καὶ ὁ Ῥοὼν καὶ ἡ Ἑρμιόνη οὕτω ἐθορύβησαν ὥσθ' ὑπηχῆσαι τὴν αὐλήν.

καὶ ἐν ἀκαρεῖ καταβάντων ὁ Ἄρειος εἰς τὴν θύραν ἔδραμεν, τὴν κλεῖν ἔτι ἐν δεξιᾷ ἔχων σφαδᾴζουσαν. εἰς δὲ τὴν κλειθρίαν ὤσας τὴν θύραν ἐδυνήθη ἂν εὐθὺς ἀνοῖξαι. εἰς δὲ τὴν ὀπὴν ὤσας τὴν κλεῖν καὶ στρέψας, τὰ κλεῖθρα διολισθόντα ᾔσθοντο. ἐκ δὲ τούτων ἡ κλεὶς πάλιν αὖ μετέωρος ἀνέβη, πάνυ σαθρὰ φαινομένη ὡς δὶς ἤδη ληφθεῖσα.

καὶ ὁ Ἄρειος τῆς λαβῆς ἐχόμενος ἤρετο τοὺς ἄλλους εἰ ἑτοῖμοι εἶεν. κατανευσάντων δ' αὐτῶν τὴν θύραν ἀνέῳξεν.

καὶ πρῶτον μὲν οὐκ εἶχον ὁρᾶν οὐδὲν πλὴν σκότου, εἰσελθοῦσι δ' αὐτοῖς τοῦ θαλάμου εὐθέως πεφωτισμένου θαῦμα ἦν ἰδεῖν μέγιστον. εἱστήκεσαν γὰρ ἐν χειλέσι πεττικῆς σανίδος παμμεγάλης, ὄπισθε γενόμενοι τῶν μελάνων πεττῶν. καὶ οὗτοι μακρότεροι ὄντες αὐτῶν τῶν παίδων γεγλύφθαι ἐδόκουν ἐκ λίθου τινὸς μέλανος. καὶ ἐναντίον τούτων πέραν τοῦ θαλάμου ἔκειντο οἱ λευκοὶ πεττοί. καὶ οἱ παῖδες ἔφριττόν τι συνειδότες τοῖς λευκοῖς πεττοῖς ὄψιν οὐκ ἔχουσιν.

καὶ ὁ Ἄρειος ψιθυρίζων εἶπεν ὅτι Πῶς τούτοις τις χρήσεται;

ὁ δὲ Ῥοών Δεῖ ἡμᾶς πεττεύοντας διαβῆναι τὸν θάλαμον δήπου.

ἦν γὰρ ἄλλην κατόπιν τῶν λευκῶν πεττῶν θύραν ἰδεῖν.

Τίνι τρόπῳ; ἔφη ἡ Ἑρμιόνη προταρβοῦσά τι.

καὶ ὁ Ῥοών Δεῖ ἡμᾶς οἶμαι, ἔφη, πεττοὺς γενέσθαι.

προσελθὼν οὖν ἱππότην μέλανα χεῖρα δὲ προτείνας τοῦ ἵππου ἥψατο. καὶ παραχρῆμα ὁ λίθινος ἐνεψυχωμένος ἐσκίρτα, τοῦ ἱππότου τὴν κεφαλὴν μετ' αὐτῆς τῆς κόρυθος περιάγοντος ὡς βλέψοντος πρὸς τὸν Ῥοῶνα.

Ἦ που δεῖ ἡμᾶς συμμαχεῖν σοι διαβῆναι θελόντας;

κατανεύσαντος δὲ τοῦ μέλανος ἱππότου, μετεστρέφθη πρὸς τοὺς ἄλλους.

Ἀλλὰ τοῦτ', ἔφη, πάνυ πολλῆς ἄξιον ἐστὶ φροντίδος. δεῖ ἀντικατασταθῆναι οἶμαι ἀντὶ τριῶν τῶν μελάνων πεττῶν.

καὶ ὅ θ' Ἄρειος καὶ ἡ Ἑρμιόνη ἐσιώπων, θεωροῦντες τὸν Ῥοῶνα ἐπὶ συννοίας βαδίζοντα. τέλος δὲ Μὴ ἄχθεσθε, ἔφη. ἀλλ' οὐδέτερος ὑμῶν πάνυ πεττευτικός ἐστιν –

ὁ δ' Ἄρειος εὐθύς Ἀλλ' οὐδὲν ἄρ' ἀχθόμεθα, ἔφη. σὺ δ' ἡμῖν ἅττα χρὴ ποιεῖν ἐφεστὼς φράζε.

Λοιπὸν· σὺ μὲν, ὦ Ἄρειε, ἐκείνου τοῦ ἀξιωματικοῦ ἀντικαθίστασο, σὺ δ', ὦ Ἑρμιόνη, τοῦ πύργου.

Καὶ σοί γε τί δραστέον;

Ἔγωγ' ἵππος γενήσομαι.

τῶν δὲ πεττῶν ἀκουσάντων ὡς δοκεῖν πρὸς ταῦτα ἵππος τε ἀξιωματικός τε καὶ πύργος ἐπιστρεψάμενοι ἐκποδὼν ἐπορεύθησαν, κενὰ λιπόντες τρία τετράγωνα ἃ Ἄρειος τε καὶ Ῥοὼν καὶ Ἑρμιόνη ἐπεῖχον.

Οἱ λευκοί τοι πρότερον ἀεὶ παίζουσιν, ἦ δ' ὅς ὁ Ῥοὼν ἀτενίζων κατὰ τὸ πεττευτήριον. *Ἰδού.*

στρατιώτης γὰρ λευκὸς δύο διὰ τετράγωνα προὐκεχωρήκει.

ὁ δὲ Ῥοὼν ἐκράτει τῶν μελάνων πεττῶν. οἱ δ' ἐκινοῦντο σιωπῇ ὅποι πέμποι. ὁ δ' Ἄρειος τρέμων τὰ γόνατα ἐσκοπεῖτο πρὸς ἑαυτὸν οὐκ εἰδὼς τί ποιῶσιν ἡττωθέντες.

Ὦ Ἄρειε, πορεύθητι δόχμιον πρὸς δεξιὰν τέτταρα τετράγωνα.

καὶ πρῶτον ἐξεπλάγησαν τοῦ ἑτέρου ἵππου ἁλόντος. ἡ γὰρ λευκὴ βασίλισσα αὐτὸν πρὸς τοὔδαφος ῥάξασα εἵλκυσεν ἀπὸ τοῦ πεττευτηρίου. καὶ πρανὴς ἔκειτο αὐτοῦ ὁ ἵππος ἀκίνητος.

ὁ δὲ Ῥοὼν τρέμων τι *Ἀλλ' ἔδει τοῦτο γενέσθαι,* ἔφη, *ὅπως ἐξείη σοὶ ἑλεῖν ἐκεῖνον τὸν ἀξιωματικόν, ὦ Ἑρμιόνη. ἄγε δή.*

καὶ ὁπότε τῶν μελάνων ἐκείνων πεττῶν ἑάλω τις, οἱ λευκοὶ ἑκάστοτε ὠμοτάτους ἑαυτοὺς παρεῖχον. καὶ οὐ διὰ πολλοῦ ξύλλογος ἦν πεττῶν ἀψύχων παρὰ τὸν τοῖχον πεπτωκότων. καὶ δὶς ὁ Ἄρειος καὶ ἡ Ἑρμιόνη μόνον οὐκ ἔλαθον τὸν Ῥοῶνα ἐπικινδύνως ἔχοντες. ὁ δ' ἐξῇττε κατὰ τὸ πεττευτήριον ὀλίγου δέων τόσους ἑλεῖν πεττοὺς λευκοὺς ὅσοι ἤδη μέλανες ἑάλωσαν.

καὶ ἄφνω *Ὅσον οὐ νενικήκαμεν,* ἔφη. *λογιστέον δέ ...*

ἡ δὲ λευκὴ βασίλισσα ἀπέβλεπε πρὸς αὐτὸν τὴν ὄψιν κενὴν περιάγουσα.

καὶ ἠρέμα *Ναί,* ἔφη. *μία δὴ λείπεται ὁδός. δέομαι γὰρ αὐτὸς ἁλῶναι.*

Οὐχί ἔφασαν ὁ Ἄρειος καὶ ἡ Ἑρμιόνη μεγάλῃ τῇ φωνῇ βοῶντες.

ἀλλ' ὁ Ῥοὼν ἀνιώμενος *Τοιαύτη γάρ,* ἔφη, *τυγχάνει οὖσα ἡ πεττεία. ἀνάγκη ἔνια προίεσθαι. ἢν μίαν προχωρῶ βάσιν, ἥδε ἡ βασίλισσα αἱρήσει με· καὶ εἶτα σοί, ὦ Ἄρειε, ἔξεσται τὸν βασιλέα ἀναστρέψαι.*

Ἀλλά –

Πότερον βούλεσθε παῦσαι τὸν Σίναπυν ἢ μή;

Ὦ Ῥοών –

Ἄγε δή· ἢν μὴ σπεύσητε, οὗτος τὴν λίθον ἤδη ἕξει.

ἀλλὰ γὰρ μία δὴ ἐλείπετο ὁδός.

καὶ ὁ Ῥοὼν ὕπωχρος μὲν ὢν τὸ πρόσωπον, αὐθαδὴς δ' *Ἄγε νυν,* ἔφη. *ἰδοὺ πορεύομαι. ὑμῖν δὲ οὐ περιμενετέον νενικήκοσιν.*

προχωρήσαντι δ' αὐτῷ σσ λευκὴ βασίλισσα προσέβαλεν. ὁ δὲ τὴν κεφαλὴν τῇ δεξιᾷ αὐτῆς λιθίνῃ πεπληγμένος πρὸς τοὔδαφος ἔπεσε, καὶ ἐκποδὼν εἱλκύσθη λιποψυχήσας ὡς ἐδόκει. καὶ ἐν τούτῳ ἡ Ἑρμιόνη ὀτοτύζουσα ἐν τῷ τετραγώνῳ ἐπεῖχεν ὅμως.

ὁ δ' Ἄρειος τρέμων ἔτι πρὸς ἀριστερὰν τρία τετράγωνα ἐκινήθη.

καὶ ὁ λευκὸς βασιλεὺς περιειλόμενος τὸ διάδημα πρὸ τῶν Ἀρείου ποδῶν ἔρριψεν. οἱ γὰρ μέλανες ἐνενικήκεσαν. καὶ οἱ πεττοὶ προσκυνήσαντες ἀπέβησαν, τὴν εἰς τὸ πρόσθεν ὁδὸν ἀφύλακτον λιπόντες. καὶ πανύστατον πρὸς τὸν Ῥοῶνα μετ᾽ ἀπορίας ἀποβλέψαντες, ὁ Ἄρειος καὶ ἡ Ἑρμιόνη διὰ τῆς θύρας καὶ ἀνὰ τὴν πλησίον δίοδον ἐφορμήθησαν.

Τί μὴν εἰ τυγχάνει – ;

ὁ δ᾽ Ἄρειος ὡς καὶ ἑαυτὸν πείσων Εὖ γὰρ ἕξει οὗτος, ἔφη. ἀλλὰ τί νῦν πάθωμεν ὡς εἰκάσαι;

Ἀλλὰ πεπόνθαμεν ἤδη τὸ τῆς Βλάστης – τὸ Πλουτῶνος Θήρατρον λέγω. ὁ δὲ Φιλητικὸς ἐμαγγάνευσε τὰς κλεῖδας δηλαδή, καὶ τῆς Μαγονωγαλέας εἰς ζῷα μεταβαλούσης τοὺς πεττούς, λείπονται ἥ τε Κιούρου γοητεία καὶ ἡ Σινάπεως.

καὶ πρὸς ἄλλην θύραν ἀφίκοντο.

ὁ δ᾽ Ἄρειος ἠρέμα Ἔγνωκας; ἔφη.

Ἔγνων. ἀλλὰ προχώρησον.

καὶ τοῦ Ἀρείου ἀνοίξαντος αὐτήν, δυσοσμίας αἰσθόμενοι σφοδρᾶς τοὺς τρίβωνας ἀνείλκυσαν ἀμφότεροι τὰς ῥῖνας καλύψοντες. καὶ διὰ τὴν ὀσμὴν δακρύοντες εἶδον ἔμπροσθεν ὕπτιον χαμαὶ κείμενον Τρωγλοδύτην τινὰ καὶ μείζονα τοῦ πάρος ἡττωθέντος. ἐλιποψύχησεν ἄρα καὶ οἴδημα ἐπὶ τῇ κεφαλῇ παρεῖχεν αἱματηρόν.

Ἥδομαι γὰρ πολὺ οὐ δέον ἀγωνίζεσθαι τούτῳ, εἶπεν ὁ Ἄρειος μεταξὺ ἓν ὑπερβαίνων τῶν σκελῶν παμμεγάλων. ἀλλ᾽ ἐπείγου· πνίγομαι γάρ.

καὶ τὴν ἐφεξῆς ἀνέῳξε θύραν. καὶ οὐδέτερος μὲν ἤθελεν ὅ τι ἐνείη ἀθρῆσαι, εἶδον δ᾽ ἄρα οὐδὲν τοῦ φοβεροῦ μετέχον, τράπεζαν μὲν οὖν φιάλας παρέχουσαν ἑπτὰ παντοδαπὰς κατὰ στοῖχον τεταγμένας.

Τὸ τοῦ Σινάπεως, ἦ δ᾽ ὃς ὁ Ἄρειος. τί δραστέον;

ἀλλ᾽ ἐπειδὴ τάχιστα εἰσῆλθον, πῦρ ἐγένετο ὄπισθεν αὐτῶν ἐν αὐτῇ τῇ εἰσόδῳ. καὶ οὐκ ἦν τῶν ἐπιτυχόντων πυρῶν, πορφυροῦν ὄν. καὶ ἅμα φλόγες μέλαιναι ἐγένοντο ἐν τῇ ἔμπροσθεν ἐξόδῳ. ἐλοχίσθησαν γάρ.

Ἰδού. ἡ γὰρ Ἑρμιόνη βύβλον ἔλαβε πρὸς ταῖς φιάλαις κειμένην. καὶ Ἄρειος ὑπερ τὸν ἐκείνης ὦμον προκύψας τοιάδε ἀνέγνω·

πρόσθεν μὲν εὑρεῖν ἔστι κίνδυνον πολὺν
ἢ τἀσφαλῆ γ᾽ ὄπισθεν ἢν εὐδαιμονῇς.
δυοῖν γὰρ ἡμῶν προσφόροις κυρεῖν πάρα,
βοηδρομήσομεν γὰρ ἢν θέλῃς ποτέ.

τῶν δ' ἑπτὰ τὴν μὲν ἣν τύχῃς αἱρούμενος
πόρρω προσελθεῖν ἔστιν· ὃς δ' ἄλλην λάβοι,
αὕτη γε τὸν πιόντ' ἐκσώσεται πάλιν.
δύο τῶν παρ' ἡμῖν οἶνον ἀκαλήφης ἄπο
μόνον πορίζουσ' ἀβλαβεστάτην πόσιν,
τρεῖς δ' αὖ λάθρᾳ γέμοντας εὑρήσεις φόνου.
καὶ χρή σ' ἑλέσθαι, μὴ μένειν ἀεὶ θέλων.
ὅπως δ' ἄρ' ᾖ σοι ῥᾷον ἐκλογὴν ποιεῖν,
σημεῖα δώσω τετράκις σαφέστατα.
οἴνου γὰρ εἰ βλέποις ποτ' ἐξ ἀριστερᾶς,
τύχοις ἂν αἰὲν φαρμάκου κεκρυμμένου.
φιαλῶν δὲ πρώτην ἐσχάτην τε σοὶ λέγω
τό τ' εἶδος ἄλλας τὴν φύσιν τ' εἶναι πολύ
ὅμως δ' ἀχρήστους εἰ περᾶν πόρρω ποθεῖς.
πᾶσαι δὲ μέγεθος ὡς ὁρᾷς διέσταμεν,
οὐδ' ἐστὶ νᾶνος οὔτε θανάσιμος γίγας.
ἐκ δεξιᾶς δὲ κἀξ ἀριστερᾶς λέγω
οὐδὲν πιόντι διαφέρειν τὰς δευτέρας·
δίδυμαι γάρ εἰσι κεἰ δοκοῦσι πρῶτον οὔ.

ἡ δ' Ἑρμιόνη ὡς πάνυ κουφισθεῖσα ἀνέπνευσέ τε μέγα καὶ ὑπεγέλα, ὃ τῷ γ' Ἀρείῳ θαυμάσιον ἔδοξεν οὐδαμῶς συνηδομένῳ αὐτῇ.

Βαβαί, ἔφη. τοῦτὸ γὰρ οὐ μέτεστι τῆς μαγικῆς τέχνης ἀλλὰ τῆς λογικῆς, αἴνιγμα ὄν. ἀλλὰ πολλοὶ τῶν μάγων τῶν μεγίστων ὡς ἄλογον ἀσκοῦντες τέχνην ἐνθάδε εἰς πάντα χρόνον κατακλῃθεῖεν ἄν.

Οὐκοῦν καὶ ἡμεῖς κατακλῃθήσομεθα;

Οὐδαμῶς, εἶπεν ἡ Ἑρμιόνη. πάντα γὰρ γέγραπται ὧν δεόμεθα ἐν τῷδε τῷ χάρτῃ. φιάλαι ἑπτά· τρεῖς φάρμακον ἔχουσι θανάσιμον, δύο δ' οἶνον, μία μὲν ἡγήσεται ἡμᾶς διὰ τοῦ μέλανος πυρός, μία δὲ πάλιν διὰ τοῦ πορφυροῦ.

Ἀλλὰ πῶς μάθωμεν ὅ τι δεῖ πιεῖν;

καὶ ἐκείνη Καρτέρησον εἰποῦσα τὸ χάρτιον πολλάκις ἀνέγνω. ἔπειτα δ' ἄνω κάτω παρὰ τὴν τῶν φιαλῶν τάξιν ἐβάδισε τονθορύζουσα εἰς ἑαυτὴν καὶ πολλὰ δακτυλοδεικτοῦσα. καὶ τέλος μακαρίζουσα ἑαυτὴν τοῦ πράγματος

Ἔγνων, ἔφη. ἡ γὰρ μικροτάτη φιάλη ἡγήσεται ἡμῖν διὰ τοῦ μέλανος πυρὸς πρὸς τὴν λίθον.

ὁ δ' Ἄρειος βλέψας πρὸς τὴν φιάλην μικροτάτην δὴ οὖσαν Ἀμφοῖν δ' οὐκ ἀρκέσει, ἔφη, αὕτη πιεῖν. μία γὰρ μόνη πόσις ὑπάρχει.

καὶ ἀπέβλεπον εἰς ἀλλήλους.

Καὶ τίς ἡγήσεταί σοι πάλιν διὰ τῶν πορφυρῶν φλογῶν; ἡ δ' Ἑρμιόνη ἔδειξε φιάλην γογγύλην ἐκ δεξιᾶς κειμένην.

Σύ γε πῖθι ταύτης, εἶπεν ὁ Ἄρειος. ὑπολαμβάνουσαν δ' αὐτὴν ἔφθασεν εἰπὼν ὅτι Ἄκουσον μὲν οὖν. ἄπιθι καὶ εὑρὲ τὸν Ῥοῶνα. λαβὲ σάρα ἀπὸ τῆς αὐλῆς τῆς τῶν κλειδῶν τῶν πετομένων. οὕτω γὰρ ἐκ τῆς ἐπιρρακτῆς θύρας φεύξεσθε τὸν Οὐλότριχα λαθόντες. ἐλθὲ εὐθὺ πρὸς τὸ γλαυκοκομεῖον, καὶ πέμψον τὴν Ἡδυϊκτῖνα πρὸς Διμπλόδωρον. δεόμεθα γὰρ αὐτοῦ. τάχα ἂν δυναίμην δι' ὀλίγου ἀμῦναι τὸν Σίναπυν καίπερ τῷ ὄντι ἀντίπαλος οὐκ ὤν.

Ἀλλ' ὦ Ἄρειε, εἰ ὁ δεῖνα συνείη αὐτῷ, τί μήν;

Λοιπόν· ἆρ' οὐκ ηὐτύχησα τὸ πρίν; – τὴν γὰρ οὐλὴν ἐδείκνυ – τάχ' ἂν αὖθις εὐτυχοίην.

ἡ δ' Ἑρμιόνη μονονουχὶ δακρύουσα ἐξ ἀπροσδοκήτου ὡρμήθη ὑπαγκαλιοῦσ' αὐτόν.

Τί ποιεῖς, Ἑρμιόνη;

Σὺ μέγας εἶ φαρμακεύς, Ἄρειε, πιθοῦ μοι.

Ἀλλ' οὐκ εὔτεχνος εἰμὶ τῷ αὐτῷ τρόπῳ καὶ σύ, εἶπεν ὁ Ἄρειος πάνυ ἀπορῶν ἐν ᾧ ἐκείνη ἀφίετο αὐτόν.

Ἦ καὶ εὔτεχνον καλεῖς ἐμέ; αἰβοῖ τῶν βιβλίων. αἰβοῖ τῆς δεινότητος. ἔστι γὰρ μείζονα τούτων οἷα ἡ φιλία καὶ ἡ ἀρετὴ καί – εὐλαβοῦ δή, ὦ Ἄρειε.

Πῖθι σὺ πρῶτον, ἔφη ὁ Ἄρειος. οἶσθα γὰρ ἀκριβῶς δήπου τὰ τῶν φιαλῶν πάθη ἅττα ἐστίν;

Ἀκριβέστατά γε. καὶ ἡ Ἑρμιόνη καταπίνουσα τὴν πόσιν τὴν τῆς φιάλης γογγύλης ἔφριξέ τι.

Ἆρ' οὐ τοῦ θανασίμου πέπωκας; ὁ γὰρ Ἄρειος ἐφοβεῖτο.

Οὐδαμῶς. ἀλλὰ ψυχρότατόν ἐστιν.

Εἶα. ἴθι πρὶν ἀπορρεῖν τὸ φάρμακον.

Τύχῃ ἀγαθῇ – εὐλαβοῦ –

Ἴθι, ἦ δ' ὃς ὁ Ἄρειος ἀναβοῶν.

ἐκείνη μὲν οὖν μεταστρεψαμένη διὰ τοῦ πορφυροῦ πυρὸς ἐβάδισεν εὐθύ.

Ἄρειος δ' ἀναπνεύσας τι τὴν φιάλην ἔλαβε τὴν μικροτάτην. τρεπόμενος δὲ πρὸς τὰς μελαίνας φλόγας Ἔρχομαι, ἔφη καὶ τὴν πόσιν κατέπινε.

καὶ μὴν κρυστάλλου ὡς δοκεῖν εἰς τὸ σῶμα εἰσβάλλοντος, τὴν φιάλην μεθεὶς προὐχώρησε. καὶ ξυστείλας ἑαυτὸν τὰς μελαίνας φλόγας εἶδεν ἐκλαμπούσας, θερμότητος δ' οὐδεμίας ᾔσθετο *αὐτῶν. καὶ πρῶτον μὲν οὐδὲν ἦν ἰδεῖν εἰ μὴ τὸ μέλαν πῦρ, ἐν ἀκαρεῖ δ' ἀφίκετο ἑτέρωσε εἰς τὸν ὕστατον τῶν θαλάμων.*

καὶ μὴν ἄλλος τις ἤδη παρῆν. Σίναπύς γε μὲν δὴ οὐκ ἦν, οὐδ' αὖ Φολιδομορτός.

— ΒΙΒΛΟΣ Π —

ΠΕΡΙ ΤΟΥ ΔΙΠΡΟΣΩΠΟΥ

Κίουρος ἦν ἄρα.

Ἀλλ' ἦ καὶ σύ; ἔφη ὁ Ἄρειος κεχηνὼς ἅμα.

ὁ δὲ Κίουρος κάρχαρον μειδιάσας τοῖς δὲ σπασμοῖς οὐκέτι χρώμενος ἠρέμα Ἔγωγε, ἔφη. οὐ γὰρ σύ, ὦ Ποτέρ, κομιδῇ ἀπροσδόκητος δεῦρο ἀφίκου.

Ἀλλ' ὁ Σίναπυς, ὡς ᾠήθην –

Ἦ τὸν Σεούερον λέγεις; καὶ τοῦτ' εἶπεν ὁ Κίουρος γελῶν ἅμα, ἐκεῖνο μὲν τὸ εἰθισμένον λεπτόν τε καὶ γυναικεῖον οὐκέτ' ἐμφθεγξάμενος, ὀξὺ δὲ καὶ πικρόν τι. Εἰκός, ἔφη. τοῦ γὰρ Σεουέρου ἐστὶ τοῦτο τὸ πρᾶγμα, ὡς φαίνεται. ὥστε πάνυ συνέφερεν ἐμοὶ τὸ περιπέτεσθαι ἐκεῖνον καθάπερ νυκτερὶς ὑπερμεγάλη. ἀλλὰ γὰρ παρ' αὐτὸν τίς ὑποπτεύοι ἂν τὸν βατταρίζοντα τοῦτον τὸν ἄθλιον, τὸν σοφιστὴν Κίουρον; καὶ ταῦτα λέγων προσεποιεῖτο αὖθις τὴν εἰθισμένην βαττολογίαν.

ὁ δ' Ἄρειος οὐχ οἷός τ' ἦν ταῦτα καταμανθάνειν· οὐδὲν γὰρ μετέχειν τῆς ἀληθείας ὡς δοκεῖν.

Ἀλλ' ὁ Σίναπυς ἤθελεν ἀποκτεῖναί με.

Οὐδαμῶς. ἐγὼ μὲν οὖν ἠθέλησα. ἡ γὰρ φίλη σου Γέρανος ἔτυχε καταβαλοῦσά με ἐν ᾧ ἔσπευδε πῦρ ἐμβαλεῖν τῷ Σινάπει ἐπὶ τοῦ ἀγῶνος ἐκείνου τοῦ ἰκαροσφαιρικῷ ὥστ' οὐκέτ' ἐδυνήθην ἐγὼ παρατηρεῖν σε ἀτενέσι τοῖς ὀφθαλμοῖς. ἐν ἀκαρεῖ γὰρ ἔσχον ἂν ἐκκροῦσαι σὲ ἀπὸ τοῦ σάρου. καὶ ἤδη ἐξέκρουσα ἂν εἰ μὴ ὁ Σίναπυς σώσων σε ἐπῇσε φυλακτήριόν τι.

Καὶ δῆτα λέγεις ὅτι ἐκεῖνος σῶσαί με ἐπεχείρει;

Πάνυ γε. ὡς πρὸς τί μάλ' ἐβουλήθη, πῶς δοκεῖς, βραβεύειν ἐν τῷ ἐπιγιγνομένῳ ἀγῶνι τῷ ἰκαροσφαιρικῷ; ἀλλ' ὅπως μὴ ἐγὼ ταὐτὰ πάλιν αὖ πειραθῶ δήπου. ἐμβροντησία. οὐ γὰρ ἐξῆν ἐμοὶ οὐδὲν ποιῆσαι θεωροῦντος τοῦ Διμπλοδώρου. καὶ πάντες οἱ ἄλλοι σοφισταὶ ἐδόξαζον αὐτὸν ἐν νῷ ἔχειν κωλῦσαι τοὺς Γρυφινδώρους νικῆσαι. καὶ δὴ ἀπήχθετο τοῖς πολλοῖς, περιττὰ πράξας. ἐγὼ μέντοι ἀποκτενῶ σε τῇδε τῇ νυκτί.

καὶ δακτύλοις κροτήσαντος τοῦ Κιούρου, πείσματα οὐδαμόθεν γενόμενα βιαίως κατέδησε τὸν Ἄρειον.

Πολυπραγμονέστερος εἶ σύ, ὦ Ποτέρ, ἢ ὥστε φῶς ὁρᾶν. ὅτε γὰρ ἐν τοῖς νεκυσίοις τὸ φρούριον οὕτω περιέτρεχες ἐξερευνήσων τὸ τὴν λίθον φυλάττον, ἐξῆν σοι καθ᾽ ὅσον συνῄδη ἐμαυτῷ τόθ᾽ ἑωρακέναι με ἐπανιόντα.

Ἦ καὶ σύ γε τὸν Τρωγλοδύτην εἰσήγαγες;

Ἔγωγε. σοφιστὴς γὰρ εὐφυής εἰμι πρὸς τοὺς Τρωγλοδύτας. εἶδες γάρ που ὅπως ἄρτι ἐχρησάμην ἐκείνῳ τῷ ἐν τῷ θαλάμῳ; ἀλλὰ κακῇ τύχῃ ἕως οἱ ἄλλοι πάντες περιέτρεχον ζητοῦντες αὐτόν, ὁ Σίναπυς ἤδη ὑποπτεύων ἐμὲ ὡρμήθη εὐθὺς εἰς τὸ τρίστεγον ὡς φθησόμενός με. οὐχ ὅπως ὁ ἐμὸς Τρωγλοδύτης ἀπετυμπάνισε σέ, ἀλλ᾽ οὐδ᾽ ὁ κύων ὁ τρικάρηνος ἐπιτυχὴς ἐγένετο ἀποδάκνων εἰς καιρὸν τὸ Σινάπεως σκέλος.

ἀλλ᾽ ἠρέμησον, ὦ Ποτέρ, αὐτοῦ μένων ἐν ᾧ ἐξετάζω τοῦτο τὸ κάτοπτρον· ἀξιόλογον γάρ ἐστιν.

καὶ τότε ὁ Ἄρειος ἐγνώρισε τὸ ὄπισθεν τοῦ Κιούρου ἱδρυμένον ὅ τι τυγχάνει ὄν. ἦν γὰρ τὸ ἔσοπτρον τοῦ ναιμύθιπε.

ὁ δὲ Κίουρος ἁπτόμενος τοῦ περὶ αὐτὸ ξυλίνου Τοῦτο δὴ τὸ κάτοπτρον, ἔφη, ἀφορμὴν παρέχει τῷ ἐπιθυμοῦντι εὑρεῖν τὴν λίθον. τοῦ γάρ τοι Διμπλοδώρου ἐστὶ τὸ τοιοῦτο δηλαδή. οὐ μὴν ἀλλ᾽ ἀπόντος τούτου Λονδίνονδε, φθήσομαι τὸν νόστον ἤδη μακρὰν ἀποδημήσας.

τῷ Ἀρείῳ μέντοι ἔδοξε πράττειν ὅπως ἐκεῖνος λάλος διατελῶν οὐχ οἷός τ᾽ ἔσται τὸν νοῦν εἰς τὰ τοῦ κατόπτρου προσέχειν.

Εἶδον σέ, ἔφη, καὶ τὸν Σίναπυν ἐν τῇ ὕλῃ –

Τί μήν; εἶπεν ὁ Κίουρος ἀτεχνῶς μεταξὺ εἰς τοὔπισθεν τοῦ κατόπτρου βαδίζων. Ἐξίχνευε γὰρ θέλων μαθεῖν ὅ τι καὶ ἔγνωκα ἤδη. ἀπ᾽ ἀρχῆς γὰρ ὑποπτεύσας τότε δὴ ἐπειρᾶτο ἐκφοβεῖν ἐμέ καίπερ ἄπορον ὂν αὐτοῦ τοῦ κυρίου Φολιδομορτοῦ προστατοῦντος ἐμοῦ.

καὶ πάλιν ἐλθὼν ἀπὸ τοῦ ὀπίσω ἀτενὲς ἐδεδόρκετο εἰς τὸ κάτοπτρον.

Τὴν λίθον ὁρῶ, ἔφη. δίδωμι δ᾽ αὐτὴν τῷ κυρίῳ. ἀλλὰ ποῦ ἐστίν;

καὶ ὁ Ἄρειος παλαίων ἔτι τοῖς δεσμοῖς οὐχ οἷός τ᾽ ἦν ἐκφυγεῖν. καὶ μὴν ἔδει κωλῦσαι τὸν Κίουρον μὴ ὅλος εἶναι περὶ τοῦ κατόπτρου.

Ἀλλ᾽ ὁ Σίναπυς ἐφαίνετο ἀεὶ εἰς τόσον δυσχεραίνων κατ᾽ ἐμοῦ.

Δυσχεραίνει δή, ἦ δ᾽ ὃς ὁ Κίουρος, Ἡρακλέους ἔχθραν τινὰ ἔχων. οὔκουν ἐκείνῳ ξυνῄδησθα συμμαθητῇ γεγενημένῳ τοῦ σοῦ πατρός; ἐμίσουν γὰρ ἀλλήλους. ἀλλ' οὖν νεκρόν γε οὐκ ἐβούλετο ποιῆσαί σε.

Ἀλλα νεωστὶ σοῦ κλαίοντος ἀκούσας ἐδόξασα ἐκεῖνον ἀπειλητικὸν γενέσθαι.

καὶ πρῶτον ὁ Κίουρος ἐδόκει φοβεῖσθαί τι.

Ἐνίοτε, ἔφη, χαλεπόν ἐστί μοι ποιῆσαι τὰ τῷ κυρίῳ προστεταγμένα. οὗτος μὲν γὰρ μάγος πέφυκε μέγας, ἐγὼ δὲ ἀσθενής –

ὁ δ' Ἄρειος χάσκων τι Καὶ δὴ λέγεις, ἔφη, ὅτι ἐκεῖνος σοὶ συνῆν ἐν τῷ διδασκαλείῳ;

Ξύνεστι γάρ μοι ὅποι ἂν ἔλθω. περινοστῶν γάρ ποτε τὰ τῆς οἰκουμένης συνέτυχον αὐτῷ νεανίσκος τ' ὢν εὐήθης καὶ ἄλλως τε γελοῖος γενόμενος καὶ ὡς πολλὰ σπουδάζων περὶ τὸ δίκαιον καὶ τὸ ἄδικον. ὁ δὲ κύριος Φολιδομορτὸς εὖ ἐδίδαξέ με ἀποφαίνων ὡς οὐδὲν ἄρ' ὑγιὲς φρονοίην. Σκοπεῖσθαι δέ, ἔφη, ὦ εὐηθέστατε Κίουρε, οὑτωσὶ χρή· οὐχ ὅτι οἱ μὲν δικαιοσύνης ἅπτονται οἱ δὲ ἀδικίας, μᾶλλον δὲ οἱ μὲν τοῦ κρείττονας γενέσθαι ὀρέγονται, οἱ δὲ ἀσθενέστεροι πεφύκασιν ἢ ὥστε καὶ ἐπιθυμεῖν τοῦ τοιούτου. καὶ ἐξ ἐκείνου τοῦ χρόνου πιστὸς ἦν ἀεὶ ὑπηρέτης αὐτῷ, οὐ μὴν ἀλλὰ πολλὰ λυπήσαντα ἔδει με δίκας διδόναι αὐτῷ πολλάς – καὶ ἐξαίφνης ἔφριξε λέγων – οὐ γὰρ ῥᾳδίως συγγιγνώσκει ἐκεῖνος τοῖς ἡμαρτηκόσι· καὶ μάλιστ' ἐμοὶ ἠγανάκτησε σφαλέντι τοῦ μὴ κλέψαι τὴν λίθον ἐκ Γριγγώτου. ὥστε τιμωρίαις μετῆλθέ με ... ἔδοξε γὰρ αὐτῷ ἀκριβέστερον ἐπιτηρεῖν με ...

καὶ οὗτος μὲν κατὰ μικρὸν ἐσιώπα· ὁ δ' Ἄρειος ἐμνημόνευε τὰ τοῦ Στενωποῦ Διάγοντος. πῶς γὰρ οὕτω γενέσθαι ἀνόητος; αὐτόπτης γὰρ ἰδὼν τότε τὸν Κίουρον δεξιώσασθαι ἐν τῷ Λέβητι Διαβρόχῳ.

ὁ δ' ἠρέμα ἀρὰς ἠρᾶτο.

Οὐ γὰρ ξυνίημι τοῦτο· ἦ καὶ ἐντὸς τοῦ κατόπτρου που τὴν λίθον εὑρήσομαι; ἦ διαρρῆξαι χρὴ αὐτό;

ὁ δ' Ἄρειος ἀγχίνους ὢν πρὸς τὰ γεγενημένα οὕτω γνώμης εἶχεν ὥστε μάλιστα πάντων ἐπεθύμει φθάσαι τὸν Κίουρον εὑρὼν τὴν λίθον. καὶ εἰς ἑαυτὸν λέγων Βλέπων γάρ, ἔφη, εἰς τὸ κάτοπτρον εὖ οἶδα ἐμαυτὸν εὑρίσκοντα αὐτήν. καὶ οὕτω καὶ τοῦτο ὅπου κέκρυπται δηλαδή. ἀλλὰ πῶς ἔστι μοι βλέψαι πρὸς αὐτό, τοῦ Κιούρου ἀγνοοῦντος τί ποιῶ;

καὶ ἤθελε μὲν κινεῖσθαι πρὸς ἀριστερὰν ὡς λήσων ἐκεῖνον εἰς τοὔμπροσθεν τοῦ κατόπτρου μεθιστάμενος, ἐσφάλη δὲ τῆς ἐλπίδος τῶν δεσμῶν εἰς τόσον ἐπιτεταμένων. καὶ καταπεσὼν ἔλαθε τὸν Κίουρον ἔτι εἰς ἑαυτὸν λαλοῦντα.

Ποίαν τόδε τὸ κάτοπτρον ἔχει δύναμιν; τί μηχανητέον; ὠφέλησον ἐμέ, ὦ κύριε.

καὶ φωνήν τινα ἄλλην ἤκουσεν ὁ Ἄρειος ἅμα ἐκπλαγεὶς ἀποκρινομένην, φωνήσαντος ὡς εἰκάσαι αὐτοῦ τοῦ Κιούρου.

Κέχρησο τῷ παιδί ... κέχρησο τῷ παιδί.

καὶ ὁ Κίουρος μεταστρεψάμενος πρὸς τὸν Ἄρειον Χρήσομαί γε. οὗτος, ὦ Ποτέρ, δεῦρο.

καὶ χερσὶ κροτήσαντος τοῦ Κιούρου, τὰ πείσματα χαμᾶζε ἔπεσε. λυθεὶς δὲ ὁ Ἄρειος βραδέως ἀνέστη.

ἀλλ' ἐκεῖνος μάλ' αὖθις Δεῦρο, ἔφη. εἰς τὸ κάτοπτρον βλέψας εἰπέ μοι τί ὁρᾷς.

ὁ δὲ Ἄρειος ἐβάδιζε πρὸς αὐτόν, ποικίλα ἅμα ἐννοῶν.

Δεῖ τρέπεσθαι ἐπὶ ψευδῆ ὁδόν. βλέψαντα γὰρ δεῖ με ψεύσασθαι, μίας δὴ ταύτης λειπομένης ὁδοῦ.

κατόπιν δὲ προσελθόντος ἐκείνου, εἵλκυσεν ὀσμήν τινα καινὴν ἀπὸ τῆς Κιούρου μίτρας ὡς δοκεῖν πνέουσαν. καὶ ὄμμασι μεμυκόσιν ἦλθε πάροιθε τοῦ κατόπτρου.

τοὺς δ' ὀφθαλμοὺς πάλιν ἀναπετάσας τὴν ἑαυτοῦ σκιὰν ἑώρα πρῶτον μὲν ὕπωχρον καὶ περίφοβον δοκοῦσαν, μετ' ὀλίγου δὲ μειδιῶσαν πρὸς αὐτόν. καὶ ἡ σκιὰ δεξιὰν εἰς θυλάκιον θεῖσα ἐξείλκυσε λίθον τινά αἱματοῦσσαν. σκαρδαμύξασα δ' εἰς θυλάκιον ἀπέθηκε. καὶ ἐν ᾧ τοῦτ' ἐποίει, ὁ Ἄρειος ἅμα τῷ ὄντι ᾔσθετό τινος – βαρὺ γὰρ ἦν – εἰς τὸ ἑαυτοῦ θυλάκιον πίπτοντος. τῇ γὰρ λίθῳ, τὸ ἀπιστότατον, οὐκ οἶδ' ὅπως ἐκέχρητο.

ἐκεῖνος δὲ πικρῶς Εἶέν, ἔφη. τί ὁρᾷς;

Ἄρειος δὲ ξυστείλας ἑαυτόν Ὁρῶ γ' ἐμαυτόν, ἔφη ψευδόμενος, δεξιούμενον τὸν Διμπλόδωρον. φέρομαι γὰρ τὴν Φιάλην τὴν Οἰκείαν ὑπὲρ τῶν Γρυφινδώρων.

ἀρὰς δὲ πάλιν αὖ ἠράσατο ὁ Κίουρος.

Ἄναγε σεαυτὸν ἐκ τοῦ μέσου. ἀπιὼν δ' ἐκποδὼν ὁ Ἄρειος ᾔσθετο τῆς τοῦ φιλοσόφου λίθου παρὰ τῷ μηρῷ κειμένης. ἆρα ἀποδράμῃ τολμήσας;

ἀλλ' οὐ μακρὰν κεχώρηκε καὶ ἐφθέγξατό τις ὀξείᾳ τῇ φωνῇ, τοῦ Κιούρου τὰ χείλη οὐ κινοῦντος.

Ψεύδεται ... ψεύδεται.

καὶ ὁ Κίουρος κεκραγὼς Οὗτος, ἔφη, δεῦρο, τοὔμπαλιν. ἀλήθευσον δή. τί ἄρτι εἶδες;

ἡ δ' ὀξεῖα φωνὴ αὖθις Ἔα με προσειπεῖν κατὰ στόμα αὐτοῦ.

Ὦ κύριε, ἀλλ' ἀσθενέστερος εἶ ...

Σθένω γοῦν τοσόνδε ...

ὁ δ' Ἄρειος ἀκίνητος εἱστήκει γῆθεν ἐρριζωμένος ὥσπερ τῷ Πλουτῶνος Θήρατρῳ καταδεδεμένος. περιδεὴς δὲ θεᾶται τὸν Κίουρον ἕως χεῖρα πρὸς κεφαλὴν ἐπιθεὶς τὴν μίτραν ἀνελίττει. ἀλλὰ τί δαὶ γίγνεται; τῆς δὲ μίτρας ἀποπεσούσης, τὸ Κιούρου πρόσωπον σμικρὸν ἐδόκει θαυμαστῶς ὡς. καὶ ἔπειτα τὸν τράχηλον περιάγων μεταστρέφεται.

Ἄρειος δ' ὀξύτατα ἐκέκραγεν ἂν εἰ μὴ ἄφωνος ἐγένετο. ἐκεῖ γὰρ ὅπου οὐδὲν ὤφελες ἰδεῖν εἰ μὴ αὐτὴν τὴν κεφαλὴν τὴν κατὰ νῶτον, πρόσωπον ἦν ἰδεῖν, πρόσωπον δὴ δεινότατον πάντων ὅσα ἑωράκει ποτὲ ὁ Ἄρειος. γύψου γὰρ ἦν λευκότερον τὸ εἶδος, γοργὸν δὲ ὀφθαλμοῖς κοκκίνοις. ἀντὶ δὲ ῥινῶν παρεῖχε τμήματα σμικρὰ καθάπερ δράκων.

καὶ σισυρίζων Ἄρειος, ἔφη, Ποτήρ.

ὁ δ' Ἄρειος ἤθελε μὲν ἀνακρούσασθαι ἐπὶ πρύμνην, κινεῖσθαι δ' οὐκ ἐδυνήθη.

καὶ τὸ πρόσωπον Ἰδού, ἔφη. οἵαν δὴ οἵαν μετάστασιν δέδορκας. σκιὰ γὰρ γενόμενος καὶ ὁμίχλη σχῆμα οὐ παρέχω εἰ μὴ σώματος ἀλλοτρίου ἔξεστί μοι κοινωνεῖν. ἀλλ' ὑπάρχουσιν ἀεὶ οἱ τοιοῦτοι προσδέξασθαί με εἰς τὴν ψυχὴν βουλόμενοι. καὶ τὸ αἷμα τὸ τοῦ μονοκέρω ἵππου νεωστὶ δεξάμενος πάνυ ἐρρώμην· κατεῖδες γὰρ τὸν βέλτιστον Κίουρον ὑπὲρ ἐμοῦ πίνοντα ἐν τῇ ὕλῃ. κεκτημένος δὲ τὸ τῆς ζωῆς φάρμακον, δυνήσομαι ἴδιον ποιεῖσθαι σῶμα ... λοιπόν ... τί οὐ δώσεις μοι τὴν ἐν τῷ θυλακίῳ λίθον;

ἔγνωκε γάρ. ἐξαίφνης δ' αὖ αἴσθησιν ἔχων τῶν σκελῶν πρὸς τοὐπίσω ἐκαλινδεῖτο.

Οὐ σωφρονήσεις; σεσηρότως εἶπε τὸ πρόσωπον. ἄμεινον γὰρ σοὶ ἐκσώσαντι τὴν ψυχὴν συμμαχεῖν ἐμοί ... ἢν δὲ μή, ταὐτὰ πείσῃ τοῖς τοκεῦσιν ... οἵτινες ἀπέθανον παριέμενοι.

Ἄρειος δὲ ἐξαίφνης ἀναβοῶν Ψεύδει σύ, ἔφη μεγάλῃ τῇ φωνῇ.

καὶ τοῦ Κιούρου πρὸς αὐτὸν ἀνακρουομένου, ὁ Φολιδομορτὸς ἔτι ἐφορᾶν ἐδύνατο. ἀλλὰ νῦν δὴ τὸ πρόσωπον ὠμὸν ἐμειδία τι.

Βαβαὶ τοῦ παππασμοῦ. τὴν γὰρ ἀνδρείαν ἀεὶ περὶ πολλοῦ πεποίημαι· καὶ τοὺς τοκέας σοῦ ὁμολογῶ ἀνδρείους δὴ γενέσθαι. τὸν μὲν γὰρ πατέρα πρῶτον ἀπέκτεινα ἀνδρείως ἀνταγωνισάμενον, τὴν δὲ μητέρα οὐκ ἂν ἔδει τεθνάναι εἰ μὴ ἐπεχείρει σῶσαι σέ ... ἀλλὰ δός μοι τὴν λίθον δῆτα, ἢν μὴ δοκεῖ σοὶ ἐκείνη καλῶς πρᾶξαι μάτην τεθνηκυῖα.

Ἄρειον δέ Οὐδαμῶς, βοῶντα, ἀναπηδῶντα δὲ πρὸς τὴν θύραν τὴν φλογοειδῆ ἐκεῖνος ἔφθασεν ὀξὺ κραυγάσας Λαβὲ αὐτόν. καὶ ἐν ἀκαρεῖ συνῄδει ὁ Ἄρειος τῷ Κιούρῳ λαβομένῳ οἱ τοῦ καρποῦ. καὶ εὐθὺς τὸ μέτωπον σφόδρα περιωδύνει, ἅμα μὲν δακνούσης τῆς οὐλῆς ὥσπερ βελόναις τετρυπημένης, ἅμα δὲ μελλούσης τῆς κεφαλῆς δίχα σχισθήσεσθαι ὡς δοκεῖν. κεκραγὼς δ' ὅμως καὶ παντὶ σθένει ὁρμώμενος ἀνταγωνίζεται τῷ Κιούρῳ. κἄπειτα πρᾶγμα πάνυ ἀπροσδόκητον ἦν ἰδεῖν. οὗτος γὰρ μεθίησι τὸν Ἄρειον. ὁ δὲ συνειδὼς ἧττον τὴν κεφαλὴν ὠδίνων περισκόπει τεταραγμένῃ τῇ ὄψει ὡς οὐκέθ' ὁρῶν τὸν Κίουρον ἀφανισθέντα δή. τὸν δ' ὁρᾷ δι' ἀλγηδόνα ὀκλάζοντα καὶ εἰς τοὺς δακτύλους ἀτενέσι τοῖς ὀφθαλμοῖς ἀποβλέποντα τοὺς ἤδη φλυκταίναις ἐξανθοῦντας.

τοῦ δὲ Φολιδομορτοῦ αὖθις αὖ Λαβὲ λαβέ φθεγξαμένου, ὁ Κίουρος προσπτάμενος κατέβαλε τὸν Ἄρειον πρηνὴς ἐπ' αὐτὸν πεσὼν καὶ ταῖν χεροῖν σφίγγων τὸν τράχηλον αὐτοῦ. καίτοι κραυγάζει τέως δῆλον ὅτι περιώδυνος γεγώς.

Ὦ κύριε, οὐ δύναμαι ἔχεσθαι αὐτοῦ. οἴμοι τῶν χερῶν, οἷα πάσχω.

οὗτος δὲ καίπερ τοῖς γόνασι χαμαὶ πιέζων ἔτι τὸν Ἄρειον, τόν γε τράχηλον μεθεὶς μετ' ἀπορίας εἰς τὰς ἑαυτοῦ χεῖρας ἀτενίζει· ταύτας δὲ Ἄρειος εἶδεν ὥσπερ ὀπτημένας ἢ δεδαρμένας καὶ ἐρυθρὰς δὴ γενομένας καὶ ξεστάς.

Φόνευε δῆτα, ὠμβρόντητε, καὶ τελευτὴν δὸς αὐτῷ.

καὶ ὁ μὲν Κίουρος τὴν δεξιὰν ἀνεῖχεν ὡς ἀρὰν ἀρασόμενος θανάσιμον, ὁ δ' Ἄρειος ἀπὸ τοῦ αὐτομάτου χεῖρα προτείνας τοῦ Κιούρου προσώπου ἐλάβετο –

Ὀττοτοτοτοτοῖ.

καὶ καλινδούμενος ὁ Κίουρος λυπηρῶς ἀπηλλάγη τοῦ Ἀρείου, φλυκταίναις καὶ τὸ πρόσωπον παρέχων δεδηγμένον πολλαῖς. καὶ τότε Ἄρειος ἐπίσταται ὅτι ἐκείνῳ ἦν φόβος θιγεῖν τοῦ δέρματος αὐτοῦ μὴ στυγνὸν δὴ οἰμώζῃ. εἰ οὖν συνεχῶς λάβοιτο τὸν Κίουρον, ἴσως τοσοῦτο λυπήσειν ἐκεῖνον ὥστε μὴ ἀρὰν ἄρασθαι λυπούμενον.

ἀναπηδήσας οὖν τὸν Κίουρον τοῦ βραχίονος λαβὼν ἀπρὶξ εἴχετο. ὁ δὲ μέγα κεκραγὼς ἐπειράθη ἀπῶσαι τὸν Ἄρειον. ὁ δὲ συνῄδει ἑαυτῷ κάκιον ἤδη πάσχοντι τὴν κεφαλήν· ἰδεῖν μὲν γὰρ οὐκέτ' ἐδύνατο, ἤκουσε δὲ τοῦ τε Κιούρου κωκυτῷ καὶ οἰμωγῇ ὀρθιάζοντος καὶ τοῦ Φολιδομορτοῦ τέως Παῖ δή, παῖ δή φωνοῦντος καὶ δὴ καὶ ἄλλων τινῶν λεγόντων Ἄρειε, Ἄρειε. τούτους δ' οὐκ ᾔδει εἴ γ' ἄρα ἐντός πως ἑαυτοῦ λέγουσιν.

ξυνῄδει δ' οὖν ἑαυτῷ πάντων ἡμαρτηκότι· τὸν γὰρ Κιούρου βραχίονα ἐκ τῶν χερῶν αὐτοῦ ἀφείλκυσέ τις· κἄπειτα εἰς σκότον κατέβαινεν, ὡς ἐδόκει, κάτω καὶ ἔτι κατωτέρω.

*

χρυσοῦν τι τοίνυν εἶδεν ὑπὲρ τῆς κεφαλῆς στίλβον. ἄλλο τι ἢ τὸ φθαστέον; ἀλλὰ οἱ βραχίονες ὡς ἐφαίνετο βαρύτεροι ἦσαν ἢ ὥστε λαβεῖν αὐτό.

σκαρδαμύξας δὲ τοῦτ᾽ ἐνενόησε φθαστέον μὲν οὐκ εἶναι, δίοπτρα δέ, ἄτοπον θέαμα.

σκαρδαμύξας δ᾽ αὖθις μειδιῶντος ἐγνώριζε τοῦ Διμπλοδώρου.

Χαῖρε, ἔφη, ὦ Ἄρειε.

ὁ δὲ διὰ μικροῦ ἀτενίσας ἐμέμνητό τι. Ὦ σοφιστά, ἔφη. τὴν λίθον λέγω. αἴτιος ὁ Κίουρος. τὴν γὰρ λίθον ἔχει. ὦ σοφιστά, ὡς τάχιστα –

Σὺ δ᾽ ἡσύχαζε, ὦ παῖ, ἔφη ὁ Διμπλόδωρος. ἕωλα γὰρ δοκεῖς λέγειν. ὁ γὰρ Κίουρος οὐκ ἔχει τὴν λίθον.

Τίς δῆτα; ὦ σοφιστά, ἐγώ –

Κάτεχε σεαυτὸν ὅπως μὴ ἡ Πομφόλυξ ἐκβάλῃ με.

ὁ δ᾽ Ἄρειος τὴν μὲν ὀργὴν παρείμενος περισκοπῶν δὲ τὰ παρόντα συνῄδει ἑαυτῷ δῆλον ὅτι ἐν τῷ νοσοκομείῳ ὤν. ἔκειτο γὰρ ἐν κλίνῃ ὀθόναις λευκαῖς ἐστρωμένῃ, καὶ παρ᾽ αὐτῷ τράπεζα ἦν σεσωρευμένη παντοδαποῖς ὡς εἰκάσαι τοῖς ἀπὸ γλυκυπωλείου νωγάλοις.

καὶ ὁ Διμπλόδωρος μειδιῶν ἔτι *Δῶρα γὰρ τάδε, ἔφη, ἀπὸ τῶν ἑταίρων καὶ παρομαρτούντων. ἀλλὰ τὸ διαλέγεσθαι περὶ τὰ ἐν τοῖς ὑπογείοις σοι καὶ τῷ σοφιστῇ Κιούρῳ γεγενημένα ἀπόρρητον μέν ἐστιν ἀμέλει· ἴσασι δὲ πάντες. τοῖς γὰρ ἑταίροις σου Φερεδίκῳ καὶ Γεωργῷ μέμφομαι τὸ θᾶκον ἐξ ἀποπάτου σοι πέμπειν. ἤθελον γὰρ δήπου γελοῖόν τι παρασχεῖν σοι. ἡ δὲ Πομφόλυξ νομίσασα χρῆμα οὐχ ὑγιὲς εἶναι ἀφεῖλεν.*

Πόσον χρόνον ἐνθάδε ἤδη διατρίβω;

Ἡμέρας τρεῖς. ὁ γοῦν Ῥόναλδος Εὐισήλιος καὶ ἡ Γέρανος μάλισθ᾽ ἡσθήσονται ἀναπνεύσαντος σοῦ τοῦ πόνου, πολλὰ βεβαρυμμένοι.

Ἀλλ᾽ ὦ σοφιστά, περὶ τὴν λίθον –

Οὔκουν ἔστι μοι παρατρέψαι σοι τὴν λίθον. ὁ τοίνυν Κίουρος οὐκ ἐδυνήθη ἀφελεῖν σε· ἐγὼ γὰρ εἰς καιρὸν ἀφικόμην κωλύσων αὐτὸν μὴ τοῦτο ποιῆσαι. οὐ μὴν ἀλλὰ σὺ κατὰ σεαυτὸν ἀμέλει εὖ ἔπραττες.

Ἦ καὶ καίριος ἦλθες τὴν Ἑρμιόνης γλαῦκα ἀποδεξάμενος;

Διαπορευόμενοι γὰρ ἅμα τὸν ἀέρα αὐτὸς τε καὶ ἡ γλαῦξ δηλαδὴ παρεκομίσθημεν παρ᾽ ἀλλήλους κατὰ μέσην τὴν ὁδόν. ἐπειδὴ γὰρ τάχιστα ἀφικόμην Λονδίνονδε, σαφῶς ἠπιστάμην ὅτι προσήκει μοι ἐκεῖ παρεῖναι ὅθεν ἄρτι ἀφωρμήθην. καιροῦ δὲ λαβόμενος τὸν Κίουρον ἀφείλκυσα –

Ἀλλ' ἦ σύ γε ὁ δράσας;

Ἐφοβούμην χρόνιος ἥκειν.

Μικροῦ γὰρ ἐδέησας. οὐ γὰρ ἐδυνάμην ἂν ἀμῦναι ἐκεῖνον τῆς λίθου.

Μὴ ὅτι τῆς λίθου, ὦ παῖ, ἀλλὰ σεαυτοῦ λέγω. τοῦτο γὰρ σὺ ποιῶν ὅσον οὐκ ἀπέθανες. ἐφοβούμην δὴ κατ' ἀκαρὲς μὴ καὶ τεθνήκῃς. ἡ γοῦν λίθος διέφθαρται.

ὁ δ' Ἅρειος ἀπορῶν *Ἦ καὶ διέφθαρται;* ἔφη. *ἀλλ' ὁ ἑταῖρος σοῦ, ὁ Νικολᾶος Φλάμηλος –*

ἐκεῖνος δὲ ἡδόμενος ὡς δοκεῖν *Ἆρ' οἶσθ',* ἔφη, *περὶ τοῦ Νικολάου; καὶ τὸ πρᾶγμα πρεπόντως δὴ διῴκησας. εἶέν. διαλεγόμενοι δ' οὖν ἐγώ τε καὶ ὁ Νικολᾶος συνωμολογήσαμεν ἀλλήλοις ὡς ἄριστον τοῦτο.*

Οὔκουν ἀποθανεῖται οὗτος καὶ ἡ γυνή;

Ἀποθανοῦνται γὰρ τὰ σφέτερα καλῶς τεθεμένοι· ἔστι δ' αὐτοῖς ἅλις τοῦ φαρμάκου ἤδη ἀποκειμένου πρὸς τὸ πάντα διακοσμεῖν πρὶν τελευτῆσαι.

καὶ ἠρέμ' ὑπεγέλα ὁρῶν τὸν Ἅρειον πρὸς τοῦτο πάνυ τεθηπότα.

Ἀλλὰ γὰρ σοὶ μὲν ἅτε παιδὶ ἔτ' ὄντι δοκεῖ τοῦτο ἄπιστον εἶναι, τῷ δὲ Νικολάῳ καὶ τῇ Περενέλλῃ τὸ θνῄσκειν ὁμοῖον τι ἔσται ἀμέλει τῷ κοιμᾶσθαι εἴ τις μακρὰν δὴ ἡμέραν διέτριψε. ἄλλο τι ἢ περιπέτειά τίς ἐστι τύχης τοῖς γ' εὐκοσμίοις ὁ θάνατος; ἡ γὰρ λίθος οὐκ ἦν ἄρα ὠφέλιμον ἁπλῶς. αἰβοῖ τῆς ἀθανασίας καὶ τοῦ ὑπὲρ Μίδαν πλούτου. τούτων μὲν γὰρ οἱ ἄνθρωποι ὑπὲρ πάντα ἐπιθυμοῖεν ἄν. ἀλλ' οἱ ἄνθρωποι ἐκείνων τοι ἐπιθυμεῖν φιλοῦσιν ἀεὶ ἃ πλεῖστα βλάπτει.

καὶ ὁ μὲν Ἅρειος ἄναυδος ἔκειτο αὐτοῦ, ὁ δὲ Διμπλόδωρος μινυρίζων τι καὶ μειδιῶν πρὸς τὴν ὀροφὴν ἔβλεπεν.

καὶ ὁ Ἅρειος *Ὦ σοφιστά,* ἔφη. *ἐνενόουν γάρ τι. καὶ εἰ ἡ λίθος οἴχεται, ὁ Φολ – ... τὸν δεῖνα λέγω –*

Κάλεσον αὐτὸν Φολιδομορτόν, ὦ Ἅρειε. ὀρθῶς γάρ τοι δεῖ ὀνομάζειν ἅπαντα. οἱ γὰρ τοὔνομα δεδιότες πλέον δεδοίκασιν αὐτὸ τὸ ὠνομασμένον.

Παντάπασί γε. ἄλλο τι ἢ ὁ Φολιδομορτὸς πειράσεται κατελθεῖν ἄλλαις χρώμενος ὁδοίς; οὔκουν οἴχεται δήπου;

Οὐδαμῶς. ἔτι γὰρ διατρίβει που ζητῶν σῶμα ἄλλο τι οὗ τάχ' ἂν ἐξείη κοινωνεῖν. οὐκ ἔστιν ἀποκτεῖναι αὐτὸν μὴ ζῶντα ὡς ἐτητύμως. τὸν δὲ Κίουρον ἐπιθάνατον καταλιπὼν τοῖς γ' ὁμαρτοῦσιν οὕτω πικρὸν παρέχει ἑαυτὸν ὡς τοῖς ἐχθροῖς. σὺ μὲν γάρ, ὦ Ἅρειε, τάχ' εἰς αὖθις ἀπέθηκας τὸν ἐκείνου νόστον κωλύσας μὴ εἰς τυραννίδα αὐτίκα μάλα κατελθεῖν· ἢν δὲ τὸ λοιπὸν πρὸς ἄλλων τινῶν αὖ κωλυθῇ τῶν ἀεὶ βουλομένων τὴν ἀνέλπιστον δοκοῦσαν μάχην μάχεσθαι, τάχ᾽ ἂν οὐδέποτε αὖθις τυραννεύσει.

ὁ δ᾽ Ἄρειος κατένευσε· τὴν δὲ κεφαλὴν κάμνων, νεύων τάχιστ᾽ ἔληξε. κἄπειτα Ὦ σοφιστά, ἔφη, ἔστιν ἃ χαίρων μάθοιμ᾽ ἄν, εἰ θέλοις διδάξαι. βούλομαι γὰρ τἀληθὲς μαθεῖν περί ...

Ἀλλὰ τἀληθὲς λέγεις, ἦ δ᾽ ὃς ὁ Διμπλόδωρος ἀναπνεύσας τι. καλὸν γάρ τοί ἐστι δεινὸν δ᾽ ἅμα· δεῖ οὖν χρῆσθαι αὐτῷ πολλῆς μετ᾽ εὐλαβείας. ἐγὼ δ᾽ οὖν ἀποκρινοῦμαι πρὸς τὰ ἐρωτημένα ἢν μὴ πᾶσ᾽ ἀνάγκη μοι μὴ τοῦτο ποιῆσαι. καὶ μὴ ἀποκρινομένῳ ξύγγνωθί μοι. ἀλλὰ δῆλον ὅτι οὐ ψεύσομαι.

Εἶέν. ὁ Φολιδομορτὸς εἶπεν ὅτι τὴν μητέρα ἐμοῦ ἀπέκτεινε διότι αὕτη ἐπεχείρησε κωλῦσαι αὐτὸν μὴ ἀποκτεῖναι ἐμέ. ἀλλὰ τί χρῆμα ἐβουλήθη ἐμὲ ἀποκτεῖναι;

ὁ δὲ Διμπλόδωρος μέγα ἀναπνοήσας Οἴμοι, ἔφη. πρὸς ὃ πρῶτον δὴ ἤρου τήμερον μὲν οὐκ ἔχω ἀπροκρίνασθαί σοι, μαθήσει δὲ ὕστερον. ἀλλὰ τὸ νῦν ἀμνημονεῖν δεῖ τοῦτο· πρεσβύτερος δὲ γενόμενος ... ἐπὴν ὥρα ᾖ γνῶναι, τότε δὴ ἑτοῖμος ὢν γνώσει. ταῦτα οὐδὲν ἀγαπῶν ἀκούεις, εὖ οἶδ᾽ ὅτι.

καὶ τῷ Ἀρείῳ ἔδοξεν οὐ συμφέρειν ἀντειπεῖν αὐτῷ.

Ἀλλὰ διὰ τί ὁ Κίουρος οὐκ ἐδυνήθη ἐφάπτεσθαί μου;

Ἡ μὲν γὰρ μήτηρ ἀπέθανεν ἐπιχειροῦσα σῶσαί σε. ὁ δὲ Φολιδομορτὸς οὐκ ἐπίσταται περὶ τῆς στοργῆς ὅπως εἴ τις στέργει παῖδα καθάπερ ἡ μήτηρ σε, σημεῖόν τι καταλείπεται. οὐλὴν δ᾽ οὐ λέγω οὐδὲ φανερόν τι ... ἀλλ᾽ εἴ τις οὕτως ἔστερκται, καὶ οἰχομένου τοῦ στέρξαντος ἡ γοῦν στοργὴ φυλακήν τινα εἰς ἀεὶ δίδωσι. ξύμφυτος γάρ πως ἐγένετο. ἀνθ᾽ ὧν ὁ Κίουρος μεστὸς μὲν ὢν φθόνου τε καὶ πλεονεξίας καὶ φιλοτιμίας τὴν δὲ ψυχὴν κοινώσας τῷ Φολιδομορτῷ οὐχ οἷός τ᾽ ἦν ἐφάπτεσθαί σου. ὀδυνηρὸν γὰρ ἦν ἐφάπτεσθαί τινος τῷ ἀγαθῷ οὕτως ἐστιγμένου.

τοῦ δὲ Διμπλοδώρου πρὸς ὄρνιν τινὰ διὰ φωταγωγὸν ἀποβλέπειν λίαν σπουδάζοντος δῆθεν, ὁ Ἄρειος καιρὸν ἔλαβεν ὅπως δάκρυα ἀπ᾽ ὀμμάτων ὀμόρξῃ τῇ ὀθόνῃ. τὴν δὲ φωνὴν ἀναλαβὼν Ἀλλὰ τὴν χλαῖναν, ἔφη, τὴν τῆς ἀφανείας ἆρ᾽ οἶσθα τίς ἔπεμψεν ἐμοί;

ἐκεῖνος δὲ τοῖς ὄμμασιν ὑπομαρμαίρων Ἀλλ᾽ ὁ μὲν πατὴρ ἔτυχε διαθέμενος αὐτὴν ἐμοί, ἐγὼ δ᾽ ἐλογισάμην πρὸς ἐμαυτὸν ὅτι σὺ ἄσμενος ὑποδέξοιο. χρήσιμα γὰρ τὰ τοιαῦτα· ὁ γὰρ πατὴρ μαθητὴς ὢν ἐχρῆτο ὡς ἐπὶ τὸ πολὺ εἰς τὸ ἐν τῷ ὀπτανίῳ λάθρᾳ ἐπισιτίζεσθαι.

Καὶ δὴ ἔστι μοι ἄλλο τι ...

Τί τοῦτο;

Ὁ Κίουρος εἶπεν ὅτι ὁ Σίναπυς –

Τὸν σοφιστήν γε Σίναπυν, ὦ Ἄρειε, δεῖ ὀνομάζειν τοῦτον.

Εἰκός. ὁ δ᾽ οὖν Κίουρος εἶπεν ὅτι οὑτοσὶ ὡς τὸν πατέρα μου μισήσας καὶ ἐμὲ μισεῖ δή. ἦ ὀρθῶς εἶπεν;

Τὸν μέντοι μισοῦντα ἐμίσει καθάπερ καὶ σὺ τὸν Μάλθακον. καὶ μὴν ὁ πατήρ σου ἐποίησε τοιοῦτό τι οἷον ὁ Σίναπυς συγγνῶναι οὐδέποτε οἷός τ᾽ ἦν.

Ποῖόν τι;

Ἔσωσε γὰρ αὐτὸν κινδυνεύοντα ἀποθανεῖν.

Τί δαί;

καὶ ὁ Διμπλόδωρος ἠρέμα φθεγγόμενος Οὔκουν ἄτοπα ἔστι που τὰ τῶν ἀνθρώπων φρονήματα; ὁ γὰρ Σίναπυς πικρῶς ἔφερεν ὀφείλων τοσοῦτόν τι τῷ σῷ πατρί. πέπεισμαι γὰρ αὐτὸν οὕτω τῆτες σπουδάσαι φυλάττειν σε ὡς λογιζόμενον διὰ τοῦτ᾽ ἐξ ἴσου γενήσεσθαι τῷ πατρί. ἀθῷον γὰρ οὕτως ἐκεῖνον δυνήσεσθαι ἐπαναλαβεῖν τὸ εἰς τὸν πατέρα μῖσος ...

ὁ δ᾽ Ἄρειος ἠθέλησε μὲν τούτου συνεῖναι, κάμνων δὲ τὴν κεφαλὴν οὐκ ἐδυνήθη.

Ἀλλ᾽ ὦ σοφιστά, καὶ δὴ καὶ ἔστι μοι ἄλλο τι ...

Ἦ καὶ ἓν μόνον;

Πῶς τὴν λίθον ἐκ τοῦ ἐσόπτρου ἐκτησάμην;

Ἡδύ μοί ἐστι πρὸς τοῦτο ἀποκρίνασθαι. ἔνθεος γάρ που ἐγενόμην τοῦτο συντιθεὶς καὶ πλέον τοῦ συνήθους. ἀπέλαμπε δὲ πόρρωθεν τὸ τοιοῦτο νόημα, εἴ γ᾽ ἔξεστί μοι μέγα φρονεῖν ὡς ἰδίᾳ σοι διαλεγόμενος. ὁ γὰρ βουλόμενος τὴν λίθον εὑρεῖν μέν, χρῆσθαι δ᾽ οὐχ, οὗτος μόνον δύναιτ᾽ ἂν κτήσασθαι· εἰ δὲ μή, ἴδοι τις ἂν ἑαυτὸν ἐν τῷ κατόπτρῳ ἢ χρυσὸν ποιοῦντα ἢ πίνοντα τὸ τῆς ζωῆς φάρμακον. ἐνίοτε γὰρ ἀποθαυμάζω κἀγὼ πρὸς τὴν ἐμαυτοῦ λαμπρότητα βλέπων. καὶ ἅδην ἔχει ἡμῖν ἤδη τῶν ἐρωτημάτων. οἴομαι δὲ δεῖν σε τῶν νωγάλων ὀρέγεσθαι τῶνδε. ἰδού· ἰὴ τῶν Βερτίου Βότου κυάμων τῶν παντογευστῶν. ἀλλὰ νεανίας ὢν ᾤμωξα, κακῇ τύχῃ γευσάμενος ἐμέσματος μεταξὺ κύαμόν τινα τῶν τοιούτων καταπίνων, ἐξ οὗ οὐκέτι οὕτω τέρπομαι αὐτοῖς. οὐκοῦν ἄμεινον ἂν εἴη μοι ζαχαρωτὸν λαβεῖν βουτυρόπηκτον;

καὶ ὑπομειδιάσας τὸν ξανθὸν κύαμον ἀμφέχασκε. εὐθὺς δὲ πνιγόμενος Αἰβοῖ, ἔφη, κηροῦ ὠτικοῦ.

*

ἡ δὲ Πομφόλυξ ἡ ἐπὶ τοῦ νοσοκομείου ἀστεία μὲν ἦν τοὺς τρόπους, δυσπαραίτητος δ᾽ ὅμως.

Οὔκουν στιγμὴν χρόνου; εἶπεν ὁ Ἄρειος ἱκετεύων αὐτήν.

Οὐδαμῶς.

Ἀλλὰ τὸν Διμπλόδωρον εἰσεδέξω ...

Ἀρχηγόν γε ὄντα. ὁ δ' ἄλλος ἅπας ἴτω ὄχλος, ἄλλως τε καὶ σοῦ ἐν τοῖς μάλιστα ἡσυχίας δεομένου.

Ἡσυχάζω δῆτα. ἰδοὺ κατακλίνομαι. ἀλλ' εἴ σοι φίλον, ὦ Πομφόλυξ, ἱκετεύω σε.

Καὶ μάλ' ἀπόχρη μοι. ἀλλὰ στιγμή γε χρόνου ἀρκείτω.

καὶ εἰσεδέξατο τόν τε Ῥοῶνα καὶ τὴν Ἑρμιόνην.

ἡ δὲ Ὦ Ἄρειε βοῶσα ἔμελλεν ὡς δοκεῖν πάλιν αὖ ὑπαγκαλίσειν αὐτόν· ὁ δ' Ἄρειος μάλ' ἥδετο αὐτῇ ἀπεχομένῃ μὴ τοῦτο ποιῆσαι, κάμνων ἔτι τὴν κεφαλήν.

Ὦ Ἄρειε, ἐπεπείσμεθα γὰρ ὅπως σὺ δῆλος ἦσθα – εἰς γὰρ τοσοῦτο φροντίδος ἥκεν ὁ Διμπλόδωρος –

Ἅπαντες γὰρ οἱ μαθηταί, ἦ δ' ὃς ὁ Ῥοών, λαλοῦσι περὶ τοῦ πράγματος. τί δὲ δὴ ὡς ἀληθῶς ἐγένετο;

καί σπάνιον μέν ἐστι λόγον ἀληθῶν διηγημάτων ἀκοῦσαι καὶ δεινότερον καὶ παραδοξότερον τοῦ τῶν ψευδῆ μυθολογούντων. τοιοῦτος γὰρ ὁ νῦν γε δεδομένος καιρός · ὁ γὰρ Ἄρειος πάντ' εἶπε περὶ τοῦ τε Κιούρου καὶ τοῦ ἐσόπτρου καὶ τῆς λίθου καὶ δὴ καὶ τοῦ Φολιδομορτοῦ. ὁ δὲ Ῥοὼν καὶ ἡ Ἑρμιόνη ἀκροατὰς παρεῖχον ἑαυτοὺς σπουδαίους δή, καιρίως χάσκοντες. καὶ ἐπειδὴ ὁ Ἄρειος εἶπεν αὐτοῖς ὅ τι ὑπέκειτο τῇ τοῦ Κιούρου μίτρᾳ, ἐκείνη μεγάλῃ τῇ φωνῇ ἀνεβόησεν.

τέλος δὲ ὁ Ῥοών, Οἴχεται δῆτα ἡ λίθος; καὶ ὁ Φλάμηλος ὄντως ἀποθανεῖται;

Τοῦτο γὰρ ἐγὼ μὲν εἶπον· ὁ δὲ Διμπλόδωρος λέγει πῶς δοκεῖς ὅτι Τοῖς γοῦν κοσμίοις ὁ θάνατος καιρός ἐστιν ἀξιολόγου τινὸς ἐν τῷ ἔπειτα ἀποδείξασθαι.

Ἔλεγον γὰρ ἀεὶ ὅτι πάνυ παραφρονεῖ ἐκεῖνος. ἀλλὰ τοῦτο λέγων ὁ Ῥοὼν ἀγαπᾶν ἐδόκει εἰ ὁ πάντων περιβλεπτότατος μαίνεταί τι ἄρα.

Ἀλλὰ τί ὑμεῖς πεπόνθατε δή;

ἡ δ' Ἑρμιόνη Λοιπόν, ἔφη. ἔγωγε εὖ πράξασα ἐπανῆλθον. τὸν δὲ Ῥοῶνα ἀνώρθωσα – μακρὸν δὲ χρόνον διέτριψα τοῦτο ποιοῦσα – καὶ πρὸς τὸ γλαυκοκομεῖον ἐτρέχομεν μεταπεμψόμενοι τὸν Διμπλόδωρον. ὁ δ' ἔφθασεν ἡμᾶς ἐν αὐλῇ ἀπαντήσας. εἰδὼς γὰρ ἤδη εἶπεν ἁπλῶς ὅτι Οὔκουν διώκει αὐτὸν ὁ Ἄρειος; καὶ ᾖξε πρὸς τὸ τρίστεγον.

ὁ δὲ Ῥοὼν Ἦ καὶ ἐβούλευσε τάδε, ἔφη, πῶς δοκεῖς, πέμψας σοι τὴν τοῦ πατρὸς χλαῖναν καὶ τἆλλα διοικήσας;

Ἀλλὰ μὴν δεινόν γε τοῦτο, εἰ ἄρα καὶ εἶπεν. σὺ γὰρ ἀποθανεῖσθαι ἔμελλες τό γ' ἐπ' ἐκείνῳ. ταῦτα δ' ἔλεγεν ἡ Ἑρμιόνη ὑπ' ὀργῆς μονονουχὶ διαρραγεῖσα.

ὁ δ' Ἄρειος ταῦτ' ἐνθυμησάμενος Οὐ δῆτα, ἔφη. τοῦ γὰρ Διμπλοδώρου ἐστὶ τὰ ἑαυτοῦ ἴδια φρονεῖν. ἠβουλήθη γὰρ οὐκ οἶδ' ὅπως ἐμὲ τοῦ καιροῦ τυχεῖν. πάντα γὰρ εἰδὼς ὡς εἰπεῖν τὰ ἐνθάδε γιγνόμενα, σαφέστερον δὴ ἔμαθεν οἶμαι ὅ τι ἡμεῖς πειράσεσθαι μέλλοιμεν. ἀντι μὲν οὖν τοῦ κωλῦσαι ἡμᾶς, μᾶλλον ἐδίδαξεν ὀλίγα μὲν ἀμέλει χρησιμώτατα δέ. οὐδ' ἐξ ἀπροσδοκήτου οἶμαι ἐπέτρεψέ μοι ἐξευρεῖν ποίαν τὸ ἔσοπτρον ἔχοι δύναμιν, ὡς ἀξιῶν με δίκαιον ἂν εἶναι τὸν Φολιδομορτὸν ἐφ' ὅσον ἐνεδέχετο ὑπομεῖναι.

ὁ δὲ Ῥοὼν πάνυ κομῶν ὅς γε τοιαῦτ' ἤδη ἐνενόει Παραφρονεῖ γοῦν, ἔφη, ὁ Διμπλόδωρος. ἄκουσον δή. καὶ γὰρ δεῖ σε ὑγιαίνοντα παρεῖναι αὔριον τῇ ἑορτῇ τελευτησάσης τῆς παιδευτικῆς περιόδου. ἀλλὰ τῶν βαθμῶν ἁπάντων ἠριθμημένων οἱ Σλυθήρινοι δήπου τὰ πρωτεῖα σῴζονται – ἐν δὲ τῷ ἰκαροσφαιρικῷ ἄρτι ἀγῶνι ἀπόντος σοῦ οἱ Ῥαφήγχλωροι ἀμοχθὶ διεπόρθησαν ἡμᾶς – οὐ μὴν ἀλλ' εὐφρανοῦμεθα ἑστιώμενοι.

ἐνταῦθα δὴ ἡ Πομφόλυξ πολυπραγμονοῦσα προσῆλθεν.

Τρὶς ἤδη, ἔφη, στιγμὴν τὴν ἐκείνην διετρίψατε· ἐκποδὼν ἀπέλθετε.

*

βαθὺν δὲ κοιμηθεὶς ὁ Ἄρειος μικροῦ ἐδέησεν ἰσχύειν αὐτὸς ἑαυτοῦ.

καὶ τῇ Πομφόλυγι τὰ νωγάλων κιβώτια διακοσμούσῃ Βουλοίμην ἂν δή, ἔφη, εἰς τὴν θοίνην ἰέναι. ἆρ' οὐκ ἔξεστί μοι;

Ὅ γε σοφιστὴς Διμπλόδωρος ἐξεῖναί φησι. τοῦτο δὲ χαλεπῶς εἶπεν ὡς φοβούμενος δήπου περὶ τοῦ Διμπλοδώρου μὴ οὐκ εἴδῃ τὰς θοίνας ὥς εἰσι δειναὶ καὶ παράβολοι. Καὶ ἄλλος τις εἰσέρχεταί σοι.

ὁ δέ Καλῶς ἔχει, ἔφη. τίς ἐστι;

καὶ ὁ Ἁγριώδης εἰσῆλθεν αὐτῷ ἔτι φωνοῦντι. εἰσελθὼν δ' ἐδόκει ὡς ἔθος μείζων εἶναι ἢ κατὰ φύσιν. καθίσας δ' ἑαυτὸν πρὸς τῷ Ἀρείῳ εὐθὺς δακρύων ἔρρηξε νάματα.

καὶ τὴν ὄψιν ταῖς χερσὶ καλύψας, κλαίων δὲ συνεχῶς Ἰατταταιάξ, ἔφη. οἴμ' ὡς σκαιὸς ἐγώ. ὅσον ἐξημάρτηκα παναίτιος ὤν. ἐγὼ γὰρ εἶπον τῷ καταράτῳ ἐκείνῳ τί ποιήσας τὸν Οὐλότριχα παρελθεῖν δυνήσεται, αὐτὸς διδάξας. πάντα μὲν γὰρ ἔγνωκε πλὴν ἕν· τοῦτο δ' ἐδίδαξ' ἐγώ. τυχὸν ἀπέθανες ἄν. καὶ τὰ πάντα ἀντὶ ᾠοῦ τινὸς δρακοντείου. ἦ κάρτα τὸ λοιπὸν νήφω ἅπαξ μεθυσθείς. ἄξιος δή εἰμι ἐκπεσὼν βίον διάγειν Μυγάλιον.

Ὁ Ἁγριώδης, ἔφη ὁ Ἄρειος. σαλευόμενος γὰρ τὴν ψυχὴν εἶδεν αὐτὸν οὕτω λύπῃ τε νενικημένον καὶ μεταμελείας μεστόν, καταντλοῦντα δὲ ποταμηδὸν τέως νάματα θερμὰ δακρύων κατὰ τοῦ πώγωνος. Ὦ Ἁγρίωδες, οὐκ ἔσθ᾽ ὅπως οὐχ ηὗρεν ἄν που Φολιδομορτὸς πεφυκώς, ηὗρεν γὰρ ἂν τοιοῦτος ὢν καὶ εἰ σύ γε μηδὲν εἶπας. Ἀλλὰ τυχὸν ἀπέθανες ἄν. ἀλλὰ μὴ ὀνομάσῃς τουτονί.

Ἄρειος δὲ ὥσπερ σαλπίζων Φολιδομορτός ἔφη βοῶν τῇ φωνῇ οὕτω τραχείᾳ ὥστ᾽ ἐκπλαγεὶς ὁ Ἁγριώδης δακρυρροῶν εὐθὺς ἔληξεν. Ἐγὼ γὰρ ὅς γε ἐντετύχηκ᾽ αὐτῷ ὀρθῶς γοῦν ὀνομάσειν μέλλω. ἀλλὰ θάρρει, ὦ Ἁγρίωδες, ἱκετεύω σε. τὴν δ᾽ οὖν λίθον ἐσώσαμεν. ἐκεῖνος δὲ οὐ δύναται χρῆσθαι αὐτῇ οἰχομένῃ. ἀλλὰ λαβὲ βάτραχον σοκολάτινον· πολλοὺς δὴ ἔχω.

ὁ δὲ ἀπομύξας – τὰς γὰρ ῥῖνας προσέσχε τῷ καρπῷ – Μέμνημαι δέ του· δῶρον γὰρ θέλοιμ᾽ ἂν δοῦναί σοι.

Μῶν ἄρτοι τετεμαχισμένοι καὶ κρέασιν ἰκτίδων ὠνθυλευμένοι;

Οὐ δῆτα. ὁ γὰρ Διμπλόδωρος ἐχθὲς ἐπέτρεψε μοι τὴν τέχνην παραλιπόντι ἐπισκευάσαι αὐτό. ὤφελε γὰρ ἐκβαλεῖν ἐμὲ δήπου· τοῦτο γοῦν ἐκτησάμην σοι.

βίβλος δ᾽ ἦν ὡς εἰκάσαι καλή τε καὶ διφθέρᾳ περιβεβλημένη. τὴν δ᾽ εὐλαβῶς ἀναπτύξας πλήρη φωτογραφιῶν ηὗρε μαγικῶν. ἐκ γὰρ πασῶν τῶν πτυχῶν εἶδε τήν τε μητέρα καὶ τὸν πατέρα μειδιῶντας πρὸς αὐτόν καὶ τάς χεῖρας ἀνασείοντας.

Γλαῦκας γὰρ ἔπεμψα πρὸς ἅπαντας τοὺς τότε ἑταίρους τοὺς τῶν τοκέων φωτογραφίας αἰτήσων. συνῄδη γὰρ σοὶ οὐδεμίαν ἔχοντι. ἦ ἀρεστόν σοι;

καὶ ὁ μὲν Ἄρειος ἄναυδος οὐκ ἐφθέγξατο οὐδέν· ὁ μέντοι Ἁγριώδης συνήδετο αὐτῷ· ἔγνω γὰρ τὸν νοῦν αὐτοῦ.

*

μόνος δὲ κατέβη ἄρα ὁ Ἄρειος πρὸς τὴν θοίνην τῆς ἑσπέρας, κωλυθεὶς ὑπὸ τῆς Πομφόλυγος περὶ αὐτοῦ πολυπραγμονευσάσης καὶ ἀξιωσάσης ὕστατον ἰατρεύειν αὐτόν. τοιγαροῦν τὴν αὐλὴν ἤδη οὐχ ὅτι πληθύουσαν κατέλαβεν ἀλλὰ καὶ ἀγάλμασι κεκοσμημένην ἀργυροῖς τε καὶ πρασίνοις – χρώματα γὰρ ταῦτ᾽ ἔστι τοῖς Σλυθηρίνοις – τῶν Σλυθηρίνων αὖθις ἐνεγκαμένων δὴ τὴν Φιάλην Οἰκείαν ἔτος τουτὶ ἕβδομον. καὶ εἶδες ἂν καταπέτασμα ὑπερμέγεθες τῷ δράκοντι τῷ τῶν Σλυθηρίνων πεποικιλμένον ὃ καὶ ἔκρυπτεν ὅλον τὸν ὄπισθεν τῆς ἄνω τραπέζης τοῖχον.

εἰσιόντος δὲ τοῦ Ἀρείου ἅπαντες δι᾽ ὀλίγου μὲν ἐσιώπησαν· ἐν δ᾽ ἀκαρεῖ ὁμοῦ ἐστωμύλλοντο μεγάλῃ τῇ φωνῇ. ἐκεῖνος δ᾽ ἐπὶ τὴν τῶν Γρυφινδώρων τράπεζαν μεταξὺ τοῦ Ῥοῶνος καὶ τῆς Ἑρμιόνης καθίσας ἐφ᾽ ὅσον ἐδύνατο περιεώρα τοὺς ὡς ἐποφθαλμίσοντας αὐτῷ ἀνεστηκότας.

ἀλλ᾽ οὐ διὰ πολλοῦ ἀφικομένου τοῦ Διμπλοδώρου ἅπαντες πάλιν αὖ λαλοῦντες ἔληγον.

ὁ δὲ μετὰ φιλοφροσύνης Ἐνιαυτὸν τοίνυν ἄλλον, ἔφη, τυγχάνομεν διατρίψαντες. ἀλλ᾽ ἀκροᾶσθαι δεῖ γέροντος ἀδολεσχίαν κενὴν ἀσθματικοῦ πρὶν τῶν περὶ ἐδωδὰς ἡδονῶν ἅπτεσθαι. οἷον δὴ οἷον ἔτος τετέλεσται. τυχὸν πολλὰ μεμαθήκατε τὰς κεφαλὰς ἐπιχειλεῖς παρέχοντες. θέρους δ᾽ ἐπιόντος καιρὸς ἔσται ἐκκενοῦν αὐτὰς πρὶν εἰς παίδευσιν τῷ μετοπώρῳ ἐπανιέναι ...

ἀλλ᾽ οὖν τήν γε Φιάλην Οἰκείαν τήνδε δεῖ ἐπιδικάσαι τῶν βαθμῶν ὧδε νενεμημένων· τέταρτοι μὲν καθίστανται οἱ Γρυφίνδωροι βαθμοὺς ἔχοντες τριακοσίους δώδεκα, τρίτοι δ᾽ οἱ Ὑφέλπυφοι ἔχοντες τριακοσίους πεντήκοντα δύο· οἱ μὲν Ῥαφήγχλωροι ἔχουσι τετρακοσίους εἴκοσιν ἕξ, οἱ δ᾽ αὖ Σλυθήρινοι τετρακοσίους ἑβδομήκοντα δύο.

καὶ εὐθὺς ἤκουσας ἂν θόρυβον μέγαν τῶν Σλυθηρίνων τοῖς ποσὶ κτυπούντων. τὸν δὲ Δράκοντα Μάλθακον ἰδὼν τὴν τράπεζαν τῇ κύλικι κρούοντα ὁ Ἄρειος ἐνόσει τι.

ὁ δὲ Διμπλόδωρος Ἀλλὰ μακαρίζω μὲν ὑμᾶς εὖ πεπραγότας, ὦ Σλυθήρινοι. δικάσαι μέντοι χρὴ ἔτι περὶ τῶν ἄρτι γεγενημένων.

ἐνταῦθα δὴ οἵ τ᾽ ἄλλοι ἐσιώπων καὶ οἱ Σλυθήρινοι, γέλωτα τοσαύτην οὐκέτι ἀποδεικνῦντες.

ἐκεῖνος δὲ Εἶέν, ἔφη. βαθμοὺς γὰρ δεῖ ἔτι ἀποδοῦναι οὓς ὀλίγους οὔπω ἐδίκασα. τί δαί; ναί ...

πρῶτον μὲν τῷ Ῥοῶνι Εὐισηλίῳ ...

ὁ δὲ φοινικοῦν τὸ πρόσωπον παρεῖχεν οἷόν τι ῥαφανὶς τὸ σῶμα πρὸς τὸν ἥλιον εἰς τὸ Αἰθιοπικὸν ἐπιχράνασα.

... βέλτιστα πεττεύσαντι παρ᾽ ὅντινα βούλῃ τῶν πρὸ αὐτοῦ τῶν ἐν Ὑογοήτου μαθητῶν, βαθμοὺς δίδωμι πεντήκοντα ὑπὲρ τῶν Γρυφινδώρων.

καὶ οὗτοι πάνυ θορυβοῦντες ἐδέησαν μετεωρίσαι τὴν ὀροφὴν τὴν βεβασκασμένην τῶν ἀστέρων ἤδη τρεμόντων τι. καὶ ἤκουσας ἂν τὸν Περσέα θρυπτόμενον πρὸς τοὺς ἄλλους πρυτάνεις λέγοντα ὅτι Ἀδελφὸς γὰρ ἐμός ὢν νεώτατος νενίκηκε δὴ τοὺς πεττοὺς γιγαντείους τοὺς τῆς Μαγονωγαλέας.

ὕστερον δὲ ὀλίγῳ πάντες ἐσιώπησαν αὖθις.

Δεύτερον δὲ τῇ Ἑρμιόνῃ Γεράνῳ ὡς λογισμῷ ἀτρέμα χρησαμένῃ καὶ μὴν πῦρ γε διερπούσῃ, βαθμοὺς δίδωμι πεντήκοντα ὑπὲρ τῶν Γρυφινδώρων.

αὕτη μὲν οὖν τὴν ὄψιν ταῖς ἀγκάλαις παρακαλυψαμένη ἐδάκρυεν ὡς τῷ γ᾽ Ἀρείῳ ἐδόκει. οἱ δὲ Γρυφίνδωροι πάντες παρεφρόνουν τι ἐγκωμιάζοντες τὴν σοφίαν αὐτῆς. ἑκατὸν γὰρ βαθμοὺς ἤδη εἰλήφεσαν.

Τρίτον δὲ τῷ Ἀρείῳ Ποτῆρι – φωνοῦντος δὲ τοῦ Διμπλοδώρου ἀκὴν ἐγένοντο σιωπῇ ἅπαντες μάλ᾽ αὖθις – ὅς γε θυμοῦ καὶ φρονήματος ἐμπεπλημένος ἀρετὴν ἔξοχον παρέσχε, βαθμοὺς δίδωμι ἑξήκοντα ὑπὲρ τῶν Γρυφινδώρων.

κἀντεῦθεν ἐγένετο κέλαδος πολὺς καὶ παιωνισμός. καὶ εἴ τις οἷός τ᾽ ἦν ἔτι λογίζεσθαι μεταξὺ τραχὺ ἐπαυχῶν, ἔγνωκε τοὺς Γρυφινδώρους βαθμοὺς νῦν δὴ ἔχοντας τετρακοσίους ἑβδομήκοντα δύο καὶ ἐπ᾽ ἴσης γενομένους τοῖς Σλυθηρίνοις. ἰσόπαλοι γὰρ ἀμφότεροι ἀπεβεβήκεσαν πρὸς τὴν Φιάλην. εἴθε ὁ Διμπλόδωρος καὶ ἕνα τότε προσέθηκε βαθμὸν τῷ Ἀρείῳ.

σημήναντος δὲ τοῦ Διμπλοδώρου τῇ δεξιᾷ ἅπαντες κατ᾽ ὀλίγον ἐσιώπων.

Πολλὰ γάρ τοι, ἔφη, ὑπάρχει τὰ τῆς ἀρετῆς εἴδη. ἀνδρείου μὲν γάρ ἐστι τοὺς ἐχθροὺς ὑπομεῖναι· οἱ δὲ ὑπομένοντες τοὺς φίλους οὐχ ἧττον παρέχουσι τὴν ἀνδρείαν. ὥστε βαθμοὺς δίδωμι τῷ Νεφελώδει Μακροπύγῳ δέκα.

ἀλλ᾽ εἰ σὺ ἔτυχες ἂν ἔξω τῆς αὐλῆς τότε ἑστηκώς, εἴκασας ἂν ῥυῆναι τὴν Αἴτνην τοσαύτην ἠχὴν ἀκούσας τῶν Γρυφινδώρων. καὶ ὅ θ᾽ Ἄρειος καὶ ὁ Ῥοὼν καὶ ἡ Ἑρμιόνη ἀνιστάμενοι ἐβόων καὶ ἐπαιώνιζον ἐν ᾧ τὸν Νεφελώδη ὕπωχρον γενόμενον ὡς σεισμῷ τεταραγμένον οὐκέτ᾽ ἦν ἰδεῖν πλήθει μαθητῶν περιβαλλόμενον. πρότερον γὰρ οὐκ ἔλαβε βαθμὸν οὐδένα ὑπὲρ τῶν Γρυφινδώρων. θορυβῶν δ᾽ ἔτι ὁ Ἄρειος ἐξαγκωνίσας δὲ τὸν Ῥοῶνα ἔδειξεν αὐτῷ τὸν Μάλθακον. τοῦτον γὰρ οὐκ ἂν εἶδες μᾶλλον ἐκπεπληγμένον εἰ καὶ τὸν σωματικὸν καταδεσμὸν τὸν παντελῆ ἄφνω ἔπαθεν.

τῶν δὲ Σλυθηρίνων νενικημένων καὶ οἱ Ῥαφήγχλωροι καὶ οἱ Ὑφέλπυφοι ἐπαιώνιζον. πολλοῦ δ᾽ ἔτι θορύβου γιγνομένου, ὁ Διμπλόδωρος Ἀνθ᾽ ὧν, ἔφη, περὶ τὰ κοσμήματα χρὴ μεταβολάς τινας μεταβάλλειν.

καὶ χεῖρας κρούσαντος αὐτοῦ, ἐν ἀκαρεῖ τὰ μὲν πετάσματα πράσινα εἰς κόκκινα μετεβλήθη, τὰ δὲ ἀργυρᾶ εἰς χρυσᾶ. καὶ ὁ τῶν Σλυθηρίνων δράκων ἠφανίσθη, φανέντος ἀντὶ αὐτοῦ τοῦ τῶν Γρυφινδώρων λέοντος. καὶ δὴ καὶ ὁ Σίναπυς ἐδεξιοῦτο τὴν Μαγονωγαλέαν ὑπερήφανον τέως σεσηρότι γέλωτι μικρὸν ὑπομειδιῶν. ὁ δ᾽ Ἄρειος ἰδὼν ἐκεῖνον παραβλέποντα πρὸς αὐτὸν εὐθὺς ἔγνω οὐδὲ γρῦ μετανοήσαντα ἐπ᾽ αὐτῷ. ἀλλὰ τοῦτο περὶ οὐδενὸς ἐποιήσατο νομίζων τὴν ἐν Ὑογοήτου διατριβὴν ἤ τι ἢ οὐδὲν διοίσειν τοῦ μετρίου, εἰ καὶ ἐνδέχεται τὰ τοῦ Ὑογοήτου μετέχειν τι τοῦ μετρίου.

ἀλλὰ γὰρ τὰ τῆσδε τῆς νυκτὸς ἀξιολογώτατα τοῦ βίου ἐδόκει τῷ Ἀρείῳ· οὐ γὰρ τόσον ηὐφράνθη οὔτε τῇ ἐπ' ἰκαροσφαιρικῆς νίκῃ οὔτε τοῖς Χριστουγέννοις οὔθ' ὅτε τὸν ὄρειον Τρωγλοδύτην ἀνέτρεψεν ... οὐδέποτε γὰρ τῆσδε τῆς νυκτὸς ἐπιλήσεσθαι μνήμῃ εἰς ἀεὶ σῴζων.

*

μνήμη δ' οὖν οὐδεμία ἐγένετο αὐτῷ τῶν γε δοκιμασιῶν τὰ ἀποτελέσματα οὔπω μαθόντες. πυθόμενος δ' ὅμως ἔμαθεν αὐτὸς μὲν συνάμα τῷ Ῥοῶνι παρ' ἐλπίδα εὖ πεπραγώς, τὴν δὲ Ἑρμιόνην ἀμέλει πρωτίστην ἀποβεβηκυῖαν ἁπάντων τῶν ἡλικιωτῶν. ἀλλὰ καὶ ὁ Νεφελώδης ηὐτύχησεν ἁμωσγέπως· βαθμὸν γὰρ μάλ' ἐξαρκοῦντα ἔλαβεν ἐκ τῶν βοτανικῶν ἀντίρροπον γενόμενον τῷ ἐνδεεῖ ὃν ἔσχεν ἐκ τῶν πόσεων. ἤλπιζον μέντοι τὸν Κέρκοπα – δυσμάθειαν γὰρ παρεῖχεν ἴσην τῇ φαυλότητι – ἐκπεσεῖσθαι, ἀλλὰ καὶ οὗτος εὖ ἐπεπράγει. καὶ τοῦτο μὲν χαλεπῶς ἔφερον, νοῦν δ' εἶχον πρὸς τὸν Ῥοῶνα εἰπόντα ὡς οὔποτ' ἔστι παντὸς ἡμῖν τυγχάνειν βουλήματος.

καὶ οὐ διὰ μακροῦ εἶδες ἂν τοὺς μὲν πυργίσκους ἱματίων κεκενωμένους τὰς δὲ κιβωτοὺς πεπληρωμένας. ἡ δὲ Νεφελώδους φρύνη ηὑρέθη ἐν μυχῷ λουτρῶνος κρυπτομένη. οἱ δὲ μαθηταὶ ἐπιστολὰς ἐδέξαντο παραινούσας αὐτοῖς μὴ μαγγανεύειν διὰ τῆς ἀναπαύλης. ὁ δὲ Φερέδικος Οἴμ' ὡς ἐλπίζω ἀεί, ἔφη, τοὺς ἐν τέλει ἐπιλήσεσθαί ποτε δοῦναι ἡμῖν ταύτας. καὶ ὁ Ἀγριώδης παρῆν ἡγησόμενος αὐτοῖς πρὸς τὸ ναυτικὸν ἐκεῖνον ἐν ᾧ διὰ τῆς λίμνης πλεύσονται. κἄπειτα εἰς τὴν ὠκύπορον ἀφ' Ὑογοήτου ἁμαξοστοιχίαν ἐμβάντες ἐλάλουν τε καὶ ἐγέλων, τῆς χώρας ἀεὶ χλωροτέρας καὶ κοσμιωτέρας γιγνομένης, κατὰ τάχος παριόντες τὰς τῶν Μυγάλων πόλεις μεταξὺ καταπίνοντες τῶν Βερτίου Βότου κυάμων τῶν παντογευστῶν. καὶ μεταμφιαζόμενοι τοὺς μὲν μαγικοὺς ἐξεδύοντο τρίβωνας, ἐφεστρίδας δὲ καὶ ἐνεδύοντο. καὶ εἰς τὴν τοῦ Σταυροῦ Βασιλείου ἀποβάθραν ἐννέα καὶ τὰ τρία τέταρτα ἀφικνοῦντο.

ἀλλὰ πολὺν χρόνον ἔτι ἔδει διατρῖψαι πρὶν ἀπελθεῖν ἀπὸ τῆς ἀποβάθρας. φύλαξ γάρ τις ἄνθρωπος ὢν γεραίτατος παρὰ τὴν πυλίδα ἑστηκὼς ἔπραττεν ὅπως κατὰ σύνδυο οἱ μαθηταὶ παριόντες λήσονται τοὺς Μυγάλους ἐφ' ὅσον ἐνδέχεται. τούτους γὰρ ἐτάραξαν ἂν στερροῦ διὰ τείχους ἐξαίφνης ὁμοῦ ἐκρήξαντες.

καὶ ὁ Ῥοὼν ἔλεγεν ὅτι Ἀλλὰ βουλομένῳ μοι ἔστι ξενίζειν ὑμᾶς τοῦ θέρους. γλαῦκ' οὖν πέμψω.

ὁ δ᾽ Ἄρειος ἀπεκρίνατο Ἀλλὰ χάριν οἶδά σοι. κέχρημαι γὰρ τοιούτου τινὸς οὗ προσδοκᾶν ἔσται μοι ἡδομένῳ.

ὠθισμὸς δ᾽ ἐγένετο πολὺς ἐν αὐτοῖς προχωροῦσιν ἐπὶ τὰς τῆς Μυγαλίας πύλας. καὶ οἱ μὲν ἐβόων Ἔρρωσο, ὦ Ἄρειε, οἱ δέ Χαῖρε, ὦ Ποτέρ.

ὁ δ᾽ αὖ Ῥοών, Εὐδοκιμεῖς ἄρ᾽ ἔτι, ἔφη ὑπογελῶν.

Οὐ δῆτα, ἔφη, ἔν γ᾽ ἐκείνῳ τῷ τόπῳ οἷ νῦν δὴ πορεύομαι.

οὗτος δὲ καὶ ὁ Ῥοὼν καὶ ἡ Ἑρμιόνη διὰ τῆς πυλίδος ὁμοῦ ἐβάδιζον.

Ἰδού. ἐκεῖνον ὁρῶ, ὦ μάμμη, θεώρησον.

ἡ μὲν γὰρ Γίννη ἐφώνει, ἡ τοῦ Ῥοῶνος ἀδελφή, τὸν δὲ Ῥοῶνα οὐκ ἐδακτυλοδείκτει.

Ἰδοὺ ὁ Ἄρειος Ποτήρ, ἔφη κλάζουσα. θεώρησον δῆτα, ὁρῶ γάρ –

Σίγα, ὦ Γίννη. καὶ φορτικόν ἐστι τὸ δακτυλοδεικτεῖν.

καὶ ἡ Εὐισηλία ἐμειδία κατ᾽ αὐτούς.

Ἦ ἀσχολία τις τῆτες προσέπεσεν ὑμῖν;

Προσέπεσέν γε, ἦ δ᾽ ὃς ὁ Ἄρειος. χάριν δὲ οἶδά σοι πολλήν, ὦ Εὐισηλία, δούσῃ μοι τὸ ὕφασμα καὶ τὰ νώγαλα.

Παρ᾽ οὐδέν ἐστιν, ὦ φίλε.

Ὦ οὗτος, ἄλλο τι ἢ ἑτοῖμος εἶ; τοῦτ᾽ εἶπεν ὁ Δούρσλειος. εἶτά μοι ἐπινόησον τὸν θεῖον Φερνίονα ἐρυθρὸν ὄντα τὴν ὄψιν ὀλίγον τεύτλου διαφέρουσαν ὥσπερ καὶ πρὸ τοῦ, μύστακα δ᾽ ἔχοντα δασὺν ὥσπερ καὶ πρὸ τοῦ, ἀγανακτοῦντα δ᾽ αὖ τῷ Ἀρείῳ ὥσπερ καὶ πρὸ τοῦ ἄλλως τε καὶ τολμήσαντι γλαῦκ᾽ ἔχειν ἐν οἰκίσκῳ παρόντων ἅμα τῶν ἐπιτυχόντων πολλῶν. καὶ ὄπισθεν αὐτοῦ εἶδες ἂν τήν τε Πετουνίαν καὶ τὸν Δούδλιον, πάνυ φοβουμένους ἐπειδὴ τάχιστα τὸν Ἄρειον κατεῖδον δήπου.

ἡ δ᾽ Εὐισηλία Ἦ που ὑμεῖς, ἔφη, οἱ συγγενεῖς οἱ τοῦ Ἀρείου;

Εἰκός γε, ἔφη ὁ Δούρσλειος. καὶ πρός Σπεῦσον, ὦ παῖ, εἰπών, βραδύνεις γάρ, ἀπέβη.

ὁ δ᾽ Ἄρειος χρονίζων ὅπως ἔσχατόν τι εἴπῃ τῷ Ῥοῶνι καὶ τῇ Ἑρμιόνῃ Τοῦ γε θέρους, ἔφη, ὁμιλήσω μεθ᾽ ὑμῶν.

καὶ ἡ Ἑρμιόνη πεφροντικὸς βλέπων πρὸς τὸν Δούρσλειον ἀπιόντα – ἐθαύμαζε γὰρ εἴ τις εἰς τοσοῦτο ἀηδίας καὶ βαρύτητος ἀφίκετο – Εὐφραίνοιο δ᾽ οὖν σχολάζων, ἔφη.

ὁ δ᾽ Ἄρειος Εὐφρανοῦμαι δῆτα, ἔφη. καὶ ἐξ ἀπροσδοκήτου σεσηρὸς ἐγέλα. Οὗτοι γοῦν, ἔφη, οὐκ ἴσασιν ἡμῖν ἀπόρρητον ὂν τὸ οἴκοι μαγγανεύειν. μέλλω γὰρ τούτου τοῦ θέρους εἰς θυμηδίαν τὸν Δούδλιον πολλὰ δὴ βουκολήσειν.